JE REVENAIS DES AUTRES

Mélissa Da Costa, trente ans, a conquis son public avec son premier roman, *Tout le bleu du ciel*. Elle s'est imposée comme une autrice incontournable. Ses deux autres romans, *Les Lendemains* et *Je revenais des autres*, sont des best-sellers.

MÉLISSA DA COSTA

Je revenais des autres

ROMAN

ALBIN MICHEL

© Éditions Albin Michel, 2021.
ISBN : 978-2-253-93613-8 – 1re publication LGF

À la jeune fille de vingt-trois ans qui donnait vie à cette histoire, qui écrivait sans trop savoir pourquoi, sans oser l'avouer à personne, mortifiée à l'idée que quelqu'un pose les yeux sur son texte mais qui continuait parce que ça la rendait vivante.

À ma mère, à ma sœur Janne et à Catherine, les premières à qui j'ai osé ouvrir les portes de mon univers. Je vous ai confié Ambre… Vous vous êtes installées avec elle aux Mélèzes. Merci pour votre lecture et vos encouragements. Ils ont beaucoup compté.

Je revenais des autres chaque fois guéri de moi
À l'abri d'un sourire
D'un geste qui donnait champ
Des moissons d'une parole
Je quittais citernes et mirages
du chagrin pour une sorte de bonheur

Le bonheur ?

Andrée CHEDID, *Je revenais des autres*

PREMIÈRE PARTIE

La vie qui s'accroche

Philippe poussa la porte du studio et fut étonné de se retrouver dans l'obscurité. Elle n'avait pas ouvert les volets, la pièce était plongée dans le noir. Pourtant, il était midi passé. Il s'était rendu chez elle à peine la réunion terminée. Ça faisait une semaine qu'ils ne s'étaient pas vus. C'était pareil chaque fois. Quelques jours sans visite et elle se renfermait. Il fallait des heures pour la dérider, pour qu'elle se laisse aller de nouveau dans ses bras.

« Ambre ? »

Pas de réponse. C'était mauvais signe. Elle était vraiment fâchée. Il leva les yeux au ciel.

« Ambre ? »

Il avait téléphoné pourtant. Pour lui dire qu'il passait. Il s'était attendu à un silence glacial mais elle avait répondu : « Oui, d'accord » d'une voix étrange. Un peu étranglée. Comme si elle était malade.

Il déposa sa veste sur le lit défait. Elle devait vraiment être mal. D'habitude, les draps étaient bien tirés, prêts à être froissés par leurs retrouvailles.

« Tout va bien ? »

Toujours rien. Il lissa sa veste sur l'oreiller. Ça faisait partie de ses rituels quand il venait ici. Il entrait, posait sa veste avec soin, puis l'appelait. Une fois.

Deux fois. En principe ça suffisait. Et alors il la déshabillait sans s'encombrer de plus de manières, la jetait sur le lit, la faisait gémir. C'était facile quand elle ne boudait pas…

Ensuite, il était plus tendre. Un peu moins pressé. Il laissait ses mains se balader sur sa peau et il se collait contre elle, déjà ailleurs, organisant mentalement son planning de rendez-vous de l'après-midi.

« Qu'est-ce que t'as ? T'es malade ? »

Il était près de la salle de bains et fut surpris qu'elle n'ait pas allumé dans cette pièce non plus. Il poussa la porte d'un coup de genou.

Elle était bien là, allongée dans la baignoire et dans le noir.

« Eh bien, qu'est-ce que tu fais… »

L'interrupteur chassa l'obscurité et la première chose qu'il vit fut son visage translucide, ses paupières à demi closes. Il ne remarqua qu'ensuite la couleur de l'eau, orange, et les longues traînées rougeâtres sur le bord de la baignoire.

« Ambre ! »

Son cri fendit l'air comme un coup de fouet. Il tomba à genoux, attrapa ses poignets inanimés, les serra fort. De vieux réflexes revinrent sans qu'il ait cherché à les invoquer. Comme si son cerveau passait en mode automatique. Stopper l'hémorragie. Attraper des serviettes, les enrouler autour des poignets, appuyer pour faire un garrot.

« Putain, Ambre ! »

Prévenir les secours. *Elle n'est pas morte. Je crois qu'elle n'est pas morte.* Il lâcha ses mains qui retombèrent mollement contre le rebord pour sortir son téléphone de sa poche.

Une sonnerie. Deux sonneries. Une voix d'homme qui disait quelque chose. Il l'interrompit brutalement :

« S'il vous plaît, c'est une urgence ! »

Les paupières de la fille tressautèrent. Elle était à demi consciente et elle songeait qu'il avait perdu son ton adulte, assuré, grave. Sa voix était faible et geignarde.

« Au 113, rue des Tilleuls. Une jeune fille de vingt ans ! Elle s'est ouvert les veines ! Elle se vide ! Dépêchez-vous ! »

Il lui paraissait dans tous ses états mais elle n'en était pas certaine car tout lui parvenait de façon lointaine. Il continuait à parler, mais ce n'était plus aux pompiers cette fois. Du moins, elle n'en avait pas l'impression.

« Ambre, qu'est-ce que t'as fait ! »

Il se cramponnait au rebord de la baignoire, à ses poignets bandés. Il ne se rendait pas compte qu'il lui faisait mal. Les serviettes s'imbibaient de sang, tandis qu'elle devenait de plus en plus pâle. Elle avait du mal à saisir les mots qu'il lui lançait. Elle avait comme du coton dans les oreilles.

« Ambre, c'est moi, je suis là. »

Elle fit un effort pour comprendre. Ses paupières battirent très rapidement, comme des ailes de papillon. Philippe se redressa, essaya de capter ses pupilles vitreuses.

« Ambre, reste avec moi ! Reste ! Regarde-moi ! »

Les paupières retombèrent comme un rideau sur ses yeux.

« Bordel, reste avec moi ! Qu'est-ce que je t'ai dit ! »

Elle avait perdu tout à fait connaissance. Sa tête heurta le bord de la baignoire et Philippe, se laissant tout à fait aller, se mit à haleter dans son beau costume neuf. Quand les secours arrivèrent, ils ne surent pas ce qui les troubla le plus. Trouver un homme en cravate, le visage défait, qui s'acharnait au-dessus du corps d'une jeune fille inerte sur le sol de la salle de bains après l'avoir sorti de l'eau. Ou se retrouver face à ce corps nu, blanc et frêle, sur le carrelage maculé de sang.

« Poussez-vous, monsieur ! »

Ils durent le répéter plusieurs fois car l'homme les regardait, hébété, les yeux écarquillés, mais il ne bougeait pas, comme s'il ne voulait laisser personne approcher.

On le poussa sans ménagement, le temps était compté. Elle était livide, presque sans vie.

L'un des urgentistes s'agenouilla, posa deux doigts sur son cou, hocha la tête.

« C'est bon. J'ai un pouls. »

Alors tout alla très vite. On repoussa Philippe dans le salon.

« Il nous faut de l'espace, monsieur. Sortez. »

Et on s'affaira autour d'elle, Philippe ne put plus rien voir.

On la sortit de la salle de bains sur une civière. Elle paraissait encore plus pâle là-dessus. Et minuscule.

14

Vingt ans, putain, vingt ans, se répétait-il, comme s'il n'en avait jamais vraiment pris conscience.

Les hommes sortirent.

« Suivez-nous, monsieur. »

La civière passait difficilement dans les escaliers et cogna plusieurs fois le mur. La tête d'Ambre ballottait comme celle d'une poupée.

En bas de l'immeuble, une voiture de police stationnait à côté d'un véhicule du SAMU.

« Monsieur, veuillez nous suivre. Il va nous falloir une déposition. »

Il regarda la voiture de police, les gyrophares qui clignotaient, l'homme en uniforme.

« Non… Je veux aller avec elle. »

Il avait l'air d'un type totalement paumé, le policier dut le sentir car il se radoucit :

« Il n'y en a que pour quelques minutes.

— Je dois aller avec elle. »

Le policier hésita, échangea un regard avec son collègue et posa une main sur le bras de Philippe.

« Bon… je vais monter avec vous dans l'ambulance. »

Autour d'eux, une masse de curieux s'était formée et les dévisageait, essayant d'apercevoir la blessée. Philippe fut pris d'un soudain malaise et voulut se cacher derrière sa veste mais il se rendit compte qu'il l'avait oubliée dans le studio. Nerveux, il essaya de se dissimuler derrière le policier qui le regarda étrangement.

« Tout va bien, monsieur ?

— Ma femme…

— Pardon ? »

Il avait l'air catastrophé.

« Ma femme… elle ne doit pas savoir. »

Le policier fronça les sourcils sans comprendre. Derrière eux, on refermait la lourde porte de l'ambulance et on s'activait autour d'Ambre. On la relia à une perfusion et on attacha la civière. Le regard du policier s'attarda un instant sur la blessée, remonta le long de la couverture jusqu'à un sein nu, laiteux, qui émergeait. Il tressauta et se retourna vers Philippe. Il avait compris. Et il n'était plus compréhensif, mais outré :

« Tout de même. Ça pourrait être votre fille. »

Comment sait-on qu'on n'est pas mort ? Quand on entend ? Quand on sent ? Quand on perçoit ?

Il y avait un *bip* qui résonnait de manière étouffée. De la lumière aussi. Ça faisait comme une tache rose derrière ses paupières. Et ce poids chaud sur son ventre. C'était doux. Elle se laissa envahir par cette sensation agréable. Des images revenaient de manière désordonnée. Le rasoir sur le rebord blanc, éclatant, de la baignoire. L'eau qu'elle avait laissée couler tandis qu'elle étudiait la meilleure façon de se trancher les veines. La porte d'entrée qu'elle n'avait pas fermée à clé.

Et puis il y avait cette image floue et vacillante, celle de Philippe au-dessus d'elle. Philippe dont les traits lui avaient paru fondre comme la cire d'une bougie, dont la voix lui avait semblé faible et plaintive. Il parlait, s'agitait. Avait-elle rêvé ou l'avait-il trouvée ? Dans tous les cas, elle avait survécu.

16

Elle ne savait pas si elle en était heureuse ou non. Ça n'avait aucune importance en fait. Qu'elle soit là ou ailleurs, ça ne changeait plus rien. Elle ouvrit les yeux et fut assaillie par une lumière blanche artificielle et agressive. La pièce était déserte. Elle ne percevait qu'une masse sombre sur elle. Une tête. Philippe. Assis sur une chaise à côté du lit métallique, il s'était endormi au creux de son ventre.

Elle voulut se renfoncer dans les oreillers sans faire de bruit, sans esquisser un geste, mais elle bougea un pied, sans le vouloir, et Philippe se redressa brutalement.

« Ambre ! Je… »

Le reste de sa phrase resta en suspens. Elle prit tout son temps pour l'observer. Il avait le visage défait, vieilli. Ce devait être les lumières blafardes de l'hôpital. Ou pas.

« Ambre, répéta-t-il. Je suis désolé. »

Elle n'avait pas envie de l'écouter et regretta de l'avoir réveillé. Elle fixa son attention sur autre chose, sur ses mains, ses doigts qu'elle sentait à peine. On avait bandé ses poignets et on avait planté une perfusion dans une veine de son bras droit. Ça ne lui faisait pas mal.

« Ambre, je suis vraiment désolé… »

Le visage de Philippe se contorsionnait en une expression douloureuse. Elle le fit taire d'une voix pâteuse :

« C'est bon.

— Non. Je t'assure, je ne pensais pas que…

— C'est bon, j'ai dit. »

Elle n'en voulait pas de ses excuses, de ses explications, de ses remords.

Bam ! La porte battante de la chambre s'ouvrit, la faisant sursauter. Un docteur et une infirmière entrèrent.

« Il va falloir y aller, monsieur. Elle est réveillée », lança le médecin.

Grand, avec des lunettes, il affichait un air sévère et réprobateur. L'infirmière était grosse et rougeaude. Son expression était plus compatissante. Philippe se trémoussa, mal à l'aise, mais resta sur sa chaise.

« Monsieur, il va falloir partir, répéta le médecin. Vous avez déjà eu une autorisation exceptionnelle. Normalement, on ne permet pas aux proches de rester. »

Philippe se leva, tira nerveusement sur les manchettes de sa chemise. Il avait dû essayer de les passer sous l'eau dans un lavabo de l'hôpital, car on y décelait des auréoles orangées, un mélange de sang et de savon.

Comme il ne réagissait pas, l'infirmière prit la suite avec douceur mais non sans insistance :

« Il s'agit de la procédure… dans ces situations-là… »

Ambre ne tiqua pas. Elle continuait de les fixer avec indifférence. Philippe hocha la tête.

« Oui, je comprends. Je… alors… j'y vais. »

Il se tourna vers Ambre, blanche et inexpressive, hésita, lui adressa un signe de la main maladroit. Le docteur posa un bras sur son poignet.

« Je vous raccompagne. »

Il se montrait pressant. Philippe obéit sans broncher.

« On vous tiendra informé. Ne vous en faites pas. »

Le médecin ne le laissa même pas répondre. La porte se referma sur lui. *Coupable.* C'était ce qu'il semblait lui hurler. Coupable d'avoir mené une liaison avec elle, alors qu'il avait quarante ans, était marié et père de deux enfants. Coupable d'être à la fois son sauveur et son bourreau.

Ils se retrouvèrent tous les trois dans la pièce silencieuse. Le docteur, l'infirmière et elle. Elle était impassible, tandis qu'ils affichaient un sourire de circonstance.

« Navrée, commença l'infirmière avec une compassion travaillée par des années d'expérience. C'est la procédure. »

Aucune réaction. Des yeux fixes, vitreux. Qu'elle reste seule, que Philippe soit là, rien n'avait vraiment d'importance.

« Tes parents sont prévenus. »

Ils la scrutaient, elle ne cilla pas. Le docteur prit la suite :

« L'isolement ne durera que quelques jours. Quelques semaines, s'il le faut. Tu verras une psychologue, Mme Idalo. Elle est très gentille. »

Ils attendaient quelque chose visiblement, alors elle se força à hocher la tête. Ils sourirent.

Le médecin déposa quelques comprimés sur la table de nuit.

« Tiens. Tu vas prendre ça avec un grand verre d'eau. Ça va t'aider à bien dormir cette nuit, d'accord ? »

Mais elle avait déjà avalé les comprimés, sans verre d'eau.

Mme Idalo était blonde, très grande. Ambre lui trouvait un air de ressemblance avec Nina, la femme de Philippe. Elle ne l'avait aperçue que deux fois, Nina. Elle avait encore honte des circonstances.

C'était il y a peu de temps. Philippe partait à Disneyland en famille et il était passé en coup de vent le lui annoncer. Il était plus de minuit, on était vendredi, et elle dormait, habillée et maquillée. Elle se tenait toujours prête à l'accueillir. Robe, dentelle, rouge à lèvres. Il raffolait du rouge intense. Elle s'était levée avec un demi-sourire. Ensommeillée mais heureuse. Philippe se tenait sur le pas de la porte, ce qui signifiait qu'il ne resterait pas.

« J'ai pas pu venir avant, ma belle. J'ai dû attendre que Nina s'endorme. On emmène les enfants à Disneyland très tôt demain matin. Je n'ai pas pu te prévenir. Je suis méfiant avec mon téléphone… »

Elle avait acquiescé, masquant du mieux qu'elle le pouvait sa déception.

« Il faudra éviter de m'écrire pendant ces quelques jours… » Gêné par sa requête, il avait enchaîné rapidement : « Ce ne sont que trois jours. Trois petits jours. Ça va aller, n'est-ce pas ? » Il avait pris sa tête entre ses mains et déposé un baiser sur son front. « Je penserai à toi. Je serai vite de retour. »

Nouveau baiser, un peu plus appuyé, puis il avait filé, l'abandonnant sur le seuil, le visage défait.

Elle avait réussi à traverser les trois jours suivants. Non sans difficulté, mais elle y était parvenue.

Repoussant ses idées morbides, repoussant toute forme de pensée. Ça allait mal depuis de longs mois déjà, mais Philippe faisait mine de l'ignorer : « Tu dramatises toujours tout. T'es pas bien ici ? Je fais ce que je peux pour passer aussi souvent que possible, tu sais… »

Elle avait attendu le jour de son retour, mais il n'avait pas appelé ni n'était venu.

Qu'est-ce qu'il fout, bon sang !

L'idée d'aller jeter un œil chez lui l'avait effleurée, mais elle avait résisté à la tentation.

Le jour suivant non plus, il n'avait donné aucun signe. Elle avait tenu jusqu'à vingt-trois heures, puis elle avait renoncé à sa dignité. Sa petite maison était à trois minutes à pied du studio qu'il lui louait, mais il lui avait formellement interdit de s'en approcher. Il se montrait presque menaçant quand il évoquait ce sujet : « Je ne veux pas te voir rôder ! Je t'ai fait confiance en te logeant à deux pas de chez moi… Je compte sur toi pour ne pas me trahir ! »

Elle avait escaladé la grille. Réfugiée derrière un buisson dans le minuscule jardin parfaitement entretenu de Philippe, tout près de la porte-fenêtre, elle avait une vue imprenable sur le salon. Plus tard, elle avait songé aux conséquences possibles de son intrusion. Une alarme, un voisin curieux, la police qui aurait pu débarquer… Philippe ne lui aurait jamais pardonné.

C'est ce soir-là qu'elle avait vu Nina. L'objet de tous ses fantasmes. La cause de tous ses malheurs. La femme. L'officielle. L'indétrônable. Il n'avait jamais tenté de lui faire croire qu'il la quitterait un jour et elle avait tout de suite su que Nina resterait la seule et l'unique.

Nina… Une grande femme fine et élancée, avec de longs cheveux blonds. Elle était belle et élégante dans un pyjama en soie et des chaussons d'intérieur qui lui faisaient des pieds de ballerine.

Ambre était restée une heure prostrée derrière son buisson, à la regarder les yeux brillants d'admiration, sans que rien d'autre ne se produise que ses allées et venues dans le salon. Est-ce qu'elle le faisait jouir ? Plus rapidement ? Plus fort ? Est-ce qu'il la prenait en l'insultant et en lui tirant les cheveux contre le rebord du lit ? Ou est-ce qu'avec elle il était tendre ?

Puis la lumière s'était éteinte.

La nuit suivante, elle était revenue. Parce qu'elle en mourait d'envie. Parce qu'elle avait oublié de manger toute la journée tellement cette idée l'obsédait. Parce que Philippe n'avait toujours pas appelé. Cette fois-ci, elle s'était préparée : elle avait enfilé des vêtements noirs, s'était attaché les cheveux, avait mis un couteau de cuisine dans sa poche. Au cas où… Au cas où quoi ? Elle n'en savait rien.

C'était une nuit de fin octobre, il faisait encore doux. La porte-fenêtre avait été laissée entrouverte. Il était plus tôt que la veille car les enfants n'étaient pas encore couchés. Ils étaient tous les quatre dans le salon. Son obsession. Philippe et sa famille. Philippe aux côtés de sa femme et de ses enfants. Philippe dans sa vie à lui, où elle n'existait pas, où elle n'existerait jamais.

Elle avait retenu ses larmes, laissé la douleur s'engouffrer en vagues violentes dans sa poitrine.

Les enfants étaient petits et blonds comme Nina. En pyjama, assis en tailleur sur le sol du salon, ils coloriaient avec leur père. Nina était penchée sur un magazine, ses longues jambes étendues sur le canapé. Elle tournait la tête vers eux de temps en temps et riait. Ambre avait perdu la notion du temps.

« Au lit, les petits monstres ! »

La phrase avait résonné fort. L'instant d'après, Philippe se levait, attrapait les enfants, les soulevait. Nina suivait en souriant. Ils avaient disparu et Ambre avait continué d'attendre. Elle s'imaginait à son tour portée par les bras de Philippe dans un lit d'enfant, bordée, on replaçait une mèche derrière son oreille, on lui assurait qu'elle ne ferait pas de cauchemars.

Ils avaient réapparu et s'étaient installés sur le canapé, Philippe avait allumé la télévision et passé un bras autour des épaules de Nina. Plus tard, elle avait posé sa tête sur lui. Et encore plus tard, il avait murmuré quelque chose à son oreille. Elle avait ri. Insupportable. Il avait effleuré un sein puis l'avait saisi franchement. Elle l'avait stoppé en désignant la fenêtre. Il s'était levé. Ambre n'avait pas bougé. Elle n'avait plus conscience de son corps, ni de l'endroit où elle se trouvait. Les rideaux tirés, la fenêtre fermée, elle voyait leurs ombres qui s'enlaçaient et se fondaient l'une dans l'autre. Il ne la brusquait pas, ne lui tirait pas les cheveux, ne la chevauchait pas rapidement contre le rebord du canapé. Il prenait son temps, se délectait, la goûtait. Il la dégustait comme un mets précieux. C'était comme une danse. Mille fois plus beau que tout ce qu'elle avait connu. Jusque très tard dans la nuit, elle était restée recroquevillée dans le buisson.

Le lendemain il avait enfin appelé. Des jours qu'elle attendait. « Hello, ma belle ! Tu m'as manqué. Comment tu vas ? On déjeune ensemble ? Je peux venir ? » Et elle lui avait offert son grand final. Un tableau immobile de rouge et blanc qu'il avait gâché avec sa panique faible et geignarde.

Mme Idalo ressemblait à Nina en moins belle. Comme l'avait dit l'infirmière, elle était gentille et d'une patience infinie. Elle pouvait passer des heures à répéter les mêmes questions avec calme et bienveillance, sans jamais se départir de son sourire.

Elle attendait qu'Ambre daigne parler et, lorsque cela ne venait pas, elle disait : « Ce n'est pas grave. On peut dessiner à la place. Qu'en penses-tu ? » Et elle sortait du papier, des crayons gras et des pastels.

Il fallut bien parler. Ambre se dit que ça lui permettrait de s'échapper plus vite de la petite salle aux tableaux trop colorés, de regagner sa chambre où on l'embêtait un peu moins et d'avaler ses cachets, qui l'abrutissaient, lui donnaient la voix pâteuse, l'esprit embrumé. Alors elle finit par se décider à répondre à Mme Idalo.

« Pour qui avais-tu préparé cette mise en scène ?

— …

— C'était une mise en scène… n'est-ce pas ? Un message important que tu n'avais pas d'autres moyens de faire passer.

— … »

Elle répéta :

« Pour qui était cette mise en scène ? Parle-moi de cette personne. Celle qui t'a trouvée. Celle à qui le message était destiné… Tu peux commencer par une petite chose… Son prénom par exemple. »

La voix et le regard étaient doux. Alors ça sortit tout seul :

« Philippe.

— Philippe ? D'accord. Qui est Philippe ?

— Il a quarante ans, il est marié.

— C'est bien… Continue… »

Un long silence.

« Il a quarante ans, il est marié, directeur commercial et père de deux enfants. »

Mme Idalo l'enveloppait de son regard, ne bougeait pas, respirait à peine. Elle acquiesçait lentement avec les yeux.

« Et la fille ?

— La fille ?

— La fille dans la baignoire.

— …

— Allez, Ambre, je t'en prie. Dis-moi juste une petite chose sur cette fille.

— Elle a vingt ans.

— D'accord. Et quoi d'autre ?

— Rien.

— Rien ?

— Elle n'est rien et elle n'a personne. Que lui. »

Le barrage fut ouvert avec ces quelques mots. L'histoire pouvait commencer.

Elle parlait comme s'il ne s'agissait pas d'elle, avec froideur et lucidité. Elle ne cherchait même pas à masquer les pans gênants, à enjoliver les faits. Elle les relatait, c'est tout.

Et chaque fait l'entraînait vers un autre. Tout était lié. Elle n'en avait jamais vraiment eu conscience. Philippe, Angéla, ses parents, Philippe, Angéla, sa famille.

« Comment est-il arrivé dans ta vie ?

— Philippe ?

— Philippe, oui. »

Elle raconta. C'était un soir dans un bar. Elle était avec Angéla. À cette époque elle vivait en théorie encore chez ses parents. En réalité, elle passait la plupart de ses nuits chez Angéla. Ce n'était pas forcément une très bonne chose…

« Qui est cette Angéla ?

— Oh, c'est… c'est long à expliquer…

— On peut y revenir plus tard si tu préfères.

— D'accord.

— Alors continue, je t'en prie. Ce fameux soir dans un bar. »

Elle se souvenait parfaitement de cette soirée. Malgré l'état alcoolisé dans lequel elle se trouvait, malgré la honte, elle n'avait oublié aucun détail.

Elles étaient entrées dans ce bar enfumé où elles passaient leurs vendredis soir. Des hommes, pas tout jeunes, les avaient suivies du regard quand elles s'étaient installées au comptoir. Angéla choisissait toujours leurs tenues, elle les aimait provocantes, sombres. C'était elle qui lui avait teint les cheveux en noir corbeau. « On sera deux sœurs comme ça. » En acceptant, Ambre s'était sentie plus en accord avec elle-même qu'avec ses cheveux dorés. Moins sage.

26

Angéla avait commandé deux tequilas. Bien avant de commencer à boire, Ambre avait déjà la bouche pâteuse : la veille encore elle était sortie, et elle avait dormi la moitié de l'après-midi. Angéla avait son regard de diablesse.

« Ce soir on ne rentre pas seules. »

Ambre était un peu ailleurs. Depuis quelque temps, elle se sentait étouffée et avait du mal à reprendre son souffle. Ça arrivait le soir et c'était de plus en plus fréquent. Comme une angoisse qui lui comprimait les poumons. Alors elle fumait un joint. Ça aidait à ne pas penser.

Qu'est-ce que je vais faire de ma vie ? Il faudrait peut-être que je passe sérieusement mes examens. Que je réfléchisse à un métier…

Elle étudiait les langues à la fac. Elle savait qu'Angéla l'aurait traitée de rabat-joie si elle l'avait entendue prononcer le mot « avenir ».

Les verres s'étaient enchaînés. Des types étaient venus discuter. Ambre avait reconnu l'un d'eux. Un soir, elle avait terminé allongée sur sa banquette arrière. Elle ne se rappelait plus son nom, ni même si elle avait aimé. Elle se souvenait juste qu'il avait emprunté la voiture de son frère sans même avoir le permis. Il sentait la cigarette et le rhum arrangé.

« Tu fumes ? »

Il l'avait reconnue visiblement car il venait de poser une main sur son épaule et lui désignait la porte de sortie. Elle l'avait suivi. Il lui avait offert une cigarette. Elle l'avait allumée avec indifférence, puis il la lui avait immédiatement ôtée de la bouche et s'était mis à l'embrasser en posant ses deux mains sur ses seins.

« Lâche-moi ! »

Il ne l'avait pas lâchée, au contraire, il avait passé une main sous sa jupe.

« Arrête ! »

Elle tournait la tête pour ne pas sentir sa bouche contre la sienne mais il resserrait son emprise et elle avait du mal à le repousser car elle était passablement ivre. D'autres clients étaient sortis et regardaient la scène avec amusement, certains détournaient les yeux. Elle l'avait bien cherché avec sa jupe si courte et son rouge à lèvres si rouge.

« T'as pas compris, casse-toi ! »

Il avait souri, s'était collé encore. Il bandait.

« Tu t'es pas fait prier l'autre fois.

— Je me rappelle pas. »

Elle avait tenté de le repousser encore mais il avait glissé les deux mains sous sa jupe et essayait de passer un doigt sous sa culotte. Elle avait poussé de toutes ses forces sur ses bras pour le faire reculer. Tout tournait autour d'elle. Tout à coup, elle l'avait vu tomber en hurlant de douleur. Derrière lui, l'homme qui venait de frapper : sévère, austère, en costume cravate, le poing levé, prêt à frapper une deuxième fois. Le garçon avait crié, presque suppliant :

« Non ! C'est bon ! »

L'homme avait hurlé plus fort, de sa voix grave et imposante :

« C'est quoi ton problème ? Tu comptais la violer tranquillement sous le regard de tout le monde ?

— Non, non.

« — Alors, tu faisais quoi ? »

Le garçon se massait la tempe et cherchait un moyen de fuir.

« Dégage ! Et que je te revoie pas dans les parages ! T'as de la chance que ça n'aille pas plus loin ! Je me serais fait une joie de te conduire au commissariat ! »

Le garçon avait presque remercié et il était parti en courant. Ambre était restée immobile face à l'homme qu'elle pensait être le vigile du bar. Il avait toujours l'air furieux et elle n'osait pas dire un mot. Pas même merci.

« Est-ce que ça va, mademoiselle ? »

Il la dévisageait.

« Avec qui vous êtes venue ici ? Quelqu'un peut vous ramener ?

— Non... Je... »

Je suis avec Angéla. Elle n'arrivait pas à le prononcer.

« Je vais vous ramener », avait-il décrété en la prenant par le bras.

Elle s'était laissé faire, encore sous le choc.

« Comment vous vous appelez ? avait-il demandé en l'entraînant dans la rue.

— Ambre.

— Ambre, moi c'est Philippe. Vous habitez où ?

— ...

— Où habitent vos parents ? Vous vivez chez vos parents ? »

Elle avait été saisie de sueurs froides. Brutal retour à la réalité. Elle ne pouvait pas rentrer chez ses parents. Elle n'y passait en coup de vent que quand

29

elle y était vraiment forcée. Ce soir, impossible. Pas dans cette tenue. Pas dans cet état.

« Non… Ça va aller… Mon amie Angéla est dans le bar. Je vais la retrouver.

— Elle doit être aussi saoule que vous…

— Non. »

Mais sa voix manquait de conviction et l'homme l'avait senti.

« Je ne vous laisserai pas retourner dans ce bar. »

Il avait un ton autoritaire et elle en avait été presque heureuse.

« Soit je vous dépose chez vos parents, soit je vous fais dormir sur mon canapé. Ce n'est pas négociable.

— J'habite chez mon amie Angéla…

— Alors vous dormirez sur mon canapé ! »

Elle avait voulu protester mais il l'avait interrompue d'un geste sans appel :

« Je vis avec ma femme et mes deux enfants. Soyez rassurée. »

Ils étaient arrivés devant sa voiture. Il lui avait ouvert la portière. Tout plutôt que retourner chez ses parents.

« C'était une chance que je sorte de ce rendez-vous client aussi tard… Vous avez vu les gens autour ? Je crois qu'aucun n'aurait bougé ! »

Il avait soupiré, et une lueur de colère avait traversé son visage. Comme tout à l'heure lorsqu'il avait frappé le garçon. Il lui avait adressé un sourire et elle était montée.

« Alors... »

Mme Idalo l'écoutait, son menton posé au creux de sa paume.

« Alors, Philippe t'a sauvée... Ensuite... il t'a ramenée chez lui ? »

Elle gribouillait sur un bout de papier en même temps.

« Non.

— Non ?

— Non. »

C'eût été trop simple. Pendant tout le trajet, elle l'avait observé dans le rétroviseur.

« Vous travaillez tard...

— C'est aussi ce que dit ma femme. Je suis commercial.

— Vous vendez quoi ?

— Toutes sortes d'ampoules à faible consommation d'énergie. Pour les entreprises essentiellement. Ça ne doit pas vraiment vous parler... »

Il avait souri. Son regard avait glissé sur ses jambes et s'était vite reporté sur la route. Mais elle avait vu. Et elle avait aimé. Ça et son autorité.

« Et toi, tu fais quoi ? »

Il s'était mis à la tutoyer sans s'en apercevoir.

« Étudiante.

— En quoi ?

— En langues.

— Oh, c'est très bien ! C'est très utile de maîtriser les langues aujourd'hui. Indispensable dans le commerce. Tu sais... si tu as besoin d'un stage, je pourrai t'aider... Je te laisserai mon numéro. »

Le sauvetage en pleine rue, le canapé, et maintenant le stage... Elle s'était demandé s'il attendait
quelque chose d'elle en retour ou s'il faisait ça par
simple gentillesse. Elle avait glissé une main sur sa
cuisse et il ne l'avait pas repoussée.

Elle se souvenait bien de lui dans la voiture ce
soir-là, qui tentait de rester impassible mais dont les
yeux brillaient de désir. Alors elle l'avait touché avec
toute la lubricité dont elle était capable, jusqu'à ce
qu'il capitule. Jusqu'à ce qu'il gare sa voiture sur le
bas-côté et éteigne les phares. Elle avait grimpé sur
lui, à califourchon, et il l'avait pénétrée sans cérémo-
nie ni hésitation.

Après l'épisode dans la voiture, il n'avait plus été
question de dormir sur le canapé de la maison familiale. Il l'avait conduite dans un motel et avait payé
sa chambre avant de repartir. Il lui avait laissé son
numéro. S'il y avait quoi que ce soit, elle pouvait
appeler. Et elle ferait mieux d'arrêter l'alcool. C'était
ce qu'il avait dit avant de partir.

Elle lui avait téléphoné le lendemain pour s'excuser de son comportement. Il lui avait assuré que ce
n'était rien et lui avait demandé si elle allait mieux.
La conversation s'était arrêtée là mais, la semaine
suivante, elle avait rappelé et proposé de prendre un
verre. Elle avait rappelé jusqu'à ce qu'il cède.

Mme Idalo se redressa et posa son stylo sur la
table.

« Bien... Tu vois, les mots finissent par venir.
Alors... tu es allée le prendre ce verre ? »

Elle y était allée et elle avait à nouveau terminé la soirée avec Philippe. Dans un hôtel trois étoiles cette fois.

« Tu t'en veux ?

— De quoi ?

— D'y être allée. Cette fois… puis les suivantes…

— Non…

— Tu es sûre ?

— Oui… Il m'a aidée.

— En quoi t'a-t-il aidée ?

— À… je sais pas trop… à retrouver une vie plus saine.

— C'est-à-dire ? »

Elle replongeait des mois en arrière. Philippe dans les chambres d'hôtel. Philippe et les kirs au comptoir. Philippe qui repartait en promettant d'appeler. C'en avait été fini des beuveries, des fréquentations douteuses, des joints, des journées à sécher les cours, d'Angéla. Philippe avait dit stop à tout ça. Il avait pris les choses en main. Elle s'était laissé faire. C'était agréable.

Mme Idalo acquiesça.

« Ça a duré combien de temps ?

— Six mois.

— Et après ? »

Après, ça ne suffisait plus. Quelques heures dans la semaine, de manière aléatoire… Ça n'était plus assez. Elle en demandait et voulait toujours plus, il donnait ce qu'il pouvait. Ça n'était jamais assez. Au bout de six mois, elle lui avait réclamé une preuve d'amour :

« J'en peux plus de ces cinq à sept à la va-vite, Philippe. J'en peux plus de devoir vivre chez mes parents. Il faut que tu me tires de là.

— Te tirer de là ? Mais… que veux-tu que je fasse ?

— Dans les films, l'homme loue un appartement à sa maîtresse. Tout près de chez lui. » Elle avait les yeux qui brillaient. « Tu pourrais venir me voir n'importe quand. Imagine un peu. Au milieu de la nuit, avant de partir au travail, en rentrant, en allant acheter le pain… Tu sais quoi ? Tu pourrais même convaincre Nina de prendre un chien… qu'il faudrait sortir tous les soirs… »

Elle avait un regard suppliant. Il hésitait.

« Un appartement pour toi ?

— Pour nous. »

Deux semaines plus tard, il lui avait tendu un petit paquet : les clés de son studio. Un joli petit meublé, à deux pas de chez lui.

« Comment s'est passée cette… *vie commune* ? »

Au début tout était beau, idyllique. Sa nouvelle vie lui donnait des ailes. Elle guettait son arrivée avec impatience et excitation, tremblait en l'entendant toquer à la porte. Elle déballait avec plaisir les robes, les parfums et les sous-vêtements raffinés qu'il lui offrait, se délectait des plats qu'il allait leur chercher chez le traiteur, l'écoutait parler de transactions financières, de krash boursier, de toutes ces choses auxquelles elle faisait semblant de s'intéresser pour se montrer digne de lui. Exit l'adolescente rebelle qui buvait de la mauvaise vodka et rencontrait des étudiants sans intérêt. Elle goûtait à la grande vie. Elle se sentait importante, irrésistible, exceptionnelle. Elle guettait le désir dans ses yeux, l'envie presque animale qu'il avait d'elle en permanence et elle la poussait à son paroxysme. « Prends-moi, prends-moi vite. » Il ne se faisait pas prier. Il devenait brutal tellement il la désirait. Elle aimait penser qu'elle le révélait à lui-même. Ça n'avait duré qu'un temps. Ensuite étaient venues sa désillusion, ses plaintes : « J'en ai marre d'être enfermée ici », « Je m'ennuie », « Tu viens de moins en moins », « Je croyais qu'on se verrait tous les jours », et les réponses inflexibles de Philippe : « Cet appartement c'était ton idée », « Tu me reproches d'avoir une famille, mais tu sais, c'était déjà le cas quand on s'est connus ». Elle redevenait une petite fille. Elle pleurait en espérant l'attendrir, c'était l'inverse qui se produisait. Il lui répétait sans cesse qu'il n'avait jamais rien promis, qu'elle pouvait partir à tout moment si elle était malheureuse. Mais elle savait qu'elle n'en ferait rien car elle n'avait plus personne en dehors de lui. Ni famille ni amis. Rien que lui. Elle avait arrêté l'université et accumulé trop de retard.

« Et tes parents ? demandait souvent Mme Idalo.

— Quoi, mes parents ? Pour quoi faire mes parents ? J'avais Philippe ! De toute façon, quand je suis partie vivre avec lui, ils m'ont traitée de pute et ils ont menacé de me couper les vivres.

— Ils l'ont fait ?

— Bien sûr, mais quelle importance ? Il payait tout.

— Un jour, on parlera de tes parents… »

Et Ambre enchaînait de façon décousue sur Philippe.

Ses journées, ses semaines, ses mois n'étaient rythmés que par ses visites. Plus le temps passait, plus elle s'éteignait. Emmurée vivante dans le studio, sans autre espoir que sa prochaine visite.

Le sujet Philippe s'épuisait. Mme Idalo ne notait plus rien dans son calepin. C'étaient les mêmes phrases qui revenaient en boucle. Même Ambre s'en apercevait à travers l'épais brouillard qui l'abrutissait.

« Ambre… et si on passait à autre chose maintenant ? Tiens, parle-moi d'Angéla.

— Angéla est bisexuelle. Une fille totalement dépravée. »

Mme Idalo sembla surprise.

« C'est elle qui m'a appris à boire, qui m'a fait fumer mon premier joint. Pour les premiers garçons, c'est elle aussi.

— Tu ne connaissais rien de tout ça à l'époque ?

— Oh non, j'étais tout l'inverse ! Son opposé.

— Comment était l'Ambre de l'époque ?

— Vide. Trop lisse je crois. »

Le silence plana quelques secondes, puis Ambre ajouta :

« J'étais une Miller, quoi. »

Son nom de famille sur son dossier : *Ambre Miller*. Au-dessous : *Sexe féminin. Vingt ans. Tentative de suicide par sectionnement.*

Mme Idalo rebondit, rapide :

« Une Miller ? Qu'est-ce que signifie être une Miller ? »

Ce matin-là, Mme Idalo sut qu'elle parlerait enfin de sa famille.

C'était facile et difficile à la fois. Facile puisqu'elle n'avait plus de retenue. Difficile parce qu'elle s'était efforcée d'oublier avec le temps.

Elle commença. Les mots « banal », « normal » revinrent souvent : enfance normale, existence banale. Le mot « silence » aussi.

L'histoire était effectivement plutôt commune. Deux parents, un grand frère – jamais évoqué jusque-là. Une villa à deux étages dans une banlieue paisible à la périphérie de Lyon. Des parents qui ne se disputaient jamais. Pour se disputer, il aurait déjà fallu se parler. Or, chez les Miller, le silence était maître. Jamais un cri, jamais un mot plus haut que l'autre. Pendant les repas, on se limitait à parler de la météo.

« Est-ce que vous étiez proches ? » demanda Mme Idalo.

En guise de réponse, Ambre lâcha un rire sans équivoque.

M. Miller travaillait dans une banque et avait une passion : la pêche. Il partait pêcher dès qu'il le pouvait en solitaire. Mme Miller était couturière dans un pressing. Ambre l'avait toujours connue le teint pâle et terne. Elle n'avait pas d'amis, à part leur vieille voisine chez qui elle allait parfois prendre le thé.

Sous ses traits vieillis, fatigués et inexpressifs, Mme Miller était sans doute une mère aimante. En tout cas, Ambre et son frère n'avaient jamais manqué de vêtements ni de soins. Mais ils n'avaient reçu aucun témoignage d'affection. Mme Miller était ainsi.

Elle avait elle-même été élevée dans une famille un peu bourgeoise dans laquelle régnait cette loi du silence. Il fallait que les choses suivent leur cours, rien de plus. Que chacun se fonde dans un masque de normalité.

« Et ton frère ? » demanda Mme Idalo.

Il s'appelait Mathieu et, visiblement, il n'y avait pas grand-chose à dire de lui. Enfant, il avait été solitaire et indépendant. Aussi loin qu'Ambre se souvienne, il n'avait jamais voulu la laisser jouer avec lui. En grandissant, il s'était enfermé dans les jeux vidéo et dans sa passion dévorante pour les bandes dessinées.

Chacun dans la famille semblait se satisfaire de cette vie taiseuse. M. Miller aimait d'ailleurs répéter : « Nous les Miller, on est tous faits du même bois, on est tous des solitaires dans l'âme. » Et tout le monde acquiesçait.

Mme Idalo se racla la gorge :

« Et toi… tu l'aimais ce silence ?

— Non ! »

Ambre la regarda griffonner en pensant à ce malheur doux dans lequel elle avait grandi. Ça avait duré jusqu'au lycée. Jusqu'à Angéla, qui l'avait sortie de la morne existence dans laquelle elle s'effaçait.

Angéla était arrivée en cours d'année, pendant la classe de première. Elle ne passait pas inaperçue au lycée. Cheveux noir de jais et jeans troués, sans parler de sa bisexualité qu'elle clamait haut et fort. Elle était extravertie et affirmée, Ambre introvertie et renfermée. Elles étaient tellement différentes qu'elles n'auraient eu aucune raison de s'adresser la parole, si

Angéla n'était pas tombée sous le charme d'Ambre. Elle l'avait attendue un soir après le cours de sport. Ambre sortait du gymnase avec son sac sur l'épaule et s'était trouvée face à Angéla, clope au bec, mains dans les poches.

« Je te raccompagne ? »

Ambre avait secoué la tête, mal à l'aise. Cette fille l'intimidait.

« Je prends le bus.

— Alors j'attends le bus avec toi. »

Et, tandis qu'elle lui offrait sa cigarette, Angéla avait demandé sans détour :

« T'as déjà embrassé une fille ? »

Ambre avait repoussé la cigarette et secoué la tête, cramoisie.

« Non.

— Non ? Jamais ?

— Jamais.

— Ça te tente pas ? »

Ambre avait dégluti. Bon Dieu, qu'est-ce qu'elle était mal à l'aise ce soir-là.

« Non.

— C'est dommage… Je t'aurais bien roulé une pelle. »

Sous le choc, Ambre s'était mise à rire, elle ne voyait pas d'autre façon de réagir. Et Angéla l'avait imitée.

« Bah oui… Y a pas à être gênée ! T'es gênée ? »

Ambre avait protesté faiblement.

« Si, t'es gênée ! C'est moi qui viens de me prendre un râteau et c'est toi qui es gênée ! C'est la meilleure, ça ! »

Angéla riait, secouait ses cheveux noirs. Comme elle était libre ! Ambre s'était sentie presque morte à côté d'elle.

« Ambre, c'est super joli comme prénom ! Et ce qui est fou, c'est de s'appeler Ambre et d'avoir les cheveux couleur d'ambre. Avec tout ça, comment j'aurais pu ne pas te remarquer ? »

Ambre avait reculé et lancé maladroitement :

« Voilà mon bus.

— Eh ben vas-y ! Je te retiens pas. »

Ambre était restée figée.

« Si… ? Je te retiens ? »

L'air provocant, moqueur, Angéla s'était approchée tout près, pour voir si elle soutiendrait son regard ou fuirait. Et Ambre avait eu envie de la défier. Parce qu'elle en avait marre d'être une morte, parce qu'elle aussi voulait devenir provocante. Alors elle n'avait pas bougé ni cillé.

« Quoi ? avait lancé Angéla, légèrement surprise.

— Rien. Je vais aller prendre mon bus maintenant. »

Avec désinvolture, elle avait remonté son sac sur son épaule.

Angéla s'était jetée alors sur elle et avait plaqué ses lèvres contre les siennes. Le sac était retombé. Ambre n'avait pas bougé, ne l'avait pas repoussée. Elle s'était dit : *C'est ça être provocante.*

« C'était vraiment ta première fois ? »

Ambre avait haussé les épaules.

« C'était pas terrible… »

Angéla avait entrouvert la bouche, outrée, puis avait éclaté de rire.

« Toi non plus t'étais pas terrible ! Tu as peur qu'on t'avale la langue ou quoi ? »

Elles s'étaient mises à rire toutes les deux. Un fou rire nerveux, libérateur. Ambre se tenait les côtes, Angéla hoquetait. Finalement, en lui tendant la main, Angéla avait proposé :

« À défaut de se rouler des pelles, on peut devenir copines, non ? »

Ça avait été le début de leur amitié. Le réveil à la vie, à la liberté, se sentir vibrer, toujours plus fort, plus vite. Alcool, cigarettes, joints et orgasmes à l'arrière des voitures. Zéro limite.

Les Miller n'avaient rien vu ou n'avaient rien voulu voir. Mme Miller avait bien tiqué un peu quand Ambre avait teint ses cheveux en noir. Ses beaux cheveux couleur d'ambre… Mais elle n'avait rien dit.

Le bac avait été obtenu de justesse. Il le fallait si elles voulaient aller à la fac ensemble. Elles avaient déjà des plans : Angéla prendrait un appartement (ses parents avaient de l'argent), elles habiteraient ensemble et inviteraient des garçons quand elles le voudraient. Elles organiseraient des fêtes délirantes. Vivre, vivre, vivre.

« Tu étais heureuse ?

— Au début, oui.

— Et après ?

— Après, c'était comme une spirale. Je pouvais plus m'arrêter.

— Tu avais besoin de ça pour te sentir heureuse ?

— …

— Ambre ? Est-ce qu'il t'en fallait toujours plus pour rester heureuse ?

— Oui… je crois.

— Tu souffrais d'angoisse le soir… C'est ce que tu m'as raconté l'autre jour.

— Pas au début. C'est venu à la fac.

— Est-ce que tu avais besoin de toutes ces substances pour étouffer l'angoisse ?

— Oui.

— Et tes parents ? »

Sa posture changea. Elle recula au fond de sa chaise, sur la défensive.

« Quoi, mes parents ?

— Ils n'ont rien fait pour arrêter ça, n'est-ce pas ? »

Mâchoires serrées.

« Ils n'ont rien vu ?

— Non. »

Mme Idalo touchait enfin du doigt le point important.

Ambre revoyait son reflet dans le miroir à cette époque-là. Ses cheveux noir corbeau, le rouge aguicheur sur ses lèvres, ses jupes trop courtes, son haleine alcoolisée, même en pleine semaine, ses yeux injectés de sang. Elle y allait fort. Quand elle daignait passer une journée chez ses parents – c'était de plus en plus rare –, elle arrivait en retard, dans ses vêtements de la veille qui sentaient la fumée. Elle lorgnait discrètement la tablette dans l'entrée, celle où était déposé le courrier. Elle repérait les enveloppes au cachet de l'université, passait un doigt sous le pli pour constater qu'elles avaient été ouvertes. Elle savait ce qu'elles contenaient. *Avertissement pour absences répétées.* Elle recevait le double par mail. Elle attendait une remarque de ses parents, un reproche, mais rien ne venait.

Elle avait mis du temps à comprendre qu'elle les détestait. Elle les avait toujours trouvés petits et minables, mais la haine était venue plus tard, quand elle avait dû regagner le domicile familial, après que Philippe eut ordonné : « Tu arrêtes les conneries maintenant. » Elle avait abandonné Angéla sans l'ombre d'un remords. Ce retour soudain n'avait soulevé aucune question, aucun commentaire. Les Miller n'avaient jamais rien demandé et, malgré tout son ressentiment, elle avait repris le quotidien chez eux.

Un jour, ça avait fini par éclater tout de même. La réaction qu'elle attendait tant était venue, six mois après son retour. Bien trop tard. Lorsque Philippe lui avait offert les clés de son studio. Elle avait fait ses valises et annoncé qu'elle emménageait ailleurs. Ses parents s'étaient regardés, interloqués.

« Tu vas quelque temps chez Angéla ?

— Non. J'ai rencontré quelqu'un. »

Un sourcil de Mme Miller avait tressauté.

« Oh… Tu as un petit ami ? Mais… c'est vraiment sérieux ? »

M. Miller avait retrouvé un semblant d'autorité et de pragmatisme :

« Enfin ! On n'emménage pas avec son petit copain à même pas vingt ans ! Comment comptez-vous payer le loyer ? Et ses parents à lui, qu'est-ce qu'ils disent ?

— Rassurez-vous, il n'a pas besoin de l'autorisation de ses parents : il a quarante ans. » Et devant leurs efforts pour ne pas voir, entendre ou comprendre, elle avait continué : « Il est marié et il a deux enfants. Deux petits garçons. Il va me louer un appartement. On en a marre de se voir à l'hôtel. On couche ensemble depuis six mois. Alors oui, c'est plutôt sérieux. »

Elle avait jubilé de voir la honte et l'horreur sur leurs visages. M. Miller avait rougi, ouvert la bouche plusieurs fois avant de réussir à parler, avant que tout n'explose. Des années trop tard.

« C'est une blague ? avait-il rugi. Dis-moi que c'est faux ! »

Mme Miller, pâle comme un linge, semblait adresser des prières muettes à Dieu et respirait par petites saccades pour ne pas défaillir. *Faites que ce soit faux, mon Dieu. Qu'avons-nous fait pour mériter ça ?*

Apparemment, l'alcool, les joints, l'autodestruction, c'était acceptable, ça pouvait être ignoré, mais coucher avec un homme marié, devenir sa maîtresse attitrée, ça c'était insoutenable.

« Non, c'est la vérité.

— Tu ne quitteras pas cette maison !

— Je suis majeure, je vais où je veux.

— Tu n'as même pas vingt ans ! Ta place est ici !

— Avec vous ? Plutôt crever ! »

Elle avait presque craché au sol. Ils n'avaient pas compris cette haine soudaine.

« Ambre, enfin, ça pourrait être ton père ! » avait crié sa mère.

Mathieu était venu voir ce qu'il se passait et il était resté planté, ridicule et muet, à l'entrée du salon.

« Si tu passes cette porte, je te préviens, on te coupera les vivres !

— Ha ! C'est ça votre menace ? Du chantage financier ?

— On le fera ! N'aie pas de doutes là-dessus !

— Eh ben faites-le ! Comme ça je ne vous devrai plus rien ! De toute façon, je n'en ai pas besoin de votre argent ! Il paiera ! Il paiera pour tout ! Le loyer et tout le reste ! »

Son père avait alors eu ces mots, qu'elle n'oublierait jamais :

« Très bien. En fait je crois que tu t'es mal exprimée : tu quittes la maison pour devenir une prostituée ! »

Cette phrase avait marqué le coup final de la dispute familiale. Parce que M. Miller s'était trouvé tellement choqué par ses propres mots qu'il n'avait plus bougé ni parlé. Il l'avait laissée traverser le salon avec ses trois lourdes valises sans broncher, tandis que Mme Miller s'affalait dans un fauteuil, victime de palpitations. Ambre avait claqué la porte de toutes ses forces, abandonnant la maison de son enfance sans une once de regret.

Un matin, l'infirmière lui dit que sa période d'isolement prenait fin. Ambre ne savait pas ce que cela impliquait mais ne demanda rien.

Mme Idalo lui annonça qu'elle avait terminé sa série d'entretiens. Elle avait pris beaucoup de notes. Ce jour-là, elle portait un foulard jaune et vert.

« Comment ça va, Ambre ? demanda-t-elle. Aujourd'hui, comme je te l'ai expliqué, c'est la dernière séance et c'est moi qui vais parler. Je vais te faire un petit bilan de nos échanges. Je n'attends pas de réponse de ta part. Je vais simplement t'exposer du mieux possible ce que j'ai compris et t'amener à réfléchir sur certains points. C'est ok ?

— Oui.

— Bien sûr, ce ne sont que des prémices. Un début de pistes à explorer. Je te conseille vivement de continuer ce travail avec un psychologue. On y reviendra en fin de séance. »

Mme Idalo se mit alors à parler en choisissant soigneusement ses mots. Il était question d'un mal-être qui trouvait racine dans son enfance, d'un manque de dialogue et d'attention au sein de la « cellule familiale ». Elle analysait ses années lycée comme un point crucial de basculement : Ambre avait réussi à exister dans le regard d'Angéla.

« Crois-tu que ce soit un hasard si tu t'es lancée dans cette amitié aussi fusionnelle que dangereuse avec Angéla ? Elle a été la première personne à poser un vrai regard sur toi. Elle t'a donné vie, elle t'a donné des couleurs. Plus tard, c'est Philippe qui est arrivé. Grand, fort, protecteur. La figure paternelle. »

Mme Idalo s'interrompit et la jaugea. Ambre restait de marbre. Rien ne passait sur son visage.

« Il est clair que tu cherches une relation fusionnelle qui t'a manqué étant enfant. Mais alors pourquoi… pourquoi ne te raccrocher qu'à des relations toxiques pour toi ? C'est sur ça que tu dois réfléchir.

Toi seule peux trouver la clé. Ce sera un long processus. »

Elle laissa passer quelques secondes pour mesurer son effet, mais Ambre ne réagissait toujours pas.

« Il est primordial que tu coupes le lien avec cet homme. Sans ça, tu ne pourras pas avancer. »

Mme Idalo regroupait ses notes sur son bureau et continuait à parler. Ambre cessa d'écouter. Les cachets la faisaient dormir. Quand Mme Idalo lui tendit une petite carte par-dessus la table, elle revint à elle.

« Voilà, tu as mon numéro là-dessus. Je tiens des permanences gratuites tous les mercredis à l'hôpital. Mais je te conseille de te trouver un psychologue spécialiste des relations familiales. J'ai quelques collègues plutôt reconnus dans ce domaine. Je laisserai leur numéro à l'infirmière. » Petit soupir et sourire amical. « Je compte sur toi alors ? »

Ambre hocha la tête. Toujours aucune expression sur son visage.

« Je te dis à bientôt ?

— D'accord.

— À bientôt, Ambre. »

Elles échangèrent une poignée de main et Mme Idalo la poussa gentiment en avant.

« L'infirmière t'attend dehors. »

Tout ça pour ça, songeait Ambre. Elle avait déballé, ouvert des vannes, fait remplir tant de pages. Pour ça. Mme Idalo s'en allait vers un autre patient et elle, elle regagnait sa chambre, déjà lasse. Les séances avaient été ses seules perspectives. Un nouveau jour, une nouvelle séance. Parler, débiter. Qu'est-ce qu'elle ferait maintenant ? Est-ce qu'on la laisserait toujours dans sa chambre ?

Elle sursauta en entendant la voix de l'infirmière :

« Tu as une petite surprise. »

L'infirmière guetta une réaction qui ne vint pas et songea : *On ne devrait pas lui donner autant de médicaments, elle n'interagit plus du tout.* Les portes s'ouvrirent.

« Voilà ta surprise », déclara l'infirmière.

Ambre mit plusieurs secondes à analyser la scène : ses parents, son frère, devant la porte de sa chambre. Triste portrait. C'en était presque comique. Ils attendaient, embarrassés, le regard fuyant. C'était ça la surprise… La fin de la période d'isolement…

Elle s'arrêta devant eux. Il y eut un instant de flottement, de gêne. L'infirmière murmura :

« La voilà. Eh bien, approche. »

Alors Mme Miller fit un pas en avant, attira sa fille contre elle avec raideur, lui tapota le dos. Elle ne savait pas faire. Elle n'avait jamais su faire. M. Miller posa une main sur son épaule. Mathieu lui adressa un sourire désolé. Il portait un de ses T-shirts d'adolescent attardé représentant un super-héros. Il avait l'air plus ridicule et penaud que jamais quand il dit :

« Content de te voir. »

Mme Miller desserra son étreinte et détourna illico le regard.

« Entrez ! » déclara l'infirmière.

Chacun prit place en silence dans un fauteuil. Ambre rejoignit son lit, laissant ses pieds se balancer dans le vide.

On se força à parler en évitant la question du suicide. Mme Miller trouva des sujets de conversation plus adéquats : l'amabilité des infirmières, les programmes à la télévision, les repas qu'on servait.

À la fin de la visite, elle se risqua :

« Les médecins disent que tu te portes bien… que tu… qu'il n'y a pas de séquelles. Tu… ils t'ont dit quand tu rentrerais ?

— Non. »

Ils finirent par partir en promettant de revenir le lendemain. Elle eut envie de demander : *Pour quoi faire ?*

La porte se referma et Ambre comprit qu'on ne parlerait pas de son départ de la maison, de Philippe, de la lame de rasoir… jamais. Rien ne changerait jamais.

Il n'était que dix-neuf heures mais elle avait terriblement envie de dormir. Elle remontait la couverture sous son menton quand on toqua à la porte.

« Oui ? »

Philippe entra. Il sortait sans doute du travail car il était en costume. Les docteurs avaient dû prévenir tout le monde de la fin de l'isolement, c'était le grand défilé. Elle le regarda approcher sans rien ressentir. Aucune émotion. Il se planta devant le lit et hésita : devait-il l'embrasser ou non ? Il se résolut à la serrer dans ses bras.

« Ils m'ont dit que je pouvais venir. »

Il s'assit sur le bord du lit. Elle attendit sans réaction qu'il parle. Mais Philippe ne dit rien. Il saisit avec des gestes lents et délicats ses poignets, toujours bandés. Il les déposa très légèrement sur ses genoux et se mit à les caresser doucement, à l'endroit des cicatrices.

Alors ce fut fulgurant. Imprévisible. Incongru. Dans tout son corps, une vague de désir dévastatrice. C'était toujours là ! Malgré les médicaments qui l'abrutissaient, elle se consumait toujours dès qu'il la touchait. Elle lutta quelques secondes, à peine. Après ça, elle se retrouva la tête renversée en arrière, les yeux fermés, dénuée de toute volonté.

« Ambre ! »

Elle rouvrit les yeux. Philippe la regardait avec un air grave.

« Je suis désolé. Je sais que ça sonne creux, mais tu ne t'imagines même pas à quel point je suis désolé… je ne dors plus la nuit… je ne fais que penser à… »

Elle ne l'interrompit pas et ça le mit encore plus mal à l'aise.

« J'ai toujours pris ça à la légère… J'ai toujours cru que tu me faisais des caprices… J'ai… j'ai oublié que j'étais un adulte et que tu étais encore une enfant. J'aurais dû voir… que tu étais si jeune… que tout t'atteignait si fort… »

Elle songea, avec amertume, qu'elle n'avait pas été trop jeune quand il s'était agi de la prendre sauvagement sur le lit, sur la table de la cuisine, dans la salle de bains, à n'importe quel moment de la journée ou de la nuit.

« J'aurais dû… j'aurais dû t'écouter vraiment… J'aurais dû comprendre ton mal-être… » Il traça un petit cercle sur son pansement, au-dessus des cicatrices. « Je voudrais t'aider… essayer de rattraper un peu tout ce gâchis… je… » Il déglutit et prit une inspiration. « Est-ce que ça te dirait de prendre un peu l'air ? De partir quelque temps ? De prendre… de prendre du recul sur tout ça ? »

Elle le regarda sans comprendre, inexpressive.

« J'ai repris contact avec un ancien copain de fac. Quelqu'un de très bien. Il est directeur d'un hôtel dans les Hautes-Alpes. Un village de montagne très calme. Il peut te trouver un travail dans son équipe, à l'hôtel. »

Les Hautes-Alpes. C'était loin. Loin de Lyon. Loin de la maison. Loin des Miller.

« C'est un endroit idéal, tu sais, poursuivit Philippe. Le genre d'endroit où l'on va se reposer, se ressourcer. Je crois que… je crois que ça te ferait le plus grand bien. »

Il la regardait avec appréhension. Elle s'animait vaguement. Ses sourcils s'étaient levés de façon presque imperceptible.

« Ambre ? Tu as entendu ce que je viens de dire ?

— Oui.

— Qu'est-ce… qu'est-ce que tu en penses ?

— Oui. D'accord. »

Il retint avec difficulté un sourire, passa une main dans ses cheveux, sur son visage.

« Je ne veux que ton bien, tu sais. »

Mais elle ne l'écoutait et ne le voyait déjà plus. Sous ses yeux défilaient de grandes étendues blanches, une nature sauvage et calme. Elle sentait l'air frais sur son visage. C'était une sensation bizarre, une sensation oubliée depuis longtemps. C'était… oui, c'était ça, un semblant d'émotion, une infime particule de ce qu'elle avait perdu depuis longtemps. De l'espoir.

Autre chose l'attendait quelque part.

DEUXIÈME PARTIE

La vie… entre ses appels

Un épais silence régnait dans la voiture depuis maintenant plus de deux heures. Philippe conduisait, jetant de temps en temps des coups d'œil obliques vers Ambre. Elle regardait défiler le paysage, la tête posée contre la vitre. Elle avait repris des couleurs depuis sa sortie de l'hôpital. Ses cheveux avaient poussé aussi, laissant apparaître une bande dorée à la racine, qu'elle n'avait pas recouverte de noir.

Elle avait dit au revoir à sa famille quelques heures plus tôt. Tout ce qui était ressorti de ces brèves accolades, c'était un immense sentiment de soulagement. Enfin, elle allait arrêter de se décomposer sous leurs yeux impuissants. Enfin, elle reprendrait vie, elle retrouverait une forme de socialisation, côtoierait des gens de son âge, apprendrait un métier. Quelqu'un avait pris les choses en main. Pas eux, mais quelqu'un. Ce quelqu'un, c'était Philippe, mais ils feignaient de l'ignorer.

Ils avaient promis de l'appeler chaque semaine.

Philippe. C'était la première fois qu'elle le revoyait depuis sa visite à l'hôpital. Ces trois dernières semaines, il s'était montré distant. Gentil mais distant. Naturellement, à sa sortie de l'hôpital, on l'avait renvoyée chez ses parents. Philippe n'avait pas insisté pour qu'il en soit autrement. Il avait dit, comme pour la rassurer :

« Tu as trois semaines avant ton départ dans les Hautes-Alpes et le début de la saison d'hiver. Trois semaines, c'est rien du tout, hein ? Juste ce qu'il te faut pour te reposer et reprendre des couleurs. »

Elle n'avait pas bronché. Trois semaines. Vingt et un jours. Elle avait compté chaque jour, chaque heure de ce retour forcé à la maison familiale. Philippe l'avait appelée une ou deux fois et ça avait été assez bref. Il tentait de sauver son mariage, elle ne pouvait pas le blâmer.

Elle avait passé ces trois semaines à avaler des médicaments, ceux qui rendent tout si lointain et transforment en automate. Elle s'était volontairement plongée dans ce brouillard qui la rendait insensible pour attendre son nouveau départ. Là-bas, peut-être, elle arrêterait les médicaments. Elle se permettrait à nouveau de sentir, ressentir, pleurer, rire. Peut-être.

« Mon ami d'université s'appelle Michel, avait expliqué Philippe au téléphone. Tu verras, il est vraiment très gentil. Il tient cet hôtel-restaurant avec sa compagne, Sylvie. Ils n'ont pas d'enfants. La saison d'hiver s'étend de fin novembre à mi-mai. L'hôtel compte trente chambres. Michel accueille toute une équipe de saisonniers : cuisiniers, serveurs, personnel d'entretien… En général, ce sont des jeunes. Il m'a proposé de t'intégrer à l'équipe des serveurs. Ça te plairait, le service ? »

Le village se nommait Arvieux et Philippe lui avait dit qu'on surnommait le coin le Val d'Azur car les conditions climatiques y étaient excellentes. Arvieux était en fait une « station village » du parc naturel du Queyras. Authentique. « La montagne à l'état pur. » Pas de grands boulevards de ski, de files de touristes… Les quelques pistes de ski se situaient en plein cœur de la forêt. Il lui avait bien vendu l'affaire mais c'était inutile, elle était déjà prête à partir.

« On fait une pause ? » proposa Philippe.

Quelques minutes plus tard, ils s'arrêtaient sur une aire d'autoroute. Philippe leur commanda deux cafés avant de s'installer à une table, contre la vitre.

« Pourquoi tu es aussi silencieuse ? »

Il la regardait depuis plusieurs minutes, elle remuait son café, le regard perdu dans le vide. Elle leva les yeux vers lui.

« Tu m'en veux ? Je croyais que l'idée de t'installer à Arvieux te plaisait…

— Ça me plaît. Je suis contente d'y aller », répondit-elle, même si son visage traduisait une impassibilité totale.

Il approcha sa chaise de la sienne et posa une main maladroite sur son genou.

« Je t'appellerai, tu sais… je t'abandonne pas totalement. » Puis il ajouta, baissant la voix : « Je pouvais pas faire autrement… Ma famille… »

Il ne termina pas sa phrase et elle continua à remuer son café, ne laissant rien transparaître.

« Je… j'ai un cadeau pour toi. »

Elle esquissa un sourire qui manquait de naturel. Il sortit de la poche de sa veste un petit paquet rouge.

« Ouvre-le ! »

Le paquet renfermait un bracelet en argent. À la maille très fine était suspendue une étoile. Elle se demanda à quoi rimait ce cadeau. Se sentait-il obligé ? Voulait-il se faire pardonner ? Lui faire oublier qu'il se débarrassait d'elle en l'envoyant à des centaines de kilomètres de lui ?

« Je vais te l'attacher. »

Il prit son bras, dégagea sa manche, vit les cicatrices roses sur ses poignets et accrocha le bracelet avec des gestes délicats, comme s'il craignait de la briser.

« Voilà. Comme ça, je serai toujours avec toi. »

C'était donc ça. Un cadeau symbolique, un doudou. Il passa une main dans ses cheveux et la laissa retomber mollement, sans savoir s'il était encore autorisé à la toucher.

Ils finirent leur café en silence. Sous la table, les mains d'Ambre jouaient avec le pendentif sans même s'en rendre compte. Son indifférence commençait à s'effriter.

Plus tard, ils quittèrent l'autoroute et s'engagèrent sur des routes de campagne qui se transformèrent rapidement en lacets de montagne. Au bout de quelques kilomètres, ils virent de la neige glacée au bord des routes. Le soleil brillait haut dans un ciel parfaitement bleu. Les virages en épingle devinrent de plus en plus serrés, la pente raide. Enfin le panneau indiquant Arvieux apparut.

Située au fond d'une vallée, la station d'Arvieux était exactement telle que Philippe l'avait décrite. Des petites rues, des vieilles fermes, des chalets ici et là. Plus loin ils passèrent devant l'église catholique et le temple protestant. Ils croisèrent quelques rares touristes, raquettes et skis à la main. La voiture s'arrêta devant un chalet beaucoup plus imposant que les autres, dont le panneau en bois annonçait : *Hôtel-restaurant Les Mélèzes*. Ils descendirent et Philippe sortit la lourde valise d'Ambre du coffre. Un homme, les cheveux poivre et sel, la quarantaine, les yeux noirs, vint à leur rencontre, un grand sourire aux lèvres.

« Philippe ! Je commençais à m'inquiéter ! Vous avez fait bonne route ? »

Les deux hommes se donnèrent l'accolade. Ils avaient l'air heureux de se retrouver.

« Ça fait un sacré bout de temps !

— Ouais. T'as encore vieilli !

— Tu t'es pas vu ! »

Ambre restait à l'écart, essayant de jauger l'homme. Un ami de Philippe… Quel genre ? Du genre à tromper sa femme avec une gamine ? Ses grosses chaussettes en laine qui dépassaient de ses baskets la rassurèrent.

Philippe se chargea des présentations :

« Michel, je te présente Ambre. Comme je te l'ai dit, c'est la fille d'un de mes collègues de travail. Elle a arrêté la fac et elle a du mal à trouver un job. C'est vraiment sympa de l'aider. »

Michel tendit la main, puis décida que non, ils allaient se faire la bise.

« Bienvenue, Ambre ! Allez, entrez tous les deux. »

Ils se retrouvèrent dans le hall de réception, une pièce coquette et lumineuse. Les murs étaient couverts de tableaux représentant des paysages montagneux. Au sol s'étalaient un beau parquet et des tapis anciens, épais, avec des franges rouges et noires. Un comptoir massif trônait au fond. On y avait disposé des brochures et une grande lampe.

La réception s'ouvrait à droite sur un couloir où un panneau indiquait : *Restaurant*. À gauche de la salle de réception, un escalier en colimaçon donnait accès à l'étage.

Ambre jetait des coups d'œil circulaires quand Michel cria :

« Sylvie ! Sylvie ! Ils sont arrivés ! »

On entendit des bruits de pas au-dessus et une petite femme apparut, très mince et brune, les bras chargés de serviettes de bain.

« Bonjour ! »

Elle paraissait essoufflée mais elle avait le même sourire franc que Michel. Elle posa les serviettes sur le comptoir, et replaça une mèche de cheveux derrière son oreille, avant de se planter devant eux, les yeux brillants.

« Sylvie, tu reconnais Philippe ?

— Bien sûr que je le reconnais ! »

Ils échangèrent une bise en s'étreignant. Puis elle se tourna vers Ambre.

« Tu dois être Ambre ?

— Oui.

— Eh bien, enchantée ! Contente de faire ta connaissance. On a dû te dire que j'étais la compagne de Michel. Je m'occupe de la réception en principe.

— En réalité, elle est partout à la fois ! intervint Michel. Là par exemple, elle donnait un coup de main aux femmes de chambre…

— Tu te souviens qu'on ouvre demain au moins ?

— Évidemment ! Et ça sera parfait, comme d'habitude ! »

Sylvie décida de l'ignorer et prit Ambre par le bras, faisant volte-face en direction des escaliers.

« Viens, je vais te montrer ta chambre et te présenter à l'équipe. »

Sylvie ne montait pas les marches de l'escalier en colimaçon, elle les avalait, sans cesser de parler :

« Ici c'est le premier étage. Il y a quinze chambres. Et quinze autres au deuxième. Fais attention aux chariots qui traînent. »

Un couloir sombre. Des portes ouvertes projetant des rais de lumière sur le parquet brut. De coquettes chambres de style alpin rapidement entraperçues. Une nouvelle porte au fond.

« L'accès au deuxième étage. »

Bam ! La porte ouverte à la volée, Sylvie s'y engouffrant et un nouvel escalier en colimaçon qui montait. Ambre suivait tant bien que mal, avec l'impression de peser des tonnes. Elle essayait de ne pas paraître trop ébahie. Sylvie filait, parlait, montrait du doigt. Deuxième étage. Deuxième couloir sombre. Un chariot au milieu. Des seaux sur le sol. Un balai posé contre un mur. Deux femmes de ménage en pleine discussion. Brusque arrêt de Sylvie au milieu du couloir.

« Anna et Martine. Bon… vous ne vous croiserez pas en principe. Vous faites des horaires décalés et puis… le personnel d'entretien, contrairement au personnel de restauration, n'est pas logé à l'hôtel. Attention au chariot ! » Contournement du chariot, volte-face de Sylvie : « Nous faisons appel à une société de nettoyage et les femmes changent souvent… »

Elles se trouvaient devant une petite porte indiquant : *Réservé au personnel*. Sylvie poursuivait :

« Voici la porte pour le troisième étage. C'est un étage réservé aux saisonniers. C'est votre lieu de vie. Il y a les chambres, une salle de bains et un petit salon. »

Bam ! Nouvel escalier en colimaçon, bien plus étroit que les autres. Il y faisait très sombre. Une minuterie fut activée. L'instant d'après, Sylvie poussait une petite porte donnant sur un nouveau couloir, le dernier. Moins sombre, moins vide. Ici il y avait de la vie. Du bruit, de l'agitation. Deux rangées de portes ouvertes, d'où sortaient des éclats de voix. Des valises posées à même le sol. Certaines déballées, d'autres juste déposées. Sylvie s'avançait déjà, repoussant sans ménagement un sac de voyage.

Ce dernier étage était situé sous les toits, dans les combles. Bas de plafond. Quelques poutres apparentes. Des murs recouverts de bois. Un sol au parquet brut qui grinçait. Une douce chaleur. Une odeur de pin. Le parfait chalet alpin.

Ambre pila net pour éviter la collision. Une jeune fille venait de faire irruption devant elle, les yeux rivés sur son téléphone portable.

« Attention où tu marches, Jessy ! » cria Sylvie.

La fille releva les yeux. Des cheveux blonds aux épaules, pas plus de vingt ans. Elle avait l'air renfrogné. Visiblement de mauvaise humeur. Elle grommela quelque chose qui ressemblait à : « Foutu réseau ! » et Sylvie répliqua, amusée :

« Qu'est-ce qu'il t'arrive, Jessy ?

— Comme tous les ans, y a pas de réseau… »

Il y eut quelques secondes de flottement, le temps pour la jeune fille de ravaler son agacement et de prendre conscience de la présence d'Ambre, immobile et légèrement égarée aux côtés de Sylvie. Son regard s'attarda sur elle quelques secondes, mais Sylvie intervint pour couper court à l'examen :

« Je te présente Ambre, elle sera avec toi au service. »

La dénommée Jessy lui adressa un signe du menton, sans plus d'enthousiasme.

« Salut ! » lâcha-t-elle quand même.

La jeune fille n'avait pas un visage sympathique, avec ses petits yeux inquisiteurs et son nez en trompette. L'air presque agacé, elle demanda, pour la forme :

« C'est ta première saison ?

— Ma première, oui. »

Heureusement, Sylvie intervint, accélérant les présentations :

« Jessy est ici avec nous pour la troisième année. Vous avez presque le même âge… Je vous ai mises dans la même chambre. »

Le silence qui suivit pesa davantage encore. Jessy se contenta de hocher la tête. Ambre resta muette. Sylvie conclut rapidement :

« Allez, je ne te retiens pas plus, Jessy. Tu avais un coup de fil à passer, je crois. »

La jeune fille en profita pour déguerpir, reprenant ses injures contre le réseau téléphonique. Sylvie leva les yeux au ciel, amusée.

« Personne ne râle aussi bien qu'elle ! Bon, je vais te présenter au reste de l'équipe. » Elle tapait déjà dans ses mains. « Tout le monde ! Venez quelques secondes, s'il vous plaît. La dernière recrue est arrivée ! Tous dans le couloir ! »

Une tête, puis deux, puis trois… apparurent dans l'entrebâillement des portes. Ambre ne pouvait pas les distinguer clairement. Filles ? Garçons ? Elle n'était pas certaine de résister à toutes ces paires d'yeux braquées sur elle. *Ils sont combien ?* Elle avait les mains moites. Sylvie cria plus fort, pour les encourager :

« Oui ! Venez ! Vous retournerez à votre installation dans quelques secondes ! »

Ils commencèrent à affluer. Des hommes, des femmes, des jeunes, des moins jeunes, sortant en un flot désordonné dans le couloir, continuant de parler, de se chamailler, de plaisanter. Ils n'étaient pas si nombreux. À peine une dizaine. Pourtant, qu'est-ce qu'ils faisaient comme bruit ! Sylvie claqua des doigts plusieurs fois pour se faire entendre.

« Bon. J'en ai pour une petite minute, reprit-elle, couvrant les voix des derniers dissipés. Ambre, approche. »

Le silence se fit. Elle avança dans un grincement de parquet.

« Voici Ambre. Elle vient d'arriver de Lyon. Maintenant, l'équipe est au complet. C'est sa première saison. Elle va apprendre le métier de serveuse. Je vous laisse vous présenter ? »

Il y eut à nouveau du brouhaha. Les têtes se tournèrent les unes vers les autres. Qui voulait commencer ? Ce fut un jeune homme qui s'avança presque avec désinvolture. La trentaine, brun, le teint mat, les yeux noirs. Terriblement beau, impossible de penser le contraire. Ambre le nota tout de suite, comme le reste : l'accent italien, le sourire en coin, le regard joueur. Il s'appelait Andréa, venait d'Italie, connaissait bien l'endroit. Il faisait partie de l'équipe des serveurs lui aussi et il était leur manager. Il se chargerait de la former pendant sa première semaine. Elle pouvait compter sur lui pour n'importe quel problème. Elle le remercia brièvement, tandis qu'il reprenait place dans le groupe. Elle le rangea tout de suite dans la catégorie des hommes peu fiables. *Il sait qu'il obtient ce qu'il veut. Toujours.* Sylvie ne lui laissa pas le temps de rêvasser. Elle appelait déjà le suivant :

« Daniel ? »

Un homme beaucoup plus âgé se détacha du groupe. Il avait au moins la cinquantaine. Dégarni, rougeaud, trapu. Il parla de sa grosse voix d'homme bien en chair : il était chef de cuisine, il travaillait depuis vingt ans dans la restauration avec sa femme, Delphine, la cuisinière de l'équipe. Il désigna une femme aussi trapue et rondelette que lui, grisonnante. Elle fit un petit signe de la main et ajouta :

« Eh bien… bienvenue dans l'équipe. »

Des gens gentils, pensa Ambre. Il y eut un nouveau mouvement dans la foule. Une jeune métisse se trouva poussée en avant. Ambre remarqua avec surprise qu'elle tenait un nourrisson endormi dans ses bras et se demanda si les médicaments ne la faisaient pas halluciner.

« Salut, je suis Rosalie ! »

La jeune femme avait la voix chantante, des boucles qui dansaient autour de la tête et des yeux qui riaient. Elle dit avoir trente ans et être la maman de la petite Sophie, dans ses bras. C'était donc bien un bébé, elle n'avait pas rêvé. Rosalie aussi était serveuse et elle prendrait le poste de manager lorsque Andréa serait en repos. Elle était nouvelle aux Mélèzes mais elle était sûre qu'elle s'y plairait. Elle avait toujours rêvé d'habiter sous les toits. Elle souriait tout le temps, même quand elle cessa de parler. *Pétillante*, pensa Ambre. *Pétillante et légère.* Une brise d'air frais sous les toits.

Le garçon qui s'était avancé avait une vingtaine d'années. Un sweat à capuche. Une tignasse châtain mal coiffée, de grands yeux noisette. Il avait des traits fins qui lui donnaient un air enfantin. *Touchant.* Ce fut le mot qui vint spontanément à l'esprit d'Ambre.

« Eh bien… moi c'est Tim… Je suis commis de cuisine. Je travaille avec Daniel et Delphine. C'est ma quatrième saison au total et ma deuxième ici… On s'y plaît, tu verras. »

Dans le silence revenu, toutes les têtes se tournèrent vers le dernier membre de l'équipe, à qui Ambre n'avait pas prêté attention. Il se cachait derrière le groupe, silencieux et discret. Il avait à peine esquissé un mouvement jusqu'alors. C'était un homme d'une soixantaine d'années. Le doyen sans conteste. Il avait des traits durs, abîmés par le temps, un visage bourru, une épaisse moustache, de grosses mains crevassées. *Un ours*, songea-t-elle. Sa voix ressemblait à un grondement de bête. Il s'appelait Wilson, il était plongeur en cuisine et exerçait le métier depuis peu. Visiblement, il n'était pas bavard car il ne dit rien de plus. Le silence se fit et se prolongea. Les têtes se tournèrent vers Sylvie, qui posa une main sur l'épaule d'Ambre.

« Voilà, Ambre, tu as rencontré toute l'équipe.

— Euh… eh bien… enchantée. »

Sylvie ne la laissa pas bredouiller davantage :

« Bien ! Merci tout le monde. Vous pouvez retourner à vos occupations. » Puis, se tournant vers elle : « Nous deux, on va visiter l'étage. »

L'ouragan Sylvie était reparti. Et autour, tout se remettait à bouger très vite aussi. Le groupe se dispersait, les discussions reprenaient, les portes claquaient, les valises s'ouvraient.

Ambre se laissa entraîner par Sylvie, qui la guida dans le couloir.

« En tant que doyen, Wilson a droit à une chambre pour lui tout seul. C'est celle-ci là-bas, tout au fond. On y passera tout à l'heure. Et Rosalie, qui va vivre à l'hôtel avec son bébé, a aussi droit à sa chambre. Tiens, suis-moi. Ça, c'est celle que partagent Tim, le commis, et Andréa, ton manager. Et là… attention à la valise dans le passage… là, c'est la chambre maritale de Daniel et Delphine. »

Les chambres étaient toutes identiques. Assez basiques. Petites mais fonctionnelles. Deux lits aux deux extrémités de la pièce pour les chambres doubles. À côté de chaque lit, une grande armoire en bois sombre. Une petite table et une chaise en bois devant la fenêtre. Si la plupart des chambres étaient nues, celle de Daniel et Delphine était déjà décorée de photos et d'un gros bouquet de fleurs.

« La salle de bains est commune pour tous les saisonniers, indiqua Sylvie en repartant de plus belle. Viens, la voilà. »

La salle de bains était un espace partagé en deux par une cloison murale : une partie pour les femmes, l'autre pour les hommes. Des faïences grises, des miroirs larges au-dessus des lavabos, des cabines de douche alignées. Pas le grand luxe, plutôt le genre internat, mais tout était propre et fonctionnel.

La dernière pièce était le salon des saisonniers. De loin l'espace le plus chaleureux du chalet. Entièrement tapissé de bois comme le reste de l'hôtel, situé sous la partie déclinante du toit, il en épousait la forme. Bas de plafond, un peu biscornu, l'endroit était plein de charme. Ambre nota tout de suite qu'on s'y sentait bien. Comme dans un nid. La partie la plus haute sous plafond accueillait le coin cuisine. Un mobilier assez traditionnel et une longue table en bois pour les repas. La partie la plus basse était aménagée en coin salon. D'énormes fauteuils étaient disposés en cercle autour d'un poêle à bois. Contre le mur, une bibliothèque débordait de livres. L'endroit était sombre – les seules sources de lumière provenaient de petites fenêtres en forme de lucarne –, mais on y avait installé plusieurs lampes sur pied, toutes de tissus et coloris différents, qui apportaient une note de fantaisie.

Elles étaient arrivées devant la porte de la chambre qu'Ambre partagerait avec Jessy.

« Je suis désolée, je vais devoir filer. J'ai du boulot par-dessus la tête. Les premiers clients arrivent demain et il y a encore tellement à faire ! » Elle jeta un coup d'œil à sa montre et se mit à parler encore plus vite : « Tu peux commencer à installer tes affaires si tu veux. Ensuite, rejoins donc Philippe et Michel. Ils doivent prendre l'apéritif au rez-de-chaussée.

— D'accord… Merci. »

Ambre restait là, les bras ballants, Sylvie lui tapota l'épaule pour l'encourager à se mettre en mouvement.

« Allez, à plus tard ! Si tu as des questions, les autres saisonniers t'aideront. Tout le monde est très serviable ici. N'hésite pas. Bon, je file ! »

Et elle fila, la laissant sur le pas de la porte, plus démunie que jamais. Elle avait le tournis. Ses oreilles bourdonnaient. Elle s'ordonna d'entrer dans la chambre et se laissa tomber sur le lit.

C'était trop d'un seul coup. Trop de visages, de voix, d'informations, de couleurs, d'odeurs… Trop de vie pour quelqu'un qui sortait à peine du brouillard. Elle avait pris son dernier cachet la veille au soir. C'était une claque en plein visage toute cette agitation, une véritable tornade. Elle resta assise quelques secondes, le temps de reprendre ses esprits. La chambre était vide. Dieu merci. Elle n'était pas pressée de se retrouver en présence de sa colocataire qui avait déjà investi les lieux : elle avait disposé des oreillers rouges sur son lit, installé ses affaires de toilette et sa collection de vernis à ongles – plutôt impressionnante – sur la table en bois, devant la fenêtre. Ambre nota chaque détail. Puis elle essaya de se concentrer sur les bruits autour d'elle. Les autres saisonniers avaient repris leurs occupations. Des portes de placard claquaient, des cintres s'entrechoquaient, des fermetures éclair zippaient. Les cloisons étaient fines, il vaudrait mieux s'isoler à l'extérieur du chalet lors de ses futurs appels à Philippe. Pourquoi pensait-elle aux appels de Philippe ?

« Salut ! »

Elle sursauta, fit volte-face et découvrit Andréa à la porte de sa chambre. Il se tenait là, avec son beau sourire assuré, l'air amusé.

« Je suis si effrayant ? »

Il avança, tandis qu'elle tentait de faire redescendre sa fréquence cardiaque.

« Non, c'est… J'ai été surprise. »

Il observa la chambre.

« T'as commencé à t'installer ?

— Non… Non, pas encore.

— Ah, c'est donc Jessy qui se lance dans la manucure professionnelle ? »

Elle avait la gorge sèche, toujours sous le coup de l'émotion. Andréa, lui, occupait l'espace avec assurance.

« Les chambres ne sont pas très grandes, poursuivit-il. Mais on ne peut pas se plaindre quand on est nourri et logé ! Et puis… Michel et Sylvie sont vraiment géniaux, tu verras. »

Elle s'obligea à répondre pour se montrer engageante :

70

« Ça fait longtemps que tu travailles ici ?

— Ce sera ma troisième année. Comme Jessy. J'ai commencé comme serveur ici. Ils m'ont vite donné ma chance. Tu te rends compte de la promotion ? Chef des serveurs ! »

Elle sourit pour la forme, sans conviction, et le silence s'installa. Elle était incapable de trouver quelque chose à dire pour poursuivre la conversation et se montrer un peu amicale. Ça faisait tellement longtemps, elle avait oublié.

« Et les autres ? demanda-t-elle enfin avec un intérêt qui sonnait faux.

— Daniel, le chef de cuisine, et sa femme Delphine travaillent ici depuis sept ans. Ils font presque partie de la famille de Michel et de Sylvie. »

Il alla s'asseoir sur la table en bois, repoussant les flacons de vernis de Jessy.

« Tim, le commis de cuisine, travaille ici pour la deuxième année. Il est gay, très gentil. Entre Jessy et lui, c'est pas la grande amitié. Faut dire qu'elle est un peu… comment dire… un peu… c'est… c'est une emmerdeuse ! »

Il se mit à rire et elle ne sut pas trop si elle devait l'imiter. Elle n'en eut pas le temps : un mouvement dans son dos lui indiqua que Jessy s'était plantée derrière elle. C'était elle qu'Andréa fixait, moqueur, par-dessus son épaule.

« Alors, je dis vrai ou pas ? »

Jessy lui lança un regard noir puis se jeta sur son lit sans répondre. Elle avait toujours son air renfrogné. Andréa poursuivit :

« Les autres, je ne les connais pas. Ni la métisse avec son bébé ni le vieux qui s'occupera de la plonge. C'est leur premier hiver ici. »

Jessy leva brièvement les yeux de son téléphone :

« J'espère qu'il ne nous emmerdera pas trop.

— Qui ? fit Andréa. Le vieux ?

— Non. Le bébé. Quelle idée ! Je ne comprends même pas que Sylvie ait accepté ! T'as vu l'épaisseur des cloisons ? »

Ambre resta silencieuse, ne sachant pas vraiment comment réagir. Andréa lui adressa un sourire qui signifiait : *Fais pas attention, elle râle toujours.* Puis elle se frotta les mains avec maladresse et déclara en se levant :

« Bon je… je dois rejoindre le… collègue de mon père en bas, donc… j'y vais… On se verra plus tard. »

Andréa hocha la tête en souriant.

« D'accord. À plus tard ! »

Elle quitta la chambre avec un empressement mal dissimulé. Dans le couloir, elle fut heureuse de ne croiser personne. Ça ne faisait pas une heure qu'elle était là et elle se sentait déjà épuisée.

Dans le hall, elle se laissa guider par les voix d'hommes qu'elle entendait. Ça venait du restaurant. Philippe et Michel s'étaient installés à une table et discutaient devant deux pintes de bière et un bol de cacahuètes.

La salle arborait un décor typiquement montagnard : murs et plafonds en bois, poutres apparentes, sol en pierre. De nombreux tableaux étaient accrochés aux murs ainsi que des chandeliers. Les tables étaient recouvertes des traditionnelles nappes à carreaux rouges et blancs.

Michel se leva en la voyant arriver.

« Tiens, Ambre, assieds-toi avec nous ! »

Elle se laissa tomber sur la chaise qu'on lui désignait et Philippe lui effleura la jambe sous la table, comme pour lui demander : *Ça va ?* Mais elle préféra éviter son regard. Elle se sentait tellement harassée qu'elle n'était pas certaine de pouvoir retenir ses larmes.

Michel était un homme avenant, à la conversation facile. Il se mit à parler du village, des touristes, du déroulement de la saison à l'hôtel… C'était parfait. Philippe posait des questions et Ambre n'avait qu'à hocher la tête de temps en temps ou à sourire. Sylvie les rejoignit vers treize heures.

« Vous devez mourir de faim. Qu'est-ce que vous diriez d'une omelette aux lardons ? »

À table ce fut facile. Passé les premières minutes et les questions délicates telles que : « Tes parents n'ont pas pu t'accompagner ici ? », auxquelles Philippe sut parfaitement répondre, la vieille amitié entre Michel et Philippe reprit le dessus. Sylvie prenait part à leur discussion avec amusement. Ambre observait en silence le couple exemplaire et sans histoire que semblaient former Sylvie et Michel, et l'image plutôt lisse qu'ils paraissaient avoir de Philippe. *S'ils savaient…* se disait-elle. S'ils pouvaient s'imaginer une seule seconde qu'il l'avait entretenue, nourrie, logée, tout en jouant au mari modèle, au bon père de famille. S'ils la voyaient telle qu'elle était, elle, s'offrant sans remords, sans une once de morale. Jamais elle ne

le supporterait. Jamais elle ne permettrait que quiconque ici ne le découvre.

Après l'omelette aux lardons, on servit un plateau
de fromages et une corbeille de fruits. Quand Michel
proposa des cafés, Philippe déclara qu'il devait y
aller. Une conférence téléphonique avant la fin de la
journée avec des clients anglais. Michel acquiesça et
Sylvie alla chercher son manteau.

La seconde d'après, ils se retrouvèrent dans le hall.
Philippe, visiblement pressé, fit ses adieux à Michel
et à Sylvie. Comme si on avait mis la séquence en
accéléré. Aucune transition.

« On prendra bien soin d'Ambre, dit Michel. T'en
fais pas. Elle sera pas malheureuse ici. Tu peux rassurer son père. »

Ils lui souriaient tous les trois, elle se força à faire
de même. Ce fut à ce moment-là qu'elle commença à
ressentir une douleur dans la poitrine. Philippe avait
son manteau, ses clés de voiture à la main et elle comprenait enfin. Il allait partir. L'indifférence s'effritait.
La coquille se craquelait.

Il s'avança vers elle, lui claqua une bise impersonnelle, conventionnelle. Forcément… devant Michel
et Sylvie.

« Alors… bon courage, Ambre. Tu seras bien ici,
je ne me fais pas de souci. »

Il adressa un clin d'œil à Michel. Les mâchoires
serrées, elle tenta de garder un air impassible. Et il
s'en alla. Sans un regard, sans un mot de plus.

C'est fini. Il est parti pour de bon. Je suis seule.
Les mots s'imprimaient avec lenteur dans son esprit
encore embrumé. De l'autre côté du brouillard,

Sylvie lui parlait mais elle n'entendait rien. Elle se sentait affreusement vide.

Sylvie fouillait dans un des tiroirs du comptoir en bois de l'accueil.

« Vous aurez tous un jeu de clés. Avec ça, tu pourras aller et venir comme tu en auras envie. Si tu veux passer la nuit en dehors du chalet, tu le fais. Tu es ici chez toi. » Elle se redressa, un trousseau à la main. « Les voilà. » Elle refit le tour du comptoir, lui tendit le jeu de clés. « Bon, je dois passer un coup de fil. Je te laisse faire ta vie ?

— Oui, oui. »

Sylvie prit le téléphone sur le socle, commença à composer un numéro puis se tourna soudain vers Ambre.

« Ah ! J'oubliais ! Si jamais tu nous cherches, Michel ou moi, on a emménagé dans la dépendance juste derrière le chalet. »

Sylvie disparut dans l'escalier en colimaçon, le téléphone en main, et Ambre se retrouva seule dans le hall.

Elle hésita quelques secondes. Elle n'avait aucune envie de regagner le dernier étage du chalet et de se retrouver en présence des autres saisonniers. Alors elle opta pour une promenade. Ça lui permettrait de rester un peu seule, ça ne ferait pas de mal.

Elle erra longtemps, jusqu'à ce qu'elle se rende compte qu'elle était glacée et qu'elle avait très faim. La nuit était déjà tombée et les chalets s'étaient illuminés. Il n'y avait plus un chat dehors. Les quelques touristes croisés étaient rentrés se mettre au chaud.

Elle eut peur de ne pas retrouver son chemin, mais finalement elle ne s'était pas tant éloignée. Elle avait plutôt tourné en rond dans le village.

Au dernier étage de l'hôtel, sous les toits, elle fut accueillie par une joyeuse agitation qui provenait de la pièce à vivre. Ça sentait drôlement bon. Elle passa discrètement la tête par l'entrebâillement : ils étaient tous là. L'équipe au grand complet. Même Sylvie et Michel, qui s'activaient aux fourneaux.

« Ah, te voilà ! »

Ambre sursauta. Sylvie venait de l'apercevoir et semblait soulagée. Elle vint à sa rencontre.

« Je commençais à m'inquiéter ! Entre, entre ! »

Ambre s'exécuta, se débarrassant maladroitement de son manteau.

« Oh, je… j'étais pas loin… Je me promenais… »

Sylvie l'interrompit aussitôt :

« J'avais complètement oublié de te prévenir ! Je suis désolée ! » Elle s'écarta pour laisser passer Tim, chargé d'un plat de petits-fours. « On a une petite tradition ici. Chaque hiver, la veille du lancement officiel de la saison, on organise un banquet avec tous les saisonniers. Ça nous permet de faire connaissance avant les six mois qu'on va devoir passer ensemble. »

Michel l'appela de l'autre bout de la pièce :

« Sylvie ! Tu peux me filer un coup de main avec les bouteilles ?

— J'arrive ! »

Elle se tourna de nouveau vers Ambre.

« Va poser ton manteau, mets-toi à l'aise. Tim va te montrer ce que tu peux faire. »

Et elle disparut dans un bruissement de tissu. Tim se retrouva les bras ballants devant Ambre et lui adressa un sourire qui ressemblait à une moue.

« C'est Sylvie. Un instant elle est là et l'instant d'après elle a disparu. Allez viens, je vais te trouver du travail. »

Daniel et Delphine enfournaient un poulet et se concertaient pour décider de la température de cuisson. Wilson s'était retiré près d'une des lucarnes et découpait un bloc de fromage en petits cubes. Tim s'empara d'un saladier rempli d'une pâte compacte.

« C'est pour les gougères, dit-il. Tu peux en faire des petites boules. Comme ça. Après, tu les disposes sur la plaque, là. Dès que t'as fini, tu m'appelles… ou tu vois avec Daniel pour la cuisson. »

Il récupéra deux pichets d'eau qui traînaient sur le plan de travail et disparut. Ambre resta quelques secondes interdite. Ses mains n'avaient pas récupéré toutes leurs sensations mais le vide dans son ventre s'estompait. Elle passa ses doigts sous l'eau brûlante et se mit à la tâche.

La pièce résonnait de rires, de bousculades, d'ordres joyeusement lancés. Jessy et Rosalie dressaient la table. Le bébé de Rosalie était installé dans un transat, tout près d'elles, et semblait hypnotisé par l'agitation qui régnait autour de lui.

« Qui veut du blanc ? »

Michel passait au milieu du remue-ménage, brandissant une bouteille de vin et des verres à pied.

« Il faut reprendre des forces ! »

Andréa s'esclaffa. Daniel réclama une double ration.

C'était étrange de se retrouver au milieu de toute cette vie. Ce n'était pas l'appartement silencieux de Philippe, où il faisait toujours froid, même en été. Ce n'était pas la maison muette des Miller, où elle avait compté les jours en attendant son départ pour les Hautes-Alpes. C'était une véritable déferlante de vie et ça lui donnait le tournis.

Elle s'obligea à reprendre pied et à s'activer. Elle se fondit dans la masse bourdonnante, exécuta sans broncher les ordres de Daniel, donna un coup de main par-ci, par-là. Et très vite, grâce à l'entrain de chacun, l'apéritif fut prêt. Le four ronronnait. Michel cria :

« À table ! »

Il y eut des raclements de chaises, des protestations : « Hé c'est ma place ! », des bruits de verres qu'on déplaçait. L'instant d'après, chacun était installé autour de la longue table en bois.

Ambre se retrouva à côté de Rosalie, sur la seule chaise libre qui restait. La jeune métisse avait installé son bébé sur ses genoux. La petite commençait à s'agiter et à pousser des grognements.

Quelqu'un cria :

« Le discours ! »

Ambre s'aperçut que Michel, tout en bout de table, s'était levé. Le silence se fit et toutes les têtes se tournèrent vers lui. Il se racla la gorge et bomba le torse, ce qui fit rire l'assistance.

« Bon, déclara-t-il. C'est l'heure du traditionnel discours… Mon moment de gloire annuel ! »

De nouveaux rires s'élevèrent autour de la table. Rosalie berçait frénétiquement son bébé dans l'espoir de faire taire les pleurs qui montaient.

« Pour ceux qui arrivent, sachez que ce repas de bienvenue est une tradition qui nous est très chère, à Sylvie et à moi. C'est un moment privilégié pour se retrouver et lancer comme il se doit la saison d'hiver. Alors, chers saisonniers, je vous souhaite la bienvenue dans notre hôtel… J'espère que vous vous y plairez et que vous y vivrez une saison haute en couleur, comme nous avons l'habitude d'en vivre. »

Il saisit son verre de vin sur la table et le leva, invitant le reste des saisonniers à l'imiter.

« Au lancement de la saison d'hiver ! »

Une dizaine de voix lui firent écho, bientôt noyées dans les tintements des verres qui s'entrechoquaient. Ambre porta timidement le sien à sa bouche et aperçut la grosse tête de Daniel qui se tournait vers Rosalie et elle :

« C'est un vin de la région, mesdemoiselles. Un des meilleurs. Vous m'en direz des nouvelles. »

Autour, l'agitation reprenait. Il semblait qu'ici, rien ne s'arrêtait jamais.

Le transat du bébé était posé sur le sol, juste à côté de Rosalie. Elle avait essayé de calmer la petite Sophie un instant, sur ses genoux, mais rien n'y faisait. Les pleurs résonnaient, incessants. Elle avait fini par abandonner et l'avait remise dans son transat pour pouvoir manger un peu.

« Je suis désolée. Je vais la coucher ! lança Rosalie. Je sais que les pleurs de bébé sont désagréables. C'est que je voulais pas la laisser toute seule dans la chambre toute la soirée. »

Ambre secoua la tête.

« Non. Je t'assure… c'est rien. »

Et comme elle sentait que Rosalie n'était pas totalement convaincue, elle demanda :

« Quel âge elle a ?

— Quatre mois.

— Oh, elle est toute jeune. »

Rosalie sourit et lui désigna le bébé.

« Tu veux la voir de plus près ? »

Ambre acquiesça par politesse.

Rosalie souleva la petite et la posa au creux de ses bras. Les pleurs cessèrent instantanément.

« On dirait qu'elle va mieux, fit remarquer Ambre.

— Mmmmh, marmonna Rosalie, contrariée. Quatre mois et déjà capricieuse. »

Le bébé reprenait sa respiration doucement. De grosses larmes avaient barbouillé ses joues. La colère passée, ses paupières battaient, luttant contre le sommeil. Ses petits poings se fermaient et s'ouvraient dans le vide.

« Elle est plus mignonne quand elle ne hurle pas, non ? »

Ambre sourit, hésita un instant, puis tendit une main mal assurée vers celles du bébé. La petite emprisonna un de ses doigts. Ambre se raidit, ce qui fit rire Rosalie.

« Détends-toi ! Tu ne risques rien. Elle ne mord pas. Enfin, pas encore !

— Je m'attendais pas à ce qu'elle ait autant de force. Elle est minuscule.

— Oui… Mais t'as entendu la puissance de ses cordes vocales ? Il faut s'en méfier ! »

Elles se sourirent de nouveau et Tim, assis de l'autre côté de Rosalie, en profita pour s'immiscer dans la conversation. Il demanda sans détour, avec une spontanéité surprenante :

« Tu l'élèves seule ? »

Ce qui mit Rosalie mal à l'aise. Son regard se fit fuyant.

« Oui… J'ai personne pour la faire garder. C'est pour ça qu'elle vit avec moi ici. »

Ambre chercha un moyen de changer de sujet. Mais Rosalie continua à parler, très vite, comme pour éloigner le sujet délicat :

« J'ai postulé dans de nombreux hôtels pour la saison d'hiver. Sylvie et Michel ont été les seuls à vouloir m'accueillir avec Sophie. Ils sont vraiment adorables.

— Et qui va garder Sophie pendant ton travail ? demanda encore Tim.

— Sylvie m'a recommandé une nourrice du village. Son mari est chef cuisinier. Alors les horaires décalés, ça ne la dérange pas. »

Daniel apportait sur la table une énorme salade verte accompagnée de deux poulets rôtis, tandis que Michel se levait pour ouvrir une nouvelle bouteille de vin. Tim en profita pour se rapprocher de Rosalie et d'Ambre sur le banc.

« Alors, vous êtes toutes les deux nouvelles ! »

Deux hochements de tête lui répondirent. Sophie avait fermé les yeux et était sur le point de s'endormir.

« J'ai passé qu'un hiver ici, mais… j'ai vu pas mal de choses. C'est vraiment un endroit chouette. Vous connaissez un peu la vallée du Queyras, Arvieux ? »

Rosalie dodelina de la tête : *Comme ci comme ça*. Tim sembla ravi de l'occasion : il se rapprocha encore et se mit à leur parler du village, de l'hôtel, des endroits où sortir…

Avant de passer au fromage et au dessert, Michel proposa à tout le monde de faire une pause. Certains allèrent s'installer dans les fauteuils du salon, d'autres sortirent fumer. Rosalie avait disparu – elle devait coucher Sophie.

« On se sent bien ici, hein ? »

Andréa venait de se laisser tomber à côté d'Ambre, au coin du poêle à bois. Elle acquiesça. C'était une soirée agréable. Elle ne pouvait le nier. Elle avait bu deux verres de vin et la conversation s'était poursuivie, facile et naturelle. Son estomac s'était dénoué. Pour un temps au moins.

« Tu viens d'où ? s'enquit Andréa.

— Près de Lyon.

— T'as jamais travaillé dans la restauration, c'est ça ?

— Oui.

— Qu'est-ce que tu faisais avant ? »

Elle changea de position pour masquer son malaise. Elle n'aimait ni ses questions ni son sourire enjôleur.

« J'ai commencé des études de langues.

— Et ensuite ?

— Et ensuite… j'ai plus ou moins arrêté. C'était… c'était pas mon truc. J'ai arrêté et me voilà. »

Elle chercha du regard une échappatoire, n'importe quoi, n'importe qui, pour couper court à la discussion.

« Tu sais, personne n'arrive ici par hasard. »

Elle le regarda sans comprendre. Coincée dans ce fauteuil, impossible d'échapper à son sourire et à son regard.

« Personne ne devient saisonnier par hasard », reprit-il.

Elle attendit la suite et, comme rien ne venait, elle demanda, sur la défensive :

« Pourquoi ?

— Bah… quand on y réfléchit, c'est étrange, non ? Quitter sa ville, sa famille, ses amis, tout ce qu'on a pour partir vivre avec des inconnus la moitié de l'année… ça cache toujours quelque chose. »

Il essayait de sonder une expression dans son regard, un voile, un tressaillement, mais elle restait de marbre, et quand elle répliqua, ce fut avec une légère agressivité :

« C'est quoi ton problème alors ?

— Quoi ?

— T'es saisonnier…

— Oh… moi, j'ai pas de problème… l'amour du métier, c'est tout. »

Il sourit largement et elle fut incapable de savoir s'il mentait, s'il plaisantait ou se moquait d'elle.

Après la courte pause, le repas reprit et le volume des conversations s'amplifia encore. On apporta le fromage et de nouvelles bouteilles de vin. Andréa prenait un malin plaisir à remplir les verres de tout le monde. La pipe de Wilson enfumait le salon mais personne ne s'en plaignait. Michel et Daniel se mirent à pousser la chansonnette.

Rosalie semblait tomber de fatigue et Ambre, dans le même état, l'imita quand elle quitta la table, peu après le café.

Allongée sur son lit, dans cette chambre vide et impersonnelle, Ambre était éreintée. Jessy était encore dans le salon, où résonnaient les voix, les rires et quelques fausses notes lancées à tue-tête. Les tubes de vernis se découpaient dans l'obscurité, sur la petite table en bois.

C'était étrange de se retrouver dans un lieu où rien ne lui semblait familier. Pas une voix, pas une odeur, pas même la forme d'un meuble dans l'obscurité. Ses paupières pesaient des tonnes et, pourtant, elle ne parvenait pas à trouver le sommeil.

Un rire s'éleva dans le salon. Sylvie. Ou Delphine. Elle hésita, se redressa à demi. La boule dans son ventre était revenue. Le plomb dans ses poumons aussi. Elle ne pourrait pas dormir tout de suite. Elle posa un pied sur le sol, hésita encore. Une boîte de somnifères se trouvait dans sa valise, qu'elle n'avait pas encore défaite. À côté, une boîte d'antidépresseurs. Les ordonnances aussi. Philippe avait tout vérifié. Il avait dit qu'il faudrait bien les prendre à heures fixes, que ça l'aiderait. Et ça l'avait aidée. À ne pas ressentir, à ne pas penser, à dormir. Mais maintenant c'était différent. Elle était là et ce n'était pas pour rien. Il fallait essayer. Au moins essayer de s'en sortir toute seule.

Les discussions et les rires résonnèrent jusque tard dans la nuit. Lorsque Jessy regagna la chambre à son tour, Ambre ne dormait pas. Elle l'entendit chuchoter et s'esclaffer longuement avec Andréa devant la porte et elle fut presque certaine de surprendre le claquement d'un baiser. Encore une autre nouvelle…

« Qui se charge des petits déjeuners ? »

Tim étouffa un bâillement avant de répondre :

« C'est un simple buffet. Sylvie accueille les clients en salle et après ils se débrouillent… Les femmes de ménage débarrassent. Tu es formée aujourd'hui ?

— Oui.

— Par Andréa ?

— Oui.

— Tu verras, c'est pas compliqué. »

Ils étaient tous les deux dans le hall du chalet. Ambre, la gorge nouée et raide. Tim, avec sa tignasse décoiffée, les mains dans les poches. Sylvie fit irruption de derrière son comptoir. Elle avait l'air ravie. Déjà débordée mais ravie.

« On a pas mal de monde pour un premier jour ! Déjà quinze couverts à midi ! »

Tim étouffa un nouveau bâillement, comme si la nouvelle l'épuisait. Ambre avait les yeux cernés. Elle avait fini par s'endormir mais un peu tard. Sans somnifères.

Il y eut un bruit de course dans l'escalier et Andréa fit irruption, remettant sa chemise dans son pantalon.

« J'avais oublié le brief ! »

Il s'était coiffé rapidement. Un épi pointait à l'arrière de son crâne. Ambre nota qu'il portait une tenue de service. Un pantalon noir, une chemise blanche, des chaussures vernies noires. Elle se demanda si elle était censée avoir une tenue de service elle aussi, si Philippe n'avait pas oublié de le lui dire. Quand Andréa surprit son regard, il recula, écartant les bras.

« Ça va, je te plais ? »

Il avait toujours son sourire enjôleur. Elle bredouilla :

« Non… je regardais ta tenue. »

Il sourit encore plus largement, avec amusement.

« J'ai pas prévu… j'ai pas de… »

Il l'interrompit et lui tendit un sac :

« Tiens, voilà la tienne. »

Elle l'ouvrit et découvrit une jupe noire et un chemisier blanc.

« J'ai laissé les chaussures devant ta chambre. Du
trente-huit. Tu crois que ça ira ?

— Je pense.

— Tu prendras le temps de te changer avant le
service.

— D'accord.

— Bon… on va pouvoir y aller. »

Andréa passa en mode professionnel et sérieux :

« De midi moins le quart à midi, avant l'ouverture
du restaurant, on doit préparer la salle. Il ne doit
pas manquer de couverts, de serviettes, de sel ou de
poivre. Après, le basique… On prépare les pichets
d'eau, on coupe le pain, on dispose. Ah, le soir on
allume des bougies aussi. »

Ambre écoutait, les yeux légèrement plissés pour
essayer de bien mémoriser. Andréa se baladait d'un
bout à l'autre de la salle, lissait un coin de nappe,
rapprochait une chaise, déplaçait un verre… Il bougeait sans cesse.

« Quand les premiers clients sont là, c'est Michel
qui les accueille et les place. Il a le rôle de chef de
salle et de sommelier. Nous, les serveurs, on a chacun
une rangée attribuée. En tout, on est quatre, mais

comme on a tous deux jours de congé hebdomadaires, on tourne à trois serveurs sur le restaurant. »

Les informations se succédaient, de plus en plus rapidement au fur et à mesure que l'heure du service approchait. Andréa jetait des coups d'œil réguliers à l'horloge murale.

« Michel se charge seul de toutes les commandes de vin. Nous, on s'occupe de l'apéritif, des digestifs et des softs seulement. C'est bon, tu suis ? »

Elle hocha la tête. Elle tentait de ne pas se laisser submerger. Elle se félicitait de ne pas avoir avalé de cachets ce matin. Elle avait l'esprit presque lucide et clair. Andréa fit un brusque demi-tour qui la fit sursauter.

« Maintenant, on va passer aux simulations ! Pour que tu apprennes la prise de commande. C'est pas compliqué, t'en fais pas ! »

La chambre était plongée dans l'obscurité. Ambre faisait tourner les pilules entre ses doigts. Le téléphone était posé bien à plat sur son lit. Elle avait pensé que Philippe l'appellerait pour s'enquérir de sa première journée. Mais il était minuit et il ne l'avait pas fait. Elle se disait qu'on ne savait jamais… qu'il pouvait encore téléphoner. Elle se disait aussi que, s'il appelait avant minuit dix, elle n'avalerait pas ses pilules.

Comme la veille, elle était épuisée mais elle n'arrivait pas à dormir. Sa journée lui revenait par bribes. Son premier service, en binôme avec Andréa.

« On se partage une rangée et je te chapeaute. À la fin de la semaine, tu devrais être parfaitement opérationnelle. »

Les clients gentils, les peu affables, les commentaires d'Andréa :

« Souris. Il faut toujours sourire. C'est la clé du métier. Entraîne-toi même en dehors des services. Il faut toujours paraître accueillant et heureux. »

Les trois couteaux différents : couteaux à viande, à poisson, à bout arrondi. Bien les placer. Le grand tourbillon du service qui ne laissait aucun répit, aucune seconde de libre, ne serait-ce que pour regarder l'heure. Les ordres criés par la grosse voix de Daniel en cuisine. Delphine qui s'essuyait le front avec son tablier. Tim qui travaillait avec des gestes tranquilles, sans se laisser déconcentrer. Les commandes griffonnées sur le calepin. Les plats qui brûlaient les paumes et les avant-bras. Les odeurs qui s'imprégnaient dans les vêtements. La faim qui tiraillait alors qu'il fallait débarrasser la salle et la préparer pour le soir. L'étonnement : *Quoi ? Il est quinze heures ?* L'impression d'avoir passé trois heures dans une course infernale. Hélas, ce n'était pas terminé pour la journée.

Les plannings distribués par Andréa à la sortie du restaurant.

« Les congés changent chaque semaine…

— Comme l'an dernier.

— Comme tous les ans. »

Le soupir exaspéré de Rosalie :

« La nourrice de Sophie va être ravie… »

Minuit dix sur le téléphone. Ambre vérifia qu'il y avait bien du réseau. Tout n'était pas perdu. Philippe se couchait parfois tard. Elle se laissait jusqu'à minuit vingt. Ce n'était pas si tard.

Jessy et Andréa discutaient au salon. On n'entendait que des murmures. Tim avait laissé entendre qu'ils flirtaient régulièrement. Ce soir, après le service, Andréa avait lancé :

« On va boire un verre pour fêter la reprise ? »

Les vieux – Wilson, Daniel, Delphine – avaient tous décliné poliment. Rosalie avait dû filer chercher sa fille chez la nourrice. Il n'était resté qu'Andréa, Jessy, Tim et Ambre. Ils étaient partis à pied sur les routes enneigées pour rejoindre le centre. Sur le trajet, le groupe s'était divisé en deux : Andréa et Jessy devant, qui semblaient retrouver leur vieille complicité et se disputaient sur le choix du bar, Tim et Ambre à l'arrière. C'était là que Tim lui avait parlé du flirt entre Andréa et Jessy :

« Ils ont passé l'hiver dernier collés. Lui, il fait ça pour jouer, je crois… ça l'amuse. Mais elle, elle est possessive et agressive. Je pense qu'elle prend ça au sérieux. »

Elle s'était empêchée de faire le lien avec Philippe et elle. Après ça Tim lui avait parlé de deux endroits où les saisonniers avaient l'habitude de sortir :

« On va souvent boire des verres au Sunny après le travail. C'est un bar plutôt tranquille. On peut s'entendre parler, les bières ne sont pas trop chères et il y a toujours des tables libres. Après, si tu veux vraiment t'amuser, il faut aller au Monkey Club.

— C'est quoi ? Une boîte ?

— Ouais… Disons entre un bar et une discothèque. C'est blindé pendant la pleine saison ! Là-bas, on ne s'entend pas vraiment. On y va pour danser. »

Ils étaient arrivés tous les quatre devant le Sunny. C'était un petit pub de montagne, tout ce qu'il y avait de typique. Un intérieur entièrement en bois. Deux vieux barbus, un peu amochés, accoudés au comptoir. Des haut-parleurs grésillants qui diffusaient du rock. Au plafond, une boule à facettes qui tournoyait lentement.

Andréa avait tenté d'animer un peu la discussion car on sentait que la présence de Jessy semblait tendre Tim :

« Alors ? Ton skieur revient cette année ? »

Grognon et presque irritable, Tim avait acquiescé. Andréa avait insisté :

« Il arrive quand ?

— Dans deux semaines.

— T'as eu de ses nouvelles ?

— Pourquoi tu veux savoir ? »

Andréa s'était tourné vers Ambre, avec l'espoir de détendre l'atmosphère :

« Tu n'as pas encore entendu parler d'Anton ? Anton, vice-champion de France de ski alpin. Adulé de toutes les filles d'Arvieux mais monopolisé sans aucun effort par Tim. »

Tim avait reposé sa bière violemment. Andréa avait ajouté rapidement :

« Il s'entraîne ici tous les hivers avec son club. Tim l'a rencontré la saison dernière. »

Ils n'étaient pas restés très tard là-bas. Jessy affichait une moue boudeuse, Andréa épuisait les rares sujets de conversation qui pouvaient être lancés, Ambre avait les yeux rivés sur son téléphone portable, se demandant si elle ne ferait pas mieux de rentrer… Au cas où Philippe appellerait. Ils étaient repartis à pied sous quelques flocons timides et s'étaient séparés sur le palier du troisième étage.

Minuit vingt approchait. Elle se sentait lourde et cotonneuse. Ça avait été une journée éprouvante. En dehors des deux services qui l'avaient laissée hors d'haleine, il avait fallu faire des courses tous ensemble pour remplir les placards de la cuisine. L'expédition à huit, dans le supermarché du village, avait duré près de deux heures. Après, ils avaient dû tout ranger et organiser le planning de partage des tâches ménagères pour les six mois à venir ainsi qu'un système de pot commun. C'était Andréa qui avait tout pris en main, avec l'habileté de l'homme habitué à diriger et sans se départir de son sourire. Jessy, à côté, était restée silencieuse, l'air maussade. Elle n'était intervenue que pour faire des remarques désagréables que tout le monde avait tenté d'ignorer.

Ça avait été une journée éprouvante, oui, et Philippe n'avait pas été foutu de s'en soucier. Elle s'écroula de fatigue tandis que les pilules roulaient au pied du lit.

Deuxième jour au chalet. Philippe n'avait pas appelé. Le service du midi venait de se terminer et Ambre avait suivi Tim au troisième étage. Les autres avaient disparu dans leurs chambres, dans les rues d'Arvieux ou ailleurs.

« Personne ne mange ici ? avait demandé Ambre.

— Ça dépend… Daniel et Delphine parfois… Andréa et Jessy, eux, sont toujours fourrés dans le centre-ville. Ils mangent avec des amis saisonniers ou partent sur les pistes. Wilson, j'en sais rien... Je ne crois pas qu'il se joindra souvent à nous. Il a pas l'air très commode. »

Elle avait acquiescé. Le vieil homme était du genre pas un mot, pas une expression. Il passait son temps avec sa pipe à la bouche, le regard perdu au loin, dans les pins.

« Comme elle est en congé, j'ai suggéré à Rosalie de nous préparer des lasagnes », avait ajouté Tim.

Ambre avait souri, Tim et Rosalie avaient déjà tissé quelques liens. Ça semblait plus facile pour les autres. Ils étaient arrivés dans le salon-cuisine, Tim avait poussé un soupir de satisfaction en humant la douce odeur de lasagnes gratinées.

« Rosalie, je pourrais t'épouser ! »

Rosalie avait ri. La petite Sophie était installée dans son transat, sur la table en bois, elle mâchouillait ses mains.

« Et toi, Ambre, tu as très faim ? »

Maintenant, Rosalie remplissait leurs assiettes. Tim retournait le placard au-dessus de l'évier.

« Un peu.

— Tiens, je te mets ça. Tu te resserviras si tu veux.

— Et l'après-midi, comment ça se passe ? s'enquit Ambre, quand ils furent tous les trois à table. Le chalet a l'air bien vide. Les autres saisonniers passent leurs après-midi sur les pistes ?

— Chacun fait sa vie... Arvieux n'est pas très grand, mais il y a de quoi s'occuper. Raquettes, ski de fond, ski de piste, balades en forêt. Et puis, il y a pas mal de cafés et quelques boutiques.

— Vous skiez beaucoup ? demanda Rosalie.

— L'année dernière, on a organisé quelques sorties entre saisonniers. Tu sais skier ?

— Je ne suis pas une championne mais oui... Disons que je me débrouille. »

Tim se tourna vers Ambre, silencieuse.

« Et toi ? Tu skies ?

— Non.

— Jamais ?

— Je ne sais pas skier...

— On va t'apprendre. Tu ne peux pas passer six mois ici sans apprendre ! »

Rosalie approuva en souriant. Pendant un instant, on n'entendit plus que le bruit des couverts dans les assiettes. Puis Tim reprit la parole, se tournant vers Rosalie :

« C'est ta première saison dans les Hautes-Alpes ?

— Non. Ça fait déjà huit ans que je suis saisonnière et que je passe mes hivers ici. Enfin, pas dans ce coin. J'y avais jamais mis les pieds, mais ça m'a l'air sympa !

— On est bien ici. C'est certain. T'es où l'été ?

— Côte d'Azur. Dans des petits hôtels en général. Je préfère. C'est toujours plus familial.

— Ouais. T'as raison. Tu fais ça depuis toujours ?

— J'ai dû chercher du travail dès la fin du lycée. J'ai perdu mes parents quand j'étais assez jeune. J'ai collectionné pas mal de petits boulots. Vendeuse en boutique, guichetière au cinéma, serveuse en fast-food.

— Comment t'as atterri dans l'hôtellerie ?

— Grâce à mon petit ami de l'époque ! Il était formé et m'a embarquée avec lui pour une saison d'hiver. Notre couple n'a pas survécu à la saison mais moi j'ai trouvé ma voie ! »

Rosalie les invita à se resservir. Tim ne se fit pas prier.

« Et toi, Tim ? Dans la restauration depuis toujours ?

— Depuis mes dix-huit ans, ouais. Ça fait déjà quatre ans que j'enchaîne les saisons. Mer, montagne, mer, montagne. Je me plains pas. »

Au silence qui suivit, Ambre comprit que les deux autres s'étaient tournés vers elle. Elle leva la tête de son assiette et se trouva face à deux regards interrogatifs.

« Ça va ? T'es bien silencieuse, dit Tim.

— Oui désolée… je… j'avais très faim, je crois.

— Toi, c'est ta première saison, non ? demanda Rosalie.

— Oui. C'est ça.

— Tu faisais quoi avant ?

— Oh, j'ai… j'ai commencé des études de langues… puis j'ai arrêté. Ça me plaisait pas plus que ça. Je savais pas tellement ce que je voulais faire de ma vie.

— Ouais, fit Rosalie. Je comprends… T'as arrêté il y a longtemps ? »

Ambre se trémoussa, mal à l'aise. Elle tenta une réponse évasive :

« Oh, tu sais, j'ai jamais vraiment commencé… Enfin, j'y allais un jour par-ci par-là, histoire de… »

Et comme elle sentait qu'elle s'enfonçait et rougissait, elle ajouta sans savoir pourquoi :

94

« Je m'entends pas du tout avec mes parents. J'avais pas envie de rester là-bas, à Lyon. C'est pour ça que j'ai atterri ici. C'est un collègue de mon père qui m'a trouvé le poste. Il a fait ses études avec Michel. »

Elle reprit sa respiration et constata que ni Tim ni Rosalie n'avaient noté son embarras.

« Alors, c'est pas juste une saison d'hiver ? » lança Rosalie.

Ambre la regarda sans comprendre. Rosalie sourit avec toujours cette lueur pétillante dans le regard et ajouta :

« C'est plutôt un nouveau départ, un virage quoi ! »

Ambre acquiesça. Rosalie ne savait pas à quel point elle venait de toucher juste.

Le repas était terminé. Rosalie faisait la vaisselle, Tim essuyait, Ambre nettoyait la table. Elle songeait que si elle avait dû choisir deux personnes parmi l'équipe, juste deux personnes avec qui passer du temps, ça aurait sûrement été vers eux qu'elle se serait tournée. Tim parce qu'il avait un regard doux, un regard d'enfant. Rosalie parce qu'elle avait un bébé et que ça faisait d'elle quelqu'un de confiance. Tim et Rosalie s'étaient bien trouvés tous les deux, ils étaient pareils : légers et spontanés.

« Dites-moi, lança Rosalie, puisqu'on va passer ces six mois ensemble, ça serait bien de savoir… Vous avez des passions ou des passe-temps favoris ? »

Elle interrogea Ambre du regard.

« Oh, je… »

Elle hésita quelques instants. Elle en avait épuisé des passions dans le studio de Philippe ! Elle avait regardé des tonnes de séries et d'émissions sans intérêt, s'était essayée au vélo d'appartement, à la cuisine, et même à la création de bijoux. Puis elle avait cessé d'avoir la moindre envie. Elle s'était laissée dériver. Il n'y avait que les livres qu'elle n'avait pas boudés. Même vers la fin, elle avait continué à lire. Pour s'évader sans doute.

Rosalie attendait sa réponse, alors Ambre répondit avec plus de vigueur qu'elle ne le pensait :

« Les livres. »

Tim se retourna, un sourire aux lèvres.

« Alors, on va bien s'entendre ! Viens, j'ai quelque chose à te montrer ! »

Il abandonna son torchon et se dirigea vers la porte du salon. Ambre demanda :

« C'est quoi ?

— Viens ! Tu verras ! »

Quelques secondes plus tard, il ouvrait son armoire dans la chambre qu'il partageait avec Andréa, et Ambre découvrit deux étagères pleines à craquer de livres. Des dizaines et des dizaines, empilés les uns sur les autres.

« Je ne voyage jamais sans mes livres, dit-il en guise d'explication.

— Mais… tu es arrivé en voiture ?

— Non, en train, répondit-il en riant.

— C'est pas possible.

— Si. C'est difficile mais possible.

— Tu avais combien de valises ?

— Trois.

« — Mais pourquoi tu les transportes tous avec toi ?
Tu n'en laisses pas chez toi ? »

Un voile étrange passa dans le regard de Tim. Elle
se demanda si elle avait dit quelque chose qu'il ne fallait pas.

« Où ça, chez moi ? Chez moi, ça change tous les
six mois. Pour le moment c'est ici, dans six mois ça
sera ailleurs. J'ai pas de pied-à-terre. »

Elle faillit dire : *Et chez tes parents ?* mais, au ton
de Tim, elle comprit qu'elle ferait bien de s'abstenir.
Pour faire diversion, elle attrapa un livre :

« Tu veux dire que tu les as déjà tous lus ?

— La plupart, oui. Mais bientôt je les échangerai
et j'en aurai de nouveaux.

— Tu les échangeras ?

— Ouais. J'aime bien faire ça. Partout où je pose
mes valises, il y a toujours quelqu'un qui aime les
livres. Chaque saison. Alors, j'aime bien proposer des
échanges. C'est ma petite tradition personnelle. C'est
comme un cadeau mais en mieux : c'est un souvenir. Tu vois, chacun de ces livres, c'est une personne
que j'ai rencontrée. Et ça, ce sont pas seulement
des rayons remplis de livres, mais des rayons de souvenirs. »

Ambre ne put s'empêcher de sourire, sans même
s'en apercevoir.

« Quoi ? fit Tim. Tu penses que je suis dingue ?

— Non ! Non, je comprends mieux pourquoi tu
tiens tant à les avoir partout avec toi. »

Il désigna le livre qu'elle tenait entre ses mains.

« Ouvre-le si tu veux. Il y a toujours un petit mot
au début. Tu verras. »

Elle regarda la première page et lut : *En souvenir d'une saison d'été inoubliable, Emma.*

Un gazouillis se fit entendre derrière eux et ils se retournèrent en même temps. Rosalie était entrée dans la chambre, la petite Sophie dans les bras.

« Waouh ! lâcha-t-elle. C'est impressionnant ! »

Sophie recommença à manger ses mains avec avidité.

« Je serais bien incapable d'en lire un dixième ! Les livres… ça n'a jamais été trop mon truc.

— C'est quoi, *ton truc* ? répliqua Tim en refermant l'armoire.

— Mon truc, mon vrai truc à moi, c'est le chant. Mais ça fait longtemps que j'ai pas pu chanter. J'ai fait partie d'une chorale pendant toute mon adolescence. Mais en étant saisonnière, c'est difficile d'intégrer un chœur.

— Alors tu chantes sous la douche ?

— Pas mal, oui. Et pour endormir Sophie.

— Ah, fit Tim, moqueur. La fameuse symphonie "Frère Jacques" ! »

Rosalie s'esclaffa et la petite émit un nouveau gazouillis de joie.

« Ah ! fit Tim en se tournant vers Ambre. J'ai un deuxième truc à te montrer ! Dans le centre d'Arvieux, il y a une librairie où tu peux acheter des livres pour trois fois rien. Une mine d'or. On pourra y aller tous les trois. Avec Sophie. Ça vous fera une occasion de découvrir le village.

— Oui, mais avant, mademoiselle doit faire sa sieste ! » dit Rosalie.

Ambre jetait des coups d'œil nerveux à son télé-phone posé sur l'accoudoir d'un des gros fauteuils du salon. Rosalie avait couché Sophie, Tim avait disparu derrière un livre et elle menait une guerre silencieuse à son portable, qu'elle fusillait du regard. *Qu'est-ce qu'il peut bien faire ? Pourquoi n'appelle-t-il pas ?* C'était incroyable. Ça faisait à peine deux jours et il l'avait déjà oubliée. Il n'avait pas le droit de se com-porter comme ça. Elle ne lui demandait pas grand-chose. Juste quelques minutes. Même tard le soir. Même en pleine nuit. Même si elle devait se cacher dans les toilettes et lui répondre en chuchotant parce que tout le monde dormait à l'étage. Pouvoir lui dire que tout allait bien, qu'elle n'avait pas pris de cachets. Qu'elle avait un peu de mal à prendre ses marques, à tisser des liens mais que ça irait.

Rosalie la fit sursauter en lui posant une question.

« Quoi ? Désolée, j'étais dans mes pensées.

— Ça te plaît toi, tous ces trucs de filles ?

— Ces trucs de filles ? »

Rosalie leva les yeux au ciel.

« Les trucs de filles ! Le vernis, les coiffures, les vêtements…

— Ah… Ça dépend…

— Moi, j'adore ça. Mais avec l'arrivée de Sophie et le travail, je n'ai plus vraiment le temps de m'occu-per de moi. »

Elle fit quelques pas et vint se planter devant le fauteuil d'Ambre.

« Quoi ? fit Ambre, sur la défensive.

— Tes vrais cheveux sont dorés, non ? »

La question la prit au dépourvu.

« Euh… oui. »

Sous le regard scrutateur de Rosalie, elle commença à prendre conscience de l'image qu'elle devait renvoyer : la coloration noire passée, les racines blondes… Elle se trémoussa, mal à l'aise, et lança en guise d'excuse :

« Je les ai pas vraiment entretenus ces derniers temps… »

Rosalie la regardait avec intérêt.

« Tu ne devrais pas te les teindre en noir. Ta couleur naturelle est superbe.

— Ouais…

— Non, c'est certain ! »

Le noir, ça avait été son signe de rébellion, un pied de nez aux Miller. Sa mère aimait tellement ses cheveux dorés…

« Je peux ? » demanda Rosalie.

Elle tendait sa main vers les cheveux d'Ambre.

« Oui. »

Elle prit une mèche qu'elle fit glisser entre ses doigts.

« Mmmh… Ça ne devrait pas être trop difficile à faire partir. Il existe des produits pour faire partir ta teinture noire, tu sais ?

— Ah… mais je veux la garder. »

Elle n'avait en réalité aucun projet pour ses cheveux. Elle n'en avait même pas pour elle.

« Rassure-moi, s'exclama Rosalie. Tu ne comptes pas rester avec ces affreuses racines sur la tête ! »

Ambre resta une seconde interdite, piquée au vif. Mais le rire de Tim jaillit de derrière son livre et elle se mit à rire elle aussi, étonnamment.

« Ouais, c'est… je sais que c'est pas glorieux… »

Rosalie se confondit en excuses :

« Désolée ! Je parle trop vite ! Je ferais mieux de me taire ! Oublie ça ! Je voulais juste dire… Si jamais tu veux faire partir le noir, je connais de super produits… Allez, je vais nous préparer du thé. Vous aimez le thé ? »

Tim avait abandonné son livre et, tandis que Rosalie faisait chauffer l'eau, il vint s'accroupir devant Ambre et chuchota avec un air de conspirateur :

« C'est le moment ou jamais de lui réclamer un deuxième plat de lasagnes… Voire un gâteau… Tu t'en charges ou je m'en occupe ? »

Elle éclata de rire pour la deuxième fois de la journée. Elle en fut tellement stupéfaite qu'elle plaqua sa main contre sa bouche, comme si elle avait laissé échapper une fausse note.

Le thé arriva. Ils allèrent tous les trois se coller à la fenêtre pour le boire en regardant la forêt de pins. Ambre avait fini par oublier sa réserve et la raideur qu'elle traînait depuis son arrivée ici. Quant au téléphone sur l'accoudoir du fauteuil, il était totalement délaissé.

« Il fera bientôt nuit, fit remarquer Tim. Si on veut aller en ville, c'est maintenant… »

Rosalie jeta un coup d'œil à sa montre.

« Allez-y tous les deux. Je veux pas la réveiller maintenant. Elle a peu dormi cette nuit.

— Bon… alors…

— Alors dépêchez-vous ! Vous me raconterez ! »

Dehors il faisait doux. Le soleil déclinait, inondant les chalets et les rues enneigées d'une lueur rougeâtre. L'hiver ne s'était pas encore tout à fait installé. Tim marchait d'un bon pas et Ambre le suivait, essayant de reconnaître les rues qu'elle avait arpentées en solitaire le jour de son arrivée.

« Ici, tu as le tabac-presse », indiqua Tim. Puis, plus loin : « Cette pizzeria est plutôt sympa. Et ils ont de super fondants au chocolat ! »

Ils arrivèrent bientôt devant la librairie que Tim voulait lui montrer. Une pancarte indiquait : *Un livre = 1 €*. Ils entrèrent dans la boutique, totalement vide. À l'intérieur, les murs étaient couverts d'étagères pleines à craquer. C'était l'armoire de Tim en cent fois plus grand. Une odeur de poussière flottait dans l'air.

« Bonjour, dit Ambre au vieux monsieur derrière le comptoir.

— Il est sourd et muet, lui indiqua Tim.

— Tu plaisantes ?

— Non… c'est vrai. »

Le vieux monsieur leva les yeux vers eux et Tim lui adressa un signe de la main. Visiblement, ils se connaissaient assez bien car l'homme lui sourit.

« Allez, fit Tim. Prévois un bon stock. On a six mois d'hibernation. »

La librairie était calme. Elle commença à sortir des livres et à en lire des passages. Puis, elle en reposa certains sur leur rayon et en mit d'autres de côté.

« Comment tu les choisis ? demanda Tim dans son dos. Tu ne regardes même pas le résumé.

— Non. Je les ouvre au hasard, au milieu.

— Et tu lis un passage ?

— Ouais. Si le livre arrive à m'accrocher en trois lignes, c'est bon signe. »

Elle nota qu'il avait déjà deux livres sous le bras. Il avait été rapide.

« Et toi ? demanda-t-elle.

— Je lis la dernière phrase. Si elle me donne envie de lire les dix mille qui la précèdent, alors j'achète ! »

Elle eut un haussement d'épaules amusé.

« Pourquoi ils font encore des résumés, alors ?

— Pour les gens normaux, tiens ! »

Elle lui rendit son sourire. C'était un premier signe de complicité, à ne pas s'y tromper.

De longues minutes passèrent en silence. Ambre feuilletait, plissait les yeux, puis tranchait : le livre était remis sur son étagère ou venait grossir le tas sur le sol. Elle était tellement absorbée par sa tâche qu'elle ne vit pas le vieux monsieur passer plusieurs fois à côté d'eux.

« Il va fermer », lui indiqua Tim au bout d'un instant.

Elle consulta sa montre, surprise. Il était déjà dix-sept heures trente.

« Alors, demanda Tim, lesquels tu prends ?

— Oh… tous ceux-là, je crois. »

Elle récupéra la pile posée sur le sol et alla au comptoir. Le libraire les compta et indiqua quatorze avec ses doigts. Elle porta sa main à sa besace mais, déjà, Tim avait tendu un billet. Elle secoua la tête.

« Non.

— Quoi, non ?

— Je vais les payer moi-même.

— Ça me fait plaisir. Disons que c'est un cadeau d'amitié. »

Il prit la pile de livres dans ses bras et ajouta :

« Et puis… on se les échangera, peut-être.

— Ta démarche est donc intéressée ?

— Totalement ! »

Elle le suivit jusque dans la ruelle enneigée où la nuit commençait à tomber.

« Bon… alors… merci. Est-ce que… je peux t'offrir un café ?… En cadeau d'amitié ? »

Elle se sentait d'humeur engageante en cette fin d'après-midi. Elle ne savait pas d'où ça venait ni si ça allait durer, mais elle comptait bien en profiter. D'autant que Tim approuva :

« Avec plaisir. »

Comme elle ne connaissait pas encore le village, ce fut lui qui choisit le lieu : un café au décor typiquement alpin. Un parquet en bois brut, des poutres apparentes, une cheminée en pierre blanche, des têtes de sangliers accrochées au mur. Un endroit très semblable au restaurant des Mélèzes.

À l'intérieur, ils furent accueillis par la chaleur d'un feu de cheminée et des effluves de chocolat chaud. L'endroit était assez bondé pour un début de saison, beaucoup de combinaisons de ski et de raquettes. Ils prirent place à côté de la vitre, Tim laissa tomber les livres sur la chaise à côté de lui et lui tendit la carte.

« Si je peux me permettre, je te conseille le chocolat chaud au piment.

— Tu viens souvent ici ?

— De temps en temps. C'est un des meilleurs cafés. Pour les pâtisseries, il n'y a pas mieux…

— Tu les as tous testés ?

— Presque ! Disons que je trouverais dommage de ne pas profiter de tous les petits plaisirs de la montagne…

— Et tu skies beaucoup ?

— Oui pas mal. Enfin, surtout depuis que j'ai rencontré Anton. »

Ils furent interrompus par l'arrivée du serveur, un jeune homme de leur âge. Tim opta pour un cappuccino, Ambre pour le chocolat chaud au piment.

Au moment où le serveur repartait avec leur commande, la table se mit à vibrer. Ils échangèrent un regard étonné, puis Ambre comprit. Elle avait posé son téléphone à côté d'elle, sur la table, sans trop y penser, sans trop espérer. Mais maintenant le nom de Philippe s'affichait sur l'écran. Elle le saisit rapidement et décrocha.

« Ambre, c'est moi. »

Elle déglutit, sentit son cœur s'affoler, sa gorge se serrer.

« Ambre, ça va ?

— Oui. Ça va.

— Tu es avec du monde ? Je t'entends mal. »

Elle était déçue à en pleurer. Elle avait attendu son appel désespérément pendant deux jours, prête à disparaître dans sa chambre, dans les toilettes, dans les escaliers, n'importe où pourvu qu'elle puisse lui parler en paix, sans personne autour. Et voilà qu'il appelait alors que Tim était à trente centimètres. La colère formait une boule dans sa gorge.

« Je suis dans un café, réussit-elle à prononcer.

— Oh… Tu veux que je rappelle plus tard ? »

Elle lança un regard noir à Tim. *Il peut pas disparaître ? Il peut pas partir aux toilettes et me foutre la paix ?* Mais Tim faisait mine d'être plongé dans la contemplation de ses ongles.

« Ambre ? Tu es toujours là ? Je vais te rappeler, d'accord ? »

Elle venait de perdre la seule occasion de lui parler ! Qui savait quand il rappellerait ? Elle se força à répondre posément :

« D'accord. »

Mais elle bouillonnait de rage et de déception. Pourquoi se mettait-elle dans un tel état ?

« Si je n'arrive pas à trouver du temps pour te rappeler… tu peux m'écrire un mail. D'accord ? Tu me raconteras ta première journée.

— Oui mais… quand même… essaie… essaie de rappeler ce soir… Après vingt-trois heures, c'est bien. »

Un silence à l'autre bout du fil. Puis la voix indulgente de Philippe :

« D'accord. Je le ferai.

— Bon. Alors à tout à l'heure. »

Elle fut heureuse que le serveur revienne à ce moment-là et lui permette de reprendre une expression neutre.

« Le cappuccino et le chocolat au piment. »

Elle régla, prit son temps pour ranger son portefeuille dans sa veste et releva la tête. Tim l'observait.

« Quoi ? lança-t-elle avec une pointe d'irritation.

— C'était ton petit ami ? »

Elle eut un tic agacé. Elle lui en voulait encore. Sa gorge était nouée et les larmes pas loin.

« Non ! »

Regard suspicieux.

« Non. Enfin si. En quelque sorte.

— Ah… »

Aucun des deux n'avait touché à sa tasse fumante. Ils s'observaient par-dessus la table, lui intrigué, elle agacée. Le silence se poursuivait.

« Bon, lâcha-t-elle finalement. Ça n'a rien d'intéressant de toute façon. Je vais goûter ce chocolat au piment. »

Elle avait dit ça en espérant se radoucir, mais ça sonnait encore sèchement.

« Alors ? » demanda Tim.

Il avait un sourire léger, comme pour lui montrer qu'il ne lui en voulait pas.

« C'est super bon. T'avais pas menti. »

Tim parlait beaucoup, il parlait pour deux, même, et elle se contentait de hocher la tête de temps en temps en songeant que tout n'était pas foutu, que Philippe pouvait toujours appeler ce soir, comme il l'avait dit. Tim parlait encore quand ils reprirent le chemin du chalet puis il se tut, comprenant qu'elle n'écoutait plus. Alors ils terminèrent le trajet en silence et, quand elle arriva au chalet, elle réalisa qu'elle n'avait aucune idée de ce que Tim avait bien pu lui raconter.

« Philippe ! »

Elle n'avait pas pensé qu'il appellerait, même si elle avait repoussé le moment de dîner et de se doucher, au cas où…

« Ça va ? Qu'est-ce que tu faisais tout à l'heure ? »

Elle dévala les escaliers en colimaçon, sa veste sur l'épaule, pour pouvoir s'installer dehors, sur les marches du chalet, à l'abri des oreilles indiscrètes.

« Oh, j'étais en ville. Avec Tim.

— Tim ? Qui c'est ?

— Un autre saisonnier. Il adore lire et il voulait me montrer une librairie dans le centre.

— Ah, c'est bien. Tu t'es déjà fait un ami alors ?

— Si on veut. »

Elle franchit les portes vitrées du hall et s'installa confortablement dans le noir de la nuit. Il n'y avait pas un chat. C'était parfait.

« Tu te fais vite à ta nouvelle vie, je vois ! »

Il avait un petit sourire dans la voix.

« Oui… ça va… Les gens sont assez sympas. Il y… il y a aussi Rosalie. Elle a une trentaine d'années. Elle vit avec son bébé ici. Une petite Sophie qu'elle élève seule.

— Et le travail ? Tu t'en sors ?

— Oui. Andréa a dit que je pourrais gérer une rangée toute seule à la fin de la semaine.

— C'est qui, Andréa ?

— Un saisonnier. Mon chef en salle.

— Bon. C'est parfait. »

Il y eut un silence au bout du fil. Philippe se racla la gorge. C'était signe qu'il voulait aborder un sujet plus grave. Elle se prépara, tendue. Il demanda avec une fausse désinvolture : « Tout va bien alors ? », mais l'inquiétude dans sa voix ne trompait pas.

Elle sentit que c'était le moment. Elle prit une petite inspiration et annonça, une pointe de fierté dans la voix :

« Ça va, oui. Ça va plutôt bien. Tu sais, j'ai pas pris de cachets encore. Je résiste. »

Elle eut un petit rire nerveux et la douche froide arriva. Le ton de Philippe d'abord. Autoritaire, condescendant, ce ton qui la faisait redevenir petite fille. Les paroles ensuite :

« Tu plaisantes, j'espère ! »

Elle fut incapable de répondre tout de suite et il en profita pour poursuivre :

« Ambre, enfin ! Tu n'es plus une enfant ! Tu sais très bien ce que le médecin a dit ! On avait décidé que tu les prendrais tout le temps qu'il faudrait ! Tu m'avais promis ! »

Elle réussit à trouver le courage de répliquer, avec une voix qui montait dans les aigus :

« J'en ai pas besoin !

— Tu n'es pas médecin !

— Je te jure que j'en ai pas besoin ! »

Sa voix était légèrement chevrotante, toujours à cause des larmes qu'elle avait dans la gorge.

« Je vais pas recommencer ! »

Mais la réponse de Philippe ne fit qu'amplifier son sentiment de révolte :

« Tu vois, tu es déjà en train de pleurer et de crier. »

Elle explosa tout à fait :

« Si tu m'appelles simplement pour me parler de mes ordonnances, tu peux arrêter ! J'ai pas besoin d'un médecin ! »

Les larmes roulaient sur ses joues, incontrôlables.

« Et si tu me téléphones uniquement parce que tu es inquiet, tu peux arrêter aussi ! Je veux plus que tu m'appelles ! Je pensais que tu m'appelais parce que je te manquais un peu ! Pas juste pour mes médicaments !

— Ambre… »

Il se radoucissait maintenant. Il lui parlait lentement, doucement, comme à une enfant.

« Ambre, calme-toi.

— Non ! Tu vas me le rappeler toujours, hein ?

— Quoi… de quoi tu parles ?

— De ce que j'ai fait ! Tu comptes toujours me le rappeler ?

— Non ! Ambre, écoute-moi, arrête de pleurer. »

Elle s'était levée. Au loin, dans l'obscurité, elle voyait des silhouettes arriver. Sans doute un couple de clients qui revenaient au chalet. Elle ne voulait pas qu'ils la croisent comme ça.

« Tu vas aller te coucher, d'accord ? Je crois que tu as besoin de te reposer, poursuivit Philippe. Demain, tu iras mieux, tu auras réfléchi et tu envisageras de reprendre tes médicaments. Promets-moi que tu le feras. »

Elle voulait raccrocher maintenant. Elle remonta très vite les escaliers en s'essuyant les joues.

« Ambre ?

— Je dois te laisser.

— Ambre… »

Mais elle avait déjà raccroché.

Dans la chambre, elle trouva un livre posé sur son lit, ouvert à la première page. Un mot avait été griffonné. Mais il faisait trop sombre pour qu'elle puisse le déchiffrer. Elle alluma sa lampe de chevet et découvrit une seule ligne : *En promesse d'une belle amitié, Tim.*

Elle sentit les larmes revenir. *Pleure pas.* Elle songea qu'elle avait été particulièrement désagréable et injuste avec Tim cet après-midi-là. La seconde d'après, la porte s'ouvrait sur Jessy, et Ambre essuya machinalement ses joues pour effacer toute trace de larmes. Jessy se dirigea vers son lit.

« Tim est venu te déposer un truc.

— Oui. J'ai trouvé le livre. »

Jessy se laissa tomber sur son lit, poussa un soupir et reprit :

« Ses parents l'ont mis dehors parce qu'il couche avec des hommes et que c'est répugnant. »

Ambre ne comprenait pas pourquoi Jessy lui disait ça, ni ce qu'elle était censée répondre.

« Andréa et moi, on aimerait faire chambre commune, poursuivit Jessy. Ça te dérange pas trop ?

— Hein ? »

Elle était incapable de faire le lien entre les différentes informations.

« Tu vas devoir partager la chambre de Tim. Je te demandais si ça te dérangeait pas trop. Enfin je demande pour la forme ! Andréa a déjà commencé à empaqueter ses affaires. Ça serait bien que tu déménages ce soir. »

Tim l'observait depuis son lit, inquiet parce qu'elle n'avait pas prononcé un mot depuis près d'une heure. Il était minuit et demi. Ils venaient de finir de transférer leurs affaires d'une chambre à l'autre.

« Ça va ? demanda-t-il.

— Oui. »

Elle retrouvait ses esprits, enfin. Elle ajouta, comme si elle sortait d'un lourd sommeil :

« Au fait, merci pour le livre. »

Elle avait du mal à reprendre pied. L'appel de Philippe. Ses reproches. Sa révolte. Tim allongé en face d'elle. « Ses parents l'ont mis dehors parce qu'il couche avec des hommes. » Elle se demandait si c'était vrai ou si Jessy avait inventé. Elle se demandait si c'était possible parce qu'il avait un regard doux. Est-ce qu'on gardait un regard aussi doux quand on était rejeté par sa propre famille ?

« Bon, je vais lire un peu. Dis-moi quand tu veux éteindre. »

Le silence retomba. On entendait le frôlement des doigts de Tim sur les pages, des bruits étouffés provenant des autres chambres. Ambre attendait, toujours raide, assise au bord du lit. Elle n'avait pas fait un geste. Elle hésitait. Elle réfléchissait. Elle se disait que c'était beaucoup d'émotions pour une seule journée, que quelques pilules ne lui feraient pas de mal après cette tempête. Juste une ou deux. Juste de quoi étouffer la colère et les larmes, l'horrible sensation d'injustice et d'humiliation. Elle pouvait se lever, aller jusqu'à son armoire, fouiller l'air de rien dans ses affaires, cacher quelques pilules dans sa main et s'éclipser dans la salle de bains pour les avaler. Mais il y avait Tim de l'autre côté de la chambre, qui lisait en silence, tournait les pages doucement. Ça faisait un bruit léger, comme un froissement. Sa colère s'éloignait déjà. Elle hésita encore un peu puis elle souleva sa couverture, se glissa dessous et la remonta sous son menton.

Tim leva les yeux de son livre.

« Tu veux que j'éteigne ?

— Non. Continue de lire.

— T'es sûre ?

— Oui. »

Elle se rendit à peine compte qu'elle s'endormait, bercée par le bruit rassurant des pages.

« Tu te souviens que tu es en repos demain ? » Andréa l'interrogeait du regard alors qu'elle quittait ses chaussures de service devant la porte de sa chambre. « Tu ne travailles pas demain. C'est ton premier jour de repos. Tu l'avais bien noté ?

— Oui. »

Il la regardait pour s'assurer qu'elle disait vrai. Il lui trouvait toujours l'air un peu ailleurs, perdu. Pourtant, elle ne mentait pas. Elle s'en souvenait. La perspective de passer une journée seule au chalet l'empêchait même de dormir depuis deux jours. De longues heures dans le silence du troisième étage, où il faudrait repousser l'envie de contacter Philippe. Il avait appelé deux fois depuis leur dispute au téléphone. Elle n'avait pas répondu. Il avait laissé un message vocal où il lui parlait comme à une enfant.

Ses parents aussi avaient téléphoné et laissé des messages. Ils disaient qu'ils étaient surpris de n'avoir pas de nouvelles depuis son départ de la maison. Ils voulaient savoir si elle était bien arrivée, si elle s'était bien installée. *Qu'ils aillent se faire voir.* Depuis qu'elle avait arrêté les médicaments, son ressentiment contre eux était plus fort que jamais.

Elle n'avait pas pris un seul cachet depuis son arrivée. La journée, ça allait. Il y avait le travail et elle n'avait pas le temps de penser. Tout allait à toute vitesse. L'après-midi, il y avait Rosalie, Sophie et Tim. Elle devait donner le change, parler un peu. Le soir, après le service, il fallait se coucher. Elle avait craint ce moment mais ça n'était pas aussi difficile qu'elle se l'était imaginé. Tim était là, dans son lit, il lisait tard, jusqu'au milieu de la nuit. Elle lisait un peu elle aussi et après, elle s'endormait avec le bruit des pages. Ce n'était pas vraiment ce bruit qui l'aidait. C'était sa présence à lui. Ça changeait tout.

Mais le lendemain elle serait en congé. Seule. Pour la journée entière. Et il ne faudrait pas tricher, c'est-à-dire appeler Philippe, prendre ses médicaments ou douter de tout.

« Andréa ! »

Rosalie traversait le couloir en courant, l'air affolé. Elle avait grimpé les marches quatre à quatre et était essoufflée.

« Andréa ! J'ai un souci ! »

Andréa était au milieu du couloir face à Ambre, qui était restée plantée devant la porte de sa chambre. Rosalie arriva à leur hauteur.

« Qu'est-ce qu'il se passe ?

— La nourrice de Sophie est malade ! Elle ne pourra pas la garder demain… Je me demandais si je pouvais changer mes jours de congé avec quelqu'un ou si je pouvais poser une journée… »

Rosalie n'eut pas le temps de terminer sa phrase. Ambre proposa avec une spontanéité qui prit tout le monde de court :

« Je garderai Sophie demain !

— T'es sûre ?

— Oui !

— Tu vas t'embêter... c'est pas vraiment marrant un bébé... »

Mais Andréa semblait ravi de cette solution. Il confirma :

« C'est bon pour moi. Pour toi aussi ? »

Rosalie sourit, timidement, sans cacher son étonnement.

« C'est gentil de faire ça...

— Tu parles... C'est rien ! »

Rosalie sourit encore. Ambre se sentait incroyablement soulagée. Pas de journée de repos. Pas de silence. Pas de longues heures pour penser. Elle avait de la chance. Mais la prochaine fois, elle serait bien obligée de faire face.

Ambre avait trouvé la solution idéale. S'occuper de Sophie demandait une énergie et une attention constantes. Dès que le bébé fut réveillé de sa sieste matinale, il lui fut impossible de souffler une seule seconde, les bébés n'aimant visiblement ni les silences ni l'inactivité. Sophie criait pour réclamer à manger, criait pour qu'on s'occupe d'elle, criait pour le plaisir de crier. Ambre réussit tant bien que mal à préparer un biberon. La petite s'époumonait.

Elle eut droit à quelques minutes de répit pendant que Sophie buvait goulûment. Mais, dès qu'elle reposa le biberon, les cris reprirent. Elle décida qu'elle se passerait de manger et qu'elle l'emmènerait plutôt prendre l'air. C'était encore une belle journée. Se promener seule dans Arvieux ne l'enchantait guère mais avec Sophie, c'était différent.

Elle marcha au hasard, reconnaissant vaguement quelques rues, quelques boutiques, quelques bars devant lesquels elle avait dû passer avec Tim. La petite s'était calmée. Elle fixait en silence de ses yeux grands ouverts les devantures des chalets. Ambre prenait son temps. Le soleil tapait dans sa nuque, dans son dos, et c'était agréable. Puis elle se laissa tomber sur un banc de pierre. La place était vide, les rues alentour très calmes. Elle installa la poussette devant elle, étendit les jambes. Sophie agita les bras, attrapa le bout de son foulard rouge, celui que Philippe lui avait offert au dernier Noël. Le bébé se mit à gazouiller et esquissa un sourire, et Ambre se surprit à sourire aussi. C'était étrange. Elle n'avait jamais particulièrement apprécié les bébés. Elle savait que Philippe adorait parler de ses fils, alors elle l'avait souvent lancé sur le sujet. Mais c'était pour la forme, pour le voir s'animer. Ça n'avait jamais éveillé un intérêt quelconque chez elle. Mais Sophie, c'était différent : elle n'était pas qu'une échappatoire à la solitude. Ambre s'était sentie importante tout à l'heure quand elle avait poussé sa poussette dans les rues et quand elle lui avait donné son biberon. Et maintenant encore, en la surveillant, assise sur son banc.

Le foulard s'agitait sous ses yeux et elle pensait naturellement à Philippe. Philippe qui avait appelé deux fois, avait laissé un message, avait parlé des médicaments et dit qu'il rappellerait. Mais il ne l'avait pas fait. Elle avait décidé de décrocher la prochaine fois, il lui manquait trop. Même si elle devait jouer la petite fille et lui jurer de prendre ses médicaments. Elle avait attendu son appel en vain. Elle aurait voulu ne pas s'en soucier, mais c'était plus fort qu'elle.

« Comment va mon bébé ? Comment était votre balade ? Tout s'est bien passé ? Elle a les joues roses ! Oh oui, elle a les joues roses ! »

Rosalie était euphorique, surexcitée. Elle avait arraché Sophie aux bras d'Ambre dès que celle-ci était entrée dans le salon. Maintenant, elle l'embrassait frénétiquement, l'étouffant presque.

« Vous êtes allées où ? Oh là là, ce qu'elle a l'air reposée. Elle a bien dormi ? Elle a l'air d'avoir bien dormi ! »

Rosalie n'avait pas besoin de réponses. Toute son attention était centrée sur son bébé et plus rien d'autre n'existait. À l'opposé, Tim était imperturbable. Avachi dans un fauteuil du salon, les pieds sur l'accoudoir, il piochait nonchalamment dans un paquet de chips.

« T'en veux ? » demanda-t-il à Ambre.

Elle secoua la tête mais se laissa tomber à côté de lui. Rosalie poursuivait son monologue :

« Tu as manqué à ta maman, tu sais ? Tu t'es amusée je suis sûre… !

— Ça va, tu l'as laissée qu'une demi-journée », grommela Tim, la bouche pleine.

Ambre était persuadée que Rosalie l'ignorerait mais elle se tourna vers eux, un sourire rayonnant sur le visage.

« Tiens, Tim, va nous faire du thé ! »

Il eut un soupir exagéré.

« Je peux pas… Je vais mettre des chips partout… Tu aimerais pas ça… »

Rosalie leva les yeux au ciel.

« T'exagères !

— J'y vais », dit Ambre.

Elle pensait que s'activer à préparer le thé lui permettrait de se concentrer sur autre chose que sur le coup de fil de Philippe.

La bouilloire commença bientôt à siffler.

« Téléphone, Ambre ! cria Rosalie. Ton téléphone ! »

Ambre se retourna. Rosalie berçait toujours Sophie mais Tim venait de se redresser et tenait entre ses mains le téléphone qu'elle avait laissé sur l'accoudoir.

Elle eut un sursaut et hurla presque :

« Donne-moi ça ! »

— Hé, ça va ! grogna-t-il. J'allais pas répondre ! »

Elle lut le nom qui s'affichait sur l'écran : il ne s'agissait pas de Philippe mais de ses parents. Elle eut du mal à camoufler sa déception et sa colère. Elle tenta un « Trop tard, j'ai raté l'appel » en essayant de se recomposer un visage neutre. Mais Rosalie et Tim n'étaient pas dupes : ils l'avaient vue traverser la pièce en courant et se jeter sur le téléphone comme une furie.

« C'était rien de toute façon », ajouta-t-elle pour se donner une contenance.

La bouilloire émit un petit *clic* : l'eau était chaude. Elle en profita pour faire volte-face et se précipiter vers le coin cuisine. Le silence avait empli le salon. Sophie ne pleurait plus. Rosalie et Tim étaient muets. Elle les imaginait en train d'échanger des coups d'œil interrogatifs derrière son dos. Ils chuchotaient sans doute : *C'était qui ? Qu'est-ce qui lui a pris ?...*

Elle s'appliqua à déposer trois tasses sur un plateau avec des gestes lents, pour feindre une impassibilité qu'elle était loin de ressentir. Au fond du salon, il y eut à nouveau de l'agitation.

« Ambre ? »

Elle se retourna plus vite qu'elle ne l'aurait voulu. Rosalie désignait l'accoudoir du fauteuil. Tim attendait, immobile, les bras croisés.

« Oui ? »

Rosalie répondit, presque timidement :

« Encore ton téléphone…

— Oh. »

Tim restait figé, bien décidé à ne pas faire un geste cette fois. Ambre l'avait sans doute froissé. Elle traversa le salon en essayant d'adopter une démarche calme et mesurée. Mais c'était à nouveau *Maison* qui clignotait sur l'écran. Ils pouvaient aller se faire voir.

« Tu réponds pas ? demanda Tim.

— Non.

— C'est tes parents ?

— Oui », répondit-elle un peu trop sèchement.

Rosalie se figea.

« Alors, tu faisais pas semblant ? lança-t-elle d'un ton qu'elle essayait de rendre léger. Tu faisais pas semblant quand tu disais ne pas t'entendre avec eux ? »

Rosalie souriait avec une fausse légèreté. En réalité elle la sondait. Et Ambre eut du mal, une fois de plus, à réfréner sa colère, parce que Philippe n'appelait pas et qu'eux, ils appelaient, maintenant qu'elle était en sécurité ici, avec un sac rempli d'antidépresseurs.

« Je leur en veux pas. C'est juste que j'ai rien à leur dire », répliqua-t-elle.

Rosalie tiqua. Le silence s'intensifia. Tim ne bougeait toujours pas. Rosalie reprit avec douceur :

« Bah… T'es dans une mauvaise période… C'est pour ça que tu dis ça… C'est pas facile, tu sais, d'être des parents. Je suis sûre qu'ils font leur maximum, comme tous. Il ne faut pas être trop dure. »

Ambre se raidit. La colère s'amplifiait et menaçait d'exploser. Elle savait qu'elle allait se montrer agressive si elle ouvrait la bouche. Mais ce fut Tim qui prit la parole :

« C'est sûr, Rosalie, c'est toujours plus difficile de détester des parents morts. »

Le visage de Rosalie se referma instantanément. Tim était là, les mâchoires serrées, le visage dur. Ambre le regardait sans comprendre. Rosalie annonça d'un ton beaucoup trop poli :

« Je vais changer Sophie. »

Elle disparut en refermant la porte du salon derrière elle.

Ambre se gratta la gorge, resta les bras ballants debout à côté du fauteuil de Tim. Il ne lui jeta pas un regard. Il se baissa, récupéra un livre qui traînait par terre, se renfonça dans son fauteuil et commença sa lecture. Il ne la voyait pas. Il n'était plus là.

Ambre finit par quitter le salon. Elle vit que la porte de la chambre de Rosalie était ouverte.

« T'as besoin d'aide ? » demanda-t-elle.

Elle se sentait un peu coupable de ce qui venait de se produire. De la colère de Tim, du visage fermé de Rosalie. Rosalie sursauta.

« Non. Ça va. Merci. »

Ambre s'avança dans la chambre, mal à l'aise. Elle dit sans trop savoir pourquoi :

« Tu sais… mes parents sont un peu spéciaux.

— Oh ! T'as pas à t'expliquer. »

Rosalie consentit à sourire et l'expression dure sur son visage disparut.

« T'en fais pas, va… On a tous nos casseroles. »

Elle prit Sophie dans ses bras.

« Je vais lui donner son bain. Tu veux venir ?

— Oui. D'accord. »

L'ambiance resta tendue entre Tim et Rosalie toute la soirée, mais le lendemain, chacun fit comme si l'incident était oublié.

« Allô ? C'est Philippe. »

Elle faillit renverser sa chaise en se levant de table. Tellement heureuse de voir apparaître *Philippe* à l'écran, elle avait décroché comme ça, sans y penser, à côté de Tim, Rosalie, Daniel et Delphine.

« Allô ? Attends deux secondes. »

Elle traversa le salon, dévala les trois étages à toute vitesse, bousculant au passage un couple de clients qui sortait prendre un verre. Une fois dehors, elle s'assit sur les escaliers en bois du chalet.

« Oui, Philippe, c'est bon. »

Une semaine. Cela faisait une semaine qu'ils s'étaient disputés au téléphone et qu'elle attendait l'appel qu'il lui avait promis.

« Ambre, ça va ?

— Ça va.

— Tu es en colère ?…

— Un peu… »

La vérité, c'était que l'attente lui avait fait ravaler sa colère. Elle boudait un peu, pour la forme, mais le bonheur d'entendre la voix de Philippe prenait le dessus. Comme toujours.

« J'ai pas eu une seconde à moi. Je te jure. J'ai fait ce que j'ai pu. Je suis content de t'entendre. »

Elle laissa passer un silence. Elle ne voulait pas lui répondre qu'elle, elle était scandaleusement heureuse de l'entendre.

« Tu m'en veux ? »

Cette fois-ci elle ne put s'empêcher de répondre :

« Ça va, c'est bon. »

Philippe eut un soupir satisfait.

« Quoi de neuf ? Tout se passe toujours bien là-bas ?

— Ouais, super.

— Le travail ?

— Je m'en sors.

— Ça continue de te plaire ?

— Oui. C'est prenant. »

Elle sentait qu'elle commençait à se relâcher et s'en voulut un peu d'être si facile à attraper.

« Et avec les autres saisonniers ? Raconte un peu ! »

Elle fit un effort : si elle était trop butée, il finirait par ne plus appeler et ça n'était pas ce qu'elle voulait.

« Eh bien, j'ai... j'ai gardé la petite Sophie pendant mes congés la semaine dernière... La fille de Rosalie, une saisonnière.

— Je suis sûr que tu as été parfaite. »

Victoire par KO : elle avait oublié son ressentiment contre lui. Totalement.

« Plutôt bien, je crois. Le premier jour on a fait une balade dans le village. Le deuxième, il neigeait trop mais je lui ai lu des histoires. Elle ne comprend rien, évidemment, mais elle aime entendre ma voix. Je lui ai aussi donné son bain, avec Rosalie. C'est dingue ce qu'ils deviennent fous lorsqu'on les met dans l'eau !

— Et tes lectures, ça avance ?

— Ouais, pas mal. À cette allure, je pense que j'aurai bientôt terminé mon stock de bouquins !

— Je suis content que tout aille bien. Est-ce que... tu... »

Elle se raidit légèrement. Il l'avait fait parler un peu d'autre chose pour l'amadouer, mais maintenant il allait en venir à l'unique objet de son appel. Elle éloigna l'appareil de son oreille, comme pour prendre de la distance.

« Quoi ? lança-t-elle brusquement.

— Tu as recommencé à prendre tes médicaments ?

— Non. »

Il y eut un silence tendu. Un silence qui se prolongea. Elle retenait sa respiration et attendait le coup.

« Je vois, lâcha-t-il finalement.

— Tu vois *quoi* ?

— Tu n'en fais qu'à ta tête. »

Il avait ce ton condescendant qu'elle détestait. Elle s'obstina :

« J'en ai pas besoin.

— Écoute, Ambre, j'ai pas envie de me disputer avec toi. »

Il y eut un court instant de silence puis il ajouta :

« Et tes parents ? »

Elle n'eut pas le temps de reprendre son souffle. Deuxième coup.

« Quoi ?

— Tes parents, ils en pensent quoi ?

— J'en sais rien. »

Elle pouvait presque le voir, en train de froncer les sourcils, le téléphone contre l'oreille.

« Ils n'ont pas appelé ?

— Si. Mais j'ai rien à leur dire. Je ne vois pas pourquoi je décrocherais.

— Ambre ! »

Elle luttait pour ne pas se transformer en petite fille geignarde. Elle tenta de maintenir un ton aussi assuré que possible :

« J'ai pas besoin d'eux. »

Réplique puérile. Elle s'en voulut. Philippe eut un deuxième soupir exaspéré.

« Écoute, je ne sais pas quoi penser. Tu dis que ça va mais tu sembles à bout de nerfs chaque fois que je t'appelle.

— Ça va, Philippe, je te jure que ça va !

— Tu mens ! Je te connais ! Tu as entendu ta voix ? Tu vas encore pleurer.

— Non ! »

Elle se retenait de toutes ses forces.

« Écoute, j'ai sans cesse l'impression que tu cherches le conflit. Je ne veux pas me disputer avec toi. Je vais raccrocher et je te rappellerai une autre fois. On discutera plus calmement. »

Elle ravala ses larmes, tenta de se calmer. Il ne pouvait pas raccrocher ! Elle ne trouvait le courage de se lever, chaque matin, que parce qu'elle avait l'espoir qu'aujourd'hui, peut-être, il appellerait. S'il raccrochait, elle devrait patienter encore. Qui savait combien de temps ? Une semaine ? Deux ? Elle inspira profondément, rassembla ses forces pour refouler sa colère, ses larmes, tout ce qu'elle pouvait étouffer.

« Philippe ?

— Oui ?

— C'est bon… Je suis calmée. »

Ce n'était pas la voix d'une adulte, mais celle d'une enfant repentie. Puis, comme il ne disait rien, elle ravala ses derniers soubresauts de fierté et s'entendit déclarer :

« Je vais prendre mes médicaments. Promis. »

Jeudi 27 novembre 2008 01:02
De : ambre10@gmail.com
À : philippe.ducrey@wanadoo.fr

Philippe,
Désolée de t'écrire si tard mais voilà, je voulais te poser une question. Ce n'est pas urgent… Je veux dire, ça ne justifie pas un mail à cette heure-là, mais… avant d'oublier… j'en profite.

Comme je te l'ai raconté, je passe pas mal de temps avec la petite Sophie. Elle adore jouer avec mon foulard rouge (celui que tu m'avais offert à Noël). Tu crois que je pourrais le lui offrir ? Tu ne m'en voudrais pas trop ?

Je ne poursuis pas trop longtemps ce mail. Je ne veux pas réveiller Tim (le garçon aux livres). Je ne sais pas si j'ai eu l'occasion de te le dire : c'est avec lui que je partage ma chambre maintenant.

À bientôt.

Tu me manques.

Ambre

Vendredi 28 novembre 2008 08:02
De : philippe.ducrey@wanadoo.fr
À : ambre10@gmail.com

Ambre,

Pour répondre à cette question existentielle : oui, tu peux offrir ton foulard à Sophie, je ne t'en voudrai pas. ☺

J'espère que tu vas bien. J'essaierai de t'appeler la semaine prochaine.

Continue de m'écrire, ça me fait plaisir de savoir ce que tu fais.

À très vite.

Philippe

PS : Ce « garçon aux livres », est-ce qu'il n'aurait pas des idées derrière la tête ? Tu partages sa chambre...

L'après-midi, dans le salon silencieux du troisième étage, devant des tasses de thé fumantes, ils jouaient parfois aux cartes. C'était Rosalie qui insistait. Tim préférait lire, mais elle s'ennuyait quand ils lisaient tous les deux et que Sophie dormait. Alors elle avait décidé de leur apprendre le tarot. Tim ne faisait aucun effort pour masquer son manque d'enthousiasme et passait son temps à soupirer.

Le téléphone d'Ambre sonnait régulièrement au fond de sa poche. Elle savait qu'il s'agissait de ses parents car Philippe n'appelait que tard le soir. Alors elle laissait sonner. Les deux autres s'étaient mis à faire des blagues à ce sujet.

« Ah, disaient-ils en se regardant. Ce n'est pas un appel alerte rouge, celui-là.

— Un appel alerte rouge ? De quoi vous parlez ? s'était-elle étonnée la première fois.

— Les appels chaises renversées, repas abandonnés, escaliers dévalés. »

Rosalie n'osait sourire, de peur qu'Ambre ne se froisse. Mais Tim avait poursuivi :

« En général, c'est pas écrit "Maison" quand tu nous tapes un cent mètres dans le couloir. »

Elle n'avait pas ri de manière très naturelle mais avait quand même demandé :

« Y a les appels alerte rouge et les autres, c'est quoi ? »

Rosalie était rassurée de voir qu'elle le prenait bien.

« Appel parental. C'est explicite, non ? »

Une certaine routine s'était installée au chalet, mine de rien. Tous les trois s'étaient mis à passer leur temps libre ensemble, le plus naturellement du monde. Parce que Jessy et Andréa désertaient toujours, parce que Daniel et Delphine restaient entre eux, parce que Wilson était invisible, ils se retrouvaient tous les trois, tous les quatre avec Sophie, presque par dépit. Pourtant, ce n'était pas désagréable. Ils partageaient chaque moment du quotidien. Les levers tardifs, les petits déjeuners silencieux

– Tim était le premier levé, c'était lui qui préparait le café et le pain grillé –, le service du midi, les après-midi dans le salon à regarder tomber la neige en buvant du thé, les bains de Sophie. Puis il y avait le service du soir, le casse-croûte rapidement avalé dans le salon, la lecture. Parfois, Tim donnait son biberon à Sophie. Parfois, Ambre la couchait. Rosalie pouvait alors prendre une bonne douche chaude.

L'hôtel se remplissait, les rues s'animaient. Le mois de décembre s'installait. Un après-midi, Sylvie débarqua dans le salon, le téléphone de la réception à la main, et annonça :

« Ambre, tes parents à l'appareil. »

Elle tomba des nues. Elle avait cru pouvoir laisser sonner son téléphone encore et encore. Elle n'avait pas songé une seconde qu'ils appelleraient à l'accueil. Sylvie attendait, le sourire aux lèvres, pensant lui apporter une bonne nouvelle. Ambre ne put que saisir ce téléphone qu'on lui tendait.

Elle quitta le salon sous les regards curieux de Tim et de Rosalie, qui se demandaient comment elle s'en sortirait cette fois.

« Allô, Ambre ? C'est nous. »

C'était son père qui parlait. Elle se hâta de rejoindre sa chambre, referma la porte derrière elle et s'y adossa. Elle avait les mains moites, la gorge sèche. Elle se sentait prise au piège.

« Ambre ? » répéta son père.

Elle se força à déglutir et à murmurer :

« Oui. Je suis là.

— Qu'est-ce qui t'a pris de jouer les mortes ? On peut le savoir ? *Ambre ?* »

M. Miller aboyait et c'était assez surprenant de l'entendre comme ça, en colère. Il ne l'avait été qu'une fois en vingt ans : lorsqu'elle avait annoncé qu'elle quittait la maison pour vivre avec Philippe. En temps normal, il préférait toujours fuir les conflits.

« Enfin ! À quoi tu joues ? »

Elle fut surprise par l'arrogance de sa propre voix :

« Mais à rien… Pourquoi ? »

Il y eut un bruit étouffé, comme s'il s'étranglait d'indignation.

« Qu'est-ce qui t'a pris de ne pas donner de nouvelles ?

— Ah… mais… je ne comprends pas… »

Sa voix était vibrante de provocation. De colère aussi. Elle sentait que ça montait, qu'elle risquait de perdre le contrôle s'il continuait. Il n'avait aucun droit sur elle. Elle avait cessé d'avoir des parents depuis longtemps. Elle s'était débrouillée sans eux. C'était trop facile de revenir maintenant. De prétendre avoir une quelconque autorité sur elle.

« Tu ne comprends pas ? reprit M. Miller. Tu ne comprends pas *quoi* ?

— Ce n'est pas comme cela qu'on fonctionne à la maison ? L'indifférence ? Le silence ?

— …

— C'est pas le fonctionnement de la maison ? »

Elle avait gagné, il n'avait rien à répondre. Elle l'avait pris de court. La colère était toujours là cependant et elle attendait, le cœur battant, contre la porte de sa chambre. Elle attendait elle ne savait quoi.

Ce fut la voix de sa mère qui s'éleva cette fois-ci. Une voix maladroite, un peu râpeuse :

« Ambre, est-ce que tu dis ça par rapport à... ton hospitalisation ? »

Alors elle explosa d'une colère violente qui lui fit tourner la tête.

« Mon *hospitalisation* ? éructa-t-elle. Mais de quoi tu parles ?

— Ambre, tu sais bien...

— Dis-le !

— Enfin, c'est ridicule...

— C'est vous qui êtes ridicules ! »

Elle avait le souffle court, elle était trempée de sueur. Elle voyait même des étoiles danser devant ses yeux. Elle n'était plus capable de se contrôler :

« Une TEN-TA-TI-VE DE SUI-CI-DE ! C'est ça les mots que vous cherchez, non ? »

Elle savait qu'elle aurait dû parler moins fort, que les murs du chalet n'étaient pas épais, mais c'était la première fois qu'elle ressentait une telle fureur.

De nouveau, son père, plein d'autorité :

« Enfin, qu'est-ce qu'il t'arrive ? Ce sont... ce sont les médicaments ?

— Je ne prends plus de médicaments !

— Ambre ! »

C'était la voix de sa mère. Elle n'était plus râpeuse, mais tremblante et trop aiguë. Comme blessée. La note implorante fit retomber la colère d'Ambre comme un soufflé. Elle bredouilla :

« Je vous rappelle... Je vous rappelle plus tard.

— Attends ! »

Mais elle avait raccroché. Elle resta de longues secondes contre la porte de sa chambre, terrassée, ruisselante de sueur, à bout de souffle.

Sylvie avait déserté le salon. Rosalie et Tim avaient abandonné la partie de cartes en attendant qu'elle revienne. Ils la dévisagèrent. Comme elle reprenait sa place dans le fauteuil sans rien dire, Rosalie se risqua finalement à une plaisanterie :

« T'as pas réussi à l'éviter celui-là, hein ?

— Quoi ?

— L'appel parental. »

Elle se renfrogna. Ni Tim ni Rosalie n'insistèrent davantage.

Mercredi 3 décembre 2008 23:03
De : ambre10@gmail.com
À : philippe.ducrey@wanadoo.fr

Philippe,

J'espère que tu n'oublieras pas mon appel de la semaine. Ici rien de neuf. Enfin, presque rien de neuf.

Il y a bien eu cette chose gênante… l'appel de mes parents à la réception de l'hôtel. À force de ne pas leur répondre, j'aurais dû m'en douter… Bref, j'ai pas pu y échapper. Sylvie était là, elle attendait, le téléphone à la main, que je prenne la communication.

La conversation a été assez étrange. En fait, je ne sais pas ce qui m'est arrivé. Mon père criait et se comportait avec moi comme si… comme si j'étais son enfant… Je veux dire, comme s'ils étaient des parents responsables et aimants. Et j'ai pas supporté. J'ai pété un plomb. J'ai jamais été dans un état pareil. C'était violent, brutal. C'était… je suis incapable de te le décrire.

Philippe, est-ce que tu crois que je deviens dingue ? C'est normal, tous ces accès de colère ?

Bon… je dois te l'avouer… je ne prends pas mes médicaments. Je n'en ai pas pris un seul depuis que je suis arrivée ici, même si je t'ai juré de les reprendre. Alors oui, je sais ce que tu penses… C'est pour ça que je pète les plombs. N'empêche, c'est bien aussi de se mettre en colère de temps en temps, non ?

Je préfère parler avec toi de vive voix, alors appelle-moi vite.

Ambre

PS : Sinon, pour parler d'autre chose, l'hôtel se remplit. Je viens de terminer un nouveau livre. C'est dingue, je crois que je n'ai jamais lu autant qu'ici. Il faut dire qu'on lit tard dans la nuit, Tim et moi. Ah oui : il est gay, le garçon aux livres, pour répondre à ta question.

Jeudi 4 décembre 2008 07:52
De : philippe.ducrey@wanadoo.fr
À : ambre10@gmail.com

Ambre,

Désolé de devoir commencer par une petite remontrance mais j'ai cru m'étrangler en lisant ton mail. Tes parents appelant à la réception de l'hôtel et tombant sur Sylvie ! J'imagine déjà ce qui aurait pu se produire. J'imagine parfaitement la conversation.

Sylvie, enjouée : « Ah, vous êtes un collègue de Philippe ! Je suis contente de faire votre connaissance ! Comment il se porte depuis son passage ici ? »

Le silence tendu. Puis ton père se décidant à demander : « Philippe ?

— Oui… Philippe… »

Nouveau silence plein d'incompréhension.

« Celui qui a amené votre fille ici… à l'hôtel. »

Le rire mauvais de ton père : « Oh… Je vois… Vous voulez parler du connard qui baisait ma fille dans un appartement tous frais payés ? »

Jeudi 4 décembre 2008 11:01
De : philippe.ducrey@wanadoo.fr
À : ambre10@gmail.com

Ambre,
Désolé de m'être montré si désagréable dans mon précédent mail. C'est que j'ai encore des sueurs froides en
imaginant la catastrophe qu'on a frôlée.
Je vais m'efforcer d'être plus aimable dans ce second
mail. J'espère que tu vas bien. Ici, j'ai toujours beaucoup
de travail. Si tu veux, je t'appellerai ce week-end. Cette
semaine, ça risque d'être compliqué.
Je t'embrasse.
Philippe

Vendredi 5 décembre 2008 00:14
De : ambre10@gmail.com
À : philippe.ducrey@wanadoo.fr

Philippe,
Ton mail était particulièrement charmant, surtout
la partie qui se réfère à notre relation, qui, si je résume
bien, consistait à me « baiser dans un appartement tous
frais payés » de temps à autre. Va te faire foutre, d'accord ?
Ambre

Vendredi 5 décembre 2008 00:18
De : ambre10@gmail.com
À : philippe.ducrey@wanadoo.fr

Je te déteste, tu sais. Il y a au moins une chose qui était
juste dans ton mail si nul. Le terme « connard ». Pour ça
tu ne t'es pas trompé.
Tu n'es pas dispensé de me rappeler pour autant... Au
moins pour t'excuser d'être un connard.
Ambre

Le vibreur résonna dans la chambre et Ambre se leva d'un bond de son lit pour attraper son téléphone. Le week-end n'était pas encore arrivé mais Philippe pouvait toujours appeler en avance... Malheureusement, ce n'était pas son téléphone qui sonnait mais celui de Tim, et il venait de faire le même bond qu'elle pour décrocher.

« Oui ? »

Ambre ne put s'empêcher de tendre l'oreille. Une voix d'homme répondit :

« C'est moi. »

Elle leva la tête de son roman pour observer Tim à la dérobée. Il souriait.

« J'attendais ton appel. Alors... tu arrives quand ? »

Elle intercepta quelques mots étouffés :

« Je... dimanche... fin d'après-midi. »

Elle se replongea dans son livre car Tim venait de jeter un coup d'œil dans sa direction.

« Dix-huit ou dix-neuf heures.

— Dans ce cas, je te retrouverai après le service. À minuit au plus tard.

— Je... te chercher en voiture.

— Super !

— On... J'ai hâte... »

Nouveau regard gêné de Tim dans sa direction. Il se leva finalement pour poursuivre sa conversation hors de la chambre.

Il revint une demi-heure plus tard. Ambre avait éteint sa lampe de chevet et elle s'était allongée face au mur. Elle l'entendit se déshabiller, se glisser dans son lit. Elle avait envie de poser la question, l'air de rien : *C'était Anton ?* et s'il répondait, elle pourrait ajouter : *Il arrive dimanche ?* Mais elle se taisait. C'était plus simple comme ça. Elle feignait d'ignorer l'appel d'Anton et Tim feignait d'ignorer ses crises de panique lorsque le nom de Philippe s'affichait sur son écran.

Elle essaya de trouver le sommeil, mais Tim remuait dans son lit. Il était nerveux visiblement. Et elle, elle n'entendait plus que ça : les bruits qu'il faisait en se tournant et se retournant sans cesse. Elle se demandait s'il était amoureux. S'il mourait de trac à l'idée de ces retrouvailles. Au bout d'une demi-heure, ils ne dormaient toujours pas, alors elle se résolut à chuchoter :

« Tim ?

— Oui ? »

Sa voix était un peu trop grave. Cet appel l'avait chamboulé. Elle demanda, en chuchotant toujours :

« Ça va ? Je... je t'entends remuer dans ton lit.

— Oh ! Je suis désolé ! Je pensais que tu dormais... Je vais arrêter de me retourner, promis.

— Non. C'est pas grave. C'est juste que... je voulais savoir si ça allait. »

Tim mit quelques secondes à répondre :

« Ouais... Ça va. J'ai dû boire un peu trop de café ce soir. »

Elle ne put retenir un rire. Parce que c'était touchant de le voir essayer de mentir comme un enfant. Elle eut peur qu'il ne se vexe mais il ne releva pas. Le silence retomba. Une minute passa, puis une autre.

Et puis soudain, sans comprendre d'où lui venait son courage, elle se jeta à l'eau :

« C'était lui ? Au téléphone… c'était le skieur ? Il… il s'appelle Anton, non ? »

Elle crut détecter un sourire dans le noir. Il savait qu'elle avait entendu. Et ça avait l'air de l'amuser plus que de le gêner.

« Ouais, c'est ça. »

Elle se demanda si elle pouvait continuer à l'interroger ou si cela risquait de l'exaspérer. Elle n'eut pas à tergiverser plus longtemps car il ajouta de lui-même :

« Il arrive dimanche soir. »

La chambre était plongée dans l'obscurité et elle distinguait à peine les contours de Tim. C'était sans doute plus facile ainsi.

« Eh bien, raconte-moi, lança-t-elle. Votre histoire. Raconte. » Il y eut un petit temps de flottement.

« Notre histoire ? » répéta Tim.

Il laissa passer quelques secondes et commença mollement :

« Eh bien… que dire… Je… je l'ai rencontré ici… l'hiver dernier… Il… il est skieur professionnel… Je veux dire, il fait partie d'un club, dans la région… et il est payé pour skier.

— Andréa a dit qu'il était vice-champion de France.

— Oui, c'est vrai… Il s'entraîne ici de décembre à mai, chaque année.

— Et le reste du temps ?

— Il est sponsorisé par une marque de boissons énergisantes… alors il fait quelques opérations de communication par-ci par-là en France. Il participe aussi à des campagnes de promotion dans les magasins, dans les boîtes de nuit, sur des événements sportifs. Ça l'occupe pas mal. Et le reste du temps, bah… il se fait plaisir, il part skier en Autriche ou en Norvège, là où il y a toujours de la neige. »

Tim avait abandonné sa réserve. C'était la première fois qu'ils parlaient aussi facilement tous les deux.

« Waouh, fit Ambre, il a une vie plutôt chouette.

— C'est clair. »

Ils restèrent silencieux quelques secondes, mais Ambre n'en avait pas fini :

« Comment est-ce que tu l'as connu ?

— Au Monkey Club. On était sortis boire un verre avec l'équipe.

— Et Anton était là…

— Ouais. Avec des amis. Tu verras, il a beaucoup d'amis ici. Son équipe de ski et puis tous les gens qu'il a connus au fil des hivers. Des saisonniers pour la plupart.

— Et tu es allé lui parler ? »

Elle ne voulait pas en perdre une miette. Écouter les histoires des autres, c'était comme se plonger dans un livre. Ça permettait de s'évader un peu.

« Non. Il y avait ses amis en permanence avec lui. Et puis, je ne savais même pas s'il était gay ! »

C'était un problème auquel elle n'avait même pas songé.

« Alors, comment tu as fait ?

— J'ai rien fait de particulier… Je me suis contenté de lui lancer des regards. Et il a fini par venir me voir. Entre-temps, j'avais interrogé Andréa,

l'air de rien, en demandant : "C'est qui ce type ?"
Et Andréa m'avait dit qu'il était skieur professionnel, qu'il était là tous les hivers, que presque tout le
monde le connaissait à Arvieux. Alors quand il s'est
approché pour me parler, j'ai eu peur. J'ai failli faire
demi-tour. J'avais pas envie de me retrouver face à un
mec prétentieux et imbu de lui-même.

— Et alors ?

— Alors j'avais tout faux. Il est venu s'accouder
au bar, à côté de moi, et il a lâché comme ça : "Viens,
on se commande des bières et on va parler dehors.
On s'entend pas ici." J'étais là, comme un con, à pas
savoir quoi dire. J'étais pas sûr d'avoir compris. Alors
il a souri. Il sourit toujours. Et il a dit quelque chose
comme : "Tu sais, ça fait du bien de se faire mater
par autre chose que des yeux englués de mascara."

— Et ensuite ?

— On a quitté la discothèque. On est allés parler
dehors. Ça a fait jaser, tu sais. Personne ne comprenait. Anton, le fameux skieur, qui quittait la soirée
avec un mec. Il était assez discret. Personne n'avait
jamais vraiment su. Après, on a passé les quatre mois
restants ensemble et puis la saison s'est terminée. »

Elle était déçue. Il était allé trop vite.

« Attends ! Il manque…

— Il manque rien. On a quitté la soirée et on a
passé la nuit chez lui. Je te fais un dessin ?

— Non, je veux dire… la saison a pris fin et… ça
s'est terminé comme ça ?

— Oui. Je partais dans le Sud pour la saison d'été
et lui… il ne reste jamais très longtemps au même
endroit.

— Mais… vous n'avez pas essayé de vous revoir ?

— Non… C'était le plan. On avait décidé que chacun reprendrait sa vie et que, si les choses se passaient bien, on se retrouverait ici l'année suivante. »

Elle essaya de ne pas avoir l'air trop dépitée :

« Mais… vous vous êtes au moins appelés ? Chaque semaine ?

— Non. On s'est appelés une seule fois. C'était il y a un mois. Pour savoir si on serait au rendez-vous cet hiver. On avait chacun nos vies. C'était pas en s'appelant toutes les semaines qu'on allait passer à autre chose. »

Elle songea à Philippe. Philippe pour qui elle avait tout quitté : famille, amis, études, tout ce qui l'empêchait d'être disponible pour lui jour et nuit.

« Alors, tu es passé à autre chose ?

— Plus ou moins.

— Tu as eu d'autres aventures ?

— Oui.

— Lui aussi ?

— Sans doute. Je n'en sais rien, et je ne veux pas le savoir. Ça fait partie du deal. Si l'on est amenés à se revoir, on ne doit pas évoquer nos existences respectives pendant ces six mois. »

Ambre essayait de masquer sa déception.

« Alors, reprit-elle, tu n'as plus pensé à lui pendant ces six mois ?

— Si ! Bien sûr que si ! Presque tout le temps. »

Le silence retomba, très vite brisé par une nouvelle question d'Ambre :

« Et lui ?

— J'imagine que s'il m'a appelé, c'est qu'il a pensé un peu à moi. »

Elle esquissa un sourire dans le noir et avoua :

« Je l'ai entendu… Il a dit : "J'ai hâte." »

Elle perçut son rire à l'autre bout de la chambre.

« J'étais sûr que tu écoutais ma conversation ! Tu es une sale petite fouine ! »

Elle poursuivit avec excitation :

« Dimanche sera le grand soir, alors… ! Tu crois que les choses auront changé ou bien que tout sera resté pareil ?

— C'est quoi cette question à deux balles ? grogna-t-il. Comment je pourrais le savoir ?

— Tu pourrais imaginer, non ?

— Non.

— Comment il est ?

— Blond.

— C'est tout ? Fais un effort ! »

Tim soupira. Il en avait assez de cet interrogatoire, mais elle était trop excitée pour s'arrêter.

« Il est blond. Plutôt grand. Et sportif.

— Ah. C'est bien. Tu vois, quand tu fais un effort ! Et son caractère ?

— Positif. Il est toujours positif et… déterminé. Ouais… Il est très déterminé. »

Elle ouvrit la bouche, prête à l'interroger encore, mais Tim la devança :

« Et Philippe ? »

Elle se raidit et recula au fond de son lit.

« Alors ? »

Tim attendait, amusé de reprendre l'avantage. Comme elle ne bronchait pas, il insista :

140

« L'homme qui t'appelle, c'est bien Philippe ? Je l'ai vu écrit sur ton téléphone. Tu as dit qu'il était ton petit ami *en quelque sorte*. C'est quoi un petit ami *en quelque sorte* ?

— C'est rien. »

Tim ne se laissa pas déstabiliser. C'était à son tour de se montrer insistant :

« Bon. D'accord. Mais ce Philippe, il a bien une existence ? Comment il est ?

— C'est un connard. »

La réponse lui était venue spontanément. Tim se mit à rire franchement. Elle non.

« Est-ce que tu t'es disputée avec lui ou est-ce que c'est un trait de caractère permanent chez lui ?

— Un peu des deux.

— Ah… Et c'est donc pour ça que tu l'aimes ?

— J'ai jamais dit que je l'aimais. »

Tim n'en avait que faire de son ton cinglant et froid. Son tour était venu de mener l'interrogatoire et il comptait bien en profiter.

« Mouais… Y a pas besoin de le dire. Ça se sent.

— Tu l'aimes Anton ? contre-attaqua-t-elle.

— Essaie pas de changer de sujet !

— Je te retourne la remarque. »

Elle l'entendit sourire dans le silence. Elle aurait voulu faire de même mais elle en était incapable. L'évocation de Philippe lui avait coupé toute envie de rire. Elle se retourna contre le mur et lança d'une voix sèche :

« Bon, ça suffit, on dort. »

Tim attendait, sans savoir si elle plaisantait ou non. Puis elle l'entendit étouffer un bâillement.

« Ambre ?

— Oui ?

— Je m'en fiche. Je sais déjà qu'il s'appelle Philippe et que lorsqu'il t'appelle, tu es capable de descendre les trois étages en moins de dix secondes. »

Elle esquissa un faible sourire.

« Je crois avoir deviné ton secret… Tu n'aurais pas été championne d'athlétisme un jour ? »

Cette fois-ci, elle sourit pour de vrai. Il ne souhaitait pas revenir sur Philippe ni sur le reste. Il la taquinait juste un peu, pour la forme, pour terminer la discussion sur une note légère. Elle abandonna tout à fait son ton sec.

« Tu m'as démasquée !

— J'en étais sûr. J'ai comme un don pour ces choses-là. »

Ils se laissèrent doucement envelopper par le silence et l'obscurité.

« Alors, bonne nuit, championne, dit-il.

— Bonne nuit, grand devin ! »

En ce premier week-end de décembre, le restaurant battit un record de fréquentation. Alors que Tim devenait de plus en plus nerveux en vue de ses retrouvailles avec Anton, Ambre avait du mal à conserver sa bonne humeur : le week-end prenait fin et Philippe avait trahi sa parole, une fois de plus. Elle avait bêtement cru qu'il l'appellerait, comme il l'avait proposé, qu'il s'excuserait même. Elle comprenait maintenant tout le ridicule de la situation. Il menait sa vie tranquillement, débarrassé de toute crainte de voir son mariage voler en éclats. Il s'en fichait de ses petits états d'âme. Elle était loin. Elle ne prenait plus ses médicaments mais elle ne menaçait plus de se trancher les veines. Il pouvait reprendre sa vie.

Le service prenait fin et Ambre se dirigeait droit vers l'escalier en colimaçon. Rosalie tenta de l'intercepter :

« Tu m'attends au salon ? On prend un thé dès que je suis revenue de chez la nourrice ?

— J'ai sommeil. »

Elle voulait juste s'enfermer dans sa chambre. Rosalie sembla déçue.

« Et Tim ? Où il va ? Pourquoi il est parti aussi vite ?

— Je sais pas. »

Elle ignorait s'il souhaitait parler d'Anton à Rosalie, et d'ailleurs, elle n'avait pas envie de s'éterniser dans les escaliers. Ça n'était pas seulement Philippe le problème. C'était aussi l'altercation au téléphone avec ses parents, même si elle ne voulait pas l'admettre.

« Je vais me coucher, Rosalie... J'ai pas la forme.

— Bon... Bonne nuit alors. Repose-toi bien. »

Contre toute attente, Philippe avait appelé et laissé un message.

Elle l'écouta, le cœur battant, contre la porte de sa chambre :

« Salut, c'est moi. Tu dois encore être en plein service. Rappelle-moi quand tu auras un moment. »

C'était bref, pas particulièrement chaleureux, mais ça avait le mérite d'exister. Il avait tenu parole. Il avait appelé. Elle prit son manteau, son écharpe et descendit les escaliers quatre à quatre. Elle aimait bien lui parler dehors, assise sur les marches en bois du chalet. Elle regardait les montagnes dans la nuit, la lune qui inondait les chalets. Elle n'entendait rien, juste sa voix. C'était paisible.

Philippe répondit à la deuxième sonnerie. Il attendait son appel visiblement.

« Philippe ! » lança-t-elle avec un peu trop d'enthousiasme. Elle se souvint trop tard qu'elle était censée lui en vouloir.

« Hé ! Tu as l'air heureuse. »

Elle l'entendit fermer une porte doucement. Il avait dû s'isoler dans son salon.

« Ça va ? interrogea-t-il. Tu m'as paru un peu perturbée dans ton mail. Qu'est-ce qu'il s'est passé exactement avec tes parents ? Ils étaient furieux que tu n'aies pas donné de nouvelles ?

— Furieux, c'est un grand mot pour mes parents. Ils ont la capacité émotionnelle d'une huître ! Ils étaient en colère, disons. »

Elle lui raconta la conversation et conclut :

« J'étais sur le point d'exploser, de leur dire à quel point je les détestais, eux et leur foutu silence, leurs vies minables, quand j'ai entendu la voix de ma mère… Une voix bizarre, un peu… je sais pas… un peu douloureuse.

— C'est une réaction normale, tu sais.

— Comment ça ? »

Il lui parlait comme à un petit enfant.

« Oui… Parfaitement normale… Quoi que tu en dises, tu n'avais pas envie de les blesser. Et pire encore… tu les aimes.

— Philippe ! »

Il riait à l'autre bout du fil. Il riait comme si la situation avait quoi que ce soit de drôle.

« C'est nul. Pourquoi tu dis ça ? Pourquoi tu ris ?

— Je ris parce que tu es mignonne à essayer de te convaincre que tu n'aimes pas tes parents, que tu te moques de leurs sentiments. Mais tu n'échappes pas à la règle. Tu es comme tous ces enfants battus, maltraités, rejetés, qui essaient en vain d'obtenir l'amour de leurs parents. Toi aussi tu refuses de les blesser. Tu as cherché à les protéger.

— T'es qu'un con, Philippe. Avec des phrases à la con.

— Écoute, Ambre, tu as voulu qu'on en discute. Je vais te donner mon avis : je pense que tu as lancé une bouteille à la mer. Tu attendais des excuses, des paroles réconfortantes. Et puis rien n'est venu mais tu as été incapable de les blesser. Parce que tu les aimes.

— Tu te la joues psy maintenant ? Tu ne sais pas de quoi tu parles !

— Très bien, dans ce cas pourquoi tu me demandes mon avis ?

— Mais je ne t'ai rien demandé ! »

Un silence agacé, suivi d'une voix cassante :

« Eh bien, Ambre, tu sais quoi ? Puisque mon avis ne compte jamais, tu vas arrêter de me supplier d'appeler. Ça m'évitera de perdre mon temps avec des enfantillages. »

La phrase de trop. Elle se leva d'un bond.

« Alors ça ! » C'était reparti. Elle était de nouveau en proie à la fureur. « Ça t'arrange tellement, hein ? Pouvoir te débarrasser de moi comme ça ! Tu attendais la fin de la conversation pour me balancer ça ? »

Elle l'entendit souffler dans le téléphone, ce qui ne fit qu'amplifier son hystérie : « Quoi ? T'as rien à répondre ? Tu refuses de l'admettre clairement que tu veux te débarrasser de moi ? Tu refuses de me le dire ? »

Nouveau soupir de Philippe.

« Tu ne dis plus rien ? Il est passé où ton courage à deux balles ? »

La voix de Philippe s'éleva enfin :

« Tu veux un autre avis de ma part ? » La phrase tomba, hautaine, agacée : « Prends tes médicaments. »

Elle s'étrangla presque.

« Philippe, va te faire foutre, d'accord ? »

Il ne répondit rien et ce fut encore pire.

« Ouais, c'est ça ! Va te faire foutre ! »

Elle raccrocha, étouffa un sanglot.

« Va crever ! » cracha-t-elle encore.

Elle remonta les escaliers en contenant ses larmes et le tremblement de ses mains. Elle comptait foncer dans sa chambre et y rester cloîtrée. Tim n'était pas là et c'était parfait. Elle atteignait le dernier étage quand elle tomba nez à nez avec Andréa sur le palier.

« Hé, Ambre ! »

Il voulait se montrer amical, son sourire au coin des lèvres. Elle essaya de le contourner en jouant la fille pressée.

« Ambre ? Ça va pas ? »

Il se retourna et tenta de la retenir par le bras.

« Si. Ça va. »

Ce qui ne le trompa pas.

« T'es sûre ?

— Oui. »

Mais il ne bougeait pas. Il restait là, au milieu du couloir, à la sonder avec inquiétude.

« T'as l'air un peu chamboulée… »

Elle ne le laissa pas terminer. D'abord Philippe. Maintenant lui.

« C'est dingue ! C'est trop demander d'avoir un minimum d'intimité dans ce *foutu chalet* ?

— Ça va… J'essayais juste d'être sympa ! »

Elle se dirigea droit vers sa chambre. Les larmes allaient jaillir, il ne fallait pas qu'il voie ça.

« C'est quoi ton problème à la fin ? » cria-t-il avec agacement.

Elle était arrivée à la porte de sa chambre. Elle ne se retourna pas, actionna la poignée.

« T'as vraiment un souci ! Soit tu parles pas et t'es dans ton monde, soit tu deviens agressive ! C'est quoi cette espèce de fille sauvage ?

— La fille sauvage, elle t'emmerde ! »

Elle claqua la porte de toutes ses forces.

« Alors ? »

Elle avait failli oublier. Avec la fureur de la veille, la nuit blanche, les larmes versées… elle avait totalement oublié d'interroger Tim sur sa soirée avec le skieur. Il avait fallu attendre la fin du service pour que cela lui revienne. Ils étaient en train de mettre la table quand elle remarqua enfin le bonheur sur le visage fatigué de Tim.

« Alors quoi ? »

Il feignait de ne pas comprendre. Ambre ne savait pas si c'était à cause de la présence de Rosalie.

« Ta soirée ? »

Le sourire amusé de Rosalie lui indiqua qu'elle avait été mise dans la confidence.

« Alors rien. C'était cool. »

Il fallut attendre le soir, et l'obscurité de la chambre, pour que Tim finisse par se livrer un peu plus. Pas grand-chose, juste quelques mots :

« C'était chouette. Vraiment. C'était… tout est resté intact. »

Philippe écrivit un mail quelques jours plus tard. Un mail bref et impersonnel, qui choisissait d'ignorer totalement leur précédente dispute. Elle se refusa d'y répondre.

Mardi 9 décembre 2008 08:11
De : philippe.ducrey@wanadoo.fr
À : ambre10@gmail.com

Ambre,
J'espère que tu vas bien. Ici, l'hiver commence à arriver. Ils annoncent deux centimètres de neige sur Lyon pour la fin de semaine. Tu sais comment c'est... Toute la ville va être paralysée.
Je t'embrasse.
Philippe

Elle n'avait pas rappelé ses parents et eux non plus ne s'étaient pas manifestés. Elle ne savait pas pourquoi elle s'en émouvait encore. Les choses avaient toujours été comme ça.

À l'hôtel, il y avait du changement. Depuis le retour d'Anton à Arvieux, Tim passait désormais la plupart de ses soirées en sa compagnie. Dès la fin du service, on le voyait filer avec une impatience non dissimulée et il ne réapparaissait pas avant deux ou trois heures du matin. Parfois, il ne rentrait pas du tout. Ces soirs-là, Ambre devait réapprendre à supporter le silence et le vide de la chambre. Elle se forçait à lire, mais ce n'était pas pareil sans Tim plongé dans son roman, sans le bruit des pages qu'il tournait.

Les après-midi en revanche, il restait toujours avec Rosalie, Sophie et elle. Ils ne faisaient pas grand-chose. Ils partageaient un thé, échangeaient quelques mots, écoutaient de la musique, lisaient. Rosalie leur apprenait à jouer au tarot, peignait les ongles d'Ambre en rouge. Tim avait souvent l'air rêveur et Rosalie se moquait alors de lui, lui demandant s'il pensait tenir jusqu'au soir pour revoir Anton ou s'il allait en mourir.

« Philippe n'appelle plus ? » avait demandé Tim un après-midi, alors qu'Ambre était restée particulièrement silencieuse.

Rosalie s'était redressée, tous les sens en éveil.

« Qui est Philippe ?

— Son petit ami *en quelque sorte*.

— Ambre ! s'était-elle écriée. Tu ne m'en as jamais parlé ! »

Elle avait répondu d'une voix morose :

« Il n'y a rien à raconter. Philippe n'est pas mon petit ami et il n'appelle plus. »

Aucun des deux autres n'avait osé répondre quoi que ce soit.

Andréa ne prenait même plus la peine d'adresser la parole à Ambre et elle s'en accommodait plutôt bien. Pourtant, ce vendredi après-midi, il vint les trouver dans le salon et s'adressa également à elle, pas seulement à Tim et à Rosalie :

« On pourrait sortir entre saisonniers ce soir.

— Tu passes pas ta soirée avec Jessy ? demanda Tim.

— Elle est rentrée chez ses parents pour ses deux jours de congé.

— Ah… Je me disais. »

Andréa eut un sourire d'excuse.

« Ça pourrait être sympa, une soirée tous ensemble… »

Tim approuva.

« Je ne peux plus sortir, malheureusement. J'ai un bébé à garder, dit Rosalie.

— Dommage. »

Il ne restait qu'Ambre à interroger. Il traînait. Il lui en voulait sans doute encore pour l'autre soir. Il demanda enfin :

« Et toi, Ambre ? Ce sera non, je suppose ? »

Il avait un air provocateur qui la poussa à répondre :

« Je serai là.

— Ah… Ok… Super alors. On se retrouve après le service ? »

Ça faisait un an que ça ne lui était pas arrivé de sortir. Depuis la fin de son amitié avec Angéla. Depuis que Philippe avait dit : « Ça suffit. » Elle n'avait plus remis les pieds dans un bar, plus bu une goutte d'alcool du jour au lendemain. Angéla n'avait jamais compris pourquoi elle s'était éloignée si soudainement. Dans les moments de solitude, délaissée dans le studio vide, Ambre avait parfois regretté son choix. Elle s'était surprise à déplorer l'absence d'Angéla, la fin de leur amitié. Parce qu'Angéla n'était pas la personne la plus saine qu'elle eût connue mais elle avait toujours été là, elle.

« Je t'ai sauvée », s'amusait à dire Philippe. Et il le croyait vraiment.

Andréa les entraîna au Monkey Club. C'était un chalet plus grand que la moyenne, une vingtaine de jeunes fumaient des cigarettes et discutaient devant l'entrée, un verre à la main, dans le froid.

À l'intérieur, le son poussé à plein volume faisait vibrer les murs. La température devait avoisiner les trente degrés et l'atmosphère était saturée de vapeurs d'alcool. Sur la piste, des couples s'agitaient, les joues rouges. Au fond de la pièce, le bar était pris d'assaut. Plus au fond encore, un escalier en colimaçon donnait accès à une mezzanine bondée de monde. Ambre suivit les garçons qui essayaient de se frayer un chemin jusqu'au bar. Andréa ne lui avait pas adressé la parole depuis le départ du chalet.

« Qu'est-ce que je nous commande ? cria Tim. Quelque chose de fort, je suppose ? »

Ambre haussa les épaules. Quelques secondes plus tard, le barman déposait devant eux toute une rangée de shooters.

« Vodka et tequila.

— À notre première soirée ! » déclara Andréa.

Le goût âpre de l'alcool lui rappela les sombres soirées passées avec Angéla et Ambre reposa le verre un peu trop fort sur le comptoir, ce qui lui valut un regard moqueur d'Andréa.

« Je ne savais pas que les filles sauvages buvaient de l'alcool.

— Très drôle.

— Je t'ai vue grimacer. Tu veux quelque chose de plus doux ? »

C'était sa façon à lui de lui montrer qu'il enterrait la hache de guerre.

« De l'eau de source, peut-être ? »

Il riait maintenant. Il se tourna vers Tim, qui laissait son regard errer sur la piste.

« Tu cherches Anton ?

— Non, il a une compétition demain. Il dort déjà. »

Le regard de Tim revint se fixer sur Andréa.

« Alors, c'est quoi cette année, avec Jessy ? » interrogea-t-il.

Andréa fit signe au barman de leur servir une deuxième tournée.

« Comment ça ?

— Cette relation avec Jessy... L'an dernier, tu as essayé de nous faire croire pendant toute la saison que vous n'étiez qu'amis et que tu pouvais donc te permettre quelques libertés...

— C'était vrai. Et ça l'est toujours. »

Tim se mit à tousser et mima la surprise.

« De simples amis, vraiment ? Je te rappelle que les murs du chalet ne sont pas épais !

— L'un n'empêche pas l'autre. C'est une *sex friend*, si tu veux. »

De nouveaux verres furent posés sur le comptoir. Andréa se chargea de la distribution. Tim prit un air songeur et répéta :

« C'est un concept intéressant, mais… Jessy est-elle au courant ? »

Andréa laissa son regard s'attarder sur la piste de danse avant de répondre. Quelques jolies filles lui lançaient des regards appuyés. Il savait qu'il était beau.

« Bien sûr que Jessy le sait. On a été très clairs l'un avec l'autre. Aucune obligation morale entre nous.

— Tu le lui as dit comme ça ?

— J'ai pas l'habitude de me montrer gêné avec les filles. Pas même avec les plus sauvages. »

Ambre préféra ne pas relever.

« C'est-à-dire ? insista Tim.

— Je lui ai dit qu'elle n'avait rien à attendre de moi, hormis quelques exceptionnels et inoubliables moments de plaisir. »

Les garçons éclatèrent de rire. Andréa se tourna vers Ambre, moqueur :

« Désolé, mademoiselle la sauvage. Je ne voulais pas vous choquer…

— Pourquoi tu l'appelles la sauvage ? intervint Tim.

— Parce qu'elle parle peu… et qu'elle sort les griffes très vite.

— Avec toi il vaut mieux ! »

Andréa ignora Tim et fixa Ambre avec encore plus d'intensité.

« Oui… ça rend le personnage encore plus intrigant. »

Elle fronça les sourcils. Tim reposa son verre sur le comptoir, héla de nouveau le barman. Troisième tournée de shooters.

« En tout cas, s'il y en a une qui est sauvage, reprit Tim en se retournant, c'est bien Jessy ! »

Andréa s'apprêtait à prendre sa défense mais ils se firent bousculer par un groupe qui essayait d'atteindre le bar en jouant des coudes. La musique semblait avoir encore monté d'un cran.

« On sort ? leur cria Tim. On s'entend à peine. »

Ils acquiescèrent, burent leur troisième verre en grimaçant et prirent la direction de la sortie.

« On se trouve un autre endroit ? interrogea Tim.

— Ou bien on peut rentrer et poursuivre la soirée au chalet, proposa Andréa. J'ai une bouteille de vin dans ma chambre et quelques trucs à fumer. »

Les deux autres approuvèrent.

Au dernier étage du chalet, toutes les lumières étaient éteintes, ils tâchèrent de ne pas faire de bruit. Quand ils entrèrent dans le salon, ils trouvèrent Rosalie devant l'évier, l'air exténuée, occupée à laver les biberons de Sophie.

« Qu'est-ce que tu fais encore debout ? » interrogea Tim.

Avec un soupir las, elle s'assit sur le banc en bois : Sophie faisait ses dents.

« T'as l'air épuisée, constata Andréa. Ça tombe bien, on poursuit la soirée ici et j'ai un petit remontant pour toi. »

Il disparut et revint quelques secondes plus tard avec une bouteille de vin rouge. Ils installèrent les fauteuils en cercle près du poêle à bois et s'y laissèrent tomber. Rosalie alla chercher des verres.

« Ça ne me fera pas de mal ! »

Andréa sortit de sa poche du papier à rouler et un sachet en plastique contenant de l'herbe. Rosalie reposa son verre qu'elle avait déjà vidé.

« Remets-m'en un. »

Tim s'exécuta tout en lui demandant :

« Tu connais ce concept de *sex friend*, toi ?

— De *sex* quoi ?

— Ce truc entre Andréa et Jessy… De l'amitié, du sexe, pas d'obligation morale. »

Sans relever la tête, tout en continuant de faire rouler l'herbe entre ses doigts, Andréa entreprit d'expliquer à Rosalie :

« Une amitié avec des suppléments, mais sans tous ces trucs chiants qui font un couple. Pas d'engagement, pas de projets, pas de fidélité non plus. »

Rosalie eut un regard pensif, puis haussa les épaules.

« Ouais… C'est sans doute la relation idéale, finalement. » Ce qui fit bondir Tim.

« Tu rigoles ! »

Mais Rosalie ne s'était pas montrée ironique le moins du monde.

« Non.

— Je n'appellerais même pas ça une relation ! »

Andréa, qui terminait enfin de rouler son joint, se redressa.

« C'est pour ça que c'est l'idéal. Aucun sentiment. Aucune dispute. Et la possibilité d'aller voir ailleurs quand tu veux.

155

— C'est surtout ce dernier point qui t'intéresse, non ? » lança Tim.

Andréa alluma tranquillement son joint, en inspira une bouffée et le tendit à Ambre, qui se trouvait dans le fauteuil voisin. Ça aussi ça faisait longtemps. Plus d'un an. Philippe avait été ferme : « Je veux plus que tu touches à cette merde ! » Elle tira une longue latte en fermant les yeux. *Prends ça, Philippe,* songea-t-elle. Ce qui lui arracha un demi-sourire. Elle tendit le joint à Rosalie, qui sembla tout à coup hésiter :

« Oh, je ne sais pas… C'est pas très correct… Si Sophie se réveille…

— On est juste à côté. À nous quatre, on arrivera bien à la consoler. »

Rosalie finit par capituler et se saisit du joint. Andréa se tourna alors vers Ambre et demanda brutalement :

« Et toi, qu'est-ce que t'en penses ? »

Elle hésita, pas certaine d'avoir saisi l'objet de la question :

« Oui… On… on arrivera à recoucher Sophie à nous quatre… »

Ce qui lui valut un regard exaspéré d'Andréa.

« Non ! Je te parlais des relations basées uniquement sur le sexe. »

Elle se renfonça dans son fauteuil, mal à l'aise.

« Je sais pas trop.

— C'est pas une réponse, ça !

— Je crois que… ouais… c'est sans doute plus simple. »

Il lui sourit, satisfait de sa réponse. Tim intervint de nouveau :

« Le tout est de savoir si les deux personnes sont bien d'accord. Moi, je mettrais ma main à couper que Jessy se sent déjà fiancée. »

Ambre se surprit à intervenir. L'alcool puis le joint avaient fait tomber les barrières.

« Et même dans ce cas, c'est pas si simple… Même si les deux personnes sont d'accord et bien conscientes de la nature de leur relation, il peut toujours se produire un accident.

— Quel accident ? interrogea Rosalie. Un bébé ?

— Non ! s'écria Ambre. Tomber amoureux.

— C'est vrai. C'est un risque.

— C'est plutôt une bonne chose, non ? lança Tim en exhalant des volutes de fumée.

— Si c'est réciproque, peut-être… » concéda Andréa.

Mais Ambre secoua la tête avec ferveur.

« Ce n'est jamais vraiment réciproque.

— Quel optimisme !

— Et même si ça l'est, intervint Rosalie, c'est tellement oppressant ! »

Tim les observait avec des yeux horrifiés.

« Vous pensez tous que tomber amoureux est une véritable catastrophe ? »

Quelques regards vagues lui répondirent. La fumée était de plus en plus opaque dans le salon et les esprits de plus en plus embués.

« Après tout, c'est peut-être plus facile avec quelqu'un du même sexe, fit remarquer Andréa. Toi, tu n'as pas l'air de te prendre la tête.

— Il n'y a pas de quoi se prendre la tête si tu tombes sur la bonne personne.

— Voilà, c'est ça ! s'exclama Rosalie, qui venait de terminer un nouveau verre cul sec. Il faut tomber sur la bonne personne ! Une chance sur sept milliards ! C'est pire que le loto !

— Toi, Tim, t'es amoureux de ton skieur ? » demanda Andréa au bout de quelques instants.

Tim se laissa glisser sur le tapis avant de caler sa tête contre les pieds du fauteuil.

« Peut-être. »

Ambre se demanda comment il avait pu tenir six mois loin d'Anton, sans nouvelles, dans ces conditions, alors qu'elle espérait chaque jour un appel de Philippe. Rosalie avait de nouveau rempli son verre de vin et reprenait sa litanie :

« C'est une forme d'enfermement d'être amoureux. Je veux dire, t'as beau vouloir rester indépendant, faire tes propres choix, tu finis toujours par faire tes choix en fonction de l'autre.

— Ça s'appelle le compromis ! répliqua Tim, excédé.

— Pas vraiment. Faire un compromis, c'est prendre en compte les deux parties et choisir la solution la meilleure pour les deux. C'est quelque chose de raisonné. Quand t'es amoureux, tu ne fais pas de choix raisonné. Tu es faible, je dirais même que tu es à la merci de l'autre.

— C'est pas faux, approuva Ambre.

— Il y a une part d'oubli. Mais ce n'est pas justement ce que tout le monde recherche dans une rela-
se ? insista Tim. Arrêter de réfléchir, se
»

Andréa roulait un deuxième joint et sa tête allait de l'un à l'autre, indécis sur la question.

« L'oubli dont tu parles, reprit Rosalie, l'œil brillant, c'est comme une drogue. Ça te fait planer un moment mais gare à la descente et surtout à l'addiction. »

Ils vidèrent la bouteille de vin en continuant de philosopher et, une demi-heure plus tard, ils étaient tous les quatre avachis sur le tapis, se passant le troisième joint de la soirée. La fumée avait envahi la pièce mais personne n'avait songé à ouvrir une fenêtre.

Les langues se déliaient, ils parlaient tous en même temps, livrant sans même s'en rendre compte des indices sur leurs vies personnelles qu'ils s'étaient efforcés de garder secrètes jusqu'à présent.

Andréa avait passé ses doigts autour du poignet d'Ambre et s'amusait avec son bracelet, le bracelet de Philippe. Elle le laissait faire, c'était plutôt agréable, et puis il la regardait avec des yeux qui lui rappelaient ceux de Philippe lorsqu'il arrivait à l'appartement et qu'il ne l'avait pas vue depuis des jours. Ces yeux qui la faisaient se sentir femme et non plus petite fille.

Le sujet avait dévié sur le mariage et sur le fait de fonder une famille. Rosalie expliquait que ça avait toujours été son rêve. Elle n'avait jamais connu son père. Il était mort d'un cancer avant sa naissance. Et elle avait perdu sa mère un peu avant ses dix-huit ans. Fille unique, avec seulement de la famille plus ou moins lointaine au Ghana, elle s'était retrouvée seule au monde. Alors, elle n'avait eu qu'une seule ambition : fonder sa propre famille.

« C'est plutôt mal parti, commenta-t-elle. J'ai bien une fille, mais le père…

— Où est passé le père ? »

C'était Andréa qui s'était risqué à poser la question. Rosalie ne répondit pas mais ça n'avait pas d'importance puisque déjà Ambre enchaînait sur autre chose :

« Moi, je me demande pourquoi on décide de faire des enfants. Je veux dire, c'est pas une obligation. C'est pas une étape à franchir absolument dans une vie avant de mourir. Ceux qui ne sont pas faits pour ça devraient s'abstenir. »

Rosalie se redressa sur un coude, piquée au vif :

« Est-ce que tu dis ça pour moi ? Tu penses que j'aurais dû m'abstenir, c'est ça ? Que c'est égoïste de ne pas offrir de père à Sophie ?

— Mais non ! la rassura Tim. T'y peux rien si le père est un lâche et qu'il a choisi de se tirer.

— Et puis, tu es parfaite avec Sophie, ajouta Ambre. J'aurais aimé t'avoir comme mère, j'en suis sûre.

— C'est vrai ?

— J'ai toujours trouvé ça cool une mère qui fume des joints !

— T'es bête ! »

Andréa poursuivit :

« Les adultes ont envie de laisser une trace sur terre. Alors ils pondent. Ils n'arrêtent pas. »

Tim enchaîna dans un grognement :

« Ils veulent laisser une trace, mais une trace bien façonnée, qui surtout… surtout rentre dans le moule.

160

— Ma mère n'était pas comme ça ! se défendit Rosalie. Et je ne le serai pas avec Sophie !

— Très bien ! répliqua Tim. Alors, Sophie pourra sans doute devenir call girl et coucher avec des filles ?

— Si c'est ce qui la rend heureuse, oui !

— Laisse-moi rire, tu dis ça maintenant…

— Moi mes parents sont très catholiques, intervint Andréa. Vous voyez, la famille typique italienne ? Alors, pas question de sortir du moule non plus.

— Et toi, Ambre ? interrogea Rosalie.

— Chez moi, on ne parle pas.

— C'est-à-dire ? Tes parents sont muets ? »

Elle réprima un éclat de rire.

« Non. Enfin c'est tout comme. On échange quelques banalités, c'est tout. C'est comme si on était des inconnus les uns pour les autres.

— Comment ça se fait ?

— Je sais pas… Ils ont en permanence cette espèce de pudeur mal placée. Celle qui te fait détourner les yeux en rougissant plutôt que de mettre une bonne raclée.

— Au moins tu es libre, fit remarquer Andréa.

— Libre d'être invisible, oui. Libre de me détruire aussi.

— Oui, mais tu ne l'as pas fait.

— Pas tout à fait. »

Personne n'osa relever sa dernière remarque. Rosalie continua d'un ton plus léger :

« Ma mère était un peu ce qu'on pourrait appeler une excentrique. Elle croyait à toutes ces bêtises : la voyance, les superstitions…

— Elle avait une boule de cristal ? s'enquit Tim, moqueur.

— Non, mais elle tirait les cartes régulièrement. Vous croyez à quoi, vous ? »

Tim s'était relevé et adossé contre un fauteuil. Ambre et Andréa, toujours allongés sur le tapis, semblaient réfléchir à la question.

« Je crois en Dieu, déclara soudain Andréa.

— Toi ? s'étonna Tim.

— Qu'est-ce qui te surprend ? J'ai hérité de la foi de ma famille.

— Alors que moi, ils n'ont réussi qu'à m'en dégoûter ! répliqua Tim.

— Ils sont très croyants ?

— Ouais… Mais ni mes frères ni moi n'avons suivi leur chemin. »

Ambre se redressa, l'air stupéfait.

« T'as des frères ? »

Tim ne les avait jamais évoqués et, pour la première fois, elle pensa qu'il était dommage qu'ils ne parlent pas davantage de leurs vies personnelles.

« Ouais. J'ai deux grands frères.

— La chance ! soupira Andréa. Je n'ai que des sœurs. Et toi, Ambre ? »

Elle non plus n'avait jamais évoqué Mathieu, l'inconnu qui avait partagé son enfance.

« J'ai ce qu'on peut appeler un frère.

— C'est un demi-frère ? interrogea Rosalie.

— Non, il paraît qu'on a les mêmes gènes.

— Vous ne vous entendez pas ?

— Pour s'entendre, il faut se parler…

— Ah, fit Rosalie. Il est donc comme tes parents ?

162

— Il est le véritable fils de mes parents. Et un geek.

— Et moi qui me plaignais d'être fille unique… Vous allez rire, continua Rosalie. Moi, je n'ai jamais été croyante. Mais je le suis devenue à la naissance de Sophie. Donner naissance, c'est un peu comme réaliser soi-même un petit miracle. Je crois qu'on a tous en nous une infime part de Dieu. »

La discussion se poursuivit jusque tard dans la nuit. À un moment, Rosalie prit congé en bâillant et quitta le salon. Andréa roula un dernier joint, qu'ils fumèrent en silence.

Lorsqu'ils se levèrent pour regagner leurs chambres respectives, Ambre s'aperçut qu'Andréa n'avait pas lâché son poignet. Il essaya de la retenir et chuchota à son oreille :

« Tu vois, t'es pas si sauvage que ça finalement… »

Et sans trop savoir pourquoi, elle le laissa poser ses lèvres sur les siennes. Ensuite, elle le repoussa, envahie par un profond sentiment de lassitude.

« Dommage », fit-il en haussant les épaules.

Elle ne sut que répondre, alors il fit un pas en arrière.

« Bonne nuit.

— Ouais… bonne nuit. »

Elle avait l'esprit trop brumeux pour comprendre ce qui venait de se produire. Tout ce qu'elle savait, c'était que Philippe lui manquait encore davantage que l'instant d'avant et qu'aucun baiser d'un autre n'y changerait rien.

Lorsqu'elle entra dans la chambre, elle se sentit aussitôt agressée par le regard de Tim.

« Tu l'as embrassé. »

Ce n'était même pas une question.

« Non.

— Tu ne sais pas mentir. D'ailleurs, tu sais quoi ? Il n'y a rien de plus simple que de lire en toi.

— C'est pareil pour toi. Tu es amoureux d'Anton. »

Il ne put s'empêcher de sourire et la tension retomba aussitôt entre eux.

« Et tu détestes tes parents. »

Il ne chercha pas à la contredire mais il attaqua à son tour :

« Toi, tu es amoureuse de Philippe et tu as embrassé Andréa.

— Je ne savais même pas que tu avais des frères !

— Et moi que tu avais un frère geek. C'est sensationnel !

— Pourquoi tu détestes tes parents ?

— Pourquoi t'as embrassé Andréa ? »

Ils se sourirent, plus amusés qu'embarrassés par ce petit jeu.

« Que de questions sans réponses, hein ? » finit par lancer Tim, narquois.

Ambre mourait d'envie d'en savoir plus sur lui, quitte à devoir se livrer à son tour. Elle voulait découvrir ce qui se cachait derrière son regard si doux, pourquoi il était tellement en colère lorsqu'on évoquait ses parents, pourquoi il n'avait jamais mentionné l'existence de ses frères.

« Un jour, on devrait peut-être essayer de se raconter des choses », suggéra-t-elle.

Ils continuèrent de s'observer en silence, chacun assis sur son lit, un demi-sourire au coin des lèvres.

« Demain peut-être, dit-elle au bout d'un instant.

— Ou dans trois mois. On a le temps.

— Oui, tu as raison. On a le temps. »

On a le temps, répéta-t-elle dans sa tête. *J'ai le temps*. Et ça sonnait doux. Ça enlevait un poids de la poitrine. Ça rendait plus léger.

Tim s'allongea, sans prendre la peine de se déshabiller.

« Alors bonne nuit », lança-t-il.

Il attendit qu'elle se glisse à son tour sous sa couverture pour éteindre sa lampe de chevet. Au moment où elle s'apprêtait à sombrer dans le sommeil, la voix de Tim s'éleva depuis l'autre bout de la chambre :

« Honnêtement, Andréa n'est pas vraiment le genre de petit ami que tu aimerais avoir. Si ? »

Elle était trop épuisée pour répondre. Alors elle poussa un grommellement endormi et Tim répliqua de son habituel ton ironique :

« J'étais sûr que tu répondrais ça ! »

Dès le lendemain, les choses revinrent à la normale. Jessy réapparut au chalet, Andréa passa de nouveau ses journées en sa compagnie, Tim continua à rejoindre Anton le soir, dans le studio qu'il louait dans le centre.

Les vacances de Noël arrivaient et l'hôtel se remplissait chaque jour davantage. Ambre passait le plus clair de son temps à aider Rosalie à s'occuper de Sophie : elles préparaient ensemble ses biberons, la changeaient, lui donnaient son bain, l'endormaient. Ces moments l'empêchaient de penser au silence oppressant de Philippe, à ses mots lors de leur dernière conversation : « Eh bien, Ambre, tu sais quoi ? Puisque mon avis ne compte jamais, tu vas arrêter de me supplier d'appeler. Ça m'évitera de perdre mon temps avec des enfantillages. » Elle n'avait plus donné signe de vie et il semblait s'en accommoder. Tout comme ses parents.

Un après-midi, le 15 décembre, Rosalie avait décidé de faire des crêpes. La neige tombait en rafales dehors. Rosalie râlait car Tim n'avait pas voulu l'aider à préparer la pâte. Il était affalé dans un fauteuil, plongé dans un de ses romans.

« Et il veut devenir cuisinier ! »

Lorsque le téléphone d'Ambre se mit à vibrer, il laissa tomber son livre. Mais la seconde d'après, elle avait déjà disparu. Ce n'était pas Philippe pourtant, c'était le numéro de sa mère qui s'affichait à l'écran et elle eut un instant d'inquiétude. Il avait dû se passer quelque chose de grave pour qu'elle appelle en plein après-midi. Ses parents étaient censés être au travail à cette heure-là.

« Allô ? »

Sa voix n'était pas aussi assurée qu'elle l'aurait voulu. Celle de sa mère, quand elle lui répondit, était tremblante. Ambre referma la porte de sa chambre derrière elle et demanda, la bouche sèche :

« Tout va bien ?

— Oh oui. Oui ça va. Le pressing tourne toujours bien. »

Voilà, c'était bien sa mère ça, avec ses banalités.

« Et toi, ça va ? interrogea-t-elle.

— Oui… Je suis en pause… Le service reprend ce soir, un peu avant dix-neuf heures. »

Elle pouvait entendre la respiration de sa mère, un peu haletante, à l'autre bout du fil. Il y eut un silence gêné, puis Ambre ajouta :

« Tu… voulais me dire quelque chose en particulier ?

— Non, c'était… comme ça. Pour prendre de tes nouvelles.

— Je ne rentrerai pas pour Noël. »

Elle avait lancé ça avec une certaine brusquerie.

« Ah, fit Mme Miller. Je m'en doutais un peu… »

Sylvie avait annoncé aux saisonniers le matin même qu'ils pourraient demander deux jours juste avant ou juste après Noël pour le fêter avec leurs familles. Le 24 et le 25 décembre cependant, tous devraient être présents. C'étaient des jours où l'hôtel était particulièrement rempli.

« Il y aura du monde à l'hôtel.

— Je comprends. Pour nous, pas de changement. On fera comme d'habitude… avec Isabelle et François. »

Les Miller n'avaient pas beaucoup de famille et presque aucun ami. Mme Miller avait gardé contact avec sa sœur Isabelle. Leurs parents étaient morts assez jeunes. Tout ce qu'Ambre savait de ses grands-parents, c'était qu'ils étaient intransigeants avec leurs deux filles, que rien ne devait jamais dépasser et ils y étaient parvenus.

« Est-ce que vous allez faire un repas ou quelque chose comme ça, à ton hôtel ? interrogea sa mère.

— Je ne sais pas. Peut-être.

— Je t'enverrai des orangettes. J'en ferai, comme chaque année.

— C'est gentil. »

Elle entendit résonner le carillon de la porte d'entrée du pressing. Un client était arrivé.

« Je te rappellerai ! lança sa mère d'une voix étrange.

— D'accord. Alors à bientôt. »

Dans le salon, Tim avait abandonné son roman et aidait Rosalie à faire sauter les crêpes.

Ambre s'approcha d'eux en essayant d'adopter une expression neutre. En réalité, elle se sentait encore un peu fébrile. Elle était incapable de savoir si elle était soulagée, démoralisée ou rassurée. Un peu de tout ça, sans doute.

« Qui c'était ? » demanda Tim.

Rosalie lui donna un coup de coude dans les côtes. Ambre se laissa tomber sur le banc en bois à côté d'eux.

« Ma mère.

— Tu leur réponds maintenant ? Qu'est-ce qu'elle voulait ? »

Il avait un ton dur, comme si, par principe, il détestait tous les parents du monde.

« Rien. Enfin, échanger quelques banalités.

— Ça s'appelle prendre des nouvelles ! » répliqua Rosalie, exaspérée.

Ambre préféra ne rien répondre. Il aurait fallu expliquer qu'elle avait ce genre de parents qui vous rendent visite à l'hôpital après votre tentative de suicide et vous demandent simplement si la nourriture est correcte.

Mardi 16 décembre 2008 17:59
De : philippe.ducrey@wanadoo.fr
À : ambre10@gmail.com

Ambre,
Les fêtes de fin d'année approchent... Les enfants ont décoré le sapin hier.
J'espère que tout va bien au chalet.
Tu as prévu de passer quelques jours chez tes parents, pour Noël ? As-tu des jours de congé ?
Je t'embrasse.
Philippe

Mercredi 17 décembre 2008 22:00
De : ambre10@gmail.com
À : philippe.ducrey@wanadoo.fr

Philippe,
Je vais bien. Non, je ne rentrerai pas chez mes parents. Je passerai les fêtes au chalet. On a le droit de prendre quelques jours (deux) à condition de les poser avant ou après Noël. Mais ça ne me semblait pas vraiment utile. Pas mal de saisonniers resteront aussi.
Bientôt (à Noël), cela fera un mois sans se voir. J'ai bien l'intention de fêter ça. Pour l'occasion, je pensais faire un feu de joie avec mes médicaments. Qu'en penses-tu ?
Ambre

Le salon était en pleine ébullition cet après-midi-là. Andréa, perché sur un escabeau, accrochait une guirlande lumineuse au-dessus de la hotte. Jessy le regardait en mâchant un chewing-gum, son habituel air revêche sur le visage. Daniel et Delphine triaient les boules de Noël entassées dans un vieux carton. Rosalie avait déclaré que le bleu et l'argent étaient tendance cette année. C'était elle qui supervisait les opérations, avec son habituel enthousiasme. Sylvie la secondait. Même Wilson prenait part à ce joyeux remue-ménage, ce qui était assez surprenant. Il avait tenu à s'occuper seul du sapin. Il était parti en forêt plus tôt dans l'après-midi avec une hache et en était revenu avec un petit épicéa, les mains rougies par le froid. Il l'avait placé dans un pot et s'appliquait maintenant à le tailler.

Au fond du salon, dans les fauteuils, Tim et Ambre ne participaient pas. Lorsque Rosalie leur avait demandé s'ils voulaient se joindre à eux, Tim avait répondu qu'ils étaient bien assez nombreux comme cela. Elle n'avait pas insisté. Officiellement, il était plongé dans un de ses romans. En réalité, il jetait des coups d'œil réguliers aux autres saisonniers, l'air morose. Ambre le soupçonnait de redouter autant qu'elle les fêtes de Noël. Tous les deux avaient le même air renfrogné et le même désintérêt feint pour l'agitation du salon.

« Ça va, vous deux ? demanda Rosalie en venant s'asseoir à côté d'eux.

— Super ! répondit Tim avec un sourire forcé.

— Cache ta joie ! lança Rosalie en riant.

— Toutes ces décos, moi, ça me fait gerber. »

Elle choisit de l'ignorer.

« Vous allez rester ici pour les fêtes ? »

Deux hochements de tête lui répondirent.

« Moi aussi ! Ça va être sympa alors, si on est tous les trois ! Je vous préviens : c'est le premier Noël de Sophie ! Et je compte faire ça dans les règles. Alors, préparez-vous. Des décos à gerber, il y en aura partout ! Jusque dans les toilettes ! Et vous ne pourrez plus entrer dans le salon sans entendre Tino Rossi !

— Achevez-moi ! » soupira Tim.

Rosalie éclata de rire et s'éclipsa d'un pas sautillant. Ambre pensa qu'elle avait peut-être raison. Noël tous les trois, ça pouvait être marrant.

Jeudi 18 décembre 2008 22:07
De : philippe.ducrey@wanadoo.fr
À : ambre10@gmail.com

Ambre,
Puisque tu peux poser un jour de congé avant Noël, je voudrais te proposer quelque chose. Comme je suis en déplacement à Briançon, je peux venir passer la soirée de demain à Arvieux avec toi, avant de rentrer à Lyon. Est-ce que ça n'est pas trop tard pour demander ton congé ?
Bien entendu, pas un mot sur ma venue à Sylvie et Michel.
Philippe

« Rosalie ! »

La porte de la chambre s'ouvrit à la volée. Le cri résonna de nouveau :

« Rosalie !

— OUI ? »

Ambre était là, le cœur battant, les yeux affolés.

« Qu'est-ce qu'il se passe ? » s'inquiéta Rosalie, Sophie dans les bras.

Ambre s'approcha et passa les doigts sur le petit visage de Sophie. Elle ne l'avait pas trop effrayée. Elle souriait, découvrant sa première dent.

« Je... tu te rappelles... tu m'avais proposé de faire quelque chose pour mes cheveux ? Pour faire partir le noir ? »

Rosalie l'observa, sans comprendre cet affolement soudain pour ses cheveux, à vingt-trois heures passées. Tim venait d'arriver à son tour à la porte de la chambre. Il s'y adossa, un sourire en coin. Rosalie le prit à partie :

« Qu'est-ce qui lui prend ?

— Un e-mail est arrivé sur son téléphone. Et elle a pété un plomb. »

Le visage de Rosalie s'illumina d'un sourire.

« Est-ce que ça aurait un rapport avec le fameux Philippe ? »

Ambre l'ignora superbement :

« Ça doit être fait pour demain soir, Rosalie !

— *Quoi ?* Mais il faut que je trouve le produit !

— Tu crois que c'est jouable ? »

Elle avait une petite voix suppliante. Rosalie laissa planer un silence.

« Oui, finit-elle par lâcher. Je peux essayer de te trouver ça. Mais à une condition : tu devras tout me raconter. »

Elle esquissa un sourire malicieux. Ambre tenta de répliquer mollement :

« Oh... ce n'est pas vraiment... Il n'y aura rien à raconter...

— C'est ça ou tu gardes tes cheveux hideux ! » riposta Rosalie.

Ambre se tourna vers Tim pour chercher un soutien mais il haussa les épaules avec un air désolé.

« Je ne peux pas m'occuper de tes cheveux, ce serait une véritable catastrophe, crois-moi.

— Quand on voit que tu n'es même pas capable de te peigner, on a pas trop de mal à te croire ! » renchérit Rosalie.

Elle avait un air espiègle. Disparue, la jeune maman épuisée. Ils avaient devant eux une adolescente surexcitée.

« Alors ? lança-t-elle en se tournant vers Ambre. Est-ce que notre marché tient ?

— Je n'ai pas trop le choix…

— Exactement. Demain après-midi, on file en ville. Je crois savoir où dégoter ce produit ! Ne me dis pas que je suis géniale, je le sais ! »

Mais Ambre avait déjà déguerpi, impatiente de répondre à Philippe.

Jeudi 18 décembre 2008 23:14
De : ambre10@gmail.com
À : philippe.ducrey@wanadoo.fr

C'est d'accord pour moi demain soir. Andréa m'a confirmé que je pouvais poser mon jour de congé. Tu restes dormir ou tu viens seulement pour la soirée ?

Une fois son message envoyé, elle ressentit un léger malaise. Un mois, cela allait faire un mois qu'elle était arrivée ici pour prendre l'air et du recul. Et elle venait littéralement d'éclater de joie en apprenant qu'il lui rendrait visite. *Échec total de la distanciation*, songea-t-elle avec amertume.

Elle sursauta lorsque Tim se laissa tomber sur son lit.

« Philippe vient de répondre ! » annonça-t-il en lui désignant l'écran de son téléphone.

Jeudi 18 décembre 2008 23:16
De : philippe.ducrey@wanadoo.fr
À : ambre10@gmail.com

Seulement pour la soirée. À demain.
Philippe

Tim était resté à côté d'elle, lisant par-dessus son épaule sans aucune gêne.

« Il est pas bavard », commenta-t-il.

Elle mit son téléphone dans sa poche et lui jeta un regard exaspéré.

« Tu n'as pas autre chose à faire, toi ?

— Non.

— Pourquoi t'es pas avec Anton ?

— Il a une compétition demain matin, il part dans la nuit. Je croyais que vous n'étiez plus ensemble Philippe et toi.

— J'ai jamais dit ça. »

Tim s'allongea, les bras croisés derrière la tête, et demanda :

« Alors, tu es contente ?

— Non.

— Menteuse.

— Si tu connais déjà toutes mes réponses, pourquoi tu poses les questions ?

— Faut bien qu'on discute, on est amis, non ? »

Elle sourit. Chaque jour qui passait, elle appréciait un peu plus la compagnie de Tim.

« Je me disais, reprit-il, je pourrais te faire rencontrer Anton.

— Ça, ça serait une super idée !

— Je pensais à demain soir, mais comme tu vois Philippe…

— Il repartira en fin de soirée.

— Ouais je sais, j'ai lu. »

Elle lui lança un regard noir sans pouvoir s'empêcher de sourire.

« Alors, après ta soirée avec Philippe, si tu es d'accord ?

— Ça me va.

— On sera au Monkey Club.

— Je vous rejoindrai. »

Ils restèrent silencieux quelques secondes, tous les deux avachis sur le lit. Tim finit par prendre le roman qui traînait sur l'oreiller d'Ambre.

« Pourquoi tu n'aimes pas Noël ? lança-t-elle soudain.

— Pour les mêmes raisons que toi, j'imagine. C'est une fête de famille… Et on voit plus nos familles.

— Tu ne vois plus du tout la tienne ?

— Non.

— Qu'est-ce que… qu'est-ce qu'il s'est passé ?

— Et avec la tienne ? »

Ambre aurait voulu expliquer à Tim. Mais pour cela, il aurait fallu parler de Philippe, de son départ de la maison sous les cris, de son retour bourrée d'antidépresseurs et de sa tentative de suicide. C'était trop.

« Je vois, lança Tim avec amertume. Ça ne peut pas marcher comme ça, tu sais ? Ça doit aller dans les deux sens. Si tu veux connaître des choses sur moi, tu dois m'en faire connaître sur toi. Alors ?

— Alors, j'ai toujours rien à raconter.

— Ça viendra ? »

Son regard était à nouveau doux. Elle lui sourit.

« Oui, ça viendra.

— On a le temps », déclara-t-il.

« Et si ça ne fonctionne pas ? Et si mes cheveux tombent tous ? Tu y as pensé ? »

Rosalie la maintenait de force au-dessus du lavabo.

« Reste calme ! »

Les filles s'étaient enfermées dans la salle de bains. Ambre était en sous-vêtements, tandis que Rosalie, en tablier, lui appliquait une crème blanche sur les cheveux.

« Tu as bien lu les effets indésirables ? insista Ambre. Redonne-moi la boîte.

— Ne bouge pas ! »

On tambourina à la porte. Tim était exaspéré.

« C'est bientôt terminé ?

— Tiens, on dirait que la nounou s'impatiente ! se moqua Rosalie.

— La nounou a du pipi sur les mains ! »

Rosalie leva les yeux au ciel.

« Tim, débrouille-toi, tu es un grand garçon ! Et arrête de gratter à la porte. Ambre, toi, tu la boucles jusqu'à ce que j'aie terminé ! C'est clair ? »

Ambre s'astreignit au silence. Rosalie déclara finalement :

« C'est fini ! Tu laisses poser une demi-heure et on rincera. Allez, je vais libérer la nounou. Rejoins-nous au salon ! »

« C'est vraiment magnifique comme ça ! » ironisa Tim lorsque Ambre fit son apparition, la tête enrubannée de film plastique.

Sophie, calée sur ses genoux, gazouilla joyeusement.

« *Tea time !* » annonça Rosalie.

Elle déposa un plateau chargé de tasses fumantes.

Ambre s'enfonça dans son fauteuil habituel. Rosalie et Tim commencèrent à se chamailler.

« Tu as changé Sophie ?

— Non… Je me suis dit que tu le ferais.

— Alors là, t'es un peu gonflé ! Tu l'as laissée dans sa couche sale !

— Vingt minutes… Elle va s'en remettre.

— Mais je le crois pas ! T'es incroyable ! »

Ambre les entendait à peine. La sensation de malaise était revenue. Elle se disait qu'elle aurait dû être heureuse. Simplement heureuse. N'importe quelle fille de son âge l'aurait été à l'idée de revoir son petit ami. Mais Philippe n'était pas son petit ami. Et elle avait perdu depuis longtemps son innocence. Plus que jamais, elle se sentit vieille et lasse. S'il avait fallu définir Philippe, elle ne savait pas quel mot elle aurait pu employer. Tout ce qu'elle savait c'était que Noël approchait et qu'il ne lui restait que lui dehors.

« Le thé n'est pas trop chaud ? »

C'était Rosalie qui venait de lui parler.

Les mains autour de la tasse brûlante, Ambre réfléchissait. Toujours les mêmes pensées. Elle était venue ici pour une raison bien précise. Couper le cordon. Est-ce qu'elle abandonnait déjà en voulant à tout prix le revoir ? Est-ce qu'elle trichait ? Elle avait fait des progrès et elle voulait lui montrer comme elle avait changé déjà, comme elle s'en sortait toute seule, sans ses antidépresseurs, sans ses parents, sans lui. La nouvelle couleur de cheveux, c'était pour ça. Tim et Rosalie avaient bêtement cru qu'elle voulait se faire belle pour Philippe. Ils s'étaient mépris. Ses cheveux sans cette teinture noire, c'était symbolique, une façon de lui signifier qu'elle allait bien, que sa mauvaise période était derrière elle. Il serait fier, certainement.

Rosalie se leva d'un bond.

« Il est l'heure de vérifier le résultat ! Viens ! J'ai hâte de voir ce que ça donne. »

Dans la salle de bains, elle lui renversa la tête dans le lavabo, fit couler de l'eau froide, la faisant crier, puis de l'eau très chaude, la faisant crier encore plus fort.

« C'est bon ?

— Presque ! »

Elle était tendue. Rosalie ne disait rien. Enfin, l'eau s'arrêta de couler.

Ambre se redressa trop vite, manquant se cogner contre le robinet. Puis elle resta figée devant le miroir, à quelques centimètres seulement de son reflet. Elle avait eu tort d'avoir des craintes. La couleur noire avait bel et bien disparu. Elle avait laissé place à un blond miel avec de légers reflets roux.

Ce n'était pas seulement ses cheveux, c'était son visage entier qui était transformé. Son teint pâle, presque blafard, que les cheveux noirs accentuaient, semblait plus lumineux. Elle surprit un mouvement derrière son dos. Rosalie, ravie, mimait des applaudissements silencieux.

« Alors ? s'impatienta-t-elle. Tu ne dis rien ? Moi, je trouve ça génial ! *Je* suis géniale ! Séchons-les vite, qu'on voie bien le résultat ! »

Rosalie chercha dans un tiroir le sèche-cheveux, démêla le fil, pesta et finalement le brancha.

« Ferme les yeux. La surprise sera plus grande. »

Mais Ambre en fut tout simplement incapable. Pendant que Rosalie s'employait à sécher ses cheveux, elle garda les yeux rivés sur le miroir, comme hypnotisée. Elle leva une main et la passa entre deux mèches avec des mouvements lents. La main retomba. C'étaient bien ses cheveux. Ils avaient poussé. Elle semblait seulement s'en apercevoir. Ils lui recouvraient la poitrine maintenant. Il y avait peu, elle était incapable de se rappeler quand, ils lui tombaient sur les épaules. Quand elle avait emménagé dans le studio peut-être. Le sèche-cheveux se tut. Rosalie s'agenouilla pour le débrancher, le posa sur le rebord du lavabo, puis vint se planter à côté d'elle, sans rien dire. Elle semblait soufflée par la transformation, elle aussi. Elle finit par lâcher :

« C'est superbe ! »

La voix de Tim s'éleva depuis le salon :

« C'est bon ? Je peux voir ? »

Ce fut Rosalie qui répondit car Ambre n'avait pas encore retrouvé la parole :

« Oui. Viens. »

Sophie dans les bras, Tim resta estomaqué. Comme elles.

Ce n'était pas un simple changement de couleur. C'était comme si Rosalie avait révélé une autre personne. Le teint était changé. Le regard aussi. Les taches orangées au milieu de ses pupilles marron, Tim ne les avait jamais remarquées. Même l'expression de son visage s'était modifiée. En l'espace de quelques minutes, elle avait totalement abandonné cette raideur qui donnait l'impression qu'elle était toujours sur la défensive.

Sophie poussa un cri aigu et Ambre sembla revenir à elle. Dans le miroir, elle aperçut la mine interdite de Tim et fronça les sourcils.

« Quoi ? C'est raté ?

— Non ! Pas du tout.

— C'est superbe ! répéta Rosalie. On dirait une autre personne.

— Oui, c'est ça, approuva Tim. C'est flippant. »

Ambre se raidit, s'étrangla :

« C'est flippant ? Oh, tu trouves que c'est flippant ?

— Non ! Ce n'est pas ce que j'ai voulu dire. »

Elle se tourna de nouveau face au miroir et passa une main hésitante dans ses cheveux.

« C'est vrai que c'est flippant… J'arrive même pas à me reconnaître. »

Elle s'approcha encore, jusqu'à déposer un nuage de buée sur le miroir.

« C'est totalement dingue… C'est bien moi mais… j'ai l'impression de me revoir enfant.

— Ça faisait longtemps que tu avais les cheveux noirs ? s'enquit Rosalie.

180

— Depuis le lycée. Plus ou moins quatre ans. »
Puis elle lâcha avec une brusquerie déconcertante :
« Je ressemblais à une morte. »

Les deux autres restèrent muets, alors elle se
tourna vers eux.

« J'avais l'air d'une morte, hein ? »

Tim posa une main devant sa bouche, leur faisant
comprendre qu'il ne prendrait plus le risque de parler. Rosalie dodelina de la tête.

« Je ne dirais pas ça comme ça… Disons que… tu
parais beaucoup plus vivante maintenant. »

Tim laissa tomber la main de sa bouche.

« C'est exactement ce que j'aurais dit. » Puis il
esquissa un sourire taquin. « Alors… c'est elle, la
vraie Ambre ? »

Elle sourit à son tour et haussa les épaules.

« Peut-être bien. »

Tim s'approcha d'elle et lui tendit la main.

« Enchanté de faire ta connaissance ! Moi c'est
Tim. On va être colocs. »

Philippe avait appelé pour dire qu'il l'attendait
au bout de la rue dans sa voiture. En descendant les
escaliers, la nervosité d'Ambre céda la place à une
impatience fébrile. Philippe était à quelques mètres
d'elle. Il serait à elle pour toute la soirée.

Dehors il faisait nuit noire. Il n'y avait pas d'étoiles,
seulement un minuscule quartier de lune. Elle
remonta la rue d'un pas rapide. Il était là, adossé à sa
voiture, son portable à la main. Il leva la tête en l'entendant approcher et lui adressa un sourire. Elle eut
du mal à contenir la bouffée d'euphorie qui l'envahit.

Le mois écoulé paraissait n'avoir même pas existé. Il la prit dans ses bras, très brièvement. Ce n'était pas un baiser, mais ce n'était pas une bise non plus.

« Ça va ? demanda-t-il.

— Oui. Et toi ? »

Il hocha la tête et lui ouvrit la portière pour qu'elle monte.

« J'ai réservé dans un restaurant de burgers. Ça te va ?

— Tout me va. »

Elle s'installa sur le siège passager et enleva son bonnet. Elle se sentait flotter. Mais Philippe, lui, restait figé, les deux mains sur le volant.

« Quoi ? fit-elle, inquiète.

— Tes cheveux… Qu'est-ce que tu as fait ? »

Elle aurait voulu lui sourire fièrement mais il avait l'air plus choqué qu'admiratif.

« Tu… tu n'aimes pas ? Tu trouves ça flippant ?

— Flippant ? Mais non ! C'est joli. C'est très joli. Ça te change énormément, c'est tout.

— C'est comme ça que j'étais avant. »

Il laissa passer quelques secondes, le temps de se remettre de sa surprise.

« Ça te va bien », déclara-t-il finalement.

Il mit le contact et les phares éclairèrent la route.

« Quelle plaie, cette neige ! » maugréa-t-il.

La voiture quitta le bas-côté et il actionna les essuie-glaces.

« J'ai mis des heures à arriver avec ces foutus pneus lisses. J'avais un dernier congrès à Briançon cet après-midi. Nina et les enfants m'attendent à Lyon demain midi. »

Elle digéra l'information et ne put s'empêcher de faire remarquer :

« Tu aurais pu rester dormir…

— Non. »

Il se rendit sans doute compte que son ton avait été abrupt car il ajouta :

« J'ai de la route. »

Elle reporta son regard sur les chalets éclairés de guirlandes. Elle avait la gorge un peu serrée. Sans doute ces satanées décorations de Noël.

Philippe gara sa voiture un peu avant le centre du village. Ils terminèrent à pied, les mains dans les poches.

« Quoi de neuf ? interrogea-t-il.

— Pas grand-chose.

— Le travail ?

— Il y en a beaucoup avec les fêtes.

— Je parie que Michel et Sylvie ne touchent pas terre !

— Fêtes ou pas, Sylvie est hyperactive. »

Ils arrivèrent devant le restaurant de burgers. C'était un petit chalet dont la façade était entièrement recouverte de lumières dorées et de branches de sapin reliées par des rubans rouges.

« Ils n'ont pas lésiné sur la déco », fit-elle remarquer, tandis que Philippe lui tenait la porte.

Le restaurant avait adopté un style américain. Les tables étaient installées dans des box, les banquettes étaient en skaï rouge verni et les murs couverts de plaques d'immatriculation et de pompes à essence de la Route 66. Au fond de la salle, un juke-box diffusait du rock. L'endroit était bondé et une serveuse s'approcha, essoufflée.

« Messieurs-dames ?

— Bonsoir. J'ai une réservation au nom de Ducrey.

— Oui, suivez-moi. »

Elle les emmena jusqu'à une petite estrade où se tenaient quatre tables. Elle leur désigna la seule encore disponible.

« Installez-vous. »

Ils prirent place et ôtèrent leurs manteaux. Il faisait une chaleur étouffante. Philippe lui tendit le menu, qu'elle consulta distraitement tout en lui jetant des coups d'œil furtifs. Il ne paraissait pas tout à fait dans son assiette.

« Est-ce que tu veux du vin pour l'apéritif ? » demanda-t-il.

Comme elle haussait les épaules, il déclara qu'ils prendraient bien un kir.

« Quoi de prévu pour Noël ? interrogea-t-elle en continuant de scruter le menu.

— Ce sera un peu particulier cette année. On va fêter ça seulement avec Nina et les garçons. »

Elle releva la tête, l'air interrogateur.

« On va partir quelques jours à la montagne. On a décidé de faire quelque chose de différent.

— Rien de grave ?

— Non, au contraire. »

La serveuse revint, toujours essoufflée, les joues roses.

« Vous prendrez un apéritif ?

— Deux kirs, s'il vous plaît. »

Elle repartit au pas de course. Philippe la suivit un instant du regard avant de se tourner vers Ambre.

« Est-ce que tu cours autant pendant les services ?

— Oui, presque.

— Ça doit être épuisant.

— Ça l'est. »

Ils se sourirent. C'était étrange d'être dans un autre contexte, en dehors du studio. C'était comme s'ils ne parvenaient pas à retrouver leur proximité habituelle.

« Où est-ce que vous partez pour fêter Noël ? demanda Ambre.

— On a loué un appartement à La Clusaz.

— Les enfants skient ?

— Un petit peu. On a commencé à leur apprendre. Le plus grand a déjà passé son flocon. »

Ambre n'avait aucune idée de ce qu'était ce flocon. Mais elle savait qu'en lançant Philippe sur ce sujet, il s'enflammerait. Ce soir-là cependant, il paraissait abattu.

La serveuse revint avec leurs kirs qu'elle déposa sur la table. Elle sortit son calepin et interrogea :

« Par la suite, qu'est-ce que vous prendrez ? »

Philippe commanda un hamburger steak-bacon-cheddar et Ambre, qui ne s'était pas décidée, en choisit un au hasard sur la carte avec de la salade verte et une sauce au poivre.

La serveuse repartit et Philippe leva son verre vers elle.

« À quoi est-ce qu'on trinque ? demanda-t-elle.

— À tes nouveaux cheveux. »

Il s'était déridé et souriait comme auparavant, à l'appartement.

« D'accord. À mes cheveux. Et à ce premier mois au chalet.

— Tu as fait ce feu de joie avec tes médicaments ?

— Non. Mais interdiction de parler de mes médicaments ce soir.

— D'accord. »

Ils burent leurs kirs lentement, laissant les bulles éclater contre leur palais.

« Alors, quel est le bilan de ce premier mois ? s'enquit Philippe. Raconte-moi un peu.

— Je ne sais pas… je me sens bien, c'est tout.

— Je suis content. »

Il paraissait sincère.

« Comment vont tes amis ? Le garçon aux livres ? Et la métisse ? »

La magie des bulles avait un peu opéré et Ambre se mit à parler avec enthousiasme :

« Ils vont bien. Eux aussi ils resteront ici pour Noël. On sera tous les trois, alors ça risque d'être plutôt sympa. Ah, et puis tu sais, le garçon aux livres, c'est Tim son prénom, je ne sais pas si je te l'ai dit, mais il est amoureux. Genre vraiment amoureux. D'un skieur professionnel qu'il a rencontré ici l'année dernière. Eh bien, il va me le présenter ce soir !

— Quand ça ? Après le restaurant ?

— Oui. Ils sortent souvent dans une boîte, le Monkey Club ça s'appelle. Je dois les retrouver là-bas.

— Tu voudras que je t'y dépose ?

— Oui, pourquoi pas. »

Elle termina son kir d'une traite. En quelques secondes, les choses étaient redevenues naturelles et Philippe poursuivait :

« Dis-m'en un peu plus sur eux ! »

Et elle raconta l'histoire de Tim et d'Anton. Ensuite, elle parla de Rosalie et de Sophie, des comptines qu'elles chantaient à la petite pour l'endormir le soir…

Entre-temps, les hamburgers étaient arrivés et Ambre s'était jetée sur le sien, le cœur léger et l'appétit ouvert.

« Moi, le chant, c'est pas mon truc. Mais Rosalie a chanté dans des chorales quand elle était jeune. Tu devrais entendre ça, elle a vraiment une voix superbe. Un peu voilée. C'est beau quand elle chante pour Sophie. »

Philippe l'observait, attendri, avec toujours ce petit air triste au fond des yeux, mais elle ne le voyait plus. Lorsque son assiette fut terminée, elle se laissa aller contre le dossier de la banquette avec un soupir d'aise.

« C'est une bonne soirée, dit-elle. C'est un peu mon repas de Noël à moi ce soir. Des burgers à Noël, c'est original, non ?

— C'est sûr. Tu veux un dessert ?

— Je ne sais pas. Tu as encore faim toi ? On pourrait partager quelque chose ?

— Oui, si tu veux. Je te laisse choisir. »

Elle se plongea dans la carte des desserts pendant que Philippe écrivait un message sur son téléphone portable, l'air préoccupé.

« Un crumble aux fruits rouges, ça te tente ?

— Parfait. »

187

La serveuse s'éloigna avec leur commande et Ambre sentit sa légèreté s'envoler un peu. Philippe était redevenu soucieux.

« Tu n'as pas l'air très bien.

— Si si. C'est juste que… il faudrait qu'on parle un peu plus sérieusement, maintenant. »

Elle sentit un poids tomber au fond de son estomac. Elle savait que quelque chose clochait. Mais elle essaya de conserver un air impassible.

« D'abord, je… je voudrais commencer par m'excuser. »

Elle ne cilla pas, attendant la suite, le cœur battant.

« Je n'ai pas été clair avec toi. Je ne t'ai jamais dit les choses vraiment, alors que j'aurais dû, c'est entièrement de ma faute. En t'amenant ici, je voulais que tu apprennes à vivre sans moi. Mais, en te laissant au chalet, je t'ai peut-être laissée croire que les choses pouvaient en quelque sorte continuer. Si c'est le cas, j'en suis désolé. »

Elle secoua la tête car c'était la seule chose qu'elle pouvait faire. Les mots restaient bloqués dans sa gorge. Il poursuivit, le ton mal assuré, le regard fuyant :

« Tu sais aussi bien que moi que cette histoire a été catastrophique pour toi. Quand je… je t'ai récupérée ce jour-là dans la baignoire… »

La serveuse arriva à ce moment-là avec le crumble aux fruits rouges et son sourire radieux.

« Je vous mets deux cuillères ?

— Euh, oui, s'il vous plaît », dit Philippe.

Ils attendirent, dans un silence de mort, que la jeune fille revienne avec les deux cuillères. Philippe mit quelques secondes avant de trouver le courage de continuer :

« Cette histoire était une erreur. Je t'ai volé plusieurs mois de ta vie. Je m'en rends compte maintenant. Vraiment, j'ai été dégueulasse. Avec toi mais aussi avec Nina. Je n'avais jamais fait ça avant... avant toi. Et je ne veux plus jamais recommencer. »

Il leva les yeux vers elle, des yeux anxieux.

« Tu... tu ne dis rien ? »

Elle aurait voulu lui dire que ce qu'il appelait sa plus grande erreur avait été sa seule véritable histoire d'amour à elle. Au lieu de ça, elle tenta de garder un air digne en déclarant :

« J'avais compris.

— Que... que c'était fini ?

— Oui. Ça ne me dérange pas. »

Philippe secoua la tête avec tristesse.

« Non, je veux dire, c'est fini... tout.

— Je ne comprends pas. »

Il prit une profonde inspiration pour se donner du courage :

« Je ne peux pas continuer à t'appeler ou à t'écrire. Ce n'est pas comme ça que tu pourras aller de l'avant. Et c'est trahir une fois de plus Nina.

— On ne fait rien de mal en s'écrivant. »

Il prit ses mains dans les siennes avec délicatesse, mais elle les retira brusquement.

« Ce n'est pas bon pour toi. Est-ce que tu penses vraiment que tu peux aller de l'avant ainsi ? »

Elle songeait : *À qui je vais écrire maintenant ?* Elle n'avait plus que lui. Et à présent, il décidait que lui aussi devait disparaître de sa vie. C'en était fini alors.

Elle n'avait plus de famille. Plus de pilier. Philippe sembla lire dans ses pensées car il ajouta :

« Le problème, vois-tu, c'est que je ne peux pas être ta famille. Tu as tes parents, Ambre. Ils sont... ce qu'ils sont. Mais ils sont présents. »

Elle secoua la tête pour abréger cette conversation qui lui donnait la nausée. Elle retenait toujours tant bien que mal ses larmes.

« J'ai déjà une famille », murmura Philippe.

Cette phrase l'agaça, peut-être plus encore que son ton doucereux. Elle répliqua avec mauvaise humeur :

« Je le sais très bien. Je n'ai jamais feint de l'ignorer ! Pourquoi tu te sens obligé de me parler comme ça ? Comme à une enfant ? »

Philippe ne se laissa pas démonter par ce faible sursaut de révolte. Il reprit avec la même assurance et le même calme :

« La différence, c'est qu'aujourd'hui je ne veux plus me partager. Je veux être totalement disponible. »

Elle s'obstina à secouer la tête en songeant que c'étaient des paroles bien creuses, des paroles d'un homme sans parole ni morale. Alors Philippe lâcha, comme on lâche une bombe :

« Nina attend un bébé. »

Elle ne l'avait pas vu venir. Elle tenta de reprendre son souffle. Elle avait la sensation d'avoir reçu un violent coup de poing en pleine poitrine et elle manquait d'air.

« On va avoir un troisième enfant. »

Alors elle comprit. C'était pour ça, le Noël un peu particulier, tous les quatre à la montagne. Ils fêtaient la future arrivée du bébé. Elle avait envie de hurler, avec toute son immaturité de jeune fille paumée de vingt ans : *Mais pourquoi ? Pourquoi un autre enfant ? Et moi ? Qu'est-ce que je deviens ?* Pourtant elle ne dit rien. Elle resta muette et figée.

« C'est… tu vois, cet enfant… c'est comme un signe du destin. Il faut que je sois là pour ma famille maintenant. »

Elle hoqueta de surprise, de révolte. Philippe poursuivait son monologue doucereux qu'il avait certainement préparé des jours à l'avance et qu'il avait dû répéter pendant le trajet en voiture.

« Tu as toute la vie devant toi, Ambre. Je ne veux pas que cela t'attriste. Crois-moi, tu as des tonnes de choses à vivre. Ce serait tout gâcher que de continuer à t'accrocher à un vieux comme moi. Tu es une jeune fille superbe, Ambre. Tu rencontreras la bonne personne un jour. »

Elle répliqua, les dents serrées :

« C'est nul comme discours. J'attendais mieux de ta part. »

Cependant Philippe poursuivait, sourd à ces répliques qu'elle voulait cinglantes mais qui étaient juste criantes de désespoir et de colère refoulée :

« C'est nul mais c'est vrai. Tu as vingt ans. Tu vas rencontrer des garçons, profiter de la vie. C'est ce qu'on fait à vingt ans. Je suis désolé de t'avoir privée de ta jeunesse en t'enfermant dans cette relation avec moi. Tu aurais dû avoir des amis, sortir avec des gens de ton âge. C'est de ma faute. »

Il s'accusait de tous les maux maintenant. Il pouvait continuer de s'excuser encore et encore, rien n'atténuerait sa colère et sa douleur.

« Tu es belle, tu sais. Tu es drôle. Tu es attachante. Crois-moi, Ambre… »

Il parlait, il n'en finissait plus et elle ne l'écoutait plus. Elle avait fixé son regard dehors, sur le noir de la nuit, sur les guirlandes qui clignotaient, sur les passants qui rejoignaient un bar à la hâte, emmitouflés dans leur manteau. Elle retenait juste les larmes qui menaçaient de déferler.

« Tu comprends ? » demanda Philippe au bout d'un instant.

Elle se tourna vers lui, hagarde. Elle avait totalement perdu la notion du temps. Elle remarqua alors que le restaurant s'était vidé, que la note avait été posée sur la table, à côté du crumble que personne ne mangerait jamais. Elle hocha la tête pour répondre à la question de Philippe parce qu'il le fallait. C'était la réponse qu'il attendait. Il devait rentrer. Et elle devait partir, s'éloigner de lui avant que le torrent ne force son barrage fragile.

« Attends-moi ici, je vais régler », dit-il.

Lorsqu'il revint, il la prit par la taille et elle ne trouva pas le courage de le repousser. Ils sortirent du restaurant à pas lents.

« Est-ce que ça va aller ? Tu es sûre ? Je suis vraiment désolé. »

Il ne la lâcha pas jusqu'à ce qu'ils arrivent à sa voiture. Elle y monta sans un mot.

« Où est le Monkey Club ? demanda-t-il en démarrant.

« — Je ne vais pas y aller.

— Ambre, il vaut mieux que tu ne rentres pas seule au chalet ce soir.

— Non, ça ira. Je vais aller me coucher. Alors, tu ne m'écriras plus ?

— Non. Mais toi, tu peux continuer à m'écrire si ça te fait plaisir, tu sais.

— Mais tu ne répondras plus.

— Non. »

Il passa ses mains sur son visage fatigué.

« Et si tu me disais où est le Monkey Club ? »

Elle était trop lasse pour se battre encore, alors elle le lui indiqua, au grand soulagement de Philippe. Il gara sa voiture sur le parking où une dizaine de jeunes discutaient, un verre à la main. De temps à autre, ils partaient d'un grand éclat de rire et se donnaient des tapes sur l'épaule. Philippe se tourna vers elle et demanda avec douceur :

« Tu appelles ton ami ? Ensuite, je te laisserai avec lui. »

Elle s'exécuta, pour pouvoir se débarrasser de lui au plus vite. Elle sortit son téléphone de sa poche avec des gestes raides. Tim répondit à la troisième sonnerie. Derrière lui, la musique résonnait à plein volume.

« Tu es là ? cria-t-il dans le combiné.

— Oui.

— Je te retrouve à l'entrée. »

Elle raccrocha et se tourna vers Philippe.

« C'est bon ? »

Elle avait pris un air légèrement insolent qui laissait filtrer un peu de la douleur qu'elle retenait.

« Bien, répondit Philippe. Je vais… »

Elle ouvrit la portière dans un mouvement brusque, sans lui laisser le temps de terminer. Elle lança tout de même :

« Alors… adieu, c'est ça qu'on doit se dire ? »

Elle essayait de prendre un air cruel et détaché. Philippe la retint par le bras et l'attira contre lui. Il déposa un baiser sur son front.

« Je suis désolé, murmura-t-il.

— C'est nul comme baiser d'adieu.

— Je suis désolé », répéta-t-il.

TROISIÈME PARTIE

La vie sans lui

La portière claqua. Elle se força à mettre un pied devant l'autre pour traverser le parking du Monkey Club. La porte. Le vigile. La musique, les lumières stroboscopiques, la foule, les cris. Une agression violente. Elle laissa planer son regard dans la salle, sans rien distinguer d'autre que des ombres mues par une énergie qui lui était totalement étrangère. Elle sentit qu'on lui agrippait l'épaule. Elle reconnut Tim et ouvrit la bouche, mais déjà il l'entraînait en direction du bar.

« Ça va ? cria-t-il par-dessus la foule en se retournant.

— Non !

— Quoi ?

— Non ! »

Sa voix n'était pas assez forte pour porter avec les cris et la musique, et il faisait tellement sombre à l'intérieur qu'elle n'était pas certaine que Tim ait remarqué son visage défait. Elle se retrouva soudain assaillie par tout un groupe devant le bar. On lui tendit une joue, on lui tapa sur l'épaule. Il y avait des filles, des garçons, ils lui souriaient tous. Tim lui annonçait des prénoms mais elle n'entendait rien. On lui mit un verre dans la main. Elle resta figée.

« Ça va ? » répéta Tim à son oreille.

Un garçon était à ses côtés. Il lui sembla vaguement qu'il avait les cheveux blonds. Ce devait être Anton.

« Je vais rentrer ! cria-t-elle.

— Ça n'a pas l'air d'aller.

— On se voit demain. »

Tim lui enleva son verre des mains et le donna au garçon blond. De nouveau, son bras l'agrippa et l'entraîna. Vers la sortie cette fois. Le silence et le froid de la nuit lui parurent une bénédiction. Elle respirait déjà mieux.

« Qu'est-ce qu'il s'est passé ? demanda Tim sans lui lâcher le bras. Tu… on dirait un zombie ! Vous avez rompu ?

— Non.

— Explique-moi ce qui ne va pas. »

Elle secoua la tête. Il l'obligea à s'asseoir, à même le sol, et prit place à côté d'elle. Il avait un ton autoritaire quand il reprit :

« Arrête de mentir maintenant. Qu'est-ce qu'il t'a dit ? Qu'est-ce qu'il a fait ?

— Il va avoir un bébé. »

Tim resta ahuri quelques secondes.

« Ils vont avoir leur troisième enfant.

— Ambre, de quoi tu parles ?

— De Philippe.

— Mais tu n'as pas dit… qu'il était ton petit ami ?

— En quelque sorte, j'ai dit. En fait, j'étais sa pute. Sa maîtresse, tu vois. Il est marié. Il a deux enfants. Bientôt trois. »

Elle s'était toujours imaginé que le jour où elle confierait son secret à Tim, elle devrait affronter la honte. Ce n'était pas le cas. C'était plutôt la colère qui la submergeait. Tim restait silencieux et elle poursuivit, incapable de s'arrêter maintenant qu'elle avait commencé :

« J'étais pas très exigeante comme maîtresse, tu sais. Je ne lui demandais pas grand-chose. Juste qu'il continue de m'appeler de temps en temps. Mais c'était trop demander visiblement. Ça aussi il me le reprend…

— Alors, Philippe était… si je comprends bien…

— J'étais sa maîtresse. Tu as bien compris. »

Elle était prête à affronter son regard. Elle venait de tout perdre, rien de pire ne pouvait lui arriver.

« Mais… est-ce que tu le connais depuis longtemps ? demanda Tim.

— Ça fait un an.

— Ok… et maintenant, il veut rompre parce que sa femme va avoir un bébé ? »

Tim ne jugeait pas. Il essayait de reconstituer le puzzle, cherchait à comprendre. Elle sentait sa colère la quitter peu à peu mais c'était mauvais signe. Le torrent revenait gronder dans sa gorge maintenant…

« Pas seulement à cause de son troisième enfant. C'était déjà plus ou moins fini. À cause de ma tentative de suicide. Il m'a envoyée ici. Mais on gardait contact. Enfin, surtout moi. Lui, il répondait peu. Mais le bébé, ça a été la goutte d'eau. La raison de couper cet ultime fil qui nous reliait… Il m'a dit qu'il voulait être totalement disponible pour sa famille, qu'il ne pouvait pas être ma famille, que j'en avais une aussi. Mais qui en voudrait ? Je suis sûre que toi non plus tu n'en voudrais pas ! »

Ses yeux brillaient d'une lueur folle. La colère s'était envolée, ce qui rassurait Tim, mais son teint était livide et elle parlait à toute vitesse, sans reprendre son souffle.

« Ambre, je ne comprends rien à ce que tu dis, l'interrompit-il.

— Je n'ai rien compris non plus, je te rassure. C'est arrivé d'un coup, comme ça, au moment du dessert.

— STOP ! cria-t-il. On va reprendre lentement, d'accord ? »

Il vit ses épaules s'affaisser et une partie du masque s'effriter.

« On peut rentrer ? demanda-t-elle avec lassitude. J'ai froid. »

Elle ressemblait à une petite fille perdue tout à coup. Tim hocha la tête.

« Oui, oui bien sûr. » Il se leva, lui tendit la main pour l'aider à se relever. « Tu veux qu'Anton nous ramène en voiture ?

— Anton ? répéta-t-elle comme si c'était la première fois qu'elle entendait ce prénom.

— Laisse tomber. Viens, on rentre à pied. Ça ne te dérange pas de marcher ? »

Elle haussa les épaules.

Pendant plusieurs mètres, ils avancèrent en silence. Tim lui lançait des coups d'œil inquiets. Tout à coup, elle s'arrêta.

« Mon bonnet ! s'exclama-t-elle.

— Quoi ?

— Mon bonnet, je l'ai oublié. »

Elle cherchait dans ses poches, affolée.

« Je l'ai laissé au restaurant.

— C'est… c'est grave ? Il avait une valeur particulière ? demanda Tim d'une voix douce.

— Non, c'était juste un bonnet.

— Alors, qu'est-ce qu'il y a ? »

Ses lèvres tremblaient quand elle répondit d'une voix fébrile :

« Rien, c'est ce foutu bonnet.

— Je t'en rachèterai un.

— C'est vrai ?

— Oui. »

Alors, elle éclata en sanglots. Le torrent avait fini par forcer le barrage. Tim resta pantois quelques secondes, ne sachant quoi faire ou dire. Puis il fit la seule chose qui s'imposait à ce moment-là : il la prit dans ses bras. Et elle se mit à pleurer encore plus fort.

« Dis, ce n'est pas à cause du bonnet ? »

Elle secoua la tête en reniflant.

« C'est à cause de tout. »

Il la laissa sangloter encore de longues secondes, sans rien dire.

« On va rentrer et tu vas tout m'expliquer », déclara-t-il enfin.

Elle recula, mettant fin à leur étreinte.

« Non. Ce serait trop long…

— On a toute la nuit.

— Je ne sais pas si j'aurai le courage.

— J'ai de la vodka dans le placard de la cuisine. »

Il réussit à la faire sourire.

« T'es con. »

Il sourit à son tour.

« On reprend la route ? »

Ils se remirent à marcher dans un silence plus doux, ponctué de quelques reniflements.

Quand ils arrivèrent au chalet, il était une heure du matin. Ils s'assirent en tailleur sur le parquet de la chambre, entre leurs lits. Tim remplit deux verres qu'il déposa devant eux. Elle avait cessé de pleurer mais ses yeux demeuraient humides.

« Recommence tout depuis le début », ordonna Tim.

Elle prit une profonde inspiration et un verre de vodka.

« Si je te raconte tout, c'est parce que je n'ai plus rien à perdre, d'accord ? Vois ces confidences comme une capitulation, rien d'autre. Et je te préviens, ce n'est pas une belle histoire.

— C'est une histoire réelle. »

Elle but une longue gorgée de vodka mais resta silencieuse.

« Est-ce que ça t'aiderait si on éteignait la lumière ?

— Oui, je veux bien. »

Il se leva, appuya sur l'interrupteur. La chambre se retrouva plongée dans la pénombre. Il regagna sa place en essayant de ne pas trébucher et il lui tendit une main dans l'obscurité, qui frôla son genou. Il était en face d'elle, prêt à écouter. Elle termina son verre d'une traite, grimaça, prit une inspiration, puis commença à raconter depuis le début. Sans tricherie ni arrangement : plus rien à perdre, donc plus rien à cacher.

Ce n'était pas si difficile au fond. C'était presque plus facile que de faire semblant. Son récit était parfois hésitant, souvent confus, mais toujours sincère. Tim découvrait une multitude de facettes derrière ce visage fermé et un peu rigide de celle qu'il croyait commencer à connaître. Il y avait eu la petite fille triste, solitaire et soumise au silence pesant de sa famille, qui rêvait de s'évader. Il y avait eu la jeune fille révoltée, qui s'était imaginée émancipée mais qui n'avait réussi qu'à se détruire à petit feu. Il y avait eu de nouveau une Ambre docile, soumise, toute dévouée à Philippe, capable de supporter l'attente et l'humiliation pour le garder. Il y avait eu celle qui avait décidé d'arrêter de souffrir. Puis il y avait eu celle qui était arrivée au chalet, partagée entre ressentiment, tristesse et espoir, pour prendre un nouveau départ. Enfin, celle qui en avait assez de haïr ses parents. Elle ne les avait pas décrites précisément, mais Tim les avait devinées.

Elle arriva à la fin de son récit harassée, vidée, mais étrangement apaisée. Elle avait déposé son fardeau entre d'autres mains que celles de Mme Idalo.

« Et maintenant ? »

C'étaient les premiers mots que Tim prononçait. Elle sursauta presque en entendant le son de sa voix.

« Maintenant quoi ?

— À toi de me dire. »

Un silence plana. On n'entendait plus que leurs respirations et le bruit étouffé de la neige qui s'était remise à tomber.

« Maintenant rien.

— Au contraire. Le tableau est effacé, tu peux recommencer à zéro.

— …

— C'est ce que tu voulais, non ? Mais il y avait toujours Philippe. Et tu n'arrivais pas à t'en défaire.

— J'allais y arriver, corrigea-t-elle.

— Eh bien… il t'a en quelque sorte… *facilité les choses*. Plus rien ne te retient maintenant.

— Peut-être, mais plus rien ne m'attend non plus. »

Elle avait un ton amer. Tim chercha sa main à tâtons et, quand il la trouva, il la serra dans la sienne. Elle voulut se libérer mais il tint bon et la garda prisonnière.

« Arrête tes conneries, Ambre. C'est tout le contraire. Ce soir tu ne t'en rends pas compte parce que tu te sens détruite. Mais tu verras…

— Je verrai quoi ?

— Toutes les choses qui t'attendent. »

Le silence tomba à nouveau, comme la neige sur le toit du chalet.

« Tim ? C'est ce que tu as fait, toi ? »

Il ne comprenait pas la question.

« Tu es reparti de zéro, non ? Tu as effacé le tableau ? »

Comme il ne répondait pas, elle ajouta :

« Jessy prétend que tes parents t'ont mis à la porte.

— Non, répondit-il au bout de quelques secondes. C'est moi qui suis parti. »

Ça semblait faire une sacrée différence pour lui.

« Tu t'en es très bien sorti, déclara-t-elle.

— Tu trouves ?

— Oui. »

Elle le devina esquisser l'ombre d'un sourire.

« Tu me raconteras ?

— Oui, un jour. »

Ils avaient froid et le parquet n'était pas des plus confortables, alors ils grimpèrent dans le lit d'Ambre et s'allongèrent sur le dos, les mains croisées sur le ventre.

« J'ai jamais pensé à mourir, dit Tim. À aucun moment.

— Je vais devoir me débarrasser de son bracelet… je crois.

— Ouais… c'est symbolique. »

L'instant d'après, le torrent revenait gronder dans sa gorge. Elle déglutissait encore et encore pour le retenir.

« Tu sais, parfois je me dis que j'ai peut-être inventé notre histoire. Que je me suis joué le scénario toute seule dans ma tête.

— Pourquoi ?

— Il me donne l'impression qu'on n'a été que deux inconnus qui ont vécu deux histoires totalement différentes, dans deux univers parallèles. Chacun dans sa réalité. Il parle d'amusement… Il parle d'erreur de parcours. Comme si c'était qu'une petite passade légère, qu'il ne fallait pas en faire un drame.

— C'est pas comme ça que tu l'as vécu…

— Non. J'ai inventé de l'amour et des sentiments. J'ai été sacrément idiote. On n'a jamais été en phase en réalité. On a vécu chacun ce qu'on avait envie de croire qu'on vivait. »

Tim fut incapable de parler, troublé par la lucidité dont elle venait de faire preuve.

« Tu restes ? » chuchota-t-elle plus tard, bien plus tard, quand elle sentit la fatigue l'emporter.

Elle entendit à peine sa réponse :

« Oui je reste. »

« Hé, debout là-dedans, il est presque onze heures ! »

Dissipé, le brouillard épais du sommeil. En une fraction de seconde, tout lui revint à l'esprit. La soirée de la veille, le sentiment de vide total. Elle n'avait pas le courage d'ouvrir les yeux ou de bouger. Les coups redoublèrent à la porte.

« Ambre, tu avais promis de me raconter ! »

C'était la voix enjouée de Rosalie, qui finit par ouvrir à la volée.

« Me dis pas que tu dors encore ! »

Elle entendit le *clic* de l'interrupteur et la lumière jaillit.

« Éteins ça ! »

C'était la voix de Tim, juste à côté de sa tête.

« Oh… je… euh… désolée ! bredouilla Rosalie. Je ne savais pas que… »

Ambre finit par ouvrir les yeux et se redressa dans son lit. Rosalie restait plantée au milieu de la pièce, une main devant la bouche.

« Je suis désolée », répéta-t-elle.

Ambre mit quelques secondes à comprendre sa gêne.

« Oh non, ce n'est pas…

— Ça ne me regarde pas. Je suis désolée. »

Tim s'était redressé à son tour, mais n'avait pas encore réellement émergé.

« Je me sauve ! »

Et Rosalie disparut.

« Qu'est-ce qui lui arrive ?

— Elle croit qu'on a passé la nuit ensemble.

— Ah… ce n'est pas ce qu'on a fait ? »

Il parlait sérieusement, avec l'innocence d'un enfant, et Ambre ne put s'empêcher d'éclater de rire. C'était comme un petit miracle ce rire, ce matin, après tout ce qui s'était écroulé.

« Elle a cru qu'on avait couché ensemble. »

Il sourit et haussa les épaules.

« Ça lui apprendra à entrer comme ça dans les chambres ! »

Il étouffa un bâillement et s'étira longuement avant de sauter du lit.

« Je vais préparer le p'tit déj ! annonça-t-il.

— Tu peux lui expliquer ?

— Quoi ? Qu'on n'a pas couché ensemble ?

— Oui, et pour Philippe. Je n'aurai pas le courage de le faire. »

Il hocha la tête avec gravité. La légèreté s'était déjà envolée.

« Est-ce que ça va ? demanda-t-il.

— J'ai ri…

— Alors ça va ?

— Ben oui ! »

Ce n'était pas tout à fait vrai, mais il le savait aussi bien qu'elle.

La journée passa comme au ralenti. Ambre n'avait qu'une envie : se coucher en boule au fond de son lit. Au lieu de quoi elle dut assurer le service d'une salle de restaurant complète et afficher un sourire aimable. Tous les autres saisonniers avaient remarqué sa mauvaise mine. Sylvie lui avait gentiment proposé de prendre sa journée et Andréa lui avait même offert d'échanger leurs jours de congé pour qu'elle puisse souffler. Elle avait décliné gentiment. Au moins, le travail lui occupait l'esprit.

L'après-midi, Tim partit retrouver Anton. Elle resta de longues heures dans le salon, à esquiver les tentatives de Rosalie :

« Tu veux manger quelque chose ? Tu veux un thé ?

— Non, non, merci.

— Tu veux parler de Philippe ?

— Non. »

Plus tard, elle aida Rosalie à nourrir Sophie, à l'habiller, puis elle la suivit chez la nourrice, une grosse femme rousse.

« Ça passera tu sais, lui dit Rosalie, alors qu'elles prenaient le chemin du retour.

— Quoi ?

— Le chagrin.

— Ah. »

Elle ne savait pas ce que Rosalie voulait dire, mais déjà elle s'était replongée dans un brouillard opaque d'absence de pensées.

« Ambre ! Tu m'écoutes ? Hé ! »

Elles étaient arrivées devant le chalet et Rosalie avait replié la poussette.

« C'était la première fois que tu étais amoureuse ? »

Ambre eut envie de l'envoyer promener. Mais elle
prit sur elle et répondit avec mauvaise humeur :

« Oui.

— Il ne le méritait pas. Il n'aurait pas dû jouer
avec toi. C'était lui l'adulte. »

Ça aurait sans doute été plus facile de blâmer
Philippe, de lui en vouloir, de le haïr. Mais elle n'y
arrivait pas. Pas aujourd'hui. Aujourd'hui était une
journée d'immense lassitude.

Le service du soir s'étira lentement jusqu'à minuit.
Le restaurant fut particulièrement bruyant. Un
groupe de jeunes fêtait un anniversaire et deux garçons entreprirent d'inviter Ambre :

« On sort au Monkey Club après. Tu viens avec
nous ? »

Andréa la sauva en prenant le relais pour le reste
de la soirée.

Elle esquiva le dîner en compagnie de Rosalie et de
Tim et se réfugia dans la chambre, savourant ce premier instant de solitude de la journée. Elle éteignit les
lumières et se mit au lit. Le dernier étage résonnait
encore de voix. Certains saisonniers se préparaient
un en-cas, d'autres buvaient un thé. Quelques-uns
étaient sous la douche et on entendait l'eau couler.
Un téléphone sonnait, plus loin.

Elle sursauta quand Tim regagna la chambre.
Elle ne dormait toujours pas. Cela faisait une heure
qu'elle écoutait les bruits de l'étage, immobile dans
son lit, attendant le sommeil.

« Tu as fait quoi cet après-midi ? »

Visiblement, il savait qu'elle ne dormait pas.

« Je... j'ai...

— Tu ne pourras pas continuer comme ça.

— Pardon ? »

Un début de révolte filtrait dans sa voix.

« Agir plutôt que subir », déclara Tim.

Elle l'entendit marcher jusqu'à son armoire, d'où il sortit son peignoir et ses affaires de toilette. Elle était en colère maintenant.

« Qu'est-ce que tu veux que je fasse ? répliqua-t-elle avec agressivité.

— Commence par manger. Pour la suite on verra. »

Il quitta la chambre avant qu'elle n'ait pu répondre. Elle le trouvait injuste. Injuste et mesquin. Elle serra les poings sous ses draps pour s'empêcher de crier à travers la cloison, de le traiter de con. Pourtant, elle savait qu'il n'avait pas tort.

Un gouffre. Un abîme. Un vide existentiel l'aspirait tout entière. L'insomnie ne faisait qu'amplifier son angoisse. Le studio meublé tournoyait dans sa tête. Son univers étriqué. Elle essayait de s'accrocher à des pensées rationnelles car le vide l'attirait de façon effrayante. Elle tentait de se répéter les phrases de Tim : « Mais tu verras... toutes les choses qui t'attendent. » Mais où irait-elle après ? Après le chalet ? Après la saison ? L'angoisse creusait un trou dans sa poitrine, aspirait ce semblant de raison qui essayait de trembloter faiblement.

Elle se retrouva dans la salle de bains sans comprendre ce qu'elle faisait là, comment ses pas l'y avaient amenée. Son estomac vide se rappelait à elle sous forme de nausées. À côté, une douche fuyait. Le bruit lui devint vite insupportable et elle alla fermer la porte. Elle se planta ensuite devant un des miroirs. Le miracle de sa nouvelle couleur de cheveux s'était déjà effacé. Elle avait le teint cireux, les yeux rouges et cernés. Elle s'agrippa au lavabo car son propre reflet lui faisait peur. Elle se passa un peu d'eau sur les yeux, sur la nuque. Elle ne se rappelait pas ce qu'elle était venue faire là jusqu'à ce qu'elle voie le téléphone posé à côté d'elle sur le lavabo. Son téléphone. Duquel jaillissait une voix mécanique. Elle l'attrapa et le colla à son oreille. La voix féminine robotique répétait :

« Le numéro de votre correspondant n'est plus attribué… »

Il lui fallut quelques secondes pour comprendre. Elle s'était levée en pleine nuit et avait tenté d'appeler Philippe.

Un rire dément sortit de sa bouche sèche. Un rire aigu et inquiétant. Elle se souvenait : « Tu ne répondras plus. – Non. » Et elle comprenait enfin : Philippe avait changé de numéro de téléphone.

Le rire devint sanglot et mourut instantanément sur ses lèvres au moment où la porte de la salle de bains s'ouvrit.

C'était Tim, en caleçon, les yeux interrogateurs et inquiets.

« Qu'est-ce que tu fais ? Je t'ai entendue rire… » Il fixait le téléphone portable qui pendait au bout de son bras. « Ou… ou pleurer… »

Elle secoua la tête.

« Je passais un coup de fil.

— En pleine nuit ? »

Parce qu'il s'était approché et que le téléphone n'était plus qu'à quelques centimètres de lui, il entendit la voix répéter :

« Le numéro de votre correspondant n'est plus attribué. Veuillez réessayer ultérieurement ou consulter les services de renseignements. »

Il comprit, lui tendit la main.

« Allez, viens, donne-moi ce téléphone. On… on va aller dormir. Tu as besoin de dormir un peu… »

Elle n'opposa aucune résistance. Elle était d'une pâleur inquiétante. Il l'entraîna vers la chambre et déclara doucement :

« Tu vas dormir avec moi.

— J'ai pas besoin de toi. »

Il lui sourit, plus amusé que froissé.

« Il va falloir t'y habituer, murmura-t-il. La vie de saisonnier, c'est ça… On est une famille, on finit par tous avoir besoin les uns des autres. C'est pas une tare. C'est normal. » Il ajouta en l'installant dans son lit : « Tu crois peut-être que c'était difficile de venir ici, mais ce sera encore pire de partir. Tu verras. On sera tous devenus une petite partie de ton univers. »

Dimanche 21 décembre 2008 16:16
De : ambre10@gmail.com
À : ambre10@gmail.com

Depuis deux jours, j'ai l'impression d'être en mille morceaux. Comme si j'avais explosé de douleur. Je flotte au gré du vent, éparpillée, prête à me dissoudre. Je suis devenue indifférente à tout ce qui m'arrive. Et la seconde d'après, je ressens tout de nouveau, très fort. Je ne sais pas ce qui est le pire, d'ailleurs.

Tim a dit qu'on n'a pas forcément besoin de destinataire pour écrire. C'est comme les auteurs de livres, ils n'écrivent pour personne en particulier. Parfois, ils écrivent seulement pour eux-mêmes. Je vais écrire pour moi-même.

À l'hôtel, tous les saisonniers ne parlaient plus que du repas du 25 décembre. Pas celui qui se déroulerait dans le restaurant de l'hôtel, mais celui qu'ils partageraient entre eux le soir.

Un après-midi, Ambre fut réquisitionnée par Rosalie et Delphine pour les courses. Dans le supermarché, elle les suivit dans les allées, porta des provisions, attendit patiemment à côté du caddie où Sophie était assise et essayait d'attraper tout ce qui était à portée de ses petites mains.

Un autre jour où elles étaient dans le salon, Rosalie déposa sur la table une marquise au chocolat.

« Tim t'a préparé un gâteau, annonça-t-elle. Il dit que tu ne manges rien. »

Elle laissait ces marques de gentillesse s'imprimer en elle, l'adoucir. Elle se disait qu'elle finirait par aller mieux, par n'avoir plus mal en essayant de respirer. Elle se forçait à sourire et à croire que cela aurait un effet placebo.

« Il est où, Tim ?

— Il est avec Anton. Viens, je nous fais un thé. »

Tim devait être vraiment très amoureux. Il rentrait tard dans la nuit, jamais avant trois heures du matin. Mais quand il regagnait la chambre, sur la pointe des pieds, il se glissait dans son lit et s'allongeait à côté d'elle. Il demandait :

« Tu as fait quoi cet après-midi ? »

Il savait qu'il la réveillait chaque fois, car elle avait le sommeil léger. Alors, elle s'efforçait d'être précise. « Agir plutôt que subir », lui avait-il dit.

« J'ai aidé Rosalie à donner le bain à Sophie. On a bu un thé à la menthe. Elle a voulu me faire les ongles en rouge. »

Et Tim jouait le jeu :

« Montre-moi. »

Et elle lui montrait. Ensuite, ils s'endormaient tous les deux serrés dans ce lit une place. Il lui faisait un bien fou.

Mardi 23 décembre 2008 08:58
De : ambre10@gmail.com
À : ambre10@gmail.com

Il paraît que demain c'est déjà le réveillon de Noël. Il paraît que le temps d'une nuit, chaque maison sera envahie de magie. Ici, ce ne sera certainement pas le cas mais ce sera toujours plus agréable qu'à la maison. Jessy est partie chez ses parents hier. Andréa partira deux jours lui aussi, en Italie, le 26 et le 27. Le reste de l'équipe, Wilson, Delphine, Daniel et évidemment Rosalie et Tim, restera ici. Je finis par croire qu'Andréa avait vu juste : personne ne devient saisonnier par hasard. Ça cache toujours quelque chose.

Anton est rentré chez ses parents pour Noël lui aussi. Alors Tim a regagné le chalet à temps plein, ça fait du bien.

Hier, on est allés avec Rosalie choisir un cadeau de Noël pour Sophie. Elle lui a acheté une gourmette en or. Un peu comme celles qu'on offre pour les baptêmes. Elle avait l'air heureuse. Le pendentif représente une petite rose. « Comme pour Rosalie ? » a demandé Tim, et elle a souri bizarrement, émue.

Mme Miller appela dans la soirée, après le service. C'était la deuxième fois en peu de temps. Au milieu de toute cette obscurité, c'était comme une petite étincelle.

« Est-ce que ça va ?

— Oui, tout va bien. »

Sa mère voulait savoir si elle préparait Noël au chalet. Ambre lui raconta qu'ils organisaient un repas. Sa mère lui décrivit son propre repas de Noël. Elles parlèrent de la météo (il neigeait à Lyon). De temps en temps, elle crut entendre la voix de son père, à l'arrière, qui posait une question à voix basse, que sa mère répétait ensuite dans le combiné. Ce fut une conversation à la Miller, qu'Ambre appelait volontiers un ramassis de banalités affligeantes, mais quand elle raccrocha, elle se sentit le cœur un peu moins lourd. Après tout, elle n'avait plus qu'eux. Ils n'avaient pas été les meilleurs parents au monde mais ils l'appelaient… Tim n'avait pas cette chance.

Quand elle rejoignit le salon, Tim et Rosalie avaient posé une boîte de chocolats sur un accoudoir, entre eux deux. Sophie était déjà couchée. Delphine terminait de débarrasser la table et Andréa venait de quitter le salon. Ambre se laissa tomber dans un fauteuil.

« Prends-en un ! Le chocolat, c'est excellent pour le moral. »

Elle se força.

« C'est pour ça que vous vous empiffrez ? » demanda-t-elle, la bouche pleine.

Tim hocha la tête en se resservant dans la boîte déjà bien entamée.

« J'ai toujours dit que je détestais Noël. Il faut bien rendre cette période à peu près agréable.

— Ce Noël sera agréable ! » déclara Rosalie avec son entrain habituel.

Tim haussa les épaules, peu convaincu.

« Pour Sophie ! ajouta-t-elle.

— Si c'est pour Sophie, je veux bien faire un effort.

— À ce propos… j'aurais aimé…

— Non, pas de déguisement de Père Noël ! l'interrompit Tim.

— C'était pas ce que je voulais vous demander.

— Ok, alors on t'écoute. »

Elle tritura le papier de chocolat qu'elle avait entre les mains avant de se lancer :

« J'aimerais qu'on aille à la messe de minuit demain soir. Après le service. »

Elle se tourna d'abord vers Ambre, qui haussa les épaules, tout lui était plus ou moins indifférent en ce moment, mais Tim lui opposa un non franc et sans appel.

« Allez, Tim. Fais-le pour Sophie et pour moi.

— Hors de question ! Je ne vois pas en quoi le fait que je foute les pieds dans une église pourrait faire plaisir à Sophie ! »

Rosalie ne s'avoua pas vaincue :

« Ça me ferait vraiment plaisir qu'on y aille tous les quatre.

216

« — C'est non ! Je vous attendrai dehors s'il le faut, mais il est hors de question que je mette un pied dans ta foutue église !

— J'irai, moi », dit Ambre.

Rosalie lui adressa un petit sourire reconnaissant. La porte du salon se referma sur Delphine et un lourd silence plana dans la pièce. Tim en profita pour se saisir de la boîte de chocolats et en fourrer deux dans sa bouche. Comme Rosalie lui adressait un regard de reproche, il lança :

« Je mange pour Ambre ! »

Sa diversion fonctionna car la jeune femme se tourna alors vers Ambre.

« Tiens, prends-en un autre.

— Non merci.

— C'est un ordre ! »

Elle obtempéra car elle voulait leur faire plaisir. Et puis elle se sentait un peu moins malheureuse ce soir-là.

« C'étaient tes parents ? » interrogea Rosalie pendant qu'elle mâchait docilement.

Elle se contenta d'acquiescer en silence.

« Pour des parents presque muets, ils appellent assez souvent, non ? » ajouta-t-elle timidement.

Ambre ne répondit pas.

« Je sais qu'on a toujours des choses à reprocher à nos parents mais… parfois il faut seulement savoir profiter d'eux quand ils sont là.

— Ils ne l'ont pas toujours été. »

Il n'y avait nulle colère dans sa voix, nulle rancœur masquée. C'était juste une affirmation.

« S'ils sont tellement indifférents, pourquoi est-ce qu'ils t'appellent ? insista Rosalie avec toute la douceur dont elle était capable.

— Je ne sais pas. Ils changent… peut-être.

— Oui. Il faut garder la foi en chaque personne. Les gens changent, c'est certain. »

Ambre n'en était pas si convaincue. Mais comme elle voulait clore cette conversation, elle lança d'un ton narquois :

« Est-ce que tu gardes la foi en Tim ? Tu crois qu'il changera d'avis pour la messe ? »

Jessy revint au chalet le lendemain matin. L'équipe devait être au complet pour les deux jours à venir qui promettaient d'être particulièrement éprouvants. Sylvie était dans tous ses états, comptant et recomptant les petits paquets qui seraient disposés sur chaque table, le soir venu, et offerts aux clients. La famille de Sylvie et de Michel arriva dans l'après-midi et on entendit le hall d'entrée résonner de cris de joie. Les deux sœurs de Sylvie étaient là, accompagnées de leurs maris et de leurs enfants. Une longue table d'une quinzaine de couverts leur avait été réservée dans le restaurant.

Sylvie apporta une bonne nouvelle à Rosalie dans l'après-midi : ses sœurs se proposaient de garder Sophie à leur table pendant le service. Ambre ne s'était pas attendue à ce que cette proposition émeuve autant Rosalie et qu'elle serre Sylvie si fort dans ses bras.

Au fil de la journée, Tim s'était renfrogné. Quand il prit le service, il affichait un air maussade. De son côté, Ambre ne pouvait s'empêcher de songer à Philippe et à Nina, à la même heure, à La Clusaz. Philippe, la main posée sur le ventre de Nina, songeant que son miracle de Noël aurait lieu dans quelques mois. Puis pensant qu'elle était sacrément bien tombée cette offre de téléphonie spéciale Noël : *Changez toutes vos lignes portables et fixes grâce à notre nouvelle offre groupée et nous vous offrons deux mois gratuits.*

Elle garda malgré tout le sourire pendant le service, effectua un sans-faute, trinqua avec une tablée de clients qui lui souhaita un joyeux Noël et lui offrit un verre de champagne.

La plupart des clients du restaurant souhaitaient assister à la messe de minuit.

« Il y a une chorale avec des enfants chaque année, leur avait dit Sylvie. Et puis l'église Saint-Laurent et le temple, en face, seront illuminés. C'est un spectacle qui vaut le détour. »

Tim sortit des cuisines en traînant les pieds, l'air morose.

« S'il le faut vraiment, je vous accompagne jusque devant l'église, bougonna-t-il lorsque Rosalie l'attrapa par le bras. Mais je ne rentre pas.

— C'est d'accord. »

La salle n'était pas encore débarrassée entièrement mais Sylvie les laissa partir.

Rosalie dirigeait la poussette de Sophie avec difficulté sur les trottoirs enneigés. Autour d'eux, beaucoup de clients du restaurant se rendaient aussi à la messe. Ils se tenaient par la main, par les épaules, et parlaient à voix basse, comme si ce qu'ils avaient à se dire était solennel. Les enfants couraient, les parents aidaient les grands-parents à avancer. Et au milieu de ce cortège, ils étaient là, inconnus parmi les inconnus : une jeune métisse qui s'acharnait à faire avancer sa poussette dans la neige et deux jeunes d'une vingtaine d'années qui se contentaient de suivre, sans prononcer un mot, les mains dans les poches.

Sur le parvis de l'église, la foule se pressait.

« Allez, venez, si on veut avoir des places assises », les brusqua Rosalie.

Mais Tim se laissa tomber sur une des marches de pierre du parvis.

« Je vous attends là. »

Rosalie ne réussit pas à masquer la déception dans sa voix :

« Ambre, tu viens ? »

Celle-ci pressa l'épaule de Tim, avant de suivre Rosalie et Sophie à l'intérieur. Cela lui faisait de la peine de le laisser seul dehors, dans le froid.

Dans l'église, la foule était dense. Rosalie replia la poussette qu'elle laissa dans l'entrée et elles prirent place dans l'une des dernières rangées, les seules encore inoccupées. Sophie était étrangement calme ce soir-là. Elle avait les yeux grands ouverts et fixait avec attention l'animation autour d'elle.

« Regarde, dit Rosalie en désignant l'autel. Il y a une crèche. » C'était une crèche à taille humaine, constituée de véritables personnes.

« Ce sont tous des enfants ?

— Oui. »

Le plus jeune devait avoir quatre ans. Ils étaient tous là, Marie, Joseph, le petit Jésus, les Rois mages…

« Ça commence ! » chuchota Rosalie.

La lourde porte de l'église se referma. Le prêtre s'avança vers son pupitre.

« Frères et sœurs, nous bénissons Dieu qui nous rassemble ce soir pour chanter notre joie en célébrant la nativité du Christ, Jésus Notre Seigneur. »

Sophie était immobile, ses petits yeux tout ronds fixés sur ce curieux bonhomme à la voix si grave. Elle paraissait hypnotisée.

« Nous le faisons, nous qui sommes réunis dans cette église, en communion avec tous ceux et toutes celles qui vivent cette nuit dans la solitude. Je pense en particulier aux malades, et aux prisonniers. »

Et à tous ceux qui sont seuls même s'ils sont entourés, ajouta mentalement Ambre. *Et à ceux qui attendent dans le froid derrière la porte.*

« La naissance de Jésus est pour nous l'annonce et l'espérance de la victoire de la vie sur la mort, de la paix sur la guerre, du pardon sur la vengeance. »

La voix continua de résonner, mais Ambre n'écoutait plus. Lorsque Rosalie murmura : « Ils vont chanter », elle émergea lentement.

« Les enfants de la crèche vont maintenant vous interpréter quelques chants traditionnels de Noël, annonça le prêtre. Ils commenceront par "Brillante étoile en notre nuit". »

Ils s'étaient tous redressés, le buste en avant, les yeux fixés au loin. La seconde d'après, une mélopée s'élevait dans l'église. C'était un son pur, plus agréable qu'un chant d'oiseau, comme un millier de cordes qui vibraient à l'unisson… Ambre ferma les yeux pour mieux écouter. Elle avait trouvé l'adjectif qu'elle cherchait : c'était angélique. La seconde d'avant, elle était enfermée dans le brouillard de ses pensées, dorénavant elle était bien présente, le corps tendu pour recevoir le chant cristallin des enfants. Et elle les haïssait tous d'être aussi innocents.

Rosalie lui prit la main et Ambre réalisa seulement à cet instant que quelques larmes lui avaient échappé. Il n'y avait aucune raison pour qu'elle pleure. C'était parfaitement ridicule. C'était une messe de Noël. Et elle avait toujours détesté les messes, peut-être encore davantage que Noël.

« C'est beau, hein ? » murmura Rosalie.

Le chant s'acheva sous un tonnerre d'applaudissements et déjà un autre commençait. Ambre se leva avec un regard d'excuse pour Rosalie qui hocha la tête. C'était comme un assentiment. Elle avait Sophie, serrée tout contre elle, le reste n'était pas si important. Ambre quitta la rangée discrètement, traversa la travée centrale d'un pas précipité et tira le portail en bois qui s'ouvrit dans un grincement effroyable. Enfin, elle fut dehors, sur le parvis désert ou presque : Tim était assis sur la même marche. Il jouait avec des cailloux qu'il faisait rouler entre ses mains. Il leva la tête quand il entendit la porte se refermer.

Elle se laissa tomber à côté de lui. Ça allait déjà mieux. Les chants lui parvenaient toujours, mais de façon étouffée, lointaine.

« Tu pleures ? »

Il faisait sombre mais les lumières qui illuminaient l'église leur renvoyaient une image parfaitement nette l'un de l'autre.

« Non.

— J'ai cru...

— Tu t'es trompé. »

Il continua de jouer avec les cailloux. À bien l'observer, elle eut l'impression que lui aussi avait les yeux légèrement humides.

« C'est à cause de la messe ? demanda-t-il.

— Non !

— Des chants ?

— Pas du tout. C'est d'une niaiserie, et puis, franchement, ils auraient encore besoin de cours de chant... »

Elle vit se dessiner l'ombre d'un sourire sur son visage.

« Je suis entièrement d'accord avec toi », dit-il.

Depuis l'intérieur de l'église, une salve d'applaudissements leur parvint.

« Écoute-les, tous ces hypocrites », marmonna Tim.

Ils écoutèrent sans vraiment l'entendre la voix du prêtre. C'était une nuit parfaitement calme, sans un souffle de vent. Au loin quelques chalets étaient allumés. On voyait une cheminée ou deux fumer et les rues étaient complètement désertes. Ambre se tourna finalement vers Tim, qui continuait de faire rouler les cailloux entre ses mains.

« Pourquoi tu ne voulais pas entrer ?

— Dans l'église ? C'est à cause de leur prétendue morale à deux balles que je suis ici ce soir à essayer d'oublier qu'on est le 24 et qu'il est minuit.

— Tu as dit que tes parents étaient très croyants.

— Oui.

— Pourquoi t'es parti ?

— Tu ne devines pas ?

— Je veux que tu me le dises.

— Ça change quoi ?

— Ça change tout. Ça fait que je deviens un peu plus importante.

— Il faut arrêter les chants de Noël, tu deviens niaise…

— Ferme-la. »

Il garda les yeux fixés au loin, les mâchoires crispées. Elle savait qu'il ne cherchait qu'à éviter le sujet, mais elle ne voulait pas lâcher.

« Pour tes parents, je crois comprendre, mais pas pour tes frères…

— Tu m'emmerdes, Ambre.

— Ok, alors je vais te laisser et rejoindre Rosalie. »

Il ne bougea pas d'un millimètre lorsqu'elle se leva. Mais elle fut incapable de pousser la lourde porte. Pendant un instant, on n'entendit plus que la voix du prêtre :

« Le peuple qui marchait dans les ténèbres a vu se lever une grande lumière ; sur ceux qui habitaient le pays de l'ombre, une lumière a resplendi. »

Ils restèrent tous les deux immobiles, elle debout à côté de la porte, lui assis plus bas sur les marches. Lorsqu'il l'entendit renifler, il se retourna.

« Allez, viens ! dit-il.

— Non, je suis bien là.

— Alors j'arrive. »

Il la rejoignit un peu penaud, les bras ballants.

« C'est à cause de moi maintenant ou c'est encore les chants ?

— C'est sans doute mon côté niais. »

Il baissa la tête avec un air d'enfant fautif.

« Je suis désolé.

— Je ne sais même pas pourquoi je pleure. Ça arrive trop souvent en ce moment.

— C'est Noël. Un vrai fléau. »

Ils échangèrent des sourires soulagés. La crise était passée.

« Allez, viens. »

Ils reprirent place sur les marches.

« Bon, alors, si je te raconte, tu me promets d'arrêter de pleurer jusqu'à demain matin ?

— Promis. »

Il mit ses mains dans ses poches, les retira, remonta la fermeture éclair de son manteau, toussota et se lança enfin :

« J'avais tout juste dix-huit ans quand j'ai annoncé à mes parents que je n'aimais pas les filles. Je me doutais que ça ne passerait pas facilement… Dans le genre catho, on peut pas faire pire. Mais… je pouvais pas passer ma vie à faire semblant. J'ai jamais su mentir.

— Ouais, j'ai cru remarquer.

— C'est quelque chose qu'on a en commun. »

Ils se sourirent et Tim mit plusieurs secondes à poursuivre :

« Leur réaction a été… plus ou moins comme je l'avais imaginée. Rigide, sans appel, dégueulasse. Ils ont tenu des propos que je ne veux même pas me rappeler. Puis ils m'ont fait jurer de ne jamais répéter à personne ce que je venais de leur dire.

— Qu'est-ce qu'ils comptaient faire ?

— Étouffer l'affaire. D'abord, s'assurer que je la ferme et ensuite me "faire soigner".

— Comment ça ? Avec un genre de psychiatre ?

— Oh non. Ils voulaient me faire intégrer le Mouvement des jeunes chrétiens de la ville. Pour me remettre les idées en place. Un groupe de jeunes cathos qui se réunit pour des temps d'échanges, des week-ends à la campagne ou des messes. Toujours sous la direction d'un prêtre pour leur laver le cerveau.

— Tu y es allé ?

— Plutôt crever. De toute façon j'avais déjà décidé de partir.

— Alors… tu es parti ?

— Ouais. Et je suis devenu saisonnier. C'était le plus simple pour moi… j'étais nourri, logé et jamais seul.

— Ils n'ont pas cherché à te faire revenir ?

— Non.

— Tu veux dire… jamais… en quatre ans ?

— Non », répéta-t-il d'un ton dur.

Ambre avait l'impression qu'il lui manquait une partie de l'histoire mais elle ne voulait pas insister. Dans l'église, la voix du prêtre s'était tue. La messe allait se terminer.

« Mais… tes frères ? Tu m'as dit qu'ils n'étaient même pas croyants.

— Un de mes frères a cherché à me contacter plusieurs fois.

— Le plus grand ?

— Non, celui du milieu. Mais j'ai refusé. C'était trop tard. Son soutien, c'était plus tôt que j'en avais besoin. Quand j'étais seul face à mes parents et leurs propos à gerber ! Voilà pourquoi je ne mettrai plus jamais les pieds dans une église. »

Bientôt, les derniers chants se turent et une première personne quitta l'église. Très vite, le parvis fut envahi par une foule émue, silencieuse, apaisée.

« C'était une belle messe », commentait une vieille dame à côté d'eux.

Ils virent passer Andréa, accompagné de Jessy. Aucun des deux ne fit un geste pour les interpeller. Rosalie les rejoignit enfin, un sourire calme sur les lèvres.

« C'était chouette », dit-elle.

Sophie s'était endormie dans ses bras, la tête nichée dans son cou.

« Merci de m'avoir accompagnée. »

Elle avait dit ça sans ironie. Personne ne prononça un mot de plus sur tout le trajet du retour.

Au chalet, Daniel, Delphine et Wilson poursuivaient la veillée de Noël dans le salon. Rosalie annonça qu'elle allait se coucher. Elle semblait bouleversée depuis qu'elle était sortie de l'église. Tim et Ambre rejoignirent aussi directement leur chambre. Ils n'avaient pas échangé un mot depuis leur conversation sur les marches en pierre.

Elle s'apprêtait à se coucher dans son lit quand il l'appela :

« Ambre, on ne va pas dormir tout seuls le soir de Noël… »

Il avait son regard doux et elle songea que c'était un miracle qu'il ait gardé ce regard malgré tout.

« Tiens, cadeau. »

Ambre sentit qu'on lui jetait quelque chose sur le ventre et se redressa. Tim se tenait debout à côté du lit, déjà douché et habillé, alors qu'elle essayait d'émerger depuis une demi-heure.

« J'ai dit : "Tiens, cadeau." »

— Tu m'as jeté quelque chose dessus…

— Un cadeau. Hé ! T'es longue à la détente ! »

Elle se redressa tout à fait et se saisit du paquet bleu qu'elle venait de recevoir.

« Tu sais, les gens disent : "Joyeux Noël" en général et pas : "Tiens, cadeau." Et puis, je croyais que tu détestais Noël… Pourquoi tu m'offres un cadeau alors ?

— J'ai juste profité de l'occasion.

— Non. C'est hors de question. Je ne t'ai rien acheté.

— C'est rien du tout. Ouvre, tu verras. »

Elle sentit qu'il ne céderait pas, alors elle déchira le papier et son visage se fendit d'un sourire. C'était un bonnet. Un bonnet gris avec un pompon.

« Tu vois, c'est rien, fit-il avec un sourire taquin.

— Si, c'est… symbolique. »

Elle prit le bonnet entre ses mains et s'en coiffa. Il était doux, ce devait être de la laine.

« Ce n'est pas exactement le même que celui que tu as perdu.

— Il est plus joli ! lui assura-t-elle avec conviction.

— Tout est terminé alors ? Plus de larmes ?

— Plus jamais ! Alors ? Il me va bien ?

— Super ! Très bien assorti au pyjama ! »

Elle lui fit une grimace et s'extirpa du lit. Elle avait connu pire, finalement, comme matin de Noël.

« En parlant de choses symboliques, dit Tim. Il faudra penser à t'en débarrasser.

— De quoi ? » Mais elle connaissait déjà la réponse :

« Son bracelet.

— Oui. Mais pas aujourd'hui. On a le temps », ajouta-t-elle.

Ce matin-là, Rosalie, rayonnante, souhaita à tout le monde un joyeux Noël assorti d'une bise. Sophie arborait sa petite gourmette en or et une barrette en forme de sapin. Tout allait pour le mieux.

Ce fut un service long et éprouvant qui se termina à dix-huit heures. Ensuite, chacun fut réquisitionné pour la préparation du repas de Noël entre saisonniers. Daniel dirigeait les opérations en cuisine.

La table fut dressée, la dinde mise au four, les bouteilles de vin sorties du réfrigérateur et bientôt, on n'attendit plus que Michel et Sylvie. Bien qu'ils aient de la famille à l'hôtel, ils avaient tenu à partager l'apéritif avec eux. Ils arrivèrent vers vingt heures, alors que Wilson venait de remettre un peu de bois dans le poêle.

« Nous voilà, la fine équipe ! lança Michel en entrant dans la cuisine, une bouteille de champagne à la main.

— Il ne fallait rien amener ! répliqua Daniel en se saisissant de la bouteille.

— Tu parles, pas de Noël sans champagne ! »

Sylvie entra derrière lui, enroulée dans un châle. Elle rejoignit tout de suite Rosalie et Sophie.

« Comment va la petite princesse ? »

Sylvie avait pris la petite main du bébé dans la sienne.

« Oh, c'est sa gourmette ? Ce qu'elle a été gâtée ! »

Ces derniers temps, Sylvie et Rosalie discutaient de plus en plus souvent après le service, principalement de Sophie.

« Attention, ça va partir ! » prévint Andréa, une bouteille de champagne entre les mains.

Le bouchon s'envola et Andréa se dépêcha de remplir les premières coupes. Ça ressemblait à un vrai repas de Noël. Mais sans famille. Et c'était plus amusant au fond.

Vendredi 26 décembre 2008 11:01
De : ambre10@gmail.com
À : ambre10@gmail.com

J'ai reçu le colis de mes parents ce matin. Il y avait les orangettes, comme prévu, dans une petite boîte en carton. Je les ai offertes à Tim pour me faire pardonner de ne pas lui avoir acheté de cadeau de Noël. Il y avait aussi une carte avec un Père Noël ridicule qui disait : « Même loin on pense à toi, joyeux Noël. » Ils avaient simplement signé « papa, maman, Mathieu ». J'ai pleuré et me suis décerné la palme d'or de la fille la plus niaise, la plus idiote, la plus pathétique sur terre. Plus sérieusement, je ne sais pas trop ce qui m'arrive depuis que je suis arrivée au chalet. Il y a eu d'abord ces crises de colère incontrôlables. Maintenant les larmes, sans cesse. Tim m'a menacée de me confisquer mon bonnet. Je crois que je suis en train de changer. Ça passe par un tas d'états émotionnels.

J'espère que le prochain ce sera le rire. Plein de fous rires nerveux. Ça pourrait être sympa… Dans le colis, il y avait aussi une montre. Je l'ai mise à mon poignet gauche (au droit, il y a le bracelet de Philippe). Elle cache parfaitement ma cicatrice.

Dimanche 28 décembre 2008 16:57
De : ambre10@gmail.com
À : ambre10@gmail.com

Andréa est rentré de ses deux jours dans sa famille en Italie. Il a ramené des panettones faits par sa mère et ses sœurs. Il riait sans arrêt dans le salon, il parlait avec des mots italiens et insistait pour qu'on reprenne encore et encore du panettone. Il est revenu en forme et il m'a dit qu'il aurait dû m'emmener avec lui, ça m'aurait redonné le sourire. Moi j'ai dit que je l'avais le sourire, il fallait bien regarder, c'est tout.

Hier, j'ai dû quitter le bracelet de Philippe. Rosalie et Tim insistaient. Je ne voulais pas vraiment m'en débarrasser. Je voulais juste le mettre à un endroit où je saurais le retrouver, où je pourrais décider de venir le voir de temps en temps. Comme une demi-séparation. Tim ne voulait pas mais Rosalie a approuvé : c'est elle qui le gardera dans sa chambre. Elle n'a pas voulu me dire où elle l'avait mis, mais si vraiment ça ne va pas, elle me le rendra.

Je ne comprends pas pourquoi ils m'aident. Ils n'ont pas compris que ce serait pire. Après ça, je ne pourrai plus m'en sortir sans eux. Pour la nuit, je crois que c'est déjà trop tard. C'est idiot, je me suis habituée à son odeur. Comme à celle de mon gros dauphin en peluche, quand j'étais gamine. Je l'avais acheté à la mer et il a toujours senti le sel. Je n'ai jamais voulu qu'on le passe en machine. J'avais peur de voir disparaître l'odeur à tout jamais. Pour Tim, c'est pareil, je me suis habituée à le sentir, juste à côté. Je ne crois pas que ce soit son parfum ou son gel douche. Je crois que c'est simplement son odeur à lui.

Demain, Anton rentre à Arvieux. Tim nous a proposé, à Rosalie et à moi, de le rencontrer. On va aller boire un chocolat chaud dans le centre, dans l'après-midi. J'ai hâte de le voir (de le voir vraiment cette fois). Comme Tim me parle souvent de lui, j'ai déjà l'impression de le connaître un peu.

« Dépêchez-vous ! » répéta Tim pour la dixième fois.

Le rendez-vous avec Anton était fixé à seize heures, soit cinq minutes plus tard, et ils étaient toujours au chalet. Ambre et Rosalie se démenaient pour habiller la petite Sophie, qui se débattait comme un beau diable.

« Je te mets au défi de lui enfiler son anorak en moins d'une minute ! répliqua Rosalie, exaspérée.

— Ça y est ! lança Ambre, Sophie dans les bras.

— Alors on y va ! »

Il neigeait ce jour-là mais c'étaient des petits flocons qui s'évanouissaient avant même d'atteindre le sol. Tim était en repos et il avait déjà vu Anton le matin. Ils s'étaient offert leurs cadeaux de Noël et il était revenu au chalet avec un appareil photo professionnel qu'il avait soigneusement rangé dans une housse, dans sa table de chevet.

Les vacances de Noël battaient encore leur plein et le village était bondé de touristes en combinaison de ski. Au coin d'une rue, un vieux monsieur faisait griller des marrons. Rosalie voulut s'arrêter devant un sapin illuminé.

« Sophie adore quand ça clignote. »

Tim prit sur lui pour ne pas soupirer.

Enfin ils arrivèrent devant un chalet en bois, dont l'enseigne annonçait : *Café Délice*. Tim y entra et les guida jusqu'à une table du fond, où Anton attendait. Ambre avait beau se creuser la mémoire, elle n'avait gardé aucun souvenir de lui, le soir où elle était arrivée en état de choc au Monkey Club. Le garçon qui attendait à cette table lui était parfaitement inconnu.

Il était grand et blond, comme Tim l'avait dit. C'était un très beau garçon, il fallait le reconnaître. Taillé comme un athlète, des épaules larges, le teint hâlé de ceux qui passent leurs journées au grand air, des yeux vert clair et un sourire franc.

Tim se chargea des présentations. Ils se firent la bise puis chacun s'assit. Ambre entreprit alors de bafouiller des excuses :

« Je suis désolée pour l'autre soir… j'étais un peu sonnée.

— C'est rien ! lui assura Anton. Tim m'a expliqué. »

Elle se sentit un peu gênée.

« Vous êtes déjà venues ici ? » demanda Anton en leur tendant la carte des boissons.

Ambre acquiesça tandis que Rosalie secouait la tête. Elle avait installé Sophie sur ses genoux et la petite essayait d'attraper la carte.

« Leur spécialité, c'est le chocolat chaud. Tim prend toujours celui au piment ou à la cannelle. Moi, je préfère celui au caramel. Mais il y a aussi des cafés. »

Une serveuse vint prendre leur commande.

« Alors, demanda Rosalie à Anton, il paraît que tu es skieur professionnel ? »

Ambre les écoutait sans vraiment les entendre. Les mains autour de sa tasse de chocolat fumant, elle regardait la scène comme si elle y était extérieure. Anton était tel que Tim l'avait décrit : avenant et simple. Il parlait facilement et savait tout de suite mettre les gens à l'aise.

Ils venaient d'éclater de rire et Anton avait donné un coup de coude dans les côtes de Tim. C'était amusant de les observer. On avait l'impression qu'ils étaient deux amis, ils plaisantaient, ils se taquinaient, on ne pouvait rien soupçonner. Et l'instant d'après, on surprenait un regard qu'ils se lançaient et alors il était impossible de ne pas le voir : ils étaient amoureux. Il suffisait d'une seconde pour capter cet éclat dans leurs yeux. Ce n'était pas ainsi qu'Andréa regardait Jessy. En revanche, Rosalie avait des yeux un peu semblables, remplis d'adoration face à Sophie. Et Philippe ? Il ne lui semblait pas avoir surpris quelque chose de comparable dans son regard.

« Et toi, Ambre ? »

Rosalie venait de se tourner vers elle et elle n'avait aucune idée de la question qui lui était posée.

« On parle du réveillon du Jour de l'an. Anton propose qu'on le retrouve au Monkey Club, poursuivit Rosalie.

— On sera une vingtaine, précisa-t-il.

— Moi je ne peux pas. Je vais rester au chalet avec Sophie. Mais toi…

— Je crois que je vais rester au chalet avec Sophie et toi. »

Elle n'avait aucune envie de se retrouver au milieu d'une foule ivre et euphorique.

« Tu n'es pas forcée, tu sais, dit Rosalie.

— Je sais. En tout cas, c'est gentil d'avoir proposé. »

Anton fit un signe de la main qui signifiait : *C'est normal*. Ils terminèrent leurs chocolats chauds, parlèrent d'Arvieux, de la douceur de son climat, des plus belles balades à faire, des pistes de ski à tester, des entraînements d'Anton, de la vie aux Mélèzes… C'était agréable, léger. La nuit tomba et Ambre regagna le chalet avec Rosalie, tandis que Tim repartait avec Anton. Il passait sa soirée de repos chez lui.

« Il est très sympa, non ? dit Rosalie sur le chemin du retour.

— Oui. Je l'aime bien. »

Ce qu'elle aimait moins en revanche, c'était la nuit en solitaire qui l'attendait.

La soirée du réveillon du Nouvel An fut une réussite pour l'hôtel-restaurant. Une petite estrade avait été installée pour accueillir un orchestre et une rangée de tables avait été déplacée pour aménager une piste de danse. Les clients affluèrent dès vingt heures, par groupes. On les accueillit avec des plateaux de coupes de champagne et des amuse-gueules. L'orchestre commença à jouer.

Après le plat de résistance, Ambre remarqua que l'ambiance s'était beaucoup réchauffée, autant en salle que dans les cuisines. Andréa avait subtilisé une bouteille de champagne dans la chambre froide et tous, même Michel, buvaient au goulot. Ambre participa en restant sur la retenue. Son sourire placebo ne tenait pas toujours la distance… C'était encore un peu trop tôt.

Vers deux heures du matin, la salle de restaurant se vida. L'orchestre remercia le public, les clients félicitèrent Sylvie et Michel. On débarrassa dans le silence.

« Tu es sûre que tu ne veux pas venir, Ambre ? lui demanda Tim, alors qu'il s'apprêtait à quitter l'hôtel.

— Oui, certaine. Amuse-toi bien ! »

Andréa et Jessy s'éloignaient déjà, riant très fort. Ils allaient eux aussi au Monkey Club.

Au troisième étage de l'hôtel, Rosalie libéra la baby-sitter puis rattrapa Ambre, qui s'apprêtait à rejoindre sa chambre.

« Où tu vas comme ça ?

— Dormir…

— Non. Pas si vite. La soirée n'est pas terminée. Je te propose de partager une bouteille de blanc avec moi. Une soirée entre filles ! »

Elle accepta, plus par lassitude que par véritable envie. Elles s'installèrent dans la chambre d'Ambre et s'assirent sur son lit, adossées contre le mur. Rosalie déboucha la bouteille, remplit deux verres et en tendit un à Ambre.

« Alors… bonne année.

— Bonne année. »

Le sourire placebo tremblota et Rosalie le remarqua.

« Ça va aller, dit-elle avec douceur. Il faut le temps. Tu verras. »

Comme Ambre ne répondait rien, elle déclara :

« Je vais mettre un peu de musique. »

Rosalie alla actionner le radio-réveil sur la table de chevet de Tim et elles se retrouvèrent en direct d'une discothèque des Hautes-Alpes qui fêtait le passage à la nouvelle année en présence d'un DJ phare. Des *boum-boum* s'élevaient, entrecoupés de « Est-ce que tout va bien ce soir ? — Ouaaaais ! — Je veux vous entendre crier ! »…

Elles terminèrent leurs verres de vin en silence et Rosalie les remplit de nouveau.

« On pourrait parler de nos résolutions pour la nouvelle année, non ? proposa-t-elle sans se départir de son sourire. Alors, voilà ce que je te suggère. Je crois que tu devrais te réconcilier avec tes parents. »

La colère surgit, incontrôlable. Ambre se redressa brutalement, sans comprendre comment elle pouvait abriter une telle rage, et répliqua avec agressivité :

« À mon tour… Ta résolution pour la nouvelle année : arrêter de foutre ton nez dans les affaires des autres. »

Si Rosalie se sentit blessée, elle n'en laissa rien paraître.

« Ambre, je sais que tu as beaucoup de colère en toi, mais…

— Non, je t'arrête tout de suite, Rosalie ! Ta psychanalyse, tu te la gardes ! C'est gentil de chercher à m'aider, vraiment. Mais n'essaie pas de parler de mes parents. Occupe-toi de tes oignons et fous-moi la paix ! »

Rosalie resta stupéfaite une seconde mais se reprit très vite, trop vite au goût d'Ambre :

« J'essaie de comprendre pourquoi tu leur en veux autant… Je n'ai plus mes parents et je me demande ce qui justifie que tu ne veuilles plus entendre parler des tiens… Ils ne sont peut-être pas exactement comme tu les aurais rêvés mais ils sont là. Ils t'appellent régulièrement. Ils viennent même de t'envoyer un colis et une carte pour Noël. »

La rage d'Ambre se trouva décuplée par la douceur de Rosalie.

« Si tu veux une réponse, alors je te la donne : c'est trop tard ! Ils arrivent vingt ans trop tard ! J'ai plus besoin d'eux ! J'ai grandi. J'ai trouvé ce que je cherchais ailleurs. Ils peuvent disparaître. »

Le visage de Rosalie était serein. Ambre ne comprenait pas comment elle pouvait rester si calme et si douce.

« Ce n'est pas vrai et tu le sais très bien », déclara-t-elle.

Ambre éclata d'un rire méchant.

« Oh, une psychanalyse en direct !

— Je crois que tu mélanges tout. Tu as reporté trop de choses sur Philippe. »

Elle se leva d'un bond. Rosalie voulut la retenir mais elle se dégagea.

« Tu ne sais pas de quoi tu parles. Alors, je t'interdis de me parler de Philippe ou… ou de mes parents, d'accord ?

— Il faut que tu laisses tomber tout ça. Toute cette colère que tu traînes en permanence avec toi. Ce ressentiment contre tes parents, ça t'épuise. C'est fatigant la colère. Ça fait mal, ça vide de toute énergie… et c'est inutile. Ils ont fait un pas vers toi, alors tu devrais essayer de lâcher prise. Pas forcément pour eux, mais pour toi, pour retrouver une certaine paix.

— La paix, je l'aurai si vous me lâchez ! »

Ambre ne supportait plus le calme de Rosalie. Elle aurait aimé la voir quitter la pièce en claquant la porte.

« Ça aussi, tu devrais arrêter.

— Mais quoi, bon sang ? Quoi encore ?

— Ton petit manège pour faire fuir les gens. Tu as la trouille qu'on t'aide mais on t'aidera quand même. On est tous dans le même bateau, tu comprends pas ? J'ai personne moi non plus à l'extérieur. Tim a peut-être quelques amis, mais il n'a plus du tout de famille. T'as pas remarqué qu'il y a que toi qui as reçu un appel pour Noël ? »

La voix de Rosalie était restée douce mais son visage s'était durci. C'était l'adulte qui parlait, avec ses épreuves traversées, sa maturité et son autorité. Ambre se força à soutenir son regard mais elle en fut incapable.

« Si on ne s'aide pas entre nous, qui le fera ? Et surtout, qu'est-ce qu'il nous reste ? » ajouta Rosalie.

Pendant un instant, on n'entendit plus que la radio et le DJ qui criait : « Allez, on lève les bras ! » Ambre attrapa son verre. Elle avait besoin de boire pour faire redescendre la pression. Elle le vida d'une traite et Rosalie prit la bouteille.

« Je te ressers ? »

C'était comme un armistice entre elles. Ambre hocha la tête et pendant quelques secondes elles burent en silence. La colère s'effaçait doucement. La honte prenait le dessus. Tim et Rosalie étaient là, tous les deux, à essayer de l'aider. Et elle mordait, griffait, les tenait à distance. Pourquoi ? Il lui sembla que Rosalie avait lu dans ses pensées car elle demanda doucement :

« Qu'est-ce qui te fait si peur ? »

Ambre détourna le regard.

« Est-ce que ça a un rapport avec Philippe ? insista Rosalie. Explique-moi. »

Ambre hésitait. Elle n'était pas encore prête, et Rosalie le vit.

« Je t'en prie. On est rien que deux filles seules au monde, le soir de la nouvelle année. Qu'est-ce qu'on a à perdre ? Et puis, si on boit suffisamment, on aura tout oublié de cette conversation demain. »

Ambre se redressa lentement et Rosalie sut qu'elle avait gagné.

« Pourquoi tu as peur qu'on t'aide ?

— Parce que quand on laisse les gens vous aider, après, on ne peut plus vivre sans eux. »

Rosalie soupira :

« Ce n'est qu'une impression… Moi, tu vois, j'ai longtemps cru que je ne pourrais jamais vivre s'il arrivait quelque chose à ma mère. Je n'avais plus qu'elle. Et ma mère avait pensé ne jamais pouvoir vivre sans mon père. Pourtant, elle l'a fait et elle m'a élevée. Et à mon tour je l'ai fait et aujourd'hui j'ai Sophie.

— Donc… qu'est-ce que tu veux dire ?

— Qu'on arrive toujours à trouver la force de tout surmonter, même si on a l'impression qu'on va sim-plement mourir de douleur. Et tu sais comment on fait tout ça ? »

Ambre secoua la tête, les yeux rivés à ceux de Rosalie.

« Grâce aux autres. Aux personnes que tu laisses t'aider. C'est comme des mailles qui s'accrochent les unes aux autres à l'infini. Les autres te font souffrir et ce sont ensuite d'autres "autres" qui te sauvent. Tous les maux viennent des autres mais aussi toutes les guérisons. Tu pensais ne pas pouvoir vivre sans Philippe. Pourtant, tu le fais et tu le fais très bien. Tu t'accroches à de nouvelles choses. À Tim, à Sophie, à moi. À nos rituels au chalet. »

Ambre acquiesça. C'était exactement ce qu'il se passait. Et c'était exactement ce qui l'effrayait. Mais Rosalie poursuivit :

« Ce n'est pas mal de se raccrocher à d'autres personnes. C'est naturel. C'est un réflexe de survie. Ça ne veut pas dire que tu ne t'en sortiras plus sans nous… Est-ce que Philippe t'a beaucoup aidée ?

— Oui… au début. Il m'a sortie d'une mauvaise période.

— Et ensuite ?

— Ensuite j'ai été incapable de m'en sortir sans lui. »

Rosalie secoua la tête avec détermination.

« Tu te trompes. C'est ce que tu as cru. À ton âge, on peut se tromper et la dépendance affective prend souvent la forme de l'amour. Mais ce n'est pas ça l'amour, Ambre. Tu le comprendras plus tard. »

Rosalie s'allongea sur le lit. Elles avaient terminé la bouteille et l'ivresse commençait à les terrasser.

« Tu vois, ajouta Rosalie, parfois il arrive que ce soit la même personne qui te sauve et qui finisse par te couler. »

À la radio, le DJ annonçait l'arrivée d'une fontaine à mousse et le public exultait.

« Il y a une seconde bouteille, si tu veux », dit Rosalie en lui désignant le pétillant, au pied du lit.

Ambre fit sauter le bouchon.

« Tu en veux ?

— Ce n'est pas très raisonnable. Je commence déjà à être saoule. » Puis elle haussa les épaules et eut un rire d'adolescente. « Allez, sers-moi ! »

Ambre remplit les deux verres et elles trinquèrent.

« Ça ressemble déjà plus à une nuit de réveillon », fit remarquer Rosalie lorsqu'elle eut vidé son verre.

Allongées sur le lit, elles se sentaient engourdies par l'alcool. Au bout d'un moment, Rosalie se redressa légèrement.

« C'était quoi le genre de relation que vous aviez ?

— Qu'est-ce que tu veux dire ?

— Il y a des milliers de genres de relations. Passionnelle, fusionnelle, platonique, amicale, explosive… D'ailleurs, tu sais, il y a un sociologue qui a déterminé trois sortes d'amours qu'il nomme les "amours primaires". Il les a répertoriés dans un bouquin appelé *Colours of Love*. En gros, si je me souviens bien, tu as l'amour érotique, qui naît de l'attirance physique avant tout. Tu as l'amour ludique : les relations ne sont qu'un jeu, elles se résument au plaisir de séduire. Et tu as l'amour amical. C'est ....itié qui se transforme lentement en amour. Il ....mer sans la fièvre ou la folie". »

— Pourquoi il appelle ça les amours primaires ? interrogea Ambre en se relevant à demi.

— C'est un peu le principe des couleurs. Si tu mélanges les couleurs primaires entre elles, tu obtiens des couleurs secondaires. Là, c'est pareil, si tu mélanges ces trois formes d'amour, tu obtiens des types d'amours secondaires. Alors, quel amour c'était avec Philippe ?

— Un amour érotique.

— Purement érotique ?

— Ouais, je n'avais que ça pour le retenir... Je n'étais pas mature, je n'avais rien à raconter... Je n'avais que mon corps à lui offrir... et l'excitation que je faisais naître en lui. Je lui donnais tout, avant même qu'il ne le réclame. Je me transformais en son objet. Je ne lui refusais rien.

— Il en a profité ?

— Oui. Il adorait ça, me savoir tout à lui.

— Et ça te plaisait... d'être son objet ? »

Elle laissa passer quelques secondes avant de répondre :

« Ouais... ça me plaisait. Je me dégoûtais mais ça me plaisait.

— Il faut pas. C'est humain.

— En fait, c'était malsain.

— Mais c'est bel et bien terminé. »

Ambre hocha la tête et elles se laissèrent de nouveau transporter par la douceur et la légère torpeur que leur procurait l'alcool.

« Et toi, Rosalie, tu as eu quels types de relations ? »

Rosalie joua quelques secondes avec l'oreiller, avant de répondre :

« J'ai connu quelques relations dans le genre de celle que tu décris. Mais elles n'ont jamais duré plus de quelques jours. Il n'y avait rien derrière l'attirance physique.

— Et les autres ?

— J'ai eu deux histoires qui ont duré entre six mois et un an. Mais j'étais encore jeune. Je n'étais pas totalement amoureuse. C'étaient des relations qu'on pourrait faire entrer dans la catégorie de l'amour amical.

— Puis il y a eu le père de Sophie… ? »

Elle n'aurait jamais posé la question sans ces verres de vin.

« Oui, il y a eu le père de Sophie.

— Quelle catégorie ?

— Là, c'était un mélange parfait entre amour physique et amitié amoureuse.

— Qui a donné un bébé parfait. »

Elle se rendit compte que sa réflexion était ridicule vu le contexte et elle se tut. Elle aurait voulu en savoir plus mais elle n'osait plus rien demander après cette phrase idiote.

« Ça fait du bien de discuter un peu entre filles », fit Rosalie au bout de quelques secondes.

Elles se laissèrent bercer par les *boum-boum* de la radio. À un moment, entre deux bâillements, Rosalie demanda s'il était bien raisonnable qu'elles terminent la deuxième bouteille et Ambre lui assura que non. Elles la laissèrent donc au pied du lit.

Rosalie regagna sa chambre en titubant. Ambre s'endormit tout habillée, sa lampe de chevet encore allumée.

Tim ne rentra pas de la nuit.

Ce furent des éclats de voix qui tirèrent Ambre de son sommeil un peu avant onze heures. L'alcool lui avait laissé en cadeau une belle migraine et elle ne put même pas ouvrir les yeux. Elle ne se redressa que lorsque la porte de la chambre s'ouvrit à la volée sur Tim. Il portait encore les vêtements de la veille, ses cheveux étaient plus décoiffés qu'à l'ordinaire et ses cernes témoignaient d'une nuit blanche. Pourtant, il avait l'air surexcité.

« Qu'est-ce qu'il se passe ? demanda-t-elle d'une voix pâteuse.

— La première bonne nouvelle de l'année ! Devine ! »

De la porte de leur chambre ouverte, on entendait la voix angoissée de Sylvie entrecoupée de celle d'Andréa :

« … trouver quelqu'un pour la remplacer en urgence ! »

Ambre refoula une vague de nausée.

« Jessy est malade ?

— Non, mieux que ça ! Elle est partie ce matin !

— Partie… ? Comment ça ?

— Disparue ! Elle ne reviendra pas ! »

Elle s'assit au bord du lit et son pied buta dans la bouteille de pétillant, qui se répandit au sol.

« Eh bien, je vois que tu t'es fait plaisir, commenta Tim en la ramassant avant qu'elle ne se vide complètement.

— C'est Rosalie…

— C'est pas elle qui a tout bu, sinon tu n'aurais pas cette tête ! »

Elle haussa les épaules sans chercher à nier.

« Alors, pourquoi est-ce qu'elle est partie ?

— Tu veux la version qu'elle a donnée à Sylvie ou la mienne ?

— La vraie.

— Bonne réponse ! »

Il se laissa tomber à côté d'elle et poursuivit de la même voix surexcitée :

« Elle a dit à Sylvie qu'il était arrivé quelque chose dans sa famille et qu'elle devait rentrer pour une durée indéterminée. Il valait mieux qu'on la remplace à l'hôtel. La vérité, c'est qu'Andréa a passé sa soirée à danser avec une fille au Monkey Club, et qu'au dernier slow Jessy a littéralement pété un câble. Elle s'est mise à hurler sur la piste de danse et elle lui a jeté son verre au visage. Sur la piste ! »

Ambre ne put s'empêcher de sourire en imaginant la scène.

« Et ensuite ?

— Elle a quitté le club. Il a essayé de la rattraper car elle était vraiment furieuse. Ils ont dû s'expliquer mais sans succès car ce matin, à la première heure, elle est allée voir Sylvie pour lui raconter son mensonge.

— Tu es sûr que c'est un mensonge ? Il n'a pas pu arriver quelque chose à sa famille ?

— Vu la tête d'Andréa, il n'y a pas de doute.

— Quelle tête il a ?

— Celle du type qui s'en veut. Il est en train de se plier en quatre pour aider Sylvie à trouver une solution. » Tim se releva d'un bond. « C'est un signe, crois-moi ! ajouta-t-il en ouvrant son placard.

— Quoi ? Son départ ? »

Il sortit ses affaires de toilette et son peignoir, qu'il jeta sur son épaule.

« Ouais. C'est une super année qui commence ! »

Il quitta la chambre en sifflotant et Ambre se laissa retomber sur son lit, nauséeuse. Elle aurait aimé partager son optimisme.

La nouvelle du départ de Jessy se répandit parmi l'équipe pendant le service du midi. Andréa disparut tout l'après-midi. Lorsqu'il revint, c'était avec un jeune homme d'une trentaine d'années aux cheveux rasés. Il s'appelait Greg, Gregory de son vrai nom, c'était un ami à lui, un saisonnier. Andréa avait proposé à Sylvie de lui faire faire un essai lors du service du soir. S'il convenait, il pourrait remplacer Jessy.

Greg était le même genre de garçon qu'Andréa : tout de suite à l'aise, blagueur et enjoué. À la fin de la soirée, il connaissait déjà le prénom de chacun et tous savaient qu'il habitait un studio à Arvieux avec sa petite amie Héléna, commis de cuisine.

Sylvie déclara qu'elle serait ravie de le voir intégrer l'équipe et Gregory accepta l'offre sur-le-champ. Il est des moments où les choses se déroulent avec une remarquable simplicité.

Andréa fit irruption dans le salon vers minuit, alors que seuls restaient Rosalie, Tim et Ambre dans leurs fauteuils habituels.

« Voilà le briseur de cœurs ! » lança Tim quand il le vit approcher.

Mais Andréa semblait n'avoir aucune envie de plaisanter. Il se laissa tomber à côté d'eux et poussa un long soupir.

« Ça va ? lui demanda Rosalie.

— Bof. »

Elle se rapprocha.

« C'est donc vrai ? Jessy est partie à cause d'une crise de jalousie ?

— Ouais.

— Bel échec du concept de *sex friend* », commenta Tim.

Personne n'osa le contredire.

« Qu'est-ce que tu as foiré quand tu l'as rattrapée dehors ? reprit-il.

— Pourquoi tu penses que j'ai foiré ?

— Elle est partie. »

Ce soir, Andréa avait à peine la force de répondre.

« Qu'est-ce que tu voulais que je lui dise de toute façon ? Tout avait été fixé clairement dès le début.

— Et elle a décidé que ça ne lui suffisait plus ? interrogea Rosalie.

— Elle m'a dit : "Je t'aime"… Ça ne vous surprend pas ?

— C'était un risque », fit remarquer Rosalie.

Ils continuèrent tous les trois d'attendre, les yeux rivés sur lui.

« Alors ? demanda finalement Ambre. Tu lui as répondu quoi ? »

Il eut l'air honteux tout à coup. Il cacha son visage derrière ses mains.

« J'ai été nul. Nul… J'aurais pu dire : "Écoute, on ne s'aime pas de la même façon… On a des manières différentes de vivre cette relation"… j'aurais pu broder quelque chose de convenable.

— Qu'est-ce que tu lui as dit à la fin ! s'impatienta Rosalie.

— "Pas moi." J'ai dit : "Pas moi." »

Tim ne put retenir un rire. Bientôt, ils furent tous les quatre saisis du même fou rire.

« C'est d'une nullité affligeante ! » s'écria Rosalie.

Ils mirent plusieurs secondes à se calmer.

« Je sais ! répétait Andréa sans pouvoir s'empêcher de rire avec eux.

— Quand je te disais que tu avais foiré, le terme était faible ! » fit remarquer Tim.

Ils retrouvèrent bientôt leur sérieux et Andréa un air grave.

« J'ai jamais réalisé qu'elle s'était attachée. Je me sens comme un véritable salaud.

— Oh mais tu *es* un véritable salaud ! »

Tim souriait et Andréa soupira :

« Le pire… c'est qu'elle m'a ruiné toutes mes chances avec cette touriste allemande ! »

Tim leva les yeux au ciel, exaspéré. Rosalie se tourna vers Ambre avec un air entendu :

« Je crois que nous avons en face de nous un individu de type amour ludique. »

Les deux garçons les fixèrent, intrigués.

« De quoi vous parlez ? »

Rosalie leur exposa la thèse de John Alan Lee sur les différents types d'amours.

« C'est débile, laissa tomber Tim, et il se leva.

— Hé ! Où tu vas ?

— Dormir ! »

Ambre le trouva plongé dans un roman.

« Tu n'es pas fan de John Alan Lee, lâcha-t-elle avec un petit sourire.

— C'est une vision bien triste des relations, répondit-il sans lever les yeux.

— On disait ça pour rire, tu sais… »

Il finit par refermer son livre et s'allongea dans son lit avec un bâillement.

« J'espère, dit-il. D'ailleurs, ce serait déprimant si c'était tellement simple. Moi je pense que c'est de la foutaise. C'est de toute manière beaucoup plus complexe. Chaque relation est unique et totalement inexplicable. Il n'y a pas deux personnes qui aiment de la même façon. Je veux dire… regarde deux mères… elles n'auront pas la même façon d'aimer leur enfant. Alors que c'est censé être biologique, instinctif. »

Il étouffa un bâillement et lui demanda s'il pouvait éteindre la lumière. Elle hocha la tête et s'éclipsa à la salle de bains.

Plus tard dans la nuit, elle se demanda si « aimer à la Miller » pouvait faire l'objet d'une classification spéciale dans le livre d'Alan Lee.

QUATRIÈME PARTIE

Un autre lui

11 janvier 2009 09:13
De : ambre10@gmail.com
À : ambre10@gmail.com

Une nouvelle année a commencé. J'ai eu un appel de mes parents pour me souhaiter une « bonne santé » et tous leurs « vœux de bonheur ». Ils m'ont dit qu'il n'y avait rien de neuf à la maison. Il n'y a jamais rien de neuf chez eux.

Ici, même si personne n'ose le dire, l'ambiance est plus détendue depuis que Jessy est partie. Le soir même de son départ, Gregory prenait le travail à l'hôtel. On a tous gagné au change. Gregory est le genre de collègue idéal dans une équipe de saisonniers, il fait tout pour détendre l'atmosphère : blagues, flatteries, compliments. Sylvie et Delphine en sont déjà fans ! Il partage un appartement avec sa petite amie, Héléna. Il a dit qu'il nous la présenterait. Ça fait seulement une semaine qu'il est là mais il nous a déjà proposé les « happy Wednesdays » : chaque mercredi soir, après le service, toute l'équipe va boire une chope de bière dans un bar. Évidemment, tout le monde a trouvé l'idée excellente, même Daniel et Delphine en ont été. Sauf Wilson qui est resté au chalet, seul, comme d'habitude…

Je continue à m'occuper de Sophie pendant mes jours de congé. C'est marrant, on dirait qu'elle commence vraiment à s'habituer à moi. Elle ne pleure presque jamais quand je suis avec elle et parfois, l'après-midi, je ne la

253

couche pas dans son lit à barreaux pour la sieste, mais dans mon lit, à côté de moi, et on dort ensemble. Elle vient toujours se nicher dans mon cou. J'aime bien, ça m'apaise.

Ici, comme me l'avait dit Philippe, il fait toujours beau. Tim en profite pour nous initier à la photographie (depuis qu'il a reçu d'Anton cet appareil, il insiste chaque après-midi pour qu'on parte en balade dans le village). Comme Anton est en phase d'entraînement intense, Tim est assez souvent au chalet le soir et la nuit. C'est étrange comme les équilibres de la vie en communauté, les petites routines peuvent changer lorsqu'on touche à un seul élément. Depuis que Jessy est partie, Andréa passe tout son temps libre avec nous. Il nous accompagne en promenade l'après-midi, se joint au « tea time » instauré par Rosalie, et le soir, quand on discute dans le salon, plus pour passer le temps que pour réellement discuter, il est avec nous en général. J'apprends à le connaître mieux. Jusqu'à maintenant, je ne voyais que son côté dragueur italien et sa façon de tout prendre à la rigolade. Il n'avait pas l'air d'être quelqu'un de mauvais, c'était le seul point positif que je pouvais lui trouver (en plus d'être plutôt beau). Maintenant que je le connais un peu mieux, je peux dire que c'est le cas, il n'est pas méchant... Même s'il joue beaucoup sur les clichés du dragueur italien. Il a été élevé entouré de filles. Il n'y peut rien. Il a dû apprendre à charmer très tôt pour arriver à ses fins.

Andréa a donc rejoint notre petit groupe, même si, fréquemment, on se retrouve tous les trois, Tim, Rosalie et moi, dans une de nos chambres, pour parler plus sérieusement.

La vie est paisible ici, mais le silence de Philippe me pèse encore. Je tiens bon. Je crois.

« Qui vient ce soir ? Je paie ma tournée ! »

C'était un mercredi soir de la mi-janvier, après le service. Au milieu du hall, Gregory faisait le compte.

Daniel et Delphine venaient. Andréa, Tim, Rosalie et Ambre aussi.

« Je pars tout de suite, je vais passer chercher Héléna. On se retrouve au Sunny ! »

Rosalie se reprochait d'emmener Sophie dans un bar à minuit, alors que la petite était censée dormir.

« Je ne boirai qu'une bière, ensuite je rentrerai. »

Ils étaient neuf, dix avec Sophie : une sacrée tablée. Gregory commanda la première tournée et bientôt la table se retrouva noyée sous le brouhaha. Anton fêtait ses vingt-cinq ans ce soir-là et Tim et lui ne pouvaient pas rester trop longtemps : des amis les attendaient au Monkey Club.

Rosalie avait répété plusieurs fois qu'elle ne prendrait pas de deuxième bière. Pourtant, lorsqu'une seconde chope arriva devant elle, elle la but sans se faire prier. Sophie n'avait pas l'air malheureuse, au contraire. Elle passait des bras de Delphine à ceux d'Ambre, puis d'Héléna. Ambre s'était retrouvée coincée en bout de table, à côté d'Andréa, qui avait recommencé à l'appeler la fille sauvage.

« T'as l'air d'aller mieux que vers Noël. T'as jamais été très bavarde, mais là, on t'entendait plus. J'ai cru que tu allais finir par perdre l'usage de la parole et t'installer dans la forêt de pins avec Wilson. »

Elle l'ignora un temps, puis tenta de le faire taire :

« Qu'est-ce qu'il y a ? Tu veux que je te jette mon verre au visage pour te rappeler ton instant de gloire ? »

Il fut ravi qu'elle entre dans son jeu.

« Mmmh. Tu bois quoi ? De la bière ? Tu sais, je suis un homme de standing. C'était une coupe de champagne que je me suis prise au visage.

— Alors, commande-moi une coupe ! »

Elle ne s'attendait pas à le voir se lever brusquement. Déjà, il se dirigeait vers le comptoir, avec l'air de beaucoup s'amuser.

« Qu'est-ce qu'il fait ? »

Tout le monde le regarda revenir avec une coupe de champagne. Il la déposa devant Ambre, qui avait l'air de vouloir disparaître sous la table.

« Hé ! s'exclama Rosalie. Et nous alors ? »

Mais Andréa ne l'écoutait pas. Il fixait Ambre avec provocation, tandis qu'elle tâchait de ne pas devenir écarlate.

Rosalie, Tim et Héléna les dévisageaient.

« Tu préfères qu'on s'isole ? »

Les regards toujours braqués sur elle, Ambre saisit le verre et le tendit à Rosalie.

« Tiens, c'est pour toi ! »

Rosalie ne se fit pas prier. Oubliées, ses résolutions de la soirée. Andréa poussa un soupir déçu :

« T'es pas très drôle…

— Non. »

En bout de table, Anton tentait d'apprendre à Daniel à ouvrir une canette de bière à l'aide d'un jeton de caddie. Ses essais n'étaient pas fructueux et tout le monde riait autour d'eux.

« Jessy ne m'a pas donné l'impression d'être très drôle non plus.

— Peut-être… mais crois-moi… en trois ans, j'ai appris à la dompter ! Quand on faisait l'amour, c'était torride.

— Andréa ! »

Le nez dans sa bière, Ambre avait manqué s'étouffer.

« Quoi ?

— Tu ne peux pas t'en empêcher… »

Il eut un large sourire.

« Non, concéda-t-il. C'est vrai. »

Un serveur arrivait à la table pour débarrasser les pintes vides et Andréa en profita pour changer de sujet :

« Assez parlé de moi ! À ton tour !

— Qu'est-ce que tu veux savoir ? » demanda-t-elle avec une voix plus tendue qu'elle ne l'aurait voulu.

Il la fixa avec un regard amusé.

« Pourquoi tu m'as rejeté ? Oh non, regardez-la, dit-il avec une voix moqueuse. Elle essaie de faire semblant de ne pas se rappeler. C'est touchant.

— Il n'y avait sans doute rien de mémorable », contra-t-elle sans se démonter.

Le sourire d'Andréa se fit encore plus large.

« Sans doute… En un dixième de seconde, c'est difficile de faire quelque chose de mémorable. »

Ce fut ce moment que choisit Tim pour venir s'asseoir à côté d'eux.

« Vous parlez de quoi ? Ça a l'air plutôt marrant.

— On parlait de Jessy », répondit précipitamment Ambre.

Mais Andréa n'était aucunement gêné.

« Non, là tout de suite, je lui demandais pourquoi elle ne m'avait pas rendu mon baiser l'autre soir. »

Il y eut un temps de flottement pendant lequel Ambre se sentit devenir écarlate.

« Ça l'a sûrement sauvée, déclara Tim avec sérieux. Après, ça se termine en démission. Pensez aux nerfs de cette pauvre Sylvie. »

Ils sourirent tous les trois.

« Qu'est-ce qu'il se passe ? interrogea Rosalie, sa coupe de champagne à la main.

— Oh, une histoire de baiser raté, dit Tim.

— Hé ! répliqua Andréa. Il était pas raté !

— Qui a embrassé qui ?

— Demande à Ambre ! lança Tim avec un malin plaisir.

— Ambre ? Ambre et Andréa ? C'était quand ?

— Il y a longtemps ! répondit précipitamment Ambre.

— Ah, elle s'en souvient maintenant… » fit remarquer Andréa.

Elle lui lança un regard noir qui l'amusa davantage.

Cette fois, ce fut Anton qui vint interrompre la conversation. Il avait mis son manteau et son écharpe.

« On y va ? dit-il à Tim. Les autres doivent nous attendre. »

Tim se leva et Anton leur proposa de se joindre à eux s'ils le voulaient.

« Non, je vais y aller, répondit Rosalie. Je dois coucher Sophie. »

Ambre décréta qu'elle rentrerait avec elles et Tim lança à Andréa :

« Toi, tu ferais mieux de ne pas venir. Tout le monde au Monkey Club se rappelle cette petite scène du réveillon !

— C'est ça ! Amusez-vous bien ! »

Les garçons quittèrent le Sunny et Rosalie se leva. Il était déjà presque une heure du matin. Tout le monde l'imita.

Sur le chemin du retour, Ambre vit bien que Rosalie mourait d'envie de l'interroger, mais comme Andréa était toujours dans les parages, elle y renonça.

Ils atteignirent le chalet et Ambre songea que cette soirée n'avait pas été des plus mauvaises depuis son arrivée. Elle avait eu son lot d'instants embarrassants mais elle s'était amusée. Ce petit jeu avec Andréa lui avait plu finalement.

Alors qu'elle s'apprêtait à entrer dans sa chambre, il l'intercepta :

« J'ai pas eu ma réponse.

— Tu l'auras peut-être un jour. D'ailleurs, pourquoi je te la donnerais ?

— Parce que j'embrasse comme un dieu. Tu pourrais me laisser une seconde chance… »

Il avait de nouveau son regard de séducteur, et il avait passé sa main autour de son poignet, comme ce soir-là.

« Tu n'as plus ton bracelet ? »

Il voulut remonter la manche de son manteau mais elle le repoussa violemment. C'était un réflexe depuis qu'elle avait ces horribles cicatrices aux poignets.

« Hé, j'allais pas te faire de mal ! se défendit-il.

— Non, je ne l'ai plus », répondit-elle pour se donner une contenance.

Pendant un instant, ils se sentirent tous les deux gênés. Rosalie traversa le couloir pour se rendre à la salle de bains et Andréa recula.

« Bon, alors bonne nuit, dit-il.

— Oui. Bonne nuit.

— J'attends ma réponse. »

Elle se contenta de lui fermer la porte au nez.

Andréa la regardait, assis, près d'elle sur le lit. Ambre avait encore du mal à s'habituer à sa nudité. Libre de ses mouvements, il n'était nullement gêné, lui. Il se leva, alla entrouvrir la fenêtre de sa chambre, récupéra son sachet de papier à rouler sur la table en bois, revint s'asseoir à ses côtés. Elle, elle était recroquevillée contre le mur, les genoux repliés contre la poitrine, les bras autour des genoux. Elle s'était déjà rhabillée. Comme si elle avait honte de ce qui venait de se passer. Elle avait envie de partir, de regagner sa chambre.

« Ça va ? demanda Andréa.

— Oui. Ça va.

— Je ne pensais pas que tu viendrais toquer à ma porte. Je ne pensais pas que les filles sauvages venaient toquer la nuit à la porte des garçons. »

Il la vit se lever et récupérer son foulard sur le parquet.

« Hé, tu t'en vas ? Je plaisantais, tu sais…

— J'ai sommeil. »

Il ne comprenait pas. Elle l'avait d'abord repoussé tout à l'heure, dans le couloir, au retour du Sunny. Puis elle avait frappé à peine une demi-heure plus tard à la porte de sa chambre. Elle ne l'avait pas laissé prononcer un mot, elle l'avait embrassé, presque de force, comme pour lui signaler que c'était elle qui décidait. Pas lui. Ça lui avait plu. Ça l'avait sacrément surpris aussi. Et maintenant, voilà qu'elle se refermait comme une huître et qu'elle s'en allait.

« Tu ne fumes pas un peu avec moi ? »

Elle secoua la tête. Elle était pressée, visiblement.

« Quoi ? lança-t-il avec un large sourire. C'était pas bien ?

— Bof. »

Il éclata d'un grand rire et croisa tranquillement les bras derrière la nuque. Rien ne pouvait l'ébranler de toute évidence.

« On verra. Tu reviendras bientôt me supplier.

— Va te faire voir. »

Elle claqua la porte et disparut.

Il était plus de trois heures du matin mais elle laissa couler l'eau pendant une bonne vingtaine de minutes. Pourquoi Andréa ? Si elle n'avait plus Philippe, Andréa pouvait faire l'affaire.

Janvier s'installait. Le sourire placebo vacillait. Certains soirs, ceux où Tim dormait chez Anton, l'angoisse l'attirait encore dans un vide profond. Les autres soirs, ça allait. Elle écoutait sa respiration dans le noir, sentait son souffle dans son cou ou ses grognements, quand il se retournait. Ils partageaient systématiquement leur petit lit une place maintenant. Celui de Tim, en général, mais celui d'Ambre aussi, de temps en temps. C'était une habitude étrange, qui datait de la nuit où Tim l'avait trouvée hébétée dans la salle de bains, au milieu de son insomnie délirante, son téléphone à la main.

Ils venaient de faire l'amour. En plein jour cette fois. C'était Andréa qui était revenu à la charge. C'était son jour de congé et elle passait sa journée à errer au chalet. Tim était parti skier pour l'après-midi avec Anton et Rosalie était allée chercher Sophie chez la nourrice. Andréa avait débarqué dans sa chambre, s'était assis sur son lit où elle était en train de lire et avait commencé à passer ses doigts sur ses épaules. Ils n'avaient pas échangé un mot. Après les épaules, ses mains avaient glissé sous son pull et elle avait laissé tomber son livre quand elle l'avait senti détacher son soutien-gorge. Elle n'avait prononcé qu'une phrase : « On va dans ta chambre. » Tim n'allait pas rentrer avant le soir mais elle avait envie de préserver leur chambre. Après leur étreinte, Andréa avait fermé à demi les volets, de sorte que la pièce était plongée dans une semi-obscurité. Il avait récupéré sur la table en bois, près de la fenêtre, des feuilles et un sachet d'herbe. Il était en train de rouler un joint, nu sous la couverture.

« Ça va ? demanda-t-il.

— Oui. »

Il avait cette manie insupportable de toujours vouloir savoir si elle allait bien. Elle s'était déjà rhabillée et elle était recroquevillée sur le lit, contre le mur. Elle luttait pour ne pas partir tout de suite, comme l'autre fois. Andréa attrapa le briquet qui traînait au sol et alluma le joint avant de le lui tendre. Pendant quelques secondes, ils restèrent silencieux. Bientôt, il se forma un nuage opaque au-dessus du lit. Ambre était toujours assise, les jambes repliées contre elle, alors qu'Andréa, allongé, le corps à demi découvert, envoyait des volutes de fumée au plafond.

« T'es pas bavarde. »

Il n'y avait qu'une chose qu'elle avait envie de lui dire à ce moment-là. Et elle le fit :

« C'est toi qui es revenu finalement. »

Il se contenta de sourire, amusé.

« Oui. Mais tu m'as suivi.

— Ça, ça ne compte pas.

— Un peu, si. »

Il se redressa dans le lit, remonta la couverture sur lui et vint s'adosser contre le mur, à côté d'elle.

« Tu sais, j'ai du mal à te cerner. »

Elle avait envie de répondre : *Tant mieux*. Il savait déjà suffisamment de choses sur elle à son goût.

« Ouais… Tu vois, Jessy, c'était une méchante. Toi… tu joues les méchantes mais tu ne l'es pas. Pas du tout.

— Ah bon ? Et je suis quoi alors ?

— Tu es une gentille qui joue les méchantes. Enfin je crois.

— C'est une analyse très profonde de ma personnalité.

— Et voilà, tu recommences. À certains moments, tu es une roche. Froide, cassante, inaccessible.

— Alors, reste sur cette impression. C'est bien moi. »

Il poursuivit, sans prendre garde à sa dernière phrase :

« J'ai remarqué qu'il y a quelque chose… je ne sais pas quoi… qui te fait changer d'un coup…

— Est-ce qu'on peut passer à autre chose ? l'interrompit-elle d'une voix sèche.

« — Quoi ? On ne peut pas parler de toi ?

— Non !

— Allez…

— Pas de nouvelles de Jessy ? interrogea-t-elle pour changer de sujet.

— Non. J'en ai plus jamais eu. Et Philippe ?

— Quoi ? Comment tu…

— Je vous ai entendus parler d'un Philippe.

— Non !

— Si. Un soir, un peu après Noël. T'avais l'air déprimée. Rosalie a laissé échapper son prénom.

— C'est personne. »

Il la dévisageait avec amusement, ravi de la voir rougir. Elle voulut lui fermer le clapet une bonne fois pour toutes :

« C'est personne ce Philippe. Juste un mec marié avec qui je m'envoyais en l'air.

— T'es sérieuse ? demanda-t-il, surpris.

— Bien sûr. Pourquoi ?

— Rien… Ça m'étonne de toi…

— Ah bon ? Les filles sauvages s'envoient pas en l'air avec des mecs mariés ?

— T'as pas l'air d'une fille comme ça. »

Elle releva les yeux, piquée par sa réflexion. Le mot « prostituée » lui vint à l'esprit.

« C'est quoi une fille "comme ça" ?

— Non… je veux dire… je veux dire que tu as plus l'air d'une fille un peu perdue que d'une croqueuse d'hommes.

— Eh bien, figure-toi que les hommes aiment bien croquer les filles un peu perdues !

— Oublie ça, bredouilla Andréa, c'était débile. Ok ? »

Elle acquiesça avec mauvaise humeur. Un silence un peu pesant envahit la pièce, puis Andréa demanda, presque timidement :

« Alors ? Tu le vois encore ?

— Non. »

À son visage fermé, il comprit qu'il n'obtiendrait pas de réponse plus détaillée.

« Ça non plus on ne peut pas en parler ?

— Il n'y a rien à en dire.

— C'est lui qui a rompu ? »

Elle fut tentée de l'envoyer promener puis se ravisa. Après tout, si Andréa voulait savoir quelque chose sur elle, il allait être servi :

« Oui, pour accueillir son troisième enfant.

— La vache ! s'exclama-t-il, ébahi. Il a osé faire un gosse à sa femme alors qu'il s'envoyait en l'air avec toi ?

— Exact. »

Il resta quelques secondes interloqué avant de reprendre :

« Et si ça avait été toi qui étais tombée enceinte ? »

Moi, tomber enceinte de Philippe ? Elle ne s'était jamais posé la question. Elle n'avait même jamais envisagé une seule seconde cette éventualité. Elle était à peine consciente de pouvoir porter un enfant. D'ailleurs, elle n'était qu'une enfant. C'était elle qui avait besoin de parents.

« Pourquoi tu fais cette tête ? demanda Andréa. T'y as jamais pensé ? »

Elle resta sonnée quelques instants.

« Non, finit-elle par répondre.

— Qu'est-ce qu'il se serait passé d'après toi ?

— Je... je ne sais pas. Je ne l'aurais pas gardé sans doute.

— Tu crois qu'il t'aurait forcée ?

— Peut-être...

— Et si... et s'il t'avait proposé de l'élever avec toi ? »

Elle le regarda comme s'il avait perdu la raison.

« Tu plaisantes ?

— Non. Imagine une seconde qu'il te l'ait proposé.

— Il ne l'aurait pas fait.

— Imagine.

— Non, je ne l'aurais pas gardé.

— Pourquoi ?

— Mais qu'est-ce que ça peut te foutre ? »

Il ne se laissa pas démonter par son ton agressif.

« Tu passes ton temps à t'occuper de Sophie. Et tu me dis que tu n'aurais pas gardé le bébé même si Philippe te l'avait demandé ?

— C'est exact. »

C'était une vérité difficile à s'avouer. C'était monstrueux et ça l'horrifiait. Mais elle n'aurait jamais pu supporter de voir un petit être lui voler toute l'attention de Philippe. Elle se sentit terriblement haïssable.

Andréa se leva, sa couverture autour de lui, et entrouvrit légèrement la fenêtre. Un mince filet d'air entra dans la pièce et Ambre eut l'impression de mieux respirer.

« Bah, c'est vrai que tu es jeune. Tu as quoi ? Vingt-deux ? Vingt-trois ans ?

— Vingt.

— Si peu ? Je comprends que tu ne sois pas prête à t'occuper d'un enfant.

— Parce que tu crois que tu le serais, toi ? »

Il sembla réfléchir à la question quelques instants.

« Si ça m'arrivait… oui… je pense que je pourrais faire face. Je veux dire… c'est pas dans mes projets mais si ça m'arrivait… je m'en sortirais.

— C'est quoi tes projets ?

— Je sais pas trop… je me laisse vivre tranquillement pour le moment… j'ai encore le temps.

— Tu as vingt-sept ans.

— Tu as envie de me déprimer ?

— Non, j'essaie de comprendre. Le premier soir, tu m'as dit qu'on n'arrivait pas ici par hasard. »

Il esquissa un sourire en se rappelant leur conversation.

« Moi, tu sais pourquoi je suis là. Mais toi… tu as vingt-sept ans et tu passes encore ton temps à jouer les séducteurs avec des gamines de vingt ans.

— Tu es une vraie méchante, en fait. Moi, j'ai peut-être une vie pourrie, mais je l'ai choisie comme ça. Elle me plaît. Je ne la subis pas. Si je suis ici, c'est parce que je l'ai voulu.

— Et moi non ?

— Apparemment non. C'est pas lui qui t'a amenée ?

— Tu connais rien de ma vie.

— Toi non plus. Alors à l'avenir, évite d'en parler. »

Elle s'était levée. Il était à présent aussi agressif qu'elle. Ils se défiaient avec animosité, elle debout devant le lit, lui toujours assis sous la couverture.

« Allez, tire-toi !

— Oui, je me tire. Et ne compte pas sur moi pour revenir ! »

Mais il lui agrippa le bras avec fermeté et, la seconde d'après, il l'attirait violemment contre lui, dans le lit.

« Tu as couché avec Andréa. »

Fin janvier, dans le salon du dernier étage, Tim venait tout à coup de deviner. C'était assez incroyable car ils n'avaient rien changé à leurs comportements habituels. Chacun jouait son rôle à la perfection dans leur petit groupe de quatre. Pourtant, il avait découvert le pot aux roses. Ambre tenta de conserver un visage impassible.

« Non, mentit-elle. Pourquoi tu dis ça ? »

Andréa s'était éclipsé du salon quelques minutes pour répondre à un appel et Tim en avait profité pour passer à l'offensive.

« Tu l'as fait ? s'exclama Rosalie d'une voix où perçait l'excitation.

— Elle l'a fait, confirma Tim. Est-ce que tu as vu comme il la regarde ? »

Rosalie avait un large sourire et les yeux brillants, alors que Tim ne cachait pas sa réprobation.

« Ambre, c'est vrai ? s'enquit Rosalie.

— Non.

— Si ! répliqua Tim. Il la regarde comme une proie depuis quelques jours. Ça donne la nausée !

— Ferme-la. »

Son manque de repartie donnait raison à Tim. Rosalie s'écria :

« Hé, c'est une bonne nouvelle ! Il est plutôt beau garçon. »

Mais Tim avait visiblement décidé de tout foutre en l'air aujourd'hui.

« Super nouvelle ! ironisa-t-il. Tu deviens la nouvelle *sex friend* d'Andréa. Tu remplaces Jessy. Tu es heureuse ? »

Rosalie décida d'intervenir avant que la situation ne s'envenime :

« Parfois, c'est ce qu'il y a de mieux après une rupture. Ça aide à tourner la page.

— Mais c'est Andréa !

— Et alors ? Il s'agit juste de se changer les idées, reprit Rosalie. Rien d'autre. N'est-ce pas, Ambre ? »

Mais elle ne les écoutait plus. Elle était allée faire la vaisselle. Quand Andréa revint, elle avait disparu.

On toqua à la porte de sa chambre. Elle allait répondre à Tim d'aller se faire voir mais c'était Andréa.

« Ça va ? demanda-t-il en se laissant tomber sur le lit de Tim. C'est de moi qu'ils parlaient ? »

Elle acquiesça d'un signe de tête.

« Tu leur as dit ?

— Non. Tim a deviné.

— Ah… Il va vouloir te mettre en garde.

— Peut-être, mais il n'en a pas besoin. Je sais très bien me gérer toute seule. »

Elle s'entendit prononcer ces mots et évita de penser à tout ce qui prouvait le contraire.

« Et moi, je ne suis pas si mauvais, reprit Andréa. Tant qu'on n'attend rien de moi, on ne risque rien.

— Tu as peur de tomber sur une deuxième Jessy ?

— Un peu, oui. »

Elle eut un petit rire qui sonnait faux.

« Aucun risque avec moi. Je n'ai rien à donner à personne.

— Ah, ça c'est le côté sauvage qui refait surface ! Tu serais pas un peu bipolaire ? »

Elle était fatiguée de jouer ce rôle. Mais la porte s'ouvrit sur Tim, furieux.

« C'est mon lit, ça ! » lança-t-il d'un ton cassant. Avant qu'Andréa n'ait pu répondre quoi que ce soit, il ajouta : « Et je préférerais que vous utilisiez ta chambre ! »

Andréa ne discuta pas et se leva. Tim alla s'affairer dans son placard. Ambre aurait parié qu'il ne cherchait rien du tout. Andréa lui lança un regard d'excuse et quitta la chambre sur la pointe des pieds. Elle se tourna vers Tim, furieuse à son tour. Il continuait à fouiller dans ses affaires.

« Quand tu t'es levé ce matin, tu aurais dû décider de la fermer pour la journée. »

Lorsqu'il eut finalement trouvé ce qu'il cherchait, ou feignait de chercher, il lança :

« Ce soir, on parle, Ambre ! » Elle écarquilla les yeux, surprise.

« On parle ?

— Oui. J'ai décidé qu'on parlait ce soir et que tu allais m'écouter. »

Et il quitta la chambre. Elle projeta de toutes ses forces son oreiller contre la porte. Elle aurait rêvé de le toucher en pleine tête.

Elle passa le reste de l'après-midi avec Rosalie. Elle fit à Sophie son shampoing et lui démêla les cheveux. Ça au moins, ça permettait de se changer les idées sans que personne trouve rien à redire.

Tim ne resta pas chez Anton cette nuit-là. Elle tenta de faire semblant de dormir en lui tournant le dos, mais il la poussa sans ménagement et s'installa à côté d'elle.

« Qu'est-ce que tu fais ? grogna-t-elle.

— Il faut qu'on parle. Il me semble te l'avoir dit.

— Pas maintenant.

— Est-ce que ça va continuer encore longtemps ?

— Quoi ?

— Cette espèce de liaison.

— On ne va pas vraiment parler de ça !

— Pourquoi ? Tu trouves ça gênant ?

— Oui, un peu.

— Mais tu ne trouves pas gênant de venir t'allonger près de moi chaque soir, alors que tu viens de coucher avec lui ? »

Elle se défendit avec véhémence :

« Je ne viens pas de coucher avec lui !

— Ce soir non. Mais les autres soirs… »

Ce n'était pas arrivé souvent, mais c'était déjà arrivé, c'était vrai. Tim n'était pas censé le savoir… Il rejoignait Anton chez lui après le service, y restait une heure ou deux. Elle, elle retrouvait Andréa, puis elle s'éclipsait discrètement, après avoir vérifié que le couloir était vide. Elle s'allongeait auprès de Tim et prétendait qu'elle avait traîné dans le salon, pris une longue douche, discuté avec Rosalie. Elle s'endormait dans son cou.

« Est-ce que ça te dérange que je dorme avec toi ? demanda-t-elle, perturbée.

— Non !

— Sûr ?

— Mais oui. J'essaie juste de comprendre pourquoi tu fais ça. »

Elle eut alors cette réponse étrange :

« Tu me répares.

— Et si tu arrêtais de te détruire ? Ça éviterait les réparations. »

Il avait parlé avec un petit rire dans la voix pour rendre le sujet plus léger. Il crut qu'elle ne répondrait rien mais sa voix s'éleva pourtant, un peu étouffée :

« J'ai jamais fonctionné que comme ça.

— Alors, tu vas devoir changer ta façon de fonctionner.

— Mmh, fit-elle, peu convaincue.

— Est-ce que tu vas arrêter avec lui ?

— Pourquoi j'arrêterais ?

— Parce que tu commençais à te construire une nouvelle vie et qu'il a tout détruit.

— C'est faux. »

Il s'était attendu à cette réponse. Alors, il ne se laissa pas démonter :

« Non, c'est vrai. Tu avais accepté de renouer avec tes parents pendant les vacances de Noël. Plus ou moins. Tu répondais à leurs appels… Et puis, tu recommençais à sourire. Tu t'en sortais comme tu pouvais mais tu étais sur la bonne voie. Mais depuis quelque temps, ils t'appellent et tu ne réponds plus.

— Tu m'espionnes maintenant ?

— N'essaie pas de retourner les choses ! En ce moment, tu régresses. Tu repars en arrière… Je ne savais pas pourquoi, mais maintenant je comprends.

— Je ne m'en sortais pas si bien que tu le dis. Tu ne sais pas ce que c'était ce vide, en permanence…

— C'est normal, ça.

— Maintenant que j'ai Andréa, c'est fini. Je ne me sens plus vide. Plus tout le temps. »

Ils parlaient comme deux enfants. À cœur ouvert. Elle avait oublié qu'elle ne voulait pas trop se livrer.

« Tu sais, c'est normal d'avoir mal. De se sentir vide. On a mal jusqu'à la guérison. Mais Andréa, c'est comme un pansement sur une blessure. Il la cache, il atténue la douleur, mais il ne soigne rien. Pour la soigner, il faut la désinfecter en profondeur. Ça pique, ça brûle, c'est insupportable, mais c'est la seule façon de guérir pour de vrai. »

Un silence suivit, puis avec une voix de petite fille :

« Et comment on fait pour désinfecter en profondeur ?

— Il faut… il faut affronter la vérité. Accepter que Philippe ne revienne pas et qu'Andréa ne soit pas Philippe.

— Je n'ai jamais pensé qu'Andréa était…

— Si, et tu le sais aussi bien que moi. C'est pour ça que tu as l'illusion qu'il te fait du bien. Il masque temporairement le vide. Rien d'autre. »

Nouveau silence.

« Pour tes parents, c'est pareil. Tu ne peux pas passer ton temps à jouer au chat et à la souris avec eux, à faire un pas en avant puis deux pas en arrière.

— Ah oui ? Et qu'est-ce que tu me conseilles ? »

Il choisit d'ignorer son ton cinglant.

« Je crois qu'à ta place je ne pourrais pas prendre un nouveau départ sans savoir ce qu'il en est... je veux dire... s'il s'agit d'indifférence réelle ou de pudeur.

— Comment je pourrais le savoir ?

— Tu ne le sais pas déjà un peu ? Ils t'ont lancé pas mal de signaux ces derniers temps.

— Alors... ? murmura-t-elle d'une voix mal assurée.

— Alors, va au bout : accepte leur main tendue ou refuse-la, mais quel que soit ton choix, va au bout. Ne reste pas dans cet entre-deux. C'est la pire situation. »

Pendant un moment, plus personne ne parla et chacun se demanda si l'autre ne s'était pas endormi.

« Tu es toujours là ? chuchota Tim.

— Oui.

— Tu l'arraches ce pansement ? »

Il l'entendit sourire dans l'obscurité.

« J'ai peur du désinfectant. Ça brûle. J'ai jamais aimé ça.

— Personne n'aime ça. »

Elle réfléchit quelques instants.

« D'accord. Mais tu resteras à côté. Il faut toujours une main à serrer quand ça fait trop mal.

— Je suis toujours à côté, au cas où tu ne l'aurais pas remarqué. »

Elle prit sa main dans l'obscurité, comme pour s'en assurer, et ils s'endormirent comme ça, leurs têtes sur le même oreiller. Avant de sombrer, Tim songea qu'il réussirait peut-être à la maintenir hors de l'eau malgré les poids qu'elle s'était attachés aux pieds.

Jeudi 22 janvier 2009 8:59
De : ambre10@gmail.com
À : ambre10@gmail.com

Andréa est joueur. C'est son principal trait de caractère. Il peut rendre toutes les situations cocasses. C'est sa façon à lui d'échapper au sérieux de la vie.

Il est aussi stratège, il est capable d'obtenir ce qu'il veut. De n'importe qui. Ça fonctionne même avec Sylvie quand il souhaite changer ses jours de congé.

Avec moi, c'est à un autre type de jeu qu'il s'adonne. Depuis le soir où j'ai été toquer à sa porte, il a compris qu'il lui suffit de me frôler pour me rendre docile. Il sait qu'il me fait un effet énorme quand il me regarde avec ses yeux de Philippe.

Mais après, c'est une autre histoire. Je ne supporte jamais de rester à ses côtés. Il faut que je me rhabille et que je m'en aille. Je rejoins Tim, je m'allonge à côté de lui et j'ai l'impression de me « reconstituer ». Jusqu'à la prochaine bataille. C'est vrai ce que je lui ai dit hier : il me répare. Mais ce matin je lui ai promis. Je lui ai promis que c'était terminé.

Fin janvier, Sophie tomba malade. Une bronchite. Ambre seconda Rosalie, extrêmement inquiète.

Andréa s'était mis à disparaître de plus en plus souvent. Il n'était plus jamais au chalet la journée et rentrait tard le soir, ce qui fit penser à Tim qu'Ambre avait tenu sa promesse. Ce n'était pas le cas. Lorsqu'il dormait chez Anton et que l'angoisse reprenait le dessus, Ambre retrouvait alors Andréa. Il leur suffisait d'échanger un regard pour se mettre d'accord.

Elle ne savait pas ce qu'il faisait pendant toutes ces journées et ces soirées où il disparaissait, et elle ne voulait pas le savoir. Ils n'en parlaient pas. Ils ne s'étaient rien promis. Elle avait juste besoin qu'il soit là de temps en temps, pour meubler le vide, lorsque Tim passait la nuit à l'extérieur. Ça leur allait très bien comme ça.

Le chalet vivait au rythme des allées et venues de Tim chez Anton et d'Andréa on ne savait où. Seule Rosalie restait présente au chalet, immanquablement, et les jours se succédaient selon le même rituel : lever de Sophie, biberon, habillage, sieste, couche, encore biberon, petits pots... Autour d'Ambre, c'était comme une valse effrénée : les gens allaient et venaient, les jours passaient, les heures défilaient et, à force, elle avait un peu le tournis. Parfois, une étreinte d'Andréa venait suspendre le cours du temps, puis les choses reprenaient, inlassablement.

Et il y eut cette nuit-là. Une nuit où Tim avait prévu de dormir chez Anton. Une nuit dans les draps d'Andréa. Le chalet était silencieux et ils se servaient de leurs mains pour étouffer leurs soupirs. Alors qu'ils reprenaient doucement leur souffle, Ambre songeait déjà à sa fuite : le désir était retombé et ne restaient qu'un vide partiellement comblé ainsi qu'un soupçon de honte. Elle pensait à la douche brûlante qu'elle prendrait quand la porte s'ouvrit brutalement.

« Qui c'est ? » bredouilla Andréa.

La voix de Tim répondit. Grave et autoritaire :

« Ambre, il faut qu'on parle. »

Il alluma la lumière, brutalement, et ils durent remonter les couvertures sur eux.

« Tim, qu'est-ce que tu fous là, bon sang ? »

Il ne se laissa pas déstabiliser par la colère d'Andréa. Il insista :

« Ambre… Viens. »

La colère la gagna à son tour. Pour qui se prenait-il ? Pourquoi venait-il la sortir du lit et exigeait-il une discussion, alors qu'elle était nue ? Nue et dans les draps d'Andréa.

« Tim, ça suffit. Dégage !

— Il faut que je te parle. »

Andréa s'habillait précipitamment. Ambre gardait le drap contre elle, jusque sous son menton. Tim attendait qu'elle bouge.

« Non. Fous-moi la paix ! Va te coucher ! »

Une fois habillé, Andréa vint se planter devant Tim.

« Allez, laisse-la. Tu lui parleras plus tard. »

Mais Tim ne lui prêta aucune attention. Son regard brûlant fixait Ambre.

« Je croyais que tu avais une parole. Je croyais que tu ne savais pas mentir, que tu connaissais la signification d'une promesse.

— Fous-moi la paix, répéta-t-elle, les dents serrées. C'est pas le moment. On parlera plus tard. »

Alors les yeux de Tim vinrent se braquer sur Andréa.

« Quoi ? » fit celui-ci, mal à l'aise.

Tim siffla entre ses dents, sur un ton menaçant :

« Tu lui dis ou je lui dis ? »

Ambre en profita pour se lever. Elle nouait le drap sous son aisselle quand Tim fit volte-face.

« Tu ne veux pas me suivre ? »

Elle secoua la tête, furieuse. La situation était humiliante.

« Très bien, déclara-t-il avec froideur. Je voulais juste te prévenir. »

Andréa blêmit et Ambre, pressentant ce qui allait arriver, préféra répéter :

« Tim, dégage.

— Je voulais juste te dire qu'il a une petite amie. »

Il attendit sa réaction. Elle prit le temps de déglutir. *Ne pas savoir, surtout ne pas savoir.* Ça avait été sa doctrine ces derniers jours. Bien sûr qu'elle se rendait compte qu'Andréa disparaissait des journées voire des nuits entières. Bien sûr qu'elle se doutait qu'il voyait d'autres filles. Ça lui était égal tant qu'elle ne savait rien. Elle garda un visage impassible.

« Je m'en moque. »

Un silence envahit la pièce. Andréa se mit à regarder dehors.

« Je te parle pas d'une aventure comme ça, pour s'amuser, poursuivit Tim. C'est une histoire assez sérieuse cette fois. Ça fait trois semaines. Elle s'appelle Adeline. C'est une amie d'Anton. »

Andréa se tassa sur lui-même. Son silence était un aveu. Ainsi c'était vrai. Tim savait et Anton aussi. Et Rosalie ? Ambre aurait pu accepter le doute, les soupçons… Elle aurait même accepté de savoir finalement. Andréa et elle ne s'étaient rien promis. Elle ne lui en aurait même pas voulu. Mais que tout le monde connaisse la vérité, sauf elle… Elle se sentait de nouveau en mille morceaux. Salie et souillée. Il n'avait pas le droit de lui faire ça.

« Tu en dis quoi alors ?

— J'en dis que je m'en fous ! Ça ne change rien. »

Andréa trouva la force d'acquiescer derrière elle et Tim eut un rire mauvais.

« Tu sais, il l'emmène au restaurant, au cinéma. Alors que toi tu as droit à quoi ? À sa chambre glauque… Tu estimes donc que tu ne vaux pas mieux. »

Elle ouvrit la bouche mais il ne lui laissa pas le temps de prononcer un mot.

« Ambre, explique-moi au moins pourquoi tu acceptes ça.

— Dégage !

— Pourquoi tu ne te respectes pas ? »

Alors, la voix furieuse d'Andréa s'éleva. Lui qui était resté totalement silencieux depuis les révélations de Tim, il criait maintenant :

« Dégage ! Ça suffit ! Fous-lui la paix !

— Non.

— Dégage ou ça va mal finir. »

Il repoussa Tim avec violence. Ambre eut peur qu'ils en viennent aux mains car Tim résistait et poursuivait :

« Pour Philippe, je comprends ! Mais Andréa ? Tu ne l'aimes même pas un peu ! Tu sais que je dis vrai ! Tu ne l'aimes pas du tout ! Pourquoi tu t'infliges ça ? »

Andréa le saisit par le col de son T-shirt pour l'obliger à quitter la pièce. Ambre ne bougea pas, ne cilla pas, mais elle débita ces paroles d'une voix emplie de colère, sans reprendre son souffle :

« Tu ferais mieux de grandir un peu, Tim. Tu crois encore aux belles histoires d'amour, hein ? Tu crois encore qu'Anton a réellement de la considération pour toi ? Que tu as une quelconque valeur à ses yeux ? Qu'il t'attend gentiment chez lui quand tu n'es pas là ? Mais réfléchis deux minutes ! C'est le plus beau mec d'Arvieux ! Il est skieur professionnel ! Il peut avoir n'importe quelle fille ici ! N'importe quel mec aussi ! Qu'est-ce qu'il foutrait avec un type comme toi ? Tu t'es déjà posé la question ? T'es rien pour lui ! T'es rien dans la vie ! T'es qu'un pauvre cuisinier raté ! Tout ce que tu possèdes, c'est une étagère de livres et un air gentil qui fait qu'on te prend en pitié ! »

Elle vit le visage de Tim perdre toutes ses couleurs. Elle vit ses épaules s'affaisser et la peine immense qu'elle lui infligeait. Pourtant, elle poursuivit, même si elle ne pensait pas un mot de ce qu'elle disait. Elle voulait simplement lui crever le cœur, lui rendre chacun de ses coups.

« Je crois que j'ai compris pourquoi tu tenais absolument à te mêler de ma vie. Ça te permet d'oublier à quel point la tienne est minable. T'as plus de famille et tu t'accroches à cette hypothétique histoire d'amour pour te persuader que tu ne finiras pas tes jours tout seul !

— STOP ! »

C'était la voix d'Andréa. En face, le visage de Tim était défait. Il recula d'un pas, sonné.

« Si c'est ce que tu penses... »

Il avait perdu sa colère. Seule une grande tristesse perçait dans sa voix.

« Tu sais, je... » Il cherchait ses mots. Elle l'avait mis KO. « Je crois que tu as raison... Je vais m'occuper de mes propres affaires. »

Elle le regarda disparaître dans le couloir avec l'impression qu'une partie de son monde venait de s'écrouler.

« Tim… »

Sa voix mourut sur ses lèvres. Andréa la serrait dans ses bras mais elle ne s'en rendait même pas compte.

« Viens », murmura-t-il.

Il referma la porte de la chambre et la guida comme une aveugle jusqu'au lit.

« C'est rien. C'est qu'une dispute.

— Non, c'est pas qu'une dispute. »

C'était un assassinat. Elle avait tapé là où ça faisait mal. Elle l'avait poignardé en plein cœur.

« Tu veux… tu veux qu'on reparle de… d'Adeline ? » demanda-t-il timidement.

Elle sursauta comme si une guêpe l'avait piquée.

« Non ! Surtout pas ! Je m'en moque.

— Alors, viens. »

Il l'attira dans ses bras et elle ne chercha pas à résister.

« Tu restes dormir ici ? »

Elle n'avait pas le choix. Pour le moment, elle ne pouvait pas affronter le regard de Tim.

Rosalie donnait son biberon à Sophie dans le salon, près du poêle à bois. Il était à peine huit heures. Tout le monde dormait encore à l'étage. Ambre n'avait presque pas fermé l'œil de la nuit.

« Rosalie, Tim est parti. La chambre est… » Elle tentait de conserver un ton impassible et un visage

neutre. « Il a emmené toutes ses affaires. Tu sais où…
tu sais où il est ? »

Rosalie eut un regard fuyant.

« Rosalie… »

Elle posa le biberon de Sophie sur l'accoudoir du
fauteuil avant de répondre :

« Il a emménagé chez Anton. Il… Anton le lui a
proposé il y a un mois déjà, mais… Tim a toujours
refusé jusqu'à maintenant. Je crois que… » Le regard
de Rosalie se voila de tristesse. « Je crois qu'il refusait
de t'abandonner en emménageant là-bas… Mais on
dirait que les choses ont changé… »

Samedi 31 janvier 2009 01:14
De : ambre10@gmail.com
À : ambre10@gmail.com

C'est peut-être ça, le drame de ma vie : faire fuir les
gens qui m'aiment et me veulent du bien, et rester accro-
chée à ceux qui ne le méritent pas.

Rosalie et moi, on a parlé cette nuit. Elle sait tout
maintenant. Pour Philippe et l'appartement. Pour les six
mois que j'y ai passés entre solitude et désespoir. Tim ne
lui avait rien raconté en détail. Elle savait seulement que
Philippe était un homme avec qui j'avais eu une aventure d'un an. Qu'il était marié, qu'il avait deux enfants,
que j'étais amoureuse de lui. Elle savait aussi qu'il avait
rompu l'autre soir au restaurant. Mais elle ne savait pas
le reste.

On s'est allongées sur son lit. À côté de nous, Sophie
dormait. Je n'avais pas prévu de tout lui raconter. Je me
disais : « Peut-être un jour… » Et puis, elle s'est tournée
vers moi avec ses yeux maternels et m'a dit : « Raconte-
moi tout. » J'ai obéi. Ça faisait un bien fou. « C'est à cause
de lui, ces marques à tes poignets ? » elle a demandé.

J'ai même pas été surprise par sa question. Après tout, ça fait des semaines qu'on vit ensemble et qu'on donne ensemble, chaque jour, son bain à Sophie. C'est normal qu'elle ait vu. J'ai pas menti. J'ai dit : « Oui, c'est à cause de lui. » Elle m'a dit : « Il fallait pas, tu sais. Personne ne mérite qu'on fasse ça pour lui. »

Elle m'a proposé de rester dormir avec elle. Avant d'éteindre, elle a ajouté : « Faut pas en vouloir à tes parents pour ce que Philippe a fait. » Je n'ai pas compris sur le moment, j'avais sommeil. Maintenant, je crois comprendre ce qu'elle voulait dire. Je suis incapable d'en vouloir à Philippe. Alors, je focalise ma haine ailleurs. Sur mes parents essentiellement. C'est ma façon de fonctionner : je fais payer aux mauvaises personnes.

Demain, j'essaierai de parler à Tim.

« Tim… »

Sa voix était timide, maladroite. Elle l'avait suivi dans le hall pendant qu'il quittait le restaurant. Elle devait encore terminer de débarrasser la salle mais elle espérait pouvoir lui parler quelques secondes, avant qu'il ne disparaisse chez Anton.

« Tim », répéta-t-elle.

Car il continuait sans se retourner.

« Je suis désolée ! »

Il fit enfin volte-face et elle eut le souffle coupé : ce n'était plus lui. Il ne souriait pas, il ne la regardait plus comme avant. Dans ses yeux désormais, elle n'était qu'une parfaite inconnue.

« Je ne pensais pas ce que je t'ai dit… Pas un mot… »

Il la regarda longuement sans manifester la moindre émotion. Puis il tourna les talons. Elle fut incapable de faire un geste.

Andréa vint toquer à la porte de sa chambre ce soir-là. Il avait de nouveau disparu toute la journée. Dès qu'elle leva les yeux, elle comprit qu'il n'était pas venu pour l'inviter dans sa chambre. Il avait l'air inquiet. Il prit place dans son lit, à côté d'elle.

« Ça va ?

— Qu'est-ce que tu veux ?

— Je... j'aimerais qu'on parle. Pour de vrai. J'ai beaucoup repensé à ce que Tim avait dit. »

La dernière fois qu'on lui avait dit : « J'aimerais qu'on parle », elle ne se souvenait que trop bien de la façon dont la soirée s'était terminée. Elle se mit à jouer avec la fermeture éclair de son sweat-shirt pour éviter de croiser son regard.

« Vas-y. »

Il était mal à l'aise. Disparues, son assurance légendaire, sa décontraction.

« J'aurais dû te dire... pour... pour Adeline. Ce n'était pas respectueux de jouer sur deux tableaux... »

Elle l'interrompit en secouant la tête :

« Tu ne m'avais rien promis.

— Je sais mais... Tim a raison. Tu mérites mieux que ça. Tu mérites davantage de respect. Je suis désolé. »

Elle anticipa ce qui allait suivre. Elle ne voulait pas revivre la même scène qu'avec Philippe au restaurant... Elle préféra lui faciliter la tâche, alors elle demanda :

« C'est vraiment sérieux avec Adeline ? »

Il lui prit la main avec un soupir de soulagement.

« Oui… si on veut… c'est… je l'aime vraiment bien. J'aimerais essayer, pour une fois, de ne pas tout gâcher. De faire les choses bien. »

Elle ravala les larmes qu'elle sentait bloquées dans sa gorge.

« Je voudrais essayer d'avoir une vraie histoire.

— Fais gaffe… de pas tomber amoureux. »

Il lui sourit et serra sa main un peu plus fort.

« Je ferai attention. »

Ils restèrent silencieux quelques secondes. Il avait gardé sa main dans la sienne.

« Tu pleures ?

— Non ! »

C'était vrai, elle ne pleurait pas vraiment. Elle avait simplement les larmes aux yeux. Et ce n'était pas Andréa qui lui brisait le cœur. C'était l'histoire qui se rejouait, de la même façon, à chaque fois. Après Philippe, Andréa. C'était le départ de Tim aussi. Le vide revenait, menaçant de l'aspirer. Elle ferma les yeux très fort pour faire disparaître les larmes, avant de demander :

« Est-ce que c'est une fille normale pour une fois ?

— Oui, je crois.

— Elle fait partie de l'équipe de ski d'Anton ?

— Non. Elle est serveuse dans un bar où Anton et son équipe sortent souvent.

— Elle a plus de vingt ans, celle-ci ? »

Il ne releva pas la pointe de sarcasme.

« Elle a vingt-cinq ans.

— Je te souhaite que ça fonctionne alors… »

Il passa une main dans ses cheveux, avec un geste de tendresse un peu triste.

« Tu es une fausse méchante, j'avais raison. »

Elle haussa les épaules, sans répondre. Ça n'avait aucune importance.

« J'espère que tu arrêteras de fréquenter des types comme moi.

— J'essaierai. »

Il se leva, gardant toujours sa main dans la sienne.

« Tu veux regarder un film avec moi ?

— Non.

— Allez, je te laisserai choisir. »

Ils regardèrent un film dans le lit d'Andréa. Il ne lâcha pas sa main jusqu'au générique, comme pour s'excuser de cette drôle de rupture qui n'en était pas vraiment une. Et puis aussi parce qu'il était terriblement mal à l'aise de la voir le visage impassible, les yeux rivés à l'écran, l'air digne malgré la situation. Il aurait préféré des larmes, une crise de colère, des insultes. Il aurait pu y faire face. Mais il n'était pas préparé à ça, à cette façon dont elle encaissait les coups sans broncher, comme si elle y était déjà trop habituée.

Il lui proposa de rester et, comme elle refusait, il la supplia. Il ne voulait pas la laisser partir seule. Elle resta jusqu'à ce qu'il s'endorme puis regagna sa chambre. Elle n'avait jamais eu envie de dormir avec lui.

Lundi 2 février 2009 00:08
De : ambre10@gmail.com
À : ambre10@gmail.com

Il n'y a déjà plus son odeur dans la chambre. Elle s'est évaporée en quelques jours. Même dans son lit, il ne reste plus rien.

Aujourd'hui je voulais lui parler après le service. J'avais même acheté une boîte de chocolats à la menthe. Ce sont ses préférés. J'ai fait quatre magasins avant d'en trouver. J'ai pris la boîte avec moi mais je n'ai pas osé. Il avait le visage fermé, un regard glacial, je n'ai pas pu. Rosalie m'a conseillé de réessayer demain.

Mardi 3 février 2009 00:27
De : ambre10@gmail.com
À : ambre10@gmail.com

Rosalie a tenté de servir d'intermédiaire. En vain. Il refuse d'aborder le sujet. Elle lui a fait passer la boîte de chocolats, il n'en a pas voulu. Elle dit que ça va passer, qu'il faut lui laisser le temps. Elle est vraiment peinée par cette situation.

Tout ce que je sais, c'est que c'est vide un chalet sans Tim. Vide et triste. Chaque repas est triste à mourir, chaque après-midi un lent supplice... Et les soirées sont de loin le pire... C'est comme si on n'était pas au complet. Si j'avais su faire preuve de discernement, j'aurais troqué Andréa contre Tim. Le pansement contre la brûlure.

CINQUIÈME PARTIE

Arracher le pansement

Tim ne venait plus aux *Happy Wednesdays*. Elle avait caressé l'idée de pouvoir discuter avec lui dans un autre contexte, autour d'une bière, même si elle ne savait pas encore comment elle s'y serait prise. Mais c'était peine perdue. Il disparaissait à toute vitesse dès la fin de son service et elle n'avait plus d'autre occasion de le voir.

Elle affrontait les insomnies désormais seule. Elle faisait face au vide qui l'aspirait chaque nuit. Elle voyait Tim et son visage défait après qu'elle lui eut craché son venin, elle songeait à ses parents dont elle avait encore évité les deux derniers appels, elle pensait à Andréa, qui essayait de ne pas gâcher son histoire avec Adeline. Et encore à Philippe... et aux paroles de Rosalie : « Faut pas en vouloir à tes parents pour ce que Philippe a fait. »

« Allô ? »

Sa main tremblait légèrement et elle déglutit avant de lancer d'une voix avenante :

« C'est moi... Ambre...

— Ambre ?

— Oui. Comment ça va ? »

Elle fut surprise de la voix fatiguée de sa mère quand elle répondit :

« Ben ça va… »

Sa dernière conversation avec ses parents datait de leur appel pour lui souhaiter la bonne année. Cela faisait donc un mois.

« Et toi ? demanda Mme Miller. Tu… tu n'as pas répondu aux derniers appels…

— Non, je… j'étais occupée. On a pas mal de travail ici. »

Elle ne put s'empêcher de songer qu'elle utilisait les mêmes excuses que Philippe avec elle.

« Quoi de neuf à la maison ? »

La réponse de Mme Miller tomba :

« Mathieu est parti pour plusieurs mois à l'étranger. »

Elle comprit alors le ton fatigué de sa mère. Et elle manqua s'étrangler. Son frère, ce grand dadais attardé qui ne vivait que dans les mondes imaginaires, qui ne s'aventurait jamais plus loin que sa chambre, comment imaginer qu'il était parti à l'étranger ? Une fois de plus, c'était comme si on lui racontait la vie d'un parfait inconnu.

« Où il est ?

— En Irlande.

— Qu'est-ce qu'il fait là-bas ?

— Je… je ne sais pas trop. Il a dit qu'il voulait y chercher du travail, mais on n'a pas eu beaucoup de nouvelles. »

Se pouvait-il que Mathieu se soit senti étouffer, lui aussi, au point qu'il ait eu besoin de partir ? Pourtant, il avait toujours semblé aimer se vautrer dans le silence familial. Mais elle ne pouvait être sûre de rien. Elle ne le connaissait presque pas.

Mme Miller paraissait hésiter, comme si elle s'apprêtait à dire quelque chose mais n'en trouvait pas le courage. Finalement, elle se jeta à l'eau :

« Tu crois que… tu pourrais venir passer deux jours à la maison ? »

Ambre se sentit tout à coup inquiète. Il devait se passer quelque chose de sérieux… Son père était-il malade ?

« Tout va bien ? demanda-t-elle. Est-ce qu'il y a quelque chose de grave ?

— Non, non ! Il ne se passe rien du tout. C'était juste… une proposition. »

Ambre resta silencieuse quelques secondes, incertaine. Rien de grave n'était arrivé. Alors, pourquoi cette proposition ? Sa mère essayait-elle de lui faire comprendre qu'elle aurait juste aimé la voir quelques jours ? Elle en fut troublée et ne sut que répondre.

« Oublie cela, reprit Mme Miller. Je suis sûre que tu es très occupée là-bas. D'ailleurs, tu n'as sans doute pas de jours de repos… »

Ambre voulait en avoir le cœur net. Alors elle demanda avec un soupçon d'incrédulité :

« Ça te ferait plaisir ?

— Oui… bien sûr. »

Elle bafouilla une réponse confuse :

« Eh bien… d'accord, je… il faudra que je… voie mes jours de congé.

— D'accord. C'est… une bonne nouvelle. Tu… tu me tiendras au courant. »

Un silence gêné envahit le combiné. Ambre avait les mains moites.

« Je vais… euh… te laisser alors, déclara-t-elle, car elle ne savait quoi ajouter.

— D'accord… Tu… alors tu nous appelles ? »

Le doute perçait dans sa voix.

« Oui, promis. À bientôt. »

Après cette conversation, Ambre se sentit presque fébrile. Et si Rosalie avait raison ? Et s'il fallait finalement laisser tomber toutes les rancœurs qui pesaient si lourd ? Pas forcément pour eux, avait-elle dit, mais pour elle, « pour retrouver une certaine paix ». Elle ne pouvait pas continuer à traîner toutes ces casseroles en permanence.

Elle laissa son rythme cardiaque redescendre lentement. Elle repensait à sa conversation avec Tim, dans le lit : « Ou tu décides de tirer définitivement un trait sur eux ou tu acceptes de faire un pas vers eux. » Ça paraissait simple dans sa bouche.

Assise près de la fenêtre, elle ne s'était pas rendu compte qu'elle fixait Wilson depuis un moment. Le mystérieux Wilson. Sans vraiment le regarder, elle l'avait vu sortir d'un sentier qui menait à la forêt. Il s'était arrêté devant un pin qu'il semblait examiner sous toutes les coutures. Elle le vit passer une main sur le tronc, comme pour en caresser l'écorce. Elle continua de le regarder, s'obligeant à ne penser à rien jusqu'à ce que la nuit tombe et qu'il regagne le chalet.

Cela faisait une semaine que Tim avait quitté le chalet. Les nuits étaient toujours difficiles mais elle tenait bon. Elle était retournée à la librairie, seule, et avait acheté une dizaine de livres. Elle avait espéré y croiser Tim, cela aurait été plus facile de lui parler là-bas. Mais il n'y était pas. Elle était repartie, titubant sous le poids des gros volumes qu'elle avait achetés. Elle les ouvrait la nuit, quand l'angoisse était trop forte, et elle lisait des heures. C'était ce qu'elle faisait ce soir-là, plongée dans un roman d'aventures, quand quelque chose vint s'écraser contre sa fenêtre. La surprise lui arracha un petit cri étouffé. Elle pensa à un oiseau quand un deuxième projectile vint frapper. Elle s'approcha, inquiète. Dehors, dans l'obscurité totale, elle devina une silhouette. Elle reconnut Anton. Elle entrebâilla la fenêtre.

« Salut, Ambre ! cria-t-il. Tu peux descendre ? »

Elle acquiesça, encore un peu sonnée. Dans les escaliers, elle se demanda bêtement si Anton venait lui régler son compte après les horreurs qu'elle avait dites à Tim. Mais quand elle arriva devant le chalet, malgré l'obscurité qui régnait dehors, elle pouvait certifier qu'il souriait. Il l'attendait, assis sur les marches, et il se leva quand elle approcha.

« Ça va ? demanda-t-il, comme si la situation n'avait rien d'étrange.

— Oui… Et toi ?

— Pas vraiment, répondit-il avec une moue, mais sans se départir de son sourire. Je ne le supporte plus. Tim avec sa tête de dépressif, je n'en peux plus. »

Il plaisantait, et elle aurait aimé au moins esquisser un sourire, mais elle n'arrivait à rien.

« Il faut que vous vous expliquiez. Quand je lui ai proposé d'emménager chez moi, je n'imaginais pas ça comme ça. Il est arrivé avec ses valises et un regard de tueur. J'ai failli prendre ça pour moi. »

Il avait les yeux qui riaient, elle détourna le regard, gênée.

« Hé, ça va, je rigole !

— Oui, je… j'ai compris.

— Ça va s'arranger. C'est pour ça que je suis là d'ailleurs. Je t'embarque avec moi. »

Elle recula d'un pas en secouant la tête.

« Ah non, tu n'as pas le choix !

— Il ne voudra pas me voir.

— On ne lui laissera pas le choix non plus ! Allez, viens, je suis garé juste à côté. »

Mais elle ne bougea pas d'un centimètre.

« Non, c'est… je ne peux pas.

— Me dis pas que tu es aussi butée que lui !

— C'était pas juste une dispute. »

Il la regardait avec attention. Même ainsi se dégageaient de lui une douceur et une bienveillance immenses.

« Je… je lui ai dit des choses… monstrueuses. Sur toi aussi d'ailleurs. »

Elle espérait qu'avec cette tactique, il se renfrognerait et laisserait tomber, mais elle se trompait.

« Tu le pensais ? demanda-t-il sans sourciller.

— Non, bien sûr que non !

— Alors, ça n'a pas d'importance, conclut-il en lui saisissant le bras. Allez, viens, je t'enlève. »

Elle secoua encore la tête.

« Tu verras, il sera furieux… »

Mais il avait une détermination à toute épreuve. Il lui fit signe de fermer la portière et ordonna :

« Attache-toi.

— Tu vas devoir me ramener au chalet, il ne voudra même pas me laisser entrer.

— Il est chez moi, c'est moi qui déciderai. »

Anton se gara devant un immeuble de style chalet alpin. Il sortit en premier, puis l'attendit devant la porte vitrée, car elle traînait les pieds.

« Je ne suis pas sûre que ça soit une bonne idée… » résista-t-elle encore, gagnée par l'anxiété.

Il l'ignora et commença à monter les marches.

« Allez, dépêche-toi. »

Au dernier étage, la porte s'ouvrit. Anton poussa Ambre en avant. La pièce principale était composée d'une kitchenette et d'un petit bar entouré de hauts tabourets. Au fond se trouvait un canapé, sur lequel Tim était plongé dans l'un de ses innombrables romans.

« Je suis revenu ! » lança Anton.

Tim réagit à peine, les yeux rivés sur son livre.

« J'ai pas ramené de pizza. »

Tim releva alors la tête et les découvrit tous les deux dans l'entrée. Son expression ne laissa aucun doute sur son humeur.

« C'est une blague ? »

Sa voix était glaciale, ses yeux durs. Anton secoua la tête tout en retenant par le bras Ambre qui essayait de partir.

« Ne bouge pas.

— Laisse-la s'en aller, lâcha Tim. On n'a rien de plus à se dire. Je crois qu'on s'est tout dit l'autre jour. »

Il fit mine de se replonger dans son roman et Ambre lutta pour ne pas laisser ses émotions prendre le dessus. Ses yeux commençaient à se remplir de larmes de colère, de déception et d'humiliation. Anton intervint :

« Ça suffit ! Essayez de vous expliquer calmement… »

Tim explosa :

« Ah non ! Tu ne vas pas encore pleurer ! J'en ai ras le bol de tes larmes ! »

Elle répliqua dans un cri :

« Je ne pleure pas !

— Ah oui ? Alors sur ça aussi j'ai dû me tromper. Ça ne serait pas la première fois. »

Ambre se tourna vers Anton, le regard implorant.

« Ramène-moi. Ça suffit. »

Il semblait désolé et désemparé. Sans doute s'était-il imaginé que les choses seraient plus faciles. Pourtant, il garda un ton déterminé :

« Je ne te raccompagnerai pas tant que vous n'aurez pas réglé cette histoire.

— Dis-lui d'arrêter de chialer ! » rugit Tim.

Il semblait hors de lui. Le roman valsa à ses pieds. Il cria encore :

« Tu ne sais faire que ça ! »

Elle craqua, ses larmes se mirent à dévaler sur ses joues et elle hurla à son tour :

« Je suis désolée, ok ? Je suis désolée pour tout ! Pour tout ce que j'ai dit l'autre jour !

— ARRÊTE DE PLEURER, MERDE ! »

Un silence de mort s'abattit sur le studio. Ambre tentait d'essuyer ses joues. Anton était immobile. Tim reprit :

« Voilà, tu es contente ? »

Il donna un coup de pied dans son roman, qui termina sa glissade contre le meuble de la télévision.

« Quoi ? lança-t-elle, décontenancée.

— Quand tu pleures, je n'ai plus envie de crier. »

Sa voix était plus calme.

« Je suis désolée, répéta-t-elle.

— De quoi ?

— De pleurer.

— C'est trop tard de toute façon. Je ne crie plus. »

Derrière eux, Anton sourit, mais aucun des deux ne le vit.

« Je vais chercher les pizzas. Pour de vrai cette fois, ajouta-t-il. À tout à l'heure. Et, s'il vous plaît, épargnez ma vaisselle ! » Aucun d'eux ne rit à sa plaisanterie et il s'éclipsa.

« Viens t'asseoir », dit Tim.

Elle fut tentée de ne pas céder à son ton autoritaire, mais prit place pourtant sur le canapé, à côté de lui. Elle devait s'excuser, lui répéter qu'elle n'avait pas pensé un seul mot de ce qu'elle avait dit ce jour-là et qu'elle ferait n'importe quoi pour se rattraper. Mais elle n'arrivait pas à se lancer. Elle commença quand même en bredouillant un peu :

« Je ne voulais rien savoir... pour Adeline et Andréa. J'aurais préféré... je ne sais pas... j'aurais préféré tout à *ça*. Tu m'as... tu m'as tuée d'humiliation. Tu as parlé de Philippe devant Andréa. Tu as dit toutes ces choses affreuses devant lui ! J'aurais raconté n'importe quoi pour te faire mal. Je ne sais même pas d'où ils sortaient tous ces mots. Je ne les ai jamais pensés, je te jure. »

Elle s'arrêta et, comme il ne disait toujours rien, elle ajouta, suppliante :

« Je te jure. Tu n'as qu'à me regarder. Tu dis que je ne sais pas mentir. Tu verras. J'ai jamais pensé que tu étais un… un cuisinier raté ou… ou tout le reste. »

Il tourna enfin la tête vers elle.

« Je te crois. »

Elle en fut tellement surprise qu'elle resta bouche bée.

« C'est vrai ?

— Oui. »

Il semblait avoir retrouvé son regard doux, son regard d'enfant, mais un voile de dureté persistait.

« C'était plus fort que moi, j'ai voulu taper là où je savais que ça ferait mal.

— Je sais. Y a pas que pour les livres qu'on se ressemble, tu sais. »

Elle le dévisagea sans comprendre.

« Pourquoi tu crois que mes parents n'ont jamais cherché à me contacter en quatre ans ? J'ai fait comme toi. Je les ai tués d'humiliation. Je les ai poignardés avec des mots. »

Il lui avait toujours semblé qu'il ne lui avait pas tout dit. Quatre ans de silence radio. Aucun geste de son père ou de sa mère pour arranger les choses. Il était leur fils, malgré tout. Comment avaient-ils pu supporter quatre années de silence ? Quatre années à ne pas savoir s'il allait bien, s'il était vivant ?

« Qu'est-ce qu'il s'est passé ? » murmura-t-elle.

Alors Tim raconta son histoire. Les choses avaient été plus complexes que ce qu'il avait laissé entendre. En fait, lorsqu'il avait annoncé à ses parents qu'il aimait les hommes, il avait dû d'abord affronter leur panique. Personne ne devait savoir. Il fallait se taire, garder le secret. Ça n'était qu'une mauvaise passade, ils l'aideraient à s'en sortir. Ils lui avaient proposé, comme il l'avait déjà raconté, d'intégrer un groupe de jeunes catholiques, ce qu'il avait refusé. Et il avait tenté de leur expliquer qu'il ne changerait pas, parce qu'il ne le pouvait pas.

Tim fit une pause et se redressa sur le canapé.

« Après, il y a eu la phase de déni. »

Ses parents avaient tout simplement refusé de le croire. Si Tim ne voulait pas retrouver la raison, ils lui forceraient la main. Il intégrerait ce groupe de jeunes, que ça lui plaise ou non. Le ton était monté. Le combat avait duré des semaines avant que ses parents ne se rendent à l'évidence : il ne lâcherait rien. Alors était venue la phase de colère. Voir disparaître tout espoir de changement avait été insupportable pour eux : leur fils était gay, leur fils aimait les hommes. Les masques étaient tombés. On n'avait plus mesuré les mots. On n'avait plus ménagé les susceptibilités. On avait parlé de « catastrophe ». Première bombe. Au milieu des larmes d'incompréhension, on se demandait pourquoi un drame pareil touchait leur famille. Quel manquement avaient-ils commis dans l'éducation de Tim, lui qui avait pourtant été un petit garçon « normal » ? D'autres mots violents avaient jailli de leurs bouches. Notamment « erreur de la nature ».

« Ils ont même dit qu'ils auraient préféré un enfant malade. Même une maladie incurable. Ils auraient préféré ça à un enfant gay.

— Mais… tes frères ? demanda Ambre.

— Ils n'ont jamais pris ma défense, même si, dans le fond, ils me soutenaient, je crois. »

Sidérée, elle se rapprocha de Tim sur le canapé. Leur dispute était déjà bien loin.

« Je crois que… je crois que je comprends pourquoi tu leur en veux… »

Révolté, écœuré, Tim avait refusé de se laisser faire, de se laisser salir par des propos rabaissants. Alors, il avait répliqué, avec leurs armes.

« Je voulais leur faire comprendre que c'étaient eux les monstres.

— Comment ça ? »

La suite tomba, inattendue :

« Ma mère avait avorté. Mets-toi dans le contexte. La petite famille très catholique d'où rien ne dépasse, qui vit dans le respect des valeurs et de la morale religieuses… Pourtant, les faits étaient là… Ma mère avait avorté. C'était un secret d'État, bien sûr. Personne ne le savait. C'était arrivé avant que je naisse. Elle… elle n'avait pas voulu le garder… Je suppose qu'il avait une malformation mais ce n'est qu'une supposition, car on n'a jamais eu le droit d'en parler.

— Comment tu as su alors ?

— Chaque fois qu'on entrait dans une église, on allumait un cierge en plus. J'avais cinq ans quand j'ai demandé à ma mère pourquoi on allumait six bougies alors qu'on était seulement cinq. Elle ne m'a pas répondu. C'est mon père qui m'a expliqué, en chuchotant, qu'il ne fallait pas en parler, que c'était un secret, mais que ma mère avait eu un autre enfant, juste avant moi. Un enfant qui était très malade et qui était mort très jeune. Ça m'a tracassé longtemps. C'est seulement quand j'ai eu… je ne sais plus… dix ans que j'ai voulu voir des photos du bébé. Il n'y en avait pas. J'ai réclamé des vêtements, des jouets. Il n'y avait rien. L'aîné de mes frères a choisi de tout me raconter. Le bébé n'était jamais né en fait. Ma mère l'avait fait « enlever ». Elle avait été très malade après ça. J'ai compris, plus tard, qu'elle avait dû tomber en dépression. Le sujet n'a plus jamais été abordé. Mes parents ont toujours ignoré que je savais… jusqu'à ce que je décide de taper là où ça fait mal.

— Qu'est-ce qu'il s'est passé ? »

Le mot « monstrueux » l'avait fait basculer. Ils étaient à table et sa mère était en larmes, endeuillée, comme si Tim venait de mourir. Il s'était levé, s'était tourné vers elle et lui avait demandé si elle était capable, en tant que bonne croyante, de lui rappeler les dix commandements de la Bible. Elle l'avait regardé sans comprendre, comme s'il était devenu fou. Il avait poursuivi, avec le même calme : « "Tu ne tueras point." Ça te dit quelque chose ? » Elle s'obstinait à secouer la tête, comme si elle ne comprenait pas. Alors il lui avait demandé, tout à fait calmement, si elle avait oublié pour le bébé… Le bébé qu'elle avait tué. Celui qui n'était jamais né. Son père s'était levé. La gifle était partie à toute vitesse. Tim n'avait pas cillé, mais il avait poursuivi, un peu moins calmement : « Lui non plus il ne correspondait pas vraiment à tes critères ? Il n'était pas assez normal ? C'était aussi une erreur de la nature ? » Sa mère avait blêmi. Elle s'était ratatinée sur sa chaise. Son père l'avait empoigné, essayant de le faire taire. Le plus grand de ses frères l'avait aidé, car il continuait avec une joie malsaine en parlant de plus en plus fort : « C'est dommage qu'il n'existe pas encore de test prénatal pour dépister les futures pédales. Tu aurais pu te débarrasser de moi. »

Il ne savait plus vraiment ce qui l'avait arrêté. Le coup de poing de son père en plein visage, ou le regard épouvanté de sa mère. Il était devenu un monstre. Oui, dans son regard il était bel et bien un monstre. Il avait hurlé une dernière chose avant que son père ne le sorte de la pièce : que c'étaient eux les monstres, qu'elle était une meurtrière, qu'il ne savait pas comment elle pouvait encore se regarder dans une glace ou entrer dans une église. Puis il lui avait promis que tant qu'il serait vivant, il ne lui laisserait jamais oublier qu'elle était une assassine, qu'elle avait tué un enfant et en avait détruit un autre, qu'il le lui rappellerait jusqu'à ce qu'elle meure de honte.

La scission avait eu lieu. Une explosion dans la maison. Tim s'était retrouvé sans le soutien de ses frères. L'aîné avait clairement pris le parti de ses parents, grondant et menaçant de ses poings le petit frère qui faisait voler la famille en éclats. Le cadet était resté muet, blanc comme un linge à côté de leur mère qui pleurait. Tim avait vu ça comme une prise de position. Il avait décidé de partir sur-le-champ.

« Et après ? demanda Ambre. Tu es allé où ? Chez qui ? »

Il ramassa le livre qu'il avait envoyé valser, le reposa sur la table basse, se cala de nouveau contre le dossier du canapé et répondit :

« Le plus dur, ce n'était pas de partir. C'était l'après… J'avais nulle part où aller. J'avais dix-huit ans et juste un sac à dos. Je veux dire… j'avais bien des amis, mais ils vivaient tous chez leurs parents. J'étais encore au lycée à l'époque. Je ne pouvais pas squatter chez eux autant que nécessaire. Ils m'ont dépanné quelques jours à tour de rôle. Mais c'était du temporaire.

— Tu… tu n'as pas dormi dans la rue quand même ! »

Elle sentit ses entrailles se glacer en le voyant acquiescer.

« Pas longtemps. Seulement quelques nuits. On était en juin, il restait plus qu'un mois avant le bac, mais j'ai arrêté le lycée. Ça ne servait plus à rien, je n'avais plus de ressources, je n'aurais jamais pu continuer mes études. J'ai trouvé un poste de commis dans un hôtel pas très loin de chez mes parents, à Tours. C'était intéressant, car j'étais nourri et logé. J'ai pas réfléchi plus longtemps. J'ai signé le contrat. Après, j'ai enchaîné avec une saison d'hiver dans les Alpes. Puis je suis parti pour celle d'été dans le Sud. Je n'ai plus jamais mis les pieds à Tours. J'ai fermé mon compte en banque et j'en ai ouvert un nouveau. Pour ne plus avoir aucun lien avec eux. Pour qu'ils n'aient plus aucun moyen de me retrouver. J'ai voulu changer de numéro de portable, mais j'ai pas eu le courage.

— Tu espérais qu'ils appellent ?

— Je ne sais pas trop.

— Un de tes frères l'a fait, non ?

— Oui, celui qui était resté silencieux pendant la dispute, Maxime. Il m'a appelé plusieurs fois. Il voulait savoir où j'étais, comment j'allais. Il disait qu'il pouvait m'envoyer de l'argent si j'en avais besoin, qu'il allait bientôt prendre un appartement et qu'il pourrait me loger.

— Mais tu as toujours refusé son aide… ?

— Je n'ai jamais répondu à un seul de ses appels. Pourtant, il a continué d'appeler pendant longtemps. Presque trois ans. Il me laissait de ses nouvelles sur le répondeur. J'ai appris qu'il emménageait avec une fille, sa petite amie, qui s'appelait Lise. Ou Lisa, je ne sais plus. Le dernier message date d'il y a un an environ. Il disait qu'il allait se marier et qu'il aurait bien aimé que je sois là. Je n'y suis pas allé, évidemment. Depuis, il a cessé d'appeler. »

Ambre avait la gorge nouée.

« La première année a été la pire, reprit Tim. Le premier Noël, le premier anniversaire seul… Après on s'habitue. »

Le silence retomba dans le petit studio qui sentait bon le bois et le café. Une question la taraudait. Elle se lança, timidement :

« Alors, tu n'as jamais recontacté ton frère ? »

Tim secoua la tête, fermement. Il avait le visage plus tendu que jamais, alors elle posa sa tête sur son épaule en prenant la mesure de tout ce qu'elle avait entendu.

Il parla de nouveau, la faisant sursauter :

« Tout ça, c'est derrière moi. Ça ne sert à rien de remuer toute cette merde. On dit que le temps efface les rancœurs. Ce n'est pas vrai. Chaque année qui passe, c'est encore pire. Mais je suis très heureux comme ça. »

Il y eut un tintement de clés derrière la porte et, la seconde d'après, Anton apparaissait, trois boîtes de pizza dans les bras.

« C'est bon, vous n'êtes plus fâchés ? » demanda-t-il en se débarrassant de son manteau.

Tim et Ambre secouèrent la tête, silencieux et un peu ailleurs.

« Super. »

Il se laissa tomber à côté d'eux sur le canapé et lança :

« Servez-vous. J'ai choisi au hasard. »

C'était difficile de revenir tout à coup à la réalité, à ces pizzas qu'Anton ramenait avec son sourire.

« Dites donc, il y a une super ambiance ici ! »

Il croqua à pleines dents dans une part, Tim se servit à son tour.

« Tiens, ouvre-nous une bouteille de rhum, Anton. On va se la finir tous les trois et ensuite on ira danser.

— Tu… tu veux boire ?

— Oui. On va boire. Beaucoup. Et on ira danser toute la nuit. »

Anton sentait bien que quelque chose lui échappait, mais il songeait sans doute qu'il aurait une discussion avec Tim plus tard. Pendant qu'il fouillait dans un des placards de la kitchenette, Ambre interrogea Tim à voix basse :

« Tu es sûr que tu veux aller en boîte ?

— Oui. Tu verras. Quand tu auras dansé sans t'arrêter pendant quatre heures, tu n'auras même plus la force de penser. Il n'y a rien de tel. »

Le club était bondé mais ils s'en aperçurent à peine. Sous les lumières stroboscopiques, ils se mouvaient sans retenue. Ils n'étaient plus que la musique et les vibrations des basses. C'était une sensation agréable, comme un oubli. Ils dansèrent toute la nuit. Anton alla retrouver des amis sur la mezzanine, mais Tim et Ambre ne quittèrent pas la piste. De là-haut, Anton les observait en souriant. Il y avait du monde autour d'eux, sur la piste, mais ils étaient dans un autre espace-temps.

Quand la piste se vida et que les lumières se rallumèrent, il devait être près de quatre heures. Peut-être cinq. Ils étaient épuisés, mais Tim avait retrouvé le sourire.

« T'avais raison, déclara Ambre. Ça fait vraiment du bien ! »

Dans le studio d'Anton, ils se jetèrent sur les restes de pizza. Ils étaient lessivés et affamés. Anton déplia le canapé-lit et ils s'y allongèrent, un oreiller derrière la tête, les boîtes de pizza posées sur le ventre. Ils discutèrent encore, jusqu'à ce que le jour se lève. Anton s'endormit le premier. Tim alla chercher une couverture dans le placard et revint s'allonger entre Anton et Ambre.

« Il a entraînement demain ? chuchota-t-elle.

— Non. On est samedi. Heureusement ! »

À cet instant, elle pressentit la question car Tim la regardait étrangement et elle se raidit.

« Andréa et toi… est-ce que… est-ce que vous continuez cette… relation ? »

Elle eut un rire amer.

« Après ce que tu as balancé l'autre jour, tu penses vraiment qu'on pourrait continuer ? »

Il eut un haussement d'épaules.

« Alors, tu as mis fin à *ça* ? »

Elle ignora le « ça » et répondit avec raideur :

« Non. Disons que tu nous as facilité la tâche. Andréa a subitement réalisé, après ton petit discours, qu'il me manquait de respect et qu'il trahissait Adeline. Il a dit qu'il l'aimait vraiment bien. Qu'il voulait essayer de ne pas tout gâcher avec elle. »

Il attrapa sa main sous la couverture.

« Je m'en fiche, tu sais, déclara-t-elle. Est-ce que… est-ce que toi et Anton vous saviez depuis long-temps ? »

Cette question la taraudait depuis qu'elle avait découvert le pot aux roses.

« Adeline est une très bonne amie d'Anton. Elle s'est très vite attachée à Andréa, malgré la sale réputation qui lui collait à la peau. Anton était méfiant. Il me répétait qu'il ne sentait pas Andréa et qu'il fallait qu'il se tienne à carreau car Adeline était une fille bien. Alors ce jour-là, quand j'ai découvert qu'Andréa continuait de coucher avec toi et qu'il jouait sur deux tableaux, j'étais dans un tel état de colère que je n'ai pas mesuré mes mots.

— Tu as mis Anton au courant… ?

— J'étais dans un tel état… J'ai pas pu lui cacher. J'ai cru qu'il allait sortir sur-le-champ pour mettre une droite à Andréa et tout révéler à Adeline, mais je lui ai fait promettre de garder le silence. De ne rien répéter. »

Ambre eut du mal à masquer son étonnement :

« Tu cherchais à protéger Andréa ?

— Non ! s'offusqua Tim. Pour rien au monde je ne l'aurais protégé. C'était pour t'épargner toi ! »

Elle entrouvrit la bouche, pas certaine de tout comprendre.

« Comment ça ?

— Si Anton était allé révéler la trahison d'Andréa à Adeline, ton cauchemar n'aurait fait que commencer… même si tu n'étais au courant de rien. Tu aurais pris pour Andréa… C'est toujours l'autre qui prend, le rival, jamais celui qui trompe.

— Elle n'en a rien su alors ?

— Non.

— Alors je te dois d'avoir la vie sauve, c'est ça ?

— Ouais. On peut dire ça comme ça. »

Il avait toujours sa main dans la sienne, sous la couverture.

« Et Rosalie ? demanda-t-elle. Elle savait elle aussi ?

— Non. Personne d'autre ne savait. Juste Anton et moi. »

Elle se sentit soulagée. Pourtant, les petites rides sur son front ne disparaissaient pas. Tim le remarqua et demanda dans un chuchotement :

« Qu'est-ce qu'il y a ?

— J'ai oublié de te dire quelque chose. Je viens d'y penser.

— C'est à propos d'Andréa ?

— Non !… J'ai appelé mes parents. Et ma mère m'a proposé de venir passer quelques jours à la maison.

— Tu as dit quoi ?

— Que j'allais voir avec mon planning. »

Tim étouffa un bâillement. Dehors, le ciel était devenu blanc nacré. Le jour était en train de se lever.

« Je t'accompagnerai », déclara-t-il.

Ce n'était pas une question ni même une proposition.

« D'accord », dit-elle.

Il lui sourit. Il avait retrouvé son regard doux, pour de bon. Anton se retourna dans le lit en poussant un petit grognement, puis le silence retomba.

« On dirait que tu as arraché le pansement… » fit remarquer Tim.

Elle haussa les épaules, luttant pour garder les yeux ouverts.

« Je suis à côté. Tu peux serrer ma main… c'est comme je te l'avais dit. »

Elle sourit et les rides inquiètes sur son front disparurent.

« Oui, c'est comme tu avais dit… »

La seconde d'après, elle s'endormait avec une étrange sensation d'apaisement. La main de Tim resta dans la sienne toute la nuit.

Le lendemain, Tim montra toute sa détermination. À peine de retour au chalet, il ne la laissa pas grimper l'escalier en colimaçon, il l'entraîna aussitôt jusqu'au comptoir d'accueil.

« Sylvie, on a besoin de ta bienveillance. »

Elle leva les yeux de son ordinateur.

« Ambre et moi, on a besoin de deux jours de congé consécutifs en commun. »

Sylvie fit une moue dubitative.

« En temps normal, ça n'aurait posé aucun problème, mais là, avec les vacances de février qui arrivent et les touristes qui vont affluer, ça va être compliqué de changer les plannings. »

Elle se pinça les lèvres et demanda en scrutant ses tableaux Excel :

« La semaine prochaine, ça vous irait ? Les vacances n'auront pas commencé… Je peux vous proposer un samedi et un dimanche en plus. »

Tim claqua la main sur le comptoir.

« Adjugé, vendu ! Merci, Sylvie ! »

Ambre téléphona à ses parents dans la foulée. C'est sa mère qui décrocha.

« Je… j'appelle pour… tu sais, tu m'avais proposé de venir passer deux jours à la maison.

— Oui ! répondit-elle aussitôt. Tu vas venir ?

— Le week-end prochain.

— Oh ! Je ne pensais pas… si tôt ! C'est… c'est parfait !

— Je viendrai avec un ami. »

Sa mère ne fit aucun commentaire, mais son étonnement ne faisait aucun doute.

Le meilleur moment de la journée fut sans conteste le sourire rayonnant de Rosalie quand elle les retrouva réconciliés, en train de planifier leur week-end à Lyon.

« Tu sais que tu nous as manqué, sale lâcheur !

— Mais vous aussi.

— C'est ça ! Je suis sûre que tu n'as pas pensé à nous une seule seconde depuis que tu as emménagé avec Anton ! »

Ce fut une de ces semaines qui passent à toute vitesse, où les jours s'enchaînent sans répit, sans temps mort. Il fallut réserver les billets de train pour Lyon. Andréa prêta son ordinateur à Ambre. Tim et elle s'en occupèrent le mardi après-midi.

Ambre cliqua sur *Valider* et les modalités de paiement apparurent à l'écran.

« Je vais chercher ma carte. »

Quand elle revint, Tim et Rosalie étaient en pleine conversation.

« Ça devient sérieux alors. Emménager ensemble, c'est pas rien », disait Rosalie.

Elle comprit qu'ils étaient en train de parler d'Anton et de lui.

« C'est pas un vrai emménagement... rectifia Tim. C'est provisoire. Dans quelques mois, je repartirai dans le Sud.

— Et il ne va pas te suivre ? »

Il y eut quelques secondes de silence pendant lesquelles Ambre tapa son numéro de carte bleue sur l'ordinateur.

« Si, peut-être, finit-il par lâcher. Il ne veut pas attendre six mois sans nouvelles cette année.

— Tu m'étonnes !

— Alors, il va habiter avec toi dans le Sud ?

— Y a rien de fixé. On en parle, c'est tout.

— Et pour ses opérations de sponsoring et tout ça ? intervint Ambre.

— Il pourra toujours faire le déplacement dès qu'il aura une promotion à faire.

— J'avais raison, ça devient sérieux », conclut Rosalie.

Ambre s'écria :

« C'est tout bon, je te confirme qu'on part à Lyon !

— Alors, vous allez vraiment m'abandonner pour deux jours.

— Pleure pas, on t'appellera ! »

Tim demanda à Ambre, l'air inquiet tout à coup :

« Est-ce que je peux te rembourser un peu plus tard ? Je suis un peu dans le rouge avec le cadeau d'anniversaire d'Anton.

— Pas de problème, ça presse pas. »

Ambre profita de l'ordinateur d'Andréa pour consulter son compte. Elle ne l'avait pas fait une seule fois depuis qu'elle était arrivée au chalet. Avant de se rendre sur le site de la banque, elle fit un détour par ses mails pour constater qu'elle n'en avait aucun. Elle avait vaguement caressé l'idée que Philippe romprait sa promesse, qu'il lui écrirait un message inquiet en constatant son silence total. Mais non. Rosalie se leva en annonçant qu'elle allait préparer le thé.

« Hé, tu es riche en fait ! » s'exclama Tim.

Il s'était installé devant l'ordinateur à côté d'Ambre, Sophie sur les genoux. Ambre elle-même était surprise par la somme qui s'affichait à l'écran.

« Oui, ça me surprend aussi... Je ne comprends pas trop... »

Deux clics plus tard, le détail des transactions s'affichait. Elle repéra rapidement les salaires qui lui avaient été versés, mais ce n'étaient pas les seules sommes créditées qui apparaissaient. Il y en avait d'autres. Trois au total. Et les deux dernières avaient de quoi faire tourner la tête.

« Ce sont tes parents qui te donnent tout ça ? interrogea Tim, les yeux toujours fixés sur l'écran.

— Non… je ne pense pas… je ne comprends pas.

— Clique sur le détail ! »

Elle s'exécuta et sentit sa gorge se nouer. Le nom de Philippe Ducrey s'inscrivait en petites lettres capitales. Elle voulut rabattre l'écran d'ordinateur mais c'était trop tard, Tim avait lu.

« C'est lui ? demanda-t-il.

— Oui. »

Ambre scrutait l'écran, le visage tout à coup très pâle. Il y avait eu un premier virement en décembre, alors qu'elle avait déjà commencé le travail à l'hôtel. Il y en avait eu un autre début janvier, presque deux fois plus élevé, juste après la soirée au restaurant et le changement de sa ligne de téléphone. Elle se sentait nauséeuse. Le numéro du compte en banque avait changé également. Il avait pensé à tout pour que Nina ne sache jamais, pour que sa famille reste à l'abri. Il avait ouvert un compte dans une autre banque, un compte qui servait spécifiquement à lui verser de l'argent.

Le virement le plus récent, celui de février, datait de la veille. La veille… Elle déglutit avec difficulté. Tim continuait de l'observer, l'air inquiet.

« Pourquoi il… ? »

Rosalie s'était approchée, la bouilloire à la main, n'osant faire de commentaire. Ambre réussit à se reprendre pour répondre avec une pointe de sarcasme :

« Je ne sais pas. Des dommages et intérêts, le prix du silence… Ou encore une façon de soulager sa conscience de mari infidèle en me rémunérant comme une pute. Une pute, ça fait toujours moins tache qu'une maîtresse, non ? Bref, je te les paie tes billets de train », ajouta-t-elle en refermant d'un coup sec l'écran de l'ordinateur.

Tim s'insurgea :

« Non !

— J'en veux pas de cet argent. J'irai le retirer demain et je te donne tout.

— Dis pas n'importe quoi.

— T'en feras ce que tu voudras. T'achèteras des cadeaux à Anton, vous vous organiserez un week-end.

— J'en veux pas non plus. »

Il secouait la tête, catégorique, alors Ambre se tourna vers Rosalie.

« Tu as un compte épargne pour Sophie ?

— Non ! répliqua aussitôt la jeune femme. C'est non ! Il est à toi cet argent !

— Tu légitimes donc mon statut de prostituée ?

— N'essaie pas de me faire dire ce que je n'ai jamais pensé !

— S'il est à moi, j'en fais ce que je veux. Je tiens à le partager entre Tim et toi. Tu en auras besoin pour élever Sophie. »

Rosalie reposa la bouilloire sur la table avec fracas.

« Hors de question !

— Je ne le garderai pas.

— Alors, tu n'as qu'à le lui renvoyer. »

C'était simple et logique.

Le soir, elle écrivit le premier mail à Philippe depuis leur rupture définitive.

316

Mardi 10 février 2009 00:13
De : ambre10@gmail.com
À : philippe.ducrey@wanadoo.fr

Philippe,
Tu trouveras un virement de ma part sur ton compte bancaire (celui que tu as ouvert récemment), qui correspond à l'argent que tu m'as versé ces trois derniers mois.
Si tu étais le mari et le père modèles que tu prétends être, tu l'aurais placé sur un compte épargne pour le futur bébé.
Je ne veux plus entendre parler de ton argent. Tu peux stopper les virements.
Ambre

Le déménagement de Tim n'avait finalement pas trop bousculé leurs habitudes. Il rentrait dormir chaque nuit dans son nouveau chez-lui, mais il continuait à passer ses après-midi au chalet, Anton étant sur les pistes. Le *tea time* fut réinstauré tout comme les heures de lecture dans les fauteuils près du feu, les parties de cartes, les balades dans Arvieux avec son appareil photo. Tout était redevenu comme avant. Même Andréa avait quitté leur petit groupe : il passait désormais la plupart de son temps libre avec Adeline.

Une sortie en ski entre saisonniers était prévue pour le vendredi, la veille du départ d'Ambre et de Tim pour Lyon. Le mercredi, Rosalie et Ambre furent invitées à boire un verre chez Tim et Anton après le service.

En arrivant dans le petit studio, elles comprirent que les garçons avaient dû passer une bonne partie de leur après-midi aux fourneaux. Il ne s'agissait pas seulement de boire un verre : sur la table basse s'étalaient des cakes salés, de la charcuterie, des parts de quiche et – Ambre reconnut tout de suite la patte de Tim – des muffins au chocolat.

Rosalie n'avait négocié qu'une heure de garde supplémentaire avec la nourrice de Sophie, elles ne purent donc pas s'attarder trop longtemps.

« Vous reviendrez », leur promit Anton sur le pas de la porte.

Elles étaient à peine sorties que Rosalie laissa exploser sa joie :

« Ils sont bien installés ici ! J'adore ce studio ! On s'y sent bien. Tu sais, je le trouve vraiment super Anton. Quand Tim nous avait parlé d'un champion de ski, je me disais que ce devait être un mec prétentieux… un de ces gros bras sans cervelle. Mais non. Il est tellement simple, avenant. Et beau en plus de ça. Et puis il semble amoureux. Vraiment. Enfin, ils le semblent tous les deux. Ils ont de la chance. T'en penses quoi, toi ? interrogea-t-elle.

— Je l'aime bien, moi aussi. »

Déjà, Rosalie repartait sur une longue tirade.

Le vendredi précédant le départ à Lyon eut lieu la sortie ski. Andréa avait loué une voiture et Anton avait proposé la sienne : c'était un après-midi sans entraînement. Gregory était là, accompagné d'Héléna. Rosalie avait accepté de venir malgré sa réticence à « abandonner » Sophie. Même Daniel et Delphine avaient répondu à l'appel. Seule Adeline n'avait pas été conviée.

« Vous avez demandé à Wilson ? interrogea Rosalie, tandis qu'ils s'entassaient dans les voitures.

— Oui, répondit Andréa en réglant le rétroviseur. Il m'a dit qu'il ne pouvait pas skier, il a des problèmes aux genoux.

— Il t'a fait une phrase aussi longue que ça ? » ironisa Gregory.

Tous les autres éclatèrent de rire.

« Non, c'était plutôt un grognement d'ours. Mais j'ai compris. »

Les voitures s'arrêtèrent quelques minutes plus tard sur un parking au bas des pistes, et le petit groupe se dirigea vers un magasin de location.

« Est-ce que tout le monde sait skier ? » demanda Ambre avec crainte.

Hochement de tête général.

« Je… je ferais peut-être mieux de vous regarder d'abord…

— Profites-en, répliqua Tim. Il y a Anton… Tu trouveras pas meilleur prof. »

Le temps était idéal. Le soleil brillait et une petite brise fraîche les caressait.

« Tu sais… si tu préfères aller skier avec les autres… J'imagine que ce n'est pas très marrant pour toi de te retrouver à la traîne avec une débutante… »

Le sourire sincère d'Anton la fit taire.

« Je skie toute la journée. Toute la semaine, même. Alors, te servir de professeur, c'est plutôt sympa. Ça me changera les idées. Et puis, pour être totalement honnête, ça m'arrange de me trouver le plus loin possible de ce trou-du-cul. »

Elle resta un instant interrogative, sans comprendre à qui il faisait allusion, mais Anton précisa :

« Ce dragueur italien à deux balles. »

Elle se tourna vers les pistes pour qu'il ne voie pas le rouge de la honte sur ses joues.

Anton se révéla un parfait professeur. Il était d'une patience infinie, il décortiquait les mouvements et répétait : « C'est rien ! Relève-toi ! » quand elle chutait. Puis il lui tendait la main gentiment : « Ça va ? Rien de cassé ? » Il se montrait toujours positif et encourageant.

« C'est catastrophique, non ? demanda-t-elle, alors qu'ils arrivaient tant bien que mal au bas de la piste.

— Non. Tu t'en sors pas si mal. J'ai trouvé un redoutable concurrent. »

Elle songea que la vie devait être douce à ses côtés.

« Ça va ? Ça te plaît ? »

Ils étaient tous les deux assis dans la neige, les skis plantés bien droit vers le ciel. Ambre venait de chuter, à nouveau, et Anton s'était laissé tomber à côté d'elle.

« Oui. J'ai juste très mal aux fesses. »

Anton eut un petit rire.

« C'est normal, ça. Allez, viens, on va faire une pause. Je te paie un café en bas. »

À la terrasse du bar, ils restèrent plusieurs secondes silencieux, le visage tendu vers le soleil. Les cris des enfants leur parvenaient en écho. C'était une journée calme et douce, malgré les chutes. Le grand air, les visages radieux, la fatigue qui s'installait doucement. Ambre suivit des yeux le vol de deux oiseaux, jusqu'à ce qu'ils disparaissent au loin. Un serveur arriva et déposa les tasses sur la table. Anton régla l'addition avant de se renverser contre le dossier de sa chaise. Il étendit les jambes avec un soupir d'aise.

« Finalement, je crois que c'est le moment que je préfère dans une journée de ski. »

Elle lui sourit timidement et but une gorgée de café. Anton, les yeux clos, semblait capter les rayons du soleil avec délectation. Des filaments dorés se déposaient dans ses cheveux blonds et sa peau paraissait plus halée que jamais. Il la surprit en parlant, sans ouvrir les yeux :

« Vous vous êtes bien trouvés avec Tim.

— Oui… On peut dire ça…

— Il t'a raconté l'histoire de ses parents et de ses frères, il m'a dit. Tu es une privilégiée… Tu sais ? »

Elle se trémoussa, mal à l'aise.

« En quatre ans il n'en a parlé qu'une fois. C'était à moi. L'hiver dernier. Maintenant, tu sais aussi. On est deux. »

Elle sentait comme une petite flamme dans sa poitrine.

« Il doit te faire confiance. C'est bien. Je suis content qu'il se libère un peu de tout ça. »

Anton lui sourit avant d'offrir à nouveau son visage au soleil.

« C'est quoi le problème avec les tiens ? » demanda-t-il brusquement.

Elle mit une fraction de seconde à comprendre de quoi il parlait.

« Avec tes parents. Ça a l'air d'être important cette visite, demain, non ?

— Ah… oui… assez.

— Vous êtes en froid ?

— Un peu, oui. Depuis pas mal de temps.

— T'y vas pour renouer ?

— Ouais… Plus ou moins. »

Il avait son sourire poli qui l'incitait à poursuivre, mais elle préféra l'interroger à son tour :

« Et toi ? Tu as connu le même genre de problème que Tim avec tes parents ?

— Non. J'ai eu beaucoup de chance. Rien à voir. Pourtant, c'était pas gagné. J'étais sorti avec plusieurs filles. Il y en avait même une que je leur avais présentée. Alors… leur annoncer ça…

— Ça a été difficile ?

— Pas du tout. Bon, il y a eu un temps de flottement… Un léger malaise de quelques jours. Puis ils ont tenu à en reparler autour de la table… Ils m'ont déclaré qu'ils m'acceptaient tel que j'étais et que rien n'était changé pour eux. »

Ambre eut l'air surpris.

« Oui. J'ai de la chance. Après ça, ni ma petite sœur ni mes parents n'ont modifié leur comportement… Ils me demandent même régulièrement quand ils pourront rencontrer mon mystérieux cuisinier. »

Ils sourirent tous les deux.

« Tu leur as parlé de Tim alors ?

— Évidemment. »

Ce « Évidemment » d'Anton ainsi que son ton assuré en disaient long sur les sentiments. Ambre détourna le regard, troublée.

Plus tard, ils retrouvèrent le reste du groupe en haut des pistes. Delphine avait pris un coup de soleil, Rosalie paraissait harassée et Greg avait perdu un bâton.

« Alors ? s'enquit Tim en venant se planter devant Anton. Comment elle se débrouille ?

— Elle s'en sort très bien.

— Cool ! Du coup, on fait la prochaine tous ensemble ? »

La descente laissa très vite place à une féroce bataille de boules de neige, puis l'après-midi se termina dans un petit bar en bas des pistes, autour de chocolats chauds. Tim avait apporté son appareil photo et le serveur immortalisa l'instant. On y voyait neuf visages rosis et radieux.

C'était Anton qui devait conduire Tim et Ambre à la gare, le lendemain matin très tôt. Il avait donc été décidé qu'elle dormirait chez les garçons le soir. Le service se termina exceptionnellement tôt. Rosalie leur souhaita un bon week-end avant de les serrer dans ses bras.

« À dimanche, les lâcheurs ! »

Anton vint les chercher en voiture à l'hôtel. Tandis que Tim préparait le repas, Ambre emprunta la salle de bains pour prendre une douche. Elle découvrit alors de jolies ecchymoses laissées par ses chutes de l'après-midi. Elle en avait tout le long des cuisses.

« Je crois que j'ai de beaux souvenirs de mon premier jour de ski », dit-elle en rejoignant les garçons.

Anton annonça qu'il avait de quoi la soulager. Il revint avec un baume de massage aux huiles essentielles et à l'arnica.

« C'est pour atténuer la douleur et apaiser les muscles. »

Il chercha dans un placard au-dessus des plaques chauffantes et en sortit des comprimés.

« Ça, c'est pour éviter les courbatures demain. »

Elle se laissa tomber sur le canapé, totalement harassée, et puisa dans ses dernières forces pour étaler le baume sur ses jambes.

Ils furent étonnamment silencieux pendant le repas. Ambre luttait pour rester éveillée. Tim ne cessait d'étouffer des bâillements.

Ils déplièrent le canapé-lit. Lorsque Tim revint avec une couverture, Ambre était déjà assoupie.

« Qu'est-ce que tu fais ? » demanda Anton.

Debout devant le lavabo de la salle de bains, il observait Tim, planté devant le canapé, la couverture dans la main.

« Ça fait bizarre de voir une fille dormir dans notre lit. »

Anton le rejoignit et passa un bras autour de ses épaules.

« Oui… t'as raison.

— C'est comme ça une sœur ?

— Oui, la mienne ressemble à peu près à ça… en plus pénible. Elle n'arrête jamais de parler.

— On a de la chance alors… celle-ci est plutôt calme.

— Ouais… mais elle pleure.

— C'est pas grave…

— Je croyais que ça t'énervait.

— J'ai dit ça sur le coup. Ça ne m'énerve pas vraiment.

— Tout va bien alors. »

Tim avait posé sa tête sur l'épaule d'Anton et ils restèrent quelques secondes immobiles, incapables de se détacher l'un de l'autre.

« Tu devrais aller dormir, dit finalement Anton.

— Je t'attends. »

Quand Anton le rejoignit quelques minutes plus tard, Tim dormait déjà. Il avait une mèche de cheveux d'Ambre sur le visage et cela le fit sourire.

« Bien dormi ? »

Ils étaient tous les trois assis sur les tabourets de bar, autour du petit déjeuner. Il n'était guère plus de six heures.

« Super, répondit Ambre, le nez dans son bol de café. Je crois que je suis tombée comme une masse.

— Je te le confirme ! » s'esclaffa Tim.

Anton tendit le bras et sortit du frigo un pot qu'il posa sur la table.

« Tiens, tu veux peut-être de la confiture. »

Ambre secoua la tête. Elle n'avait pas touché à son pain. Elle avait l'estomac noué.

« Il faut que tu manges, insista Tim.

— Ça ne passera pas. »

Anton les conduisit jusqu'à la gare de Montdauphin-Guillestre, à quelques kilomètres d'Arvieux. Il les accompagna sur le quai. Le train était déjà là et il leur donna une accolade rapide avant de les pousser à l'intérieur du wagon.

« Bon week-end ! Et… bon courage, Ambre ! »

Ils s'installèrent à leurs places et, quand ils regardèrent par la fenêtre, Anton avait déjà disparu.

Le trajet durait quatre heures trente, correspondance comprise. Tim avait prévu un livre pour le trajet et il proposa à Ambre de lire par-dessus son épaule, mais elle était trop nerveuse pour se concentrer sur quoi que ce soit.

« Tu veux qu'on parle ? demanda-t-il au bout d'un moment.

— Non.

— Tu préfères te ronger les ongles ?

— Oui.

— Tu sais que ça passerait plus vite si tu lisais.

— Oui, mais non. »

La correspondance, d'un quart d'heure, ne leur laissa pas le temps de se dégourdir les jambes. Tim réussit à acheter un pain au chocolat qu'il l'obligea à avaler sur le quai. La deuxième partie du trajet passa beaucoup trop vite au goût d'Ambre. Elle voyait Lyon se rapprocher avec angoisse.

« Qu'est-ce que je vais leur dire ? »

Tim releva le nez de son livre.

« Tu verras bien. Ça viendra naturellement.

— Et si ça ne vient pas ?

— Alors je parlerai. Je suis très fort pour meubler les silences. »

Le train arriva en gare de Lyon à onze heures trente. Ambre traînait un peu à sauter le marche-pied, alors Tim la poussa. M. et Mme Miller attendaient à quelques mètres de là sur le quai. Si Ambre était nerveuse, ce n'était rien en comparaison de leurs traits crispés et de la raideur de leur posture. Quand ils aperçurent les deux jeunes gens, quelque chose passa sur leurs visages. Un sourire timide, mais pas seulement, un soulagement. S'étaient-ils attendus à ce que l'ami annoncé par Ambre soit Philippe ? Non, sans doute pas. Mais au vu de ses fréquentations ces dernières années, et de l'état dépressif dans lequel ils l'avaient laissée partir, ils ne s'attendaient certainement pas à la voir revenir accompagnée d'un garçon comme Tim. Un garçon au regard si doux.

Il y eut un moment de gêne. Puis Mme Miller serra maladroitement Ambre dans ses bras, tandis que M. Miller s'approchait de Tim pour lui tendre la main.

Ambre resta les bras ballants, paralysée.

« Tes cheveux », murmura Mme Miller d'un ton ébahi. Elle relâcha son étreinte un peu gauche et passa une main dans la chevelure dorée de sa fille. « Tu es belle. »

Ambre hocha la tête. Les mots restaient bloqués dans sa gorge. M. Miller s'approcha, les mains derrière le dos. Il l'embrassa, un peu raide.

« Tu as vu ses cheveux ? » fit Mme Miller d'une voix étranglée.

Visiblement, ce détail était d'importance pour elle. M. Miller répondit :

« Oui… c'est joli. »

Tim s'était avancé et Ambre se rendit compte qu'elle n'avait pas fait les présentations :

« Voici Tim. C'est un ami d'Arvieux, il travaille à l'hôtel avec moi.

— Eh bien… enchantée », répondit Mme Miller.

Il s'apprêtait à lui serrer la main, mais elle bégaya :
« Oh… on peut… on se fait la bise. »

M. Miller se saisit de leurs deux sacs de voyage.

« On y va ? »

Ils se dirigèrent tous les quatre vers les escaliers. Le moment le plus délicat était passé.

« Vous avez fait bon voyage ?

— Oui oui, dit Tim. Un peu long… quatre heures trente, mais ça va. »

Ambre s'autorisa à souffler, tandis qu'ils traversaient la gare de Lyon-Part-Dieu pleine à craquer. Tim était en effet très fort pour faire la conversation. M. Miller et lui débattaient déjà sur les retards fréquents des trains. Fallait-il privatiser ? À côté, Mme Miller marchait à petits pas rapides, son chignon défait, les mains serrées autour de son sac à main. Elle s'était autorisée à respirer elle aussi.

Ils descendirent au parking souterrain où la voiture était garée.

« Tim, est-ce que tu connais Lyon ? interrogea M. Miller en démarrant.

— Non, c'est la première fois que je viens.

— Il y a beaucoup de belles choses à voir. Par exemple… »

Ambre n'écoutait pas. Assise à l'arrière, elle regardait défiler les rues avec l'impression qu'elle avait quitté sa ville depuis des années. Elle se demandait si la maison, sa chambre auraient changé. Et si ce n'était pas un peu trop tôt pour revenir. Sa mère lui jetait des coups d'œil dans le rétroviseur.

« Vous pourriez aller vous promener dans Lyon demain, suggéra M. Miller. Tu pourrais lui montrer la basilique de Fourvière, Ambre. Non ?

— Oui. Oui bien sûr. »

Tandis que les rues continuaient de défiler, Mme Miller prit la suite de la conversation :

« Alors, Tim, d'où tu viens ?

— Mes parents habitent Tours. Mais entre les saisons d'hiver et celles d'été, je suis assez peu chez moi. »

Ils arrivèrent à la maison sans que se soit installé un seul silence gênant dans la voiture. Tim avait la conversation facile et les Miller se montraient presque bavards ce matin. Sans doute le contrecoup du soulagement.

« Vous pouvez déposer vos affaires à l'étage », proposa Mme Miller en refermant la porte d'entrée derrière eux.

Ambre invita Tim à la suivre.

« Je vais te faire visiter la maison. »

Elle monta les escaliers avec une sensation étrange. Aux murs étaient accrochés les mêmes cadres, les mêmes photos de Mathieu et elle enfants, pour leurs anniversaires, à Noël… Ils avaient un air sérieux et sage.

« C'est lui ton frère ? demanda Tim en désignant le petit garçon aux cheveux châtain blond qui se tenait bien droit derrière un gâteau.

— Oui. »

À l'étage, elle lui montra la salle de bains, lui indiqua deux portes fermées : « La chambre de Mathieu et celle de mes parents. » La dernière pièce était sa chambre, sa chambre d'enfant. Une tapisserie représentant des oursons bleus, des posters de chevaux et de danseuses. Elle reconnut ses colliers en perles roses au-dessus de son petit bureau blanc. Elle réalisa qu'elle avait vécu dans cette chambre sans l'habiter, comme une locataire temporaire.

« Et voilà, c'est chez moi. »

Tim laissa tomber son sac sur le lit préparé par la mère d'Ambre. Un lit à deux places où elle avait déposé deux oreillers et des serviettes de toilette.

« Bon… je crois qu'ils te prennent pour mon petit ami.

— Oui, on dirait. On s'en fiche. Tu me fais visiter la suite ? »

Elle l'entraîna au rez-de-chaussée avec cette impression étrange de se déplacer dans la maison comme si elle n'était pas vraiment à sa place.

« Ici, la cuisine. »

Mme Miller était en train d'y préparer des toasts et elle leur adressa un petit sourire.

« Le salon. Les toilettes. Et… attends, il y a le jardin. »

Elle ouvrit la porte-fenêtre du salon et ils se retrouvèrent sur un petit lopin de terre qui faisait à peine dix mètres carrés, entouré de haies de cyprès. Quelques rangs de salades poussaient dans un coin et un salon de jardin était en train de rouiller.

« C'est un peu glauque, marmonna-t-elle comme pour s'excuser.

— Non, je ne trouve pas.

— Toute cette maison est glauque.

— Mais non. C'est toi qui la vois comme ça. »

Elle joua quelques instants à retourner une motte de terre, du bout de sa bottine.

« Ça ne t'ennuie pas trop de te retrouver ici ?

— Arrête tes bêtises, je suis content d'être venu. »

Un corbeau vint se poser sur la pelouse en poussant un croassement aigu. Là, c'était vraiment glauque.

« Ça va bien se passer », dit Tim.

La voix de Mme Miller résonna depuis l'intérieur :

« Vous venez prendre l'apéritif ? »

Ils la rejoignirent dans le salon. Ambre nota que les Miller avaient mis le paquet : la table avait été dressée avec soin, les serviettes pliées en origami, des verres à pied sortis. Quatre assiettes de petits-fours étaient servies. Ils la recevaient en invitée, elle se sentit à nouveau nerveuse.

« Qu'est-ce que vous boirez ? demanda M. Miller en ouvrant grand le placard à vin du salon, tandis que Mme Miller tendait à Tim une assiette de petits-fours tout en lui demandant :

— Que fais-tu dans l'hôtel, Tim ? Le service ?

— Non. Je suis commis de cuisine.

— Mon Dieu ! s'exclama-t-elle avec un petit rire nerveux. Si j'avais su que nous recevions un cuisinier, pour le repas j'aurais commandé chez le traiteur ! »

Petits rires timides autour de la table.

« Vous en faites pas, les petits-fours sont très bons.

— Je suis certaine que tu dis ça pour être poli.

— Non, non, je vous assure. »

M. Miller se pencha légèrement en avant.

« Ça fait longtemps que tu es dans la restauration ?

— Déjà quatre ans.

— C'est pas un métier de tout repos, pas vrai ? »

C'était facile finalement. Plus facile que prévu. Tim était à la fois un sujet de diversion et un médiateur. Les Miller lui posèrent des questions sur son métier avant de les interroger tous les deux sur la vie à l'hôtel. Ambre s'efforça de prendre part à la conversation. Ce n'était pas si compliqué que ça, surtout après deux verres de muscat. Tim s'amusa à dresser un portrait de chacun des saisonniers qui vivaient avec eux, en forçant un peu le trait pour les faire sourire. Il avait apporté son appareil et se proposa de leur montrer des photos de l'équipe prises la veille.

À la fin de l'apéritif, grâce à l'alcool et à Tim, l'ambiance s'était considérablement détendue. Ambre se surprit même à sourire. On débarrassa les petits-fours et Mme Miller apporta le poulet aux pommes de terre et la salade verte. M. Miller sortit une bouteille de vin rouge.

Maintenant que la glace était plus ou moins brisée, Tim se mit à son tour à poser des questions. M. Miller parla de son métier à la banque. C'était la première fois qu'Ambre l'entendait l'évoquer. Elle n'avait jamais vraiment su ce qu'il faisait et, pendant une fraction de seconde, elle songea qu'elle avait peut-être eu sa part de responsabilité dans tout ce gâchis. Elle n'avait pas forcément été très bavarde, elle non plus.

On apporta le dessert et le café en discutant des sujets favoris des Miller : le temps, les vacances qui arrivaient (l'hôtel attendait-il beaucoup de touristes ?), la crise économique et le chômage (« Ils ont annoncé une augmentation de 2 % au prochain trimestre ! »).

Il était près de trois heures lorsque M. Miller s'exclama qu'il ferait bien de se dépêcher s'il voulait partir pêcher avant que la nuit tombe. Ambre aida sa mère à débarrasser. Tim avait eu ordre de ne pas bouger : il était leur invité.

Mère et fille se retrouvèrent donc dans la cuisine en tête à tête. Ambre se mit à ranger les assiettes dans le lave-vaisselle en silence. Les plats s'entrechoquaient un peu trop fort à cause de la nervosité qui était revenue. Mme Miller, lèvres pincées, rinçait les verres à pied dans l'évier. À un moment, elle s'éclaircit la gorge et Ambre se raidit.

« Il est vraiment bien, Tim. »

Ambre hocha la tête avec un sourire crispé. Elle n'avait pas la force de lui expliquer qu'il n'était pas son petit ami.

« Oui, il… il est bien.

— Alors… il… », reprit Mme Miller d'une voix un peu étranglée.

Ambre leva les yeux vers elle, mais sa mère gardait la tête baissée vers l'évier, elle frottait le même verre depuis une éternité.

« Cet homme, c'est… c'est bien fini ? »

Ses yeux étaient restés baissés. Ambre déglutit avec difficulté.

« Oui. »

Mme Miller laissa tomber le verre au fond de l'évier. Ambre vit ses épaules agitées de soubresauts et finit par comprendre que sa mère pleurait. Elle

333

resta figée, à côté du lave-vaisselle, incapable de faire un geste.

« Il… il est venu rapporter tes affaires, murmura Mme Miller. Dès que… que tu es partie là-bas.

— Il a… parlé ? »

Mme Miller essuya ses larmes dans la manche de son pull.

« Il n'a pas sonné. Il a laissé tout ça devant la porte. »

Le silence retomba.

« Je sais que tu me détestes. »

Ambre sursauta. Au-delà des mots, c'était la voix de sa mère qui lui glaçait le sang. Un mélange de colère et de détresse.

« Non. »

Tim aurait dit qu'elle mentait, mais sa mère ne dit rien. Elles continuèrent pendant quelques secondes leur petit manège : l'une avec les verres, l'autre avec le lave-vaisselle.

« Tu ne nous as pas laissés t'aider. Tu étais… tu étais toujours froide et… inaccessible. Tu étais tellement distante. »

Troublée, elle s'entailla le doigt. Le sang se mit à tomber par petites gouttes dans le lave-vaisselle.

« C'était impossible pour nous de t'aider. »

Ambre releva enfin la tête, la colère montant en elle. Sa mère avait arrêté de laver les verres. Elle la fixait, debout, les bras ballants.

« Alors, il fallait essayer encore, déclara-t-elle d'une voix glaciale.

— Oui, je sais. »

Le sang continuait de goutter et le sol à côté du lave-vaisselle s'était couvert de petites taches semblables à des gouttes de pluie.

« Mon Dieu ! s'exclama Mme Miller d'une voix étranglée. Qu'est-ce que tu t'es fait ? Ne bouge pas. »

Elle attrapa un rouleau d'essuie-tout et s'agenouilla pour nettoyer le sang sur le sol. Ambre ne bougea pas. Quelques gouttes tombèrent dans les cheveux de sa mère et elle se délecta de cette scène avec un sadisme qui l'effraya un peu.

« Tiens, mets ça autour de ton doigt », murmura Mme Miller en lui tendant une feuille de papier.

Elle se releva et essuya son visage, extrêmement pâle. Elle avait toujours détesté le sang.

« Tu veux… tu veux un sparadrap ?

— Non, ça va. »

Pendant quelques secondes, elles restèrent l'une face à l'autre, aussi raides que des pantins. Ambre finit par parler :

« Tu sais, il y en avait beaucoup plus.

— De quoi tu parles ?

— Du sang. Dans la baignoire. Elle en était remplie. »

On entendit un sanglot déchirant. Et quelque chose céda à l'intérieur d'Ambre. Comme un élastique qu'on relâche brutalement.

Sa mère pleurait. Ses épaules tressautaient. Elle paraissait minuscule tout à coup. Minuscule et frêle. Et Ambre n'avait plus envie d'être en colère. La froideur, la haine étaient parties en même temps que l'élastique s'était relâché. En même temps que le sanglot déchirant.

« Je suis désolée, murmura Mme Miller. Je suis désolée. »

Alors Ambre tendit des bras tout raides et tout froids, des bras qui ne savaient pas vraiment être tendres mais qui essayaient, et elle les passa autour des épaules minuscules de sa mère, sans trop serrer. Elle avait peur de la briser.

Ambre réapparut dans le salon quelques minutes plus tard, le visage impassible.

« Et si on allait se balader avant qu'il ne fasse nuit ? Il y a un point de vue sympa. Tu pourras prendre des photos. »

Dans l'entrée, les yeux encore légèrement rougis, Mme Miller les regarda s'apprêter.

« Rentrez quand vous voudrez. Vous avez… vous voulez peut-être dîner en ville, rien que tous les deux… ?

— On… on verra.

— Il y a un petit restaurant qui fait des menus spéciaux ce soir, Le Cocon.

— Merci… à plus tard.

— Bonne balade ! »

La porte se referma sur eux et Ambre se tourna vers Tim avec une grimace.

« Elle croit qu'on a envie d'un dîner aux chandelles ! Et pourquoi est-ce qu'elle nous parle d'un menu spécial ?

— Tu sais quel jour on est ?

— Samedi. Et donc ?

— Le 14 février. C'est la Saint-Valentin. »

Ils se mirent à rire.

336

« Je suis désolée, on aurait dû choisir un autre week-end. Pour Anton et toi…

— Anton s'en moque !

— Tu es certain ?

— Bien sûr ! Alors, où est-ce que tu m'emmènes ?

— Je te fais faire le tour de la ville. »

C'était une journée froide et brumeuse. Ils déambulèrent sans but précis, ils passèrent devant l'église, puis l'école primaire et une petite place avec une fontaine.

« C'était ton école ?

— Ouais. Et sur cette place, je faisais du vélo. »

Ambre n'avait pas gardé de souvenirs particulièrement heureux de son enfance. Elle lui avait toujours semblé ennuyeuse. Tim lui posait des questions, mais ses réponses étaient courtes et évasives. Alors qu'ils poursuivaient leur promenade en direction du centre-ville, la pluie se mit à tomber. Ils se réfugièrent sous le bâtiment le plus proche : un gymnase.

« La porte n'est pas fermée, constata Tim. Tu crois qu'on peut rentrer ? »

Ils avancèrent prudemment. Dans une salle au fond, la lumière était allumée et des voix leur parvenaient. Les membres du club sportif semblaient être en pleine réunion. Dehors la pluie s'intensifiait et frappait avec fracas le toit.

« Ici, il y a personne », dit Tim en désignant à leur droite une pièce plongée dans l'obscurité.

Il s'agissait d'une salle de gymnastique. Le sol était recouvert de tapis. Des trampolines s'empilaient à l'entrée. Au fond, des barres parallèles, un cheval d'arçons et des poutres se découpaient dans l'obscurité.

« On n'a pas vraiment le droit…

— On se cachera, personne ne nous verra. »

Il l'entraîna dans un coin sombre et grimpa sur une pile de tapis. Ambre l'imita en jetant des coups d'œil anxieux dans le hall.

« Ça sent le vieux tapis et la magnésie, commenta Ambre. Ça me rappelle mes années collège.

— Ça s'est bien passé avec tes parents, non ?

— Ouais…

— Tu as discuté avec ta mère dans la cuisine ?

— En quelque sorte.

— Tu veux pas qu'on en parle ?

— Je pensais à autre chose. »

Il n'arrivait pas à discerner son visage dans le noir.

« Quitte à revenir ici, j'aimerais… comment dire… aller au bout.

— C'est-à-dire ?

— Angéla. J'aimerais la revoir. »

Tim ne put retenir un soupir de soulagement. Il s'était attendu à l'entendre évoquer Philippe.

« Elle a un appartement à Lyon, pour ses études. Enfin, si elle y vit toujours. On pourrait y aller demain.

— Oui, bien sûr. Tu… tu devrais la prévenir, non ?

— Non. Si jamais je change d'avis… »

La pluie produisait un bruit apaisant. Ils se laissèrent bercer, à demi allongés sur les tapis.

« Je suis sûre qu'elle m'en veut à mort.

— Ça fait un an et demi… Elle ne t'en veut sûrement plus.

— Ou au contraire elle m'en veut encore plus. Comme toi avec ton frère.

— Ça n'a rien à voir. »

Au ton de sa voix, elle comprit qu'ils ne devaient pas parler de son frère. Le silence s'installa de nouveau.

« Tu sais que c'est dans un gymnase que j'ai eu mon premier baiser ? dit-il finalement pour dévier vers un sujet plus léger. En troisième.

— C'était une fille ou un garçon ?

— Un garçon. J'ai jamais embrassé une fille.

— Non ! C'est vrai ?

— Te moque pas !

— Je me moque pas. Ça me surprend, c'est tout.

— Qu'est-ce qui te surprend ?

— Je sais pas… La plupart des gays mettent du temps à s'en rendre compte, non ? Ils commencent par sortir avec des filles.

— Pas moi.

— Tu veux dire jamais ? Même pas à l'école primaire ? Même pas un petit bisou ?

— Non. Même pas. »

Elle resta ébahie quelques secondes.

« Tu as… tu as toujours su alors ?

— En quelque sorte. C'était pas aussi clair… Je savais pas forcément que j'aimais les garçons mais je savais que je n'aimais pas les filles. J'ai jamais eu d'amoureuse à l'école primaire. Au collège, pendant les fêtes, j'ai jamais eu envie de danser un slow avec aucune d'elles. Encore moins de les peloter derrière les arbres de la cour, comme le faisaient mes copains. Ça m'intéressait pas. C'est ce que je disais. On était encore beaucoup au collège à préférer jouer au foot entre garçons plutôt que d'aller draguer les filles. Je disais qu'elles étaient stupides. Un petit con parmi tous les petits cons du collège.

— Comment est-ce que tu as fini par comprendre ?

— Il y avait un garçon dans ma classe. Grand, blond, sportif.

— Un Anton.

— Oui, à peu près. Je l'admirais. Il était sûr de lui, drôle. Des tas de filles étaient amoureuses de lui mais il n'en regardait aucune. C'est peut-être ça qui m'a le plus plu chez lui… Je faisais tout pour me retrouver avec lui. Je me suis inscrit dans l'équipe de basket où il jouait… Il continuait de rejeter toutes les filles, j'ai fini par me persuader qu'il était comme moi. Je… je ne savais pas encore ce que ça signifiait. Je ne le nommais pas encore. Tout ce que je savais, c'était que j'avais toujours envie d'être avec lui. »

Elle resta silencieuse pour l'encourager à poursuivre.

« À la fin du collège, il y a eu un genre de bal de promo, dans le gymnase. Il y avait de la musique. Officiellement, il n'y avait pas d'alcool. Officieusement, on en avait caché des stocks dans les vestiaires. J'étais saoul. Pour la première fois de ma vie. Lui aussi. Je me rappelle, il… il avait dansé un slow avec une fille et ça m'avait vachement énervé. À un moment de la soirée, on s'est retrouvés tous les deux dans le vestiaire. Il y avait personne. Je l'ai taquiné un peu, poussé contre le mur, pour voir ce qu'il allait dire. Il n'a pas réagi. Il était peut-être trop saoul, tout simplement. Moi, j'ai pris ça pour un signe. Et je l'ai embrassé, comme ça. Il m'a repoussé en me prenant par le col, et il m'a fait jurer de ne jamais recommencer et de ne le répéter à personne, sinon il me ferait la gueule au carré. »

Ambre grimaça. On pouvait rêver mieux comme premier baiser.

« Alors, vous n'en avez plus jamais reparlé ?

— Non. Il y a eu les vacances d'été puis, à la rentrée, au lycée, il s'est tout de suite trouvé un autre groupe d'amis. Il est sorti avec une fille. Ils sont restés ensemble deux ans. C'était assez affreux de devoir les voir tous les jours.

— T'as mis longtemps à l'oublier ?

— Un an.

— Premier chagrin d'amour, alors…

— Ouais… Et grande révélation. »

Dehors, la pluie s'était calmée. Pourtant, ni l'un ni l'autre n'avaient envie de bouger. Tim poursuivit donc son récit. Après ce premier chagrin d'amour, il avait eu quelques aventures cachées qui n'avaient fait que confirmer ce qu'il savait déjà. C'était au lycée qu'il avait aussi connu ses premières amitiés avec les filles : une fois persuadé qu'il n'aurait jamais à les aimer, il avait commencé à les apprécier. L'une d'entre elles était amoureuse de lui. Parce qu'il était incapable de mentir, aussi bien aux autres qu'à lui-même, il n'était jamais tombé dans ce piège un peu facile qui consiste à sortir avec des filles pour se couvrir. À la fin du lycée, il avait décidé qu'il ne se cacherait plus. Il en avait parlé à ses parents. Elle connaissait la suite.

« Voilà, tu sais tout ! conclut-il. À ton tour.

— On ferait mieux d'y aller, il ne pleut plus.

— D'accord, mais je veux mon anecdote dehors. »

Ils sautèrent de la pile de tapis et traversèrent le hall désert.

« Alors ? insista Tim, tandis qu'ils reprenaient leur route.

— Une anecdote sur un gymnase ? »

Elle lui raconta Angéla qui l'avait un jour attendue à la sortie du gymnase pour lui voler un baiser, et ce fou rire qui avait marqué le début de leur amitié.

Ils marchèrent une bonne vingtaine de minutes avant d'atteindre le point de vue dont Ambre avait parlé à Tim. Il s'agissait de la terrasse d'un parc qui dominait la ville.

« Ça ne sera pas terrible, avec la nuit qui est déjà tombée… »

Au contraire, la vue n'en était que plus spectaculaire. Lyon étincelait. Le dôme de l'Opéra, la place Bellecour et sa grande roue, la Presqu'île, la passerelle du Palais-de-Justice, la cathédrale Saint-Jean, tout brillait de mille feux.

Il monta sur un banc, sortit son appareil et prit une rafale de photographies, silencieux et concentré. Puis ils se dirigèrent vers le centre-ville, regagnèrent les rues plus animées et s'assirent quelques instants dans un bar pour prendre un café. Plus tard, ils firent quelques boutiques. Tim cherchait un nouveau manteau.

Le manteau trouvé, il était l'heure de dîner et, devant chaque restaurant, on les alpaguait :

« Bonsoir, jeunes gens, un dîner en tête à tête, ça vous tente ? Menu spécial Saint-Valentin ! »

Ambre ne cessait de jeter des coups d'œil à l'intérieur de chaque restaurant, elle imaginait Philippe et sa femme attablés. Après tout, ils n'habitaient pas loin.

« On rentre dîner chez tes parents ? demanda Tim, tandis qu'ils quittaient les petites rues les plus animées.

— Oui. »

Ils mirent près d'une heure pour regagner la maison à pied. La nuit était glacée, le brouillard opaque. Ils étaient transis et grelottants lorsqu'ils passèrent la porte de la maison des Miller.

Les parents d'Ambre étaient tous les deux dans le salon. M. Miller lisait un journal sur le canapé et Mme Miller tricotait. La télévision, allumée en fond, diffusait un télécrochet musical.

Mme Miller se leva d'un bond en entendant la porte d'entrée.

« Vous êtes déjà rentrés ? s'exclama-t-elle, surprise.

— Oui, on... préfère dîner ici. »

Cela sembla lui faire plaisir. Elle remit quelques mèches en place dans son chignon, et déclara avec un demi-sourire :

« On n'a pas encore mangé. Qu'est-ce qui vous ferait plaisir ? On peut... on pourrait commander des pizzas. »

Tim acquiesça avec enthousiasme. M. Miller leva les yeux de son journal.

« On a plusieurs DVD à regarder si vous voulez. »

C'était vers Ambre que tous les regards étaient désormais tournés.

« Oui… Ça me va. »

Ils étaient presque bleus par le froid et Mme Miller leur suggéra de prendre une bonne douche chaude pendant qu'elle commanderait les pizzas. Ambre laissa Tim y aller en premier. Elle voulait rester seule dans sa chambre quelques instants. Depuis que sa mère lui avait annoncé que Philippe avait rapporté ses affaires, elle n'avait cessé d'y penser.

Elle ouvrit le placard mural, s'attendant à y trouver un grand sac contenant tous ses effets personnels, mais Mme Miller avait déballé et rangé les vêtements ramenés par Philippe. Ils étaient soigneusement pliés ou accrochés sur des cintres, et fraîchement repassés. C'était comme s'ils n'avaient jamais quitté la maison. Il y avait essentiellement des robes. Philippe aimait la voir en robe. La plupart avaient été achetées par lui. Certaines valaient très cher. Elle n'en avait plus jamais porté depuis sa sortie de l'hôpital. Plus une seule. Sur l'étagère du dessus, il y avait les livres qu'elle avait lus pour passer le temps dans l'appartement. Du maquillage, quelques affaires de toilette, un MP3, des écouteurs, des flacons de parfum, deux paires de ballerines…

Elle sursauta en entendant des pas à l'étage. Comme l'eau coulait encore sous la douche, elle en conclut que ce n'était pas Tim. Elle s'approcha doucement de la porte et l'entrouvrit. Dans l'entrebâillement, elle vit sa mère, les épaules légèrement voûtées, qui entrait dans la chambre de son frère. Elle entendit quelques pas, une fenêtre qu'on refermait, des oreillers qu'on tapotait, et Mme Miller ressortit avant de refermer soigneusement la porte. Quand elle aperçut Ambre qui l'observait, elle devint écarlate.

« Je… j'aère un peu, bredouilla-t-elle. Ça… ça prend la poussière sinon.

— Il est parti quand ?

— À la fin du mois de janvier.

— Seul ?

— Je… je crois. Il a dit qu'il voulait chercher du travail à l'étranger. D'après ma sœur, il y en a de plus en plus… des jeunes qui font ça.

— Et il a trouvé un logement ? Un travail ?

— On a reçu une carte postale l'autre jour. Il ne dit pas grand-chose. Juste qu'il va bien et qu'il est à Galway. »

On entendit la cabine de douche s'ouvrir. Mme Miller demanda avant de redescendre :

« Toi, tu n'as… tu n'as pas de ses nouvelles ?

— Non. »

Mme Miller hocha la tête et ses épaules semblèrent se voûter encore davantage. Elle ajouta :

« Vous n'avez jamais été très proches.

— Non. »

Ambre avait envie de dire que dans la famille personne n'avait jamais été très proche mais elle s'abstint. Mme Miller fit quelques pas vers l'escalier. Avant de poser le pied sur la première marche, elle se retourna :

« Les pizzas sont commandées. On vous attend en bas. »

Lorsqu'ils redescendirent vingt bonnes minutes plus tard dans des pull-overs bien chauds, les pizzas étaient déjà livrées. M. et Mme Miller patientaient, installés dans les fauteuils du salon.

« Vous avez une préférence pour le film ? » demanda M. Miller.

Il avait disposé plusieurs DVD sur la table basse. Ambre fit semblant de s'y intéresser, mais elle laissa Tim choisir. Le film n'avait aucune importance. Ce qui en avait, c'était qu'elle faisait l'effort, c'était que ses parents faisaient l'effort. Elle soupçonnait sa mère de ne pas être plus attentive qu'elle au film. Son regard glissait de temps en temps vers Tim et elle, comme pour vérifier qu'ils étaient bien là, qu'ils ne s'étaient pas évaporés.

À la fin du film, chacun s'étira en bâillant, commenta brièvement le scénario et les effets spéciaux avant de se souhaiter bonne nuit. Tim et Ambre rejoignirent leur chambre à l'étage sans aucune envie de dormir.

« C'est toi ? »

Tim s'était planté devant une photographie encadrée sur la table de nuit. On y voyait une fillette de sept ou huit ans aux cheveux couleur miel, assise sur une chaise en osier, les jambes se balançant dans le vide. Elle portait une natte et avait l'air un peu triste.

Elle se laissa tomber sur son lit.

« Oui, c'est moi.

— Tu n'as pas l'air très heureuse. Quand tu étais petite… tu jouais à quoi ?

— À la même chose que tous les enfants… J'avais des poupées…

— Montre-les-moi !

— Je ne sais plus où elles sont rangées…

— Je vais t'aider à chercher.

— Tu veux vraiment jouer à la poupée ?

— Et pourquoi pas ? »

Tim semblait tellement excité par l'idée qu'elle obtempéra. Elle se leva et ouvrit son placard.

« Tiens, apporte-moi la chaise de bureau, je ne peux pas les atteindre. »

Tim s'exécuta et, tandis qu'elle grimpait, elle entendit s'entrechoquer les cintres, plus bas.

« Qu'est-ce que tu fais ?

— Tu as vraiment porté ça ? »

Il avait un cintre à la main où pendait une petite robe bordeaux qui devait coûter plus cher que tous ses jeans réunis.

« Laisse ça. »

Il avait déjà attrapé une autre robe, noire, moulante, aussi onéreuse que la précédente.

« Laisse ça, j'ai dit.

— C'est à toi ?

— Non, c'est à mon frère !

— Ah, je me disais bien que ça ne pouvait être qu'à ton frère. Je ne t'ai jamais vue qu'en jean.

— Allez, range !

— Elles sont belles.

— Je dirai à Philippe que tu apprécies ses goûts. »

Il avait maintenant attrapé une trousse remplie de rouges à lèvres.

« Et tu mettais ça aussi ? Sérieusement ?

— Tu deviens lourd !

— C'est Philippe qui t'achetait tout ça ?

— Oui. Si tu veux savoir, il adorait me voir en pute. »

Elle sauta de la chaise, exaspérée. Elle n'avait plus aucune envie de chercher les poupées.

« Arrête ! J'ai jamais pensé ça !

— Tu as pensé quoi alors ?

— Que ça faisait très femme.

— Oui, c'est ce que je suis. Tu ne l'avais peut-être pas remarqué. »

Il poursuivit l'inspection de sa garde-robe, totalement sourd à ses sarcasmes.

« Non, je veux dire… une vraie femme.

— Ok, là tu t'enfonces. »

Il l'observa de la tête aux pieds, la robe toujours à la main.

« Je t'imagine pas avec ça…

— Tant mieux puisque je ne les porterai plus jamais.

— Tu veux pas en essayer une ? »

Elle lui arracha le cintre des mains et le raccrocha avec fracas sur la barre de la penderie. Il ne se laissa nullement impressionner par son regard noir :

« Porte-la juste une seconde.

— Va te faire voir, d'accord ?

— Si on ne peut plus s'amuser…

— Ça n'a rien de drôle.

— Et les poupées ?

— Pas trouvées.

— Menteuse. Pousse-toi. »

Il grimpa à son tour et se mit à inspecter les cartons entreposés tout en haut. Il choisit le plus grand, duquel dépassait une carte d'anniversaire décorée de paillettes dorées.

« Tiens, attrape ! »

Elle réceptionna le carton et attendit que Tim la rejoigne pour l'ouvrir. Bonne pioche : il était plein à craquer. Des jouets, des peluches, des babioles, des photos et des cartes d'anniversaire.

« Qu'est-ce que c'est ? demanda Tim en regardant au fond.

— Des photos de moi, on dirait.

— Il y en a un paquet !

— C'est la première fois que je les vois. C'est flippant.

— Pourquoi ils ne te les ont jamais montrées ?

— Je sais pas. »

Il les fit défiler. On voyait Ambre à tout âge. Le dernier cliché devait dater de ses quatorze ans : une jeune fille bien droite, à la raie impeccable, à côté de son frère.

« Et ce carton, tu savais qu'il existait ?

— Non.

— Regarde ce qui est écrit. »

Il lui désigna une face du carton. On y lisait : *Pour Ambre, à découvrir ou redécouvrir quand tu seras adulte.*

« Alors c'est vrai, lâcha-t-il avec affliction. Vous ne parliez pas. »

Il joua quelques instants avec la carte d'anniversaire pailletée. Quand on l'ouvrait, une mélodie criarde entonnait un *Happy birthday to you*.

« Ils sont contents que tu sois là. »

Elle se pencha sur le carton pour en sortir d'autres objets.

« Ta mère n'arrête pas de jeter des regards inquiets dans ta direction. Tout le temps. Je l'ai vue pendant le film. On dirait qu'elle a peur que tu disparaisses. »

Bien sûr qu'elle savait. Pour se donner une contenance, elle attrapa un jeu de dames miniature et un élastique fluo.

« Il s'est passé quoi dans la cuisine cet après-midi ? J'ai entendu des pleurs.

— C'était pas moi si c'est ce que tu voulais savoir. Je ne pleure pas toujours.

— Je sais. »

Elle tenta une diversion en lui mettant un jeu de cartes sous le nez.

« Tu te rappelles ces jeux des sept familles ?

— Pourquoi elle pleurait ? »

Elle poussa un soupir las avant de laisser tomber les cartes au sol.

« Elle pleurait parce que je lui en ai fait voir de toutes les couleurs.

— Mais tu faisais ça pour qu'ils arrêtent de détourner les yeux, non ?

— Oui. Mais quand ils ont réagi, je les ai pas laissés m'atteindre. Je suis partie de la maison.

— Qu'est-ce que tu veux dire ? Tu penses que tu as ta part de responsabilité ? »

Elle haussa les épaules.

« J'ai dit que je les trouvais silencieux, mais j'ai jamais essayé de leur parler. Je me plaignais qu'on ne soit pas proches, mais j'ai toujours été froide et distante.

— Tu attendais qu'ils t'appellent au chalet. Et quand ils le faisaient, tu ne répondais pas.

— Ouais, c'est ça. Mais ils n'ont jamais su insister. Ils sont trop faibles.

— Ils le sont tous.

— Les parents ? »

Tim acquiesça, l'air grave.

« Pendant des années, on croit qu'ils sont forts, qu'ils nous protègent. Et puis… on ouvre les yeux et on se rend compte que ce sont eux les faibles et que nous, on peut les briser en quelques mots.

— Leur problème, c'est qu'ils nous aiment. Malgré tout ce qu'on fait. Je veux pas être parent. Jamais.

— Moi non plus. »

Ambre étouffa un petit rire.

« On serait des parents affreux.

— Comme tous, non ?

— Je ne sais pas… Rosalie est une bonne mère. Elle tient la route.

— Sophie a six mois. Quand elle aura quatorze ans, elle traitera sa mère de vieille conne et Rosalie fera une dépression. »

Ils s'esclaffèrent et, pendant quelques secondes, on n'entendit que leurs rires aussi légers que des rires d'enfants. Puis Tim se pencha à son tour au-dessus du carton.

« Il y a des peluches, là, au fond. »

Il extirpa un ourson beige à qui il manquait un œil.

« J'avais le même ! s'exclama-t-il.

— Fais voir, ça fait des années que je ne l'ai pas vu.

— Comment il s'appelle ?

— Martin. »

Elle le posa devant elle. Quand elle releva la tête, elle avait l'air grave.

« Je vais arrêter de leur en vouloir. On ne peut pas leur en vouloir d'être faibles. »

Il resta quelques secondes songeur, avant de lâcher :

« Non.

— Ton frère…

— Quoi, mon frère ? répliqua-t-il aussitôt, sur la défensive.

— Il a juste été un peu lâche, lui aussi.

— Si tu la fermes pas maintenant, je ressors les robes de Philippe ! »

Elle se renfrogna et chacun reprit sa chasse au trésor en posant sur la moquette ses trouvailles. Sans échanger un mot ni un regard. Finalement, Tim attrapa le bras d'une poupée et la sortit du carton, triomphant.

« J'en ai une !

— Tire pas comme ça sur son bras, il va se détacher ! Celle-ci, c'est Céline. »

Elle désigna un trou au milieu des cheveux blonds.

« Je lui avais fait une petite coupe.

— Heureusement que tu es serveuse, finalement… »

Sous le tas de babioles, Ambre aperçut un autre bras en plastique et quelques mèches de cheveux. La seconde d'après, elle sortait du carton deux autres miraculées.

« Caroline et Marine, déclara-t-elle en les asseyant sur la moquette.

— Enchanté, mesdames. »

Ils formaient un petit cercle, tous assis par terre : Caroline, Céline, Marine, Martin et eux, parfaitement ridicules avec leurs corps trop grands. Tim extirpa encore une théière bleue en plastique et un service complet de tasses qu'il disposa devant eux. Il leva sa tasse.

« À ta santé !

— T'es bête.

— Quoi ? Tu préfères manger quelque chose ? Bouge pas. On a tout ce qu'il faut. » Il se pencha au-dessus du tas de babioles. « J'ai une carotte. Et un hot-dog. Hé, il y a même des couches pour poupées ! »

Il était ébahi.

« Il y avait pas ça chez toi ?

— Non. C'est bien connu, les petits garçons jouent aux voitures. Sinon, ils risquent de devenir gay. »

Déjà, il extirpait un diadème argenté orné de diamants rouges en plastique.

« Tu m'as déjà refusé les robes, alors tu ne peux pas refuser de porter ça ! »

Elle essaya de le repousser en riant mais il insista tellement qu'elle finit par lui laisser poser le diadème sur sa tête. Puis il aperçut un petit coffret en bois fermé par un cadenas.

« Qu'est-ce qu'il y a là-dedans ?

— Je ne me rappelle plus.

— Je peux faire sauter le cadenas ?

— Vas-y. »

Il réussit à le briser sans effort.

« Oh, mais c'est magnifique !

— Qu'est-ce que c'est ?

— Des cailloux blancs. Je veux dire… des pierres précieuses ! Il y a aussi un trèfle à quatre feuilles. Ça, c'est un vrai trésor. »

Il y avait également une dizaine de billes, ce qui enthousiasma Tim :

« On fait une partie ? J'étais le meilleur de la cour de récréation !

— D'accord. Mais après, on joue aux petits chevaux. Je gagnais toujours. »

Ils disputèrent donc une partie de billes, qui se termina en fou rire lorsque Tim, voulant en récupérer une qui avait roulé sous le lit, se retrouva coincé, le pull pris entre deux lattes.

Quand il fut libéré, il découvrit encore un kit de tatouages. Vu son sourire, elle devina tout de suite où il voulait en venir.

Quand ils eurent les bras et les épaules recouverts de petits dinosaures, ils tombèrent en extase devant un lecteur CD portable.

« Il faut trouver des piles. »

Ils retournèrent toute la chambre pour en dénicher et enlevèrent finalement celles de son radio-réveil. Ils se vissèrent chacun un écouteur dans l'oreille et

Ambre lança la musique. C'était une compilation des plus gros tubes de leurs années collège.

« C'est génial ! J'avais pas entendu ces morceaux depuis… je ne sais pas… dix ans ! »

Ils s'allongèrent sur la moquette au milieu des poupées, de la dînette et des jeux de société pour écouter les morceaux.

Il était près de deux heures du matin quand le lecteur CD s'éteignit, les piles épuisées. Ils étaient à moitié assoupis sur le sol. Ambre se redressa légèrement, le dos douloureux.

« Tu dors ?

— Presque. »

Tim balaya du regard le tas de jouets avec une tristesse soudaine.

« T'as de la chance d'avoir tout ça. Ça fait des souvenirs.

— Tu en as plein toi aussi des souvenirs.

— C'est pas pareil. J'aimerais… je ne sais pas… avoir au moins un petit objet… un poster, un T-shirt, une figurine, n'importe quoi. J'ai rien pris quand je suis parti. Même pas des vêtements. J'ai fait ça dans l'urgence. J'avais juste mes papiers d'identité et de l'argent. »

Elle ne savait que répondre, alors elle se contenta de le regarder d'un air désolé. Puis elle aperçut le petit ours beige, qui semblait les fixer de son œil unique. Elle le ramassa et le tendit à Tim.

« Tiens, tu avais le même quand tu étais petit, non ? Il est à toi. »

Il retrouva son sourire mais secoua la tête.

« Non, j'en veux pas. »

Elle déposa l'ourson à côté de lui.

« C'est un cadeau, un cadeau ne se refuse pas. »

Il déplia ses jambes et se releva avec une grimace de douleur.

« Dans ce cas… merci.

— Comment il s'appelait le tien ?

— Célestin. »

Elle ébouriffa le crâne de l'ours en peluche avant de déclarer :

« Tu peux le rebaptiser Célestin. Il est d'accord. »

Sans plus un mot, ils se laissèrent tomber sur le lit tout habillés, les bras barbouillés de tatouages. Tim actionna l'interrupteur, plongeant la chambre dans l'obscurité. Ils se glissèrent sous la couverture et elle l'entendit étouffer un long bâillement.

Au plafond, les étoiles phosphorescentes que M. Miller avait fixées une dizaine d'années auparavant brillaient encore avec toute leur intensité. La respiration de Tim devenait de plus en plus régulière, mais soudain :

« Ambre ? »

Elle fit un effort pour revenir à la réalité. Dans sa tête, les premières images d'un rêve s'étaient déjà formées.

« Il y a quelque chose que je me demande… depuis un certain temps. Mais j'ai jamais osé te poser la question. »

Elle se raidit, pressentant un sujet délicat. Philippe ? Andréa ? Ses parents ?

« Alors je peux ?

— Oui… oui vas-y. »

Il prit le temps pour formuler sa question :

« Est-ce que tu as déjà pensé… est-ce que tu as déjà imaginé ce que seraient les choses si tu étais… morte ce jour-là ? »

Elle ne s'attendait pas à ça. Elle se retrouva totalement prise de court, incapable de répondre quoi que ce soit.

« Ambre ? chuchota Tim.

— Non je… je n'y ai jamais pensé.

— C'est parce que tu ne voulais pas vraiment mourir ?

— Je… je ne sais pas… peut-être que non.

— Quand il t'a trouvée… c'est toi qui l'avais appelé ?

— Non.

— Pourquoi il est arrivé pile au bon moment, alors ? »

Il l'obligeait à se remémorer. C'était désagréable. Elle avait tenté d'étouffer tout ça.

« C'était la pause déjeuner. Il a appelé. Il a demandé s'il pouvait venir. Mais il disait souvent qu'il allait passer… et il ne venait pas toujours… Alors j'ai fait un pari… plus ou moins. »

La vérité, c'était que si elle l'avait vraiment voulu, elle aurait eu tout le loisir de mourir. Philippe ne passait que quelques fois par semaine à l'appartement. Il aurait suffi de le faire pendant qu'il était au bureau. Elle n'aurait pas mis plus d'une heure à se vider totalement de son sang. Il l'aurait trouvée déjà froide et raide. Mais elle avait tenté le pari. S'il tenait sa promesse et venait, il pourrait la sauver. S'il ne venait pas, elle mourrait.

« Comment seraient les choses, d'après toi, si tu étais morte ? reprit Tim.

— Je ne sais pas… plus ou moins comme elles sont aujourd'hui.

— Je crois que tes parents n'auraient jamais pu s'en remettre… surtout après votre dispute. Tu n'y as pas pensé ?

— Non. Je n'avais plus envie de rien.

— Et le chalet ? Et nous ? On ne se serait jamais connus. »

Elle eut un rire amer :

« Je ne crois pas que ça aurait changé grand-chose à ta vie…

— Bien sûr que si.

— Oui, tu serais en train de passer la Saint-Valentin avec Anton au lieu d'être ici, dans cette maison glauque.

— Je suis content d'être ici. Je n'ai pas envie d'être ailleurs avec Anton.

— Je vais faire semblant de te croire alors.

— Je ne mens jamais. »

Il y eut de longues secondes de silence pendant lesquelles ils restèrent les yeux fixés sur les étoiles phosphorescentes du plafond.

« Qu'est-ce que ça aurait changé pour toi ? » demanda-t-elle au bout d'un instant.

Il mit tellement de temps à répondre qu'elle crut qu'il ne le ferait pas.

« Tu te rappelles… un soir… tu as dit que je te réparais. Eh bien… disons que… c'est réciproque.

— Je n'ai rien fait pour ça.

— Peut-être... Mais ce soir, par exemple, tu m'as fait retomber en enfance. Sans toute cette merde habituelle. Et tu m'as offert Martin. C'est important, ça aussi. »

Elle sourit en fixant les étoiles. Elle ne se serait jamais doutée qu'elle lui faisait tant de bien.

Il était presque midi lorsqu'ils émergèrent le lendemain. À la vue du champ de bataille sur la moquette de la chambre, ils se mirent à sourire comme deux gamins qui auraient fait une bêtise.

« On ferait bien de ranger », déclara Ambre.

Ils mirent du temps pour récupérer chaque figurine, chaque bille, chaque pion qui avaient roulé ici et là.

« Tu vas dire à tes parents que tu as trouvé le carton ? » demanda Tim tandis qu'ils refermaient le placard.

— Non. Un jour sûrement, mais pas aujourd'hui. »

Mme Miller était dans la cuisine, aux fourneaux, devant une pile de crêpes.

« Bonjour, lança-t-elle timidement en les voyant entrer. Bien dormi ? »

Ils acquiescèrent tous les deux.

« Ça sent bon ! s'écria Tim avec bonne humeur. C'est pour nous ?

— Oui. Je... comme vous ne vous leviez pas... j'ai pensé qu'un brunch serait... plus approprié.

— Très bonne idée ! fit Tim. Est-ce qu'on peut vous aider ? »

Mme Miller s'essuya les mains sur son tablier avec des gestes maladroits.

« Euh… oui, c'est gentil. On… euh… Ambre et toi, vous pourriez mettre le couvert.

— Je mets la table pour quatre ? interrogea Ambre.

— Oui. Ton père est à la pêche. Il… ne devrait plus tarder. »

M. Miller rentra alors que les crêpes venaient d'être déposées sur la table du salon. Mme Miller avait quitté son tablier et s'était jointe à Ambre et à Tim.

« La pêche a été bonne ? demanda Tim, tandis que M. Miller se laissait tomber sur une chaise.

— Rien du tout… Une mauvaise matinée ! »

On fit passer le plat de crêpes, les dés de jambon et de fromage. Tim et M. Miller continuèrent de discuter de la pêche et de la météo. Mme Miller restait silencieuse, jetant régulièrement des coups d'œil vers sa fille, aussi muette qu'elle. Ambre avait toujours voulu être différente. Ça avait été une obsession. Finalement, elle était son portrait craché. Taciturne et fermée. Il ne lui manquait que le chignon et cet air un peu las. Mais ce jour-là, elle s'en moquait. Ça avait même quelque chose de rassurant de ressembler à sa mère. Elle la trouvait presque touchante. Alors, quand elle surprit un de ses regards sur elle, elle lui sourit et Mme Miller rougit légèrement.

« Votre train est à quelle heure ? demanda-t-elle pour se donner une contenance.

— Seize heures.

— Et… quels sont vos plans pour cet après-midi ?

— Je vais sans doute montrer Lyon à Tim. »

Celui-ci approuva et Mme Miller consulta sa montre.

« Alors, il ne faudra pas trop tarder. »

Elle avait l'air un peu triste en disant cela.

Ils firent tous traîner le repas en longueur, plus ou moins conscients que quelque chose d'important s'était joué ce week-end-là et que ça allait prendre fin. Ambre aida sa mère à débarrasser la table et à remplir le lave-vaisselle. Elles ne parlèrent pas beaucoup et, quand elles le firent, ce fut de Simone, leur vieille voisine et la seule amie de Mme Miller. Lorsqu'elle allait prendre le thé chez elle, elle emmenait parfois Ambre autrefois. C'était une maison glauque, encore plus glauque que celle des Miller. Ambre avait toujours détesté y mettre les pieds.

« Elle a acheté une autre de ses immondes pendules. Tu te souviens de ses pendules ?

— Oui ! Il serait difficile de les oublier... Où est-ce qu'elle l'a mise ?

— Dans sa chambre. Elle s'est débarrassée de sa penderie à la place. »

C'était une conversation qu'Ambre aurait pu qualifier d'affligeante mais ça n'avait pas d'importance. Elles souriaient toutes les deux, un peu timidement, en médisant sur Simone, et c'était la première fois depuis de longues années qu'elles partageaient une forme de complicité.

« Et comment vont ses canaris ?

— Ça, ce n'est pas drôle, répondit Mme Miller. Elle avait mal fermé la porte de la cage et le chat des voisins les a tous mangés. »

Ambre ne put retenir un sourire.

« Si... c'est drôle.

— Surtout quand on sait que le chat des voisins s'appelle Gros Minet ! »

Elles rirent toutes les deux, d'une façon un peu exagérée, mais ça n'était pas grave.

Il fallut refaire les valises. M. Miller s'était proposé de les accompagner jusqu'à l'entrée de Lyon. Mme Miller leur avait donné un tas de crêpes emballées dans du papier aluminium, pour « manger avec vos collègues » au chalet. Ils se retrouvèrent sur le palier de la maison, tous un peu raides, dans le froid vif de février.

« Merci pour ce week-end, dit Tim.

— C'était un bon week-end, répondit Mme Miller. Vous... vous pouvez revenir quand vous voudrez. Tous les deux. »

Finalement, à force de tourner autour du pot, il fallut s'embrasser. Mme Miller serra un peu fort le bras d'Ambre en lui faisant la bise.

« Tu... tu nous appelleras ?

— Oui, bien sûr. »

M. Miller fit ronfler le moteur de la voiture et ils montèrent en lançant un dernier signe de la main à Mme Miller.

Sur le trajet, ils restèrent tous les trois silencieux. Quand ils arrivèrent à une bouche de métro, ils descendirent sans un mot.

« Je vais acheter les billets ! » déclara Tim.

Il voulait les laisser un peu seuls, alors il salua M. Miller, le remercia encore avant de disparaître dans les escaliers du métro. Il y eut un échange de regards gênés entre le père et la fille, et un geste maladroit pour se faire la bise.

« Alors… à bientôt, dit M. Miller en lui tapotant l'épaule.

— Ouais… à bientôt. »

Il voulut l'aider à porter son sac mais elle refusa. Il l'accompagna tout de même jusqu'aux marches.

« Bon retour… » Il hésita quelques secondes avant de terminer sa phrase : « Ça va maintenant, hein ? »

Il osait à peine la regarder droit dans les yeux.

« Oui, ça va.

— On t'appellera.

— D'accord.

— À bientôt. »

Ambre dévala les marches un peu trop rapidement et retrouva avec soulagement la foule qui se pressait devant le distributeur de tickets.

« On va voir Angéla ? »

La question de Tim resta sans réponse et il comprit qu'Ambre n'avait pas encore pris de décision.

Ils sortirent place Bellecour, leurs sacs de voyage à la main. C'était une journée froide et lumineuse. Ils s'assirent sous la statue de Louis XIV et Tim se leva bientôt pour prendre des photos. Il faisait des allers et retours vers elle, entre deux clichés, pour les lui montrer. Ensuite, il l'obligea à poser sous la statue.

« Tu as l'air crispée ! Détends-toi !

— C'est toi qui me crispes avec tes photos ! »

Ils rejoignirent le quartier du Vieux Lyon de l'autre côté de la Saône, déambulèrent un moment dans les petites rues pavées, s'arrêtèrent devant une vitrine de tableaux anciens, une librairie, un stand de gaufres. Face à la cathédrale Saint-Jean, Tim s'émerveilla mais refusa l'invitation d'Ambre d'y entrer. Lorsqu'il la vit commencer à s'agiter, consultant frénétiquement l'heure sur son portable, il comprit. Ils reprirent le métro, restèrent silencieux pendant tout le trajet et réapparurent devant la gare de la Part-Dieu. Là, elle l'entraîna sur le grand boulevard sans plus d'explications et prit une rue perpendiculaire. Ils s'arrêtèrent quelques secondes plus tard devant le hall d'un bâtiment situé au numéro 26.

« On y est ?
— Oui.
— Tu l'as prévenue ?
— Non. »
Elle leva les yeux vers une fenêtre, au quatrième étage.

« Il y a de la lumière. »
Il attendit quelques secondes et, comme il ne la voyait pas réagir, il la pressa :

« Alors ? Tu ne sonnes pas ?
— Arrête de me stresser ! »
Il haussa les épaules et posa un doigt sur le bouton de l'interphone qui indiquait : *Angéla Simon*.

« Si tu traînes, j'appuie…
— T'as pas intérêt !
— Trop tard. »
Elle le fusilla du regard. Il y eut un déclic, puis une voix masculine répondit :

« Oui ? »

Ambre resta quelques secondes interdite, la bouche ouverte. Tim lui envoya un coup de coude dans les côtes.

« Oui, c'est… euh… Angéla est là ? »

Il y eut deux secondes de silence à l'autre bout de la ligne et la voix traînante répondit :

« Ouais, j'ouvre. »

Tim poussa Ambre dans le hall, appela l'ascenseur et appuya sur le numéro de l'étage. Elle semblait trop hagarde pour faire quoi que ce soit. Alors que les portes s'ouvraient sur le palier du quatrième étage, des voix leur parvinrent. Elle reconnut celle d'Angéla.

« C'est qui ? disait-elle.

— Je sais pas, répondait l'autre. Elle a demandé si t'étais là. »

La seconde d'après, le visage d'Angéla apparaissait dans l'embrasure de la porte et la première chose que pensa Ambre, c'était qu'elle n'avait pas changé. Les mêmes cheveux noirs, le même visage pâle, légèrement arrogant, le même rouge à lèvres trop vif. Elle portait un de ses innombrables jeans troués qui tombait sur ses hanches, laissant entrevoir une culotte en dentelle. Pendant trois, peut-être quatre longues secondes, rien ne se produisit. Angéla, derrière sa porte, dévisageait les deux personnes qui se trouvaient sur le palier. Ambre restait immobile, incapable de prononcer un mot. Angéla ne la reconnaissait pas. Il aurait fallu qu'elle dise : *C'est moi, c'est Ambre*, mais l'émotion l'en empêchait. Elle n'avait jamais imaginé que sa nouvelle couleur de cheveux l'ait à ce point transformée. Ou était-ce quelque chose de plus profond, sur son visage, qui avait changé et la rendait méconnaissable… ? Enfin, Angéla poussa une exclamation de surprise et ouvrit la porte à la volée.

« Putain, c'est pas vrai ! » s'écria-t-elle, les yeux écarquillés. Comme Ambre ne réagissait toujours pas, elle s'approcha et vint se planter devant elle. « Ambre ? Ambre, ici ? »

Elle déglutit et hocha la tête, toujours sans un mot. Elle vit Angéla esquisser un geste dans sa direction et la surprise lui coupa le souffle. Elle ne s'attendait pas à cette gifle cuisante.

« Putain, Ambre ! Mais qu'est-ce que tu m'as fait ? »

Maintenant, Angéla l'attirait dans ses bras et la serrait contre elle. C'étaient des griffes qu'elle lui plantait dans le dos. Elle ne s'en rendait même pas compte.

« Pourquoi t'as fait ça ? Pourquoi t'es partie du jour au lendemain ? Qu'est-ce que je te déteste d'avoir fait ça ! On avait dit… on avait dit qu'on serait jamais assez bêtes pour laisser un mec se mettre entre nous ! Mais t'as été trop faible, faut croire. » Puis elle se radoucit et lui prit la main avec affection. « Je te déteste, mais je suis contente de te voir. Ça fait tellement longtemps ! Allez, viens, entre ! »

Elle sembla enfin se rappeler la présence de Tim, debout derrière elles sur le palier, et elle se présenta :

« Salut ! Je suis Angéla.

— Moi, c'est Tim. »

Elle se tourna de nouveau vers Ambre et demanda à voix basse :

« C'est ton nouveau mec ?

— Non.

— Allez, venez, entrez. »

L'appartement non plus n'avait pas changé : les mêmes meubles, les rideaux tirés, les canettes de bière qui traînaient au sol et l'air enfumé. Angéla les conduisit dans le salon où le garçon qu'ils avaient entendu à l'interphone était avachi sur le canapé, un joint entre les lèvres. Ambre ne l'avait jamais vu. Lui aussi portait un jean troué, il arborait des dreadlocks et un piercing à l'arcade sourcilière. Il les salua d'un signe de la tête avant de replonger dans un état second.

« Faites pas attention à lui. C'est Arnaud. Le mec d'une copine. Il squatte ici en ce moment. » Elle leur désigna une place sur le canapé. « Vous voulez quoi ? Une bière ? »

Deux haussements d'épaules lui répondirent. Angéla ramassa un pack qui traînait sur la table basse et leur tendit deux canettes.

« Ça te fait pas bizarre de revenir ici ? demanda-t-elle. Raconte-moi ! Qu'est-ce que t'as fait tout ce temps ? Pourquoi tu te pointes, comme ça, aujourd'hui ? T'es en galère ? T'as besoin d'un toit ?

— Non… Non. J'habite plus ici.

— T'es plus avec ton vieux, alors ? Sa femme l'a grillé ?

— Non. C'est pas ça…

— Il s'est lassé ? »

Ambre se retint pour ne pas être désagréable et répondit simplement :

« Peut-être. »

Angéla but une longue gorgée de bière avant de reprendre son interrogatoire :

« Tu habites où maintenant ?

— Dans les Hautes-Alpes. Pour la saison d'hiver. J'ai trouvé un job dans un hôtel.

— Tu fais la bonne ? »

Le ton était arrogant. Ambre ravala sa fierté et sa colère.

« Je suis serveuse.

— Pourquoi t'es partie là-bas ?

— J'avais pas de raison de rester ici. »

Angéla but une nouvelle gorgée de bière et s'enfonça dans le canapé.

« Tu sais, si tu m'avais pas lâchée comme tu l'as fait… t'aurais pu rester. On aurait mis le bail à ton nom aussi. C'était déjà chez toi. J'arrive pas à croire que tu aies tout lâché pour un mec. Un vieux en plus ! »

Ambre ne pouvait pas lui dire que si Philippe avait fait quelque chose de bien un jour, c'était de l'avoir coupée d'elle.

« Et tes cheveux ? Qu'est-ce que t'as fait ?

— Ce sont mes vrais cheveux.

— Je sais, mais c'est dommage… Le noir, ça te donnait un côté pulpeux. Là… on dirait une nonne. Ou une petite-bourgeoise.

— Moi je préfère.

— Te vexe pas, c'est juste une remarque. Avant, on pouvait rire avec toi… »

Ambre ne releva pas. Elle n'avait pas touché à sa bière et n'avait qu'une envie : quitter cet appartement au plus vite. Tim, à côté, n'était guère plus à l'aise et gardait les yeux rivés sur la table basse.

« T'as changé, reprit Angéla en la scrutant.

— Sans doute… Pas toi.

— Non, c'est vrai. J'ai peut-être pris un kilo ou deux. Mais sinon, je suis bien la même.

— Tu vas toujours à la fac ? »

Angéla sortit un paquet de cigarettes de sa poche et leur en proposa. Tous deux secouèrent la tête.

« Ça aussi t'as arrêté ? T'es devenue sacrément emmerdante, non ? »

Devant le visage tendu d'Ambre, elle ajouta précipitamment :

« Ça va, je rigole ! »

Elle alluma sa cigarette et tira une longue bouffée avant de répondre enfin à la question qui lui avait été posée :

« Oui, officiellement, je suis toujours à la fac. J'y vais une ou deux fois par mois… histoire de faire acte de présence et de calmer mes parents. Ils me paieraient pas l'appartement sans ça.

— Et le reste du temps ?

— Bah, comme avant, tu vois… On sort. On passe le temps… »

Elle continua de fumer en silence. Sur le canapé, à côté d'eux, le dénommé Arnaud marmonnait des paroles incompréhensibles, les yeux mi-clos.

« Donc t'es là que pour le week-end ? reprit Angéla au bout d'un instant.

— Oui. Je suis venue voir mes parents.

— Tu repars quand ?

— Dans une demi-heure.

— Ah, fit-elle, déçue. Tu restes pas…

— Non… J'étais dans le coin, alors… j'en ai profité pour venir… Savoir ce que tu devenais.

— Eh bien, tu vois… toujours pareil. »

Elle laissa tomber son mégot au fond de sa canette vide et se leva.

« J'ai encore des affaires à toi dans ma chambre… tu veux les voir ? Les récupérer ?

— Oh… tu peux les garder.

— Allez viens, ça sera marrant. »

Angéla l'entraîna, invitant Tim à les suivre. C'était étrange de revenir dans cette pièce où elle avait si souvent dormi. Rien n'avait changé ici non plus. C'était la même table de chevet où reposaient un verre vide et une boîte d'aspirine. Les mêmes vêtements qui traînaient au sol au milieu de tubes de rouge à lèvres. Angéla ouvrit le placard à côté du lit et lui désigna une rangée entière de robes, de chemisiers, de jeans.

« Je nous achetais tout en double, tu te rappelles ?

— Oui.

— On se faisait passer pour des jumelles. Les mecs adoraient ça, tu te souviens comme ça les excitait ? »

Elle ne répondit pas et souhaita de toutes ses forces que Tim n'ait pas entendu.

« T'as un mec en ce moment ? poursuivit Angéla en sortant des robes du placard et en les jetant sur son lit.

— Non, j'ai personne. Et toi ?

— J'ai des histoires à gauche à droite. Je me suis remise aux filles. Ça fait… un an et quelque. Depuis

370

que t'es partie à peu près… Un ras-le-bol des mecs. J'ai arrêté. »

Elle lui désigna les vêtements sur son lit.

« Tiens, sers-toi. Elles sont à toi ces fringues.

— Je te les laisse.

— J'aime pas les avoir ici. Ça me rappelle toujours à quel point tu m'as laissée tomber comme une merde.

— Arrête…

— Je m'en suis remise, va, ajouta Angéla. Personne n'est indispensable. Surtout pas toi. »

Le silence qui suivit était à couper au couteau.

« Récupère-les ou je les jette.

— Jette-les.

— Très bien. »

Elle prit les habits et les balança par terre. Puis elle resta plantée au milieu de la chambre, les bras croisés, fixant Ambre.

« On devrait peut-être y aller, intervint Tim. Le train…

— Oui. On y va, lança Ambre, reconnaissante.

— C'est qui, lui ? chuchota Angéla, tandis que Tim repartait dans le couloir.

— Un ami de l'hôtel.

— Tu couches avec lui ?

— Non. »

Ambre récupéra son manteau et son sac de voyage dans le salon avec empressement. Angéla les suivit jusqu'à la porte, l'air morose.

« C'était une visite éclair, marmonna-t-elle, tandis qu'ils appelaient l'ascenseur. Tu vas revenir à Lyon ?

— Je ne sais pas. »

L'ascenseur arriva et les portes s'ouvrirent.

« Merci pour la bière », dit Ambre.

Angéla fit un geste de la main qui signifiait : *Tu parles*. Tim entra dans la cabine et Ambre le suivit. Pendant quelques secondes, les portes restèrent ouvertes et les deux filles se firent face, l'une sur le palier, l'autre dans l'ascenseur. C'était la dernière fois qu'elles se voyaient, elles le savaient l'une et l'autre. Angéla semblait la plus affectée des deux. Elle affichait un air amer, quand Ambre ne montrait que son impatience de quitter au plus vite et pour toujours cet immeuble.

« À plus, lâcha Angéla en laissant retomber ses bras le long de son corps.

— Oui. À plus.

— Rentrez bien. »

Les portes se refermèrent et Ambre ne put retenir un soupir de soulagement. Tim ne dit pas un mot jusqu'à ce qu'ils aient quitté l'immeuble.

« Ce sera sans elle, hein ? demanda-t-il alors. Ce nouveau départ, ce sera sans elle. »

Ils rejoignirent le boulevard d'un pas pressé. Ils n'étaient pas en retard mais ils avaient dans l'idée de s'éloigner le plus vite possible de l'appartement d'Angéla.

« C'est bizarre, reprit Tim. Tu avais peur qu'elle t'en veuille à mort.

— Oui. Et c'est le cas, non ?

— Oui. Elle est pleine de regrets et d'amertume. Mais elle avait les yeux brillants en te regardant. Toi, non. »

Elle ne répondit pas mais songea que Tim avait raison. Ils s'arrêtèrent à un passage piéton et il se tourna vers elle :

« Elle aussi elle t'achetait des vêtements. Elle était comme Philippe, non ?

— Je… je ne sais pas de quoi tu parles…

— Si, tu sais. Mais ce n'est pas grave. C'est derrière toi, tout ça. »

Le feu piéton passa au vert et Tim l'entraîna à travers la foule qui se pressait sur la chaussée. Ce ne fut que plus tard, une fois installée dans le train, qu'elle comprit ce qu'il avait voulu lui dire. Angéla aussi avait fait d'elle une jolie poupée docile… Et Philippe lui avait volé son jouet.

Tim la réveilla à Valence pour la correspondance.

« Tu t'es endormie en une minute », fit-il remarquer.

Sur le quai, ils sautillèrent sur place pour tenter de se réchauffer.

« C'était un week-end fort en émotions, lança-t-il.

— C'était bien que tu sois là. »

Deux personnes passèrent devant eux, traînant une lourde valise, et elle attendit qu'elles disparaissent pour ajouter :

« Merci. »

Anton les attendait dans le hall de la gare de Montdauphin-Guillestre, les mains dans les poches et un sourire aux lèvres. *Comme à son habitude*, pensa Ambre. Revoir son visage, c'était comprendre qu'elle était bien rentrée à Arvieux, que la plongée au cœur du passé était bel et bien terminée.

« Ça a été ? interrogea-t-il, alors qu'ils rejoignaient la voiture sur le parking de la gare.

— Oui. Je crois.

— Tu manges avec nous ? J'ai préparé une tartiflette. »

Elle lui sourit mais elle aurait voulu lui sauter au cou. C'était exactement ce qu'il lui fallait ce soir-là. Ne pas se retrouver seule au chalet – Rosalie travaillait –, ne pas avoir à repenser à ce week-end, ni à faire le bilan. Les garçons avaient des milliers de choses à se raconter. C'était comme s'ils ne s'étaient pas vus depuis des mois. Ils passèrent le repas à parler et continuèrent jusque tard dans la nuit, avachis sur le canapé-lit. Ambre s'endormit sans même s'en apercevoir. Les voix ne la dérangeaient pas, au contraire, elles la berçaient.

Elle n'ouvrit les yeux que le lendemain matin, alors que le soleil se levait à peine. La première chose qu'elle aperçut, ce fut Tim qui dormait à côté d'elle, les poings fermés. Anton avait passé un bras autour de lui. Elle pensa qu'ils étaient beaux tous les deux.

Elle songea aussi qu'elle n'avait rien à faire dans cette pièce et dans ce lit, qu'elle n'aurait pas dû se trouver là. Mais il y avait ce détail : Tim tenait, dans un de ses poings, une longue mèche de ses cheveux. Ses cheveux couleur ambre. Il les avait entortillés entre ses doigts comme s'il s'était endormi en jouant avec. Si elle bougeait, si elle décidait de se lever, elle le réveillerait. Grâce à cette mèche donc, elle aussi faisait partie de la scène : elle complétait le tableau. Elle ne savait pas quel rôle elle y jouait mais elle devait en avoir un puisqu'il tenait cette mèche.

Un rayon de soleil réussit à percer le rideau et balaya le front de Tim. Elle continua de les observer en songeant à l'histoire qu'il lui avait racontée la veille. Ce garçon qu'il admirait, avec qui il voulait toujours être. L'équipe de basket qu'il avait rejointe pour passer plus de temps avec lui. Ce baiser volé dans les vestiaires. Son premier chagrin d'amour. Et à présent il était couché à côté d'Anton avec la même insouciance que si jamais personne ne l'avait fait souffrir. Comme si finalement ça n'avait pas vraiment compté puisque ce qui comptait aujourd'hui, c'était qu'il soit là, à côté d'Anton.

Cette image de Tim et Anton endormis, c'était comme la preuve que tout pouvait aller mieux, que Philippe ne serait un jour qu'un mauvais souvenir, que ses parents sauraient se rattraper, que tout n'avait pas été gâché.

Ce matin-là, il faisait un grand soleil, et elle songea que c'était le jour idéal pour entamer sa nouvelle existence. Un deuxième rayon venait de percer le rideau du studio. Anton poussa un soupir et Tim, toujours endormi, fronça les sourcils.

Ils ne le savaient pas, mais Ambre venait de décider de vivre, pour de bon.

SIXIÈME PARTIE

La vie pour de bon

« Qu'est-ce que c'est que ça ? »

Le soleil avait fini par inonder totalement le studio et Anton s'était levé. Pendant un instant, Ambre avait fait semblant de continuer à dormir. Elle l'avait entendu s'affairer dans le coin cuisine. Puis elle avait senti Tim s'agiter à côté d'elle et avait ouvert les yeux. Mais ni l'un ni l'autre n'avaient bougé. Ils étaient toujours allongés et regardaient Anton qui tenait à bout de bras l'ours en peluche beige.

« C'est Martin, finit par répondre Tim en se redressant sur un coude. Enfin, c'est plutôt Célestin… C'est ce qu'on avait dit, non ? ajouta-t-il en se tournant vers Ambre.

— Ouais. C'était Martin. Mais maintenant c'est Célestin. »

Anton continuait de les dévisager.

« C'est un ours en peluche quoi, lâcha Tim.

— Je sais mais… qu'est-ce qu'il fait là ?

— C'est un cadeau d'Ambre. »

Anton garda un sourcil levé, perplexe, et déposa l'ours sur le bar.

« Et ça ? » Cette fois, le ton était plus inquiet. Il brandissait un morceau de tissu bordeaux et l'agitait

au-dessus d'eux. « Est-ce que tu comptes te traves-
tir ? Putain… Ça doit coûter une fortune ! »

Ambre sentit son cœur s'accélérer. Elle se leva
d'un bond et arracha la robe des mains d'Anton. Elle
se tourna vers Tim, le regard noir.

« Pourquoi t'as pris ça ? »

Il parut gêné un court instant mais il répondit avec
amusement :

« Pour que tu l'essaies.

— Tu plaisantes ?

— Non… Tu vois… je laisse pas tomber aussi
facilement.

— T'es un grand malade. Si je savais pas que
t'étais gay, je te soupçonnerais d'être un pervers
sexuel. T'as ramené mes sous-vêtements aussi ?

— Alors, heureusement que je suis gay », tenta-t-il
sur le ton de la plaisanterie.

Elle ne riait pas du tout.

« Je t'avais dit que je ne voulais plus jamais les voir.

— Je voudrais juste que tu la mettes une seconde.
Une seule seconde.

— Je ne la porterai jamais. J'ai pas été assez
claire ?

— Je suis sûr qu'un jour tu changeras d'avis. »

Anton les observait maintenant avec un drôle d'air.

« Ou alors je la porterai… le jour où tu auras
décidé de revoir ton frère.

— C'est quoi le rapport ?

— C'est juste pour dire que ça n'arrivera jamais. »

Il s'apprêtait à répliquer mais elle se leva du
canapé-lit.

« Où tu vas ? »

Elle fourra rageusement la robe dans son sac de voyage, qu'elle poussa d'un coup de pied au fond de la pièce.

« Voilà ! Elle est à sa place maintenant.

— Euh… c'était quoi ça ? intervint Anton.

— C'est une robe que Philippe lui avait offerte.

— Non, cette petite scène de ménage. »

Ambre, les yeux brillants de colère, ne put retenir un cri du cœur :

« Dis-lui qu'on ne fait pas ça ! On ne vole pas les vêtements ! Et on n'oblige pas quelqu'un à porter une robe !

— Je ne t'oblige pas. J'essaie de te convaincre ! »

Anton arrêta leurs protestations d'un geste.

« Parfois, j'ai l'impression que vous avez trois ans. »

Il jeta un regard à Tim, toujours assis dans le lit, torse nu.

« Non mais c'est quoi ces tatouages, Tim ?

— Des dinosaures. Ambre a les mêmes ! Et elle a dormi avec un diadème toute la nuit ! »

Elle répliqua en riant :

« Il a perdu aux billes !

— On n'a même pas fini la partie ! »

La colère s'était envolée en une seconde. Anton leva les yeux au ciel, amusé.

Lorsqu'ils regagnèrent le chalet, peu avant le service du midi, une surprise les attendait. Rosalie était avachie sur le sol du salon, au milieu des cubes, tandis que Sophie se tenait fièrement assise.

« Incroyable ! » s'exclama Ambre.

Son cri fit sursauter la petite fille, qui fut à deux doigts d'éclater en sanglots. Ambre la souleva du sol et la prit dans ses bras.

« Elle a attendu qu'on parte pour se tenir assise ! La crapule ! »

Rosalie se leva et se planta devant Ambre, les mains sur les hanches.

« Bonjour quand même !

— Salut, Rosalie. J'en reviens pas ! Elle se tient assise, ça y est ! »

Rosalie se résigna et salua Tim. Ambre n'avait d'yeux que pour Sophie.

« Comment c'était ?

— C'était cool, répondit Tim.

— Vous ne rentrez que maintenant ?

— On a dormi chez Anton.

— Vous auriez pu revenir avant. Vous m'avez manqué. Ça me tue de le dire… mais c'est vrai.

— Tu sais, j'en reviens pas… Un jour, on va se réveiller et elle marchera… »

Rosalie leva les yeux au ciel et Tim posa une main sur son épaule avec un air profondément désolé.

« Je suis navré. Tu n'existes plus. »

Il fallut raconter tout leur week-end à Rosalie. En détail. C'était toujours ainsi avec elle.

Le soir, lorsque Tim fut reparti chez Anton et que Rosalie et Sophie furent couchées, Ambre se retrouva seule. Et bizarrement, ce n'était pas une sensation désagréable. Elle s'installa dans le salon désert à côté du poêle à bois. Le regard perdu dans les flammes, elle eut enfin tout le loisir de penser : au week-end chez ses parents, à sa vie à Arvieux, à la vie en général.

Vers deux heures du matin, elle faillit pousser un hurlement lorsqu'elle vit Andréa debout à côté d'elle.

« Putain, Andréa !

— Désolé, je pensais que tu m'avais entendu entrer… »

Elle tenta de calmer les battements frénétiques de son cœur. Andréa s'installa dans un fauteuil à côté du sien.

« Ça va pas ? demanda-t-il.

— Si, pourquoi ?

— Il est deux heures du matin. Tu ne dors pas. Tu regardes le feu sans bouger.

— J'ai pas sommeil.

— Mais ça va ?

— Ben oui ! Et toi, d'où tu sors ?

— Oh… je… j'étais avec Adeline. »

Le silence retomba. Son cœur reprenait doucement un rythme normal. Ils se contentèrent de regarder le feu pendant quelques secondes, sans rien dire. Puis Andréa reprit :

« Ce week-end, t'étais avec Tim ?

— Oui.

— Il a dit que vous étiez chez tes parents. C'est faux, non ?

— Non. C'est vrai.

— Je croyais que tu les détestais.

— J'ai jamais dit ça.

— Tu as dit d'autres choses…

— Justement. Il fallait… en quelque sorte… clarifier les choses.

— Et tu les as clarifiées ?

— En quelque sorte.

— Tout est *en quelque sorte* avec toi. »

Il sourit et elle l'imita. Andréa sortit un paquet de feuilles à rouler de sa poche, un sachet d'herbe et les déposa sur l'accoudoir du fauteuil.

« T'en partages un avec moi ?

— Ouais, d'accord. »

Pendant un instant, on n'entendit plus que la respiration d'Andréa qui s'appliquait à effriter le cannabis.

« Ça se passe bien avec Adeline ?

— Ouais.

— Ouais, c'est tout ?

— On fait des trucs de couple. Tu vois, samedi on est allés au restaurant avec Greg et Héléna.

— Ça a l'air de t'enchanter. »

Il ne répondit pas tout de suite. Il termina d'abord de rouler son joint, puis il sortit un briquet de sa poche et l'actionna. La fumée s'éleva dans la pièce. Il tendit le joint à Ambre.

« Ça me fait un peu paniquer, pour tout te dire, lâcha-t-il enfin.

— Les trucs de couple ? »

Il s'écoula bien une minute avant qu'il ne se décide à répondre. La fumée avait envahi la salle et leurs esprits étaient déjà un peu engourdis.

« Si tu veux vraiment savoir… j'ai peur de pas être à la hauteur. » Il inspira une longue bouffée. « Tant que ça en reste au sexe, à la séduction… c'est facile. Je peux gérer. Il suffit de jouer un peu. » Le joint changea de main. « Mais après, quand ça devient plus sérieux… tu peux plus jouer. Faut laisser tomber tout ça. Et je ne sais pas faire après.

— Y a rien à faire. Il suffit d'être toi.

— C'est ça le problème. »

Elle l'observa, perplexe.

« Qu'est-ce qui te prend ? Tu fais une déprime ?

— Peut-être bien.

— Tu ferais bien d'aller dormir. Ça ira mieux demain.

— Non, ça n'ira pas mieux. »

Une bûche craqua dans le poêle et Andréa resta pensif quelques secondes.

« Je suis pas comme Greg ou Tim. Je ne suis pas drôle. Je ne suis pas quelqu'un de bien… J'ai rien d'intéressant à offrir. Franchement, je suis juste pas à la hauteur.

— Je suis sûre qu'Adeline pense le contraire.

— Elle ne me connaît pas encore assez. »

Ambre replia ses jambes contre elle et lui fit passer le joint.

« Pourquoi tu me racontes ça ? »

Elle n'avait pas voulu ce ton cinglant et elle eut peur, un instant, d'avoir été trop cassante.

« Je sais pas… Parce que t'es là, dans le salon. Ça t'ennuie ?

— Non. »

Ils continuèrent de fumer en silence. Bientôt, ils se retrouvèrent à demi allongés dans les fauteuils, les yeux rougis, l'esprit embrumé.

« Je devrais peut-être arrêter avec elle, ça ne mène à rien. J'ai rien à lui apporter. Je ne sais même pas si j'ai envie de cette histoire.

— Je croyais que tu l'aimais vraiment bien.

— Oui, mais… elle est posée. Elle a une vie bien rangée. Je ne sais pas si ça me correspond. »

Il écrasa le mégot sur le sol, ignorant la grimace d'Ambre.

« Tu vois, ça, elle le tolère pas.

— Quoi, que tu bousilles le parquet ?

— Non, que je fume.

— Tout le monde n'aime pas ça.

— Elle mange équilibré, fait du sport, boit mais pas trop. Elle a une idée de son avenir.

— C'est bien, non ?

— C'est pas pour moi. »

Il se redressa sur un coude et regarda Ambre. Elle avait les yeux clos, la tête renversée sur l'accoudoir. Elle paraissait presque dormir.

« C'est peut-être plutôt une fille comme toi qu'il me faudrait.

— T'as trop fumé, Andréa.

— Tu attends rien des autres. C'est ce que je préfère chez toi, je crois. » Elle n'eut aucune réaction et il craignit qu'elle ne se soit endormie. Mais il poursuivit : « Je le dis pas dans le sens où tu es totalement désabusée… style tu n'attends plus rien de personne. Je le dis dans le sens où tu prends les gens comme ils sont. Tu n'attends rien de plus d'eux.

— Peut-être, répondit-elle, les yeux toujours clos.

— Et puis… je ne sais pas… tu n'as pas d'a-priori ou d'idées préconçues sur ce que sera ta vie. Tu te laisses vivre.

— J'ai rien construit. J'ai pas vraiment le choix.

— Adeline me met la pression. J'ai l'impression que si je veux rester avec elle, je devrais… je ne sais pas… grandir… devenir adulte.

— C'est comme ça qu'on va quelque part. Pas en se laissant vivre.

— N'empêche que ça serait plus simple avec toi… On ferait l'amour… on fumerait… parfois on travaillerait et on mangerait. On n'attendrait rien de plus de la vie ou de l'autre. » Il attendit une réponse qui ne vint pas. « Tu dors ? »

Elle secoua la tête et répondit dans un grognement :

« Ça ne mènerait nulle part.

— Et alors ?

— Tu dis ça simplement parce que t'as envie de coucher avec moi, là, tout de suite. »

Elle avait les yeux toujours clos et un léger sourire sur le visage. Il sourit à son tour.

« Tu sais… on pourrait. Personne n'en saurait rien.

— Tu me fatigues. Si tu as envie de foutre en l'air ton histoire avec Adeline, fais-le tout seul. Ne m'inclus pas là-dedans. »

Elle l'entendit soupirer et se rallonger sur le fauteuil. Puis on ne perçut plus que le bruit du bois qui craquait dans le poêle à bois.

« Tu sais… t'avais raison l'autre jour.

— À propos de quoi ?

— À propos du fait que je suis froide et inaccessible.

— J'en ai jamais douté. »

C'était lui maintenant qui avait les yeux clos et la voix légèrement pâteuse.

« Je me rendais même pas compte que j'étais comme ça avec mes parents.

— Tu l'es avec tout le monde. Tu te protèges, c'est tout. »

Elle se redressa et posa une main sur l'accoudoir. Elle avait envie de lui proposer d'aller dans sa chambre. Après tout, il avait raison, personne n'en saurait rien. Son histoire avec Adeline serait préservée. Elle se leva, sa tête tournait légèrement. Elle s'agenouilla à côté de son fauteuil au moment où il ouvrait les yeux. Puis elle pensa, un quart de seconde, pas plus, à Tim et elle se redressa. Elle avait changé d'avis.

« Je vais dormir. À demain. »

Il essaya de retenir sa main quelques secondes mais elle le repoussa doucement.

« Dors, ça ira mieux demain. »

Vendredi 20 février 2009 15:16
De : ambre10@gmail.com
À : ambre10@gmail.com

Je me rappelle comme si c'était hier le soir où Tim m'a ramenée au chalet après le restaurant avec Philippe. Je n'avais jamais ressenti un tel sentiment de vide. C'était comme la fin du monde. L'abandon ultime. Quand j'y repense, je me demande comment j'ai surmonté cette nuit-là et les suivantes, mais surtout cette nuit-là.

Je me rappelle que je lui avais dit que rien ne m'attendait devant. C'était vrai, je ne croyais plus en rien. J'imaginais que je ne pourrais pas continuer à vivre après ça, à rire, à rêver.

Aujourd'hui, j'ai l'impression d'avoir déjà beaucoup changé. D'être plus calme. Plus sereine. Les choses me paraissent moins compliquées. L'espoir s'est infiltré un peu partout, je crois.

Je pense toujours à Philippe et j'ai toujours mal quand je pense à lui. Mais c'est comme vivre avec une entorse à la cheville. Au début, on souffre énormément, puis la douleur devient plus diffuse, plus lointaine. On a toujours mal mais on n'y prête plus autant attention, on apprend à vivre avec. Au bout d'un certain temps, la douleur fait même partie du quotidien. Elle ne nous empêche pas de vivre. Elle est là, c'est comme ça, on n'y peut rien, mais c'est presque comme si on s'en moquait.

Philippe, c'est un peu comme s'il faisait partie d'une autre existence, d'un autre univers, c'est peut-être ça qui m'aide. Ici à Arvieux, c'est un univers sans lui. C'est une autre vie. Ça le rend plus lointain.

Ça fait presque trois mois que je suis arrivée. Trois mois... C'est peu dans une vie normale. Un quart d'année. Mais trois mois au chalet, c'est comme une année entière. Les liens sont différents. On est au milieu des montagnes, coupés du monde, on se retrouve près du poêle à bois chaque soir.

Hier, Anton nous a emmenés au ski, Tim, Rosalie et moi. C'est Delphine qui a gardé Sophie. J'ai fait des progrès, c'est ce qu'il a dit. Mercredi, il nous a invitées à dîner. Rosalie est rentrée tôt, pour Sophie. Moi j'ai encore dormi chez eux, dans leur canapé-lit. Je ne voulais pas rester, je ne voulais pas les déranger, mais Tim a insisté et Anton a dit qu'il était heureux du moment que Tim était heureux. Il a ajouté qu'il aimait bien que je sois là.

Je l'aime bien Anton. Quand je le vois avec Tim, j'ai l'impression qu'ils n'auraient pas pu vivre l'un sans l'autre. Ils se sont trouvés.

Au début, je ne comprenais pas pourquoi j'étais si bien avec eux, dans leur studio. Maintenant je sais pourquoi. C'est tellement reposant. Je n'ai jamais vu une relation comme la leur. Simple. Entière. Je pensais qu'il y avait une part de jeu, de pouvoir, de jalousie dans toute relation amoureuse, même inconsciente, même invisible, même minime. Mais pas entre eux.

Tim et Anton s'aiment d'un amour qui n'existe qu'entre eux. Ils l'ont construit ainsi et il n'existera jamais qu'entre eux.

S'ils pouvaient – s'ils osaient – s'embrasser en pleine rue, en discothèque, n'importe où en dehors du studio, je suis persuadée que personne ne serait choqué. On penserait qu'ils sont beaux. Tout simplement. Moi c'est ce que je pense.

Andréa est resté avec Adeline. Je lui ai demandé si ça allait et il a dit oui. Je n'ai pas insisté. Il me regarde parfois avec une pointe de regret. Je crois que c'est ça son malheur. Il ne veut que ce qu'il ne peut pas avoir. Ou ce qu'il n'a plus. Aujourd'hui il me regarde avec envie et si je lui succombais, il se détournerait aussitôt. Je ne sais pas s'il arrivera à être pleinement heureux un jour. Je l'aime bien, moi, Andréa. Avec ses infidélités, son jeu, ses manières insupportables de dragueur. Je sais qu'il n'est pas que ça, contrairement à ce qu'il dit. Il est… je ne sais pas… une sorte d'ami, je crois. Pas comme Tim et Rosalie, pas comme Anton, pas comme Angéla à l'époque, c'est encore différent. Et même s'il n'est pas beaucoup au chalet, je suis contente quand il est là le soir. On ne se parle pas forcément mais j'aime bien voir de la lumière sous la porte de sa chambre ou entendre de la musique à travers les cloisons. C'est comme si on était une famille, c'est toujours rassurant de savoir que tout le monde est bien rentré à la maison.

« Bonjour, vous cherchez quelque chose ? »

Ambre revenait au chalet, accompagnée de Tim, les bras chargés de sacs. C'étaient eux qui étaient de corvée de courses cette semaine. Alors qu'ils approchaient, ils avaient remarqué un homme sur les marches en bois qui semblait chercher le numéro de la rue. Il était grand, brun, avec d'épais sourcils noirs. Il devait avoir entre trente et trente-cinq ans. Au premier abord, ils l'avaient pris pour un touriste mais il ne portait aucun bagage. L'homme eut un léger sursaut lorsqu'ils s'adressèrent à lui. Il paraissait nerveux.

« Je… je cherche l'hôtel Les Mélèzes.

— Vous êtes devant, répondit Tim. La réception est juste là.

— Euh… en fait… je cherche Rosalie. Elle travaille ici, n'est-ce pas ? »

Il y eut un instant de flottement et l'homme ne put ignorer la surprise qu'avait provoquée sa question.

« Oui, elle travaille ici, répondit finalement Ambre. Vous voulez que j'aille la chercher ?

— Oui, merci. »

Elle s'engouffra à l'intérieur avec ses sacs de provisions. Elle ressentait comme un malaise : Rosalie avait toujours dit n'avoir personne à l'extérieur du chalet. Cet homme pouvait être une vieille connaissance, un ami de passage dans la région… Mais elle avait le vague pressentiment que sa visite n'avait rien de banal. Il paraissait nerveux, très nerveux. Elle appela Rosalie à l'étage, toqua à sa porte, mais elle n'était pas là. Tandis qu'elle déposait les courses dans la cuisine, Delphine lui apprit qu'elle était partie conduire Sophie chez la nourrice : le service commençait dans un quart d'heure. Elle abandonna les courses entre les mains de Delphine et redescendit quatre à quatre les escaliers. Dehors, Tim et l'homme fixaient leurs chaussures, silencieux.

« Elle n'est pas là, annonça Ambre en les rejoignant. Elle est allée amener sa fille chez la nourrice. »

Ni Tim ni elle ne purent ignorer le tressautement des muscles sur le visage de l'homme.

« Pardon ?

— Elle est allée amener sa fille chez la nourrice.

— Je crois que c'est elle qui revient », intervint Tim.

Il désignait une silhouette, au bout de la rue, qui arrivait d'un pas rapide, la poussette vide devant elle. Rosalie continuait d'approcher, les yeux rivés sur la route. Quand elle ne fut qu'à quelques mètres du chalet, elle releva la tête et se figea instantanément. Elle porta sa main à sa bouche. Le silence et l'immobilité qui suivirent furent d'anthologie. Puis elle avança et dit d'une voix étranglée :

« Gabriel ? »

L'homme regardait la poussette, comme s'il s'était agi d'une bombe prête à exploser. Tim et Ambre, légèrement en retrait, n'osaient plus faire un geste.

« Comment tu as… qu'est-ce que tu fais ici ? » poursuivit Rosalie.

L'homme sembla doucement sortir de sa stupeur. Il cligna plusieurs fois des yeux avant d'exploser littéralement.

« Bon Dieu ! Je t'ai cherchée partout ! éructa-t-il. Ça fait des mois, Rosalie ! Des mois ! »

Rosalie se recroquevilla légèrement, comme pour se protéger de l'assaut.

« C'est quoi ça ? cria-t-il en désignant la poussette. C'est quoi ? » Sa voix montait dans les aigus. « Tu comptais me le dire ? Bon Dieu, dis-moi, tu comptais me le dire un jour ? »

Ses mains tremblaient. Ambre devina que l'homme ignorait jusqu'alors l'existence de Sophie. Pire, elle eut l'intuition qu'il s'agissait sans doute du père de Sophie.

« Tu as disparu du jour au lendemain ! Tu as changé de numéro ! Et maintenant… maintenant… »

En face de lui, Rosalie était pâle comme jamais. Son visage s'était décomposé. Ses mains s'agrippaient aux poignées de la poussette. Elle entrouvrit les lèvres mais, au lieu d'éclater en sanglots, comme on aurait pu s'y attendre, elle déclara d'une voix assurée :

« Gabriel, je te demande de partir… »

L'homme ne la laissa pas terminer sa phrase :

« Pas question ! »

Rosalie reprit avec assurance :

« Tu es sur mon lieu de travail. Je prends mon service dans moins de quinze minutes. »

L'homme hésita un moment, son regard passant de Rosalie aux deux autres, qui semblaient effectivement être des collègues de travail. Finalement, il répondit d'un ton plus pondéré :

« Je reviendrai demain. Et si tu fuis encore, je reviendrai après-demain. Et le jour d'après s'il le faut. Tu peux me croire, je ne lâcherai pas l'affaire. »

Rosalie déglutit avec difficulté mais son regard ne trahissait pas une once de faiblesse, seulement une profonde détermination. L'homme se retourna plusieurs fois en criant :

« Je reviens demain, Rosalie ! Tu me dois des explications ! »

Rosalie s'engouffra dans le chalet sans un regard ni un mot pour Ambre et Tim.

Lorsqu'ils entrèrent à leur tour dans le chalet, ils la trouvèrent assise sur une chaise de la réception. Sylvie, inquiète, était penchée au-dessus d'elle.

« Ça va aller ? demandait-elle.

— Oui, ça va.

— Tu veux un verre d'eau ?

— Oui, d'accord, un verre d'eau. »

Sylvie interrogea Ambre et Tim du regard mais ceux-ci répondirent par un haussement d'épaules. Ils n'en savaient pas plus qu'elle.

« Rosalie… tenta maladroitement Ambre, qui c'était ?

— Plus tard, s'il te plaît. »

Même si elle semblait au bord de la crise de nerfs, son ton était sans appel. Ambre n'insista pas. Sylvie revint avec un verre d'eau, que Rosalie but lentement. Déjà, Andréa et Gregory arrivaient, prêts à prendre le service, et Rosalie se leva, essayant de se recomposer un visage neutre.

« On y va ? » lança Andréa en passant devant eux.

Les épaules bien droites, Rosalie entra dans le restaurant la première, son moment de faiblesse était passé.

Il fut très difficile de se concentrer ce soir-là sur le service en salle. Le cerveau d'Ambre tournait en boucle. Visiblement, cet homme était le père de Sophie. Rosalie avait disparu du jour au lendemain, sans lui laisser ni adresse ni explication. Il ignorait l'existence de Sophie. Rosalie avait dû fuir lors des premiers mois de grossesse, elle avait donc disparu il y avait environ un an. Mais pourquoi fuir un homme, avec son bébé dans le ventre, sans le prévenir, sans lui donner la moindre explication, sans lui laisser la moindre chance de vous retrouver ?

À la fin du service, Rosalie s'éclipsa aussi vite qu'elle le put pour se rendre chez la nourrice. Ambre n'osa pas l'appeler ni la retenir. Elle se disait que le jour où elle serait prête à leur parler, elle le ferait. Elle la regarda disparaître à toute vitesse, tandis que Gregory s'approchait :

« Ambre, c'est mercredi soir. Tu viens au Sunny ? »

Elle n'en avait aucune envie. La scène devant le chalet l'avait plus perturbée qu'elle ne le pensait. Elle répondit non de la tête alors que Tim les rejoignait.

« Tu viens dormir à la maison ? Il faut qu'on raconte ça à Anton… »

Anton leur faisait réchauffer une soupe. Le micro-ondes ronronnait. Ils étaient perchés sur les tabourets de bar et parlaient comme des conspirateurs. Anton essayait de comprendre :

« Vous êtes sûrs que c'est le père de Sophie ? » C'était la troisième fois qu'il posait la question. « Qu'est-ce qui peut pousser quelqu'un à disparaître et à brouiller toutes les pistes afin de devenir introuvable, avec un bébé dans le ventre ? »

Ambre avança timidement :

« Si l'homme la maltraitait… »

L'air sombre de Tim lui confirma qu'il avait pensé la même chose. Mais Anton s'y refusait. La faute à son éternel optimisme, sans doute.

« Non ! répliqua-t-il. Ce n'est sans doute pas aussi dramatique !

— Tu penses à autre chose ?

— Peut-être qu'elle ne l'aimait plus, tout simplement.

— Pourquoi ne pas le lui avoir dit au lieu de partir comme une voleuse ? »

Anton haussa les épaules.

« Soit parce qu'elle portait son bébé et qu'il ne l'aurait jamais laissée partir en le sachant. Soit parce qu'elle voulait avorter en secret et finalement elle n'en a pas eu le courage.

— Non ! répliqua Ambre d'un ton sans appel. Pas Rosalie ! Elle est orpheline ! Et Sophie est la meilleure chose qui lui soit arrivée dans la vie. »

Anton joua quelques secondes avec une des cuillères qu'il avait déposées sur la table.

« Alors… peut-être qu'ils n'étaient pas vraiment en couple. Ça expliquerait pourquoi elle est partie sans lui donner d'explication.

— Elle m'a dit qu'ils avaient eu une relation », objecta Ambre.

Le soir du 31 décembre, dans sa chambre, elle se souvenait des mots exacts que Rosalie avait employés : « un mélange parfait entre amour physique et amitié amoureuse. »

« Elle était amoureuse, ajouta-t-elle.

— Ouais… mais elle est partie.

— Sans doute pour se protéger, elle et le bébé ! »

— On essaiera de lui parler demain », déclara Tim.

Quelques heures plus tard, ils s'endormaient dans le canapé-lit. Ambre eut un sommeil agité.

L'homme, comme prévu, revint le lendemain. En rentrant au chalet, Tim et Ambre l'aperçurent avec Rosalie. Le ton était monté car ils parlaient avec de grands gestes. Ils ralentirent un peu pour essayer de capter quelques bribes de la conversation. Le mot « enfant » revint plusieurs fois.

« Mais pourquoi ? »

Rosalie voulut tourner les talons mais il la retint par le bras et la secoua. Elle cria mais il ne se calma pas. Il attendait visiblement une réponse qui ne venait pas et il n'était pas décidé à la lâcher.

« Tu crois qu'il va la frapper ? » murmura Ambre avec anxiété.

Seuls quelques mètres les séparaient du chalet mais Tim décida d'intervenir :

« Hé ! Qu'est-ce qu'il se passe ? »

Rosalie et l'homme tournèrent la tête vers eux en même temps. L'homme relâcha sa prise. Il semblait confus tout à coup.

« Qu'est-ce qu'il se passe ? répéta Tim. Rosalie, tu… ?

— Laissez-moi régler ça toute seule. »

Elle avait le même regard déterminé que la veille, et une voix sèche.

« Tu veux qu'on… prévienne quelqu'un ? insista Tim en lui lançant un regard appuyé.

— Non, je veux que vous me laissiez seule ! »

Tim hésita quelques secondes, son regard allant de Rosalie, furieuse et à cran, à l'homme, les yeux rivés au sol. À le voir ainsi, accablé, il n'avait pas l'air dangereux. Tim fit signe à Ambre de le suivre, un peu dépité. Ils grimpèrent les marches du chalet et s'attardèrent un instant dans le hall, essayant de capter quelques mots, mais Rosalie et l'homme s'étaient mis à chuchoter.

« Ça va, tous les deux ? demanda Sylvie, derrière le comptoir.

— Oui, oui, ça va.

— C'est un ami de Rosalie ? »

Elle désignait l'homme, de l'autre côté de la porte vitrée.

« Euh… oui, je crois, répondit Ambre.

— Il était là dès huit heures ce matin. Il a demandé que je la réveille. J'ai refusé, bien sûr. Alors il est resté planté dehors, dans le froid, pendant presque deux heures. »

Ils échangèrent tous un regard étonné.

« Elle attendait sa visite ?

— Non… il est arrivé hier… à l'improviste. »

Les portes vitrées s'ouvrirent, les faisant tous les trois sursauter. Rosalie avait monté les marches du chalet, elle leur tournait le dos et criait quelque chose à l'homme qui repartait sur la route. Ils ne saisirent que la dernière phrase :

« Quinze heures place de la Fontaine ! »

Elle s'engouffra dans l'escalier, sans un regard pour eux.

Ils grimpèrent à leur tour : il fallait qu'ils mettent leur tenue avant de prendre le service et ils espéraient secrètement pouvoir parler avec Rosalie une fois à l'étage. Ils tombèrent sur elle dans le couloir. Elle chercha à les éviter. Ils ne voulaient pas s'imposer ni l'embêter, juste s'assurer qu'elle ne prenait aucun risque en acceptant de revoir cet homme. Alors, Ambre demanda timidement :

« Ça va ? »

Les yeux de Rosalie étaient fuyants.

« Oui, ça va. Je dois conduire Sophie chez sa nourrice. On se voit plus tard ? »

Elle leur adressa un sourire un peu faux et Tim intervint :

« Rosalie, attends ! Ce rendez-vous… cet après-midi… tu ne devrais peut-être pas…

— Je ne devrais pas *quoi* ? »

Ils furent surpris de la brusque sécheresse de sa voix. Cet homme la mettait dans un drôle d'état.

« Y aller… y aller seule… »

Rosalie ne cilla pas, ne répondit pas. Elle semblait ne pas comprendre à quoi ils faisaient allusion, alors Ambre finit par lâcher :

« On sait qu'il te battait. »

Elle ne savait pas pourquoi elle avait avancé ça. Sans doute pour provoquer une réaction chez Rosalie. De honte. De peur. Pour savoir. En avoir le cœur net. Elle ne s'attendait pas à la voir éclater de rire. Un rire froid et sans joie.

« Gabriel ? Me battre ? C'est la meilleure !

— On l'a vu t'agripper…

— Il est furieux et c'est bien normal !

— Je suis sûre que tu lui as toujours trouvé de bonnes raisons, mais… »

Rosalie l'interrompit brusquement :

« Vous vous trompez complètement. Le monstre dans cette histoire, ce n'est pas lui. » Elle écarta Ambre d'un geste vif, contourna Tim. « C'est moi. »

Et elle disparut dans le couloir à toute allure.

Ambre demanda à Tim :

« Qu'est-ce qu'elle a dit ?

— Je ne sais pas… je ne comprends plus rien. »

Rosalie voulait les éviter et s'y appliqua toute la journée. Elle ne se montra pas de la matinée et ne quitta sa chambre que pour disparaître avec Sophie chez la nourrice. Pendant le service, elle garda un visage impassible. Puis, ni Tim ni Ambre n'eurent le temps de la voir filer à son rendez-vous avec Gabriel.

Le soir, elle revint prendre le service avec le même masque impassible.

Tim décida de dormir au chalet, comme au bon vieux temps. Anton ne devait pas rentrer avant le lendemain soir.

« Tu crois qu'elle finira par nous parler ?

— Elle sera bien obligée.

— Pas forcément.

— Lui, en tout cas, il ne partira pas comme ça. S'il l'a cherchée pendant presque un an, il ne lâchera pas l'affaire. »

Ils furent interrompus par quelques coups frappés à la porte. Ils se redressèrent dans un même mouvement. Il était près de minuit. Il ne pouvait s'agir que de Rosalie. Ils furent heureux de n'avoir pas parlé à voix haute.

« Oui ? » lança Tim.

400

La porte s'ouvrit tout doucement et une tête apparut dans l'entrebâillement. Il s'agissait bien de Rosalie. Les traits fatigués, elle semblait vidée. Le masque était tombé.

« Je peux entrer ? demanda-t-elle. Je viens de coucher Sophie. »

Ils hochèrent la tête sans un mot. Elle traversa la pièce et vint s'asseoir à côté d'eux sur le lit.

« Tu n'es pas chez Anton ? interrogea-t-elle en se tournant vers Tim.

— Il a une compétition. »

Le silence s'installa. Ni Ambre ni Tim ne voulaient s'aventurer à poser une question. Rosalie joua quelques instants avec la couverture sur le lit.

« Vous parliez de quoi ?

— Oh. D'un livre qu'on a lu », répondit Tim.

Rosalie toussota, se tortilla sur place, avant de lâcher, à bout de souffle, comme si elle venait de courir un marathon :

« Je suis désolée pour tout à l'heure… Je… j'étais à bout de nerfs. »

Ils lui assurèrent que ce n'était rien, sans pour autant oser la questionner. Rosalie était nerveuse. Ils le voyaient. Ambre se décida quand même à demander :

« Ce… ce Gabriel, c'est… le père de Sophie ? »

Ils la virent acquiescer en se disant que pour ça au moins, ils ne s'étaient pas trompés. Nouveau silence. Rosalie se triturait les mains.

« Je… j'y arriverai pas si vous ne posez pas de questions », dit-elle.

Tim, toujours trop direct, démarra le premier :

« Pourquoi tu es partie ? »

Ambre se raidit, pressentant qu'elle risquait de se refermer illico.

« Non, bredouilla Rosalie. Pas ça... pas comme ça. Pas tout de suite. Il faut d'abord que... que vous compreniez... il faut que je vous explique le début...

— On t'écoute.

— On... je... Gabriel est professeur d'histoire. »

Ce n'était pas la phrase à laquelle ils s'attendaient, mais c'était un début. Ils hochèrent la tête pour l'encourager à poursuivre.

« On s'est rencontrés pendant une saison d'été. »

Elle attendit qu'ils interviennent. Ambre joua le jeu :

« Où ça ?

— Je travaillais dans un hôtel-restaurant sur la Côte d'Azur et il était le frère du gérant. Il... il venait lui donner un coup de main de temps en temps. C'est là qu'on s'est connus. » Puis, sans transition, elle ajouta : « Nous avons vécu ensemble un an. »

La pause qui suivit leur indiqua qu'ils devaient intervenir :

« Qu'est-ce qu'il s'est passé ensuite ? Il est devenu bizarre... ou violent ? »

Rosalie esquissa un sourire triste.

« Oh non. Je n'avais rien à lui reprocher. Tout allait... parfaitement bien.

— Alors... ? »

Elle poursuivit, comme si Ambre ne l'avait pas interrompue :

« Je n'étais pas toujours facile pourtant... Mais je n'ai jamais connu quelqu'un d'aussi patient que

Gabriel. » Cette fois-ci, elle était lancée : « On était bien… On s'en sortait *en tant que couple*. Il faisait beaucoup d'efforts avec moi. Je… j'ai découvert que j'étais enceinte au bout de deux mois et demi de grossesse. » Le point de rupture. L'événement déclencheur. « C'était pas dans nos projets, un bébé. On n'en avait jamais vraiment parlé, on était encore un jeune couple. On venait juste d'emménager ensemble. »

Elle écarta les bras pour montrer toute son impuissance.

« Ce bébé, c'était… je ne sais pas trop… J'ai tout de suite su que je voulais le garder. C'était plus qu'une évidence. C'était tellement fort. Je l'aurais gardé quel qu'en soit le prix. Je crois que j'aurais même pu tuer pour le garder.

— Il ne voulait pas d'enfants ? demanda Tim.

— Oh, c'est… plus compliqué…

— Explique-nous.

— J'étais persuadée qu'il n'en voulait pas… comme j'étais persuadée qu'il ne voulait pas de moi.

— Je ne comprends pas, intervint Tim. Tu veux dire que… tu ne lui en as pas parlé ? »

Elle secoua la tête, sans oser lever les yeux vers eux.

« Je voulais garder mon bébé, c'était tout ce qui comptait. C'était devenu une obsession.

— Et tu pensais alors qu'il aurait refusé ? demanda Ambre.

— À l'époque j'en étais persuadée. J'étais devenue complètement paranoïaque. Alors je suis partie du jour au lendemain sans donner de raison. Je n'ai pas laissé d'adresse, j'ai changé de numéro de téléphone. Voilà l'histoire.

— Non, pas *voilà* ! s'écria Tim avec véhémence. C'est incompréhensible ! Pourquoi tu étais persuadée qu'il ne voulait pas de ce bébé ? Qu'il ne voulait pas de toi ? Pourquoi tu es devenue paranoïaque ? Je n'arrive pas à saisir.

— Les orphelins ne sont jamais des personnes très faciles… Il faut le savoir. En général, on est névrosés, angoissés et impossibles à cerner.

— Je ne saisis toujours pas.

— Je souffre de ce que les psys appellent une phobie de l'abandon. »

Ils pensaient qu'elle ironisait, mais ce n'était pas le cas. Elle était tout à fait sérieuse. Et amère.

« Ils disent que j'ai sans doute vécu la mort de mes parents, jeune, comme un abandon. Les personnes comme moi ont disons… une espèce de peur permanente de revivre un abandon. Quand tu vis en permanence avec la trouille d'être laissé, que tu n'en dors plus la nuit, tu ne peux que foirer toutes tes relations amoureuses. Soit tu surinvestis pour t'assurer de l'amour de l'autre, tu demandes à être rassuré en permanence, tu deviens complètement possessif et exclusif… Il n'y a plus de limites. Soit tu passes, au contraire, ton temps à provoquer ce que tu redoutes le plus de subir.

— C'est-à-dire ? marmonna Tim.

— C'est-à-dire que tu passes ton temps à abandonner les autres avant qu'ils ne le fassent. C'est idiot. Inutile. Mais… chacun sa façon d'affronter ses névroses. »

Ambre intervint :

« Quand tu dis : "On passe notre temps à abandonner les autres"... ça veut dire que ce n'était pas la première fois que... que tu partais ?

— Loin de là ! Je quittais Gabriel plusieurs fois par mois. »

Ils restèrent bouche bée quelques secondes.

« Je disparaissais sans prévenir. Il rentrait le soir à l'appartement et j'avais disparu avec mes affaires. Lui, il attendait patiemment mon retour, sans jamais me faire de reproches. »

Ils la regardaient, effarés. C'était difficile à croire. Cette femme qu'elle décrivait ne pouvait pas être la Rosalie qu'ils connaissaient. La Rosalie qu'ils côtoyaient était tout sauf névrosée. Elle était douce et calme et réfléchie. Elle ne fuyait pas. Elle était toujours présente pour tout le monde. Elle sembla deviner leurs pensées car elle ajouta :

« La maternité m'a beaucoup changée. Depuis que j'ai Sophie, ma peur permanente de l'abandon a presque disparu. C'est idiot mais je sais que maintenant, il existe un petit être qui m'aimera toujours et aura toujours besoin de moi. » Elle tenta d'esquisser un sourire triste, qui ressembla davantage à une grimace. « Voilà, vous savez tout maintenant. »

Dans la chambre, on entendait presque les rouages de leurs cerveaux fonctionner à plein régime pour tenter de digérer ce que Rosalie venait de leur expliquer. Il aurait sans doute été plus simple de comprendre son départ si Gabriel avait été dangereux, violent, si elle avait cessé de l'aimer, ou même si elle avait décidé d'avorter en secret. Ils auraient dû faire preuve de tolérance, d'empathie, mais ils y seraient arrivés.

« Comment il a réagi cet après-midi ? interrogea finalement Tim.

— Bien et mal.

— Comment c'est possible ?

— Il était au bord des larmes devant Sophie. Il arrêtait pas de sourire bêtement, de répéter qu'elle lui ressemblait, qu'il était papa, qu'il n'arrivait pas à y croire.

— Ça, c'est la réaction en bien ?

— Il aurait voulu avoir ce bébé avec moi. Il l'a dit. Mais au fond, je pense que je le savais déjà, tout au fond de moi. Sans vouloir y croire.

— Il était en colère ?

— Oui. Et triste, et déçu. Il s'est senti trahi. Il n'a jamais cessé de me chercher pendant un an. Il ne comprenait pas pourquoi j'étais partie. Aujourd'hui, il ne comprend pas comment j'ai pu le priver de sa paternité. Et comment j'ai pu priver Sophie de père. »

Ses mots « C'est moi le monstre » vinrent spontanément à l'esprit d'Ambre.

« Tu n'as jamais changé d'avis ? demanda-t-elle.

— Si...

— Alors, pourquoi tu n'es pas revenue vers Gabriel ? »

Les traits de Rosalie se crispèrent légèrement, comme si elle venait d'être attaquée.

« J'ai beaucoup changé avec la naissance de Sophie. J'ai vraiment réalisé mon erreur quand elle est née.

— Tu n'es pas allée le trouver à ce moment-là… ?

— Cela faisait déjà beaucoup de temps… Six mois sans nouvelles… Je ne me voyais pas frapper à sa porte avec un bébé dans les bras… Je me disais : "Plus tard…" Et plus tard, c'était encore plus difficile. Cela faisait huit, neuf mois que j'avais disparu. Puis bientôt dix… puis un an. C'était impossible de revenir en arrière. Je n'aurais même pas su lui expliquer pourquoi j'étais partie. »

Tim interrogea à son tour :

« Il va se passer quoi maintenant ? »

Rosalie eut un frisson et elle resserra ses bras autour de ses épaules.

« Je ne sais pas trop… Gabriel va s'installer dans un hôtel, à Arvieux, jusqu'à la fin des vacances de février. Après, il devra rentrer à Paris pour le travail.

— Qu'est-ce qu'il a décidé pour Sophie ?

— Il veut la reconnaître. Il veut réclamer sa garde. Il… il faut qu'on réfléchisse… qu'on voie comment organiser tout ça.

— Il t'en veut beaucoup ? demanda Ambre.

— Oui, évidemment… Mais pas autant que je l'aurais pensé. Sans doute en souvenir de l'amour qu'il me portait… Il était vraiment patient, vous savez. Je fuguais, je ne faisais que ça. Quand je revenais, il ne disait rien. Au contraire, il trouvait toujours les mots pour me rassurer.

— Toi aussi tu l'aimais… dit Tim.

— Oui. »

Rosalie passa une main sur son visage fatigué. Elle semblait parfaitement lessivée maintenant. Elle se leva.

« Je crois que je vais aller dormir. »

Elle se dirigea vers la porte. Ambre attendit qu'elle ait la main sur la poignée pour poser la question qui la taraudait :

« Tu l'aimes encore ? »

Rosalie sursauta et se retourna, un sourire attendri sur le visage.

« Ça fait un an maintenant.

— Et ?

— Ce n'est plus la même histoire, ce ne sont plus les mêmes personnages.

— Qu'est-ce que tu veux dire ?

— Le Gabriel que je connaissais… c'était un autre. Il était doux, calme, toujours confiant. Aujourd'hui, c'est juste un homme au bout du rouleau. Il a mis toute son énergie dans ces douze mois de recherches. Il ne croit plus en rien. Il ne me fera plus jamais confiance. Il est amer, aigri. Et moi… moi j'étais sa petite amie, un peu névrosée et difficile, mais je revenais toujours. Aujourd'hui, je suis celle qui est partie sans un mot, sans une explication, qui l'a trahi, qui a décidé de le priver de sa paternité sans même lui en parler. Même s'il le voulait, il n'arriverait plus à m'aimer. Même s'il m'aimait encore en arrivant devant le chalet hier, il ne m'aime plus aujourd'hui. C'est une évidence.

— Alors, plus personne n'aime personne ? »

Ambre semblait dépitée. Tim était resté silencieux, terré au fond du lit. Rosalie leur sourit tristement.

« J'ai fait mon deuil de lui au fil des mois. Mes sentiments sont morts. »

Elle les dévisagea tous les deux. Ils semblaient vraiment tristes pour elle. Alors elle ajouta avec son ton maternel et sa douceur habituels :

« J'ai tout gâché. Ça doit vous servir de leçon. Quand on s'aime, on ne devrait jamais se poser de questions. Aucune n'en vaut la peine. Il faut se contenter de vivre son histoire. Promettez-moi que vous ne serez jamais aussi bêtes. »

Rosalie leur sourit à nouveau, puis elle disparut.

Ambre et Tim restèrent plongés dans leurs pensées un bon moment. Ils avaient du mal à intégrer tout ce qu'elle venait de leur révéler. Ce fut Ambre qui parla la première :

« Je ne peux pas y croire. Pas Rosalie. Rosalie… c'était comme un symbole ou un modèle. Quand je la voyais, je me disais qu'il y avait des gens bien, des gens qui ne faisaient jamais d'erreurs, qui avaient la sagesse en eux, qui savaient toujours quoi faire en toute circonstance… Je ne peux pas croire qu'elle ait été aussi faible qu'elle le dit… Qu'elle ait douté. Qu'elle… qu'elle ait fait *ça*.

— Y a pas de gens bien, Ambre. Réveille-toi. »

Elle tressaillit, surprise. Tim l'observait.

« Pourquoi tu dis ça ?

— On est tous des salauds un jour ou l'autre. On fait tous des mauvaises choses une fois dans notre vie. Rosalie comme les autres. Moi j'ai été un salaud avec mes parents.

— Tu te défendais…

— J'ai quand même été un salaud. Et .... l'as été au moins une fois dans ta vie. »

Silence.

« Par exemple avec Angéla. Tu es partie sans explication. Tu l'as abandonnée comme ça. Tu es revenue sans un mot d'excuse.

— Tu penses que…

— Je pense que tu as eu raison de le faire.

— Mais alors…

— Parfois, on a une bonne raison de se comporter comme des salauds. Rosalie en avait une. Je crois que son erreur ne l'a rendue que meilleure. »

Ambre acquiesça. Tim avait raison : la fuite de Rosalie et ses regrets l'avaient forgée telle qu'elle était aujourd'hui. Sage. Apaisée.

Il était près d'une heure du matin quand Ambre arrêta le jet d'eau brûlante de la douche. Lorsqu'elle sortit de la salle de bains, elle se rendit dans la chambre de Rosalie en tâtonnant dans la semi-obscurité. La lumière du couloir éclairait une faible partie de la pièce mais cela fut suffisant pour qu'elle voie le visage de Rosalie, ses yeux grands ouverts. Elle était allongée sur son lit mais elle était encore habillée.

« Rosalie…

— Ambre, qu'est-ce que tu fais là ?

— Je me suis dit… je me suis dit que tu n'avais peut-être pas envie de dormir toute seule ce soir… »

Le visage de Rosalie s'illumina d'un sourire. Elle était belle.

« Viens », dit-elle simplement.

Elles se serrèrent toutes les deux dans le petit lit une place, prenant garde de ne pas froisser le sommeil fragile de Sophie.

« Ça a été une dure journée », murmura Rosalie, comme un aveu de faiblesse.

Un petit grattement à la porte. Nouveau rai de lumière : dans l'entrebâillement se tenait Tim. Il se balançait d'un pied sur l'autre.

« Je peux entrer ? »

Rosalie sourit à nouveau avec cet étrange sourire qui lissait tous les traits de son visage.

« Viens, Tim. Il ne manquait plus que toi. »

Ils se serrèrent encore davantage, épaule contre épaule, hanche contre hanche, recroquevillés dans le petit lit. C'était réconfortant de se sentir entouré comme ça. Rosalie semblait heureuse de les sentir là, tout contre elle, après cette difficile journée. Ambre lui demanda avec son innocence de jeune fille de vingt ans :

« C'était comment ta vie avant ? »

Rosalie laissa passer un silence, sans faire un mouvement.

« Ma vie avant ?

— On peut en parler maintenant, non ? »

Ils ne distinguaient pas parfaitement son visage dans l'obscurité de la chambre, pourtant Tim et Ambre auraient juré qu'elle souriait encore.

Mardi 24 février 2009 15:16
De : ambre10@gmail.com
À : ambre10@gmail.com

On a tenu trois mois tous les trois, avec nos secrets et nos silences. Trois mois de vie commune.

C'est moi qui ai craqué en premier. À cause de Philippe. J'avais plus rien à perdre et donc plus rien à cacher. Puis c'est Tim qui a fini par raconter ses parents, son départ, sa reconstruction. Rosalie a été la dernière. Sans l'arrivée de Gabriel, je ne sais pas si elle aurait parlé un jour. Peut-être que nous n'aurions jamais rien su... Je préfère penser qu'elle nous aurait parlé. On est amis, après tout.

Maintenant, on se connaît tous les trois, pour de vrai. On connaît nos côtés les plus sombres comme les meilleurs, on connaît nos angoisses, nos névroses, parce que, après tout, on en a tous, pas besoin d'être orphelins...

Rosalie nous a raconté son histoire la nuit dernière.

Elle n'a pas de famille. Elle a peu d'amis. Quelques saisonniers avec qui elle n'a pas beaucoup gardé contact. Jusqu'à Sophie elle était sauvage. La peur de l'abandon, c'est ce qui a guidé toute sa vie, ce sont les mots qu'elle a employés. Elle ne laissait pas les gens s'approcher. Quand ils y parvenaient, elle les rejetait. Peu de personnes ont eu la chance de la connaître vraiment.

Elle avait tellement peur d'être laissée qu'elle s'est obstinée toutes ces années à rester dans la solitude la plus totale.

Elle a aimé Gabriel tout de suite. Avant même qu'il ne prononce le premier mot. Elle avait la voix un peu tremblotante quand elle a raconté ça. Avec lui, elle a fait des efforts énormes pour éloigner sa peur. Après quelques mois de relation à distance, elle a trouvé un travail dans un restaurant parisien pour pouvoir s'installer avec lui. Mais paradoxalement, au lieu de la rassurer, la vie commune a encore accentué sa peur de l'abandon. Au fil des mois, elle a multiplié les fugues. Le jour où elle a découvert sa grossesse, elle a franchi un palier de plus dans ses angoisses. Deux jours. Il ne lui a fallu que deux jours pour prendre sa décision et organiser sa disparition. C'est étrange de se dire qu'on peut changer le cours d'une vie – de trois même – en deux journées. 48 heures. 2 880 minutes.

La suite : elle a quitté Paris en plein mois de janvier. Elle a réussi à se faire embaucher dans un hôtel pour la fin de la saison d'hiver, dans un village perdu d'à peine deux cents habitants où elle était sûre que Gabriel ne la trouverait jamais. À la fin de la saison, elle n'a pas cherché de travail car elle entamait son congé maternité. Elle avait amassé une belle quantité d'argent, ce qui lui a permis de vivre trois à quatre mois sans revenus. Sophie est née à la fin du mois de juillet. Elle a tenté, en vain, de retrouver un emploi de serveuse mais elle était seule pour l'élever, avec des horaires décalés, sans possibilité de payer une nourrice. Elle a vécu de petits boulots, dans la précarité la plus totale, dans le sud de la France, jusqu'à ce qu'elle décroche ce travail à Arvieux, où Sylvie et Michel ont accepté de l'accueillir avec Sophie. Pourtant, jamais elle n'a été triste, jamais elle n'a été découragée. Elle avait sa fille et rien ne pouvait l'ébranler. Elle savait qu'elle s'en sortirait, c'était une certitude.

Ça, c'est bien la Rosalie qu'on connaît. Il paraît qu'elle est née en même temps que Sophie, cette nouvelle Rosalie, et que Gabriel ne la connaît pas.

On lui a demandé si elle pensait que Gabriel pourrait lui pardonner un jour. Elle n'a pas répondu. À la place, elle a dit qu'elle, elle s'était pardonné. Elle s'est longtemps détestée, elle a voulu cent fois revenir en arrière, changer le cours des choses, mais aujourd'hui elle sait qu'elle n'aurait pas pu agir autrement. Si elle est enfin apaisée, c'est en partie grâce à la naissance de Sophie et en partie grâce à sa fuite. Car elle a survécu à de longs mois de précarité et d'incertitude dans la solitude la plus totale, et elle s'en est sortie. C'est pour ça qu'aujourd'hui elle n'a plus peur. C'est pour ça qu'elle peut s'ouvrir aux autres désormais. Fuir a été une chance de renaître.

Anton rentra de sa compétition le lendemain. Il avait terminé premier, mais ce n'était pa[s] l[a] [comp]é[tition] tition la plus importante de la saison. Il [avait passé] quatre jours sur les pistes de ski les plus des Hautes-Alpes, pour faire la promotion de la boisson énergisante Xtreme, son sponsor.

Les parents d'Ambre appelèrent, demandant des nouvelles de Tim, le sourire dans la voix. Ils lui annoncèrent une deuxième carte postale de Mathieu qu'ils lui lurent au téléphone. Il avait trouvé un travail à Galway. Il était serveur, comme elle, et cela la fit sourire.

Gabriel et Rosalie se donnaient rendez-vous après le service de midi au café des Marronniers. Rosalie partait la mine grave, la poussette de Sophie devant elle. Elle ne leur racontait jamais en détail ce qu'ils se disaient pendant ces longues heures. Elle revenait apaisée. Mais un soir, elle leur annonça :

« Gabriel et moi, on s'est disputés cet après-midi. »

Ils étaient dans le salon. Anton n'était pas rentré de sa tournée de promotion et Tim passait ses nuits au chalet. Elle n'attendit pas leur réponse pour poursuivre :

« Il voudrait que je lui laisse Sophie pour la journée.

— Et toi, tu ne veux pas ? demanda Ambre.

— Et s'il partait avec elle et ne la ramenait jamais ?

— Tu le connais mieux que nous. Tu sais qu'il ne le ferait pas, n'est-ce pas ? »

Rosalie ne répondit pas et ils n'en reparlèrent pas.

Les vacances scolaires touchaient à leur fin ainsi que le séjour de Gabriel à Arvieux. Quand elle n'était pas avec lui, Rosalie passait de plus en plus de temps avec Sylvie, à parler à voix basse derrière le comptoir de la réception. Elles discutaient maternité, paternité, décisions importantes, garde alternée.

Anton n'était pas rentré, et Tim et Ambre se retrouvèrent seuls dans son studio, le vendredi soir, un peu dépités. Rosalie les tenait à l'écart. Ils auraient aimé qu'il en soit autrement, mais c'était ainsi.

Ils avaient terminé leur repas tardif, il était près de minuit et la vaisselle sale traînait dans l'évier sans qu'aucun des deux ait le courage de s'y atteler.

« Anton rentre quand ?

— Demain matin. »

Ils se sentaient déboussolés sans Rosalie et lui.

« Tu sais ce qu'on a fait la dernière fois qu'on était aussi abattus… ?

— On a bu ?

— Oui. Et on a dansé.

— J'ai pas envie.

— Justement. »

Quelques secondes plus tard, une bouteille de vin était posée sur la table.

Une heure après, la bouteille était vide et eux, ivres, affalés sur le canapé-lit.

« Pourquoi elle nous tient à l'écart ? marmonna Ambre.

— Elle nous croit trop jeunes pour comprendre, je pense.

— C'est vrai… Je ne comprends pas… Son plus grand rêve : fonder une famille !

— On est trop jeunes. Ou peut-être pas. Peut-être qu'on est trop lucides.

— Tu crois que t'auras jamais d'enfant ?

— Tu me poses la question à moi ? Comment tu voudrais que j'en aie ?

— Je ne sais pas... tu pourrais adopter. »

Il répondit par une moue dubitative et Ambre reprit de plus belle :

« Tu te vois comment dans dix ans ?

— Je ne me vois pas dans dix ans. Tout ce que ça implique... avoir une maison, des enfants, un chien, un travail fixe, tondre la pelouse le dimanche, ça ne m'intéresse pas. Et toi ? »

Elle réfléchit un moment avant de répondre :

« Honnêtement... je ne sais pas. Je ne sais même pas ce que je deviendrai à la fin de la saison, alors dans dix ans...

— Oui mais par exemple... tu aimerais te marier ?

— Non. Les robes ne me vont pas. »

Elle avait un léger sourire provocant. Tim leva les yeux au ciel.

« Donc pas de mariage. D'accord. Et des enfants ?

— Tu connais la réponse. On en a déjà parlé tous les deux, quand on était chez mes parents. »

Tim acquiesça. Pendant un temps ils laissèrent leurs esprits ivres divaguer. Puis Tim se releva sur un coude pour l'observer et il déclara :

« Alors, tu veux finir vieille fille ? »

Ce qui provoqua un rire passablement éméché.

« Oui.

— Sérieusement...

— Je suis sérieuse. C'est ce qu'il risque de m'arriver. C'est une vie comme une autre. »

Tim sembla réfléchir à la question quelques instants.

« Tu pourrais habiter avec moi », reprit-il.

Il l'observait toujours, l'air tout à fait sérieux.

« Promis, j'aurai ni maison ni chien. On ne tondra pas la pelouse le dimanche. »

Elle s'esclaffa et Tim se redressa tout à fait cette fois.

« Bon. On y va ?

— Où ça ?

— Danser. »

Le Monkey Club était bondé, comme toujours. Les vacances scolaires étaient presque finies et des étudiants avaient décidé de terminer leur séjour dignement. Tim et Ambre rejoignirent le bar en se frayant un chemin dans la foule. Sur la mezzanine, Tim avait repéré un groupe d'amis d'Anton mais il les ignora et commanda à boire.

« Tu ne vas pas les voir ? cria-t-elle pour couvrir le bruit.

— Non.

— Pourquoi ? »

Il haussa les épaules et attrapa les verres que le barman lui tendait.

« On est bien là, non ? »

Elle but son cocktail d'une traite. En haut, sur la mezzanine, elle venait d'apercevoir Andréa au milieu des amis d'Anton et elle comprit.

« Il y a Adeline, c'est ça ? »

Pendant quelques secondes, elle essaya d'apercevoir la jeune fille à côté d'Andréa. Elle était plutôt jolie, avec de longs cheveux raides et châtains, un port altier. Elle paraissait sûre d'elle, adulte.

« Regarde qui est là ! cria Tim. C'est pas Gabriel ? »

Elle tourna la tête trop rapidement et toute la pièce valsa autour d'elle. Tim lui désignait un homme debout devant le comptoir, les épaules voûtées, les mains cramponnées à un verre de whisky.

« Il lui ressemble. »

L'homme était seul. C'était bien le même visage, les mêmes traits réguliers qui inspiraient tout de suite confiance, les mêmes sourcils noirs et épais.

« Qu'est-ce qu'il fait là ?

— Il boit.

— Seul ?

— Viens, on va le voir !

— Non, Tim, attends ! »

Mais c'était trop tard, Tim jouait déjà des coudes pour le rejoindre.

« Salut ! » cria-t-il en se plantant face à lui.

Gabriel tourna la tête et les dévisagea sans les reconnaître.

« Vous êtes Gabriel, c'est ça ?

— Oui… oui. On se… connaît ? »

Son haleine laissait peu de doute quant à la quantité d'alcool qu'il avait ingurgitée.

« On est des collègues de Rosalie », expliqua Tim.

L'homme se fendit d'un sourire gêné.

« Oh… bonsoir. » Il eut un petit rire nerveux avant d'ajouter précipitamment : « Je suis désolé pour l'autre jour… J'ai pas été très correct, j'étais… disons très choqué. Je… je ne me suis jamais présenté d'ailleurs. Officiellement. Je suis Gabriel.

— Moi, c'est Tim.

418

— Et moi, Ambre.

— Tim et Ambre, je vois… Rosalie m'a beaucoup parlé de vous.

— Elle nous a parlé de toi aussi. »

Il vida son verre d'une traite et le reposa avec un bruit sec sur le comptoir.

« Vous buvez quoi ?

— Oh, on a déjà beaucoup bu… »

Mais Tim interrompit Ambre :

« La même chose que toi. »

Gabriel appela le barman :

« Trois whiskies ! » Puis il se tourna de nouveau vers eux. « Alors, qu'est-ce que vous savez sur moi ?

— Tout ! répondit Tim que l'alcool privait de tout filtre.

— Vraiment ? »

Il était désormais plus amusé que gêné.

« Je pensais que Rosalie était plutôt discrète.

— Elle a fini par craquer. »

Il récupéra les verres sur le comptoir et les leur tendit.

« Sophie ne me ressemble pas vraiment, hein ?

— Elle est noire ! » répliqua Tim avec le plus grand naturel.

Ambre s'attendait à voir Gabriel se rembrunir mais, contre toute attente, il éclata d'un grand rire et ils l'imitèrent.

« Elle est pas mal celle-là ! s'exclama-t-il. Mais tu sais, hormis le fait qu'elle est métisse et que je suis plus blanc que blanc, je crois qu'elle a mes yeux… »

Il avait raison. Il avait des petits yeux perçants, très bruns, les mêmes que Sophie. Il y avait également la façon dont ses sourcils se fronçaient quand il riait. C'était un détail presque imperceptible mais qui ne trompait pas.

« Ouais, je crois qu'elle a tes yeux.

— C'est pour de vrai ou pour me faire plaisir ?

— Non, c'est vrai. Alors, ça fait quoi de découvrir qu'on est papa ? » demanda Tim avec toujours la même spontanéité.

Gabriel toussota, le nez dans son verre.

« T'étrangle pas.

— Ça va. C'est… je ne sais pas… choquant et génial à la fois.

— Tu vas demander sa garde ? »

Tim était encore plus bavard que d'habitude. La faute à l'alcool qui faisait tomber le peu de réserve qu'il avait.

« Je… on est en train de s'organiser. Enfin, *je* suis en train de lutter pour qu'on s'organise. »

Ambre intervint pour la première fois dans la conversation :

« Elle ne veut pas te la laisser, c'est ça ?

— Elle me promet qu'on va mettre en place une garde alternée mais elle est incapable de me laisser Sophie ne serait-ce qu'un après-midi…

— Tu repars bientôt ?

— Dimanche soir. Dans deux jours.

— Tout doit être réglé dans deux jours alors ? »

Il but une longue gorgée de whisky et secoua la tête.

« Elle n'y arrivera pas. »

Ambre tenta, timidement :

« Elle a changé. Beaucoup. »

Elle avait foi en Rosalie. Profondément.

« Sans doute… Mais elle ne me laissera jamais partir avec Sophie à Paris.

— Tu ne pourrais pas rester un peu ? Le temps qu'elle s'habitue à l'idée…

— Je ne sais pas… Je pourrais sans doute demander un congé sans solde… pour quelques semaines. »

Sa réponse les surprit tous les deux. Ce fut Tim qui intervint :

« Pourquoi tu ne le fais pas ?

— Je crois que vous ne la connaissez pas comme je la connais. Si je la brusque, elle va fuir.

— Plus maintenant », insista Ambre.

Il poursuivit, comme s'il n'avait pas entendu :

« Vous savez, Rosalie c'est… elle est merveilleuse. Je vais avoir l'air con mais je suis totalement bourré… et vous aussi, alors on s'en fout… Elle est comme une fleur sauvage. Vous voyez ce que je veux dire ?

— Non… mais effectivement, ça a l'air con ! » se moqua Tim.

Gabriel l'ignora.

« Elle est comme une fleur rare et sauvage. Si tu veux avoir la chance de l'approcher, il faut être très patient… très délicat. Au moindre souffle de vent, elle se referme et elle disparaît. » Il fit un geste de la main, pour imiter un oiseau qui s'envole. « Tu rentres et y a plus personne. Plus de vêtements, plus de papiers. Disparue. Ça veut dire que tu as fait trop de bruit, que tu as été trop brusque, tu l'as effrayée quoi… Au début, c'était vraiment consternant. Je me disais : "T'es con de rester… elle n'est pas stable, cette fille… elle est un peu malade." Et puis… et puis j'ai compris.

— Tu as compris quoi ?

— Que plus elle partait, plus elle m'aimait. Et c'était ce qui la paniquait… Elle m'aimait. C'était pas facile mais elle m'aimait, alors… ça valait le coup de s'obstiner.

— T'as pas l'air de beaucoup lui en vouloir », fit remarquer Tim.

Gabriel haussa les épaules, l'air éminemment épuisé.

« À quoi ça servirait ? Je sais pourquoi elle est partie. Il n'y avait aucune méchanceté ni manipulation derrière tout ça. Rosalie vivait un enfer dans sa tête. Partir dans ces conditions a dû être une angoisse terrible. Se retrouver seule au monde, enceinte… Mais je crois qu'elle ne pouvait pas faire autrement. »

C'était exactement ce que Rosalie leur avait dit. Gabriel reposa son verre sur le comptoir.

« Je crois qu'elle s'en est assez voulu pour deux. »

Ambre acquiesça. Et Tim déclara avec gravité :

« Tu es bizarre… Des types comme toi, ça ne court pas les rues. »

Gabriel sourit.

« Je dois le prendre comme un compliment ?

— Oui… Tu reprends un verre avec nous ?

— Non, c'est gentil. Je vais rentrer. J'ai déjà trop bu et je n'ai qu'une envie, m'écrouler dans ma chambre d'hôtel jusqu'à ce que la gueule de bois me réveille.

— Chacun ses délires », conclut Tim.

Gabriel remit le manteau qu'il avait posé sur un tabouret à côté de lui.

« Je suis désolé… je n'ai pas l'habitude de parler à des inconnus dans les bars.

— Tu as tort, c'est plutôt cool, rétorqua Tim.

— C'est vrai que ce n'était pas désagréable. Alors… à bientôt peut-être…

— Et bonne gueule de bois ! » ajouta Tim.

Ils le regardèrent disparaître dans la foule et il leur fallut quelques secondes pour se remettre à parler.

« Je crois que nous aussi, on a vraiment trop bu, dit Ambre. J'ai… je ne vois même plus tes yeux au milieu de ton visage. »

Tim sourit avec amusement.

« Ils sont bien là, pourtant… Tu veux danser ? »

Il saisit son bras et l'entraîna au milieu de la foule. La piste se vidait. Ne restaient que quelques couples qui se rapprochaient langoureusement.

« Oh non ! C'est un slow, constata-t-elle avec déception.

— On s'en fout. Viens. Ça va être marrant.

— Je me rappelle ce que tu m'as raconté dans le gymnase, tu sais… Danser un slow avec une fille, ça t'a toujours rebuté. Je vais t'épargner ça.

— Avec toi, c'est pas pareil.

— Pourquoi ?

— Tais-toi ! On est là pour danser, pas pour parler. »

La piste se remplissait lentement. Andréa et Adeline n'étaient pas loin, enlacés. Les amis d'Anton, en haut sur la mezzanine, les observaient. Ambre pouffait en s'efforçant de ne pas écraser les pieds de Tim. C'était amusant finalement. Tim avait raison. Les dernières notes s'égrenèrent et Ambre fit mine de l'applaudir.

« Toutes mes félicitations pour votre premier slow », déclara-t-elle avec une voix un peu pompeuse.

Tim semblait ailleurs, un peu exalté.

« C'est amusant de jouer les hétéros. J'ai l'impression… je ne sais pas… de me fondre dans la masse. Je suis déguisé. Je peux passer inaperçu. C'est super grisant. Viens ! »

Déjà il l'entraînait vers le bar.

Le temps qu'elle proteste et qu'elle le rejoigne, il était entré en pleine conversation avec un jeune homme.

Elle s'accouda au bar et elle prit son mal en patience. Tim parlait à n'en plus finir avec ce jeune homme qui sortait de nulle part. Lui aussi était passablement ivre. Elle eut du mal à contenir son rire quand elle entendit Tim raconter avec le plus grand sérieux l'histoire de leur rencontre amoureuse et de leurs vacances d'été imaginaires au Maroc. Enfin, au bout d'un temps qui lui parut interminable, Tim et l'homme mirent fin à leurs bavardages.

« C'était marrant, non ? demanda Tim avec un sourire d'enfant surexcité.

— Ennuyeux plutôt…

— C'est parce que tu n'étais pas dans le personnage. Il m'a cru, hein ?

— Oui. Il faut dire que tu as de l'imagination. »

Il avait encore un verre à la main, celui que lui avait offert l'homme avec qui il avait discuté.

« Tu le finis et on rentre ? »

Tim était trop saoul pour protester. Elle l'aida à terminer son verre mais l'alcool lui laissa un goût amer en bouche. C'était trop. Elle arrivait à peine à mettre un pied devant l'autre, lorsqu'ils quittèrent le Monkey Club.

Ils marchèrent en titubant et zigzaguant sur tout le chemin du retour. Leurs propos étaient décousus et totalement dénués de sens. Ils gravirent l'escalier de l'immeuble d'Anton avec difficulté, se cramponnant à la rampe. Arrivé devant la porte, Tim tenta d'insérer la clé dans la serrure, mais ce fut peine perdue.

« Laisse-moi faire ! » dit Ambre.

Mais Tim leva le bras pour l'en empêcher. Il y eut un éclat de rire qui résonna dans l'escalier et, la seconde d'après, sans qu'aucun des deux comprenne ce qui avait pu se passer, ils étaient en train de s'embrasser contre la porte d'entrée. C'était un vrai baiser. Long. Insistant. Perturbant. Impossible de savoir qui en était à l'origine. Les clés tombèrent au sol et ils se séparèrent aussitôt. Tim plongea pour les récupérer, cachant ainsi son visage déconfit. Ambre le laissa ouvrir, muette et pétrifiée. Ils entrèrent.

« Désolé », marmonna Tim.

Il alluma la lumière et jeta son manteau sur le canapé en évitant de croiser son regard.

« Oh non, c'est… c'est rien ! D'ailleurs, je ne sais même pas comment c'est arrivé, ni…

— C'est moi », l'interrompit Tim.

Il s'était assis sur le canapé et la fixait maintenant droit dans les yeux.

Ambre sentit une vague de chaleur envahir son visage.

« C'est moi. Je t'ai embrassée. »

Il lui fallut quelques secondes pour enregistrer l'information.

« Mais… pourquoi ? »

Tim répondit avec son habituelle spontanéité :

« Je voulais savoir ce que ça faisait.

— Ah, je vois… Alors, l'expérience n'a pas été trop désagréable ? »

Elle aurait voulu avoir l'air de plaisanter mais son ton était vaguement amer. C'était Tim maintenant qui rougissait.

« C'était le thème de la soirée : "Dans la peau d'un hétéro" ? »

Elle ne pouvait se débarrasser de la sensation cuisante d'avoir été l'objet d'une expérience. Il eut un sourire forcé et bredouilla sur un ton d'excuse :

« On a trop bu… Je suis désolé. »

Ils échangèrent des sourires un peu crispés, pressés de vite passer à autre chose. Tim se leva d'un bond du canapé.

« Je vais prendre une douche ! »

Quand il revint quelques minutes plus tard, Ambre était déjà allongée sur le canapé, sous la couverture. Il prit place à côté d'elle et elle fit semblant de dormir. Avec un peu de chance, elle aurait tout oublié le lendemain. Elle allait sombrer dans le sommeil quand elle sentit les doigts de Tim s'entortiller autour de ses cheveux. Elle ne put s'empêcher de sourire.

« Vous n'avez pas l'air en forme », constata Rosalie en les voyant arriver au chalet, le lendemain.

Le service allait commencer. Elle avait déjà emmené Sophie chez la nourrice et elle attendait dans le hall, avec Sylvie.

« On est sortis, annonça Tim. Au Monkey Club. » Il laissa planer quelques secondes avant d'ajouter : « Gabriel était là. »

Le visage de Rosalie passa par de multiples expressions : curiosité, surprise, indifférence feinte, puis elle les éloigna de la réception où Sylvie écoutait en faisant mine de taper à l'ordinateur.

« Il… il vous a parlé ? »

Tim allait répondre mais Ambre ne lui en offrit pas le temps :

« Il faut que tu lui laisses Sophie. Tu n'as pas le choix. Si ce n'est pas maintenant, ce sera dans deux mois. Ça ne sert à rien de repousser. Si tu veux rattraper ta fuite, c'est maintenant. Fais-lui confiance.

— Qu'est-ce qu'il vous a dit ? demanda Rosalie d'une voix mal assurée.

— Que tu étais une fleur sauvage. »

Rosalie se tourna vers Tim.

« Elle se fout de moi, là ?

— Pas du tout, répliqua-t-il. Écoute Ambre, elle a raison. »

Et ils firent une sortie théâtrale, laissant derrière eux Rosalie bras ballants, bouche bée.

Tout s'enchaîna très vite ce week-end-là. Gabriel invita Rosalie à dîner le soir même, afin qu'ils discutent et prennent une décision concernant Sophie. Il devait rentrer à Paris le lendemain soir. Quand Tim et Ambre regagnèrent le studio après le service, sur le coup de minuit, la lumière était allumée. Anton était rentré.

Ils s'attendaient à être accueillis par un sourire enthousiaste, mais Anton était accoudé à la fenêtre ouverte, une cigarette à la bouche. Un silence plana quelques secondes dans la pièce et Tim se décida à demander :

« Ça va pas ? Pourquoi tu fumes ? »

Anton ne fumait jamais. En tant que sportif, il avait des règles d'hygiène très strictes à respecter. Même s'il s'autorisait un peu d'alcool de temps en temps, il ne transigeait jamais sur la cigarette.

« J'ai perdu la compétition. Le championnat de France.

— Attends, de quoi tu parles ? Le… le championnat n'est pas passé… objecta Tim.

— J'ai concouru hier et aujourd'hui. »

Tim balbutia :

« Mais… non… Tu… tu étais en promotion sur les pistes. »

Anton écrasa sa cigarette sur le rebord de la fenêtre et se tourna vers eux. Il avait le visage fatigué et figé, ce qui glaça Ambre.

« J'étais à Serre Chevalier pour la finale des championnats de France. »

Il leur désigna la table basse où se trouvaient son dossard, une médaille en argent et un T-shirt indiquant : *Championnat de France de ski alpin – Serre Chevalier – 26 et 27 février.*

« Mais… finit par bégayer Tim, tu as dit que tu étais…

— Ouais.

« — Tu n'y étais pas ?

— Non, puisque j'étais à Serre Chevalier… »

Tim ignora le ton cassant.

« Pourquoi tu n'as pas dit… ?

— C'était *la* compétition de la saison. Tu savais à quel point ça me paniquait.

— Oui… oui bien sûr.

— J'avais pas envie de plus de pression. J'avais pas envie d'en parler, pas envie que ça me porte malheur. » Anton ressortit son briquet de sa poche et alluma une nouvelle cigarette. Il inspira une bouffée et lâcha avec le même ton dénué d'émotion : « Je pensais que tu t'en souviendrais quand même. »

Tim se raidit légèrement, mais Ambre l'encouragea du regard à ne pas se laisser abattre.

Anton poursuivit d'un ton morne :

« Je t'en avais parlé, non ? Il y a un mois…

— Oui. Je… je suis désolé. J'aurais dû m'en souvenir. »

Le silence s'éternisa et Ambre s'obligea à intervenir pour calmer les tensions :

« Alors, tu as… euh… tu as décroché la deuxième place ? » demanda-t-elle avec un enthousiasme feint en attrapant la médaille d'argent sur la table basse.

Anton se força à sourire.

« Laisse tomber, répliqua-t-il avec lassitude. C'est un échec total.

— Tu es vice-champion de France, non ?

— Ce titre de vice-champion, je l'ai déjà eu l'année dernière. Il ne m'intéresse pas. »

Ambre se sentait coupable. Sur le sol traînait encore la bouteille de vin qu'ils avaient bue la veille.

Pendant qu'Anton se préparait à la dernière épreuve du championnat, la plus difficile, celle qui l'angoissait tellement, ils s'étaient saoulés. Ils avaient dansé et il y avait eu ce malheureux incident, contre la porte d'entrée… Elle était incapable de le regarder dans les yeux.

« Bon, et qui a terminé premier ? demanda Tim.

— Un jeune de Haute-Savoie, il a tout juste dix-huit ans.

— Arrête, Anton, à t'écouter parler, on dirait que tu en as cinquante.

— Mais je suis vieux ! Vingt-cinq ans, c'est presque la retraite pour un sportif ! C'était ma dernière chance de remporter le championnat.

— Tu n'auras qu'à le retenter l'année prochaine.

— Je ne serai pas en état ! J'ai multiplié les blessures ces derniers mois ! »

Anton n'était plus en colère contre Tim à présent, mais contre lui-même, contre sa défaite. Tim en profita pour s'approcher. Anton poursuivit :

« Quand tout sera fini, que je n'aurai plus le niveau pour la compétition, qu'est-ce que je vais devenir ?

— Tu as un diplôme de moniteur de ski. Tu pourras donner des cours, répondit Tim avec calme. Ou devenir entraîneur.

— Et tu crois que je pourrai m'en contenter ? La compétition, c'est ma vie. »

Anton écrasa sa cigarette, referma la fenêtre et se laissa tomber sur le canapé. Tim et Ambre l'imitèrent. Tim avait retrouvé naturellement son rôle de soutien. Ambre, elle, ne pouvait se départir de son sentiment de culpabilité.

« L'esprit de compétition… c'est ça qui me man-
quera le plus. Toujours être le meilleur, toujours pro-
gresser. Je ne connais que ça depuis mes quatorze
ans. J'ai jamais fait que ça. »

La colère passée, Anton avait visiblement besoin
de vider son sac.

« Tu découvriras autre chose qui te fera vibrer, dit
Tim.

— Tu parles… Ce sera comme abandonner une
part de moi… Plutôt crever. »

Plus personne n'osait respirer. Anton se frotta la
nuque, les yeux. C'était d'autant plus déconcertant
de le voir abattu que c'était contraire à sa nature.
Quelles que soient les circonstances, il était toujours
de bonne humeur. Il releva la tête et c'était comme
s'il avait lu dans leurs pensées :

« Je déteste me voir comme ça ! J'ai envie de me
baffer ! Vous ne pourriez pas me secouer un peu ? »

Tim esquissa un demi-sourire teinté de tristesse.

« Qu'est-ce qu'on pourrait faire ? On pourrait
boire et…

— Non. » Le ton était sans appel. « J'ai besoin de
changer d'air. Tu vois, j'aimerais partir loin de cette
foutue neige et de ces foutues montagnes.

— Dans trois mois, on sera dans le Sud.

— C'est long trois mois… »

Il y eut un mouvement imperceptible sur le canapé,
là où Ambre était terrée, en retrait, silencieuse.

« Je pensais à un truc… un peu idiot, en fait,
bredouilla-t-elle en rougissant.

— Vas-y, dit Anton. Je suis prêt à tout, là, tu sais.

— Je me disais que… qu'on pourrait partir maintenant… dans le Sud… voir la mer… »

Le silence qui suivit la troubla.

« Maintenant… voir la mer… répéta Anton. C'est-à-dire… ?

— Tout de suite. Tim et moi on est en congé demain. Et toi, tu n'as jamais entraînement les lendemains de compétition… »

Elle songeait que c'était le moment ou jamais de se rattraper vis-à-vis d'Anton. Si elle réussissait à lui remonter le moral ce soir, tout serait oublié. Elle poursuivit malgré le silence des garçons :

« On pourrait partir dès maintenant. Tu as ta voiture. Et je peux conduire si vous voulez. On serait à la mer demain matin. Vous… vous savez quelle est la côte la plus proche ? »

Tim guettait avec appréhension la réaction d'Anton. Ambre sortit son portable de sa poche et pianota.

« C'est Nice, annonça-t-elle. C'est à quatre heures trente de route. On pourrait y être avant l'aube. »

Elle leva les yeux et découvrit avec soulagement un sourire sur le visage d'Anton. Celui de Tim s'illumina instantanément. Elle avait réussi.

« Alors, c'est oui ? »

Anton ne lui répondit pas directement, il se tourna vers Tim :

« On devrait l'adopter, tu ne crois pas ? »

C'était comme une petite étincelle dans la nuit de février. Alors que Rosalie et Gabriel terminaient leur repas au restaurant, les yeux un peu trop brillants, l'haleine un peu trop chargée de vin, Anton, Tim et Ambre empilaient pêle-mêle vêtements et couvertures dans le coffre de la voiture.

« C'est moi qui conduis ! » déclara Ambre.

Anton avait retrouvé son sourire. La voiture démarra dans l'excitation générale.

Les routes étaient enneigées et glissantes. Ambre se montrait prudente. À côté d'elle, Anton surveillait l'itinéraire sur son portable. Lorsqu'ils quittèrent Guillestre, une demi-heure plus tard, le plus gros du massif montagneux était derrière eux et la route devint plus praticable. Profitant de ce répit, Ambre demanda à Anton :

« Comment ça a commencé le ski et toi ? »

Elle se sentait d'humeur légère, aérienne, vivante.

« C'est une vieille histoire, répondit-il. Ça a commencé très tôt. En fait, mes parents m'ont toujours emmené au ski. Chaque hiver. Je suis tombé amoureux de la montagne dès mes trois-quatre ans je crois.

— Tu es presque né avec les skis aux pieds alors...

— Et je me débrouillais bien. Je participais tous les hivers à des compétitions amateurs. C'est pendant une de ces compétitions qu'un entraîneur m'a repéré. Le type a suggéré à mes parents de me faire entrer en section sport-études au collège. Ça les a flattés. Le ski, c'est une histoire de famille. Le problème, c'est qu'on n'habitait pas tout près de la montagne... et les collèges sport-études avec section ski, il n'y en avait pas vers chez moi. Mais j'ai bataillé et mes parents ont fini par céder.

— Vous avez déménagé ?

— Non, je suis entré en internat. J'avais quatorze ans. »

Les yeux d'Anton brillaient. On percevait toute l'excitation de ses débuts de jeune skieur. L'incrédulité aussi.

« Et après ?

— Après… le bonheur total ! Je skiais tous les jours. J'ai progressé très vite. À la fin de l'année, j'ai été repéré par un entraîneur qui m'a fait entrer dans un des meilleurs lycées sport-études section ski alpin. Puis c'est allé très vite. À seize ans, j'étais champion départemental des Hautes-Alpes en catégorie juniors. À dix-huit, champion du comité régional Alpes-Provence, en juniors toujours. Après… » Il esquissa un sourire. « Après, je me suis un peu laissé déconcentrer.

— Qu'est-ce qu'il s'est passé ?

— Les filles ! » lança Tim depuis l'arrière de la voiture.

Elle se retourna, pensant à une blague.

« Les filles ? »

Tim confirma d'un hochement de tête. Elle avait tendance à oublier qu'Anton n'avait pas toujours aimé les hommes.

« Oui, les filles, confirma-t-il. J'avais dix-huit ans, tu comprends… J'étais un jeune skieur professionnel plutôt prometteur. J'avais toutes les filles que je voulais. Je ne dis pas ça pour me vanter. C'est la vérité. Les sportifs, les filles adorent. Je ne sais pas trop pourquoi… Les muscles sans doute. »

Ils sourirent tous les trois.

« Et donc ? s'enquit Ambre.

— Donc, je me suis amusé pendant presque deux ans et j'ai un peu laissé le ski de côté.

— Quand tu dis que tu as aimé des filles... c'étaient simplement des conquêtes ou bien... tu as connu de véritables histoires d'amour ?

— J'en ai vécu une seule. Elle a duré presque un an.

— Et qu'est-ce qu'il s'est passé ?

— J'ai arrêté les fêtes quand je l'ai rencontrée. Je me suis remis sérieusement au ski. J'ai rejoint un autre club, mieux coté. Là, j'avais un directeur sportif qui voulait faire de moi un champion national. J'ai totalement changé de rythme de vie. J'étais sponsorisé, alors, en dehors des entraînements, j'avais des obligations. Des interviews à donner, des séances photos, des événements auxquels je devais être présent. De temps en temps, je devais tourner des vidéos pour la marque. Ça a fini par nous éloigner, elle et moi.

— Tu regrettes ? » interrogea Ambre.

Tim devait dormir à l'arrière, car on ne l'entendait plus.

« Non, je ne regrette pas. C'était elle ou le ski, et j'aurais pas pu supporter d'abandonner le ski. De toute façon, je n'aurais pas pu rester avec elle. Je ne le savais pas à l'époque mais... je suis pas fait pour être avec une fille. C'est pas ma nature. »

Ils négocièrent un virage serré, tandis que les flocons de neige se remettaient à tomber.

« Qu'est-ce qu'il s'est passé ensuite ? interrogea Ambre, dès que la route redevint plus praticable.

— Mes efforts ont payé. À vingt-deux ans, j'entrais dans l'équipe de France avec les meilleurs skieurs de chaque région pour concourir à la Coupe d'Europe de ski alpin. On a fait un très bon résultat. Mais ce que je voulais, moi, c'était devenir champion de France. Être dans l'équipe de France, c'était super, mais je voulais briller par moi-même. »

Il sembla se rembrunir légèrement. Ambre l'encouragea d'un signe de tête à continuer.

« L'année suivante, j'étais au top de ma forme quand j'ai eu cette foutue blessure au genou. Opération, six mois d'arrêt. Je me suis retrouvé rétrogradé dans une équipe régionale. Celle où je suis aujourd'hui. » La conversation avait pris un ton amer. « Mon objectif était de revenir à mon meilleur niveau : il fallait que je remporte ce titre de champion de France pour pouvoir réintégrer l'équipe nationale. C'était l'année dernière. J'ai remporté celui de vice-champion. C'était pas ce que je voulais. Je me suis consolé comme j'ai pu en me disant que c'était un bon début après la blessure.

— Et l'équipe nationale ? demanda Ambre.

— Ils ne voulaient pas plus de moi que l'année précédente. J'étais trop vieux, déjà. Ils misaient sur des garçons plus jeunes, plus prometteurs. Mais… j'étais persuadé que si cette année je décrochais le titre, ça pourrait changer la donne. Malgré mon âge. »

Ambre connaissait la suite. Elle comprenait mieux maintenant l'importance de cette compétition et toute l'ampleur de sa déception.

« Malheureusement, je me suis encore blessé à deux reprises à la fin de la saison dernière. Une épaule et l'autre genou. Rien de très grave. Au final, je n'ai pas eu plus d'un mois d'arrêt. Mais les blessures à répétition… ce sont des signes qui ne trompent pas… Mon heure est passée. La preuve, cette année encore, j'ai raté le titre. »

Ambre aurait voulu trouver une phrase réconfortante mais rien ne lui vint à l'esprit.

« Le plus difficile, c'est d'accepter que mes meilleures années sont derrière moi. La vie continue, je sais, mais tu vois… dire adieu à son plus grand rêve à vingt-cinq ans… c'est dur.

— Oui, j'imagine…

— Alors c'est facile de se trouver des excuses, de se dire qu'on a été un vrai con, qu'on aurait pu le remporter ce titre s'il n'y avait pas eu toutes ces années perdues à profiter des filles… mais au final, excuse ou pas excuse, vrai ou pas vrai, ça ne change rien. Je n'aurai pas d'autre chance. »

La main de Tim vint se poser sur son épaule. Anton esquissa un sourire un peu triste avant de reporter son regard dehors, où le paysage enneigé défilait. Ambre lança l'autoradio pour alléger la torpeur qui s'installait dans la voiture. Les Beatles, le groupe fétiche d'Anton. Il s'ensuivit quelques kilomètres silencieux et mornes, mais très vite, l'excitation de leur périple reprit le dessus. Les titres des Beatles n'y étaient pas totalement étrangers. Ce fut Ambre qui relança la conversation, alors qu'ils s'engageaient sur une petite départementale :

« J'ai une autre question pour toi, Anton ! Après ton histoire avec cette fille… comment tu en es venu à…

— Aux hommes ? »

Allongé sur la banquette arrière, Tim émit un rire moqueur :

« À son tour il a découvert l'attrait des sportifs… Les muscles ! »

Ils éclatèrent de rire.

« J'ai craqué pour un garçon de mon club, reprit Anton.

— Lui aussi ?

— Non. Je n'ai jamais osé lui en parler. Il était en couple et très amoureux de sa copine. D'ailleurs, ça n'aurait rien changé s'il avait été célibataire, il n'aimait pas les hommes.

— Dommage…

— Oui. Mais ça m'a servi d'électrochoc. Je n'avais jamais eu ce genre d'attirance avant… pour un garçon, je veux dire.

— Pourquoi lui, alors ? »

Anton resta songeur quelques secondes.

« Je sais pas trop. Il était… je crois… plus sensible que les autres. Il ne jouait pas les brutes. Il avait… peut-être un petit côté fragile. C'est l'ensemble de tout ça, je crois, qui a éveillé quelque chose en moi. »

À l'arrière, Tim était silencieux mais elle savait qu'il écoutait.

« Et après ?

— Après, c'est un autre garçon qui a craqué pour moi.

— Quelqu'un de ton club ?

438

— Non. C'était un de nos supporters. Après une compétition, il s'est montré plutôt direct. Il ne me plaisait pas vraiment, mais il fallait que je sache. Alors, j'ai fait ce que j'avais à faire. »

L'expression la fit sourire.

« Ça a été une révélation ?

— Oui.

— Tu es resté un peu avec lui ?

— Oh non… c'était… juste comme ça. Après, j'ai fait d'autres rencontres et… je crois que j'en ai assez dit… »

Il sourit et se tourna vers Tim à l'arrière.

« À vous deux maintenant.

— Quoi ?

— Vous m'avez très bien entendu. C'est à votre tour de répondre. On va fixer des règles, d'accord ? Une question chacun, à tour de rôle, à la personne de son choix.

— Mais, protesta Ambre, des questions sur quoi ?

— Sur tout. Ni tabou ni joker ! »

Rien ne fut épargné à personne : de la plus grosse honte à la première expérience sexuelle en passant par la pire infection jamais contractée. Le plus gros mensonge, la première gueule de bois… Le jeu se termina en éclats de rire incontrôlables sur un parking de supermarché. Ambre riait tellement qu'elle avait été obligée de s'arrêter. Cela faisait des années qu'elle n'avait pas ri comme ça. Et c'était comme si un poids quittait sa poitrine.

Anton décida de prendre le volant. La fatigue les terrassa pendant cette deuxième partie du trajet. À l'arrière de la voiture, Ambre finit par s'endormir sur l'épaule de Tim, tandis qu'Anton fredonnait inlassablement sur les Beatles.

Les garçons la réveillèrent alors qu'ils approchaient de Nice. Anton avait besoin de prendre un café et avait garé la voiture sur le parking d'un McDonald ouvert vingt-quatre heures sur vingt-quatre. Il était quatre heures et quart. Quelques travailleurs en tenue de chantier prenaient leur petit déjeuner. Ils s'installèrent à une table au fond, contre la vitre. Anton devant un café, Tim devant un muffin au chocolat qu'ils se partagèrent. Maintenant qu'ils approchaient de la mer, l'excitation les reprenait et ils ne traînèrent pas.

Tim prit le volant pour le reste du trajet. La nuit devenait moins obscure à mesure qu'ils avançaient. Le bleu-noir se striait de nuances plus claires. Le visage collé aux vitres, ils entrèrent enfin dans Nice et guettèrent les panneaux indiquant le bord de mer.

« Là ! » cria Ambre depuis l'arrière de la voiture.

La mer était là, noyée dans la masse sombre du ciel d'hiver. Tim gara la voiture et ils s'élancèrent en courant jusqu'à la plage déserte. Le sable s'infiltrait dans leurs chaussures et leurs chaussettes, le vent était cinglant, mais ils continuèrent d'avancer avec un ravissement tout enfantin. Lorsqu'ils arrivèrent à quelques centimètres de l'eau glaciale, ils se plantèrent tous les trois face à l'étendue d'eau que la lune baignait d'une lueur blanchâtre, féerique. On n'entendait que le bruit des vagues. Un sentiment de calme, de bien-être et de liberté totale les envahit. Durant un moment, aucun d'eux ne prononça un mot. Anton finit par s'asseoir et les deux autres l'imitèrent.

« Voilà, on y est », murmura-t-il.

Dans une heure, le jour se lèverait. Mais pour l'instant, ils étaient seuls dans le silence et l'obscurité de la nuit.

« Je suis content d'être là, déclara Anton sans quitter l'horizon des yeux. J'ai jamais fait ça... partir sur un coup de tête. Maintenant, tout me paraît plus loin... la compétition, Serre Chevalier, les pistes.

— Alors l'escapade est réussie. »

Le silence retomba et ils restèrent immobiles, le visage et les cheveux fouettés par le vent. L'eau venait parfois lécher le bout de leurs chaussures. Les mains enfoncées dans le sable, les yeux rivés sur l'horizon, ils avaient repris leur position habituelle, celle qu'ils occupaient au studio, à Arvieux, lorsqu'ils dormaient dans le canapé-lit. Tim était assis au milieu, entre les deux autres. Il était toujours au milieu. Anton était à droite – Ambre ne pouvait s'empêcher de penser à l'expression « être le bras droit de quelqu'un ». Elle songea en souriant qu'elle était le bras gauche, le malhabile, l'inutile, le « mauvais bras ». Toutefois, quand Anton n'était pas là et qu'elle dormait au studio, elle prenait sa place à droite de Tim. Alors que l'écume venait mouiller le bas de son pantalon, lui vinrent à l'esprit toute l'ambiguïté et la complexité de leur relation. Tim était la pièce maîtresse au centre, celle qui maintenait la mécanique en place. Il avait besoin d'Anton et Anton avait besoin de lui. D'une autre façon, il avait besoin d'elle et elle avait besoin de lui.

Elle et Anton s'aimaient bien mais ils n'avaient pas besoin l'un de l'autre. C'était ainsi.

La voix de Tim la tira brutalement de ses pensées :

« Tu penses à quoi ? »

Anton et lui la regardaient et elle se sentit rougir. Heureusement, il faisait nuit.

« T'as un drôle d'air. Tu penses à quoi ?

— À rien.

— Ouais c'est ça. »

Anton s'était levé.

« Je vais chercher la couverture dans la voiture. »

Tandis qu'il s'éloignait sur le sable en direction de la route, Tim laissa échapper un long soupir.

« Tu sais, j'avais complètement zappé sa compétition… Ça fait de moi un mec horrible, non ?

— Non.

— Tu dis ça pour me faire plaisir.

— Oui, sans doute.

— Tu vois, c'est mieux quand tu ne mens pas… »

Elle ne put s'empêcher de sourire. Il ramena ses genoux contre sa poitrine, creusant un petit tunnel dans le sable où l'eau vint s'infiltrer.

« C'est sympa ce que tu as fait pour lui, ajouta-t-il. Cette escapade à la mer. Moi aussi ça me fait du bien. On ne fait jamais ça. Faire ce qu'on a envie au moment où on en a envie. Partir sans se poser de questions. Toi aussi ça te fait du bien, pas vrai ? »

Il l'observait avec un drôle d'air sur le visage.

« Pourquoi tu dis ça ?

— Tu souris bêtement depuis qu'on est arrivés sur la plage.

— Il fait noir.

— Je le vois quand même.

— C'est la fatigue.

— Tu peux pas juste dire que t'es contente ?

— Non, je peux pas. »

Il allait répliquer mais Anton revenait déjà avec la couverture. Ils remontèrent de quelques pas sur la plage, là où la mer ne pouvait pas les atteindre. Anton l'étendit et ils s'y allongèrent tous les trois, tentant de trouver assez de chaleur humaine pour se protéger du vent. Ambre grelottait et Tim les couvrit de son manteau. L'obscurité reculait mais cela ne les empêcha pas de s'endormir, bercés par le bruit des vagues.

« Regardez ! Vite ! Tim, Ambre ! »

Ils avaient dormi une heure, peut-être deux. La voix d'Anton exultait. Ils ouvrirent les yeux avec difficulté. Pendant quelques secondes, ils regrettèrent de s'être réveillés, retrouvant les sensations de leurs corps transis de froid. Ils se demandèrent même où ils étaient. Puis le spectacle leur fit tout oublier.

Devant eux, le soleil se levait au-dessus de la mer. Il semblait sortir de l'eau, mû par une force supérieure. Déjà les premiers rayons faisaient scintiller la surface. Ils la réchauffaient, la réveillaient, tout doucement. Tout prenait vie. Anton observait le tableau, les pieds dans l'eau. Tim voulut commencer une phrase qui resta en suspens :

« C'est vraiment… »

Anton se retourna vers eux. Il était radieux. Toute l'amertume et la tristesse de la veille avaient disparu.

« Vous voyez… rien que pour cinq secondes de ce spectacle… je referais ces cinq heures de route. »

Aucun des trois ne prononça un mot jusqu'à ce que le soleil ait entièrement émergé. À ce moment-là, Anton annonça :

« Je vais me baigner. »

Ils ne le prirent pas au sérieux. Il devait faire dix degrés, tout au plus. Et le vent était glacial. Pourtant, Anton se mit à se déshabiller.

« Tu ne vas pas… » commença Tim.

Mais il s'interrompit car le dos d'Anton venait d'apparaître : musclé et hâlé, un dos parfait de sportif. Anton avait la faculté d'être beau et impressionnant sans faire un geste, sans prononcer un mot. La cicatrice sur son épaule donnait encore plus de puissance à son corps.

Ils ne le lâchèrent pas du regard tandis qu'il entrait dans l'eau en caleçon. Il avança sans hésitation jusqu'à ce que l'eau atteigne sa taille, puis il se mouilla la nuque et plongea. Il n'était pas conscient des yeux fixés sur lui. De la même façon, il était insensible à la brûlure du froid, de l'eau.

« Il est beau, hein ? » dit Tim.

Elle détourna le regard avec un soudain sentiment de gêne qu'elle ne réussit pas à masquer.

« Je t'ai vue regarder. »

Elle s'empourpra encore davantage mais Tim s'en moquait. Il fixait toujours Anton qui partait à la nage, au loin.

« Lui et le lever du soleil… c'est juste parfait. »

Comme elle ne répondait pas, il insista :

« Qu'est-ce qu'il y a ?

— Je sais pas… c'est un peu étrange, non ? C'est gênant… moi qui regarde Anton à côté de toi…

— Mais non.

— Moi avec vous en général, ça devient bizarre. »

Il lâcha un soupir d'exaspération qui la prit de court.

« T'es saoulante. Je te jure, t'es vraiment saoulante avec toutes tes questions à la con ! On est bien, tous les trois. Anton est heureux, je suis heureux et toi tu n'arrêtes pas de sourire même si tu dis le contraire. Alors, pourquoi tu veux tout compliquer ? Tu ne peux pas te contenter d'être heureuse ? Jamais ? Anton et moi, c'est comme ça qu'on fonctionne. On est bien et c'est tout. On ne se pose pas de questions.

— Je sais…

— C'est comme ça que les choses fonctionnent bien.

— Tu ne trouves pas ça bizarre ?

— C'est peut-être bizarre… ou en tout cas pas normal, ça dépend de ce que tu penses être normal… mais deux hommes qui s'aiment, c'est pas normal. Être la maîtresse d'un homme marié, c'est pas normal non plus. On n'a jamais fait dans la normalité.

— Ok, ça va. Oublie. »

Elle alla s'asseoir sur le sable un peu à l'écart.

Elle était en colère mais en même temps elle savait qu'il avait raison. Quelques secondes plus tard, il la rejoignit et déposa son manteau sur ses épaules.

« J'ai pas froid », lança-t-elle d'un ton cassant.

Il se laissa tomber sur le sable à côté d'elle et soupira :

« Moi aussi je t'aime ! »

Elle en fut si troublée qu'elle ne trouva rien à répliquer. Elle se contenta de regarder le soleil qui montait dans le ciel, jusqu'à ce que ça devienne tellement douloureux qu'elle ne vit plus que d'énormes taches noires danser devant ses yeux.

En début d'après-midi, après avoir arpenté Nice et s'être offert un bon repas, ils furent rattrapés par la fatigue et ils s'endormirent sur le sable. Les cris des mouettes réveillèrent Ambre une heure plus tard. À côté d'elle, Tim dormait toujours. Elle s'assit en se protégeant les yeux du soleil. La plage était quasiment déserte. Il y avait juste quelques promeneurs emmitouflés dans leurs manteaux, qui laissaient courir leurs chiens. Anton était un peu plus loin, assis les pieds dans l'eau, les yeux fixés sur l'horizon. Elle le rejoignit.

« Ça va ? demanda-t-elle en s'asseyant à côté de lui.

— Oui… Je réfléchis à la suite des choses, à ma carrière. »

Ils regardèrent la mer et les mouettes qui tournoyaient dans le ciel.

« Être moniteur de ski, c'est bien, mais… comment dire… j'ai peur de m'ennuyer très vite.

— Tu as pensé à autre chose ?

— Oui. En fait, ça fait plusieurs mois déjà que j'y pense. Il faudrait que je passe un concours mais ça ne devrait pas être trop difficile… Sauveteur en haute montagne. Ça, ça me plairait vraiment.

— Tu retrouverais une part de risque ?

446

— Oui. L'adrénaline, le danger, le challenge… Et puis, le timing serait parfait. Mon contrat avec le club régional se termine à la fin de la saison.

— Alors, tu arrêterais totalement le ski alpin ?

— Oui. »

Elle lui jeta un regard en biais. Elle s'attendait à le voir triste, amer, déçu, mélancolique. Mais il n'affichait qu'une profonde détermination.

« Waouh, laissa-t-elle échapper. Je sais pas comment tu fais. Je ne t'ai même pas vu remonter la pente, et tu es déjà là-haut. »

Il sourit de l'expression.

« C'est comme ça que je terrasse mes adversaires, répondit-il sur le ton de la plaisanterie.

— Non, sérieusement… Hier… hier tu trouvais ça tellement difficile de devoir renoncer à ton plus grand rêve à tout juste vingt-cinq ans.

— C'était hier. »

Elle ne savait comment s'exprimer sans manquer de tact.

« Tu… tu fais semblant d'être positif, pour donner le change, ou tu as vraiment pris ta décision ? »

Il répondit d'un ton ferme et sans appel :

« J'ai pris ma décision. Dans la vie, tu avances ou tu crèves.

— Mais parfois, il est bon de prendre son temps…

— J'ai pas le temps de prendre mon temps. Je suis peut-être un peu *radical*, mais c'est comme ça que je suis arrivé là où je suis. La force physique ne suffit pas. Le mental, c'est le plus important. C'est vrai pour la compétition, mais pas que… »

Songeuse, elle reporta son regard sur les mouettes au-dessus de la mer.

« Tu penses que c'est ce que Tim a aimé chez toi ? » interrogea-t-elle soudain.

Anton eut un léger sursaut. Lui aussi s'était replongé dans ses pensées.

« Oui… Peut-être.

— Moi je crois que oui. Au chalet, tout au début, je lui ai demandé comment tu étais. Il a dit trois choses : toujours de bonne humeur, positif et déterminé. »

Anton sourit et glissa ses mains dans le sable.

« Et toi ? reprit-elle. Qu'est-ce qui t'a plu chez lui ? »

Anton redevint tout à coup sérieux, presque grave.

« Je dirais que c'est son côté… Tu ne ris pas, d'accord ?

— Pourquoi je rirais ?

— Parce que le mot est un peu… comment dire… étrange dans ce contexte. Je dirais que c'est sa pureté. Je ne sais pas si tu vois ce que je veux dire. »

Elle hocha la tête. Elle s'était elle-même étonnée, de nombreuses fois, de ce regard si doux qu'il avait su garder, malgré les événements.

« Il a… en quelque sorte… une âme d'enfant. Il ne triche pas, ne ment pas, ne calcule pas. C'est rare, j'ai jamais rencontré ça jusqu'à maintenant.

— Oui… moi non plus. »

Ils reprirent leur observation silencieuse de la mer, des mouettes dans le ciel, de la course des nuages. Elle sursauta quand Anton s'adressa à elle quelques secondes plus tard :

« Tu sais, il m'a dit que tu étais comme lui. »

Elle se sentit gênée. Heureusement, Anton avait son sourire rassurant, comme toujours.

« Il m'a dit que s'il avait été une fille, il aurait été à peu près comme toi, car tu es comme lui. Tu ne sais pas mentir, tu es restée une petite fille malgré les efforts que tu fais pour te montrer dure, malgré Philippe, malgré la vie en général… »

Elle fut troublée. C'étaient sans doute les mots les plus gentils qu'on lui ait jamais adressés.

« Et Philippe ? demanda Anton. Qu'est-ce qui t'a plu chez lui ? »

La seule évocation de son prénom provoqua une horrible douleur au creux de son ventre.

« Je ne sais pas trop… » Elle se mit à tracer de petits sillons dans le sable pour éviter de le regarder. « Je crois pas que… enfin… je ne crois pas l'avoir aimé pour ce qu'il était. J'aimais… je ne sais pas… la protection, l'autorité qu'il représentait… Pas ce qu'il était vraiment. C'était pas comme Gabriel avec Rosalie. Ou toi avec Tim.

— Je vois. »

Ils laissèrent passer quelques secondes. Un chien passa tout près d'eux en courant et les éclaboussa.

« On devrait pas tarder à reprendre la route », déclara Anton.

Elle hocha la tête. Quelques mètres plus haut, Tim dormait encore à poings fermés.

Ils le réveillèrent et, après un dernier regard vers la mer, ils rejoignirent la voiture. Anton prit le volant. L'ambiance ne fut pas aussi légère qu'à l'aller. Les Beatles chantaient mais les yeux étaient éteints. Ils s'arrêtèrent à mi-chemin pour acheter à manger et pour que Tim prenne le volant. La nuit tomba rapidement et, quand ils approchèrent d'Arvieux, la neige tourbillonnait.

Anton déposa Ambre au chalet. Elle n'eut pas le temps d'atteindre sa chambre que Rosalie déboulait du salon, avec un faux air impassible. Les tics nerveux de ses yeux la trahissaient.

« T'étais où ? demanda-t-elle en venant se planter devant sa porte.

— À la mer. »

Elle dévisagea Rosalie. Quelque chose n'allait pas.

« Ça va ? lui demanda-t-elle, inquiète.

— Oui.

— Ça n'a pas l'air.

— Je t'attendais.

— Qu'est-ce qu'il se passe ? Où est Sophie ? »

Rosalie referma la porte derrière elles et s'y adossa, tandis qu'Ambre se laissait tomber sur son lit en se débarrassant de son manteau.

« Elle est avec Gabriel.

— Mais… il n'est pas rentré à Paris ?

— Non. Il… il est resté et Sophie est avec lui.

— Attends, Rosalie… j'ai loupé quelque chose.

— C'est pour ça qu'il fallait absolument que je te parle. »

Rosalie se laissa tomber à son tour sur le lit.

« J'ai fait une énorme bêtise, dit-elle dans un soupir plaintif.

— Non, attends… je suis sûre que ce n'est pas si grave.

— On a trop bu hier soir. Au restaurant. On a trop bu. Et j'ai passé la nuit à son hôtel. »

Ambre ne put retenir un demi-sourire. Elle avait tout de suite apprécié Gabriel.

« Et je l'ai supplié de rester. J'ai perdu la tête. Totalement. Et le pire… c'est que le lendemain je me souvenais de tout ! Je… je n'ai même pas pu refuser quand il m'a demandé de garder Sophie pour la nuit. J'avais tellement honte !

— Calme-toi, Rosalie… C'est rien. »

Mais Rosalie ne se calmait pas.

« Il a prolongé sa réservation d'hôtel d'une semaine. Il appelle son rectorat demain pour voir s'il peut prendre un congé sans solde. C'est une véritable catastrophe !

— Quoi ? Qu'il ait envie de rester avec toi et sa fille ?

— Non… enfin oui !… On peut passer la nuit ensemble ? Sophie n'est pas là, je n'ai pas envie de… »

Elle ne termina pas sa phrase. Ambre lui désigna le lit de Tim.

« À moins que tu préfères qu'on aille dans ta chambre ?

— Oh… ici… c'est bien. »

Pendant qu'elle la regardait s'installer avec des gestes fébriles, elle songea avec un sourire amusé que Rosalie s'était trompée l'autre soir à propos de ses sentiments. Tout n'était pas mort. Ce n'était peut-être plus la même histoire mais c'étaient les mêmes personnages et il semblait leur rester une bonne dose d'amour à se donner.

Rosalie passa la nuit sans fermer l'œil une seconde. Au matin, elle récupéra Sophie avec un soulagement indescriptible. Gabriel appela le rectorat pour exposer sa situation. On lui proposa deux solutions : un congé sans solde ou une mise en disponibilité afin de pouvoir effectuer des remplacements dans la région d'Arvieux jusqu'à la fin de l'année scolaire. Il décida de prendre la semaine pour y réfléchir.

Ce même après-midi, Anton annonça au directeur de son équipe régionale de ski alpin qu'il ne renouvellerait pas son contrat l'année suivante. Dans la soirée, il téléchargea le dossier de candidature pour le concours national de sauvetage en montagne.

Tim resta perplexe devant le miroir de la salle de bains, alors qu'Anton l'attendait pour dormir. *C'est étrange, tout le monde bouge autour de moi et moi je reste sur place.* C'est ce qu'il écrivit à Ambre. Le sms la tira d'un sommeil profond. *Tout à fait d'accord. Bonne nuit.* Sa réponse laissa Tim encore plus consterné.

Plusieurs indices cette semaine-là montrèrent qu'Ambre avait eu raison à propos de Rosalie et de ses sentiments pour Gabriel. Plusieurs indices en dehors de la nuit qu'ils avaient passée ensemble et du fait qu'elle l'ait supplié de rester.

Le mardi, Rosalie était en congé. Elle quitta le chalet au matin, Sophie dans les bras, bredouillant quelques mots à propos d'une promenade en raquettes pour faire découvrir la région à Gabriel. Elle revint dormir au chalet, sans Sophie, mais tellement tard que nul ne la vit rentrer.

Le mercredi, elle disparut pour l'après-midi, comme tous les jours depuis l'arrivée de Gabriel à Arvieux, mais cette fois-ci, elle regagna le chalet avec une demi-heure de retard, s'excusant platement auprès de Sylvie qui avait dû prendre sa place au restaurant. Et le jeudi soir, Ambre la surprit riant aux éclats au téléphone avec Gabriel, alors qu'ils venaient de se quitter.

Aux questions d'Ambre et de Tim, elle répondait vaguement, toujours de la même façon : « On doit parler, à propos de Sophie, de la garde, de l'avenir… » Et ils songeaient que Sophie avait bon dos.

Anton, lui, avait pris un virage radical, sans regarder en arrière. Il s'était mis en tête de faire du tri dans son studio. Il avait réuni en haut d'une armoire tous les trophées qu'il avait reçus au cours de ses années de compétition.

« Qu'est-ce que tu vas en faire ? avait demandé Tim.

— Je vais tout jeter. Ça encombre, les souvenirs. »

Une lueur un peu folle brillait dans ses yeux.

« Tu es sûr que…

— On en a déjà parlé. En mai, je pars dans le Sud avec toi. Je me laisse six mois et je passe le concours de sauveteur. »

Il restait fermement campé sur ses positions. Ce qu'ils avaient pris pour de la détermination se transformait en obstination aveugle. Il se débarrassait de ses dossards, de ses combinaisons, de ses magazines de ski, avec une froide application.

Au chalet, on organisa en secret une fête pour les quarante ans de Michel. Il était du 6 mars, ce qui tombait un vendredi. Michel sursauta quand ils crièrent tous : « Surprise ! » en surgissant de derrière les tables. Parmi les invités, il y avait les sœurs de Sylvie, qui s'empressèrent de venir saluer Rosalie et de lui demander des nouvelles de sa fille. Gabriel avait été convié aussi. Il restait un peu à l'écart, Sophie dans les bras, pas très à l'aise. Andréa et Gregory discutaient plus loin, un verre à la main. La petite amie de Greg, Héléna, était là mais pas Adeline. Un soupçon de délicatesse de la part d'Andréa.

« Anton a raté l'entraînement aujourd'hui, annonça Tim en rangeant son portable dans sa poche, pendant l'apéritif.

— Ah… ? fit Ambre. Pourquoi ?

— Il dit qu'il n'a plus de temps à perdre avec ça. »

Sylvie passa avec un plateau de petits-fours et ils se servirent avant de reprendre leur conversation :

« Il devient dingue. Il passe tout son temps à faire du tri dans l'appartement. Il remplit des sacs poubelles entiers.

— Il veut tourner la page…

— À ce stade, ça ne s'appelle plus tourner la page. Ça s'appelle l'arracher, la découper en mille morceaux et la brûler. »

Tim avait l'air perplexe et inquiet.

Ils furent interrompus par un mouvement dans la salle. Le cercle d'invités se resserrait autour de Michel, qui se préparait à faire un discours. Gabriel en profita pour se rapprocher d'eux.

« Ça va ? lui demanda Tim.

— Oui. Mieux que l'autre soir. La preuve. »

Il désignait le verre qu'il tenait entre les mains et qui ne contenait que du jus de fruits.

« Bonsoir à tous ! commença Michel. Tout d'abord… je voudrais vous dire… vous m'avez fait une belle frayeur, bande d'enfoirés ! »

Toute l'assistance éclata de rire. Sophie poussa un cri d'allégresse. Elle s'était échappée des bras de Gabriel et, assise par terre, s'amusait à tirer sur le pantalon de Tim.

« C'est une belle surprise. Merci à tous de vous être déplacés. Et merci à Sylvie, qui, si je comprends bien, a tout manigancé. »

Il y eut quelques applaudissements dans l'assemblée. Sophie tapa à son tour dans ses mains, provoquant de nouveaux rires autour d'elle. Après quelques plaisanteries, Michel termina son discours sur une invitation à dévaliser le buffet. Rosalie avait disparu avec une des sœurs de Sylvie.

« Alors, fit Tim en se tournant vers Gabriel, ça y est ? Tu vas devenir prof ici ?

— Oh… on n'a pas encore pris la décision… officiellement.

— Et officieusement ? »

Tim ne faisait pas preuve de plus de tact que l'autre soir, au bar. Mais Gabriel ne semblait pas en être gêné.

« Officieusement… je n'ai encore rien dit à Rosalie, mais je pense demander un poste de remplaçant ici.

— Cool !

— J'ai sept mois à rattraper. En temps normal, je ne suis pas quelqu'un de particulièrement fonceur. Au contraire. Mais… il y a des moments dans la vie où il faut savoir prendre des décisions un peu *radicales*. »

Ambre échangea un bref regard avec Tim.

« Vous savez, ce n'est pas tous les jours qu'on apprend qu'on a un enfant de sept mois.

— Tu m'étonnes.

— Ça risque d'être un peu compliqué. J'ai… j'ai un appartement à Paris… Une vie. Je veux dire, j'ai continué ma vie… J'étais bien obligé. »

Il sembla tout à coup gêné et vida son verre d'une traite.

« C'est-à-dire ? demanda Tim.

— Non, rien. C'est compliqué.

— Comment tu as fait pour retrouver Rosalie ? »

C'était une question qu'ils n'avaient jamais posée. Rosalie ne leur en avait rien dit. La réponse les prit de court :

« Détective privé.

— C'est une blague ? »

La réaction de Tim le vexa légèrement et il répondit un peu sèchement :

« Non. J'ai vraiment embauché un détective privé. »

Il y eut un silence gêné pendant lequel tout le monde se resservit en petits-fours pour se donner une contenance.

« Je sais ce que vous pensez, reprit finalement Gabriel. Vous pensez que je suis timbré.

— Non ! assurèrent-ils d'une même voix.

— Je n'avais aucune idée de ce qu'elle avait pu faire. La police ne voulait pas se bouger. Elle était adulte. Je n'avais que cette solution. Je ne pouvais pas me résigner à vivre sans savoir. »

Ils songeaient qu'il avait eu raison de le faire. Aujourd'hui, il tenait Sophie dans ses bras.

Après quelques verres, ils s'installèrent tous les trois à une table.

« Tu l'as vraiment cherchée pendant un an ? demanda Tim.

— Oui, sans arrêt. Après le refus de la police, j'ai essayé de la retrouver moi-même. J'ai placardé des affiches, j'ai utilisé les réseaux sociaux. Ça n'a rien donné. J'en suis venu au détective privé, mais il a mis quatre mois avant de la localiser.

— Comment il a fait ?

— Disons qu'il ne s'est pas embêté avec des procédures légales. Il a réussi à obtenir une copie d'une de ses feuilles de paie. Celle de décembre avec l'adresse de l'hôtel.

— Et tu es arrivé…

— J'ai l'air d'un fou furieux, non ? Mais je ne pouvais pas passer à autre chose tant que je ne savais pas… »

Dans le silence qui suivit, Ambre en profita pour demander :

« Pourtant… tout à l'heure… tu as dit que tu avais dû continuer à vivre ta vie. Que quitter Paris, c'était compliqué… Est-ce que ça veut dire que… » Elle hésita avant de compléter : « Que tu es engagé auprès de quelqu'un ? »

Tim la regarda, surpris, il n'avait même pas envisagé cette possibilité. Gabriel eut un mouvement de tête.

« Engagé… je ne sais pas. C'est pas quelque chose de durable. On s'est rencontrés dans l'association de proches de personnes disparues.

— Ça existe, ça ?

— Oui. On nous aide à imprimer des affiches, ce genre de choses…

— Elle a perdu qui ?

— Son mari. Ça fait trois ans. Il était dépressif. Il a probablement voulu changer de vie.

— Elle sait que tu as retrouvé Rosalie ?

— Oui. On… on s'est toujours dit qu'on ne se promettait rien. On était juste un genre de soutien mutuel… Elle ne pensait qu'à son mari, c'était une obsession… et moi qu'à Rosalie. On passait nos vies dans les recherches. On vivait avec nos fantômes. »

Il récupéra Sophie, qui rampait sur le sol, et l'installa sur ses genoux, comme pour se donner la force de poursuivre :

« Je suppose que notre relation n'a plus lieu d'être. Elle va continuer ses recherches nuit et jour. Mais moi j'en ai fini, je serai ici, avec Sophie. »

Ils sursautèrent en voyant Rosalie se poster devant eux, un plateau d'amuse-gueules à la main.

« Gardez-moi une place à votre table, je reviens avec une bouteille de crémant. »

L'apéritif prit fin. Les invités de Michel quittèrent la salle pour se rendre dans l'appartement du couple où un repas les attendait. Les saisonniers décidèrent de poursuivre la soirée au troisième étage. Il restait suffisamment de punch pour tenir jusqu'au matin.

Anton les rejoignit dans la soirée, alors que Rosalie venait de coucher Sophie. Il fit connaissance avec Gabriel et ils passèrent la soirée à discuter ensemble.

« On dirait qu'ils s'entendent bien, fit remarquer Rosalie.

— Ouais… on dirait, marmonna Tim. Ça tombe bien puisque Gabriel va s'installer ici. »

Rosalie manqua s'étrangler et reposa son verre de punch avec fracas. Tim se tourna vers Ambre, qui le fusilla du regard.

« Je crois que j'ai gaffé.

— Il a dit qu'il restait ? demanda Rosalie avec empressement.

— Euh… en fait… oui.

— Bon, alors… très bien », lâcha-t-elle avec une fausse désinvolture.

Elle se retourna précipitamment pour leur cacher le sourire qui venait de naître au coin de ses lèvres.

Mardi 10 mars 2009 23:44
De : ambre10@gmail.com
À : ambre10@gmail.com

La vie à Arvieux a pris une drôle de tournure. Depuis deux jours, je passe mes après-midi avec Rosalie, d'agences immobilières en petits appartements meublés. Gabriel a annoncé sa décision au rectorat et on lui a déjà attribué un poste, à Guillestre, dans un collège. Il commence la semaine prochaine. L'urgence maintenant est de lui trouver un logement, car il n'a pas eu le temps de s'en occuper. Il a dû remonter à Paris pour régler pas mal de choses : son appartement, ses affaires à ramener ici, des amis, de la famille à prévenir… Il est reparti avec des milliards de photos de Sophie sur son téléphone. Il va sûrement aussi revoir cette femme dont il nous a parlé. Je ne sais pas si Rosalie est au courant et je ne veux bien sûr rien lui dire.

Je crois qu'elle a un peu peur qu'il ne revienne pas mais elle ne le montre pas. Elle met toute son énergie dans la recherche d'un appartement.

Mes parents ont appelé à l'instant. Ils n'ont pas de nouvelles de Mathieu. Et puis, comme la conversation s'épuisait un peu, j'ai décidé de leur raconter l'histoire de Rosalie et Gabriel. En y mettant le suspense, les retours en arrière, les révélations. Ma mère adorait regarder des téléfilms au pressing, lorsque les après-midi lui paraissaient longs et que les clients étaient rares. Je suppose que c'est toujours le cas. Elle s'est prise au jeu et a posé plein de questions. Il faut dire que c'est toujours plus facile de discuter des problèmes des autres. Ils m'ont demandé des nouvelles de Tim et je me suis dit qu'un jour, il faudrait que je trouve le courage de leur dire que ce n'est pas mon petit ami. Mais pour l'instant, rien ne presse.

Dimanche 15 mars 2009 09:31
De : ambre10@gmail.com
À : ambre10@gmail.com

Gabriel est revenu vendredi après-midi chargé de valises et de cadeaux. Ses parents, son frère, des amis, tous avaient décidé de gâter Sophie en attendant de la rencontrer. C'est ce jour-là que Rosalie a eu un coup de cœur pour un appartement. Gabriel a signé sur-le-champ.

Anton a suggéré d'organiser une crémaillère et Gabriel l'a programmée pour le lendemain. C'est marrant, entre eux le courant est passé immédiatement, Rosalie ne s'y est pas trompée.

460

On s'est tous retrouvés dans leur salon : Gabriel, Rosalie, Sophie (qui dormait dans sa petite chambre, en mezzanine), Tim, Anton et moi. C'était simple et naturel, comme si on se connaissait depuis des années. On faisait mille plans : organiser une journée au ski, une visite du village pour Gabriel, une virée shopping pour décorer l'appartement... Ce soir-là, c'était comme si Rosalie et Gabriel ne s'étaient jamais séparés. Ils ont même laissé échapper des surnoms affectueux et je crois que ça n'a surpris personne... Je parie qu'elle est restée dormir chez lui, mais comment en être sûre ? Je passais la nuit chez les garçons. Je n'ai pas pu vérifier si elle était rentrée au chalet !

Jeudi 19 mars 2009 16:14
De : ambre10@gmail.com
À : ambre10@gmail.com

Quand j'étais petite, je m'amusais à un petit jeu. Je m'imaginais que j'avais le pouvoir d'arrêter le temps sur le moment de mon choix, pour pouvoir en profiter. Je me demandais sans cesse : « Est-ce maintenant ? Est-ce que j'aimerais appuyer sur pause ? » Et puis, je me disais qu'il y aurait d'autres moments plus heureux. Ce n'était jamais totalement parfait. Je n'avais droit qu'à une seule pause, pour toute ma vie, alors il fallait bien la choisir. J'ai arrêté ce petit jeu quand je suis entrée au lycée, je crois, plus ou moins.

Et puis l'autre jour, on rentrait d'un après-midi ski : Gabriel, Rosalie, Sophie dans le porte-bébé, Anton, Tim et moi. On est passés à l'appartement de Gabriel puisqu'on avait deux heures devant nous avant de reprendre le service. On avait tous pris des coups de soleil et on était affamés. Je donnais le biberon à Sophie, sur le canapé. Rosalie et Tim préparaient une salade de fruits dans la cuisine. Rosalie riait aux éclats, je l'entendais depuis le salon. Gabriel avait mis de la musique : il avait acheté un nouvel album qu'il voulait nous faire écouter. Anton était accroupi devant la chaîne hi-fi et ils discutaient d'un groupe de rock je crois. Et ça m'est revenu d'un coup, comme ça, sans prévenir, le petit jeu de la pause. Je me suis dit : « Ça, c'est un moment parfait. » Pas parce qu'on vivait quelque chose de particulièrement intense ou marquant, pas parce qu'on était euphoriques. Non. Je trouvais juste que la scène représentait bien notre vie à Arvieux ces derniers temps : Rosalie et Gabriel qui commençaient une vie de famille avec Sophie, Anton qui amorçait un virage, Tim toujours là, égal à lui-même, et moi qui avais refoulé Philippe au plus profond de mes souvenirs et renoué avec mes parents.

La vie à Arvieux avait toujours été agréable, mais ces derniers temps, tout s'était subitement coloré. On s'était bien trouvés, tous les six.

Alors j'ai appuyé sur le bouton. J'ai immortalisé ce moment.

SEPTIÈME PARTIE

Glissement de terrain

La nouvelle tomba sans prévenir, un matin. Ils étaient encore au lit, dans le studio d'Anton, après une soirée arrosée au Sunny. Tim était au milieu comme à son habitude, Anton à sa droite et Ambre à sa gauche. Ils étaient tous réveillés mais aucun n'avait eu le courage de se lever. Le service ne commençait pas avant deux bonnes heures et Anton n'avait plus d'entraînement.

« Tu veux pas aller faire le café ? » avait-il demandé à Tim en remontant la couverture sous son menton.

C'est ce moment-là que Tim choisit pour annoncer :

« Je vais appeler mon frère Maxime. »

Un silence ébahi envahit le studio.

« Qu'est-ce que... mais... que... comment ? bredouilla Anton.

— Tout le monde bouge. Et moi je reste sur place. J'en ai marre. Regardez autour de nous... Tout change. Gabriel a pardonné à Rosalie. Il a même tout plaqué pour s'installer ici. Rosalie a réussi à chasser ses peurs ridicules. Elle a laissé Gabriel reprendre sa place. Elle... je crois qu'ils vont se remettre ensemble. Toi, Anton... tu... alors toi, tu es le pire de tous. En un jour t'as oublié ton plus grand rêve et tu es passé à autre chose, comme ça. »

Anton fronça les sourcils, ne sachant comment il devait prendre cette dernière remarque. Mais déjà Tim continuait, se tournant vers Ambre :

« Toi, t'as accepté de revoir tes parents et t'as même arrêté de les détester. C'est pas croyable. Vous voyez ? Y a que moi qui fais du sur-place, comme un con. » Il ne leur laissa pas le temps d'intervenir et enchaîna : « Je pensais ne pas être prêt, mais en fait je suis juste trop buté. »

Il se leva et se dirigea vers le bar où il s'empara de son téléphone portable.

« Tu vas où ? » lança Anton.

Car Tim passait un jean et récupérait un sweat-shirt qui traînait sur le sol.

« Je vais appeler mon frère.

— Maintenant ?

— Oui. Je serai juste en bas, dans la rue. À tout de suite ! »

Il ne leur laissa pas le temps de répondre. En réalité, il avait peur de changer d'avis. Il ouvrit la porte et disparut dans les escaliers en un quart de seconde.

Anton et Ambre se retrouvèrent face à face, à court de mots.

« Je ne sais pas », finit par lâcher Anton, comme en réponse à une interrogation silencieuse.

Ambre ne put que hausser les épaules. Ils s'attelèrent à préparer le petit déjeuner.

« C'est une bonne chose, finit par déclarer Ambre.

— Oui. Une très bonne chose. »

Le grille-pain fit sauter deux tranches sur le plan de travail mais ni l'un ni l'autre ne bougèrent.

« J'espère que son frère va répondre, reprit Anton. Ça fait tellement de temps… Tim a filtré tous ses appels et puis il a raté son mariage…

— Il devrait comprendre que c'était pas facile pour lui…

— On ne sait jamais comment les autres réagissent. »

Les minutes défilèrent dans le plus grand silence. Le café était froid quand Tim fit tourner la poignée de la porte d'entrée. Il avait le visage rosi par le vent glacial et quelque chose de changé dans le regard.

« Alors ? » se risqua Anton.

Tim prit le temps de venir s'asseoir à côté d'eux avant de répondre :

« Je crois que ça s'est bien passé. Au début il a paniqué. Il était tellement surpris que je l'appelle qu'il était persuadé qu'il m'était arrivé quelque chose de grave. Il ne voulait pas me croire, j'ai eu du mal à le calmer. Après… après il s'est presque mis à pleurer. Il disait qu'il était désolé, qu'il fallait que je lui pardonne, qu'il s'en était jamais remis, qu'il avait pensé que tout était fichu, qu'il n'arrivait pas à croire que j'appelle. J'ai… je ne savais pas quoi dire. Alors… » Il déglutit et poursuivit, un peu hagard : « Alors, il s'est excusé encore. Il a demandé si j'allais bien, ce que j'avais fait toutes ces années. Mais il ne m'a pas laissé répondre. Il a dit : "Pas par téléphone, pas après quatre ans." Il voulait me voir, en vrai. Il a demandé où j'habitais. Et après, il s'est ravisé. Il a dit que c'était à lui de m'accueillir, qu'il avait une maison maintenant, une vraie. Il voulait que je vienne chez lui. J'ai dit que je travaillais. Il a dit : "Le week-end prochain, c'est bien le week-end prochain ?" Alors j'ai répété que je travaillais même le week-end. Il m'a demandé ce que je faisais comme travail. Il a dit qu'il fallait que je m'arrange pour me libérer le week-end prochain. Il fallait que je rencontre sa femme. Ils avaient restauré une maison dans la région de Tours. Il insistait tellement… alors j'ai dit d'accord… que j'allais voir. Et il a raccroché, mais… il pleurait encore. Et moi je n'avais même pas dit quatre mots. »

Anton lui laissa quelques secondes de répit avant de demander :

« Comment tu vas t'organiser ? Tu vas y aller en train ? Tours, c'est à combien ? Huit heures d'ici, non ? Tu pourras avoir ton week-end entier ? »

Tim le stoppa net dans son élan :

« Non, Anton. Me fais pas ça. Me mets pas la pression comme ça. Je ne sais même pas si je vais y aller. D'accord ? »

Anton paraissait aussi surpris que choqué.

« Quoi ? Attends, ne me dis pas… Non, tu ne peux pas reculer maintenant !

— Je ne suis pas sûr de… c'est trop tôt.

— Quatre ans ? C'est pas assez ?

— Justement, après quatre ans… se retrouver en face l'un de l'autre, ça risque d'être… difficile. »

Anton monta encore d'un cran :

« Difficile ? Mais c'est ton frère ! »

Ambre comprenait tout à fait ce que Tim voulait dire. Elle avait redouté aussi de se retrouver face à ses parents pendant deux jours entiers, et ils n'avaient pas connu une telle séparation. Elle imaginait sans peine la maladresse des premiers mots, des premiers gestes, les non-dits, les sujets à éviter lorsque Tim se trouverait face à son frère.

« Laisse tomber, lâcha Tim avec une soudaine mauvaise humeur.

— Je crois que tu en fais encore des tonnes. Ça ne peut pas être si terrible ! C'est ton frère ! répéta Anton.

— Avec ta petite famille parfaite, tu devrais éviter de donner des leçons ! Ta sœur qui est si géniale, avec qui tu t'entends si bien… Tu devrais t'ouvrir un peu à ce qu'il se passe autour de toi ! Tu vis dans une bulle. Les choses ne sont pas aussi faciles pour les autres que pour toi ! »

Anton se leva et récupéra son manteau d'un geste brusque.

« Ça va, j'ai pas envie de me disputer avec toi. T'es encore sous le choc, c'est normal. Je vais faire un tour. »

La porte claqua avant qu'ils aient eu le temps de réagir.

Dans le silence qui suivit, Tim se servit une tasse de café, grimaça, déclara qu'il était froid et dégueulasse avant de le jeter dans l'évier. Ambre restait immobile, un peu raide sur son tabouret. Surtout ne pas contrarier Tim et faire redescendre la pression.

« Tu viendrais avec moi ? » demanda-t-il soudain.

Il était adossé à l'évier et tenait encore sa tasse vide entre les mains. Elle n'était pas sûre d'avoir bien entendu.

« Tu m'accompagnerais chez mon frère ?

— Bah… oui… bien sûr. »

Il esquissa un sourire. Il s'était calmé.

« Ce serait plus simple si t'étais là. »

Elle hésita un peu :

« Mais… et Anton ? »

Le visage de Tim se referma d'un coup et il répondit avec mauvaise humeur :

« Oui, avec Anton, bien sûr. »

Ils n'évoquèrent plus le sujet de la matinée. Lorsqu'ils quittèrent le studio, Anton n'était toujours pas rentré mais Tim ne paraissait pas s'en inquiéter.

Rosalie ne fit aucun commentaire quand Tim lui annonça qu'il allait peut-être revoir son frère le week-end suivant. Plus tard, elle confia à Ambre qu'Anton était passé le matin chez Gabriel et lui avait raconté sa dispute avec Tim. Gabriel lui avait conseillé de laisser Tim respirer quelque temps.

« Je crois que… toi aussi, tu devrais les laisser un peu seuls, ajouta-t-elle.

— C'est pas à cause de moi, tu sais. »

Rosalie la regarda d'un air étrange.

« Non, bien sûr. J'ai jamais dit ça. Je… je dis juste qu'ils ont besoin de se retrouver…

— J'ai entendu ce que tu as dit, Rosalie. »

Et elle partit avant que Rosalie n'ait le temps de la retenir.

Le soir, alors qu'elle lisait dans son lit, elle reçut un message de Tim : *Tu sais, c'est pas parce qu'il est tellement fonceur qu'il m'énerve, c'est parce qu'il voudrait que je sois comme lui. J'ai demandé pour toi ton*

week-end à Sylvie. Elle aussi commence à croire qu'on
sort ensemble. Prépare ta valise, on part vendredi soir
prochain. Elle a dit oui. ☺

Pour se rendre à Tours depuis Arvieux, il fallait
compter huit heures de route. Anton avait proposé
de partir le vendredi après-midi et de passer la nuit
à l'hôtel. En redémarrant à huit heures le lendemain
matin, ils pouvaient être chez Maxime à midi. Rosalie
avait aidé Ambre à boucler sa valise.

« C'est quoi ça ? Vous allez sortir danser ? avait-
elle demandé, intriguée, en la voyant glisser une robe
bordeaux au fond de son sac de voyage.

— C'est rien.

— C'est pas rien… elle est belle.

— C'est une promesse que j'ai faite. »

Rosalie avait levé les sourcils mais Ambre n'avait
rien ajouté.

Ils quittèrent Arvieux après le service du midi. Les
Beatles chantaient mais Tim coupa le son. Il était nerveux. Il n'avait pas besoin de le dire pour que ça se
voie. Entre Anton et lui, les choses semblaient s'être
arrangées, même si elles n'étaient pas exactement
comme avant. C'était comme si, depuis son appel à
Maxime, Tim s'obstinait à marquer une distance avec
lui. Anton ne comprenait pas mais ne disait rien.

« Alors, on dort où ? demanda Ambre, tandis que
la nuit tombait.

— Surprise ! répondit Anton avec un sourire.

— Allez, dis-nous ! »

Tim demeurait complètement indifférent, le visage collé à la vitre.

« Je crois que ça vous plaira.

— Ce n'est pas un petit motel ?

— Oh non ! Je me suis dit que... le temps d'une nuit... ça pourrait être marrant de tester autre chose.

— Un trois étoiles ?

— Un quatre étoiles ! »

Anton s'attendait à voir Tim ravi, mais il n'avait pas écouté. Ambre tenta de rattraper les choses en faisant preuve d'enthousiasme :

« C'est chouette ! On aura une suite ? »

Mais Anton ne répondit pas.

Il était huit heures quand ils arrivèrent sur le parking de l'hôtel. Tim sembla se détendre en sortant de la voiture. Ils prirent les bagages dans le coffre et entrèrent dans le hall luxueux de l'hôtel. Carrelage d'époque, tableaux du XVIIIᵉ, lustres en cristal. Un maître d'hôtel vint les accueillir :

« Bonsoir, messieurs-dames. À quel nom est la réservation ?

— Anton Cassi. »

Le majordome consulta le registre et se retourna pour prendre les clés accrochées à un panneau de bois.

« Voici la clé de la chambre double. »

Il balaya du regard les trois personnes en face de lui, décida qu'Anton devait être celui qui partageait la chambre d'Ambre et il leur tendit la clé. Puis il donna celle de la chambre simple à Tim. Mais Anton le reprit :

« Non, ce n'est pas pour lui. »

L'homme eut un moment d'hésitation, gêné.

« Oh, excusez-moi. »

Il intervertit les clés, donnant celle de la chambre double à Tim et celle de la chambre simple à Anton. Mais, alors que Tim tendait la main pour la récupérer sans faire d'histoires, Anton l'en empêcha en secouant la tête. Il y eut quelques secondes de silence pendant lesquelles le majordome attendit, son sourire devenant de plus en plus crispé. Il toussota.

« Il y a un problème, jeunes gens ?

— Oui, ce ne sont toujours pas les bonnes clés », répondit Anton avec calme.

Tim et Ambre se retenaient pour ne pas rire. Le majordome faisait un effort immense pour comprendre son erreur.

« Excusez-moi… je… bredouilla-t-il. Vous… je ne comprends pas. »

Il remonta ses lunettes sur son nez pendant que ses lèvres s'agitaient d'un tic nerveux.

« La chambre simple, c'est pour elle », dit Anton en désignant Ambre. Puis il fit un signe de la tête vers Tim. « C'est nous qui couchons ensemble. »

Le visage du majordome vira au rouge. Sa bouche fut agitée d'un nouveau tic nerveux.

« Oh… je… veuillez m'excuser, messieurs-dames. » Il perdait tous ses moyens. Il bafouilla : « Je… voulez-vous que j'appelle quelqu'un pour monter vos bagages ?

— Non, ça ira.

— Vos chambres sont au deuxième étage. Le… l'ascenseur est sur votre droite. »

Lorsque les portes de la cabine se refermèrent sur eux, ils éclatèrent de rire comme trois gamins.

« J'ai toujours rêvé de faire ça ! » déclara Anton.

Ils riaient encore quand ils arrivèrent à l'étage. Ils occupaient deux chambres voisines.

« Ça a dû te coûter une fortune ! s'exclama Tim en se laissant tomber sur leur lit.

— T'occupe pas de ça ! »

Ils déposèrent leurs affaires dans leurs chambres respectives avant de se retrouver dans le couloir. Il commençait à se faire tard et ils mouraient tous les trois de faim.

« On mange où ? demanda Tim.

— Je suis désolé de vous l'annoncer mais je crois que le restaurant de l'hôtel est un peu au-dessus de nos moyens.

— On pourrait prendre un verre au bar de l'hôtel et… finir tous les bols de cacahuètes. »

Anton acquiesça.

« Ils doivent aussi servir des olives. »

Ils ne passèrent pas inaperçus quand ils entrèrent dans le bar fréquenté exclusivement par de vieux messieurs grisonnants fumant le cigare et des femmes ridées aux lèvres trop rouges. Ils s'assirent au comptoir et commandèrent trois verres de vin blanc.

« On pourrait avoir des cacahuètes ? demanda Tim.

— Oui, bien sûr, monsieur. »

Mais le barman revint avec un plateau de charcuterie.

« C'est offert par la maison.

— En quel honneur ? demanda Anton, surpris.

— Pour nous excuser de la confusion de tout à l'heure. M. le majordome est navré. »

Ils retinrent avec peine leur sourire. Pour accompagner la charcuterie, ils commandèrent une bouteille de rouge premier prix.

Ils étaient tous les trois passablement saouls quand ils regagnèrent le deuxième étage. Tim avait retrouvé son sourire, Anton son assurance. Il avait passé un bras autour de ses épaules, heureux de le voir de nouveau apaisé. Ambre joua un instant avec sa clé avant de l'introduire dans la serrure.

« Bon… alors bonne nuit ! Dormez bien !

— Toi aussi ! »

Dans sa chambre, Ambre resta un moment debout, au milieu de la pièce. Elle ne pouvait se résoudre à se coucher tout de suite. Il y avait une grande baignoire rose, avec une collection impressionnante de sels de bain. Elle mit la chaîne hi-fi en marche, choisit une station qui diffusait du jazz et se fit couler un bain. Elle songea que l'eau lui permettrait peut-être de dessaouler. Elle s'assoupit dans la baignoire et, quand elle se réveilla, l'eau était froide, la chaîne hi-fi éteinte. Elle se glissa nue dans son lit, sans prendre la peine de se sécher. Elle allait éteindre la lumière quand elle les entendit distinctement, de l'autre côté de la cloison. Anton et Tim faisaient l'amour. C'était la première fois qu'elle les entendait. Elle s'était toujours empêchée de les imaginer tous les deux nus. Elle avait toujours cru que si un jour elle venait à les entendre, ou à les surprendre, elle trouverait ça gênant ou, pire, rebutant. Pourtant elle les écoutait, là, et ça n'avait rien de repoussant. C'était troublant. Un instant, elle fut tentée de se lever et d'aller mettre de la musique pour couvrir les bruits. Mais elle se ravisa. Elle posa sa main à plat sur la cloison. Elle ne savait pas pourquoi elle faisait ça mais elle sourit dans l'obscurité. Elle avait l'impression d'être un peu avec eux. Quand elle prit conscience de ce qu'elle faisait, elle se sentit nauséeuse. Elle alla allumer la chaîne hi-fi puis plongea la tête sous l'oreiller, espérant étouffer ainsi toute autre pensée inconvenante.

C'était étrange de les avoir en face d'elle, le lendemain matin, au petit déjeuner. Elle n'était pas gênée de leurs ébats, mais de son comportement à elle.

« Ça va ? lui demanda Tim pour la troisième fois. Tu ne parles pas.

— J'ai la gueule de bois. »

Il proposa d'aller lui acheter de l'aspirine à la pharmacie. Elle refusa.

Ils reprirent la route sous un soleil radieux. Dès les premiers kilomètres, la nervosité saisit à nouveau Tim. Seul Anton conservait sa bonne humeur et son sourire. Ambre restait obstinément silencieuse, à l'arrière.

À l'approche de Tours, la tension monta dans la voiture. L'appréhension de Tim gagna les deux autres et ils se trompèrent de route. Tim dut appeler son frère, qui les guida sur les derniers cinq cents mètres.

Numéro 138 : il s'agissait d'une vieille ferme rénovée. Au bout de l'allée se tenait un jeune homme qui leur faisait de grands signes. Tim paraissait livide sur son siège.

« Ça va aller ? » demanda Anton.

Hochement de tête. Le jeune homme venait à leur rencontre. Il avait des traits fins, comme Tim, la même tignasse châtain, mais pas le même regard : le sien était plus vif que doux. Alors que son frère arrivait à hauteur de la voiture, Tim se décida à en sortir. Anton et Ambre échangèrent un regard entendu : ils resteraient en retrait.

Tim arriva face à son frère, s'arrêta net sans esquisser un geste. Maxime eut un moment d'hésitation. Il avança un bras, puis le laissa retomber le long de son corps. Tim ne bougeait pas. Ils échangèrent quelques mots, visages baissés, regards fuyants. Puis Maxime prit franchement Tim dans ses bras. Anton laissa échapper un soupir de soulagement.

Après l'étreinte, ils échangèrent quelques mots, de façon hachée, maladroite. Dans la voiture, Ambre et Anton s'étaient mis à chuchoter :

« C'est un peu froid, non ?

— C'est normal ! Ça ira mieux dans une heure. Tu imagines… toutes ces années sans se voir ni se parler… »

Ils sursautèrent quand on tapa contre la vitre. C'était le frère de Tim. De près, la ressemblance était encore plus frappante. Ils sortirent avec des sourires gênés.

« Salut ! Tim, tu ne nous présentes pas ? »

Maxime était à l'aise, contrairement à Tim, toujours livide. Il commença par désigner Ambre :

« Voici Ambre. C'est une amie. On travaille ensemble. »

Ils se saluèrent d'une bise. Tim se tourna vers Anton et son visage perdit le peu de couleurs qui lui restaient. Son regard était suppliant, confit d'excuses.

« Et là, c'est Anton… un ami. Il travaille à Arvieux aussi. »

Quelque chose se ferma sur le visage d'Anton. Mais Maxime ne s'en rendit pas compte :

« Enchanté ! déclara-t-il. Eh bien moi, c'est Maxime ! Venez, je vais vous aider avec vos bagages. »

Ils sortirent leurs affaires du coffre. Tim et son frère partirent devant et Ambre risqua un « Ça va ? » à Anton. Non, ça n'allait pas. Il avait la mâchoire serrée, le regard sombre. Elle tenta de bafouiller quelque chose pour le calmer :

« Il… il ne pouvait pas le dire. C'est la première fois qu'il revoit son frère depuis… depuis tout ça. Ce n'est pas évident. »

Anton s'arrêta net et laissa tomber son sac de voyage sur les graviers. Son regard était assassin. Ambre eut un mouvement de recul.

« J'ai pas fait tout ça pour l'entendre dire que je suis un *ami*. Moi, j'ai montré sa photo à mes parents à Noël. Ils savent qui il est. »

Elle fut incapable de trouver quelque chose à répondre et Anton remit son sac sur l'épaule, lugubre.

À la porte de la maison, une jeune femme les atten-dait. Elle était petite, un peu rondelette, des cheveux noirs bouclés, des yeux verts, des pommettes hautes.

« Lisa, je te présente mon frère, Tim. Tim, voici ma femme, Lisa. »

La jeune femme s'avança pour l'embrasser puis recula, croisa les bras sur sa poitrine et le dévisagea avant de s'exclamer :

« Waouh, Max, il te ressemble vraiment ! »

Maxime approuva avec un sourire et Lisa reprit :

« Je t'ai vu en photo, tu sais. Mais tu avais encore un air d'adolescent. C'était... enfin... je t'aurais reconnu, bien sûr. Mais vous vous ressemblez plus maintenant. C'est normal, c'était... il y a des années et... »

Elle s'interrompit, gênée, et se tourna vers les deux autres avec empressement :

« Et vous, vous êtes ? »

La réponse d'Anton, cinglante, ne se fit pas attendre :

« Oh nous... on est *que* des amis. »

Tim détourna le regard et Ambre se sentit obligée d'intervenir :

« Oui on... on bosse ensemble à Arvieux. Je m'appelle Ambre. Et lui c'est Anton... il est skieur.

— C'est joli comme prénom, Ambre, lança-t-elle. Allez, venez, entrez ! Je vais vous faire visiter ! »

Ambre et Anton suivirent Lisa dans la maison tandis que Tim et son frère restaient sur le perron, un peu raides.

« J'espère que ça va bien se passer, murmura Lisa. Max est stressé et il m'a mis la pression toute la semaine. Il voulait que tout soit parfait. On... on a enlevé toutes les photos aux murs. Même celles de notre mariage. Il ne voulait pas que Tim voie ça, les photos de toute la famille réunie. »

Lisa les entraîna vers la cuisine. Avisant la terrasse attenante, Anton sortit pour s'allumer une cigarette avec des gestes nerveux.

Lisa entreprit de préparer un plateau apéritif avec des verres, une bouteille de vin, une brique de jus de fruits.

« Max… il en a beaucoup souffert. Il lui télépho-nait souvent, tu sais. C'est moi qui l'ai convaincu d'arrêter. Je lui disais : "Il te fera signe quand il sera prêt." » Elle se dirigea vers le réfrigérateur et en sor-tit le bac à glaçons. « Désolée, je parle beaucoup trop quand je suis stressée. »

Mais Ambre n'avait pas vraiment écouté. Elle se mordillait la lèvre.

« Tu crois que… je… je pourrais voir les photos ? interrogea-t-elle en baissant la voix.

— De leur famille ?

— Oui. »

Lisa eut un grand sourire.

« Bien sûr. »

C'était le dernier week-end du mois de mars et une température clémente s'était installée, même si une brise fraîche faisait virevolter quelques feuilles sur la terrasse. Tout le monde prit place autour de la table. Anton avait du mal à desserrer les mâchoires et Tim était encore un peu raide. Aucun des deux n'osait regarder l'autre. Heureusement, Lisa et Maxime étaient là pour animer la conversation, bien décidés à tout faire pour que les retrouvailles se déroulent au mieux.

« Alors, vous vivez tous les trois dans ce même village ? commença Maxime en débouchant la bouteille de vin. Comment il s'appelle déjà ?

— Arvieux.

— Oui voilà. Vous êtes tous les trois dans la restauration ? »

Anton n'était pas disposé à être agréable. Il se contentait de répondre aux questions le concernant avec des phrases courtes. Alors Ambre essaya de se montrer aussi avenante que possible, relançant la conversation lorsqu'elle s'épuisait, posant des questions sur Tours et sa région. Après tout, elle était là pour ça. Et à Lyon, chez ses parents, Tim avait réellement assuré. Elle se devait de lui rendre la pareille. Elle qui n'avait jamais été très bavarde rivalisait d'amabilité avec Lisa. Tim lui en serait reconnaissant.

« On a entièrement refait cette maison avec le père de Lisa. Il travaille dans le bâtiment », expliqua Maxime.

Au fur et à mesure que le repas avançait, et malgré le silence obstiné d'Anton, l'ambiance se réchauffa. Bien sûr, il y avait les sujets à éviter : le passé commun de Tim et son frère, leurs parents et leur aîné, la dispute, les quatre ans d'absence… Ils en parleraient sûrement au cours du week-end, mais pas tout de suite et pas ainsi. Ils le savaient et respectaient ce pacte implicite. Alors ils évoquèrent plutôt leurs métiers respectifs – Lisa était professeur des écoles, Maxime travaillait dans l'informatique –, l'actualité, le sport…

Après le repas, Lisa proposa des cafés. Maxime invita Tim à faire un tour et ils disparurent : ils avaient quatre ans à rattraper et il n'était pas certain qu'un week-end leur suffise pour surmonter l'absence, la rancœur, la gêne.

« On peut s'installer dans l'herbe si vous voulez, proposa Lisa lorsqu'elle revint avec des tasses sur un plateau. Oh, attendez ! Je vais chercher les chaises longues. »

Elle disparut à l'intérieur de la maison et Anton se leva avec raideur. Il sortit de sa poche son briquet et son paquet de cigarettes en s'éloignant sur la pelouse. Ambre le suivit.

« Depuis quand est-ce que tu fumes ?

— Depuis que ça m'évite d'exploser. Et toi, depuis quand tu joues la parfaite petite invitée ? Je ne savais pas que tu pouvais avoir de la conversation. »

Le ton était cinglant, elle encaissa le coup en serrant les dents. Elle s'obligea à garder une voix calme lorsqu'elle répondit, mais la colère la faisait trembler :

« Je fais ça pour Tim, pour que les choses se passent le mieux possible. On est là pour lui, pour l'aider, pas pour rendre l'ambiance irrespirable. »

À son tour, Anton accusa le coup.

« Je vais faire une sieste. Ça ira mieux après. »

Ambre pensa que c'était la première fois qu'elle avait un semblant d'altercation avec lui et elle détestait ça.

Elle retrouva Lisa à l'étage, qui se débattait pour porter quatre chaises longues en les maintenant pliées.

« Tu t'en sors ?

— Pas vraiment.

— Attends, je vais t'aider. »

Elles prirent chacune deux chaises sous le bras. Dans les escaliers en pierre, elles croisèrent Anton qui indiqua qu'il allait se reposer. Il avait un début de migraine. Lisa proposa de lui apporter un Doliprane mais il lui assura qu'une sieste suffirait à calmer la douleur. Elles installèrent les chaises dans l'herbe, à l'ombre des arbres. Le café n'avait pas encore refroidi et Lisa les servit.

« J'ai des magazines si tu veux lire un peu. J'ai aussi quelques bouquins. Des policiers. Mais… peut-être que tu veux faire la sieste ?

— Non, ça va, je vais juste profiter du soleil. Enfin, sauf si tu es d'accord pour me montrer quelques photos ?

— Oui, bien sûr ! »

Lisa revint quelques secondes plus tard avec une pile d'albums et de cadres décrochés des murs avant l'arrivée de Tim. Elle prit place à côté d'Ambre.

« Alors voilà, la plus récente que j'aie, c'est celle-ci. C'était au dernier Noël. »

Sur le cliché, on pouvait voir un groupe de personnes devant un sapin illuminé, dans une salle à manger. Les parents de Tim étaient tout de suite reconnaissables : les mêmes traits fins, la même impression de douceur sur leurs visages, alors qu'elle se les était imaginés la mine dure et sévère. La mère de Tim était étrangement maigre, comme si elle était malade. Autour d'eux, Ambre reconnut Lisa et Maxime qui se tenaient par la taille, en tout point identiques à aujourd'hui. Il y avait un autre jeune homme, plus âgé que Maxime, et dont la ressemblance ne laissait aucun doute sur son identité.

« C'est l'aîné ? »

Lisa hocha la tête et désigna la femme blonde à côté de lui. Elle paraissait suédoise ou finlandaise. Très grande, la peau couleur de pêche, de grands yeux bleus.

« Oui, Franck. Et là c'est sa femme. Ils ont des jumelles. »

Les petites filles étaient au premier rang, dans leurs transats. Elles devaient avoir six mois, pas plus.

« Maxime est le parrain », ajouta Lisa avec une pointe de fierté.

Ils souriaient tous, comme si aucun drame ne s'était jamais joué, comme s'il ne manquait pas, sur la photographie, le dernier fils de la famille. Ambre se sentit un peu écœurée.

« La photo a été prise quand ?

— Juste avant la messe de minuit, je crois… oui c'est ça. Le 24. »

La messe de Noël à Arvieux, le trajet dans la neige avec la poussette de Rosalie, Tim assis sur les marches devant l'église, son regard ce soir-là. C'était cruel, ce cliché avec tous ces visages souriants. Elle espéra que Tim ne verrait jamais cette photo.

Lisa passa à la suivante. On les voyait, Maxime et elle, le jour de leur mariage, entourés des parents de Maxime et d'un autre couple, les parents de Lisa. Ils avaient l'air tous très fiers. La photo datait de presque un an. La mère de Tim était déjà très maigre à cette époque, elle s'appuyait sur une béquille.

« Elle a quoi ? demanda Ambre. Elle est malade ? »

Elle n'avait pas désigné la mère de Tim mais Lisa avait compris.

« Oh… oui… euh… elle a fait une grosse dépression après le départ de Tim.

— Est-ce qu'ils savent qu'il est là aujourd'hui ? interrogea Ambre.

— Non, le sujet est tabou. Maxime et Franck n'en parlent jamais entre eux. La seule fois où ils l'ont fait, ça s'est terminé en dispute… Franck est quelqu'un de très rigide et rancunier. Il pense que c'est à Tim de faire le premier pas et de s'excuser. Leur père… il en veut à Tim. Il dit que c'est à cause de lui que sa femme est malade. Max aimerait lui dire un jour ce qu'il pense mais… il a peur que cette fois la famille éclate pour de bon. Et puis… la mère… je crois sincèrement que si elle en avait eu la force, elle aurait repris contact avec Tim. Elle ne s'en remet pas. Ça la ronge. Elle est bourrée d'anxiolytiques et d'antidépresseurs et elle n'a plus le courage de rien. »

Lisa ouvrait déjà un autre album et en tournait les premières pages. Les clichés défilaient. Il y avait les anniversaires, les fêtes de famille, la pendaison de crémaillère de Franck et de sa femme. Pas une seule photo ne laissait deviner le drame secret de la famille. Et Tim était totalement absent.

« Tiens, dans celui-ci, il doit y avoir des photos de Tim », indiqua Lisa.

C'était un album corné et poussiéreux aux pages jaunies. En ouverture, une photographie des trois frères, en short de bain, sur une plage. Ce devait être peu de temps avant la terrible dispute. Franck avait déjà vingt-quatre ou vingt-cinq ans, l'air revêche. Sur le cliché suivant, tous les trois étaient assis dans le sable, des bières à la main. Il y avait une jeune fille avec eux.

« La petite amie de vacances de Max », commenta Lisa.

Ensuite venaient des photos prises en hiver. On y voyait Tim et Franck déblayer la neige devant la maison familiale, Tim et Maxime disputer une partie de PlayStation au coin du feu. Sur une autre, la mère posait sous les guirlandes de Noël, entourée fièrement de ses trois fils. Elle était méconnaissable. Rien à voir avec la femme maigre et voûtée des dernières photos : elle avait le regard rieur, les joues roses, elle semblait pleine de vie.

« Il a fait quoi tout ce temps ? Tu le sais ? »

Ambre releva la tête de l'album. Lisa l'observait, soucieuse.

« Après la dispute, il a dû trouver un travail très vite. Un job de saisonnier. Nourri, logé. Pour ne pas dormir dehors. »

Elle présentait volontairement les choses de manière crue, brutale.

« C'est comme ça qu'il est devenu cuisinier ?

— Oui. Après, il a enchaîné les saisons d'hiver et d'été.

— Pourquoi il ne répondait pas au téléphone quand Max appelait ? »

Ambre ne put retenir un soupir. C'était difficile de parler pour quelqu'un d'autre.

« D'après ce qu'il m'a dit... il lui en voulait de ne pas être intervenu, il s'en voulait aussi des choses qu'il avait pu dire et il ne souhaitait plus entendre parler du passé. En gros, c'est un mélange de tout ça. »

Une porte claqua à l'autre bout de la maison et elles sursautèrent. La voix de Maxime leur parvint très nettement depuis l'intérieur, et Ambre referma d'un coup sec l'album.

« Il faut cacher tout ça… »

Lisa dissimula tant bien que mal la pile d'albums et de cadres sous la chaise longue, derrière les magazines. Maxime et Tim venaient d'apparaître sur la terrasse.

« On s'est installées à l'ombre, dit Lisa.

— Vous faites quoi ?

— Oh, on papote… »

Les garçons les rejoignirent et se laissèrent tomber sur les chaises longues. Tim avait l'air plus détendu maintenant. Il jeta un coup d'œil aux alentours, constata qu'Anton n'était pas là, mais ne fit aucun commentaire.

« Nous, on s'est promenés.

— Vous voulez une limonade ?

— Ah oui. Avec plaisir. »

Lisa regagna la maison. Maxime ferma les yeux en poussant un soupir d'aise.

« On est pas bien, là ? »

Ambre accrocha le regard de Tim et il lui sourit. Lisa revint avec les verres de limonade et ils rapprochèrent leurs chaises, en cercle, à l'ombre des arbres.

« C'est quoi ? »

Tim venait de repérer la pile d'albums dans l'herbe. Lisa blêmit.

« Des magazines », répondit précipitamment Ambre.

Elle en saisit un sur l'herbe et le brandit sous le nez de Tim.

« Des trucs people. Des potins…

— Non, à côté. Ce sont des photos ? »

Maxime lança un regard assassin à Lisa, qui sembla se ratatiner sur place. Puis il fixa avec appréhension Tim, qui s'était agenouillé et tenait entre ses mains un cadre. On y voyait Lisa et Maxime en tenue de mariés, entourés de leurs familles respectives.

« C'était l'été dernier ? demanda-t-il.

— Laisse ça, on va les ranger…

— Non ! »

Ses yeux étaient rivés sur la photo.

« Elle a quoi ? demanda-t-il brutalement. Un genre de cancer ? »

Il avait le regard dur, dénué de compassion.

« Non, elle… elle est fatiguée, c'est tout, répondit Maxime d'une voix mal assurée.

— Elle était belle avant, lâcha Tim du même ton dur. Mais plus maintenant. »

Maxime déglutit et ne réussit qu'à répondre par un grognement.

« Franck a une femme ? »

Maxime hocha la tête.

« C'est elle ?

— Ouais, c'est elle.

— Ils se sont mariés quand ?

— Il y a deux ans. Ils… ils ont eu des jumelles. »

Tim garda le cadre entre ses mains et sembla faire un effort pour prononcer d'une voix plus affable :

« Vous êtes beaux en… je veux dire, vous faites de beaux mariés. »

Maxime esquissa un sourire, ravi de constater que la tension retombait. Il vint s'asseoir dans l'herbe à côté de Tim.

« Tu veux en voir d'autres ? On a tout un album.

— Oui… je veux bien. »

Maxime laissa son frère tourner les pages. Il ne faisait pas de commentaires et se contentait de répondre aux questions lorsque Tim en posait.

« Elles ont quel âge les jumelles ?

— Huit mois… Tu veux les voir ? »

Il sortit de la pile de photographies un faire-part de naissance.

« Là, elles avaient tout juste un jour. J'en ai des plus récentes. »

Ambre en profita pour récupérer les magazines qui traînaient au sol et y glisser le cadre où on voyait toute la famille à Noël, devant le sapin. Elle retourna s'asseoir sur sa chaise longue, satisfaite : cette photo, c'était un coup de poignard en plein cœur qu'elle épargnait à Tim.

Anton les rejoignit alors que l'après-midi touchait à sa fin. Ils préparaient tous ensemble l'apéritif dans la cuisine.

« Ça va mieux cette migraine ? l'interrogea Lisa.

— Oui. J'avais besoin de dormir un peu. »

Maxime l'invita à se joindre à eux.

« On prépare quelques toasts. Tiens, tu peux t'occuper du tarama, si tu veux. »

Anton mit la main à la pâte avec bonne volonté, mais Ambre remarqua la froideur de Tim à son égard. Elle s'éclipsa quelques instants pour prendre une douche. Quand elle redescendit, elle trouva une Lisa surexcitée, engoncée dans sa robe de mariée.

« Qu'est-ce qu'il se passe ? »

C'était une belle et longue robe blanche à bustier dans laquelle Lisa resplendissait.

« Tim a proposé de rejouer le repas de mariage. »

La voix de Lisa n'était plus que gazouillis de joie. Visiblement, l'idée l'avait séduite, beaucoup plus que Maxime qui avait un air légèrement renfrogné.

« J'ai toujours détesté les nœuds papillons ! »

Anton était en retrait, sur un tabouret de bar, relégué au fond de la cuisine : Tim ne faisait aucun effort pour l'intégrer. Il agissait comme s'il n'existait pas, comme s'il n'était pas là.

« On sort le champagne », annonça Lisa à Ambre avec un sourire de petite fille.

On mit le couvert dans le salon, on disposa des bougies sur la table. Maxime déboucha la bouteille, Tim mit de la musique. La gêne et la timidité du début d'après-midi avaient disparu. Maxime était beau dans son costume de marié et Lisa rayonnait.

« Aux retrouvailles ! déclara Maxime en levant son verre.

— Non, corrigea Tim. Au mariage. »

La bouteille fut rapidement vidée et Maxime décida d'en ouvrir une deuxième. Tim avait perdu toute réserve vis-à-vis de son frère, comme si les quatre années d'absence s'étaient envolées. Ils riaient beaucoup tous les deux, évoquaient des souvenirs communs. Lisa les regardait avec tendresse. Elle avait trop bu et cela la rendait émotive.

« Tu vois, bégaya-t-elle en se penchant vers Ambre, ça me ferait presque pleurer, de les voir tous les deux. »

Ambre lui tapota doucement la main. Anton n'avait pas décroché un mot mais personne ne semblait s'en apercevoir. Tim l'avait ignoré toute la soirée et, au fil des minutes, son visage s'était fermé pour ne devenir qu'un masque figé.

Lorsque Maxime se leva en déclarant qu'il ferait bien d'allumer le four, Anton en profita pour s'éclipser dans le jardin, cigarette à la main. Il y eut un court instant de flottement autour de la table. Lisa lança un regard interrogateur à Tim, qui finit par se lever avec agacement.

Elles le virent s'approcher d'Anton. Il n'était plus qu'une énorme boule de nerfs. Puis elles entendirent le ton sec, cassant :

« Tiens, ça y est, tu te rappelles ma présence ?

— Qu'est-ce qui te prend ? »

Le ton de Tim aussi était hostile, la discussion s'annonçait houleuse.

« On ferait mieux de fermer la fenêtre », dit Lisa.

Ambre approuva mais aucune des deux n'en eut le temps. Anton explosa littéralement de colère :

« Qu'est-ce qui me prend ? Qu'est-ce qui *me* prend ? MAIS TU TE FOUS DE MOI ? »

Il hurlait. Tim ordonna, les dents serrées :

« Anton, baisse d'un ton sinon je ne parlerai pas avec toi. »

Lisa se jeta sur la fenêtre pour la refermer sans faire de bruit.

« Qu'est-ce qu'il se passe ? »

Maxime revenait de la cuisine, une panière à la main. Il avait entendu des cris mais ne comprenait pas.

Anton et Tim criaient tellement fort que la fenêtre, même fermée, ne suffisait pas à arrêter les éclats de voix. Ce fut la voix d'Anton qui résonna d'abord :

« Ah, parce que tu veux parler ? Alors on parle de quoi ? De ton comportement aujourd'hui ? Tu veux m'expliquer pourquoi tu me présentes comme un ami ? »

À travers la vitre, ils les voyaient, tous les deux, se faisant face sur la terrasse. Tim, les dents serrées, le regard noir, semblait à son tour sur le point d'exploser. Pourtant, Anton poursuivait :

« Tu veux me dire pourquoi tu n'assumes pas ? Pourquoi tu ne m'as pas adressé un mot de la journée ?

— Je rentre. Je t'avais prévenu.

— Quoi ? Tu m'avais prévenu de quoi ?

— De baisser d'un ton. Je rentre. »

Anton eut un rire qui claqua comme un coup de fouet.

« Pauvre lâche ! »

Tim l'ignora et traversa la terrasse à grands pas.

« C'est pas pour ça que t'étais parti de chez toi, à la base ? Pour pouvoir t'assumer ? Pour éviter d'être toute ta vie un pauvre lâche comme ça ? »

Tim, qui s'apprêtait à passer la porte, fit volte-face brutalement.

« ME PARLE PAS DE ÇA ! »

Il avait bondi avec fureur. Mais sa haine n'était que le miroir de celle d'Anton.

« Eh bien tout ça, c'était totalement inutile ! T'as détruit ta famille. T'as tout bousillé. Pour quoi ? Je te le demande. Pour quoi ? Pour rien ! T'es même pas foutu de présenter ton petit copain à ton frère ! Tu sais, je t'admirais… Sincèrement… Mais t'es qu'un lâche en vérité ! Un pauvre lâche ! »

Les cris de Tim empêchèrent Anton de continuer :

« Tu n'as pas de leçons à me donner ! Toi et ta putain de famille parfaite, je vous emmerde tous ! Tu m'entends ? Toi et toute ta famille !

— Retire ça tout de suite !

— T'as jamais rien connu ! Tu ne sais rien de la vie ! On t'a toujours tout donné ! Reste dans ta petite existence minable et surprotégée !

— Tu me reproches d'avoir eu une vie plus facile que toi ?

— C'est à cause de toi si j'ai dû tout bousiller !

— Quoi ? *Mais tu délires !*

— C'est à cause de toi et de tous les types comme toi si j'ai plus d'enfance, si j'ai plus de famille, si j'ai plus de vie normale ! Pour pouvoir sortir avec des types comme toi, des types qui n'ont jamais rien affronté, qui n'ont aucune idée de ce qu'est un sacrifice ! Maintenant, je vais te dire un truc : fallait pas te permettre de me faire la leçon ! T'aurais pas dû ! Je veux plus te voir ici ! Casse-toi ! Fais tes valises et dégage ! »

Maxime s'était figé au milieu du salon, les bras ballants. La voix d'Anton résonna de nouveau, écœurée :

« Alors c'est ça ? » Sa colère était retombée. « Tu me tiens à distance depuis que t'as appelé ton frère. »

Tim resta muet, fébrile. Peut-être réalisait-il tout doucement ce qu'il venait de hurler.

« Tu m'en veux depuis que je suis ici… Tu penses que c'est de ma faute si tu n'as plus de famille.

— Je… j'ai pas dit ça ! répliqua Tim d'une voix sourde.

— Oh si, tu l'as dit. »

Anton traversa la terrasse à grands pas et ouvrit la porte-fenêtre avec un geste brusque.

« Tu vas où ? lança Tim avec agressivité.

— Je me casse, c'est ce que tu voulais, non ?

— C'est ça ! Casse-toi ! »

La porte-fenêtre claqua. Anton traversa la cuisine sans un regard pour personne. Ambre sortit de sa stupeur la première, elle rejoignit Tim dehors.

« Tim ! Tu vas le laisser partir ?

— Je m'en fous. Il peut aller où il veut. »

La seconde d'après, Maxime intervint, inquiet :

« Tim, ça va ? Tu veux qu'on aille faire un tour ?

— Non. Ça va. »

Maxime insista doucement :

« T'as l'air super nerveux. Viens, ça fera redescendre la pression. »

Tim sembla vouloir répondre quelque chose mais suivit finalement son frère.

« Je reviens. Il faut vite que j'aille voir Anton », dit Ambre.

Il était déjà en train de redescendre les escaliers, son sac de voyage sur l'épaule. Il lui jeta un regard haineux.

« Anton… commença-t-elle timidement.

— Pousse-toi. » Il ne s'était jamais adressé à elle comme ça. « N'essaie pas d'intervenir, tu n'as rien à faire dans cette histoire. Ça ne te regarde pas.

— Je…

— Pour la dernière fois, reste en dehors de ça ! » Il avait atteint la porte d'entrée quand il lâcha : « J'aurais jamais dû venir. »

Elle sentit sa tristesse.

« Attends demain matin… » murmura-t-elle d'une voix suppliante.

La porte s'ouvrit à la volée et se referma avec fracas.

De l'autre côté de la maison, dans le jardin, Lisa s'était laissée tomber sur une chaise longue.

« Il est parti ?

— Oui. »

Ambre s'affala à côté d'elle. Une immense fatigue l'envahit tout à coup.

« C'est son petit ami ?

— Oui. C'est son petit ami. »

Elles restèrent silencieuses, dans l'obscurité du jardin. Le vent était frais et Lisa avait froid. Elle s'éloigna, sa robe de mariée traînant dans l'herbe, comme le rideau de théâtre annonçant la fin du spectacle.

C'était une nuit ventée et sans étoiles. Le ciel semblait de plomb. Les arbres s'agitaient, les herbes ployaient. Ambre attendait Tim, grelottante. Une demi-heure passa, peut-être une heure. La porte d'entrée s'ouvrit et se referma : Maxime et Tim parlaient à voix basse. La seconde d'après, Tim se tenait devant elle. Il faisait trop sombre pour qu'elle puisse voir son visage.

« Je le déteste, lâcha-t-il d'une voix sourde. Il avait pas le droit de dire que j'étais un lâche.

— Il ne le pensait sûrement pas… Il était blessé, il voulait te faire mal. Je l'ai déjà fait. Toi aussi. Tu sais ce que c'est… »

Il secoua la tête, catégorique :

« Pas Anton. Il ne dit pas les choses pour faire du mal. Il l'a pensé. Et je le déteste.

— Ton frère… il sait pour Anton et toi ?

— Oui. »

Le silence s'installa dans le jardin.

« Tim, tu pleures ?

— Ferme-la. »

Il continua à pleurer en silence quelques secondes.

« Y a pas de honte à…

— Ferme-la, j'ai dit. Je suis déjà un pédé… si en plus je pleure. »

Elle posa la tête sur son épaule, il ne chercha pas à se dégager. Ses larmes tombèrent dans ses cheveux et sur son front. Elle voulait lui dire qu'il était sans doute la personne la plus courageuse qu'elle ait rencontrée. Que s'il ne devait y avoir qu'un seul homme sur terre, elle voudrait que ce soit lui. À lui seul, il lui avait redonné foi en l'espèce humaine. Mais elle ne dit rien, sauf :

« Tu devrais essayer de l'appeler, de le rattraper au lieu de pleurer à côté de moi. »

Tim renifla bruyamment. Elle insista :

« Essaie d'appeler Anton. Je suis sûre qu'il décrochera. Il ne doit pas être bien loin. Il peut encore faire demi-tour. Reste pas là à pleurer.

— J'ai rien à lui dire. De toute façon, ce n'est pas pour lui que je pleure. »

Il renifla encore et une larme vint s'écraser sur sa main.

« Pourquoi tu pleures, alors ? »

Il mit tellement longtemps à répondre qu'elle crut qu'il ne le ferait pas.

« Je pleure parce que j'ai plus de famille, dit-il enfin. Et parce que j'en aurai jamais une à moi.

— Qu'est-ce que tu racontes… ?

— Parfois je me déteste d'être comme je suis. Tu sais, je ne pourrai jamais avoir d'enfants.

— Je croyais que t'en voulais pas. »

Il l'ignora.

« Je vais finir tout seul. J'aurai personne. Je pensais que je réussirais au moins à garder un petit ami mais non, je vais crever tout seul. Comme le vieux Wilson. Plus de parents, plus de frères, pas d'enfants. »

Elle ne comprenait pas ce que venait faire Wilson dans cette histoire mais elle enchaîna :

« C'est à cause des photos ?

— C'est tout. Les photos, revoir Maxime, la dispute avec Anton.

— Arrête de pleurer, Tim… »

C'était trop difficile de le voir comme ça. Insoutenable. Pire que le visage de Rosalie quand elle avait dit qu'elle était un monstre. Pire que celui d'Anton le soir où il avait vu s'effondrer son rêve. Il réussit à articuler entre deux sanglots :

« Pourquoi j'arrêterais ?

— Parce que… parce que si tu veux des enfants, si tu veux vraiment des enfants, alors ça peut toujours s'arranger.

— Ah oui ? Et comment ?

— S'il le faut vraiment… moi, par exemple, je t'en ferai.

— Dis pas des conneries pareilles.

— Si tu veux, on formera une famille à nous deux. J'avais prévu de finir vieille fille et toi tu avais promis de m'héberger. On n'a pas besoin des autres. On pourra avoir une maison au bord de la mer. Ou à la montagne. Une maison remplie de livres. Et les soirs où ça n'ira pas, alors on ouvrira une bouteille de vin, comme on le fait à Arvieux. On ira danser… Il faudra qu'il y ait une discothèque à proximité. Ce sera un critère pour choisir la ville. Et on n'aura pas de jardin. J'ai compris que tu détestais l'idée de tondre. Moi ça m'est égal d'avoir un jardin. Tant qu'on a du vin et une discothèque. »

Dans l'obscurité elle le vit sourire.

« Tu dis ça pour que j'arrête de pleurer.

— Peut-être… mais ça veut pas dire que c'est faux. »

Et elle avait réussi. Il avait arrêté de pleurer et la regardait maintenant avec ses yeux d'enfant, le visage baigné de larmes.

« Pourquoi tu le ferais ? Les enfants, je veux dire…

— Je ne sais pas… pourquoi les gens font des enfants en général ?

— Pour toutes les raisons du monde, mais pas pour qu'un de leurs amis arrête de pleurer.

— C'est une raison comme une autre, tu sais. C'est mieux que de faire des enfants pour vivre comme tout le monde ou pour tenter de relancer un mariage déjà mort. »

Le silence retomba. On n'entendait plus que le bruissement du vent dans les feuilles. Tim se tourna vers la maison et ses fenêtres allumées. D'ici ils apercevaient Maxime dans son costume de marié, qui sortait le gratin carbonisé du four, et Lisa qui attendait debout à côté de lui, désemparée. Le repas était tombé à l'eau, la soirée était tombée à l'eau. Tout le week-end venait de tomber à l'eau.

« On ferait mieux de rentrer. Et de terminer la soirée avec eux.

— Oui… T'as raison. »

Quand ils les rejoignirent, Lisa et Maxime ne savaient pas comment se comporter. Alors Lisa leur demanda simplement s'ils voulaient manger du gratin et ils s'attablèrent dans un silence un peu pesant.

« Est-ce que c'est de notre faute ? » finit par demander Lisa.

Tim secoua la tête en continuant de manger. Maxime posa une main sur celle de sa femme.

« Non. Te tracasse pas. Ça n'a rien à voir avec nous. »

Tim approuva, toujours silencieux.

« Est-ce que vous voudrez un dessert ? proposa Lisa quelques minutes plus tard. J'ai acheté des sorbets.

— Non, c'est gentil, Lisa. Je n'ai plus faim. Je vais aller me coucher », répondit Tim.

La colère avait laissé place à une immense fatigue. Il semblait n'avoir pas dormi depuis des siècles. Lisa se tourna vers Ambre.

« Et toi ? Un sorbet ?

— Ça va. Je n'ai plus faim non plus. »

Tim ferma la porte de la chambre et ils se retrouvèrent désemparés face au silence de la pièce trop vide. Ambre se laissa tomber sur le lit, Tim l'imita.

« Anton doit être... » commença-t-elle.

Il l'interrompit aussitôt :

« Je ne veux plus qu'on parle d'Anton ce soir. D'accord ? »

Il se mit à jouer nerveusement avec la fermeture du sac de voyage d'Ambre posé à côté d'eux.

« J'ai pas besoin de lui... c'est vrai... Ni d'aucun mec. »

Puis elle le vit extirper la robe bordeaux de Philippe.

« Qu'est-ce qu'elle fait là ? » Son regard s'illumina, incrédule. « Tu l'as apportée ?

— Laisse tomber... c'était... c'était par rapport à la parole que je t'avais donnée... J'avais dit que je la porterais le jour où...

— Le jour où je reverrais mon frère ! Oui, je me souviens ! »

Il étala la robe sur le lit et la regarda sans rien dire. Elle se sentait un peu bête.

« Évidemment, maintenant... vu le contexte... c'est tout à fait ridicule.

— Mets-la.

— Non ! La soirée est fichue, Anton est parti... »

— Qu'est-ce que je t'ai dit ! Je veux plus que tu prononces son nom ! Mets la robe. S'il te plaît. »

Il avait parlé d'un ton presque suppliant. Elle se sentit faiblir.

« Tim, tu es fatigué…

— Et toi, tu as la trouille de la mettre, pas vrai ? »

Elle ne voulut pas lui donner raison, alors elle se leva et lui arracha la robe des mains.

« Où tu vas ?

— Me changer.

— Tu sais que tu peux le faire ici… Je fermerai les yeux. »

Ce qu'il fit immédiatement, un sourire sur le visage. En quelques secondes, l'atmosphère avait changé et Ambre enfila la robe avec un peu moins de réticence.

« Ça y est ?

— Oui. »

Tim rouvrit les yeux.

« Quoi ? Dis quelque chose. Arrête de me fixer comme ça. C'est décevant, c'est ça ? C'est trop vulgaire ?

— Non !

— Alors quoi ? Dis quelque chose.

— Oui, ça vient. Laisse-moi une seconde… Voilà : Lisa peut aller se rhabiller avec sa robe de mariée ! » Il se leva et vint se planter devant elle. « Je veux m'assurer que c'est bien toi.

— C'est moi.

— C'est toi… et en même temps ce n'est pas toi. »

Il se tenait très près maintenant et elle commençait à ressentir un léger malaise. Il la fixait avec trop d'insistance. Pourtant, ce n'était pas le regard avec lequel la regardait Philippe autrefois, ni même celui d'Andréa. C'était différent et c'était très troublant.

« Tim, on ne te l'a peut-être jamais dit mais… fixer les gens comme ça… ça met mal à l'aise. »

Il ne recula pas et n'arrêta pas. En fait, il ne l'avait pas entendue.

« Tu n'aurais pas du rouge à lèvres ? demanda-t-il. Lisa doit en avoir. Viens.

— Attends, Tim. »

Il avait une lueur un peu folle dans les yeux. Il l'entraîna dans le couloir plongé dans l'obscurité et il se mit à fouiller dans les tiroirs de la salle de bains, sous le lavabo, sans aucune réserve ni gêne. Elle voulut lui signaler qu'il se montrait totalement mal élevé mais il lui fit signe de se taire.

« J'ai trouvé. »

Il brandissait une trousse de toilette contenant du mascara, des crayons noir, marron, rose, du fard à joues, des flacons de vernis…

« Elle a dû dépenser une fortune », fit-il remarquer.

Il extirpa un tube de rouge à lèvres couleur coquelicot avec un sourire satisfait.

« Ferme la porte », chuchota-t-il.

Elle obtempéra, gagnée par l'amusement à son tour.

« Je te le mets, déclara Tim.

— Tu ne sais pas faire !

— J'apprends vite. Laisse-moi essayer.

— Tu vas me massacrer. J'aurai l'air d'un clown. »

502

Il lui fit signe de s'asseoir sur le rebord de la baignoire et elle obéit en soupirant.

« Applique-toi. »

Il déboucha le tube de rouge à lèvres et s'approcha de son visage avec une concentration qui la fit sourire.

« Non ! Tu n'as pas le droit de bouger. »

Elle sentait son souffle sur ses joues. Même à travers ses paupières closes, elle pouvait deviner son regard. Il finit par se relever pour l'observer.

« Alors ? demanda-t-elle. C'est raté ? »

Il secoua la tête, sans répondre.

« Je peux voir ?

— Vas-y. »

Elle se leva pour aller se planter devant le miroir. Face à son reflet, elle fut troublée. Elle avait presque du mal à se reconnaître. Elle n'avait pas quitté ses jeans et elle ne s'était pas maquillée depuis des mois.

« Tu te trouves belle ? »

Il la regardait avec son regard doux d'enfant, un sourire au coin des lèvres. Elle restait muette devant la fille qui lui faisait face.

« Oui, murmura-t-elle. Je crois que oui. C'est bizarre de dire ça, non ?

— Non, c'est pas bizarre. C'est vrai… T'es belle. »

Coincée entre le lavabo et Tim, elle comprit qu'il s'apprêtait à l'embrasser. Elle ne sursauta pas, n'eut aucun mouvement de recul quand il plaqua ses lèvres sur les siennes. Elle sentait le bord rigide du lavabo dans son dos, la main de Tim dans ses cheveux, le goût sucré du rouge à lèvres coquelicot qui se mélangeait dans leurs bouches. Elle sentait l'atmosphère étouffante de la salle de bains.

« Attends… »

Elle pensait à Anton, sur la route. Elle revit tout à coup son dos musclé qui s'enfonçait dans l'eau glacée. Elle ne voulait pas repousser Tim, mais elle le devait.

« Attends », répéta-t-elle d'une voix plus forte. D'un ton désinvolte, elle ajouta : « Tim… deux fois, c'est… ça commence à faire beaucoup, non ? »

Elle le vit rougir et esquisser un sourire gêné.

« Désolé, je sais pas ce qui… c'est…

— Est-ce que tu m'as embrassée parce que tu es en colère contre Anton ?

— Non ! protesta-t-il aussitôt. Non, ce n'est pas…

— Tu m'as embrassée parce que tu te détestes d'être ce que t'es, ce soir ?

— Non. Non ! Ça n'a rien à voir… C'était… c'était comme un jeu…

— Comme le soir où tu jouais les hétéros ? »

Il eut un nouveau sourire gêné.

« Oui. Comme ce soir-là. C'est rien. On est amis. On fait ce genre de choses bêtes pour s'amuser.

— Oui… On fait ce genre de trucs… jouer aux billes, boire beaucoup trop, aller danser, s'embrasser… »

Ils s'esclaffèrent tous les deux, tentant de masquer leur gêne.

« Bouge pas, dit brusquement Ambre. Je vais t'enlever ce rouge sur tes lèvres. Tu as l'air ridicule ! »

Il poussa un juron en découvrant son reflet barbouillé dans le miroir et se laissa faire. Elle avait les mains encore tremblantes quand elle lui appliqua le coton sur les lèvres.

Ils se laissèrent tomber sur le lit, tout habillés, le cœur un peu moins lourd que plus tôt dans la soirée.

« Tu ne crois pas que tu devrais l'appeler ? »

Elle l'entendit soupirer dans l'obscurité.

« Non.

— Si tu ne fais rien, tu ne répareras rien… Et si ça se terminait comme ça ?

— Pas maintenant, Ambre.

— Tu n'as pas envie que ça se termine, pas vrai ? »

Il mit plusieurs secondes à répondre :

« Il a été odieux. Il n'avait pas le droit de crier ça… ni de gâcher ce week-end chez Maxime. Je ne suis pas venu ici pour le présenter à mon frère et vanter ses qualités de petit ami exceptionnel. Je suis venu pour moi et il savait que ça serait pas facile. Il a été égoïste. Il a tout gâché. » Il s'interrompit et soupira à nouveau. « De toute façon, je ne sais pas pourquoi je suis surpris… Je le savais… Je n'aurais pas dû l'amener… On aurait dû venir que tous les deux.

— Dis pas ça. C'est faux…

— Si, et tu le sais aussi bien que moi. Il n'avait rien à faire là. C'est toi que je voulais amener ici. Lui, je l'ai seulement invité pour qu'il ne se vexe pas. »

Le silence retomba et elle songea que les choses avaient bien changé ces dernières semaines. Depuis sa défaite au championnat de France de ski alpin, Anton était devenu plus radical et déterminé que jamais. Il avait décidé de ne plus assister à aucun entraînement et son directeur avait menacé de lui couper son salaire. Il n'avait pas réagi. Il avait même cessé de sortir avec ses amis skieurs. Jamais il ne s'était montré aussi fonceur et volontaire pour aller de l'avant mais c'était comme si, en échange, il avait perdu en humanité et en compréhension. Il se montrait dur et impatient. Il se produisait comme un glissement de terrain dans sa relation avec Tim qui rejaillissait sur leur trio. Ambre avait de plus en plus l'impression d'occuper la place à la droite de Tim et elle ne savait pas si c'était une bonne chose, ni si elle devait s'en réjouir.

La maison était endormie. On entendait le tic-tac de la pendule au rez-de-chaussée, le bruit du vent dans les arbres au-dehors. La respiration de Tim se fit plus lente, plus profonde, et elle réussit même à déterminer le moment exact où il s'endormit.

Ce fut le téléphone de Tim qui les réveilla, très tôt dans la matinée, alors que personne n'avait encore ouvert les yeux dans la maison. Ambre comprit qu'il ne répondrait pas quand elle le vit enfouir sa tête sous son oreiller. Elle jeta un coup d'œil à l'écran.

« C'est Rosalie.

— Laisse sonner.

— Ce n'est pas Anton.

— J'ai entendu. Laisse sonner. »

Elle n'insista pas, mais quand, une minute plus tard, la sonnerie reprit de plus belle, elle finit par décrocher.

« Tim ?

— Non, c'est Ambre.

506

— Je suis avec Anton. Est-ce que tu peux me passer Tim ? »

Elle se tourna vers lui et, à son visage buté, elle comprit qu'il s'apprêtait à refuser.

« Il... il n'a pas très envie...

— Anton a eu un petit accident... »

En une fraction de seconde, Tim se releva, blême.

« Il n'a rien de grave, ajouta précipitamment Rosalie. Il a fait une sortie de route à proximité de Guillestre. Il semble qu'il se soit endormi au volant. »

Tim vint coller son oreille au téléphone. Il semblait vouloir dire quelque chose, mais aucun son ne sortait de sa bouche.

« Il a quoi ? interrogea Ambre dont le rythme cardiaque s'était accéléré. Il est à l'hôpital ?

— Une belle entorse cervicale, rien de plus. »

Tim était toujours muet, pâle comme un linge. Les paroles de Rosalie ne semblaient pas l'avoir rassuré.

« Est-ce que... il veut parler à Tim ? demanda Ambre. Tu veux que je te le passe ? »

Il y eut un remue-ménage derrière Rosalie, on entendit des chuchotements.

« Oui. Je te le passe. »

Ambre tendit le téléphone à Tim. Et elle s'éclipsa sur la pointe des pieds.

Tim voulut rentrer au plus vite pour aller voir Anton à l'hôpital. Tout s'enchaîna rapidement. Le train avait déjà démarré quand ils réalisèrent que le week-end de retrouvailles était derrière eux et qu'il leur laissait un arrière-goût amer d'inachevé. Tim était prostré. Son visage n'avait pas encore retrouvé ses couleurs.

« Tim... ça va aller. Il n'a rien. On t'a dit qu'il serait sorti de l'hôpital en fin de journée. Il ne faut pas t'inquiéter.

— Je ne m'inquiète pas.

— Alors, pourquoi t'es comme ça ? On... on dirait que t'es en état de choc. Il n'est presque pas blessé.

— Non... Mais s'il n'avait pas évité le ravin, il serait mort.

— Il faut pas y penser. Ce n'est pas le cas. Il a eu de la chance.

— Il serait mort et ça aurait été entièrement de ma faute. Je lui ai demandé de partir en pleine nuit. Je lui ai hurlé de se casser et il a roulé huit heures sans s'arrêter, au bord de la crise de nerfs... C'est un miracle qu'il ne soit pas mort. Tout aurait été de ma faute. J'aurais dû vivre avec ça.

— Tim...

— Je veux plus qu'on en parle, d'accord ? Je veux plus qu'on parle de ce week-end à Tours et de cette dispute. On l'efface. Ça n'a pas existé. »

Le train avançait à vive allure, transformant la campagne environnante en traînées bleues, vertes, marron, et Ambre pensa que sans cet accident, Tim et Anton n'auraient peut-être pas eu la moindre chance de passer outre la dispute, la rancœur.

Le TGV arriva en gare de Guillestre en fin d'après-midi. Gabriel était sur le quai, Sophie dans les bras, l'air soucieux.

« Ah, vous voilà !

508

— Rosalie n'est pas là ?

— Non, le service va commencer. Je l'ai raccompagnée au chalet.

— Et Anton ?

— Il sera sorti dans une heure. Je vous emmène le voir ? »

Ils laissèrent Tim entrer seul dans la chambre. Avant, ils avaient observé Anton à travers le hublot de la porte. Il portait une minerve, ses mains et ses avant-bras étaient écorchés, mais il semblait en forme et il se leva d'un bond quand Tim pénétra dans la pièce. Gabriel et Ambre s'éloignèrent dans le couloir en direction des sièges et de la fontaine à eau.

« Il nous a appelés à cinq heures, expliqua Gabriel. L'accident venait de se produire, il s'était extrait de la voiture et voulait qu'on aille le chercher nous-mêmes, il disait qu'il n'avait rien. Rosalie a quand même appelé les pompiers. Effectivement, il n'avait pas grand-chose. Il a eu de la chance.

— Et la voiture ?

— Je crois que la voiture s'en remettra également. »

Sur les genoux de Gabriel, Sophie commençait à s'agiter. Ambre lui tendit un gobelet en plastique que la petite se mit à mâchouiller.

« Il y a eu une dispute ? demanda Gabriel.

— Oui… il y a eu une dispute.

— Anton ne voulait pas prévenir Tim lui-même… pour l'accident. Rosalie a dû insister et encore… il a tout juste accepté qu'elle appelle.

— Ils sont aussi butés l'un que l'autre. »

Gabriel acquiesça avec un sourire triste.

« C'était une dispute sérieuse ?

— Non… en tout cas ça ne l'est plus. Tim ne veut plus qu'on en parle.

— Il a raison… ça ne sert à rien de ressasser. »

Une infirmière passa dans le couloir avec un chariot et ses chaussures produisirent sur le sol un couinement suraigu, comme une plainte.

« Et toi, ça va ? interrogea Ambre au bout d'un instant. Je veux dire… avec Rosalie ? »

Gabriel eut l'air légèrement surpris par la question, mais il répondit avec un sourire :

« Oui ça va.

— Est-ce que vous parlez parfois de… la suite ? »

Elle ne savait pas pourquoi elle abordait le sujet dans ce couloir d'hôpital. Peut-être parce qu'il était rare qu'elle se retrouve seule à seul avec Gabriel.

« Non. Surtout pas.

— Tu penses encore qu'elle peut partir ?

— Non, je crois qu'elle ne partira plus. C'est juste bon de se laisser porter un peu, sans savoir ce qu'on fera dans deux mois. J'ai l'impression de redevenir adolescent. Ça fait du bien. »

Ambre hésita avant de poser la question qui la taraudait. Mais comme Gabriel ne disait rien, elle se lança :

« Et cette femme ? Quand tu es rentré à Paris, tu l'as vue ? »

Gabriel repositionna Sophie sur ses genoux, comme pour se donner un peu de temps.

« Oui je l'ai vue. Elle avait déjà compris que c'était terminé. Il n'y avait plus rien à elle chez moi. On s'est… on s'est retrouvés dans un café. Elle voulait voir les photos de Sophie. Elle m'a dit qu'elle était contente pour moi, mais elle pleurait. »

Plus loin dans le couloir, la porte de la chambre d'Anton venait de s'ouvrir et Tim les cherchait du regard.

« Anton t'attend », lança-t-il à Ambre.

Anton était assis au bord de son lit, son sac et son manteau posés à côté de lui, prêt à bondir. Il était visiblement pressé de partir. Il se leva un peu brusquement, ce qui le fit grimacer, et vint serrer Ambre dans ses bras. Elle resta quelques secondes interdite devant ces marques d'affection et ne put que bredouiller un « Ça va ? » timide. Anton l'invita à s'asseoir à côté de lui, tandis que Tim et Gabriel restaient debout, près de la porte.

« Oui, ça va. J'ai hâte de sortir. Je ne supporte pas de rester couché ici. »

Ambre le trouva beau. Même avec ses bras écorchés, sa minerve, ses cernes bleutés sous les yeux et ses traits fatigués. Elle pensa que Tim avait eu raison de vouloir effacer cette dispute. On ne laissait pas filer un garçon comme Anton. Il continuait de lui sourire. Son regard haineux de la veille avait disparu.

« Je voulais m'excuser pour hier… de t'avoir parlé sur ce ton. »

Elle balaya ses paroles d'un geste de la main. Elle non plus ne voulait plus en entendre parler.

« Et merci d'avoir supporté Tim après ça… ça a dû être l'enfer. »

Il lui lança un clin d'œil taquin mais les images de la veille, dans la salle de bains, étaient trop présentes et elle se sentit mal à l'aise. Heureusement, Tim intervint :

« On a dit qu'on n'en parlait plus.

— Je suis d'accord, approuva précipitamment Ambre.

— Bon, alors on est tous d'accord, conclut Anton.

— Le médecin ne devait pas venir t'examiner une dernière fois avant ta sortie ? demanda Gabriel après avoir consulté sa montre.

— Si… c'est ce qu'il a dit.

— Je ferais peut-être bien d'aller le chercher… sinon on y est encore demain. Bougez pas, je reviens.

— Ambre ? demanda Anton. Je peux te poser une question ? »

Elle hocha la tête, sentant son estomac se nouer.

« Pourquoi tu n'as rien dit ? »

Le rouge lui monta aux joues. Tim lui avait donc tout raconté ?

« Quoi ? bredouilla-t-elle.

— Pour ton anniversaire. Tu comptais nous le dire ? »

Son cerveau tournait à plein régime pour essayer de comprendre ce que son anniversaire venait faire là-dedans.

« Rosalie a dit que tu avais reçu une carte d'anniversaire et un colis au chalet. C'est arrivé hier. Pourquoi t'as rien dit ? »

Vague de soulagement. Elle avait complètement oublié son anniversaire ! Elle allait fêter ses vingt et un ans dans trois jours. Ce n'était que ça !

« Oh, je… j'avais totalement oublié.

— Quand est-ce que c'était ?

— Ce n'est pas passé. C'est le 1ᵉʳ avril. Mercredi, je crois…

— Et tu pensais échapper à une fête ? Tu n'y échapperas pas, je te préviens ! J'ai une bouteille de rhum au studio. Je compte bien te la faire finir. »

Il souriait, Tim souriait, et elle était tellement soulagée qu'elle s'esclaffa :

« J'aurai sans doute besoin d'aide…

— On t'aidera. On s'entraide toujours, non ? »

Ils souriaient tous les trois, assis sur le lit. La dispute était loin. La scène dans la salle de bains aussi.

Le colis provenait de Lyon. Les Miller lui avaient envoyé un téléphone portable flambant neuf accompagné d'une carte. Elle réalisa, en la lisant, qu'elle avait tissé en quelques mois à Arvieux plus de liens qu'elle n'en avait construit en vingt ans chez les Miller. Sa maison n'était plus vraiment là-bas. Elle n'était pas à Arvieux non plus, car elle savait que tout serait bientôt terminé… Dans un mois et demi. Mais elle refusait d'y penser.

Gabriel décida que la fête aurait lieu dans son appartement, après leur service. Il prévoyait de passer sa journée aux fourneaux et Ambre se demanda si elle méritait qu'on se donne autant de mal pour son anniversaire.

La veille, après le service, Tim l'attrapa par le bras et l'entraîna d'autorité à l'écart des autres saisonniers.

« Qu'est-ce que tu fais ? »

Il lui ordonna avec l'air d'un commandant des armées :

« Va chercher un manteau chaud, des gants, une écharpe, un bonnet et de bonnes chaussettes, je t'embarque... C'est ton cadeau d'anniversaire.

— Attends, mais... ce n'est que demain...

— Non, ce soir à minuit, objecta-t-il. Et puis, on a la pleine lune, alors c'est ce soir ou jamais. »

Elle le dévisagea comme s'il avait totalement perdu la raison.

« Dépêche-toi un peu ! soupira-t-il. Anton attend dans la voiture.

— C'est quoi ? Une escapade ?

— En quelque sorte.

— Où ça ?

— Tu ne sauras rien. N'essaie même pas. »

Rosalie était à l'autre bout du hall, en pleine discussion avec Sylvie. Ambre tenta de capter son regard pour l'interroger mais ce fut peine perdue. Tim s'impatientait.

« Tu attends quoi ?

— Ça va. J'y vais. »

Une fois dans sa chambre, elle enfila plusieurs couches de vêtements.

« Eh, ça va ? »

Elle sursauta. C'était Andréa, adossé à la porte ouverte de sa chambre.

« Ouais, ça va », répondit-elle en remontant la fermeture de son manteau.

Elle attrapa son écharpe et son bonnet sur son lit.

« Tu pars ?

— Oui. Une surprise d'anniversaire de la part de Tim.

— Je ne savais pas que c'était ton anniversaire. Joyeux anniversaire alors. »

Se rappelant que Tim avait parlé de gants, elle rouvrit son armoire et se mit à fouiller.

« T'es plus beaucoup au chalet en ce moment, reprit Andréa. Je te vois plus. »

Elle mit la main sur la paire de gants et la fourra dans sa poche avant de se retourner vers lui.

« Non, c'est vrai. Je… j'étais pas mal chez Tim et Anton ou… ou chez Gabriel. »

Elle ne lui laissa pas le temps de poser une autre question, elle éteignit la lumière et ferma la porte.

« Je dois y aller. Tim attend.

— Bonne soirée. »

Elle descendit les escaliers en courant. Tim avait toujours son air de commandant des armées. Il lui fit un signe de tête pour qu'elle le suive. La voiture d'Anton attendait, stationnée devant le chalet. Il l'accueillit avec le même sourire amusé que Tim.

« Prête ? demanda-t-il.

— Je ne sais pas… Prête pour quoi ?

— Bien tenté, mais je ne te dirai rien. »

Il mit le moteur en route et la voiture s'éloigna tout doucement du chalet.

« C'est quoi ça ? »

Sur le siège à côté d'elle, Ambre venait d'apercevoir des paires de chaussures de montagne, des raquettes et des lampes frontales. Aucun des garçons ne daigna se retourner.

« C'est pour l'escapade ? »

Silence et sourires. À l'avant, Anton et Tim se mirent à chuchoter :

« Tu es sûr que tu reconnaîtras le chemin de nuit ?

— Oui, je te l'ai dit. C'est la pleine lune. On n'aura même pas besoin des frontales. »

Ambre se redressa sur son siège, elle avait le regard espiègle d'une enfant.

« Dites, vous êtes sûrs de votre coup ? Je ne veux pas mourir congelée.

— Toi, ferme-la, répliqua Tim. J'ai dit pas un mot !

— Vous êtes impressionnant, monsieur le sergent-chef. »

Anton s'esclaffa :

« Moi je le trouve sexy en sergent-chef. Pas très crédible, mais sexy. »

Ils arrivèrent au niveau d'un lieu-dit nommé Les Maisons, où se dressaient, toutes petites dans la nuit, quelques habitations sur le versant de la vallée. Anton gara la voiture et ils en sortirent. Aucun signe de vie aux alentours.

« Équipez-vous ! » ordonna Tim en sortant les raquettes.

Anton tenta un salut militaire mais il reçut une claque derrière la tête qui l'interrompit tout net. Ambre retint un rire.

Ils récupérèrent chacun des chaussures de randonnée et des raquettes. Tim vint aider Ambre.

« Bon alors, c'est quoi le plan ? demanda-t-elle.

— Un cadeau d'anniversaire un peu particulier. J'avais envie de te faire découvrir un endroit que j'adore.

— C'est pas une vraie réponse, ça… »

Il l'ignora, se releva et referma la portière de la voiture. Anton leur tendit à chacun une lampe frontale.

« Cet endroit… il n'est accessible qu'en raquettes ? s'enquit-elle en regardant autour d'elle.

— Tu es perspicace, dis donc ! se moqua Tim.

— Est-ce que c'est loin ?

— On en a environ pour deux heures. L'aller.

— Non ! C'est une blague ? »

Anton, derrière Tim, lui fit signe que non. Il semblait très amusé par la situation.

« Les plus beaux endroits sont toujours cachés et difficiles d'accès, répondit Tim avec patience. Bon, vous êtes prêts ? On y va ! »

Tim coupa à travers un premier pâturage enneigé en direction d'une sombre forêt de mélèzes. Il avait raison. La pleine lune éclairait parfaitement le paysage et les lampes frontales étaient inutiles.

La beauté du paysage leur imposa le silence. Il y avait quelque chose de solennel et de majestueux à se trouver au milieu de ces étendues de neige, seuls, au cœur de la nuit. C'était la nature à l'état brut, sans rien pour la troubler. On n'entendait plus que le crissement de la neige sous leurs raquettes. Ambre ne savait pas quelle impression en elle dominait. Il y avait ce sentiment d'irréalité, car la lune donnait au paysage une lueur phosphorescente, inquiétante et fascinante à la fois. Il y avait aussi cette sensation, puissante et saisissante, d'être seuls au monde et minuscules. Et puis cette excitation au creux du ventre, comme s'ils étaient en train de mener une expédition insolite, inédite et secrète, au cœur de la nuit. Et enfin ce gonflement dans la poitrine, tellement grisant, qu'elle reconnaissait entre tous : ce sentiment de liberté totale et de toute-puissance. Car ils régnaient sur la montagne silencieuse en maîtres. Sacré mélange.

Tim ne les guidait que par gestes, comme si le son de sa voix pouvait suffire à faire voler en éclats la magie et la solennité du moment. Le chemin était en pente légère et devenait un peu plus ardu à chaque pas. À un moment, ils pénétrèrent dans un petit bois, et pour la première fois, une voix, celle de Tim, s'éleva :

« Regardez ! »

Ils suivirent son regard. À quelques mètres d'eux, un chevreuil et son petit se sauvaient en galopant, effrayés. Bientôt ne restèrent d'eux que quelques empreintes dans la neige.

« Ils ont dû entendre nos pas. »

Il leur fit un signe de tête et ils reprirent leur progression dans le petit bois.

« On va en voir d'autres, tu crois ? murmura Ambre.

— Peut-être. Mais il faut être attentif. »

Ils poursuivirent leur randonnée dans le même silence sacré, tous les sens en alerte. Ils tressaillaient au moindre frôlement dans la neige. Ils traversèrent plusieurs petits bois sans rencontrer le moindre signe de vie. Leur attention commençait à diminuer quand Anton eut un hoquet de surprise.

« Là-bas ! »

Ce fut très furtif. Une traînée blanche dans la neige. Disparue aussi vite qu'elle était apparue.

« Qu'est-ce que c'était ? demanda Ambre en plissant les yeux.

— On aurait dit un lièvre... avec une fourrure blanche, dit Tim. C'est étrange. Ça ne peut pas être un lièvre, si ?

— Je crois que c'était un lièvre variable, intervint Anton.

— Un lièvre variable ?

— C'est comme ça qu'on appelle les lièvres à fourrure blanche.

— Mais il a disparu... »

Anton prit la tête du peloton, le cou tendu, l'appareil photo de Tim dans les mains, prêt à flasher le premier animal qui se montrerait.

« Alors ça te plaît ? » demanda Tim.

Ambre avait un sourire extatique.

« C'est super.

— Tu n'as pas trop froid ?

— Oh non. »

Elle n'avait pas songé une seule seconde au froid. C'était beau. C'était tout ce qui comptait.

« Tu sais, poursuivit-elle à voix basse, je crois que même si on rentrait maintenant au chalet, ça serait de loin le plus beau cadeau que j'aie eu. »

Il la jaugea quelques secondes, sceptique, et fut bien obligé de constater qu'elle était sincère.

« Le plus beau est à venir », dit-il avec un air énigmatique.

Ils devaient marcher depuis près d'une heure et demie maintenant et avaient atteint une certaine hauteur. Ils pouvaient profiter d'une vue exceptionnelle sur la vallée du Queyras baignée du clair de lune. Le panorama était à couper le souffle.

« Je veux vous montrer un point de vue super… On ne doit plus être très loin. »

Ambre avait passé plus de quatre mois à Arvieux sans avoir cherché à s'aventurer plus loin que les pistes de ski ou le centre-ville. Elle avait failli passer à côté de la vraie montagne, sauvage, indomptable et silencieuse. Elle ressentait au plus profond d'elle-même, à ce moment précis, devant les étendues blanches sous le clair de lune, l'impression d'être, pour la première fois peut-être, exactement là où elle aurait voulu se trouver… C'était ce qu'elle avait cherché en quittant Lyon, Philippe, sa famille. Pour la première fois, tout prenait sens.

« On y est ! » cria Tim en se mettant à courir dans la neige.

Son cri résonna en écho dans toute la vallée et les deux autres coururent derrière lui comme des enfants. Il y avait un belvédère, un petit ponton de bois qui s'avançait sur le bord de la montagne et surplombait la vallée. Tim était déjà arrivé au bout. Il s'assit, les pieds se balançant dans le vide. Le belvédère révélait en contrebas les maisons, les chalets d'alpage, les forêts de mélèzes et les routes se faufilant dans le paysage.

« Waaa, souffla Ambre. C'est… »

Elle laissa sa phrase en suspens. Anton s'était assis à côté de Tim, elle les rejoignit. Pendant quelques instants, ils laissèrent leurs yeux se perdre. Une chouette hulula.

« Tu viens toujours la nuit ? demanda Ambre.

— Je suis venu de jour une fois. Mais ce n'est pas pareil. Il y a des touristes, du bruit… La nuit, c'est comme si c'était un autre endroit. »

Un nuage passa devant la lune, la masquant quelques secondes et privant la vallée de sa lueur phosphorescente. Anton demanda :

« Pourquoi tu ne m'as jamais amené ici ? »

Un silence plana. La lune réapparut avec nonchalance, sans se presser. Anton attendait.

« Je… j'aimais bien y venir seul, c'est tout. »

Ambre tenta de faire diversion :

« Cet endroit est vraiment dingue. Je veux dire… on pourrait y rester des heures sans rien faire, sans se lasser… »

Tim mordit à l'hameçon, trop content de pouvoir changer de sujet :

« Si je pouvais vivre sur ce ponton… je pourrais… je ne sais pas… planter une tente, construire une cabane. Je me lèverais chaque matin avec cette vue. Je dormirais toutes les nuits dans ce silence. Y a pas un silence identique à celui-ci. »

Anton gardait les mâchoires serrées, et Ambre se demanda si ce n'était qu'une saute d'humeur passagère ou si c'était toute la rancœur du week-end à Tours qui refaisait surface.

« Mais c'est pas le plus beau. Ma surprise est plus loin. On y est presque. On repart ? »

La seconde d'après, il était debout et aidait Ambre à se relever.

« Tu veux dire qu'il y a un autre point de vue ? interrogea-t-elle en remettant ses gants.

— Tu verras. »

« — Un pont ? Un pont qui relie deux montagnes ?

— Tu verras, j'ai dit.

— Et si je trouve ça moins beau ?

— Je t'enterrerai vivante dans la neige, tu peux me croire ! »

Ils riaient et leurs rires résonnèrent dans toute la vallée. Derrière eux, Anton ne riait pas.

Il ne restait que quelques minutes de marche. Tim les avait prévenus. Le froid commençait à se faire sentir, à attaquer leurs mains, leurs pieds. Mais à mesure qu'ils avançaient, l'excitation grandissait. Et puis, elle l'aperçut, au loin. Elle crut à une hallucination. Que faisait ce lac immobile au milieu de la neige ? Il était immense, entouré de montagnes et surplombé par le majestueux pic de Rochebrune. Tout autour s'étendait une épaisse forêt de mélèzes. La vision était irréelle. Féerique. Baigné du clair de lune, le lac semblait avoir été peint par un artiste, déposé là juste pour sublimer la beauté du lieu. Ambre avait porté les mains à sa bouche, les yeux grands ouverts d'émerveillement. C'était vrai, c'était plus beau que le point de vue précédent, plus beau que n'importe quelle montagne, plus beau qu'un coucher de soleil sur la mer. En fait, c'était sans doute plus beau que tout ce qu'elle avait pu voir jusqu'à présent.

Tim la regardait en souriant. Il ne disait rien. Le silence faisait aussi partie de la magie. Ils étaient seuls au monde. Au-dessus d'eux, le spectacle du ciel : immense, étoilé, la pleine lune triomphante. C'était comme s'ils étaient en dehors du temps, en dehors du monde, en dehors de tout. Elle aurait voulu rester plantée là pour toujours.

Tim s'était approché en silence.

« Alors ? dit-il à voix basse. Comment tu trouves ? »

Elle avait la bouche sèche. Elle était incapable de trouver les bons mots pour répondre.

« Qu'est-ce que c'est ? murmura-t-elle.

— Le lac de Roue.

— T'avais raison, finit-elle par déclarer. C'est... C'est magnifique.

— Il est entièrement gelé pendant l'hiver. Mais regarde. La couche de glace est plus fine maintenant. Le printemps est arrivé. »

Elle le vit se baisser et détacher ses raquettes.

« On essaie d'aller au milieu ?

— Tu crois que... c'est assez solide ?

— Je ne sais pas. »

Il posa un pied sur le bord du lac glacé. Il s'y appuya avec plus de force et posa un deuxième pied.

« Ça tient. Tu viens ? »

Elle détacha ses raquettes avec des gestes fébriles. Tim lui tendit une main qu'elle attrapa. La couche de glace était fine. On l'entendait presque craquer sous leurs semelles. C'était fragile et glissant. Elle se cramponna au bras de Tim, qui avançait sans crainte, d'un pas sûr. Sous leurs pieds, le lac ressemblait à un gros saphir.

« On est assez loin, non ? »

Tim se tourna vers elle, moqueur.

« T'as peur ?

— Si ça craque et qu'on tombe… elle doit être glacée, non ?

— Je pense.

— On mourrait directement ?

— Je ne sais pas trop. »

Elle agrippa son bras et le força à s'arrêter.

« Là on est assez loin !

— Si tu le dis. »

Il se laissa tomber sur la glace et, avec un soupir, il s'y allongea, les bras écartés, face au ciel. Avec des gestes prudents, elle s'étendit à côté de lui.

« Allez, détends-toi. Qu'est-ce que t'as ? T'as peur de mourir ici ? Ce ne serait pas le plus bel endroit pour mourir ? Franchement…

— Si.

— Alors quoi ?

— Je ne veux pas mourir tout de suite. »

Il se redressa sur un coude et la regarda avec un demi-sourire.

« C'est une bonne nouvelle, ça. »

Ils sourirent tous les deux et Tim attrapa une de ses mains emmitouflées qu'il enferma dans la sienne.

« J'ai failli oublier. Joyeux anniversaire.

— Merci. »

Le silence retomba sur le lac gelé.

« Tu sais, tu aurais pu te contenter de m'offrir un livre, déclara Ambre au bout de quelques instants.

— Tu aurais préféré ?

— Oh non ! Crois-moi. Je préfère avoir pour cadeau un lac, des montagnes et le ciel.

— Ce n'est pas un lac, des montagnes et le ciel, espèce d'ingrate !

— Qu'est-ce que c'est ?

— C'est l'univers entier !

— J'ai l'impression qu'on est au centre de tout.

— Oui… c'est ça… Y a peu de lieux qui font cet effet.

— Alors mon cadeau, c'est l'univers ? »

Tim esquissa son sourire d'enfant.

« Ouais… Personne d'autre t'en fera des cadeaux comme ça.

— Ça c'est certain. »

Il y eut un bruissement dans la neige, très léger. Aucun des deux ne l'entendit, ni ne tourna la tête vers la rive. S'ils l'avaient fait, ils auraient vu Anton rebrousser chemin, comme si chaque pas lui arrachait une douleur insurmontable. Ils auraient vu son beau visage tordu de colère. Ils auraient compris qu'il fallait le rattraper tout de suite. Mais ils fixaient les étoiles.

« C'était une étoile filante, non ?

— C'en était une, affirma Tim. J'ai pris l'option étoiles filantes dans mon coffret cadeau univers. »

Ils commencèrent à avoir froid et s'assirent sur la glace.

« Je crois que c'était un avion. Je ne voulais pas te décevoir sur le coup mais… il n'y a pas d'étoiles filantes à cette époque. C'était un avion.

— Ah… tu t'es fait arnaquer alors, avec ton option étoiles filantes. »

Un court silence passa.

« La rive paraît loin d'ici », dit Tim en scrutant l'ombre des mélèzes.

Et tout à coup, il cria : « Anton ! »

Elle comprit immédiatement. Ils l'avaient oublié. Totalement oublié. Leurs raquettes formaient un petit tas sur la neige au bord du lac et il n'y avait plus trace d'Anton. La seconde d'après, Tim était debout, paniqué.

« Anton ! Anton ! »

Ses cris résonnèrent et moururent dans la nuit.

« Viens ! »

Il lui prit la main et se mit à courir sur le lac gelé en direction de la rive.

« Anton ! C'est pas drôle ! T'es où ? »

Il n'y avait pas un bruissement de feuilles, pas un mouvement. Elle avait envie de lui dire qu'il était inutile de crier et encore plus inutile de courir. Anton était parti, c'était une évidence. Il n'allait pas réapparaître de derrière un arbre en lançant : *Surprise, je m'étais caché !* Tim lui broyait la main.

« Il est parti, dit-elle.

— Mais non. Il est… il doit être dans le coin. »

Et il se remit à crier. Il ne voulait pas comprendre. La rancœur, la haine, le sentiment d'être tenu à l'écart, tout ce qui avait provoqué cette dispute à Tours, ça n'avait pas disparu. Il avait demandé, tout à l'heure, pourquoi Tim ne l'avait jamais amené ici et depuis, il n'avait pas dit un mot. Et puis ils l'avaient oublié ! Au bord du lac ! Comment aurait-il pu réagir autrement ? Elle le laissa appeler désespérément puisqu'il n'y avait rien d'autre à faire. Il entreprit de faire le tour du lac, jetant des regards anxieux entre les mélèzes. Elle tremblait de froid à côté des raquettes. Elle était désolée, terriblement désolée. Enfin il revint, bredouille et las, le visage déconfit.

« Il est parti, dit-il. On rentre. »

Ils se chaussèrent, Tim jeta un dernier coup d'œil pour s'assurer qu'Anton n'était pas réapparu et ils se remirent en route.

« Je ne comprends pas pourquoi il a fait ça », dit Tim d'une voix qui n'avait pas encore retrouvé son timbre normal.

Elle se garda bien de lui faire remarquer qu'il mentait. Il savait tout aussi bien qu'elle pourquoi Anton était parti. En quelques secondes, toute la magie de la soirée s'était envolée. Tim ne parlait plus. Il marchait vite, très vite. Elle tentait de suivre le rythme, en vain. Elle se retrouva vite distancée d'une quinzaine de mètres.

« Tim, je suis désolée, j'y arrive plus », finit-elle par lancer, à bout de souffle.

Il s'arrêta net et se retourna. Elle s'attendait à le voir irrité mais ce n'était pas le cas. Il était simplement penaud.

« Non, c'est moi qui suis désolé. Je suis en train de gâcher ta soirée d'anniversaire. »

Elle le rejoignit.

« Non. C'est nous, haleta-t-elle. On aurait dû faire attention à lui.

— Allez, viens. J'irai plus doucement. »

Ils reprirent leur route. Ils étaient frigorifiés maintenant. Il y avait bien des traces de raquettes au sol mais impossible de savoir si c'étaient celles d'Anton ou celles qu'ils avaient faites à l'aller, quelques heures plus tôt.

« Tu crois qu'on le rattrapera ? interrogea Tim.

— Il est plutôt sportif…

— Ouais. On n'a aucune chance. »

Quelques instants plus tard, Tim fut pris d'inquiétude à l'idée qu'Anton puisse s'être perdu.

Mais Anton ne s'était pas perdu. Ils en eurent la confirmation quand ils rejoignirent, plus d'une heure et demie plus tard, harassés et frigorifiés, le parking où ils avaient laissé la voiture. Plus de voiture. Le parking était vide. Pris d'une lassitude soudaine, Tim se laissa tomber sur le sol, la tête entre les mains. Il réalisait enfin. Ambre posa une main sur son épaule. Elle avait la désagréable sensation d'être revenue des mois en arrière. Ce n'était plus le parking du Monkey Club mais ce parking désert, au milieu du lieu-dit Les Maisons. Ce n'était plus elle qui était dévastée de chagrin, abandonnée par Philippe, c'était Tim qui avait été abandonné par Anton.

« Tim, on va le trouver. Si on y va tout de suite, on peut tout arranger.

— D'accord », dit-il simplement.

Le clocher, à côté du parking, sonna cinq coups. Le ciel commençait déjà à blanchir. Ils reprirent leur marche, sur des routes déneigées cette fois et sans raquettes. Tim était devant, ouvrant le chemin. Il connaissait bien Arvieux. Ils marchèrent plus d'une demi-heure avant d'arriver dans le centre.

« Tu veux que j'attende ici ? demanda Ambre alors qu'ils se trouvaient au pied de l'immeuble d'Anton.

— Non, viens.

— T'es sûr ?

— S'il te plaît, viens. »

528

Il avait besoin de soutien. Il était blême. Ils grimpèrent les escaliers avec une appréhension sourde. De la lumière filtrait sous la porte du studio.

« Je devrais peut-être rester là », tenta Ambre, alors que Tim s'apprêtait à ouvrir la porte.

Il l'ignora et actionna la poignée. Le studio était plongé dans une demi-obscurité. Seule la lumière de la hotte, dans la cuisine, éclairait la pièce. Anton s'activait, devant le placard mural.

« Anton ? » lança Tim d'une voix mal assurée.

Alors que leurs yeux s'habituaient à la pénombre, ils réussirent à distinguer un sac posé au sol, un sac de sport dans lequel commençaient à s'entasser des vêtements.

« Anton ? » répéta Tim.

Il se retourna enfin. L'obscurité les empêchait de bien discerner l'expression de son visage. Il avait des vêtements dans les bras, qu'il laissa tomber dans le sac de sport, sans répondre.

« Qu'est-ce que tu fais ? Qu'est-ce que… qu'est-ce qui t'a pris ? Tu nous as laissés plantés sur place… »

Ambre comprit que c'était plus grave qu'à Tours. Anton ne criait pas, il ne s'énervait pas. Il gardait le silence et c'était encore pire. Il avait l'air las, profondément accablé.

« C'est fini, Tim. T'es pas plus idiot qu'un autre. Tu l'as très bien compris. Y a qu'à toi que tu mens.

— Qu'est-ce que j'ai… C'est à cause du lac de Roue ? Tu… tu aurais voulu que je t'y amène ?

— Non. C'est pas à cause du lac…

— C'est quoi alors ? »

On percevait de la panique dans la voix de Tim. Anton, lui, restait impassible. Triste et impassible.

« C'est à cause de quoi ? » répéta Tim.

Anton se tourna vers Ambre, qui comprit sa réponse avant même qu'il ne la prononce. Elle comprenait avec des semaines, des mois de retard.

« C'est à cause d'elle.

— À cause de… balbutia Tim. Mais… tu délires ?

— Non, je ne délire pas.

— Explique-moi !

— J'ai… j'ai cru qu'elle était comme… je ne sais pas… comme une sœur pour toi. Mais ce n'est pas le cas. »

Tim le regarda sans comprendre.

« Il suffisait de vous regarder ce soir… au lac. C'est pas comme ça que tu l'aimes. Je crois que si ça avait été un homme, j'aurais compris plus tôt… mais… une fille… j'aurais jamais pu me douter. »

Il eut un rire sans joie. Tim ne réagissait pas et Ambre tenta d'intervenir, la voix moins assurée qu'elle ne l'aurait voulu :

« Anton, je crois que tu te trompes. Tu es énervé ce soir et tu ne sais plus ce que…

— Je ne suis pas énervé.

— C'est…

— Il dort avec sa main dans tes cheveux ! Tu vois rien, Tim ? Elle t'a complètement transformé. Les mots que tu as eus chez ton frère, tu t'en souviens ?

— On a dit qu'on oubliait cette soirée !

— Tu ne les aurais jamais eus avant. Tu ne les aurais même pas pensés ! Avant, tu étais fier d'être ce que tu étais. Tu étais fier d'aimer les hommes. Tu n'aurais laissé personne penser que j'étais un ami.

— Je revoyais mon frère pour la première fois depuis quatre ans !

— Un frère qui savait déjà qui tu étais ! » répliqua Anton avec colère.

Ambre s'était reculée dans l'obscurité, espérant se faire oublier.

« Non, poursuivit Anton avec une lassitude plus grande. C'est pas ton frère le problème !

— Qu'est-ce que c'est alors ?

— C'est elle. Et tu le sais. »

Ni l'un ni l'autre ne la regardaient plus. C'était comme si elle avait finalement réussi à se rendre invisible.

« Anton, tu délires…

— Je ne sais pas ce qu'elle t'a fait… Ou plutôt je le sais très bien.

— Alors dis-moi ! »

Anton laissa tomber ses bras le long du corps avec une fatigue immense.

« Elle t'a montré que ça pouvait être autrement. Ta vie. Tout. Elle t'a laissé entrevoir ce que pouvait être ta vie si tu étais… différent. C'est elle qui t'a mis dans la tête de revoir ton frère. Elle t'a montré qu'avec elle, tu n'avais pas besoin de renoncer à tout ça. »

Ses yeux brillaient maintenant d'un éclat dément. Ambre se décida à faire un pas en avant, il fallait qu'elle intervienne, elle ne pouvait pas le laisser poursuivre.

« Anton, j'ai jamais fait ça, bredouilla-t-elle. Je te jure…

— Ça n'a aucune importance. Ce que tu as voulu ou pas n'a aucune importance… »

Il ne la laissa pas répondre, il était retourné près du placard mural.

« Anton, arrête tes conneries ! » intervint Tim.

Anton poursuivit, impassible, empilant les vêtements dans le sac de sport.

« Arrête ! » répéta Tim plus fort.

Il voulut lui prendre le sac des mains mais Anton le repoussa violemment. Sa colère éclata.

« SORS ! beugla-t-il. Tout de suite ! »

Ambre fit un pas en avant, prête à s'interposer s'ils en venaient aux mains. Tim soutint le regard d'Anton sans ciller.

« Non, je ne bougerai pas !

— Tu pars ! Tu n'as plus rien à faire ici ! »

Tim cria encore plus fort sans se laisser démonter :

« J'ai pas décidé que c'était fini ! Je ne partirai pas ! Tu lâches mes affaires !

— Tu as décidé que c'était fini depuis longtemps ! À partir du moment où tu l'as fait dormir dans notre lit ! Tu savais que ça finirait comme ça ! »

Elle avait l'impression de se trouver en plein cauchemar. Anton laissait exploser au grand jour tous ses doutes, toutes les humiliations des derniers mois. Elle n'avait rien vu venir. Tout lui éclatait au visage brutalement.

Anton remonta la fermeture éclair du sac de sport avec un geste brusque et le lança sans ménagement dans le ventre de Tim.

« C'est bon, tu peux partir. S'il te manque des affaires, je te les ramènerai au chalet. »

Mais Tim ne bougea pas.

« Anton… » Sa voix était suppliante maintenant.
« C'est faux… elle n'est pas ce que tu penses. Elle est
rien d'autre qu'une amie… elle a jamais été plus… »

Anton le saisit par le bras, violemment. Il devenait
menaçant. Ses poings tremblaient. Il ne contrôlait
plus sa force.

« Je déteste quand tu mens comme ça. »

Il continua de lui broyer le bras tout en le poussant
vers la sortie.

« Lâche-moi !

— Si tu ne veux pas sortir de cet appartement, je
vais t'en sortir !

— Lâche-moi tout de suite !

— Depuis quand t'es devenu un sale menteur ?
Hein ? J'arrive même plus à te reconnaître ! »

Tim avait mal, une grimace de douleur déformait
son visage. Anton avait réussi à le repousser dans le
couloir mais il lui broyait toujours le bras avec une
lueur mauvaise dans le regard. Ambre intervint faiblement :

« C'est bon, on y va. »

Il ne lui accorda pas un regard. Il lâcha Tim mais
ce n'était que pour porter le coup fatal : il le poussa
de toutes ses forces contre la porte de l'ascenseur.
Tim alla s'y écraser avec un bruit sourd qui résonna
dans toute la cage d'escalier. Ambre poussa un cri.
Un deuxième bruit sourd retentit. La porte d'entrée
venait de se refermer sur Anton.

« Tim ! Ça va ? »

Il se tenait la tête, l'air sonné, et alla s'adosser contre un mur pour reprendre ses esprits. Son

crâne avait cogné contre la porte en ferraille mais il n'avait pas l'air de saigner. Elle se laissa tomber sur les marches, les jambes tremblantes, le cœur battant à tout rompre. Tim avait un visage dur, les mâchoires serrées.

« On… devrait y aller, dit-elle d'une voix étouffée.

— Pars. Je ne t'ai jamais demandé de rester. »

Elle tenta de conserver un peu de dignité et de se recomposer un visage neutre.

« Tim, est-ce que… est-ce que tu me tiens responsable de ça ?

— Non.

— Alors pourquoi tu…

— Je ne bougerai pas. Pars. »

Elle accusa le coup sans broncher.

La porte du studio s'ouvrit de nouveau. La colère avait disparu du visage d'Anton. Il était pâle, comme vidé de toute énergie. Il ne jeta pas un regard à Ambre, toute son attention était centrée sur Tim.

« Je… je suis désolé. Est-ce que… je t'ai fait mal ?

— Laisse-moi rentrer… je veux juste dormir. »

Ils étaient aussi las l'un que l'autre et les épaules d'Anton s'affaissèrent.

« Laisse-moi rentrer, Anton.

— Si tu rentres, tu sais ce que je vais devoir te demander… »

Un silence plana, lourd, pesant. Tim déglutit :

« Tu… tu veux que…

— Si elle n'est rien, ça ne devrait pas t'attrister. C'est l'un ou l'autre. Pas les deux. *Plus* les deux.

— Tu m'obliges à choisir… ?

— C'est ce qui devait arriver, non ? »

Elle savait ce qui allait suivre avant même que Tim ne prononce un mot. Elle savait ce qu'elle perdait : Anton… Tim… leur petite bulle. Et c'était difficile tout à coup de se résoudre à quitter l'appartement où elle avait passé tant de soirées et tant de nuits, où elle s'était réveillée un matin guérie à jamais de Philippe et de tout le reste. Elle s'y était sentie bien comme jamais. Elle allait partir, elle le savait. Dans les secondes à venir, Tim prononcerait les mots qu'il devait et elle redescendrait les escaliers comme une automate, les yeux secs, la gorge brûlante.

Tim se racla la gorge.

« D'accord. »

Elle songea brièvement que c'était le mot le plus banal qui puisse exister, « d'accord ». Il n'avait aucune connotation, aucune résonance particulière. Et pourtant toute son existence à Arvieux venait de basculer à cause de ce mot.

« Je ne veux plus que tu la voies, que tu lui parles, que tu lui écrives. Si elle n'est rien… si tu dis vrai…

— Je dis vrai. C'est d'accord. »

Pour la première fois depuis le début de la discussion, Anton se tourna vers Ambre, agrippée à la rampe d'escalier. Elle ne savait même pas ce qu'elle faisait encore là. Elle aurait dû disparaître pendant qu'ils parlaient pour qu'ils n'aient pas à l'y obliger. Anton la regardait comme une étrangère, avec un mélange de haine et de dégoût. Elle avait envie de lui dire qu'ils avaient été amis. Que quelques heures plus tôt ils taquinaient Tim, tous les deux, dans la voiture. Elle voulait lui demander comment ça avait pu disparaître aussi brutalement. Pourtant les seuls mots qu'elle prononça, les derniers qu'Anton et Tim devaient entendre de sa bouche, furent des mots cruels, qu'elle ne pensait pas une seconde :

« J'ai pas besoin de vous, vous savez… J'ai pas besoin de passer ma vie avec deux pédés. J'en ai assez de vous… De vous et de toutes vos histoires ridicules. »

Tim ne daigna pas lui jeter un dernier regard. Elle se mit à dévaler les escaliers à toute vitesse, sans se retourner. Les marches n'en finissaient plus. Elle avait l'impression qu'elle n'arriverait jamais en bas. Quand elle fut dans la rue, elle ferma très fort les yeux, mais cela ne suffit pas à endiguer ses larmes.

HUITIÈME PARTIE

Aimer pour de vrai

Elle avait voulu rentrer au chalet mais les larmes coulaient trop, alors elle s'était mise à marcher, au hasard, en attendant qu'elles s'arrêtent. Il était sept heures du matin quand elle regagna l'hôtel. Le jour se levait, Daniel faisait du café dans le salon. Alors qu'elle ouvrait la porte de sa chambre, son téléphone se mit à sonner et le mot *Maison* s'afficha à l'écran. Elle recommença à pleurer en entendant la voix de sa mère :

« Joyeux anniversaire ! »

Elle ne pouvait pas parler avec tous ces sanglots dans la voix.

« Ambre ?

— Oui, je suis là…

— On t'appelait pour te souhaiter ton anniversaire.

— C'est gentil.

— Tu as reçu notre colis ?

— Oui… oui j'ai reçu le colis. Merci.

— Ambre… ça va ? »

Elle essaya de renifler en silence. En vain.

« Qu'est-ce qu'il se passe ?

— Rien. Rien, ça va. Je… je dormais. »

Mais Mme Miller n'était pas dupe :

« Tu pleures. Qu'est-ce qu'il t'arrive ? »

Elle avait une voix douce et Ambre eut soudain envie de se rouler en boule, la tête sur les genoux de sa mère. Des sanglots dans la voix, elle finit par lâcher :

« C'est… c'est Tim. Il est parti. »

S'ensuivit un lourd silence. Elle imaginait ses parents échangeant des regards désolés.

« Ambre, murmura Mme Miller, qu'est-ce qu'il s'est passé ? »

M. Miller intervint. Il n'avait pas prononcé un mot jusqu'à présent.

« Tu peux sans doute demander un congé. Prends un jour ou deux et viens à la maison.

— Je suis sûre que ça te ferait du bien, déclara Mme Miller. On… on fêterait ton anniversaire ici.

— Je fête mon anniversaire ici ce soir… Rosalie a tout prévu.

— Est-ce que tu veux qu'on vienne ? On peut… je peux fermer le pressing, tu sais… proposa sa mère.

— Non, ça va. Ça va aller. »

Nouveau silence à l'autre bout de la ligne. Regards d'impuissance sans doute.

« Est-ce qu'on peut faire quelque chose ?

— Ça va aller, répéta-t-elle.

— Tu es sûre que… ce n'était pas qu'une petite dispute ? Tu sais, parfois on se fait toute une montagne d'une petite dispute.

— Non, c'était pas une dispute. »

Si Anton avait pu, il l'aurait tuée à mains nues dans ce studio pour être sûr qu'elle disparaisse à jamais de leur existence. Il ne reviendrait pas en arrière. Anton était comme ça. Quand il prenait une décision, elle était radicale, sans appel.

« Ça finira par passer », murmura Mme Miller.

Elle essayait autant de convaincre sa fille qu'elle-même.

Ambre réalisa qu'elle ne parviendrait pas à fermer l'œil, malgré la fatigue, malgré l'épuisement nerveux. La nuit avait été trop forte en émotions. Elle prit sa couverture et son oreiller et alla se réfugier dans le lit de Tim, après avoir ouvert grand la fenêtre de la chambre. Elle regarda le ciel. Le jour se levait mais il restait encore quelques étoiles. Des vestiges de la nuit. Quelques heures plus tôt, elle était couchée sur la glace au milieu du lac de Roue, à côté de Tim. Ils observaient ces mêmes étoiles et elle pensait posséder l'univers entier. Maintenant elle ne possédait plus rien, elle était seule dans le lit de Tim et elle grelottait de froid. Anton avait tout fait voler en éclats.

Rosalie la réveilla dans la matinée en toquant à la porte de sa chambre. Elle s'était donc finalement endormie, transie. Ambre comprit immédiatement qu'elle avait été mise au courant car elle arborait un visage triste lorsqu'elle s'assit au bord du lit.

« Je t'ai réveillée, désolée. »

Elle se sentait terriblement lourde et fatiguée. Elle n'avait pas le courage de s'asseoir, alors elle resta allongée, la couverture remontée jusqu'au menton.

« Ce n'est pas grave. »

Rosalie joua quelques instants avec un fil qui dépassait de la couverture, cherchant visiblement ses mots.

« Ta surprise d'anniversaire était chouette ? demanda-t-elle finalement.

— Ça dépend… quelle partie ? »

Vu que Rosalie savait, ça ne l'amusait pas de faire semblant.

« Je ne sais pas exactement ce qu'il s'est passé mais… Anton a appelé ce matin.

— Qu'est-ce qu'il a dit ?

— Que Tim et lui ne viendraient pas ce soir… et que… » Ambre la pressa du regard. « Et qu'à l'avenir, ils ne viendraient plus… si tu étais là. »

C'était l'accord qui avait été conclu cette nuit, devant la porte du studio. Cela lui fit mal une nouvelle fois, Rosalie posa une main sur son épaule.

« C'est Anton ? Il est devenu jaloux ?

— Je… oui sans doute… je crois… je ne sais plus vraiment…

— Gabriel va essayer de lui parler. Ils s'entendent bien, tu sais. Il pourrait le faire changer d'avis.

— Tu sais que c'est faux. Tu connais Anton. On l'a laissé tout seul… au bord du lac. On l'a oublié, Rosalie. Je te jure, on l'a oublié. »

Elle se rappelait ce qu'il avait dit : « Tu ne vois rien, Tim ? Elle t'a complètement transformé. » Anton avait eu des mots durs cette nuit-là. Ils en avaient tous eu. Mais ceux-là revenaient, encore plus forts que les autres, plus terribles. Elle n'avait jamais voulu transformer Tim. Elle l'avait toujours aimé tel qu'il était, avec ses déchirures et avec Anton. Mais si elle s'était trompée ? Si Anton avait raison ? Tim l'avait bien changée, elle, d'une certaine manière.

« Tu veux qu'on annule ce soir ? »

Rosalie lui caressait les cheveux, exactement comme elle caressait ceux de Sophie.

Elle mourait d'envie de dire : *Oui, je t'en supplie*, mais elle savait que Gabriel et elle s'étaient donné du mal pour lui organiser cette fête d'anniversaire. Alors elle répondit :

« Non, ça va.

— T'es sûre ?

— Oui. Je suis sûre. »

Elle ne pouvait s'empêcher d'espérer que tout ça n'était qu'un immense malentendu. Alors, avant le service, elle prétexta avoir oublié une carafe d'eau pour entrer dans les cuisines, le cœur battant. Daniel, Delphine et Tim étaient devant le plan de travail, dos à elle.

« Bonjour », lança-t-elle.

Daniel et Delphine se retournèrent en même temps.

« Bonjour, Ambre. En forme ? »

Tim ne lui jeta pas un regard, il s'obstinait à couper des légumes. Elle resta plantée là quelques secondes avec l'espoir qu'il lui dise un mot.

« Tu cherches quelque chose ? » l'interrogea Daniel.

Elle tenta de maîtriser sa voix :

« Non. Rien. »

Elle quitta la cuisine à toute vitesse, s'obligeant à garder un visage impassible. Mais sa gorge la brûlait douloureusement. Elle sentit que Rosalie lui pressait le bras.

« Ça va ?

— Oui. »

Sa voix sonnait évidemment faux.

« Je vais passer l'après-midi avec Sophie chez Gabriel, annonça Rosalie à la fin du service. Est-ce que tu veux venir ?

— Non. Je suis vraiment fatiguée… Je vais faire une sieste. Sauf si… sauf si vous avez besoin d'aide pour ce soir. »

Rosalie lui adressa son sourire de maman.

« Non, t'en fais pas. On s'est occupés de tout. »

Dans sa chambre, elle s'écroula littéralement et ne rouvrit les yeux qu'une demi-heure avant le service du soir. Elle sentit son cœur rater un battement quand elle vit une silhouette allongée dans le lit de Tim. Pendant une fraction de seconde, elle crut qu'il était revenu sur sa décision. Puis elle reconnut Andréa et elle eut envie de pleurer.

« Qu'est-ce que tu fais là ? »

Andréa se redressa aussitôt.

« Ah, ça y est. Tu es réveillée.

— Qu'est-ce que tu fais là ? »

Il s'assit, bien calé contre le mur, les bras croisés.

« Non, c'est moi qui ai une question, déclara-t-il.

— Je ne suis pas d'humeur…

— Qu'est-ce qu'il s'est passé avec Anton ?

— Ça ne te regarde pas.

— Je crois que si, justement. »

Elle le regarda sans comprendre. La pièce était obscure et elle distinguait mal les traits de son visage.

« Adeline m'a quitté cet après-midi. Elle m'a traité de tous les noms, elle a pleuré, elle a essayé de me gifler et après, elle m'a quitté.

— Qu'est-ce que… pourquoi ?

— Un certain ami skieur lui a laissé entendre qu'on avait eu une liaison toi et moi pendant que j'étais avec elle. Il paraît que tu es une fille facile, une briseuse de ménages et que je suis un connard dont il faut se tenir éloigné.

— Anton ?

— Lui-même. »

Ainsi, la guerre était déclarée. Anton ne s'était pas contenté de la faire sortir de leur vie. Il voulait la punir, la faire payer. Andréa poursuivit :

« J'ai pensé qu'il devait avoir une raison de t'en vouloir…

— Et Adeline aussi maintenant…

— Elle veut t'arracher la tête et te crever les yeux. Ou l'inverse, je ne sais plus.

— C'est pas drôle, Andréa. »

Il vint s'asseoir à côté d'elle, dans son lit.

« Qu'est-ce qu'il s'est passé ? Qu'est-ce que t'as fait ?

— Rien.

— Dis pas de conneries.

— Anton m'a mise dehors. Tim et lui m'ont larguée. Ça nous fait un point commun. »

Il ignora la pointe d'ironie et répéta :

« Qu'est-ce qu'il s'est passé ?

— Il a pensé que je voulais lui voler Tim. »

Andréa se mit à rire à gorge déployée mais s'interrompit aussitôt quand il comprit qu'elle ne plaisantait pas.

« C'est vrai ?

— Ouais. C'est vrai.

— Putain… souffla-t-il.

— Ouais, comme tu dis. »

Un long silence s'ensuivit.

« Je suis désolée pour Adeline et toi.

— Et moi pour Anton, Tim et toi. »

Elle voulut esquisser un sourire mais elle n'en avait pas la force. Andréa soupira :

« Je comprends pas pourquoi ça me fout un coup au moral comme ça. Ce n'est jamais qu'une fille de plus…

— Tu tombais amoureux ?

— Je sais pas… ça y ressemblait. »

Ça voulait dire oui. Elle songea que leurs vies étaient vraiment misérables.

« Tu fais rien alors ce soir ? demanda-t-elle.

— À part fumer jusqu'à ce que mort s'ensuive ?

— Ouais, à part ça… Moi je dois aller à cette fête après le service… chez Gabriel et Rosalie. C'est pour mon anniversaire… Anton et Tim ne viendront pas, alors on ne sera que nous trois… et Sophie. Si tu veux venir…

— Je préférerais sauter de ta fenêtre plutôt que d'aller à cette soirée.

— Ça tombe bien… moi aussi. »

Cette fois-ci, ils sourirent tous les deux.

« Bon allez, soupira Andréa. Va pour la fête. »

Gabriel avait cuisiné un énorme plat de tartiflette. Il vint les accueillir, son tablier encore noué à la taille.

« Salut salut ! Oh, on a un invité surprise ? »

Ambre se chargea de faire les présentations :

« C'est Andréa. Vous vous êtes déjà vus… à l'anniversaire de Michel, je crois. Il travaille avec nous… Andréa, voici Gabriel. »

Rosalie les débarrassa de leurs manteaux.

« Asseyez-vous. »

C'était la table autour de laquelle ils s'étaient assis si souvent ces derniers temps : Rosalie, Gabriel, Tim, Anton et elle. Tout cela lui paraissait étrangement loin. Comme à des années en arrière. Comment tout ça avait pu changer si rapidement ?

« Qu'est-ce que je vous sers ? demanda Gabriel. Du champagne ? »

Tout le monde était plein de bonne volonté mais ça ne prenait pas. Andréa et Gabriel n'avaient rien à se dire. Et puis, il y avait cette ombre qui planait au-dessus de la table, ce sujet qu'on évitait soigneusement… Comme les silences se multipliaient, Rosalie écourta l'apéritif et apporta la tartiflette.

« Ça vous plaît ? interrogea Gabriel.

— Oui, c'est super. »

Nouveau silence interminable rythmé par le seul bruit des fourchettes. Alors Gabriel se décida à briser la glace :

« Tu as pu parler à Tim aujourd'hui ?

— Non.

— Pas un mot ?

— Pas un mot. Pas un regard. »

Ils reprirent leur repas dans le même silence pesant.

« Et toi ? lâcha finalement Ambre. Tu as parlé à Anton ?

— Non… enfin… pas vraiment.

— Qu'est-ce que c'était ta surprise, hier ? intervint Rosalie.

— On est allés au lac de Roue en raquettes.

— De nuit ?

— Ouais de nuit. C'était super. »

Rosalie la dévisagea, ne sachant s'il s'agissait d'ironie ou non, car le ton était sinistre.

« Il faudra que vous y alliez, ajouta Ambre en se forçant à paraître enthousiaste. J'ai jamais rien vu de pareil. »

Ils débarrassèrent et Rosalie apporta un gâteau au chocolat fait par Gabriel.

« J'avais prévu des bougies, précisa-t-elle. Mais… tu n'as sûrement pas très envie de…

— Si, je vais les souffler. »

Gabriel déposa un petit paquet, à côté du gâteau.

« C'est… enfin c'était… de notre part, à tous les cinq. »

Ambre souffla les bougies. Puis, sous le regard insistant de Rosalie, ouvrit le cadeau. Elle découvrit un petit écrin rouge qui contenait un bijou. C'était un bracelet en argent, très fin, avec un pendentif qui représentait un flocon de neige.

« On a pensé… qu'il remplacerait le bracelet en argent dont tu t'es débarrassée avant Noël. »

Le bracelet de Philippe. Elle l'avait finalement oublié. Tout cela lui paraissait loin, terriblement loin.

« Merci. Il est super.

— C'est Tim qui a choisi le flocon », ajouta Gabriel.

Un silence gênant suivit.

« Je te l'accroche ? » proposa Rosalie.

Ambre lui tendit son poignet, où on voyait encore les cicatrices, blanches, fines, presque effacées. Elle distribua les bises et Rosalie s'empressa de découper le gâteau.

Il était à peine une heure du matin quand ils quittèrent l'appartement de Gabriel en le remerciant encore pour le repas.

« C'était triste comme repas d'anniversaire, dit Andréa.

— Oui… mais au moins c'est fini. »

Il était étrangement silencieux. Il pensait à Adeline, elle en était certaine. Elle se demandait si c'était aussi douloureux pour lui que pour elle.

Arrivé au chalet, il lui proposa de partager un joint et elle n'eut pas le courage de refuser.

« Ce qu'Anton a dit… c'est vrai ? Tu voulais te taper Tim ?

— T'es con ou quoi ?

— Je demande juste… comme ça.

— C'est sûr, t'es con.

— Au début ça m'a paru con à moi aussi. Mais je me suis rappelé que vous dormiez tout le temps ensemble.

— Et alors ?

— Et tu te rappelles la crise qu'il avait faite à l'époque où tu couchais avec moi ? Il était presque venu te sortir de force de ma chambre.

— Je ne vois pas le rapport.

— Bon d'accord… C'est vrai, je suis con. »

Il avait terminé de rouler le joint et il l'alluma. Les premières volutes de fumée montèrent au plafond et ils se détendirent instantanément. Il n'y avait pas un bruit dans le chalet. Juste le craquement du feu qui était en train de mourir doucement dans le poêle. Il s'écoula de longues minutes, puis la voix d'Ambre s'éleva :

« Adeline ne reviendra pas ?

— Non.

— Comment tu peux en être sûr ?

— Elle a tiré un trait sur moi. C'est fini.

— C'était pas une vraie liaison entre nous. Ça ne comptait pas.

— Je sais, mais elle n'est pas comme toi. Elle ne comprend pas. »

Ils terminèrent de fumer le joint.

« Je vais dormir, annonça Andréa en se levant.

— Tu n'essaies même pas de coucher avec moi ? »

Elle esquissa un sourire. Andréa non. Il était dépité.

« J'en ai pas la force. J'ai l'impression que je n'aurai plus jamais la force.

— Dis pas ça. Je suis sûre que ça reviendra. »

Il resta quelques secondes planté à la porte du salon, les yeux dans le vague.

« Allez, va dormir, dit-elle. Ça ira mieux demain.

— Ça m'étonnerait.

— Mais si. Je te promets. »

Il quitta la pièce et elle se laissa retomber contre le dossier du canapé avec une lassitude immense.

Rosalie lui porta le coup de grâce le lendemain après-midi.

Tim avait été aussi fuyant et silencieux que la veille pendant le service du midi. Il s'arrangeait pour toujours lui tourner le dos et il laissait le soin à Daniel ou à Delphine de réceptionner les commandes. Elle s'était obligée à se concentrer sur autre chose, à ne pas y prêter attention, mais Rosalie entra dans sa chambre, en milieu d'après-midi, un grand sac plastique à la main.

« Je vais faire une promenade avec Sophie. Tu veux venir ?

— Oh… j'ai un truc prévu… »

C'était un mensonge bien sûr. Rosalie leva un sourcil, étonnée.

« Avec Andréa », ajouta Ambre.

Elle s'obstina à ignorer le sac en plastique qui se balançait au bout du bras de Rosalie.

« Je… » commença Rosalie en désignant le sac.

Mais Ambre l'interrompit :

« Tu sais, Adeline l'a quitté. »

Rosalie sembla déconcertée, mais elle demanda :

« Ah… il… et ça va ?

— Pas trop.

— Il l'aimait vraiment, alors ?

— Je crois. »

Rosalie laissa tomber le sac sur le sol.

« Ce sont quelques affaires à toi. Tu les avais laissées chez Anton. »

Elle ne savait pas comment elle était censée réagir. Elle se sentait ridicule tout à coup, debout devant le sac, bras ballants, avec Rosalie qui la regardait d'un air navré.

« Ah. Merci. »

Comme Rosalie restait là à la fixer, elle s'obligea à esquisser une espèce de sourire.

« C'est une rupture en règle, hein. »

Mais Rosalie ne sourit pas. Elle lui lança un regard triste et prononça la phrase la plus minable qui soit :

« Je suis désolée.

— Ça veut dire que Gabriel a parlé à Anton ?

— Oui. Anton est encore très en colère... Il n'a rien voulu savoir. Je ne crois pas qu'il...

— Bon, d'accord. »

Elle était très en colère elle aussi, tout à coup. S'il ne lui restait même pas une lueur d'espoir...

« Et Tim ? demanda-t-elle avec agressivité.

— Tim ? Je... je ne sais pas... il évite le sujet.

— Je vois. Comme il évite mon regard. »

Rosalie l'observait avec inquiétude et voulut poser une main rassurante sur son épaule, mais Ambre recula.

« Ça va, je m'en remettrai. Je m'en fous. Ils n'ont qu'à se casser dans le Sud dès maintenant.

— Ambre...

— Non. C'est très bien comme ça. Tout le monde a l'air très satisfait de la situation, alors pourquoi pas moi ? »

Rosalie n'osait plus dire un mot maintenant.

« Tu sais quoi ? Je ne sais même pas pourquoi je suis énervée. C'est sans surprise. Ça a toujours été comme ça. Je ne suis jamais le premier choix. Philippe, Andréa, Tim maintenant.

— Arrête tes bêtises.

— Non, toi tu arrêtes ! rugit-elle. Tu ne sais rien ! Tu n'en sais absolument rien ! Tu as toujours été un premier choix, toi ! Tu peux te tirer, enceinte, sans prévenir, sans laisser d'adresse, et tu restes encore le premier choix !

— Ambre… qu'est-ce que tu racontes ?

— Gabriel était avec une femme à Paris ! Il l'a laissée en plan dès qu'il a su que tu étais là ! Il a pas hésité une seconde ! »

Elle se rendit compte, trop tard, qu'elle était allée trop loin. Mais la colère avait fait tomber toutes les barrières, elle ne pouvait plus se contrôler ni revenir en arrière. Et puis Rosalie pouvait bien savoir. Après tout ce qu'elle avait fait subir à Gabriel.

« C'est pas vrai ce que tu racontes… murmura Rosalie, troublée.

— Si. Tim pourra te le confirmer. »

Rosalie assembla avec difficulté les informations qu'Ambre venait de lui asséner.

« Pourquoi il ne m'a rien dit ?

— Peut-être parce qu'elle ne comptait pas ? »

Elle aurait dû avoir de la compassion pour la pauvre Rosalie, mais elle n'en avait aucune. Il ne restait que la colère, qu'elle avait tenté d'étouffer jusqu'à présent.

« Je vais prendre une douche », annonça-t-elle.

Rosalie était trop bouleversée pour tenter de la retenir.

Plus tard, quand elle fut sûre que Rosalie était partie, elle regagna sa chambre et déversa le contenu du sac plastique sur le sol. Elle n'avait jamais imaginé avoir apporté autant d'affaires personnelles chez Anton. Il y avait quelques vêtements, une brosse à cheveux, des tubes de gel douche, un sac, un shampoing, un double des clés du chalet, son chargeur de téléphone. Il n'y avait pas l'ours en peluche, Martin ou Célestin. Tim l'avait gardé.

« Ambre ? »

Andréa était à la porte de sa chambre. Elle ne savait pas depuis combien de temps. Il se laissa tomber sur son lit.

« J'ai reçu le même ce matin. Un grand sac poubelle à mon nom, déposé devant la porte du chalet.

— Adeline ? »

Il sursauta légèrement, comme si le simple fait d'entendre prononcer son nom lui infligeait une piqûre désagréable.

« Oui. Sauf que mes vêtements étaient déchirés et aspergés de Javel. Tu peux t'estimer heureuse. »

Il paraissait penaud, les épaules basses, le regard malheureux. Sans qu'elle puisse se contrôler, elle fut prise d'un fou rire nerveux. Elle voyait la mine dépitée d'Andréa mais cela ne faisait qu'amplifier le rire qu'elle tentait de retenir. Et peu à peu, toute la pression de la journée s'échappa par flots incontrôlables. Un rire dément.

Andréa la regarda sans comprendre, légèrement offusqué, puis ses épaules commencèrent à tressaillir et, l'instant d'après, ils riaient tous les deux à gorge déployée. Ils ne savaient pas pourquoi ils riaient mais c'était bon, tellement bon qu'ils ne voulaient plus que ça s'arrête. Ils avaient mal aux côtes. Puis Andréa lui tendit la main pour qu'elle le rejoigne sur le lit et il l'attira à lui, un peu brusquement. Elle ne résista pas. Mais au moment où leurs lèvres allaient se toucher, il la prévint :

« Faut que tu saches… si on le fait… je vais pas être tendre.

— Je m'en fous. »

Il prit sa tête entre ses mains et la fit basculer en arrière. Il avait raison : ses baisers étaient des morsures, ses mains la serraient trop fort, elles laissaient des traces blanches sur sa peau. Pourtant, elle ne voulait pas que ça se termine. Elle était dans les seuls bras qu'elle supportait encore, car tous les deux avaient besoin de la même chose. Ils ne s'aimaient pas ou pas de la façon dont ils auraient dû, et c'est pour ça que c'était tellement libérateur.

Elle songea à l'ironie de la situation. Sur ce même lit, quelques mois en arrière, il lui avait annoncé qu'il préférait arrêter de la voir, qu'il voulait faire les choses bien. Elle l'avait laissé partir sans broncher, en lui souhaitant bonne chance. Aujourd'hui c'était vers elle qu'il revenait pour chercher un peu de réconfort. Le second choix. Elle se demanda si Tim aussi allait revenir un jour. Si ceux qu'on retenait de force, par un ultimatum, finissaient par se sentir prisonniers et partaient. Elle allait se lever, mais Andréa la retint par le bras.

« Reste. »

Il lui fit signe de s'allonger à côté de lui. Elle se sentit tellement troublée qu'elle ne songea même pas à rechigner. Alors il passa un bras autour d'elle et la serra fort, trop fort, jusqu'à manquer de l'étouffer.

« Rosalie… pour tout à l'heure… »

Ambre n'avait pas pu attendre la fin du service pour aller la voir. Elle l'avait attrapée lors d'un aller-retour en cuisine. Deux assiettes à bout de bras, Rosalie secoua la tête.

« C'est pas grave. Ça t'a échappé.

— Je n'aurais pas dû.

— Je n'en parlerai pas à Gabriel. »

Ambre la dévisagea, aussi surprise que soulagée.

« T'as raison. S'il ne m'en a pas parlé, c'est que ce n'était pas important. Et puis… » Elle attendit qu'Andréa passe avec ses assiettes fumantes avant de poursuivre : « C'est moi qui suis partie. Qu'est-ce que je pourrais lui reprocher ? »

La discussion était close. Rosalie changea les assiettes de main, elles étaient brûlantes, et ajouta :

« Viens manger un morceau à la maison après le service. »

Ambre nota l'expression « à la maison » en songeant que, cette fois, Gabriel et Rosalie avaient véritablement repris une vie de famille.

« Je verrai. Je suis fatiguée.

— Me dis pas que tu as encore quelque chose de prévu avec Andréa ! »

Rosalie la regardait d'un air soupçonneux.

« Non.

— Alors viens. »

Et déjà elle disparaissait avec les assiettes.

Gabriel avait préparé des petits sandwichs. Sophie dormait sur la mezzanine, une veilleuse allumée à

556

côté de sa tête. Ils s'étaient installés autour de la grande table, là où ils mangeaient auparavant, quand ils étaient encore tous les cinq. L'appartement paraissait désespérément calme et désert. Le but du jeu était simple : parler de tout, sauf de Tim et d'Anton. Gabriel avait raconté son quotidien de professeur à Guillestre, il avait décrit ses élèves, ses collègues, et il avait même imité les cancres. Et maintenant, le silence était retombé autour de la table. Ambre se leva.

« Je vais y aller. »

Rosalie insista pour la raccompagner jusqu'au chalet. Elles partirent à pied sur les routes désertes.

« Ambre, tout à l'heure, tu as comparé Tim à Philippe et à Andréa.

— Euh… oui… enfin non, pas directement.

— Si. Tu as comparé le choix de Tim à ceux qu'avaient dû faire Philippe et Andréa. Tu étais amoureuse de Philippe. Tu couchais avec Andréa. Mais Tim…

— Quoi, Tim ? »

Elle fut la première surprise de son ton soudainement agressif. Rosalie ne s'y attarda pas et poursuivit, avec délicatesse :

« Il n'y avait rien de tout ça entre vous ? »

Elle ne savait pas pourquoi elle s'était autant crispée tout à coup, ni pourquoi elle se sentait attaquée.

« Qu'est-ce que tu veux dire ? demanda-t-elle d'une voix étranglée. Tu veux savoir si je couchais avec Tim ?

— Non, répondit Rosalie calmement. C'est une autre question.

— Tu veux savoir si je suis amoureuse de lui ? »

Elle aurait voulu avoir un ton cinglant, sec, brutal, pas ce tremblement ridicule dans la voix. Rosalie hocha la tête.

« Oui. C'est ce que je me demande. »

Ambre donna un coup de pied dans une motte de terre gelée. Elle ne répondrait pas. Elle savait que si elle ouvrait la bouche, son visage se décomposerait et que sa voix se mettrait à trembler.

« Anton pense qu'il y avait plus que de l'amitié entre vous deux… »

Rosalie attendait toujours, mais Ambre continuait de marcher en silence, tentant de sauver les apparences. Il y avait eu deux baisers. Mais ça n'avait jamais été qu'un jeu.

Elles arrivèrent devant le chalet. Plus aucune lumière ne brillait. Saisonniers comme clients, tout le monde dormait. Ambre avait grimpé sur la première marche en bois et Rosalie lui faisait face.

« Qu'est-ce que tu en penses, toi ? insista-t-elle.

— J'en sais rien, Rosalie… Peut-être.

— Tu veux dire que…

— J'ai dit ce que j'ai dit.

— Ambre, attends ! »

Mais déjà Ambre avait traversé le hall d'entrée et ne l'entendait plus.

Elle s'engagea dans les escaliers avec l'impression de peser des tonnes et d'être vieille, très vieille. Elle ne savait pas vraiment ce qu'elle avait dit à Rosalie, elle savait juste qu'elle était épuisée et qu'elle en avait assez de faire semblant. Tandis qu'elle grimpait au ralenti, deux phrases surgirent avec force dans son

esprit : « Alors mon cadeau, c'est l'univers ? – Oui…
Personne d'autre t'en fera des cadeaux comme ça. »
Deux phrases dont elle se rappelait avec exactitude
les intonations, le timbre, l'écho. *Il m'a offert l'univers. Comment je pourrais ne pas l'aimer plus ?*

Wilson était accroupi à la lisière de la forêt.
Chaussures de marche aux pieds, pipe à la main, il
scrutait le sol. Ambre le fixait depuis un certain
temps. C'était une journée radieuse. Le printemps
s'était installé pour de bon et pourtant le chalet
n'avait jamais semblé aussi morose. Rosalie n'y vivait
plus. Tim non plus. Il ne restait qu'Andréa qui errait
de sa chambre au salon, du salon à sa chambre.

De Tim et d'Anton, elle ne savait absolument rien.
Ni Gabriel ni Rosalie n'abordaient le sujet et elle
s'était promis de ne plus poser aucune question. Le
visage de Tim, quand elle réussissait à l'observer, ne
laissait rien paraître. Elle ne savait pas s'il était heureux ou s'il se sentait vide lui aussi.

Elle eut un léger mouvement de recul quand elle
s'aperçut que Wilson s'était redressé et avait levé la
tête vers la fenêtre de sa chambre. Elle songea à se
dissimuler derrière le rideau mais c'était trop tard.
Avec surprise, elle le vit lui adresser un signe du menton. Elle lui rendit son bonjour en agitant la main. Il
se retourna, fourra sa pipe dans sa bouche et s'enfonça dans la forêt.

Assise sur le rebord de la fenêtre, qu'elle avait
ouverte pour profiter du vent chaud et des rayons
de soleil, elle venait de se plonger avec dépit dans un

roman quand Andréa frappa deux petits coups à la porte de sa chambre.

« Tu fais quoi ? » « Pas grand-chose… je lis. »

En réalité, elle ne lisait pas vraiment. Elle songeait que c'était un temps idéal pour skier et se demandait si Anton avait emmené Tim sur les pistes. Andréa n'avait pas l'air d'aller mieux que les jours précédents. Elle lui désigna le livre qu'elle avait à la main.

« Tu ne veux pas… je ne sais pas… faire un tour ? »

Elle le regarda, étonnée.

« J'en peux plus du chalet… et il fait beau. Enfin… sauf si tu as mieux à faire. »

Dix minutes plus tard, ils partaient sur les routes d'Arvieux en direction du centre-ville. C'était étrange de se retrouver en compagnie d'Andréa en dehors du chalet, ailleurs que dans un lit. Ils se sentaient maladroits tout à coup.

« On pourrait prendre un verre en terrasse. Ils ont commencé à sortir les tables à certains endroits.

— Oui. Bonne idée. »

Les rues grouillaient de touristes. Avec le beau temps et les vacances de printemps qui approchaient, les gens s'étaient rués en station pour profiter des dernières pistes encore enneigées. Ils passèrent devant la petite librairie où Ambre était venue acheter des livres avec Tim à la fin du mois de novembre, lors des tout premiers jours qu'elle avait passés à Arvieux. Cela faisait déjà plus de cinq mois. Le vieux libraire attendait derrière son comptoir, la tête posée dans la paume de sa main. À côté, les boutiques de souvenirs et de cartes postales étaient prises d'assaut. Ils passèrent devant le restaurant de burgers où Philippe l'avait invitée quelques jours avant Noël pour lui dire adieu. Plus loin, il y avait le café où Tim les avait amenées, Rosalie et elle, pour faire la connaissance d'Anton. Chaque rue était empreinte d'un souvenir. C'était comme si elle avait passé toute sa vie ici. Pourtant, tout était allé si vite.

« Là, c'est bien ? » dit Andréa en lui désignant la terrasse d'une petite brasserie.

Ils prirent place au milieu des touristes munis de lunettes de soleil et tartinés de crème solaire. Un serveur leur apporta la carte des boissons.

Elle se sentait mélancolique. Parcourir les rues d'Arvieux lui avait fait réaliser à quel point ces derniers mois avaient été fabuleux, au-delà de toutes ses espérances. Elle ne s'était pas attendue à toutes ces rencontres, plus étonnantes les unes que les autres. Elle se força à déchiffrer la carte pour ne pas y penser car sa gorge commençait à se nouer.

Le serveur était déjà là. Elle n'avait pas eu le temps de se décider, alors elle commanda la même chose qu'Andréa.

« Ça a pas l'air d'aller, dit-il en s'enfonçant au creux de sa chaise.

— C'est la fin de la saison.

— Il reste un mois.

— Oui mais… ça me fait un drôle d'effet.

— Ouais, c'est toujours triste.

— C'est comme ça à chaque fois ?

— On vit tout de façon plus intense ici.

— Je ne m'imaginais pas…

— Alors tu reviendras l'an prochain ?

— Oh… je ne sais pas… je me suis retrouvée ici un peu par hasard…

— Mais ça ne t'a pas plu ?

— Si !

— Quel est le souci alors ?

— Je… je ne sais pas si c'est une vie faite pour moi… Ne pas avoir d'attaches, passer son temps à changer d'endroit, connaître des gens et les abandonner. Tout recommencer à zéro à chaque fois. »

Le serveur apporta les bières et, pendant quelques secondes, ils restèrent silencieux, plongés tous les deux dans leurs pensées.

« Je comprends ce que tu veux dire, dit enfin Andréa. T'as l'impression que tu n'auras d'attaches nulle part ?

— Oui, c'est ça.

— Alors qu'en fait tu en auras partout…

— Mais il y a tous ces gens que tu ne reverras plus, qui ne restent qu'une saison ou deux.

— Et il y a toutes les nouvelles rencontres que tu feras.

— Tu aimes vraiment ton métier, hein ?

— Oui, j'aime changer d'endroit sans cesse. Je n'aime pas quitter les gens mais j'aime en découvrir de nouveaux. Tu vois… comme tout est éphémère, on vit tout plus fort. En fait, ce n'est pas un métier, c'est un mode de vie.

— C'est ce que j'ai cru comprendre.

— Ce n'est pas fait pour tout le monde… Mais c'est fait pour moi. Jusqu'à quand, je sais pas. Mais pour le moment, je suis bien. »

Ils plongèrent leur nez dans leurs chopes, songeurs. Quand Andréa releva les yeux vers elle, il avait le sourire et un regard plus léger.

« Tu sais garder ta langue ? »

Elle se pencha au-dessus de la table, intriguée.

« Oui. Pourquoi ?

— Tu promets ? »

Il prit un air de conspirateur et annonça dans un chuchotement : « Sylvie est enceinte. » Comme Ambre ouvrait de grands yeux, il s'empressa d'ajouter : « Elle n'a pas encore fait d'annonce officielle mais elle le fera bientôt. Il ne faut rien dire. Le bébé est prévu pour octobre.

— Ça alors !

— Ils essayaient depuis longtemps… Sans succès. Et le miracle est arrivé. » Il but une longue gorgée de bière et reposa sa chope. « Il va leur falloir un responsable d'établissement pour la remplacer… Elle compte prendre un congé et Michel veut lever le pied pour profiter du bébé… »

Un sourire apparut sur le visage d'Ambre.

« C'est toi ? »

Il hocha la tête avec excitation.

« Félicitations ! Tu vas devenir responsable de l'hôtel ! Waouh ! Alors… ?

— Alors si tu veux revenir l'an prochain, c'est à moi qu'il faudra faire ta demande. »

Ces deux bonnes nouvelles avaient eu raison de la mélancolie ambiante. Ils souriaient maintenant, emportés par l'allégresse de cet après-midi de printemps.

« Je crois qu'il faut qu'on commande d'autres bières, déclara Ambre. On a des choses à fêter. »

Leur légèreté se prolongea jusque tard dans la nuit, bien après qu'ils eurent disparu entre les draps d'Andréa et émergé pour satisfaire une fringale nocturne. En fait, elle ne s'envola que quand ils s'endormirent enfin dans leurs lits respectifs et qu'ils retrouvèrent en rêve Adeline et Tim, des ultimatums et des cris, des sacs plastique remplis de souvenirs, de regrets amers et de silences injustes.

La vie continuait. Une nouvelle routine s'était installée au chalet. Andréa avait entamé une formation auprès de Sylvie pour lui succéder. Il s'isolait avec elle derrière le comptoir tous les après-midi. Ambre et lui avaient pris pour habitude de se retrouver le matin au petit déjeuner et le soir après le service. Ils cuisinaient, partageaient leurs repas, discutaient, fumaient. Ils passaient du temps au lit. Parfois ils restaient dormir dans la chambre l'un de l'autre. De temps en temps, Ambre était invitée chez Gabriel et Rosalie. Elle savait que Tim et Anton s'y rendaient aussi, à l'occasion. Gabriel avait lâché l'information sans le vouloir, au cours d'un repas. Ambre avait fait comme si elle n'avait pas entendu. Le sujet restait tabou. Les après-midi, elle acceptait parfois les invitations de Rosalie et elles allaient toutes les deux se promener dans Arvieux avec Sophie. Mais la plupart du temps, elle restait dans sa chambre, perchée sur le rebord de la fenêtre, un livre à la main. C'était presque devenu un rituel. Elle finit par se rendre compte qu'elle n'était pas la seule à avoir des rituels.

Immanquablement, qu'il fasse grand soleil ou pas, à trois heures trente précises, Wilson partait en balade en forêt. Certaines fois, il s'arrêtait à la lisière pour observer une plante ou un morceau d'écorce. D'autres fois, il partait directement. Mais toujours il levait les yeux vers sa fenêtre. Et comme elle était presque tous les jours au rendez-vous, il lui adressait un signe de tête auquel elle répondait par un signe de la main, comme le premier après-midi. Si elle restait perchée assez longtemps, elle pouvait le voir revenir de balade, mais c'était rare car cela coïncidait souvent avec le moment où Tim arrivait à pied au chalet pour le service du soir, et elle ne pouvait pas tout surveiller.

Mme Miller appelait souvent, tous les deux jours environ. Elle le faisait depuis le pressing, quand il n'y avait pas de clients. Les conversations ne duraient jamais plus de cinq minutes mais elles étaient aussi devenues comme un rituel entre elles.

« Pourquoi tu écoutes tout le temps ces foutus Beatles ? »

Ils venaient de faire l'amour, ils étaient tous les deux nus dans le lit et Andréa se roulait tranquillement un joint. Elle aimait bien ces moments. Andréa prenait son temps pour rouler, comme si rien de grave ni de plus intéressant ne pouvait les attendre. La Terre tournait mais sans eux. Elle savait qu'elle pouvait fermer les yeux, sans que personne vienne la déranger. Elle se retrouvait alors à l'arrière de la voiture d'Anton, fonçant sur les routes en pleine nuit en direction du Sud, de la mer. Elle retrouvait l'excitation, le sentiment de liberté, l'impression que le temps s'était arrêté. Elle retrouvait la sensation de ses pieds dans le sable frais. Elle revoyait le dos musclé d'Anton qui s'enfonçait dans l'eau gelée. Il ressemblait à une statue de dieu grec. Il était beau et fort. Les Beatles, c'était ce voyage à la mer. Ce moment d'union parfaite. Avant que tout ne vole en éclats.

Andréa fumait, perdu dans le nuage de ses pensées. D'habitude, ils parlaient assez peu. Mais cette nuit-là, il avait envie de parler :

« Je pensais à un truc. »

Elle garda les yeux clos, retenant le plus longtemps possible les images de la plage à l'aube.

« Tu sais… un soir, ça fait longtemps… on était dans le salon, on parlait d'Adeline et je te disais que c'était peut-être plutôt quelqu'un comme toi qu'il me fallait. »

Elle se souvenait très bien de cette soirée. Ils avaient fumé au coin du feu, elle rentrait juste de chez ses parents avec Tim.

« Je t'avais dit que tout serait simple. On fumerait et on ferait l'amour. Rien d'autre. On n'attendrait rien de plus l'un de l'autre. Eh bien, c'est ce qu'on fait là, maintenant.

— Pas faux.

— C'est pas si mal, non ? On devrait peut-être essayer quelque chose. »

Elle eut du mal à cacher sa surprise, mais Andréa ne se laissa pas démonter :

« On n'est pas doués pour les histoires normales tous les deux… »

Ambre l'encouragea à poursuivre du regard.

« On est paumés. On pourrait essayer quelque chose… sans se prendre la tête, sans engagement… pour voir ce que ça donnerait.

— Entre personnes paumées ?

— Qui sait ? Ça nous réussirait peut-être mieux. »

Elle se redressa. La couverture avait glissé et laissait apparaître sa poitrine nue.

« Non. Oublie ça… »

Il inspira une longue bouffée, comme s'il cherchait à emplir la totalité de son corps de fumée. Les Beatles se turent et il y eut quelques secondes de silence que rien ne vint troubler. Finalement, Andréa tendit le joint à Ambre, les yeux rouges et gonflés.

« Ouais. T'as raison. C'est bien comme ça. »

Les choses entre Ambre et Wilson en seraient probablement restées là si un jour il n'était pas entré dans le salon et ne l'avait pas trouvée à côté du poêle à bois éteint.

« Te voilà aussi seule et minable que moi. Qu'est-ce que tu leur as fait à tes amis pour qu'ils te laissent tous tomber ? »

Surprise, elle regarda sa moustache frémir. Et comprit, avec stupeur, qu'il venait de tenter une plaisanterie. Elle ouvrit la bouche pour répliquer : *Et vous, vous lui avez fait quoi au monde entier ?* mais il avait déjà disparu.

Elle regagna sa chambre et le rebord de sa fenêtre. La silhouette de Wilson apparut quelques secondes plus tard en contrebas, pipe à la bouche, chaussures de randonnée aux pieds. Il était agenouillé près d'une touffe de fleurs, l'air concentré. Elle lui lança :

« Dites… elles ne vont pas vous répondre ! »

Wilson sursauta, se redressa d'un bond et leva directement les yeux vers sa fenêtre. Elle le vit froncer les sourcils et ôter la pipe de sa bouche. Elle eut peur, l'espace d'une seconde, de l'avoir irrité.

« C'est peut-être pour ça que je préfère leur compagnie ! »

Il épousseta une manche de son manteau et, tandis qu'elle s'apprêtait à le voir repartir, il lança de sa voix d'ours :

« Les livres non plus, ça parle pas ! »

Elle esquissa un sourire, un vrai sourire, pas un de ceux qu'elle distribuait à tout-va ces derniers temps. Elle poursuivit, portée par l'allégresse :

« Vous faites quoi toute la journée en forêt ?

— Je me balade. Et toi, tu fais quoi sur ton rebord de fenêtre toute la journée ?

— Bah… je lis.

— Voilà. À question bête, réponse bête. »

Elle sourit à nouveau et posa son livre.

« Vous observez les plantes ?

— Peut-être », lâcha-t-il dans un grognement.

Il lui adressa un signe qui ressemblait vaguement à un salut militaire et disparut dans la forêt. Elle réalisa qu'elle aurait aimé le suivre.

Le jour suivant, lorsque Wilson se dirigea vers la forêt, il trouva Ambre assise sur une grosse pierre, chaussures de marche aux pieds, lunettes de soleil sur la tête. S'il fut étonné, il ne le montra pas. Il s'accroupit auprès d'un petit buisson, comme si elle n'était pas là.

« Je peux venir avec vous ? Je… j'en ai marre de rester assise au chalet toute la journée. »

Elle s'était dit qu'il ne refuserait pas. Elle s'en était persuadée. Après tout, ils avaient plaisanté tous les deux, la veille.

Il se releva et frotta ses mains sur son pantalon.

« D'accord… si tu ne parles pas. »

Elle bondit, plus réjouie qu'elle ne l'aurait pensé.

« Le soleil te fera du bien. T'es blanche comme une merde de laitier. »

Sa moustache frémit. Elle songea que Wilson commençait peut-être à l'apprécier.

Elle le suivit dans la forêt, sans un mot. Ils empruntèrent un chemin qu'elle ne connaissait pas, qui partait de l'arrière du chalet, derrière la dépendance où vivaient Michel et Sylvie, avant de s'enfoncer dans la masse sombre des sapins. Comme Wilson l'avait exigé, ils restèrent silencieux. Seul résonnait le bruit de leurs pas dans la neige. Le soleil s'infiltrait entre les branches, faisant danser de longs filets dorés dans les arbres. Wilson connaissait parfaitement le coin. Il bifurquait parfois à droite, coupait à travers un bosquet, reprenait sur la gauche. De temps en temps il s'agenouillait devant une touffe d'herbe, passait sa main dans les épines d'un sapin, puis les reniflait. Elle se demandait ce qu'elle faisait là, mais elle le suivait. Elle se surprenait à trouver ce silence plutôt agréable.

Ils arrivèrent dans une petite clairière parsemée de gros rochers enneigés. Wilson s'assit sur l'un d'eux et se mit à fouiller dans la poche de son pantalon avant d'en sortir sa pipe.

« Le meilleur moment de la balade », grommela-t-il en la portant à sa bouche.

Il l'alluma et en inspira une longue bouffée en fermant les yeux de plaisir.

« Alors, c'est ça que vous faites tous les après-midi ? »

Il la fixa et elle songea qu'il ressemblait plus que jamais à un ours bourru.

« Oui, c'est ça. »

Il ferma de nouveau les yeux en inspirant une deuxième bouffée. C'était une invitation à clore la conversation, mais elle l'ignora.

« Ce n'est pas un peu… *ennuyeux* ? »

Il poussa un soupir d'exaspération bien trop exagéré pour être sincère.

« C'est parce que tu ne regardes pas comme il faut. Tu es là et tu me suis bêtement, comme un chien.

— Qu'est-ce que je ne regarde pas comme il faut ? »

Nouveau soupir. Il en avait déjà assez de parler. Elle insista tout de même :

« Les plantes ?

— Oui, les plantes. Je parie que tu ne sais même pas ce qu'est ce pin. »

Il lui désignait un grand sapin, qui débordait un peu sur la clairière.

« Eh bien, c'est un pin… comme vous le dites. »

Il leva les yeux au ciel en poussant un grognement. Elle se sentit rougir mais ne put s'empêcher de sourire.

« C'est pire que ce que je croyais, marmonna-t-il.

— Qu'est-ce que c'est ?

— Un mélèze.

— Un mélèze ? Comme le nom de l'hôtel ?

— Eh bien oui ! Sans blague ! »

Il fourra sa pipe dans sa bouche et le silence retomba dans la clairière, à peine troublé par le chant de quelques oiseaux.

« Alors, ce sont tous des mélèzes ?

— Non. »

Il s'approcha d'un autre sapin.

« Celui-ci, c'est un pin cembro. Tu vois, comme les mélèzes, ils poussent plus haut que les autres. » Il lui désigna l'ensemble de la forêt. « C'est parce que, comme les mélèzes, ils sont peu sensibles au manque d'eau liquide. La neige leur va très bien. »

Elle hocha la tête, surprise de l'entendre prononcer autant de mots d'un coup. Et ce n'était pas terminé, il s'approchait déjà d'un autre pin.

« Ça, c'est un épicéa. Tu vois ses branches pendantes ? L'arbre a adapté son port à l'enneigement habituel du milieu. »

C'était presque un miracle qui se produisait. Wilson avait abandonné son ton monocorde et grincheux et parlait même avec animation.

« Où est-ce que vous avez appris tout ça ? »

Elle s'attendait à l'entendre grogner. Elle avait tort.

« J'ai été jardinier.

— C'est vrai ?

— Non. J'aime juste m'inventer une vie !

— Pourquoi vous avez arrêté d'être jardinier ?

— C'est un interrogatoire ?

— Non, ça s'appelle une conversation. C'est ce qu'on fait quand on est avec d'autres êtres humains.

— C'est précisément pour ça que je ne voulais pas que tu viennes !

— C'est ma dernière question. Promis.

— J'ai été licencié. Et c'est ma dernière réponse. »

Elle se releva. Wilson avait rangé sa pipe. Ils allaient reprendre la promenade.

Durant le trajet du retour, ils n'échangèrent pas un mot. Le soleil déclinait et les sentiers s'assombrissaient. Wilson s'agenouillait, reniflait, touchait. Il ressemblait plus que jamais à un animal relâché dans son milieu naturel.

Quand ils arrivèrent devant le chalet peu avant le service du soir, Ambre réalisa que cela faisait des jours qu'elle ne s'était pas sentie aussi légère. Elle n'avait pas pensé une seule fois à Tim et à Anton et ça faisait un bien fou. Wilson s'immobilisa sur les marches.

« Tu ne vas pas venir tous les jours, quand même ! »

Elle ne savait pas s'il plaisantait. Elle demanda timidement :

« C'était si désagréable ? »

Il haussa les épaules avec un grognement.

« Tu parles trop.

— Moi ?

— Oui toi... ça a l'air de te surprendre.

— Vous êtes la première personne à me dire ça... D'ordinaire, on me trouve trop silencieuse. »

Nouveau haussement d'épaules de Wilson.

« C'est une qualité.

— J'ai jamais eu cette impression…

— Ça l'est. »

Le silence retomba quelques secondes.

« Si ça vous embête vraiment… je ne viendrai plus…

— Une question par jour, ça devrait être supportable. »

Le lendemain, Wilson la trouva assise sur la même grosse pierre et ne fit aucun commentaire. Il lui adressa un signe de tête et elle le suivit en silence. Ils empruntèrent le même chemin que la veille. Il ne semblait pas gêné par sa présence.

Tim n'était pas venu travailler, alors qu'il n'était pas censé être en repos. Elle avait refoulé l'idée qui venait sans cesse la hanter : et s'il était déjà parti pour le Sud ? Et si Anton avait décidé qu'il valait mieux l'éloigner d'elle le plus vite possible ? Elle s'était dit d'abord qu'au fond, ça ne changerait pas grand-chose, qu'il soit là ou pas : elle n'avait plus droit qu'à un dos tourné.

Mais maintenant, alors qu'elle suivait Wilson sans entrain, elle réfrénait tant bien que mal une terrible envie de pleurer. Son estomac pesait des tonnes, sa gorge était serrée et elle se demandait pourquoi elle n'était pas restée seule sur le rebord de sa fenêtre. Elle pensait beaucoup, elle pensait trop. Elle ne voyait même pas les arbres qui l'entouraient.

Ils arrivèrent dans la même clairière que la veille. Wilson prit place sur un rocher. La neige perdait du terrain, le printemps en gagnait. Il alluma sa pipe et ferma les yeux.

« Alors, tu ne parles pas aujourd'hui ? » demanda-t-il au bout d'un instant.

Wilson l'observait, ses gros sourcils froncés.

« Non… Ça vous manque ?

— T'avais droit à une question…

— Je la poserai demain. »

Wilson la dévisagea, surpris.

« Ça a pas l'air d'aller…

— Si. »

Il haussa les épaules sans insister. Quelques minutes passèrent dans le même silence, puis Wilson lui tendit sa pipe.

« Tiens. Ça ira mieux après. »

Elle resta figée quelques secondes pendant qu'il attendait, le bras tendu.

« Alors, tu la prends ou pas ? »

Elle saisit la pipe avec une certaine défiance.

« Quoi ? grommela-t-il. T'as jamais fumé ça ?

— Non… J'ai toujours pensé que ce truc était réservé aux vieux moustachus de plus de soixante ans.

— Alors ? » s'enquit-il.

Elle lui rendit sa pipe.

« C'est pas mal…

— Ça va mieux ? »

Wilson écourta le trajet du retour. Il leur fit emprunter plusieurs raccourcis et ils arrivèrent beaucoup plus tôt que la veille au chalet. Peut-être à cause de son humeur maussade du jour avait-il voulu se débarrasser d'elle plus rapidement.

« À demain, lui lança-t-il quand ils arrivèrent au troisième étage.

— À demain. »

Ce soir-là, Tim était de retour au restaurant à son poste et elle se sentit plus légère. À la fin du service, elle l'entendit parler avec Sylvie d'un entretien dans le Sud pour la saison d'été.

« Ça s'est bien passé, disait-il. Ils m'ont déjà donné une réponse positive. »

« Est-ce que j'ai droit à deux questions aujourd'hui ? »
Ils commençaient juste à s'enfoncer dans la forêt. Elle n'avait pas tenu une minute avant de demander. Wilson s'arrêta brusquement, les mains sur les hanches, un faux air agacé sur le visage.

« J'ai dit une…
— J'ai laissé passer celle d'hier.
— Oui, mais tu viens d'en poser une. »
Un rire spontané jaillit et elle en fut tellement surprise qu'elle plaqua sa main sur sa bouche, comme si quelque chose d'obscène en était sorti. Wilson souriait aussi derrière sa grosse moustache.

« Hé ! C'est injuste ça !
— Allez, avance ! »
Elle se sentait de bonne humeur ce jour-là et elle ne le devait qu'à la perspective de sa promenade avec Wilson. À l'ombre des pins, c'était comme si elle était à l'ombre de tout. Personne ne lui posait de questions, personne n'attendait rien d'elle. Elle commençait à comprendre pourquoi Wilson venait s'y réfugier tous les après-midi.

« Vous cherchez une plante en particulier ? »

Wilson était agenouillé depuis tellement longtemps qu'elle s'était assise sur un rocher, la tête entre les mains.

« Oui, je… enfin, je ne pense plus en trouver à cette époque, mais sait-on jamais…

— Qu'est-ce que vous cherchez ? »

Il continuait à fureter dans la neige de ses gros doigts rougis.

« Des perce-neige… Normalement on n'en trouve qu'entre janvier et mars… Bon, il peut arriver qu'on en trouve en avril, mais avec ces températures, ça m'étonnerait.

— Qu'est-ce que c'est, un perce-neige ? »

Il se retourna et la dévisagea comme si elle était totalement folle.

« Ne me dis pas que…

— Les plantes ne m'ont jamais beaucoup intéressée.

— Tu as passé cinq mois ici sans avoir jamais entendu parler des perce-neige ?

— Vous avez bien passé cinq mois ici sans échanger plus de deux phrases avec quiconque. Vous c'est les plantes, moi je préfère les gens, chacun son domaine. »

Il s'était redressé, les sourcils froncés.

« C'est un peu étrange pour quelqu'un qui préfère les gens de passer tous ses après-midi dans les bois avec un vieux croûton solitaire. »

Ambre accusa le coup.

Aussi butés l'un que l'autre, ils reprirent leur promenade sans prononcer un mot. Quand ils arrivèrent dans la clairière, Ambre resta debout, les bras croisés, le visage fermé. Wilson alluma sa pipe et la lui tendit. Elle finit par s'asseoir à côté de lui.

« Alors, les perce-neige… ? » demanda-t-elle.

Wilson eut du mal à dissimuler son sourire derrière sa grosse moustache.

« Les perce-neige… alors… bon, le terme "perce-neige" désigne une plante de la famille des *Amaryllidaceae*…

— Je crains que cette partie ne m'intéresse pas.

— Bon alors, en bref, les perce-neige sont les seules plantes qui peuvent fleurir malgré la neige. On les appelle ainsi car elles ont la capacité de percer les faibles couches de neige. En général elles annoncent la fin de l'hiver et le début du printemps.

— Elles ressemblent à quoi ?

— Elles ressemblent un peu au muguet. Ce sont de petites fleurs blanches… des clochettes… qui se recourbent vers le sol. Il y a de nombreuses légendes sur les perce-neige. On dit qu'ils sont symboles d'espoir, de renouveau.

— On en trouve facilement ?

— Normalement oui… Il faut savoir où les chercher. Mais je n'en ai pas trouvé un seul cette année.

— Ils n'ont pas fleuri ?

— Si, ils ont fleuri. Mais je n'ai pas su où regarder. Je ne connais pas encore très bien la région. »

Ambre s'étonnait du changement qui s'opérait en Wilson chaque fois qu'il parlait des plantes. Son ton se faisait enthousiaste, ses yeux s'animaient. C'était presque un autre homme.

« Pourquoi vous avez atterri dans la restauration après votre licenciement ? Pourquoi vous avez atterri ici ? »

Il reprit sa pipe avec un geste un peu brusque.

« Tu as déjà épuisé ton stock de questions.

— Je prends de l'avance. Je ne suis pas là demain. J'emmène Rosalie et Gabriel au lac de Roue. »

Elle l'avait promis à Rosalie le matin même. Gabriel était chargé de regarder l'itinéraire sur internet.

« Qu'est-ce que c'est, ce lac de Roue ?

— Vous avez passé cinq mois ici et vous ne connaissez pas le lac de Roue ? » répliqua-t-elle, moqueuse.

Il leva les yeux au ciel.

« Ce que t'es rancunière… Alors ce lac, qu'est-ce que c'est ?

— Un des plus beaux endroits de la région. Vous voulez venir avec nous ?

— Non.

— Comme vous voudrez. Et la réponse à ma question ? »

Il tira une bouffée avant de se lancer :

« Eh bien… disons qu'après ce licenciement, j'étais trop vieux pour retrouver un travail de jardinier. Et je suis tombé sur un boulot de plongeur au fin fond de l'Ardèche…

— Alors vous êtes parti.

— Oui. Ça faisait dix ans que j'occupais le même poste… J'aime pas rester trop longtemps au même endroit. C'était l'occasion.

— Vous n'aviez pas d'attaches ? Pas de famille ?

— C'est terminé ! Ça fait trop pour aujourd'hui !

— Pourquoi vous n'aimez pas rester trop longtemps au même endroit ?

— J'ai dit stop ! »

Plus tard, au cours de ses innombrables balades avec Wilson, elle comprendrait qu'il était un solitaire dans l'âme et qu'il l'avait toujours été. Il n'avait jamais eu d'attaches, qu'elles soient amicales, sentimentales ou familiales. Toujours seul dans la nature. Lui et la nature. Il n'aimait s'attacher ni aux gens ni aux lieux. Mais pour le moment, il était encore trop tôt et elle n'insista pas. Elle se contenta de hocher la tête en souriant.

L'excursion au lac de Roue eut lieu le lendemain. Ils louèrent des raquettes, Gabriel s'équipa d'un porte-bébé et ils se mirent en route sous un soleil éclatant. La balade fut très agréable. La neige, le ciel bleu, les points de vue panoramiques, rien ne manquait pour passer un après-midi exceptionnel. Le lac les laissa sans voix. Mais il n'était plus tout à fait identique à celui qu'Ambre avait découvert le soir de son anniversaire. Sous le soleil, il brillait d'un bleu profond aux reflets vert froid. Rosalie et Gabriel lui assurèrent qu'elle ne leur avait pas menti, que cet endroit était à couper le souffle. Ambre, elle, était simplement déçue. Elle ne retrouvait pas la magie qui l'avait transportée cette nuit-là, cette sensation de plénitude et d'irréalité.

Gabriel les raccompagna au chalet juste avant que le service commence.

« Tu viens manger un morceau chez nous ce soir ? » demanda-t-il à Ambre qui s'extirpait de la voiture.

Andréa risquait de l'attendre dans sa chambre mais, après tout, ils ne s'étaient rien promis.

« Ça fait une éternité, insista Gabriel. Et j'ai fait des cookies.

— Bon, c'est d'accord. »

Quand Rosalie et Ambre rejoignirent l'appartement de Gabriel, peu après vingt-trois heures, Sophie dormait et il travaillait au salon devant une pile de copies à corriger.

« Ah, vous voilà ! »

Une assiette pleine de cookies les attendait sur la table.

« Je vais faire des cafés. Servez-vous… Bonne soirée ? interrogea Gabriel depuis la cuisine.

— Oui. Et toi ? répondit Rosalie.

— Je croule sous les copies. Les vacances scolaires approchent, alors j'ai tous les conseils de classe à préparer… » Il passa la tête par l'embrasure de la porte. « Tu as l'air assez occupée en ce moment, dit-il à Ambre.

— Occupée ? Pas vraiment…

— Rosalie m'a dit que tu étais prise tous les après-midi. Elle a fini par se demander si tu ne t'étais pas trouvé un second boulot. »

Rosalie lui lança un sourire gêné et piocha dans l'assiette de cookies pour se donner une contenance.

« Non. Je pars en balade en forêt… avec Wilson.

— Wilson ?

— Oui. Le vieux Wilson. Le plongeur.

— Mais… il ne parle pas.

— Et alors ?

— Non, rien. Mais… qu'est-ce que tu fais avec lui de tes après-midi ?

580

— On se balade en forêt. On fume la pipe. Il cherche des perce-neige. »

Rosalie et Gabriel la regardaient avec étonnement : plaisantait-elle ? Avait-elle perdu les pédales ? Mais l'interphone se mit à sonner.

« Tu attends quelqu'un ? demanda Rosalie à Gabriel.

— Non. »

Elle alla décrocher. Une voix d'homme parvint jusqu'aux oreilles d'Ambre :

« C'est moi. Gabriel est là ? Je peux monter ? »

Rosalie lança un bref regard à Ambre avant de détourner rapidement les yeux.

« On a… on a de la visite, répondit-elle.

— Je ne peux pas monter ? »

Ce n'était pas la voix de Tim, Ambre en était certaine. Ce ne pouvait être qu'une seule autre personne.

« Ambre est là », finit par lâcher Rosalie.

Il y eut un court silence à l'autre bout de la ligne. Puis :

« Ok.

— Mais Gabriel descend, ajouta précipitamment Rosalie. Ne bouge pas. »

Elle raccrocha, n'osant regarder Ambre en face. Gabriel eut un sourire d'excuse.

« Je reviens vite. »

Il disparut dans le couloir et la porte se referma sur lui.

« C'est Anton ? »

Rosalie parut soulagée qu'elle lui pose directement la question.

« Oui. Je vais… je vais terminer le café. »

Elle disparut dans la cuisine et Ambre la suivit.

« Pourquoi il est là ? »

Rosalie prit le temps de remplir le réservoir d'eau, de vérifier la dose de café et d'actionner la machine avant de répondre :

« Je suppose qu'ils se sont encore disputés.

— Encore ? »

Rosalie soupira :

« Ce n'est pas la première fois qu'il débarque ici pour parler à Gabriel. Mais il n'était encore jamais venu à cette heure-là. Ça doit être plus sérieux. Ça ne va pas fort, tu sais. »

Ambre se contenta de hocher la tête. Rosalie poursuivit :

« Ils ne se parlent plus que pour se disputer et se faire des reproches. Tim est devenu exécrable. Anton ne peut plus rien lui dire sans qu'il s'énerve. Même quand ils viennent ici… Tim ne peut pas s'en empêcher. Il le pousse à bout. Je suppose qu'il veut lui faire payer de l'avoir obligé à choisir. »

Rosalie déposa les tasses et le sucrier sur un plateau et elles retournèrent dans le salon.

« Alors Anton vient toujours trouver Gabriel ? »

Rosalie hocha la tête et lui tendit l'assiette de cookies.

« À vrai dire, il ne sait plus vraiment quoi faire. Il vient parler avec Gabriel quand ça devient trop insupportable… et le reste du temps il fume. Un paquet par jour. »

Ambre se força à avaler son cookie en entier et à boire une gorgée de café avant de poser la question qui lui brûlait la langue :

« Et Tim, il te parle à toi ?

— Non. Il ne parle à personne. » Elle posa son menton au creux de ses mains en soupirant : « Enfin moi… ce que j'en pense… "Essaie de retenir quelqu'un et il fuira." Moi, je crois plutôt à l'effet boomerang. Celui que tu laisses partir revient toujours. Tu ne crois pas ? »

Ambre haussa les épaules, l'air maussade.

« Je crois qu'il n'a que ce qu'il mérite.

— Anton ?

— Oui… enfin, tous les deux. Ils n'ont que ce qu'ils méritent. Mais je m'en fous, tu sais. On n'a plus besoin d'en parler. »

C'était une maigre consolation de savoir que ça n'allait pas très fort entre Anton et Tim, de savoir qu'à défaut d'avoir été choisie, elle ne subissait pas la rancœur et la colère de Tim. Le mois d'avril avançait, les jours rallongeaient, mais le temps paraissait filer de plus en plus vite sans que les journées soient remplies de réel intérêt. Bientôt – elle se refusait à compter les jours – la saison prendrait fin, bientôt il faudrait quitter le chalet… Pour quoi faire ? Le grand inconnu. Le vide. Elle rentrerait probablement à Lyon, chez ses parents, devrait chercher un emploi. Dans la restauration ? Elle pourrait peut-être reprendre des études… Rien de tout cela ne l'enchantait vraiment. Quelques semaines plus tôt, elle aurait voulu rester pour toujours à Arvieux. La vie y était devenue douce, facile et sans accroc… Mais maintenant, elle n'avait envie ni de rester ni de partir, alors elle s'obstinait à ne surtout pas penser. Elle faisait l'amour avec Andréa. Et le temps continuait de filer.

En réalité il restait trois semaines. C'était court trois semaines. Elle était arrivée avec six mois devant elle, la moitié d'une année. « On a le temps », c'était ce qu'ils disaient, Tim et elle. « On a le temps de se parler. » Ils n'avaient déjà plus le temps. Il ne restait que trois semaines. Et même s'ils avaient eu le temps...

« Tu y retournes encore demain ?

— Oui... Tous les jours. »

C'était une chaude soirée de printemps et Andréa avait laissé entrouverte la fenêtre de sa chambre. Ils étaient allongés sur le lit, incapables de bouger. Ils n'avaient même pas eu le courage de faire l'amour. Andréa s'était amusé à recouvrir le corps d'Ambre de feuilles à rouler.

« Le vieux cherche toujours des perce-neige ?

— Non. Je crois qu'il a abandonné.

— Je ne comprends toujours pas ce que tu fais avec lui, tous les après-midi. »

Les moments qu'elle passait avec Wilson étaient les seuls qu'elle n'avait pas l'impression de perdre, les seuls où elle se sentait de nouveau ancrée dans le temps, où elle était vraiment elle, authentique. Wilson ne se montrait guère plus bavard, mais au fil des questions distillées au compte-gouttes, elle avait fini par s'attacher à ce drôle d'ours mal léché. Solitaire, sauvage et indomptable.

« Tu en as déjà vu, toi ? »

Andréa se releva sur un coude pour la regarder.

« Des perce-neige ? Oui, j'en ai déjà vu.

— C'est joli ?

— Oui… c'est joli.

— Wilson dit qu'il y a pas mal de légendes autour de ces fleurs. Tu en connais ?

— Ce sont toutes plus ou moins les mêmes. Dans toutes, les perce-neige annoncent l'arrivée du printemps. Alors de là sont nées tout un tas d'histoires. Par exemple, une des légendes raconte qu'il existait une lutte entre la sorcière Hiver et la belle fée Printemps. Pendant la bataille, la fée s'est coupée au doigt. Quelques gouttes de sang sont tombées dans la neige et elle a fondu. À la place, un perce-neige a poussé et de cette façon le printemps l'a emporté sur l'hiver. »

Ambre se redressa à son tour et des feuilles à rouler tombèrent autour d'elle dans le lit.

« Raconte-m'en une autre. »

Andréa la regarda étrangement mais s'exécuta :

« Il y en a une à propos d'Adam et Ève. L'histoire raconte qu'après avoir été chassés du paradis, ils erraient sans fin dans l'hiver, le froid, les tempêtes de neige. Ils étaient terrorisés et abattus. Un ange est descendu, envoyé par Dieu, et il a pointé du doigt les larmes de pénitence qu'Ève avait fait tomber dans la neige. Alors est apparue une petite plante dont la fleur avait la forme d'une larme. Le perce-neige. L'ange l'a offerte à Ève en lui assurant que c'était le signe du retour du bonheur pour elle et pour sa descendance. En Italie, la légende est très connue. D'ailleurs le perce-neige est appelé "larmes d'Ève". Il est un symbole d'espoir, de renouveau. »

Ambre se demanda si Wilson aimait les perce-neige à cause des légendes et de leur signification.

« Je ne pensais pas que tu connaissais ce genre de choses… Je trouve ça surprenant.

— Pourquoi ? Tu penses encore que je suis qu'un dragueur débile ?

— Non. Ça fait longtemps que je te vois plus comme ça. »

Andréa allait répliquer, mais le téléphone d'Ambre vibra. Numéro inconnu. Elle décrocha en soupirant :

« Oui allô ?

— Ambre ? »

Cela faisait près de quatre mois qu'elle n'avait pas entendu sa voix. Elle tenta de prononcer un mot mais rien ne sortit. Alors elle raccrocha, le cœur battant, les joues brûlantes.

« Qu'est-ce que c'était ?

— Une erreur.

— C'est ça… »

Elle eut une brusque envie de jeter son téléphone au visage d'Andréa.

« C'est ton mec marié ? Je croyais qu'il n'appelait plus.

— Tu ne veux pas la fermer ?

— Il rappelle… »

Cette fois, elle ne décrocha pas. Andréa la fixait, mi-amusé mi-inquiet.

« Pourquoi il appelle ?

— J'en sais rien.

— Il est peut-être arrivé quelque chose de grave…

— Je m'en fous. »

Le téléphone cessa de sonner. Sur l'écran s'inscrivit : *Nouveau message vocal* et elle se leva d'un bond.

« Tu vas où ? Tu peux l'écouter ici, tu sais. »

Mais elle était déjà partie.

La voix était rauque, légèrement fatiguée, mais c'était bien celle de Philippe :

« Ambre… bon, c'est moi… Philippe. Ça a peut-être coupé ou bien tu as raccroché. En fait je suis sûr que tu as raccroché. Oui, j'imagine que ça a dû te surprendre et tu n'as pas su comment réagir ou alors… peut-être que tu n'étais pas seule. Bon… je voulais simplement te prévenir que… je pars en déplacement pour mon travail sur Briançon et… Michel et Sylvie m'ont proposé de m'arrêter chez eux pour la nuit. J'y serai demain soir. »

Il y eut un blanc, comme s'il s'arrêtait pour déglutir ou reprendre sa respiration.

« Je te promets que je ne chercherai pas à te voir ni à te parler. Je ne voulais simplement pas que tu tombes sur moi par surprise. »

Nouvelle pause, plus longue.

« Si tu en as envie ou si… tu n'es plus fâchée contre moi… si jamais… enfin… ça me ferait vraiment plaisir de te voir, juste quelques minutes. Alors si tu en as envie, dis-le-moi. »

Il eut une légère toux, un raclement de gorge.

« Bon, tu peux me joindre à ce numéro… Bonne soirée. »

Il y eut un déclic et la voix de l'opératrice s'éleva de nouveau : « Vous n'avez plus de nouveaux messages. »

Andréa n'osa pas venir toquer à sa porte et elle ne le rejoignit pas.

« Ça a pas l'air d'aller, constata Wilson.
— Si...
— Si toi ça va, moi je suis une pipelette. »
Elle était tellement absente qu'elle ne perçut pas le sarcasme.
« Qu'est-ce qu'il t'arrive ? insista le vieux.
— Rien.
— Ça n'a pas l'air d'être rien. »
Si elle avait été un tant soit peu lucide, elle se serait étonnée que Wilson pose des questions. Cela consti-tuait en soi un véritable miracle. Mais elle l'entendait à peine. Wilson ne chercha plus à parler, jusqu'à ce qu'ils soient arrivés dans la clairière et se soient assis sur les rochers. La neige avait encore perdu du ter-rain, dévoilant les premières fleurs de la saison.
« C'est à cause de ce Tom ? » demanda-t-il.
Ambre sortit de sa léthargie, légèrement hébétée.
« Le commis de cuisine. Tom. C'est à cause de lui ?
— Tim. Pas Tom ! Non... ça n'a rien à voir avec Tim ! »
Il la jaugea quelques secondes.
« Avant, c'était ton ami, non ? »
Elle comprenait désormais à quel point elle avait dû être désagréable pour Wilson, quand elle s'obs-tinait à lui poser des questions alors qu'il avait juste envie de disparaître dans les bois et de ne parler à personne. C'était ce qu'elle ressentait maintenant. Elle avait envie de le chasser comme une grosse

mouche insupportable qui bourdonnerait à son oreille.

« On n'a jamais dit que vous aviez le droit de poser des questions… lança-t-elle avec mauvaise humeur.

— Et maintenant tu passes tes après-midi avec moi, poursuivit-il comme s'il n'avait pas été interrompu.

— Les choses changent. C'est tout. Comme avec vous… Avant, vous ne parliez pas… Maintenant, vous me posez des questions. C'est désagréable mais c'est comme ça. »

Il se mit à fumer sa pipe tranquillement, sans se troubler.

« Désolée, lâcha-t-elle au bout d'un instant. C'était un peu… méchant. »

Wilson haussa les épaules et continua de fumer, indifférent.

« C'est pas à cause de lui. C'est… il y a disons… quelqu'un que je n'ai pas vu depuis longtemps et qui sera de passage ici, ce soir… Je ne sais pas si je dois le voir.

— C'est ça ton problème ?

— Oui, je… disons… c'est plus compliqué ! On a… on n'est pas restés en bons termes… je ne sais pas si je veux le voir. »

Nouveau silence.

« Oui, vaut mieux ne pas y aller si je n'en ai pas envie… mais je ne sais pas, à vrai dire, si j'en ai envie ou non. » Elle poussa un soupir agacé. « Oh et puis vous m'embêtez avec vos questions !

— Je n'ai rien dit.

— Non mais vous me regardez et je me sens obligée de me justifier... »

Wilson remit sa pipe dans sa bouche, tranquillement, et laissa passer presque une minute avant de déclarer :

« Fais ce qu'il faut pour que t'arrêtes de te tourmenter comme ça... Ça te rend encore plus pénible que d'habitude. »

« Tu viens boire un café chez Gabriel ? » lui demanda Rosalie à la fin du service.

Ils quittaient tous le restaurant, passablement harassés. Elle s'apprêtait à refuser quand Michel la rattrapa :

« Hé, Ambre ! Philippe est là ! Tu te joins à nous ? »

Rosalie se figea, la bouche entrouverte. Michel ne sembla rien remarquer. Il attendait sa réponse, un sourire aux lèvres. Ambre songea que le destin venait de lui forcer la main et qu'elle n'avait même plus à prendre sa décision.

« Euh... oui, j'arrive », lâcha-t-elle d'une voix blanche.

Michel lui fit un clin d'œil.

« Je ferme le restaurant, attends-moi ici, j'en ai pour deux minutes. »

Il avait à peine disparu que Rosalie approchait son visage à quelques centimètres du sien, l'air inquiet.

« Tu savais ? Tu savais qu'il était là ?

— Oui... je savais.

— Tu ne m'as rien dit... Tu es sûre que... ça va aller ? »

Le hall d'entrée s'était vidé, tous les saisonniers avaient disparu. Dans la salle de restaurant, Michel éteignait les lumières.

« Ça va, Rosalie. Je gère. »

Elle fut surprise par l'assurance de sa propre voix. C'était presque plus facile maintenant que la décision était prise.

« Tu peux venir à n'importe quelle heure de la nuit si jamais… Tu n'hésites pas…

— Oui… merci. »

Elle suivit Michel comme une automate, répondant sans qu'elle en soit consciente à ses questions, lui renvoyant ses sourires. Elle eut vaguement conscience de l'odeur d'alcool qui flottait dans la dépendance, du vinyle qui tournait en fond sonore, du canapé rouge dans le coin de la pièce, des deux silhouettes qui y étaient installées devant des verres. Sylvie riait très fort. Pour le moment, Ambre ne voyait Philippe que de dos. Il portait un de ses costumes habituels. Elle songea brièvement à ce que penseraient Sylvie et Michel si elle s'évanouissait tout à coup dans le salon, quand Philippe se lèverait.

« On est là ! » lança Michel avec enthousiasme.

Philippe fut soudain face à Ambre, comme s'il s'était téléporté. C'était bien lui, devant elle. Philippe, élégant, bien coiffé, un sourire en coin. Il se pencha pour lui faire la bise, prononça quelques mots. Ce devait être : « Bonsoir, Ambre, comment ça va ? » Elle lui fit la bise en se demandant si elle ne s'était pas trompée : était-ce bien Philippe en face d'elle ? Car il n'était pas aussi grand qu'elle le croyait, pas aussi imposant non plus. Dans la faible lumière du studio, il n'était qu'un homme de quarante ans, plutôt élégant mais déjà vieux, avec des rides au coin des yeux, la barbe grisonnante et les traits marqués. Ses yeux n'étaient pas doux. Ils avaient une certaine âpreté, comme s'il calculait, analysait, jugeait ce qui l'entourait. Elle ne l'avait jamais remarqué auparavant. Alors c'était pour lui qu'elle avait voulu mourir ?

« Assieds-toi ! l'incita Sylvie. Je te sers un thé ? Philippe en est au digestif. Tu peux l'accompagner, si tu veux. »

Elle se laissa tomber sur le canapé, à l'endroit que lui désignait Sylvie, à côté de Philippe. Tout à coup, il semblait presque plus gêné qu'elle par la situation, comme si les rôles s'étaient inversés.

« Non, du thé... c'est bien. »

Il y eut de l'agitation autour d'eux. Michel accrochait son manteau derrière la porte d'entrée, Sylvie s'activait dans le coin cuisine. Elle leur apporta un plateau avec des tasses, Michel alla se laver les mains et revint s'asseoir à côté d'eux. Pendant tout ce temps, ni Philippe ni Ambre n'osèrent se regarder ni échanger une parole. Lorsque le silence devint trop lourd et trop audible, Philippe se décida à parler :

« Alors, ça se passe toujours bien ici ?

— Tout va bien.

— La saison n'est pas passée trop vite ?

— Elle n'est pas terminée.

— Non bien sûr... »

Elle ne comptait pas faire d'efforts. Philippe tenta de poursuivre :

« La restauration t'a plu ?

— Oui. »

Sylvie était revenue avec la bouilloire et entreprit de verser l'eau frémissante dans les tasses.

« Ambre a très bien travaillé, intervint-elle. Ça a été une très bonne recrue. Elle peut revenir sans problème l'année prochaine. Enfin… concernant l'année prochaine… » Elle se tourna vers Ambre avec un sourire de conspiratrice. « Je ne sais pas si Andréa t'en a déjà touché quelques mots… En principe, il ne devait pas mais je sais que vous êtes très amis… »

Ambre n'avait pas la force de faire semblant.

« Oui. Andréa m'a dit pour le bébé… toutes mes félicitations. »

Le visage de Sylvie s'illumina et elle serra sa tasse entre les mains, très fort.

« Merci. Après toutes ces années… Mais pas un mot surtout ! »

La discussion s'orienta inévitablement sur la maternité et la grossesse. Et comment allait Nina ? Elle allait entamer son septième mois. Suite aux complications qu'elle avait eues, elle avait ordre de rester allongée le plus souvent possible et d'éviter tout déplacement. Les enfants étaient surexcités par l'arrivée du bébé et Philippe avait du mal à tout gérer à la maison. Ambre les écoutait avec l'impression de se trouver dans un monde parallèle. Elle souriait de temps à autre mais elle n'était plus là. La vie de famille de Philippe, qui l'avait autrefois obsédée, ne lui inspirait à présent qu'un profond ennui. Elle avait envie de partir et, lorsque Sylvie étouffa un bâillement, elle se leva avec empressement.

« Je vais y aller », annonça-t-elle.

Elle ne s'attendait pas à voir Philippe se lever à son tour.

« Je te raccompagne ? » lui lança-t-il.

Elle hocha la tête mais c'était plus par dépit, parce qu'elle ne se voyait pas refuser devant Sylvie et Michel.

Ils se retrouvèrent seuls, tous les deux, marchant en direction du chalet. Quelque chose clochait. Elle se sentait plus abattue que jamais et elle ne parvenait pas à en identifier la raison.

« Tout va bien ? demanda Philippe.

— Oui.

— C'est ma venue qui te perturbe ?

— Non…

— Ça n'a pas l'air d'aller.

— Si, je t'assure.

— C'est une histoire de garçon ? C'est à cause de cet Andréa dont parlait Sylvie ? »

Elle retint un tic agacé. En quoi cela pouvait bien le concerner ? Elle avait envie de le voir partir car il lui était de plus en plus difficile de contenir ses larmes. Elle ne comprenait pas ce qui lui prenait. Elle songeait à la dernière fois qu'elle l'avait vu. Il l'avait déposée sur le parking du Monkey Club, entre les mains de Tim, et c'est à partir de là que les choses avaient changé.

« Tu pleures ?

— Non !

— Si, tu pleures… C'est à cause de moi ? Tu m'en veux encore ?

— J'ai eu une dure journée. Je ferais mieux d'aller dormir. »

Ils étaient arrivés devant le chalet. Il n'insista pas.

« Ça m'a fait plaisir de te revoir… »

Elle refoulait toujours ses fichues larmes.

« Je suis content que la saison se soit bien passée.

— Bon… Il se fait tard… Bonne nuit. Et bon retour.

— Bonne nuit, Ambre. Prends soin de toi. »

Elle lui adressa un sourire un peu forcé et grimpa les marches du chalet à toute vitesse.

Se retrouver dans la chambre face au lit vide de Tim lui fut tout à coup insupportable. Cela faisait des jours qu'elle subissait cela sans broncher mais ce soir-là, c'était le soir de trop. Andréa était là, de la lumière filtrait sous sa porte, mais elle savait déjà qu'elle n'irait pas le rejoindre. Les larmes qu'elle avait essayé de contenir devant Philippe coulaient à présent sur ses joues, en flots incontrôlables. Elle attrapa son manteau, son sac et redescendit les escaliers d'un pas précipité.

Il était un peu plus de minuit quand elle arriva en bas de chez Gabriel et Rosalie. Sur le trajet elle avait songé que peut-être elle se retrouverait face à Anton, sonnant lui aussi à l'interphone après une énième dispute avec Tim. Alors, elle pourrait lui dire qu'ils en étaient au même point tous les deux. Mais Anton n'était pas là. Elle nota vaguement que le nom de Rosalie figurait sous le numéro de l'appartement, ce qui signifiait qu'elle avait fini par s'installer officiellement chez Gabriel.

Rosalie décrocha rapidement.

« Ambre ? chuchota-t-elle. Monte. »

Elle l'attendait. Elle n'avait pas passé sa robe de chambre, elle était encore habillée, les cheveux attachés. Elle savait qu'elle viendrait. Elle ne fut pas non plus surprise de la trouver en larmes.

« Entre. Ne fais pas de bruit, Gabriel et Sophie dorment. »

Elle la débarrassa de son manteau, de son sac et la fit asseoir sur le canapé, sous la mezzanine.

« Ça s'est mal passé ?

— Non. Non… ça s'est passé normalement.

— Qu'est-ce qu'il y a ? Pourquoi tu pleures ? »

Et là commença une longue tirade haletante, entrecoupée de reniflements. Toutes les pensées qu'elle avait retenues pendant des semaines sortaient maintenant en un flot continu de mots, qu'elle était à peine consciente de prononcer. Ce n'était pas Philippe, Rosalie, c'était Tim. Il n'y aurait plus d'autres Tim… On en avait un, un seul dans sa vie, et il fallait le reconnaître, ne pas le laisser filer. Parfois, il pouvait arriver qu'on ait le même Tim que quelqu'un d'autre… et alors c'était à celui des deux qui saurait le retenir. Ça n'avait pas été elle. Mais ça n'avait rien de surprenant. Elle le comprenait au fond. Elle n'était pas aussi forte qu'Anton, pas aussi impressionnante, pas aussi sûre d'elle et déterminée. Elle n'était pas championne de ski. Elle n'avait pas un corps de dieu grec. Elle n'avait pas sa faculté à être heureux. Elle ne plongeait pas dans la mer gelée, au lever du soleil. Elle ne fonçait pas, n'avait pas de grands rêves ni de grands projets. Elle ne savait pas ce qu'elle voulait, n'avait jamais su retenir personne. Elle n'avait pas les épaules assez larges. Et quand bien même… même si elle avait eu toutes ces qualités, et même toutes les qualités du monde, ça n'aurait encore pas suffi. Parce qu'il lui en manquait une. Fondamentale. Non négociable. Essentielle. Elle n'était pas un homme.

Rosalie ne bronchait pas, elle l'écoutait et ne voulait surtout pas l'interrompre. Le flot de mots se poursuivait, incontrôlable, déchaîné... Elle était comme Andréa. Comme lui, elle n'aimait que ce qu'elle ne pouvait pas avoir. Elle ne serait jamais pleinement heureuse. Peut-être qu'il avait raison... Peut-être qu'ils étaient trop paumés pour vivre une vie normale, pour avoir des relations normales. Peut-être qu'ils étaient condamnés à ne vivre que des semblants de relation avec des gens aussi paumés qu'eux. Peut-être qu'il n'y avait que ça qui l'attendait, que dans sept ans elle serait comme Andréa, dans ce même chalet, fumant tous les soirs pour oublier qu'elle n'allait nulle part. Et puis, elle était la seule responsable au fond. Elle n'avait pas su rester à distance. Elle avait toujours su qui il était. Tim.

En relevant la tête, le visage en larmes, elle croisa le regard de Rosalie et sembla alors seulement prendre conscience de ce qu'elle venait de dire. Rosalie ne dit rien, elle posa simplement sa tête sur son épaule. Elle savait déjà tout ça depuis longtemps. Son « Je crois que... toi aussi, tu devrais les laisser un peu seuls » était arrivé trop tard. Elle murmura :

« Aimer sans la fièvre ou la folie. »

Ambre avait cessé de pleurer et retrouvé une respiration normale.

« Aimer sans la fièvre ou la folie... John Alan Lee... *Colours of Love*... Notre discussion de filles déprimées le soir du Nouvel An. C'est comme ça qu'il définissait l'amour amical. »

Ambre secoua la tête, pas tout à fait convaincue.

« C'est pas ça…

— C'est une sorte d'amour, non ?

— Non. C'est pas comme avec Philippe.

— Bien sûr que non.

— Avec Philippe, c'était passionnel, physique. On était fusionnels et pourtant je n'étais jamais vraiment satisfaite. Il ne pouvait pas me donner ce que j'attendais. On ne peut pas être tout le temps en fusion avec quelqu'un. Alors… alors c'était juste douloureux… la plupart du temps. Fort mais douloureux. Alors que… Tim c'est juste…

— Différent ?

— Je ne peux pas supporter de le voir triste, je ne peux pas le voir pleurer… Je serais prête à faire n'importe quoi pour qu'il recommence à sourire… J'ai besoin de lui et il a besoin de moi mais pas dans le mauvais sens… Parce qu'on se répare, Rosalie… Parce qu'on s'est reconnus l'un en l'autre… Je ne me suis jamais sentie aussi rassurée ni aussi calme avec quelqu'un. Je sais qu'on est pareils… C'est pas comme Philippe, Rosalie, c'est pas… »

Sa voix mourut sur ses lèvres.

« Et si c'était ça, aimer pour de vrai ?

— Je… »

Elle était trop fatiguée pour poursuivre. Plus tard, elle y repenserait sans doute et elle saurait ce que Rosalie avait voulu lui dire.

« Je suis épuisée. J'ai essayé de faire comme si je m'en moquais.

— Je sais. »

Rosalie se mit à caresser ses cheveux avec douceur. « Tim ne s'en sort pas mieux, tu sais.

— Il… il t'a parlé ?

— L'autre jour… pour la première fois… il m'a demandé comment tu allais. J'ai dit que tu t'en sortais. C'est vrai, non ?

— Plus ou moins.

— J'ai dit que ça avait l'air d'aller, que tu t'étais fait un nouvel ami, Wilson, avec qui tu te baladais l'après-midi. Et que tu passais un peu de temps avec Andréa aussi.

— Tu lui as dit… ?

— Il savait déjà. Il a dit que tu traînais son parfum partout avec toi, dans tes cheveux.

— Qu'est-ce que… qu'est-ce qu'il a dit d'autre ?

— Que tu t'en sortais mieux que lui… visiblement.

— Pourquoi ?… Pourquoi il a dit ça ?

— Je ne sais pas, Ambre… Peut-être parce qu'il ne va pas très fort en ce moment… »

On entendait la respiration calme et profonde de Gabriel, à l'autre bout de l'appartement.

« Je vais déplier le canapé, tu restes dormir ici. »

Le bruit de la cafetière la réveilla le lendemain matin. Gabriel préparait le petit déjeuner et Rosalie était appuyée contre le plan de travail, enroulée dans un peignoir. Sophie dormait toujours et Ambre se faufila en silence dans la cuisine.

« Salut. » Gabriel lui adressa un sourire franc. « Je te sers une tasse ?

« — Non, je vais y aller… Je suis désolée d'être restée là cette nuit.

— Hé, ça va, la coupa-t-il. C'est toujours sympa d'avoir une invitée. Et du pain ?

— Pardon ?

— Tu ne veux pas un peu de pain avec du beurre ?

— Non, je vais y aller. »

Gabriel lui adressa un autre sourire : *Comme tu préfères.* Rosalie la raccompagna jusqu'à la porte d'entrée et Ambre se trouva soudain gênée.

« Tu sais pour hier soir je… j'étais fatiguée, je n'étais pas dans mon état normal… Avoir revu Philippe, ça m'a…

— C'est rien, Ambre.

— C'est pas ce que je voulais dire… quand je parlais de Tim… Je ne savais pas ce que je disais, c'est pas… »

Rosalie semblait déçue mais elle ne fit pas de commentaire.

« À plus tard, dit Ambre.

— Oui, à plus tard. »

Le voile était de nouveau posé sur tout ça.

NEUVIÈME PARTIE

L'effet boomerang

« Ça va pas mieux qu'hier. »

Wilson avait laissé passer près d'une heure en forêt avant de parler. Ambre savait qu'elle aurait dû annuler la promenade plutôt que de lui imposer son air blasé et renfrogné mais elle n'en avait pas eu la force. Elle avait attendu toute la matinée cette balade pour souffler et se vider la tête. Comme elle répondait par un haussement d'épaules, Wilson poursuivit :

« Tu l'as revue cette personne ? C'est ce qui te tracassait hier, non ?

— Oui je l'ai revue.

— Et ça ne va pas mieux.

— Non. »

Au fond, Wilson s'en moquait pas mal de ses problèmes. Dans son monde, il n'y avait pas de place pour ce genre de tracas. Et il n'était pas question de tomber amoureux par accident, sans s'en apercevoir, si c'était bien de cela qu'il s'agissait.

On n'entendait plus que le bruissement de la brise dans les arbres et les branches qui craquaient sous leurs pieds. Il lui sembla que c'étaient les plus beaux bruits qu'elle ait jamais entendus, qu'il ne fallait plus jamais parler. Était-ce cela que Wilson avait compris ? Arrivée à la clairière, elle l'interrogea :

« Wilson, pourquoi vous n'aimez pas parler ? »

Il ne fit pas un geste et elle se demanda même s'il l'avait entendue. Puis il se tourna vers elle et elle eut l'impression de le voir pour la première fois. Son visage exprimait de la douceur, c'était déconcertant.

« Eh bien enfin, grommela-t-il.

— Quoi, enfin ?

— C'est la première question intéressante que tu me poses… Jusqu'à présent, tu as perdu ton temps en babillages. »

Il poussa un soupir amusé. Ses yeux riaient.

« J'aime pas les mots, voilà tout.

— Ce n'est pas une vraie réponse.

— Avec les mots, on parle pour ne rien dire, on s'éparpille, on meuble le silence… et surtout on ment.

— Alors selon vous on ne devrait jamais parler ?

— Les animaux ne parlent pas.

— Nous ne sommes pas des animaux.

— On oublie l'essentiel.

— Quoi donc ?

— Le regard. Un regard ça ne ment jamais. Ça dit beaucoup plus de choses que les mots. » Wilson ne lui laissa pas le temps de répliquer, déjà il enchaînait : « Tiens, par exemple, tu sais pourquoi je t'ai parlé la première fois ?

— La première fois… ? Vous voulez dire la fois où vous m'avez gentiment fait remarquer que j'étais aussi seule et minable que vous ? »

Les yeux de Wilson se firent encore plus rieurs.

« Oui, cette fois-là. Parce que tu m'as regardé pour de vrai. Depuis plusieurs jours sur le rebord de ta fenêtre, tu me regardais en me voyant, pas comme tous ces gens au chalet. Leurs regards se posent parfois sur moi mais c'est comme s'ils ne me voyaient pas.

— Vous faites partie des meubles… »

Elle n'avait pas voulu le dire à voix haute. Elle l'avait simplement pensé et les mots avaient jailli. Wilson ne sembla pas se vexer le moins du monde.

« Oui c'est ça. Leurs regards passent sur moi sans vraiment s'y arrêter.

— Ils ne vous voient plus parce que vous ne parlez jamais… »

Une petite étincelle qui ressemblait à de la malice s'alluma dans le regard de Wilson.

« Alors quoi ? Ils ne me regardent pas parce que je ne parle pas, et moi je ne leur parle pas car ils ne me regardent pas. On n'est pas faits pour s'entendre, je crois. »

Ambre sourit.

« Je n'avais pas vu ça comme ça.

— On a un langage différent. Ils ne l'ont pas compris. Heureusement il y a encore quelques personnes qui savent ce que c'est le regard.

— Qui ça… ?

— Ton ancien ami… Tom. »

Elle eut un frisson et s'empressa de corriger :

« Tim.

— Oui, Tim. Il ne te regarde plus depuis quelque temps, pas vrai ? Je n'ai jamais vu quelqu'un mettre

autant d'énergie à éviter un regard. Il essaie tellement fort de ne pas croiser tes yeux qu'on ne voit
que ça. »

Elle avait chaud. La sueur dégoulinait dans son
cou.

« Qu'est-ce qu'il s'est passé avec lui ?

— Rien. »

Wilson haussa les épaules.

« Comme tu voudras. »

Il remit les mains dans ses poches. Trois secondes
passèrent.

« On continue ou on reste plantés là ? lança
Ambre avec une certaine brusquerie.

— Très bien. On continue. »

Mais elle ne parvenait pas à reprendre ses esprits.
Le voile, ce fameux voile des Miller, se déchirait, elle
tenta de faire taire la tempête de ses pensées dans sa
tête mais elle n'y parvint pas et, alors qu'ils emprun-
taient un sentier ombragé, dont les pins masquaient
tout à fait le ciel, elle demanda :

« Pourquoi il a peur de croiser mon regard ? »

Wilson répondit sans se retourner :

« Oh… je ne suis pas dans sa tête.

— Mais selon vous ?

— Parce qu'il ne pourrait plus mentir… ?

— Me mentir ?

— Te mentir… se mentir. Je ne suis pas devin. À
toi d'en tirer les conclusions. »

Ils ne prononcèrent plus un mot jusqu'à leur
retour au chalet.

Dimanche 25 avril 2009 01:11
De : ambre10@gmail.com
À : ambre10@gmail.com

Hier j'ai relu tous les mails que je me suis écrits à moi-même ces derniers mois.

Dans un des mails, je parle de Tim. Je dis que c'est à son odeur que je me suis le plus habituée. Je me rends compte que ce n'est pas tout à fait vrai. C'est à un milliard de choses que je me suis habituée. Sa voix, par exemple. Son rire communicatif. Ses cheveux ébouriffés. Ses vêtements qui traînaient toujours un peu partout. Ses grognements. Son regard (d'enfant). Ses blagues, ses soupirs, ses livres qui ne quittaient pas la table basse du salon. Ses doigts emmêlés dans mes cheveux. Ses pas. Sa mauvaise humeur parfois. Les plis de concentration sur son front. Ses silences. Et puis son odeur, c'est vrai.

Je ne sais pas si je suis censée morfler comme ça... S'il est censé me manquer autant. Peut-être qu'Anton avait raison après tout... J'étais censée savoir vivre sans lui...

Ici le temps file toujours aussi vite... Demain je me réveillerai avec ma valise bouclée au pied du lit. Il faudra prendre le train, dire au revoir sans pleurer, être courageuse. J'ai un goût amer dans la bouche dès que j'y pense.

Depuis cette nuit-là, la nuit de mon anniversaire, c'est comme si les moments passés ici s'étaient teintés d'une couche de suie. Des souvenirs heureux, il ne reste que des regrets, de l'amertume, un sentiment d'être passée à côté de l'essentiel, d'avoir vécu à moitié. J'ai une boule dans la gorge en permanence, du plomb dans les poumons. Je ne sais même pas s'il me dira au revoir et cette idée-là, à elle seule, me donne la nausée.

Rosalie et Gabriel font des projets d'avenir. Ils ne veulent pas me dire de quoi il s'agit. « Pas tout de suite », a dit Gabriel. Il y avait des plans d'appartement sur la table l'autre jour et il les a vite cachés quand je suis entrée.

Demain soir, Sylvie nous convie tous à un pot. Andréa m'a dit qu'elle allait annoncer sa grossesse et son remplacement. Je crois que Rosalie sait déjà. Elles s'enferment de plus en plus souvent dans les cuisines toutes les deux, après le service, et elles chuchotent comme si elles partageaient un secret d'État.

Andréa va partir en Italie pour la saison d'été. Il a l'air heureux de s'éloigner d'Adeline pour de bon. On ne parle pas beaucoup tous les deux. D'ailleurs, on ne fait presque plus l'amour non plus… Comme si on se préparait déjà à se quitter. Je n'en suis pas vraiment triste et je pense que lui non plus. Parfois, ça me fait penser à cette histoire entre Gabriel et cette femme à Paris. C'était juste pour combler le vide.

Mes parents préparent mon retour. Ils ont décidé de repeindre ma chambre. Ma mère m'a demandé au téléphone si j'avais commencé à chercher un emploi à Lyon. Je n'ai pas réussi à lui dire que je ne veux pas d'une vie chez eux. Que ce n'est déjà plus chez moi. Chez moi, ça a été le studio d'Anton, l'appartement de Gabriel, quand on était encore tous les six.

Je n'ai toujours pas décidé pour après. Si je reprends un job dans la restauration… si je reste à Lyon… ou si je repars ailleurs, de zéro à nouveau… J'étouffe en y pensant.

« Il reste deux semaines… »

Dans la clairière, le lendemain, Ambre traînait encore sa profonde mélancolie. Wilson leva les sourcils mais ne dit rien.

« Vous allez faire quoi après ? »

Il termina de tasser le tabac dans sa pipe avant de répondre : « Je serai en Ardèche. Ce sera ma dernière saison avant la retraite.

— Oh ! fit-elle. Déjà ?

— C'est toi qui le dis… je suis fatigué et vieux… c'est bien assez tôt.

— Alors… ? »

Elle se sentait à fleur de peau ce jour-là et réfréna une énième vague de tristesse.

« Alors quoi ?

— Alors, je ne vous reverrai jamais ? »

Wilson la regarda avec une pointe de moquerie.

« Quoi ? Tu ne vas pas te mettre à chialer !

— Pleurer pour vous ? Jamais ! »

Wilson n'était pas dupe.

« Non, je ne reviendrai pas. C'était ma dernière saison d'hiver. »

Elle détestait les adieux. Elle détestait ce métier.

« Vous ferez quoi en Ardèche ? »

Il haussa les épaules en fourrant sa pipe dans sa bouche.

« Je ne sais pas vraiment… Je me vois bien vivre dans une cabane en pleine forêt. Je ne sais pas si ça se trouve…

— Vous laisserez une adresse ? Je veux dire… je pourrai vous écrire ?

— Je ne pense pas que je laisserai d'adresse. Là où j'irai, il n'y aura pas d'adresse ni de facteur.

— Vous voulez disparaître de la surface de la terre ?

— Oui c'est ça. Je veux retourner à la nature. Ce sera ma dernière demeure.

— C'est glauque ! »

Wilson la gratifia d'un sourire paternel, attendri. Elle ressemblait plus que jamais à une enfant.

« Dans deux semaines, tu ne penseras déjà plus à m'écrire.

— Bien sûr que si !

— Je ne suis qu'un vieux bonhomme sur ton chemin.

— Vous… non… c'est… »

Elle laissa sa phrase en suspens : il avait raison au fond.

« Alors moi, je ne suis qu'une gamine sur votre chemin ? »

Il savoura une bouffée de tabac, les yeux fermés, avant de répondre :

« Oui.

— Ça ne vous fera rien de quitter le chalet ?

— Tu veux vraiment savoir ? J'ai un unique regret à quitter Arvieux… c'est de ne pas avoir trouvé un seul de ces foutus perce-neige !

— Mais de quitter les gens, ça ne vous fait rien ?

— Les gens sont comme les lieux, ils ne sont que de passage.

— Non ! »

Il lui sourit de nouveau avec un air attendri. Elle explosa :

« Vous me regardez comme une idiote mais je ne suis pas d'accord avec vous !

— Je me souviendrai de toi si c'est ce qui t'inquiète tellement. Je me souviendrai de la couleur de tes cheveux. Peut-être même de l'intonation de ta voix. De ta façon de me suivre dans la forêt, sans idée ni but précis.

— Je… pourquoi vous me dites ça ?

— C'est l'angoisse de la plupart des gens, d'être oubliés. Je ne t'écrirai jamais mais il pourra m'arriver de penser à toi... une fois ou deux... en levant les yeux vers un pin. Je me rappellerai que pour toi, tous les pins étaient identiques.

— Vous êtes inhumain, Wilson... On ne dit pas des choses comme ça.

— Alors, il faut parler mais on ne peut pas tout dire ?

— Tout compte fait, je préfère quand vous vous taisez.

— Très bien. »

On n'entendit plus que le chant des oiseaux qui passaient d'arbre en arbre. Wilson fumait tranquillement, indifférent à cette lourde tristesse qui étreignait le cœur d'Ambre, indifférent à tout. Il aurait pu être un arbre. Il se serait contenté de vivre pour sentir la brise sur son écorce, pour voir fleurir les fleurs à ses pieds. Il aurait pu naître et vivre sans que personne s'en aperçoive jamais. Il n'était qu'un courant d'air qui traversait les lieux sans les marquer et il les quittait avant même qu'on se rende compte de sa présence. Et elle, elle avait pensé bêtement qu'on pouvait retenir l'air.

Elle renifla et tenta de camoufler ce reniflement derrière une quinte de toux.

« Tu tombes malade ? grommela Wilson.

— J'ai pris froid... un mauvais courant d'air. »

Un peu plus tard, ils quittèrent la clairière et regagnèrent le chalet. Sylvie les avait convoqués une heure plus tôt au pot et Ambre se demandait comment y échapper. Elle n'était pas d'humeur à trinquer.

À quelques mètres du chalet, la surprise l'arrêta net.

« Qu'est-ce qui t'arrive ? » grogna Wilson.

La silhouette approchait d'un pas vif et le doute n'était plus permis : c'était Anton, la démarche raide, le visage tendu. Il venait vers elle. Elle sentit son pouls s'accélérer.

« Je te laisse. »

Elle aurait voulu retenir Wilson, le supplier de rester, mais il avait déjà disparu.

« Salut. »

Le mot tomba, sec, brutal, sans couleur. Ce n'était pas une visite de courtoisie. Le ton était donné.

« Salut », répondit-elle avec la même froideur.

Elle connaissait ce regard déterminé, obstiné et douloureux à la fois.

« J'en ai pas pour longtemps », dit-il.

Elle essaya tant bien que mal de masquer la vague de panique qui l'envahissait.

« Je… je voulais te prévenir… Je vais le mettre à la porte ce soir. Après le service. Je ne vais pas le retenir plus longtemps contre son gré. C'était comme une compétition finalement… T'as gagné. Je sais reconnaître mes défaites.

— Je… »

Ce fut tout ce qu'elle réussit à bredouiller.

« Je ne baisse pas les bras d'habitude. Je n'abandonne pas. Je le fais juste pour lui. Juste parce qu'il est malheureux. »

Il fixait un point derrière elle, sans doute parce que c'était trop difficile pour lui de la regarder droit dans les yeux et de contenir sa haine. Il avait les poings serrés, les jointures de ses doigts blanches.

« Pourquoi… pourquoi tu me dis ça ? finit-elle par demander. Je m'en fous.

— Pour m'assurer que tu seras là ce soir… quand il rentrera au chalet. »

Il la regarda enfin en face et elle eut l'impression de brûler, de se consumer sous sa haine.

« Et pourquoi je le ferais ? »

Sa voix tremblait malgré elle, Anton le sentit.

« Sois là pour lui ce soir, déclara-t-il avec autorité. C'est la dernière chose que je te demande. Finalement, tu as réussi, hein ? T'as jamais rivalisé avec les femmes. C'était plus facile de te mesurer à un homme. Pas de comparaison possible…

— De quoi tu parles ?

— De ta manie de t'attaquer aux mecs en couple. Philippe, Andréa, Tim… Pour Philippe, c'était vite plié, non ? Il n'a jamais été question qu'il te choisisse face à sa femme. Tu ne faisais pas le poids. Une fois qu'il t'a larguée, t'as voulu t'attaquer à Andréa… Alors même qu'il se mettait en couple avec Adeline !

— Je n'en savais rien ! »

Enfin, elle avait trouvé la force de répliquer, mais elle comprit trop tard qu'elle n'aurait pas dû. Se justifier, c'était entrer dans son jeu.

« Il disparaissait des nuits entières ! Tu savais qu'il avait quelqu'un ! » Il eut un rire mauvais, un rire grinçant. « Mais là encore tu n'as pas résisté une seconde à la comparaison ! Il n'a même pas fait mine de réfléchir. La question ne s'est jamais posée. C'était

Adeline, ça n'a toujours été qu'Adeline. Tu ne tiens pas la route, face à aucune femme ! »

Elle était blême, cramponnée aux yeux verts d'Anton comme à une bouée qui l'enfonçait dans les flots.

« Tu n'es qu'une coquille vide, Ambre ! Tu ne vaux rien ! Tu ne te nourris que de ce que possèdent les autres ! »

Elle voulait lui hurler de se taire, hurler au monde entier que c'était faux. Au lieu de ça, elle restait paralysée, anéantie.

« Alors, tu as renoncé à te mesurer aux femmes. Tim était une victime parfaite. Un mec paumé, en couple avec un autre mec, pas de comparaison possible, pas de rivalité féminine.

— Anton…

— Laisse-moi finir ! » tonna-t-il.

Elle chercha quelqu'un du regard, autour d'elle, n'importe qui, pour la sauver, mais les alentours du chalet étaient déserts et Anton poursuivait sans répit :

« Il était seul au monde, il n'avait plus de famille, plus d'enfance à laquelle se raccrocher. Ça le rendait fragile. T'avais pas besoin de lui plaire, juste de lui montrer qu'avec toi il n'avait pas à renoncer à tout ça.

— J'ai jamais fait ça !

— BIEN SÛR QUE SI ! Tu ne lui as pas dit que tu lui ferais un enfant ? Tu ne lui as pas dit que vous formeriez une famille à vous deux ? Que vous auriez une maison ? Est-ce que tu peux me soutenir que tu ne l'as pas dit ? »

Bien sûr que c'était vrai. Ça c'était vrai, mais pas le reste.

« Tu t'es appliquée à lui montrer ce que serait sa vie avec une femme. Tu l'as convaincu d'aller chez son frère et là-bas, tu as réussi à te les mettre tous dans la poche. Maxime, Lisa. Je t'ai regardée jouer les belles-sœurs parfaites tout le week-end.

— Tu sais que c'est faux ! Il a décidé seul d'aller chez son frère ! Tu étais là ! »

Sa voix ne portait pas autant que celle d'Anton.

« Tu lui bourrais le crâne depuis des mois ! Tu crois avoir réussi ton coup… Mais c'est vain, Ambre… Même s'il revient vers toi, tu ne seras qu'une couverture pour lui… une façon d'avoir une vie plus normale, de renouer avec son passé, avec sa famille. Mais il ne t'aimera jamais. Et tu sais pourquoi ? » Son sourire mauvais s'élargit. « Tu le dégoûtes. Tu le rebutes. Tu es une fille et ça le fait littéralement gerber ! » Il se délectait. « Il fallait que tu le saches… Je suis venu te le dire *en ami*… en souvenir du bon vieux temps. »

Lorsqu'elle reprit enfin son souffle, il avait disparu.

Tout le monde était déjà arrivé. Les tables avaient été repoussées contre les murs. Ça discutait en petits groupes. Elle n'avait pas fait un pas dans la salle que Michel s'exclamait :

« Ah, la voilà ! On n'attendait plus que toi pour commencer ! »

Tous les saisonniers se tournèrent vers elle. Greg était venu avec Héléna. Il avait passé sa main autour de sa taille. Gabriel avait accompagné Rosalie, Sophie dans les bras. Elle se demanda s'ils pouvaient lire sur

615

son visage ce qu'Anton venait de lui crier. Tim évitait son regard. Il ne savait pas. Pas encore.

« Avance, avance ! » lui lança Michel.

Rosalie la prit par la taille. Gabriel la salua, Héléna lui tapota l'épaule en souriant.

« Salut, ça fait longtemps ! »

Le cercle se resserra autour de Sylvie et de Michel. Rosalie trépignait d'impatience. Ambre tentait d'avoir l'air normal mais toute cette agitation autour d'elle lui parvenait au travers d'un filtre, comme si elle se trouvait loin, très loin. Elle essaya d'accrocher le regard de Tim. Elle aurait aimé le prévenir.

« Si je vous ai réunis ici ce soir, pour un pot improvisé, c'est parce que j'ai une nouvelle à vous annoncer. »

Rosalie chuchota à l'oreille de Gabriel. Héléna et Gregory échangèrent des regards entendus. Tim avait toute son attention fixée sur Sylvie. Andréa s'approcha d'Ambre, jouant des coudes.

« Prête à entendre l'annonce de ma promotion ? » murmura-t-il en souriant.

Sylvie poursuivit :

« J'espère vous revoir nombreux ici l'an prochain car… Michel et moi serons ravis de vous présenter notre bébé. »

Voilà, c'était fait. Rosalie se mit à applaudir, Tim ouvrit de grands yeux, Delphine se précipita pour embrasser Sylvie. Le cercle se resserra autour d'elle et de Michel en un joyeux brouhaha.

« Attendez ! lança Michel en essayant de couvrir les voix. Avant d'ouvrir les bouteilles, on a une autre nouvelle à vous annoncer. »

Il se tourna vers Andréa, à qui il fit signe d'avancer. Le silence revint dans la salle, tandis que tous le dévisageaient.

« Pendant que Sylvie et moi serons au milieu des couches et des biberons, il faudra que quelqu'un continue à faire tourner la boutique. Andréa prendra donc le poste officiel de responsable de l'établissement. »

Des exclamations de surprise retentirent. Visiblement, personne n'était au courant en dehors d'Ambre, pas même Gregory, qui se précipita pour le féliciter à coups de grandes claques dans le dos.

« C'est super ! Tu vas devenir mon patron alors ? »

Seule Ambre restait silencieuse, en retrait. Elle ne cessait de jeter des coups d'œil vers Tim et n'avait même pas vu Wilson approcher.

« C'est peine perdue », grommela-t-il. Du menton, il lui désignait Tim qui parlait avec Sylvie. « Il ne te regardera pas. »

Elle le planta sans ménagement. Gabriel l'attrapa au passage.

« Tu sais que Sophie arrive à se lever toute seule ? Elle se cramponne aux pieds des chaises et elle arrive à se mettre debout. C'est dingue… Quand je suis arrivé, elle venait tout juste d'apprendre à se tenir assise.

— Oui c'est dingue, répondit-elle distraitement.

— Elle l'a fait ce matin encore. Elle va sur ses neuf mois… Peut-être que d'ici un mois, elle commencera à marcher. »

Héléna et Gregory vinrent se joindre à eux.

« Si c'est pas une super nouvelle pour Sylvie et Michel ! s'exclama Héléna. J'avoue que je m'en doutais un peu. Pas vous ? »

Finalement, de sourires forcés en discussions stériles, le pot s'acheva et le service débuta dans la foulée.

Lorsque Tim quitta le restaurant vers vingt-deux heures, Ambre avait l'estomac noué à l'idée de ce qui l'attendait. Andréa, lui, était d'excellente humeur... Il l'attrapa par la taille et tenta de l'entraîner à l'écart dans le hall.

« On va manger un morceau chez Greg et Héléna ? J'ai envie de faire la fête. »

Elle le repoussa doucement, ne voulant pas gâcher son enthousiasme.

« Non, je vais rester ici.

— Tu préfères qu'on fête ça tous les deux... à notre façon ?

— Non, pas ce soir... Mais toi, va chez Greg. Et amuse-toi. »

Il avait l'air légèrement déçu mais il se reprit vite :

« D'accord. À demain alors. »

Lorsque la porte s'ouvrit, il était plus d'une heure. Elle ne dormait évidemment pas. Elle l'attendait, imaginant inlassablement la scène à venir. Tim était là, dans la semi-obscurité, chargé de sacs qu'il laissa tomber sur le sol. Aucun des deux n'osa faire un geste.

« C'est moi », dit simplement Tim.

Il alluma la petite lampe sur la table en bois. Une lumière douce inonda la pièce et ils purent voir leurs visages respectifs : Tim n'avait pas le regard haineux d'Anton cet après-midi. Il avait l'air hébété d'un enfant qui ne comprend pas ce qui vient de lui arriver. Il la regardait dans les yeux pour la première fois depuis de longues semaines. C'était déroutant. Il s'assit sur son lit, en face du sien, et dit :

« Anton a décidé de…

— Je sais. »

Elle fut la première surprise par la froideur de sa propre voix. S'ensuivit un long et pénible silence. Elle attendait quelque chose : c'était à lui de parler mais il avait du mal.

« Je sais que tu dois m'en vouloir… j'ai rien à dire pour excuser ça ou pour… pour rendre les choses moins pénibles. Je suis désolé pour… pour tout ça. »

Elle répondit d'une voix mécanique :

« Tu as fait le choix qui semblait logique. Tu as choisi ton petit ami. Pourquoi tu devrais être désolé ? Choisir Anton, c'est ce que tout le monde s'attendait à te voir faire. »

La tension était palpable. Mais si Ambre était froide, Tim était glacial.

« Bon… Très bien alors. Je suis resté avec Anton et toi tu as recommencé cette aventure avec Andréa, alors… on est quittes. »

Elle crut qu'elle ne pourrait pas contenir sa colère. Que venait faire Andréa au milieu de la conversation ? Tim la regardait avec dépit et elle se força à garder son masque d'indifférence.

« Oui, si tu veux, on est quittes. »

Elle aurait voulu lui crier que ça n'avait rien à voir, qu'il l'avait mise à la porte, qu'elle avait utilisé

Andréa pour combler le vide, mais elle resta silencieuse. Tim reprit :

« On n'a plus aucune raison de s'en vouloir, alors ?

— Non.

— Parfait. Ça va sinon ?

— Oui, ça va… Et toi… je veux dire… malgré la rupture ? »

Elle n'arrivait pas à feindre la moindre compassion.

« Ça va. »

Il commença à vider ses sacs, étala ses vêtements sur le lit et entreprit de les plier. Mais elle était fatiguée de leur petit manège.

« Je crois que tu devrais faire ça demain. Il est presque deux heures du matin… »

Il se retourna, l'air surpris.

« Oh… tu veux dormir ?

— Oui, j'ai sommeil. »

Il éteignit la lampe. Elle entendit Tim se déshabiller puis s'allonger. Mais elle savait qu'elle ne pourrait pas dormir. Pas avec lui à quelques mètres d'elle, dans la même pièce. Elle était trop en colère. *Je suis resté avec Anton et toi tu as recommencé cette aventure avec Andréa, alors… on est quittes ?* » Elle étouffait de révolte. La nuit ne finirait jamais. C'était une torture.

La porte s'ouvrit lentement en grinçant et elle se redressa sur un coude. Il devait être trois heures ou peut-être quatre. Elle reconnut la silhouette d'Andréa qui se dirigeait vers son lit. Elle songea à lui chuchoter quelque chose, n'importe quoi, pour l'avertir de la présence de Tim, mais elle n'en eut pas le temps. Il était déjà sur son lit et l'attrapait, l'attirait dans ses bras.

« Tu ne dors pas ? J'ai laissé les autres. Je suis venu fêter ça avec toi.

— Andréa, chuchota-t-elle.

— N'essaie pas de résister ! Enlève ce pyjama. Tout de suite. J'ai très envie de… »

Clic. La lumière inonda la pièce. Andréa cligna des yeux et se releva d'un bond, comme s'il avait été piqué par un insecte. Tim était assis sur son lit, le visage sombre, le doigt encore posé sur l'interrupteur.

« Oh !… Tu es là ? »

Andréa se tourna vers Ambre, cramoisie dans son lit.

« C'est pour ça que t'es restée au chalet ? »

Ça sonnait comme un reproche. Elle refusa de répondre et remonta les couvertures sur elle. Le malaise grandissait.

« Je serai… dans ma chambre, si tu…

— Ok. »

Il fila sans se retourner. Elle garda les yeux fixés sur la porte qui venait de se refermer et attendit que Tim éteigne cette foutue lumière. Mais non.

« Eh bien, tu n'y vas pas ? »

Elle lui lança un regard noir qui ne suffit pas à le faire taire.

« Il est quoi maintenant ? Ton petit ami officiel ou c'est encore un *sex friend* ?

— Ferme-la. Ça ne te regarde pas !

— Va le rejoindre ! Qu'est-ce que tu attends ? »

— Oui, je vais le rejoindre. Pourquoi je m'en priverais ? C'est pas comme si on se devait quoi que ce soit, non ? Puisque tu n'as pas hésité une seconde à m'éjecter de ta vie pour céder aux caprices de ton petit ami !

— Tiens… je croyais que tu ne m'en voulais pas !

— Oh mais c'est toi qui sembles m'en vouloir d'être retournée avec Andréa ! Pourquoi je me serais privée de m'envoyer en l'air avec lui pendant que tu le faisais avec Anton ?

— C'est quoi ça ? Une crise de jalousie ?

— Ce que tu me fais avec Andréa ? Oui, ça y ressemble !

— Non ! Je remarque simplement que tu t'es bien amusée tout ce temps, que je ne t'ai pas vraiment manqué ! »

Elle aurait voulu lui crier qu'elle s'était tout sauf amusée, qu'elle venait de passer les semaines les plus tristes depuis son arrivée à Arvieux, mais elle ne voulait pas lui donner cette satisfaction.

« Oui je me suis amusée ! Pourquoi je me serais gênée ? J'ai pas choisi ce qui nous est arrivé, alors j'allais pas en plus subir sans rien faire !

— Et moi oui ? rugit Tim.

— C'est toi qui nous as imposé cette séparation ! C'est toi qui m'as demandé de partir ! C'était ton choix, faut l'assumer ! Tu ne pouvais pas espérer que je reste là à t'attendre !

— C'est moi qui ai causé tout ça ?

— Bien sûr ! Tu veux quoi ? Accuser Anton ? Il t'a rien imposé ! Il t'a laissé faire un choix, *seul* !

— Il me mettait à la porte ! tonna-t-il.

— Et après ? Pendant toutes ces semaines, qu'est-ce qui t'a empêché de revenir ? »

Elle hurlait. Elle ne se souciait plus d'Andréa dans la chambre d'en face, ni de Daniel, Delphine et Wilson à l'étage.

« J'avais donné ma parole ! éructa Tim.

— On y est ! C'était *ta* parole. *Tu* l'avais donnée !

— Donc tout est entièrement ma faute ?

— Le choix oui ! C'était *ton* choix !

— ET TOUT LE RESTE ? »

Il avait crié encore plus fort. Elle ne l'avait jamais vu dans cet état. Pas même quand il s'était disputé avec Anton chez son frère. Mais sa fureur à elle était aussi trop grande pour qu'elle songe à l'apaiser.

« Quoi, tout le reste ?

— C'est pas seulement ma faute ou celle d'Anton tout ça ! C'est aussi la tienne ! J'avais Anton, on allait s'installer dans le Sud ! Pour la première fois de ma vie, tout se présentait bien ! »

La discussion prenait une tournure étrange. Non seulement elle ne s'était pas attendue à la colère de Tim, pas plus qu'à sa violente réaction vis-à-vis de son histoire avec Andréa, mais être accusée de l'ultimatum d'Anton, ça, ça dépassait tout ce qu'elle s'était imaginé.

« Qu'est-ce que j'ai fait ? fulmina-t-elle.

— Il a raison ! T'es arrivée et t'as tout foutu en l'air ! »

Elle était prête à lui sauter à la gorge.

« J'étais bien ! J'étais bien dans ma vie, figure-toi ! Je venais de passer des années difficiles mais ça allait ! Ça allait enfin ! J'y étais arrivé !

— Très bien ! J'en suis ravie ! Mais je ne vois pas ce que *je* viens faire là-dedans !

— Moi je vois très bien ! T'as débarqué au milieu de tout ça et t'as tout fait foirer ! T'as débarqué et la seconde d'après, sans que je m'en rende compte, je me retrouvais chez mon frère et Anton disparaissait de ma vie ! Il a disparu parce que j'arrive plus à vivre sans toi, parce que je suis incapable de faire semblant avec lui ! Et maintenant… je suis revenu à zéro ! Je sais plus ce que je vais faire, je sais plus qui je suis, je sais même pas pourquoi j'ai besoin de toi et pourquoi je te déteste autant ce soir ! T'as tout fait voler en éclats ! Tout ce que j'avais construit ! De quel droit t'as fait ça ? »

La colère, cette colère féroce attisée par les longues semaines d'absence, l'empêcha de s'arrêter sur la déclaration de Tim : « Il a disparu parce que j'arrive plus à vivre sans toi, parce que je suis incapable de faire semblant avec lui ! »…

« Mais c'est TA faute ! s'insurgea-t-elle. Tout ça, c'est entièrement de ta faute ! C'est toi qui as voulu me sortir du lit d'Andréa, c'est toi qui m'as embrassée ! Je ne t'ai jamais rien demandé ! C'est toi qui as voulu venir chez mes parents, qui m'as fait porter la robe de Philippe ! J'ai rien fait voler en éclats ! »

Tim essaya de répliquer mais elle ne lui en laissa pas le temps :

« J'ai jamais eu besoin de t'avoir pour moi toute seule ! J'aurais pu toujours te partager ! Avec Anton ou avec n'importe qui d'autre ! Je ne t'aurais jamais demandé de choisir ! Ça m'allait !

— En quoi ça justifiait que tu couches avec Andréa ? Tu empestes son odeur tout le temps ! Et j'ai plus qu'une envie maintenant, prendre une paire de ciseaux et couper chaque mèche de tes cheveux pour que t'arrêtes de te promener partout avec son odeur sur toi ! Parce que ça me donne envie de vomir ! »

Sur sa table de chevet traînait sa trousse de toilette. Elle en extirpa une paire de ciseaux avec une lueur inquiétante dans le regard.

« Eh bien vas-y, coupe ! Je t'en prie ! » Elle lui mit les ciseaux entre les mains. « Vas-y ! »

Elle ne tremblait pas, ne doutait pas, attendait, presque sereine maintenant. Tim perdit tous ses moyens.

« Vas-y, Tim. Coupe. Fais exactement ce que t'as envie de faire de moi, comme tu le fais depuis le début, sans jamais te préoccuper de mon avis. Utilise-moi comme un jouet. Embrasse-moi, mets-moi une robe, du rouge à lèvres, emmène-moi chez ton frère, puis sers-toi de moi pour faire tampon entre Anton et toi. Si tu veux partir, pars, et reviens quand ça te chante. T'es pas si différent de Philippe finalement. Alors vas-y, coupe, je ne bougerai pas. »

Elle avait gagné car Tim affichait un regard défait.

« Je vais les couper pour toi alors.

— Ambre… »

Elle saisit les ciseaux et tailla d'un geste net une large mèche.

« Ambre, arrête ! »

Il avait perdu sa colère et du même coup son assurance. Il semblait paniqué de la voir ainsi, avec ses ciseaux et cette lueur de folie dans le regard.

« Oh, une autre, regarde, Tim ! »

C'était plus facile de s'en prendre à elle-même, à ses cheveux, que de s'en prendre à lui. Elle coupait, sans même regarder, comme une hystérique. Et les mèches tombaient au sol en petits tourbillons.

« Ambre, arrête-toi tout de suite ! »

Il avait saisi ses mains avec fermeté et elle ne chercha pas à résister. Elle avait une terrible envie de pleurer maintenant. Elle n'était plus en colère, elle était simplement vide et malheureuse. C'était retombé comme ça, d'un coup. Elle s'affala sur son lit, les jambes tremblantes.

« Allez viens, Ambre, on va dormir. »

Il lui désignait son lit, pour qu'elle le rejoigne. La colère l'avait laissé sans force lui aussi.

« Non. Je vais rejoindre Andréa. »

Il encaissa le coup sans broncher. Que pouvait-il faire d'autre après ce qu'ils venaient de se hurler au visage ?

Elle se leva lentement, comme si elle avait été droguée, et quitta la chambre sans même penser à fermer la porte.

Elle savait qu'Andréa avait tout entendu. Il lui fit une place dans son lit.

« J'imagine que tu ne viens pas pour…
— Non. »

Elle se glissa sous la couverture.

« Tu veux parler ?
— Non.
— Pourquoi t'es là alors ?
— Pour parler peut-être, finit-elle par admettre.
— Alors vas-y, je t'écoute.
— Non, je… pas comme ça.

— Est-ce que tu attends que je te dise ce que j'en pense ? »

Elle ne savait même pas pourquoi elle était venue. Alors elle resta silencieuse.

« Je crois qu'Anton avait raison d'avoir des doutes », lâcha Andréa.

Elle se redressa, surprise.

« Je ne sais pas comment il t'aime, mais il t'aime, c'est certain. D'une façon qui a dû dépasser Anton.

— Andréa !

— On ne parle pas alors ?

— Non. »

Un silence s'installa quelques secondes. Quand il reprit la parole, sa voix était douce mais ferme :

« Écoute… je sais pas pourquoi tu es venue. Si c'est juste pour fuir Tim, alors tu peux utiliser la chambre de Rosalie. T'es pas obligée de jouer à ça. »

Elle s'assit dans le lit et ramena ses jambes vers son menton.

« Tu m'en veux ? demanda-t-elle.

— Non.

— Alors quoi ?

— Si Adeline était revenue, je crois que toi aussi tu aurais essayé de m'empêcher de tout foutre en l'air. Je me trompe ?

— Ça n'a rien à… je…

— Il n'a pas besoin de te savoir dans ma chambre ce soir. »

Elle sauta au bas du lit comme une puce, de nouveau en colère.

« Alors, t'es contre moi, toi aussi ?

— Je dis simplement qu'il a suffisamment enragé ce soir. »

La porte claqua avec fracas. Elle y avait mis toutes ses forces.

« Ne fous pas tout en l'air. »

La chambre de Rosalie était vide. Elle réussit à s'endormir au petit matin, alors que la lumière du jour commençait à filtrer entre les rideaux.

Il fallut éviter Rosalie le lendemain, ainsi que Tim et Andréa. Ce ne fut pas trop compliqué pendant le service. Après, elle détala et s'arrangea pour disparaître jusqu'à l'heure de sa promenade avec Wilson.

Le vieux n'évoqua pas le retour de Tim, ni les cris qui avaient résonné pendant la nuit. Il avait entrepris de lui enseigner les différentes espèces de fleurs de montagne mais elle n'en avait retenu qu'une, la gentiane printanière, et elle ne se souvenait même plus à quoi elle ressemblait.

Lorsqu'ils rentrèrent au chalet, Rosalie l'attendait devant la porte de sa chambre. Elle discutait avec Delphine.

« Qu'est-ce que tu fais là ? » demanda Ambre.

Delphine s'éloigna.

« Il paraît que tu as emménagé dans ma chambre ?

— Qui te l'a dit ? »

Elle se rendait bien compte que son ton était agressif.

« Hé, du calme ! » fit Rosalie.

Elles refermèrent la porte derrière elles.

« Alors, Tim est rentré ?

— Tu dois le savoir. »

Rosalie choisit d'ignorer son ton sec et poursuivit :

« Apparemment, ça ne s'est pas vraiment bien passé.

— Il s'attendait à quoi, au juste ?

— J'en sais rien. Ça s'est vraiment… ?

— Oui, ça s'est vraiment mal passé. Je lui en voulais, mais lui aussi.

— Tu penses que vous pourrez réussir à… arranger ça ?

— Qu'est-ce que tu veux, Rosalie ? Tu es là pour me supplier de me mettre à genoux devant lui ?

— Bien sûr que non ! J'ai essayé de lui parler, à lui aussi. Il est beaucoup moins hostile que toi.

— Ravie de l'entendre ! Alors, il n'aura qu'à venir s'excuser !

— Ambre…

— Pourquoi tu tiens à jouer les médiateurs ? Tu ne veux pas nous laisser en paix un peu ?

— J'essaie de vous éviter les mêmes erreurs que moi, c'est tout.

— Quelles erreurs ?

— Celles que j'ai commises avec Gabriel. Moi j'ai tout foutu en l'air par peur et toi tu t'apprêtes à tout foutre en l'air par fierté.

— Laisse-moi te dire que ça n'a rien à voir ! Ce type t'aimait, Rosalie ! Alors que Tim avait un choix à faire et il ne m'a pas choisie. C'est aussi simple que ça ! Il n'est là que parce qu'Anton a eu la gentillesse de le larguer !

— C'est Tim qui l'a poussé à le quitter…

— Je ne veux plus en parler ! »

Rosalie ne bougea pas d'un pouce et se mit à chuchoter, très vite :

« Si tu les avais vus comme je les ai vus, tu le saurais. Tim l'a poussé à bout. Il l'a littéralement poussé à le quitter.

— Eh bien, il n'aurait pas dû se donner cette peine ! »

Rosalie hocha la tête avec tristesse et quitta la chambre.

Quelques minutes plus tard, lorsque Ambre rejoignit la salle de restaurant pour prendre son service, elle trouva Rosalie en pleine discussion avec Tim.

« Ambre ! Viens », l'interpella-t-elle.

Tim et elle échangèrent un bref regard glacial.

« Apéritif improvisé chez Gabriel ce soir ! » annonça Rosalie avec un enthousiasme feint. Elle ignorait délibérément leur malaise et souriait avec insistance. « C'est ok pour vous ? »

Ambre se rappela les plans qu'elle avait vus traîner sur la table de Gabriel et comprit que Rosalie avait quelque chose à leur annoncer. Elle se força à adopter un air aimable et accepta.

« Oui, c'est d'accord », dit Tim à son tour.

Andréa la chercha des yeux pendant le service du soir. Il attendit que la salle commence à se vider pour s'approcher d'elle avec un sourire triste.

« Alors ça y est, tu ne me parles plus maintenant qu'il est revenu ?

— C'est pas ça… C'est compliqué.

— Je sais, va ! »

Il lui adressa un clin d'œil tout en lui donnant une accolade.

« J'espère que vous arrangerez les choses.

— Y a rien à arranger…

— Tu parles ! Il me fusille du regard en permanence. Il crève de jalousie. »

Rosalie les entraîna avec elle dès la fin du service. Gabriel lui avait laissé sa voiture et ils prirent place, Tim à l'avant, Ambre à l'arrière. Rosalie était bavarde et cherchait de toute évidence à dissiper le malaise palpable entre eux.

Dans l'appartement, leurs yeux glissèrent sur la table qui n'avait pas été débarrassée : deux tasses de café et un CD que Gabriel et Anton avaient l'habitude d'écouter.

« Salut, tous les deux ! » lança Gabriel en sortant de la cuisine, un tablier noué à la taille.

Sophie n'était pas couchée malgré l'heure tardive. Nichée dans ses bras, elle mâchonnait un quignon de pain baveux.

« Qu'est-ce qu'elle fait encore debout ? s'exclama Rosalie.

— Elle voulait entendre la nouvelle elle aussi, répondit Gabriel avec un clin d'œil. Asseyez-vous ! L'apéritif arrive ! »

Il remarqua que Tim fixait le CD et il lui fit signe de le rejoindre dans la cuisine.

« Installe-toi, Ambre, mets-toi à l'aise », dit Rosalie.

Les garçons s'étaient mis à chuchoter mais l'appartement était trop silencieux pour qu'Ambre ne puisse pas entendre ce qu'ils disaient.

« Il était là ? demanda Tim.

— Oui. Je lui ai demandé de passer. »

Rosalie faisait semblant de s'affairer à reboutonner le body de Sophie mais elle écoutait, elle aussi.

« Ça va ? Il… comment il va ? »

On entendit des verres qui s'entrechoquaient, une porte de placard qui se fermait.

« Il a hâte de partir, répondit simplement Gabriel. Pour passer à autre chose. Il va rentrer chez ses parents quelque temps.

— Il part à la fin de la semaine ?

— Sa sœur arrive demain pour l'aider à déménager. »

Les filles furent surprises par le retour des garçons dans le salon, Gabriel avec un plateau de coupes de champagne, Tim avec la bouteille et des petits-fours.

« C'est pas un simple apéro, fit remarquer Ambre.

— On sort le grand jeu ! »

Tim prit place à côté d'Ambre. Rosalie et Gabriel s'assirent en face. Ambre se revoyait à cette même table, quelques semaines plus tôt. C'était Andréa qui occupait la place de Tim et ils s'efforçaient tous de lui faire passer une bonne soirée d'anniversaire mais ça n'avait pas pris. Entre-temps, Tim était revenu mais elle ne savait pas si elle était plus heureuse ou non. Il était à portée de main et toujours aussi inaccessible. Elle sursauta en sentant la menotte de Sophie se poser sur son genou. Elle avait rampé sous la table et essayait maintenant de se relever en s'agrippant à elle.

« Waouh ! Elle y arrive vraiment toute seule ? » s'exclama-t-elle.

Mais elle avait déjà sa réponse. Sophie était debout, fière et gazouillant de plaisir.

« D'ici un mois ou deux, elle marchera », déclara Gabriel.

Rosalie fit une moue.

« Elle a le temps. Ne la fais pas grandir trop vite !

— C'est elle qui est pressée de marcher.

— J'aime bien l'emprisonner dans mes bras. Comment je ferai quand elle pourra se sauver en courant ?

— On n'en est pas encore là ! »

Ils se souriaient avec complicité. Il semblait qu'un siècle était passé depuis l'arrivée au chalet de Gabriel. Ambre avait soulevé Sophie et l'avait installée sur ses genoux. Gabriel fit sauter le bouchon.

« Qu'est-ce qu'on fête ? »

Ils avaient tous une coupe à la main. Gabriel leva la sienne plus haut et jeta un regard à Rosalie.

« On fête notre installation ! Et pas n'importe où… On va s'installer ici, à Arvieux.

— Non ? C'est vrai ?

— On va prendre un appartement plus grand, dans le hameau des Moulins. Il paraît que c'est un des plus beaux d'Arvieux. »

C'était une bonne nouvelle, une excellente nouvelle. Arvieux était devenu un peu chez eux. Pour Ambre comme pour Tim, c'était un lieu empreint de souvenirs, de symboles. Savoir qu'il subsisterait ici une trace de leur passage – Rosalie, Gabriel et Sophie – et un endroit prêt à les accueillir, c'était rassurant. Ça rendait ces quelques mois plus réels, moins éphémères.

« On m'a proposé un poste au collège de Guillestre. On y a longtemps réfléchi… on ne voulait pas rentrer à Paris, là où notre cohabitation avait… quelque peu échoué. »

Ils échangèrent un sourire gêné.

« En réalité, on ne se voyait pas habiter autre part qu'ici… Ici où j'ai retrouvé Rosalie, ici où j'ai découvert Sophie, ici où on a repris notre histoire à zéro… Pour nous, c'était symbolique.

— Alors… à votre nouvelle vie », déclara Tim.

L'instant d'après, Gabriel se levait et revenait avec les plans de l'appartement et une carte d'Arvieux.

« Vous voulez voir ? »

Il parlait avec animation, les yeux brillants. Ambre songeait que c'était une bien meilleure soirée que sa soirée d'anniversaire. Elle en avait oublié la scène malheureuse de la veille. Gabriel resservit du champagne, et ils se jetèrent sur les petits-fours. Sophie n'avait pas sommeil et passait de genoux en genoux, trempant ses lèvres dans le champagne en grimaçant. Rosalie avait décidé de se laisser la saison d'été pour profiter de Sophie et se reposer. Elle pouvait enfin souffler maintenant qu'elle n'était plus seule au monde. Ça, elle ne l'avait pas dit mais Ambre l'avait deviné.

Il était plus de deux heures quand Tim et Ambre quittèrent l'appartement, un peu ivres. C'était une douce nuit. Le mois de mai était entamé et le printemps s'installait définitivement. Ils avaient momentanément oublié leur colère.

« Je suis content pour eux », dit-il.

Ils marchaient au même rythme sur la petite route obscure et elle se surprit à avoir envie de lui prendre la main.

« Ouais… moi aussi. Ils l'ont bien mérité. »

Ils poursuivirent en silence. Tim semblait hésiter à dire quelque chose et il finit par s'arrêter.

« Qu'est-ce qu'il y a ?

— Pourquoi on n'y arrive pas, nous, à vivre les choses sereinement… comme eux ? »

Finies l'euphorie, la légèreté, les bulles de champagne. Ambre était revenue sur terre et sans état d'âme répliqua :

« Il n'y a pas de nous, Tim. On s'en tient à la petite comédie de ce soir en public. Pour le reste, il n'y a pas de nous. »

Elle n'attendit pas sa réponse pour reprendre son chemin.

Elle ne se retourna pas une seule fois jusqu'à ce qu'elle atteigne le chalet. Sur les marches, elle réalisa qu'il n'était pas derrière elle, il était sans doute resté sur place, là où elle l'avait planté, au bord de la route. Elle monta les escaliers le cœur lourd, regagna la chambre de Rosalie, mais le sommeil ne vint pas. De l'autre côté de la cloison, chez Andréa, elle entendait de la musique.

Comme elle savait qu'elle ne pourrait pas dormir, elle s'installa sur le rebord de la fenêtre qu'elle ouvrit en grand. L'air doux du printemps entra dans la pièce, ainsi que l'odeur des pins. Au-dessus de la forêt obscure, la lune brillait.

Plus tard, beaucoup plus tard, deux coups frappés à la porte la firent sursauter. C'était Tim, elle reconnaissait ses épaules, son cou et ses cheveux en broussaille dans l'obscurité. Elle se crispa légèrement en le voyant approcher. Il resta quelques secondes devant la fenêtre ouverte.

« C'est la pleine lune, dit-il. La même qu'au lac de Roue. » Un silence. Elle replia ses jambes, à contre-cœur, pour lui faire une place sur le rebord. Il y grimpa et reprit : « Tu sais... je t'ai pas dit que tu m'avais pas manqué. C'est même plutôt l'inverse. »

Elle haussa les épaules et grommela à contrecœur :
« Bah... toi aussi... un peu.

— Te fatigue pas, lança-t-il sèchement.

— Recommence pas avec ce ton ! »

La colère allait revenir. Elle ne voulait pas, mais c'était plus fort qu'elle.

« T'es pas obligée de le dire si c'est faux, lança-t-il avec agressivité.

— Non, *toi* t'es pas obligé de le dire si c'est faux.

— Je t'ai dit que tu m'avais manqué !

— C'est aussi ce que je viens de te dire ! »

Le silence retomba, puis Tim reprit :
« J'ai plutôt l'impression que tu t'es bien amusée pendant tout ce temps.

— Tu plaisantes ? Tu recommences avec ça ? »

Ils se défiaient, chacun à une extrémité de la fenêtre.

« Tu avais Andréa... et tu partais tous les après-midi avec Wilson.

— Et alors ?

— Et alors pour moi c'était l'enfer toutes ces semaines ! Je ne sortais jamais de ce foutu studio ! Et pourtant, je pouvais plus le voir en peinture. J'ai tellement détesté Anton… Je l'aurais quitté moi-même si j'avais pas donné ma parole, si je n'avais pas choisi de rester.

— Pourquoi tu ne l'as pas fait ?

— J'avais donné ma parole, répéta-t-il. Je ne pouvais pas revenir en arrière.

— Pourquoi tu l'as donnée alors ? »

Un silence tendu se prolongea dans la pièce. Ils ne criaient pas mais on sentait une amertume mêlée de colère chez chacun d'eux.

« C'était mon petit ami. Pourquoi est-ce que je ne l'aurais pas choisi ? »

Elle hésitait à poser la question qui lui brûlait les lèvres, mais elle se lança :

« Pourquoi tu ne me regardais même plus ?

— Je crois que j'arrivais pas à assumer. Je n'aurais pas pu affronter ton regard après t'avoir traitée comme ça, dans la cage d'escalier. C'était pas facile… tout se mélangeait… je le détestais… je te détestais aussi d'être avec Andréa et… je savais plus vraiment où j'en étais. »

Elle secoua la tête, légèrement agacée.

« Andréa et Wilson, c'était pour passer le temps. Je ne supportais pas d'être assise ici tous les après-midi. C'était ni facile ni marrant pour moi.

— J'ai cru que ça l'était plus que pour moi… étant donné que tu ne portais pas la responsabilité du choix. »

Le silence se prolongea, tendu.

« Alors, finit-elle par lâcher, amère, je dois remercier Anton ? Sans lui, on ne serait pas là à discuter sur ce rebord de fenêtre, n'est-ce pas ?

— Dis pas ça…

— C'est bien le cas. Tu serais parti dans le Sud sans qu'on se dise au revoir.

— Non… »

Il essayait de se défendre, mais il manquait d'assurance.

« Non, je me serais débrouillé…

— Ah, je suis rassurée alors. Tu m'aurais fait l'honneur d'un adieu ?

— Ambre, t'as pas entendu ce que je t'ai dit hier ?

— Oh si ! On a excellé tous les deux dans notre discipline favorite : taper là où ça fait mal. Je crois qu'il était question de ma responsabilité dans l'ultimatum d'Anton.

— Non. Pas ça.

— De quoi tu parles alors ?

— De ce que je t'ai crié.

— On s'est crié des centaines de choses horribles. »

Elle était de mauvaise foi. Elle savait exactement où il voulait en venir mais elle voulait juste l'entendre à nouveau.

« Je n'arrivais plus à faire semblant. C'est pour ça qu'il m'a quitté, Anton. C'est pas parce que j'étais affreux avec lui. Ça, il aurait pu le supporter. J'avais… j'avais besoin que tu sois là. Je pouvais pas… Sans toi, c'était… je ne sais pas… comme faire semblant. »

Il releva les yeux vers elle, plein d'appréhension, elle le dévisagea froidement.

« Qu'est-ce que tu essaies de me dire ?

— Tout ce que j'essaie de te dire, c'est qu'Anton avait raison. Tu étais plus qu'une amie... Je t'aimais d'une autre façon... d'une façon qui a éclipsé Anton. »

Elle dit alors, de sa voix glaciale :

« C'est dommage. Anton t'a devancé. Il m'a dit que tu essaierais de revenir. »

Tim la dévisageait, incrédule.

« Il t'a dit *quoi* ?

— Que tu risquais de revenir, que tu te servirais de moi comme d'une couverture... pour avoir une vie plus normale.

— Et tu l'as cru ?

— Il a dit que j'étais un genre de manipulatrice... que j'avais profité de ta faiblesse pour vous séparer, lui et toi.

— Et ça, tu sais que c'est faux, hein ? »

Il la regardait avec effarement.

« Je ne sais pas... »

Elle avait perdu sa froideur et sa fausse assurance.

« Ambre, dis-moi que tu sais que c'est faux !

— Et si je l'avais fait... sans m'en rendre compte ?

— Tu n'as manipulé personne ! J'avais réglé depuis longtemps la question de mon homosexualité. J'avais aucune raison de vouloir revenir en arrière ou de me trouver une couverture. Et toi, tu n'as manipulé personne, d'accord ?

— J'ai failli foutre en l'air le mariage de Philippe... et j'ai détruit l'histoire entre Andréa et Adeline...

— Tu n'as rien foutu en l'air ! Ils ont tous les deux profité de toi en sachant très bien ce qu'ils faisaient !

— Alors pourquoi je me mets toujours dans ces situations ? »

Tim posa son regard doux sur elle.

« Parce que t'as jamais eu assez d'estime pour toi pour penser que tu pourrais être aimée tout entière d'une personne. T'as toujours cru que tu devais partager. Tu t'es toujours contentée des restes d'affection. C'est ce que tu m'as dit hier soir.

— Je…

— Tu as dit que tu ne m'aurais jamais demandé de choisir entre Anton et toi, que tu aurais toujours pu me partager, avec n'importe qui. »

Maintenant qu'il le disait, elle savait que c'était vrai.

« Il faut arrêter ça maintenant, poursuivit Tim avec autorité. Tu es mille fois plus estimable que la plupart des gens. Mille fois plus estimable qu'Anton. » Il ajouta avec dans les yeux une lueur un peu douloureuse : « Je suis revenu. Je suis là maintenant. C'est peut-être trop tard pour toi et je t'en voudrais pas. Mais au moins tu sais quel est mon vrai choix. C'est pas celui que j'ai prononcé à voix haute devant Anton parce qu'il était en train de me mettre à la porte. C'est toi que j'ai choisie. C'était déjà le cas pour aller chez mon frère… et c'est le cas pour tout le reste… C'est toi que j'ai amenée au lac de Roue, pas Anton. »

Elle secoua la tête, la gorge nouée.

« Tu dis ça pour ne pas me faire de peine.

— Je t'en ai déjà fait de la peine. Ça ne changerait plus rien. »

Tim recula dans l'ombre avec un soupir de lassitude.

« J'aimerais te croire, dit-elle avec amertume.

— Tu sais que je ne mens jamais.

— Tu as bien menti à Anton… en prétendant que je n'étais rien.

— Oui et je me suis menti à moi-même. Toi aussi, non ? »

Elle resta quelques secondes crispée. Puis elle reprit, la gorge un peu nouée :

« J'ai revu Philippe. Il était en déplacement dans le coin… »

Il sembla surpris par le brusque changement de sujet.

« Comment c'était ?

— C'était… je ne sais pas… Il est vieux, banal. Il n'a pas changé mais il me semble différent.

— On a réussi alors ? demanda-t-il.

— Quoi ?

— Tu pensais que tu n'y arriverais jamais. »

Elle sourit. Il avait raison de dire « on ». Ils y étaient parvenus tous les deux.

« Oui, on a réussi. »

Ils souriaient dans l'obscurité et une chouette se mit à hululer dehors.

« Tu sais, j'ai pas arrêté d'écouter les Beatles. Ça me rappelait notre escapade à Nice.

— Moi je ne peux plus les entendre… Qu'est-ce que tu faisais tout ce temps avec Wilson ?

— Pas grand-chose… je le suivais. J'étais bien dans les bois. J'étais loin de tout. Lui, il cherchait des perce-neige.

— Des perce-neige à cette époque ? C'est trop tard. Les seuls qu'il trouvera sont ceux qu'on vend sous verre, aux touristes, dans les magasins du centre-ville.

— Je ne crois pas que ça l'intéresse.

— Alors, ce sera pour l'année prochaine.

— Il ne reviendra pas. Il va prendre sa retraite. »

Tim l'observa quelques secondes à la lueur de la lune.

« T'es vraiment devenue son amie ?

— Son amie, je ne sais pas… Une gamine sur son chemin. »

Il la regarda sans comprendre et elle se contenta de lui sourire. On ne pouvait pas rattraper tout le temps perdu et il s'était passé plus de choses qu'elle se l'était imaginé depuis le départ de Tim. Il s'étira en bâillant.

« On va s'allonger ? »

Elle hésita quelques secondes puis hocha la tête. Ils s'étendirent côte à côte, un peu maladroits, en évitant de se toucher. C'étaient peut-être les révélations de la soirée. Ou l'absence. Les choses avaient quelque peu changé.

« Tu sais, c'est pas si mal tes cheveux comme ça. J'ai vu les cheveux de tes poupées chez tes parents… Ça aurait pu être pire. »

Ils s'esclaffèrent. Ça allait mieux quand ils parlaient de souvenirs communs. C'était plus facile. Elle l'entendit remuer dans le lit et, l'instant d'après, elle sentit qu'il enroulait une de ses mèches autour de ses doigts.

« Ça m'avait manqué, ça.

— Moi, c'était ton odeur.

— Alors viens. »

Elle alla se nicher dans son cou, comme elle avait l'habitude de le faire autrefois.

« Tu as ton bracelet ? »

Il avait passé ses doigts le long de son poignet et il avait senti la chaîne en argent et le petit flocon.

« Oui, merci… Gabriel m'a dit que c'est toi qui l'avais choisi.

— Oui, j'ai choisi le flocon pour Arvieux… Ça marque ton passage ici. Je peux t'avouer quelque chose ? »

Elle releva la tête, légèrement inquiète.

« Le bracelet de Philippe… Rosalie devait le garder dans un endroit secret, tu te souviens ?

— Oui.

— Eh bien on l'a perdu. On ne se rappelle plus où on l'a mis… Celui-ci, on l'a acheté en partie pour nous faire pardonner, au cas où tu nous en voudrais à mort… »

Elle se mit à rire tout doucement.

« Je m'en moque. Je n'aurais même pas pensé à le réclamer.

— Ne dis rien à Rosalie. Je lui dirai que tu me l'as réclamé. Elle marche tellement facilement… »

Elle sentait tout le poids de la fatigue maintenant. Fermer les yeux et s'endormir dans son cou, c'était tout ce dont elle avait envie pour le moment. Les paroles d'Anton de la veille étaient bien loin.

Elle nota encore quelques détails – le vent frais qui entrait dans la chambre par la fenêtre ouverte, la musique qui s'était arrêtée dans la chambre d'Andréa, la main de Tim qui s'était refermée autour de son poignet –, puis elle sombra tout à fait.

DIXIÈME PARTIE

Une petite partie de ton univers…

Elle se réveilla le lendemain dans le cou de Tim. Il avait lâché son poignet et avait posé une main sur son ventre. Ça faisait un petit poids chaud et moelleux au creux de son nombril et c'était agréable. Elle se sentait bien. Cela faisait des semaines qu'elle ne s'était pas sentie aussi bien. Comme au lac de Roue, sa présence suffisait à tout illuminer. Elle n'avait plus envie d'écouter ses interrogations, ses doutes, ses angoisses. Elle les mettrait dans un sac cet après-midi et, avec Wilson, tout au fond de la forêt, elle les abandonnerait au pied d'un pin.

« Ça y est, t'es réveillée, marmotte ? »

Il avait les yeux encore gonflés de sommeil et les cheveux en bataille. Il lui souriait.

« Il est tard ? lui demanda-t-elle.

— On a encore une heure avant le service.

— J'ai dormi d'une traite.

— J'ai vu. »

Ils se faisaient maintenant face dans la lumière du soleil.

« Qu'est-ce qu'il y a ? Pourquoi tu me regardes comme ça ? »

Elle sourit et se laissa retomber sur son oreiller.

« Rien, je suis contente que tu sois là. C'est tout. »

Elle sentit la main de Tim se poser dans ses cheveux, tout doucement.

« C'est bien que tu le dises.

— Quoi donc ?

— Que t'es contente. T'as fait des progrès. »

Elle voulut lui répondre mais n'en eut pas le temps car il la prit par surprise et plaqua un baiser sur sa joue, à la limite de ses lèvres, pile sur sa fossette.

« Allez debout ! J'ai affreusement faim ! »

Il disparut sans qu'elle ait eu le temps de faire un geste, laissant derrière lui une Ambre au sourire béat, les pieds pendant mollement dans le vide.

En quelques secondes, Tim avait repris ses marques dans la cuisine du troisième étage, comme s'il ne l'avait jamais quittée. Elle le trouva en pleine action, une cafetière fumante à la main, une boîte d'œufs dans l'autre et une baguette de pain coincée sous le bras. À côté de lui, Wilson fumait sa pipe face à la fenêtre avec une totale indifférence.

La cuisine sentait bon le pain grillé et le fromage fondu. Tim parlait et parlait encore en retournant les tranches de pain perdu. De temps en temps, il partait d'un grand éclat de rire, déposait des assiettes devant elle et lui demandait si c'était bon, si elle en voulait encore. Et elle répondait que oui, c'était bon, qu'elle n'avait plus faim mais qu'elle en voulait encore, et elle avait du mal à croire que la scène à laquelle elle assistait était bien réelle, qu'Anton avait abandonné, que Tim était revenu et qu'il était radieux.

Même l'arrivée d'Andréa dans la cuisine ne parvint pas à troubler ce bonheur matinal cotonneux. Il s'installa en bout de table et ne prononça pas un mot pendant qu'il avalait rapidement un bol de céréales. Tim continuait de parler et Ambre de sourire bêtement. Et Wilson fumait toujours à la fenêtre.

Il fallait bien quitter la bulle pourtant. Il y avait un brin de toilette à faire avant le service, la tenue de travail à passer. Tim la suivait partout, comme s'il craignait de la perdre maintenant qu'il l'avait retrouvée. Pendant qu'elle se brossait les dents, il passa un coup de peigne dans sa tignasse, juste derrière elle. Pendant qu'elle s'habillait, il lui tourna autour, lui posant mille et une questions : quels cadeaux avait-elle reçus pour son anniversaire ? Ses parents avaient-ils appelé ? Avait-elle lu de nouveaux livres ? Était-elle retournée dans ce café où l'on buvait de si bons chocolats chauds ? Lorsqu'il s'éloigna pour attraper un T-shirt dans son armoire – il déambulait depuis plusieurs minutes torse nu –, elle prit le relais : il avait perdu du poids, non ? Elle le trouvait amaigri, surtout au niveau des joues. Est-ce qu'il avait eu son frère au téléphone ? Et Lisa ? Comment allait Lisa ?

Ils parlaient encore en descendant les escaliers. Elle avait mal fermé son chemisier et il n'avait pas essuyé la trace de dentifrice sur sa lèvre inférieure. Rosalie ne fit aucun commentaire et les salua comme si ces dernières semaines n'avaient pas existé.

« On fait quelque chose ce soir ? demanda-t-elle en les attrapant à la fin du service, tout excitée. Je pourrais laisser Sophie à Gabriel et dormir au chalet... comme au bon vieux temps ? »

C'était une excellente idée, et le rendez-vous fut pris pour le soir même dans l'ancienne chambre de Rosalie.

Wilson nota immédiatement sa bonne humeur. Elle babillait sans s'arrêter.

« Ce sont des mésanges qu'on entend, non ? »

Grognement d'ours : *Oui.*

« Elles chantaient déjà ce matin. Elles ne s'arrêtent jamais ? »

Le vieux reprit son chemin et elle le rattrapa en trottinant.

« Pouah, qu'est-ce qu'il fait chaud aujourd'hui ! Vous avez vu ce soleil ? »

Le silence de Wilson, son air exaspéré et même ses soupirs agacés ne pouvaient entamer sa bonne humeur.

« Andréa a laissé entendre que Sylvie et Michel organisaient tous les ans un banquet pour clôturer la saison. C'est la veille du départ généralement. Ce devrait être samedi. Vous en avez entendu parler, vous ? »

Regard noir.

« Ah oui c'est vrai, personne ne vous parle.

— Bon, j'ai compris, maugréa-t-il. Ton ami est revenu et je suis ravi pour toi. Mais franchement, qu'est-ce que tu fiches encore dans mes pattes ? »

Elle avait, heureusement, appris à ne pas se vexer trop facilement avec lui.

« Quoi, je vous embête ? Ou vous pensiez que je passais du temps avec vous simplement parce que j'étais seule ? Ou que je devrais profiter des derniers jours avec lui plutôt que de rester dans cette forêt avec vous ?

— Tu as parfaitement bien résumé. C'est tout ça à la fois. »

Elle se mordit les lèvres et chercha à formuler sa phrase le plus justement possible :

« En fait, je voulais vous en parler aujourd'hui… Je pense que je risque de vous abandonner un peu ces prochains jours…

— Bah, tu sais, j'ai pas vraiment besoin de toi, répliqua le vieux.

— Ça, je l'ai bien compris. »

Pendant quelques secondes, on n'entendit plus que le chant des mésanges.

« Bon alors, si ça ne vous ennuie pas, je voudrais vous accompagner samedi pour une dernière balade dans les bois.

— Si ça te fait plaisir… »

Il avait essayé d'avoir l'air revêche, mais elle vit le sourire qu'il s'efforçait de cacher sous sa grosse moustache.

Dans l'ancienne chambre de Rosalie, serrés les uns contre les autres dans le lit une place, ils eurent l'impression de se retrouver des mois en arrière.

« Il nous reste dix jours », déclara Rosalie.

Ils comptèrent tous dans leur tête pour vérifier. Sylvie et Michel avaient annoncé que le banquet traditionnel de fin de saison aurait lieu le samedi soir. Tous les saisonniers quitteraient le chalet le dimanche matin. Ne pas évoquer ce moment, c'était un pacte implicite. Tim intervint pour changer de sujet :

« Quand est-ce que vous emménagez dans votre nouvel appartement ?

— À la fin du mois de mai. Le frère de Gabriel viendra nous aider. Ses parents aussi. Ils ont hâte de rencontrer Sophie.

— T'es guérie, alors ? »

C'était la voix d'Ambre. Les mots étaient sortis comme ça, spontanément. Rosalie lui sourit avec tendresse.

« Oui, je suis guérie. On est tous guéris, non ? »

Ambre songea qu'elle avait raison. Elle repensa à la soirée du Nouvel An, entre douleur et larmes, en tête à tête avec Rosalie. Cela lui paraissait tellement loin maintenant.

« Alors, quel est le programme ? lança Tim qui était allongé entre elles deux.

— Le programme ?

— De nos dix derniers jours.

— Oh, on pourrait aller skier… une dernière fois.

— Et tester ce restau typique… avec la tête d'ours.

— Et pourquoi pas une randonnée ? Avec un pique-nique.

— Une dernière nuit au Monkey Club !

— Tous les quatre avec Gabriel !

— Et Sophie ?

— Elle a toujours une nourrice, non ? »

À travers la porte entrebâillée de la chambre, une ombre passa dans le couloir et la tête d'Andréa apparut.

« Ah, il me semblait bien avoir entendu ta voix, Rosalie », fit-il.

Il recula précipitamment quand il devina, tapis dans la pénombre, Tim et Ambre.

« Viens, l'invita Rosalie. On fait une soirée pyjama, comme au bon vieux temps. »

Andréa recula encore, mais elle l'ignora et poursuivit :

« Tu te rappelles cette première soirée tous ensemble ?

— Celle avec le joint et le vin rouge ? »

Rosalie acquiesça et Ambre sourit dans l'obscurité. Seul Tim resta muet et immobile.

« Oui celle-là ! Quelle bande de névrosés on formait, vous vous souvenez ? »

Andréa restait sur le palier, un peu maladroit, mais Rosalie insista :

« Entre. Allez viens !

— Non, je vais me coucher. Je suis fatigué. »

Il leur lança un sourire gêné avant de quitter la pièce et Rosalie soupira.

« Il a pas l'air d'aller.

— C'est toujours Adeline ?

— Oui… Mais il s'en remettra. »

La nuit avançait et tous les sujets furent écumés. Gabriel, son travail au collège de Guillestre, le baptême de Sophie prévu en septembre, le départ de Tim dans le Sud… Rosalie interrogea Ambre. Et elle ? Quel était son programme ?

« Je ne sais pas, je n'ai pas envie d'y penser pour le moment. »

Personne n'insista.

Ils parlèrent de Greg et d'Héléna et de leur départ pour La Réunion où ils avaient trouvé tous les deux un poste dans un hôtel de luxe, de Daniel et de Delphine qui s'accordaient six mois de repos, de Michel qui allait redonner un coup de frais au chalet avant l'arrivée du bébé… La conversation finit par s'épuiser, alors que la lune descendait dans le ciel. Rosalie laissa tomber sa tête sur l'oreiller. Le silence emplit la pièce. Ils hésitèrent quelques minutes, scrutant sa respiration lourde et calme, puis Tim étendit le bras et Ambre vint se nicher au creux de son épaule. Elle s'amusa à promener ses doigts sur la nuque de Tim, à l'endroit où sa peau était la plus fine. Elle aimait bien le sentir tressaillir.

« Tu sais, chuchota-t-il au bout d'un instant, pour la saison d'été tu pourrais… »

Elle le fit taire en plaquant sa main sur sa bouche.

« On a dit qu'on n'en parlait pas.

— Pourquoi ?

— Parce que c'est triste et angoissant et je n'ai pas envie d'être triste et angoissée.

— Il le faudra bien…

— Alors le dernier jour.

— D'accord. On ira au lac de Roue et on parlera d'après. »

Il resserra un peu son étreinte et elle se sentit tellement enveloppée de chaleur qu'elle ne put résister plus longtemps au sommeil.

La vie à Arvieux reprit doucement ses airs d'autrefois.

Les randonnées, les dîners qui se prolongeaient tard… Des joies simples, où il n'y avait qu'un absent, Anton. Tim ne semblait pas en souffrir. Il photographiait tout : les montagnes, les vieux moulins, les ruisseaux et leur merveilleuse complicité.

Les journées de Tim et d'Ambre avaient pris un rythme que rien ne pouvait troubler. Il y avait ce rituel matinal qui consistait à rester au lit le plus longtemps possible, les doigts et les cheveux entremêlés, la peau moite, les yeux collés de sommeil, sans parler. Parfois, Tim prenait un livre et ils le lisaient tous les deux, leurs yeux parcourant les pages à la même vitesse. Après le service du midi, ils rejoignaient Rosalie et Gabriel (lorsqu'il ne travaillait pas) et attendaient la fin de la sieste de Sophie pour s'entasser dans la voiture. Le programme établi par Rosalie ne leur laissait pas une minute de répit et le seul moment qui leur restait pour se retrouver tous les deux était le soir, lorsqu'ils ne dînaient pas chez Gabriel. En général, ils se couchaient tard pour prolonger au maximum leur journée. Andréa avait quitté le chalet : ses parents et l'une de ses sœurs avaient décidé de passer quelques jours à Arvieux avant de le ramener en Italie pour l'été. En attendant, ils logeaient tous les quatre dans un petit hôtel du centre-ville. Du coup, le salon était vide après vingt-trois heures. C'est là qu'ils prirent l'habitude de s'installer, au coin du poêle éteint.

Au début, ils se contentaient de discuter, de tout et de rien, il s'agissait de profiter de la chaleur de l'autre, du contact. Puis Tim proposa de visionner toutes les photos qu'il avait prises ces derniers mois. Cela devint leur rituel du soir. Ils les passaient en revue, se remémoraient encore et encore les mêmes souvenirs, inlassablement.

Un jour, Ambre suggéra de faire un album à quatre mains. Ils achetèrent un beau livre vierge, relié en cuir noir, et sur la première page, ils écrivirent : *Arvieux novembre 2008-mai 2009*. À l'intérieur, au milieu des photos, des petits dessins, des commentaires, des dates, des titres de romans, ils collèrent leurs billets de train pour Lyon et le reçu du restaurant à Nice, l'œil de Martin, l'ours en peluche, qui s'était détaché, un Post-it racorni laissé par Rosalie un après-midi de neige (*Je fais la sieste avec Sophie, merci de ne pas déranger*) et le fermoir du bracelet de Philippe (c'était tout ce que Rosalie avait réussi à en retrouver).

L'album les occupa trois soirs de suite, jusque très tard dans la nuit. Le quatrième soir, ils se retrouvèrent désœuvrés dans le salon. Tim jouait avec un morceau de ficelle, les jambes sur l'accoudoir. Ambre avait l'air tendu, préoccupé.

« Faut qu'on parle. »

C'était sorti comme ça, sans prévenir.

« Parler de quoi ? »

Tim attendait, le sourcil levé. Elle n'avait pas voulu y penser. Mais maintenant, dans le silence du chalet, alors qu'ils n'avaient plus cet album à faire, plus de distractions, maintenant elle ne pensait plus qu'à ça et elle voulait en avoir le cœur net.

« Il faudra bien qu'on sache.

— Qu'on sache quoi ?

— Nous deux… Anton m'a laissé entendre que tu pourrais jamais… que ça te faisait littéralement gerber.

— Quoi ?

— Les filles. On ne pourra pas toujours rester comme ça. Si vraiment ça te fait gerber, je ne pourrai pas le supporter, je crois. C'est pas contre toi, Tim… c'est… »

Elle avait le regard fébrile. Ses yeux lançaient des éclairs désespérés. Tim posa les deux mains sur ses épaules.

« Ambre, arrête. Calme-toi. »

Son visage était tout près du sien, mais il ne l'embrassa pas, il ne parla pas non plus. Et elle, elle attendait.

« Tu veux pas en parler ?

— Si.

— Alors ?

— Ça n'a rien à voir… »

Elle aurait aimé qu'il l'embrasse, là, maintenant, qu'il la renverse en arrière sur le canapé juste pour lui prouver que non, elle ne le faisait pas gerber.

« C'est pas que j'en aie pas envie, d'accord ? Je veux surtout pas que tu croies que c'est le cas… C'est juste que c'est nouveau tout ça. C'est inconnu… J'ai la trouille. C'est juste que j'ai la trouille. »

Il s'attarda dans ses yeux, s'attendant à y lire de la déception, de la surprise, de la moquerie peut-être, mais elle garda un regard totalement neutre.

« T'as pas à avoir peur.

— Pourtant, c'est le cas. Je suis mort de trouille. »

Elle inclina doucement la tête, posa ses mains sur les genoux de Tim.

« Si t'en as envie, je te guiderai. Tu n'auras qu'à te laisser faire. Je te montrerai comment… Je chuchoterai à ton oreille, je m'occuperai de tout… »

Tim l'attira de nouveau, emprisonna ses mains dans les siennes et approcha son visage tout près du sien.

« C'est moi qui t'ai forcé la main jusqu'à maintenant. C'est moi qui t'ai embrassée. Les deux fois. Parce que j'en avais envie. Tu te rappelles dans la salle de bains… c'est toi qui as mis fin à ce baiser. Moi je n'avais aucune envie d'arrêter. Tu étais là, dans ta robe, avec ce rouge à lèvres… »

Elle se fit violence pour demander dans un chuchotement :

« Tu en avais envie ?

— Bien sûr. »

La chaleur lui monta aux joues. Elle dit avec une fausse désinvolture :

« S'il faut que je remette cette robe et ce rouge à lèvres…

— Non. C'est pas la peine. »

Tim écrasa ses lèvres contre les siennes avec violence. Tout à coup, il avait le souffle court, et elle ne savait plus ce qu'elle était censée dire ou faire.

« Ambre… chuchota-t-il entre deux baisers.

— T'arrête pas.

— Je ne m'arrête pas. Et si je t'embrassais dans le cou… ?

— Oui. Vas-y. »

Elle dégagea ses cheveux et il plongea dans son cou. Elle avait l'impression d'être redevenue une parfaite novice. Elle fermait les yeux en essayant d'éloigner la peur et de chasser l'image d'Anton. Le dos d'Anton musclé et hâlé, que Tim avait touché pendant de longs mois. Elle se fit violence pour ne pas le repousser, pour ne pas tout arrêter. Elle avait un peu envie de pleurer maintenant. Et si ça ne marchait pas… ?

« Ça va pas ? »

Tim s'était redressé pour l'observer. Il avait son regard d'enfant, son regard perdu. Il faisait de son mieux et il ne comprenait pas pourquoi elle restait figée. Elle se força à lui adresser un sourire timide, un sourire tremblotant.

« Si… ça va aller.

— Non… Je sens bien que ça va pas… »

Il avait l'air désemparé. Elle tenta de calmer les tremblements de ses mains et elle saisit celles de Tim le plus fermement qu'elle le pouvait.

« Ferme les yeux. »

Il obtempéra.

« Attends, je vais éteindre. Ce sera plus facile. »

Elle se leva et actionna l'interrupteur. L'obscurité emplit le salon. Elle profita des quelques secondes qui la séparaient de Tim pour se donner du courage. Il attendait en silence. Elle arriva devant le fauteuil, sentit ses doigts l'agripper, se glisser dans son cou.

« Non. »

Elle se saisit de ses mains et ne lui laissa pas le choix, elle les glissa sous son T-shirt d'autorité et les posa sur sa poitrine.

« Ambre, qu'est-ce que… »

Ses mains étaient figées et il n'osait pas bouger.

« Laisse-moi faire maintenant, d'accord ? »

Elle avait retrouvé le contrôle. Il y avait le souffle de Tim dans son cou, son odeur qui flottait tout autour, et il y avait ses mains posées sur sa poitrine.

Tout à coup, elle savait exactement ce qu'elle devait faire.

Le salon était toujours plongé dans l'obscurité. Aucun des deux n'avait osé bouger. Ils étaient couchés l'un contre l'autre sur le canapé. Leurs vêtements devaient être éparpillés sur le sol.

« Je peux te poser une question ?

— Tu veux savoir si c'est très différent d'avec… d'avec les hommes ?

— Oui… »

Il laissa passer quelques secondes.

« Tu le sais déjà, non ?

— Oui… T'as raison. Ça n'a pas d'importance, non ? »

Elle essayait de s'en convaincre.

« Et pour toi, c'était comme avec les autres ? interrogea Tim en se redressant sur un coude.

— Non ! Pas du tout. Ça n'avait rien à voir ! »

Tim eut un sourire énigmatique dans l'obscurité.

« Alors voilà. »

Elle voulut demander : *Alors voilà quoi ?* mais Tim passa une main dans ses cheveux au même moment et elle se rendit compte que ça n'avait aucune espèce d'importance. Elle se laissa envelopper. Quelques secondes plus tard, il chuchota :

« Tu veux du thé ? »

Tandis qu'il cherchait ses vêtements à tâtons sur le sol, elle comprit ce qu'il avait voulu dire. Ça n'était pas le fait qu'elle ait des seins ou des cheveux longs qui avait fait de ce moment quelque chose de si différent. C'était elle tout entière. Et c'était lui tout entier.

Ni l'un ni l'autre ne souhaitaient l'évoquer mais ils étaient bien conscients qu'ils passaient une de leurs dernières soirées au chalet. Ils ne parvinrent pas à dormir cette nuit-là, pas avant très tard, alors que l'aube se levait. Dans le lit, lui se tournait et se retournait et elle faisait semblant de dormir, parce qu'elle ne voulait pas – surtout pas – qu'ils parlent du départ.

Samedi 9 mai 2009 05:45
De : ambre10@gmail.com
À : philippe.ducrey@wanadoo.fr

Philippe,
Je sais que tu seras surpris en découvrant ce mail. Cela fait bien longtemps que je ne t'ai pas écrit une seule ligne. Mais la saison touche à sa fin et la dernière fois, lorsque tu es venu à Arvieux, j'ai laissé plusieurs questions en suspens. Notamment pourquoi (pour qui) je pleurais. Je profite donc de mon insomnie pour te répondre.

Les choses se sont précipitées ces derniers temps. Tu ne peux pas imaginer tout ce que j'ai vécu ici en quelques mois. Je ne suis plus la même.

Tu avais raison l'autre jour… C'était à cause d'un garçon si j'avais envie de pleurer. Le garçon aux livres… J'imagine ta tête en lisant ces lignes. Oui, il aime les hommes et oui, il sortait avec le plus beau garçon d'Arvieux ! Pourtant il dort avec moi, il me prépare mon petit déjeuner et il m'embrasse le matin en se levant et l'après-midi quand personne ne nous regarde et aussi le soir (surtout le soir) pendant des heures.

J'arrive à peine à le croire tellement c'est absurde. Mais je suis heureuse et ça suffit. Pour la première fois de ma vie, j'en suis certaine. Je souris bêtement. Je suis sûre que je continue de sourire bêtement en dormant.

J'en arrive finalement à l'objet de ce mail... Longtemps j'ai cru qu'être heureux, c'était trouver une stabilité, vivre un bonheur sans tache, jamais troublé, jamais questionné. Ne pas faire de vagues. Finalement, j'ai compris qu'être heureux, ça peut être au contraire choisir de faire table rase du passé, perdre des gens pour prendre le risque d'en rencontrer d'autres. Être heureux, c'est quelque chose qu'on obtient quand on a eu le courage de tout envoyer balader et qu'on a pris le risque de tout recommencer à zéro. Être heureux, ce n'est pas la sérénité, le calme et le bonheur sans vagues. C'est au contraire être capable de tout faire voler en éclats, de tout remettre en question, toute sa vie si on le souhaite.

Je vais bien, je vais parfaitement bien. J'avais envie que tu le saches. Ainsi s'achève ce dernier mail que tu recevras de ma part.

Je te souhaite d'être heureux également et de garder un petit souvenir de moi, dans les tréfonds de ta mémoire.

Je t'embrasse.

Ambre

Le dernier service de la saison se termina dans une ambiance mélancolique, malgré tous les efforts de Greg pour détendre l'atmosphère. Quand le restaurant fut déserté, on vida entièrement la salle pour le grand nettoyage de printemps qui aurait lieu dans les jours à venir. On décrocha les rideaux des fenêtres, on repoussa les tables contre les murs. Sylvie ferma l'accueil. Dans les étages, il ne restait plus un seul client. On n'entendait plus un bruit. Tout le monde parlait trop fort, comme pour essayer de faire oublier que le lendemain, le chalet fermerait ses portes. Sylvie annonça que tout le monde était réquisitionné l'après-midi pour préparer le banquet du soir.

Ambre avait promis une dernière balade en forêt à Wilson. Devant son air paniqué à l'idée de ne pas tenir sa parole, Sylvie les dispensa, Wilson et elle, des préparatifs.

« Tu es sûre ? Vous allez vous en sortir ? demanda-t-elle avec anxiété.

— On vous laissera dresser la table, ça vous va ? »

Ils acquiescèrent.

C'était un après-midi radieux. Les mésanges n'avaient pas chanté aussi fort depuis le début du printemps. Dans la forêt, Ambre se sentait le cœur lourd, la gorge serrée. Le matin, quand elle s'était réveillée, Tim dormait encore et elle avait détaillé la chambre dans les moindres détails pour être sûre de ne rien oublier : le rebord de la fenêtre où elle avait aimé s'asseoir, le placard de Tim rempli de livres, leurs deux lits, chacun à une extrémité de la pièce, la porte qui avait claqué tant de fois. Le lendemain, elle prendrait sa valise au pied du lit et ce serait le dernier matin à Arvieux. Elle avait acheté son billet de train. Elle partirait un peu avant midi, en même temps que Tim. Lui avait un train pour Montpellier, un direct. Rosalie et Gabriel les emmèneraient à la gare en voiture.

Wilson était encore moins bavard que d'ordinaire et elle se demanda si l'émotion le prenait à la gorge lui aussi. Quand ils arrivèrent dans la clairière, aucun mot n'avait encore été prononcé.

« Alors, tu dis rien aujourd'hui ? » marmonna-t-il, tandis qu'ils prenaient place sur un rocher.

Elle secoua la tête et sortit de sa poche un petit globe de verre qu'elle lui tendit.

« Qu'est-ce que c'est ? »

Elle avait trouvé ça dans une boutique de souvenirs. Un globe de verre qui renfermait des perce-neige séchés. Une idée de Tim. En l'achetant, elle s'était dit qu'elle briserait le globe, récupérerait les fleurs et les déposerait dans la forêt sur un monticule de neige. Il en restait encore quelques-uns dans les endroits ombragés. Elle imaginait ensuite appeler Wilson en mimant la surprise : *Regardez, Wilson, des perce-neige !* Elle savait qu'il ne serait pas dupe, qu'il la regarderait avec son air bourru et dirait peut-être : *Tu me prends pour une truffe ?* Mais elle savait aussi que l'attention le toucherait. Finalement, elle ne l'avait pas fait, elle se sentait le cœur trop lourd pour ça. Wilson observait les perce-neige et ses moustaches frémirent.

« C'est moins bien qu'un vrai, j'imagine… lança Ambre. Mais au moins… vous en aurez vu avant la fin de la saison… »

Wilson ne riait pas, il ne se moquait pas d'elle. Il fourra le drôle de cadeau dans sa poche.

« Comme ça j'aurai un petit quelque chose pour me rappeler de toi », dit-il.

Il avait la voix rauque. Ambre tenta un instant de retenir les larmes qui se pressaient au coin de ses yeux, mais Wilson ajouta :

« Allez pleure. Y a personne pour te voir ici. »

Elle mit quelques secondes à s'apercevoir que Wilson s'était levé de son rocher et lui tapotait l'épaule avec maladresse.

« Pleure un bon coup… ça sera fait. »

Elle songea que c'était la phrase la plus idiote qu'elle ait jamais entendue. *Ça sera fait pour quoi ? Pour combien de temps ?*

« Vous devez me prendre pour une gamine. »

N'importe qui aurait répondu : *Mais non*. Pas Wilson. Il lui tapota l'épaule plus fort et répondit :

« T'es une gamine.

— Ça doit être plus facile pour vous. Vous vous en moquez de partir. De laisser tout le monde derrière vous.

— Pour moi, c'était qu'un travail. »

Elle essuya les larmes sur ses joues doucement et elle songea qu'il avait raison. La saison de Wilson n'avait été qu'un semestre de travail ordinaire. Il n'avait pas joué sa guérison ici. Pour elle, au contraire, ça avait été un nouveau départ. Elle repensa à son premier jour et à ce qu'elle était aujourd'hui. L'Ambre aux cheveux dorés sans le bracelet de Philippe mais avec celui de Rosalie, Gabriel, Anton et Tim. Elle était une part de chacun d'eux à présent. Ils lui avaient tous apporté quelque chose, chacun à leur manière. Elle était un morceau d'Andréa et sans doute aussi de Wilson. Elle était une étincelle de ce week-end dans le Sud et un éclat de cette soirée au lac de Roue. Elle était l'odeur de bébé de Sophie, le rire pétillant de Rosalie, la douceur des yeux de Tim, la force brute d'Anton, la sagesse calme de Gabriel, l'ambivalence d'Andréa, le silence de Wilson.

Rosalie lui avait dit un soir qu'on trouvait toujours la force de tout surmonter grâce aux autres, ceux qui nous aidaient. C'étaient comme des mailles qui s'accrochaient les unes aux autres, à l'infini. Ambre songeait à ce moment-là que ce n'étaient pas vraiment des mailles. C'était plutôt comme un récipient vide qui se remplissait petit à petit de gouttes de pluie. Les autres nous remplissaient, ils nous donnaient une existence, un sens, une consistance. On devenait une petite part de chacun d'eux. On n'était plus jamais vide.

« C'est fini ? » grommela Wilson.

Elle s'était à peine aperçue que ses larmes s'étaient arrêtées de couler.

« Oui. C'est fini. »

Elle mit quelques secondes à réaliser que Wilson attendait, le bras tendu vers elle. Elle le fixa sans comprendre, puis son regard vint se poser sur un bout de papier froissé qu'il tenait dans sa main.

« Qu'est-ce que c'est ? demanda-t-elle en le dévisageant.

— Prends-le. »

Le papier était plié en quatre. À l'intérieur, quelques lignes avaient été gribouillées d'une écriture grossière. Son visage s'illumina.

« C'est votre adresse ? Vous me laissez votre adresse ? »

Mais l'illusion fut de courte durée car Wilson secoua la tête fermement.

« Oh… fit-elle en essayant de masquer sa déception.

— Ça te sera plus utile que mon adresse.

— Qu'est-ce que c'est ?

— Un petit texte que j'ai lu quelque part. Tu le connais peut-être déjà… »

Elle lissa le papier et commença à lire. C'était un poème d'une dizaine de lignes, recopié avec maladresse mais sans rature :

> *Nos racines ne sont pas dans notre enfance,*
> *dans le sol natal, dans un lopin de terre,*
> *dans la prairie enclose*
> *où jouent les enfants de la maternelle.*
> *Nos racines sont en chaque lieu*
> *que nous avons un jour traversé.*
>
> *Ainsi, comme le gratteron, croissons-nous*
> *en nous agrippant ici et là.*
> *Et ces chemins qui serpentent sans fin,*
> *et ces forêts bleuissant dans le lointain*
> *– sans parler des montagnes de nos rêves –,*
> *les lieux étrangers et les noms étrangers*
> *deviennent nôtres et de nouveau étrangers.*
> *Ils ne nous quittent pas pour de bon.*
> *Soudain la canne du marcheur reverdit,*
> *et prend racine, et refleurit.*

Elle releva la tête. Wilson l'observait, l'air revêche.

« C'est… c'est de qui ? demanda-t-elle.

— C'est un poète estonien. Karl Ristikivi. »

Wilson l'observait toujours. Troublée, elle replia le papier avec soin avant de le mettre dans sa poche.

« Merci pour ce cadeau… c'est un beau poème. »

Elle aurait voulu lui dire qu'il avait raison, que ces quelques lignes étaient plus utiles qu'une adresse, que c'était plus qu'un simple poème, qu'elle était touchée, qu'elle venait de comprendre pourquoi chez elle, ce n'était plus chez ses parents, mais pas à Arvieux non plus. Chez elle, c'était chacun des endroits où elle était allée, où elle avait grandi, où elle avait appris, aimé, pleuré, haï. Elle ne dit rien à Wilson parce que c'était trop compliqué à expliquer, parce qu'elle allait se remettre à pleurer si elle tentait de parler et que Wilson savait déjà. Il avait compris en la regardant.

« On y retourne ? »

Elle le suivit sur le petit sentier ombragé qui les ramenait au chalet et lança un dernier regard à la clairière, cet endroit où ils avaient fini par s'ouvrir l'un à l'autre, à leur manière. Ils venaient de s'y faire leurs adieux. Le lendemain matin, Wilson partirait sans s'attarder. Il tournerait les talons après lui avoir adressé un signe du menton et il disparaîtrait à tout jamais.

Ils disparaîtraient tous, ces *autres* qui lui avaient offert un livre, un bracelet, une légende sur les perce-neige, un poème… Et elle sourit. Car elle venait de comprendre, avec un mélange de tristesse et de mélancolie, qu'il valait mieux pleurer toutes les personnes merveilleuses qu'on perdait plutôt que de ne jamais les avoir connues.

La cuisine du troisième étage était en ébullition. Sylvie, dont le ventre commençait clairement à s'arrondir, supervisait les opérations d'une main de maître. Daniel s'activait aux fourneaux, le visage luisant. La température était montée de plusieurs degrés dans la pièce. À côté de lui, Delphine et Tim préparaient le rôti. Gregory hachait des herbes. Andréa et Michel s'affairaient autour d'une casserole fumante dans laquelle ils ajoutaient de temps en temps quelques gouttes de vin blanc. Rosalie, quant à elle, se tenait assise devant une montagne de fruits qu'elle découpait en cubes.

« Ah, vous revoilà tous les deux ! »

Ambre avait vérifié plusieurs fois qu'aucune trace de larmes n'était visible sur son visage mais, quand elle les vit tous se retourner, elle eut l'impression qu'on ne voyait que ça.

« Venez, venez ! Il est encore tôt pour dresser la table, déclara Sylvie. Vous pouvez aider Rosalie pour la salade de fruits.

— Wilson, j'ai besoin de vous pour choisir les vins ! » intervint Michel.

En quelques secondes, Ambre se retrouva assise à côté de Rosalie, un couteau dans les mains.

« Comment était la balade ? demanda Rosalie.

— C'était bien. »

Tim la regardait avec insistance et elle lui sourit. Déjà, Michel et Wilson avaient quitté la pièce et Sylvie avait plongé la tête dans le frigo pour faire l'inventaire de ce qu'il restait à préparer. C'était agréable de travailler tous ensemble une dernière fois.

Lorsque tout fut prêt, on n'entendit plus que le ronron du four. Une agréable odeur de rôti de veau flottait dans la cuisine.

« Une petite douche et on lance les festivités ? » suggéra Sylvie.

Dans la chambre, Tim retint Ambre alors qu'elle s'apprêtait à partir à la douche, sa serviette sur l'épaule.

« C'est toujours ok pour ce soir ? »

Il parlait du lac de Roue, l'endroit où tout avait failli finir et où tout avait réellement commencé.

« Oui. Bien sûr.

— Cool. »

Il souriait avec une pointe de mélancolie au fond des yeux et elle appuya son front contre le sien pour dire : *Ça va aller, ce n'est pas encore tout à fait fini.*

Lorsqu'elle revint de la douche, elle eut la surprise de trouver une réponse de Philippe au mail qu'elle lui avait écrit le matin.

Samedi 9 mai 2009 18:58
De : philippe.ducrey@wanadoo.fr
À : ambre10@gmail.com

Ambre,

Tu ne peux pas savoir à quel point ton mail m'a fait plaisir. J'avais bien senti les choses finalement, il y avait un garçon derrière ces larmes. On ne peut pas m'enlever ça, j'ai du flair. ☺

Tu sais, ça ne me surprend pas tellement, la conclusion de cette histoire entre toi et le garçon aux livres. Je me rappelle encore nos premiers coups de téléphone, quand tu es arrivée à Arvieux. C'est de lui que tu m'as parlé en premier. Et ce soir-là, quand je t'ai laissée devant cette boîte de nuit, déboussolée, c'était lui qui t'attendait. C'était la suite logique, sans doute...

Je suis content de savoir que tu vas bien. Sincèrement. Tu as finalement compris ce qu'il te manquait pour être pleinement heureuse.

670

Moi aussi j'ai de bonnes nouvelles aujourd'hui : je suis responsable d'un petit être de plus. Elle s'appelle Élise, elle est née cette nuit avec deux mois et demi d'avance. L'accouchement a été difficile. Catastrophique en fait. Le bébé était mal placé. Nina a failli le perdre et tomber dans le coma mais les médecins ont été formidables. Ils les ont sauvées toutes les deux. J'ai passé la pire nuit de ma vie, assis dans le hall des urgences, mais finalement tout s'est bien terminé.

Elle a du duvet blond sur le crâne et les yeux verts. Elle ressemble à Nina, pas du tout à moi. Ça me fait bizarre d'avoir une fille. Je ne sais pas si ce sera très différent de mes deux garçons... En tout cas, je commence déjà à me faire du souci pour elle. J'espère qu'elle ne tombera pas sur un type comme moi quand elle aura vingt ans.

Je vais prendre un congé sans solde d'un mois pour aider Nina avec les enfants. J'ai envie de lever le pied, un peu. Ça nous fera du bien.

Bon... alors, s'il s'agit vraiment de ton dernier mail, je dois maintenant te dire adieu. Tu n'as pas à t'inquiéter : il restera toujours une petite trace de toi dans les tréfonds de ma mémoire.

Prends bien soin de toi. Je t'embrasse.
Philippe

Ambre laissa tomber son téléphone sur son lit avec un sourire à peine perceptible. Elle se disait que c'était joli, Élise. Puis elle quitta la chambre et se laissa guider par le brouhaha de la cuisine. Elle n'avait pas fait un pas dans la pièce que Michel lui mettait entre les mains une coupe de champagne. Elle jeta un regard autour de la pièce. Gabriel et Rosalie surveillaient Sophie du coin de l'œil. Elle s'amusait à se déplacer dans la cuisine en s'agrippant de chaise en chaise. En les voyant ainsi, on ne pouvait pas se douter que quelques mois plus tôt, ils ne formaient pas une famille, ni même un couple. Héléna critiquait la chemise de Gregory. Elle faisait de grands gestes et fronçait les sourcils. Andréa était près d'eux mais il ne semblait pas vraiment là : il se contentait de boire de longues gorgées de champagne. À côté de la fenêtre, Wilson était assis, le regard perdu dans la forêt. Il devait penser aux perce-neige ou aux gentianes. Le volume sonore provenait surtout des fauteuils autour desquels s'étaient regroupés Sylvie, Daniel, Delphine et Tim.

« Ça va ? »

Ambre sursauta légèrement. Andréa venait de la rejoindre, l'air un peu triste. Il lui désigna le groupe, près des fauteuils.

« Tu ne vas pas les rejoindre ? »

Il parlait de Tim surtout. Elle voyait bien qu'il n'osait pas aborder le sujet.

« Ils parlent de l'année prochaine, ajouta-t-il.

— Alors non.

— Tu n'as toujours pas décidé ?

— Non. Je n'ai pas envie d'en parler ce soir.

— En tout cas, si tu veux revenir… je serai content. Enfin, ça me ferait plaisir. »

Elle vida sa coupe de champagne. Andréa restait planté devant elle.

« Tu repars demain en Italie ? demanda-t-elle.

— Ouais. Demain matin tôt. On va rouler toute la journée.

— Ta famille a aimé Arvieux ?

— Oui, beaucoup. Ils veulent revenir quand il y aura plus de neige, en pleine saison d'hiver. »

De nouveau, Andréa jeta un coup d'œil vers le groupe, près des fauteuils.

« Alors finalement… commença-t-il avec maladresse, Anton avait raison ?

— Oui… apparemment…

— Tu parles d'une histoire… j'aurais jamais imaginé…

— Moi non plus. C'était une saison surprenante. »

Au même moment, Gabriel et Rosalie se joignirent à eux et la discussion s'orienta vers leur futur déménagement.

Un plat de petits-fours circula dans le salon, les coupes de champagne se vidèrent et se remplirent au son des conversations, puis Michel déclara qu'il était l'heure de passer à table. On prit place en se bousculant et en riant un peu fort. Les bulles étaient montées à la tête de tout le monde. Même Wilson se déridait. C'était une soirée joyeuse, pas une soirée d'adieux. On n'en parlait même pas.

Un soir, Tim l'avait prévenue. Il lui avait soufflé ces quelques mots qu'elle était bien en peine de croire, à l'époque : « Tu crois peut-être que c'était difficile de venir ici, mais ce sera encore pire de partir. Tu verras. On sera tous devenus une petite partie de ton univers. »

Assise en bout de table, Ambre tendait l'oreille à une conversation, puis à une autre, papillonnant de l'une à l'autre sans jamais y participer. Elle était simplement bien au milieu de tous les saisonniers qui parlaient, plaisantaient, mangeaient avec appétit. Elle contemplait son petit monde, le petit univers qu'elle s'était construit. Elle n'avait pas besoin de parler.

Les plats défilèrent, les bouteilles de vin aussi, le volume des conversations monta de quelques décibels. Wilson avait allumé sa pipe et fumait à la fenêtre. Le dessert arrivait quand Michel lança le sujet qu'Ambre appréhendait depuis le début :

« Alors, qui sera des nôtres l'année prochaine, en dehors d'Andréa bien sûr ? »

Il jeta un regard circulaire autour de la table.

« Je pense que je vais postuler mais je ne sais pas si le grand responsable voudra m'accepter », plaisanta Gregory.

On s'esclaffa autour de la table.

« Pour nous, la question ne se pose pas, déclara Daniel. On rempile pour la huitième année ! »

Michel continua de balayer la table du regard.

« Je serai là », déclara Tim.

Rosalie l'imita. Michel lança une plaisanterie à propos de Gabriel, qui pouvait rejoindre l'équipe des serveurs s'il le souhaitait. Son regard se posa ensuite sur Wilson.

« Pour moi c'est fini, grommela-t-il. C'est l'heure de la retraite. »

Ambre se sentit rougir quand tous les yeux se tournèrent vers elle. Parmi tous les regards, elle sentait tout particulièrement celui de Tim, plus insistant.

« Je ne sais pas… il se pourrait que… je sois là », s'entendit-elle prononcer.

Rosalie poussa une exclamation de ravissement.

« Ah ! Je le savais !

— J'ai dit *il se pourrait*.

— C'est mieux que "Je ne sais pas" ! s'exclama Rosalie.

— C'est une super nouvelle, déclara Michel. Maintenant, qui veut du crémant ? »

Quand l'attention se fut suffisamment détournée d'Ambre pour se fixer sur le pétillant, Tim en profita pour lui chuchoter :

« Tu as changé d'avis ? »

Elle répéta en évitant son regard :

« J'ai dit *il se pourrait*. »

Tim souriait avec tranquillité.

« Qu'est-ce qui t'a fait changer d'avis ?

— Peut-être le poème de Wilson.

— Quel poème ? »

— Je te le montrerai. »

Sylvie et Rosalie servirent la salade de fruits et Ambre se proposa de couper le cake aux raisins. Depuis son « il se pourrait », Rosalie et Andréa ne cessaient de la regarder en souriant. Tim restait plus discret.

« Je ne veux pas attendre six mois pour revoir ta tronche ! dit Rosalie en prenant un morceau de cake. Tu pourrais venir passer quelques jours ici en septembre. Ça nous permettrait de patienter jusqu'à la nouvelle saison.

— Pourquoi pas…

— Tu verras, le nouvel appartement est plus grand. On n'aura pas de chambre d'amis mais on compte acheter un canapé-lit confortable. »

Lorsque le dessert fut terminé, tout le monde traîna un peu à table. On ne voulait pas aller se coucher tout de suite. On ne voulait pas non plus se dire au revoir. Les adieux seraient pour le lendemain. Il restait encore la nuit et quelques conversations à épuiser. Wilson fut le premier à leur fausser compagnie. Puis, un à un, tous les saisonniers quittèrent le salon. On se souhaita : « Bonne nuit, à demain matin », comme si cette soirée n'était qu'une soirée de plus au chalet. Ambre et Tim restèrent avec Gabriel, Rosalie, Michel et Sylvie pour aider à faire la vaisselle, puis ils éteignirent le salon désert et récupérèrent leurs lampes frontales.

Ce n'était pas la même nuit que celle de son anniversaire, plus d'un mois en arrière. Le ciel était plus obscur, l'air plus doux, et le mince quartier de lune ne suffisait pas à éclairer le paysage. Ils progressaient moins vite. Pourtant, ils ne portaient pas de raquettes cette fois : il n'y avait plus suffisamment de neige, ils avaient simplement chaussé des baskets. C'étaient les mêmes étendues, le même sentiment de solitude et de plénitude, mais ils avaient la gorge nouée. Ils ne dirent presque pas un mot jusqu'au belvédère qui surplombait toute la vallée du Queyras. Ce belvédère sur lequel ils s'étaient assis avec Anton, les pieds dans le vide.

« On continue jusqu'au lac ? demanda Tim. On y est presque. »

Elle hocha la tête et ils poursuivirent. Le lac était toujours aussi beau même si, sans la lumière de la pleine lune, il semblait plus dangereux, plus menaçant, bordé de hauts mélèzes.

« La glace a fondu », fit remarquer Tim.

Ils s'approchèrent du bord et Ambre trempa sa main dans l'eau. Elle était glaciale. Rien ne bougeait alentour, dans les grands pins. C'était presque inquiétant. Ils avaient roulé un duvet dans le sac à dos de

Tim, dans l'idée de s'installer pour la nuit, mais face à ce silence angoissant et à l'obscurité, ils préférèrent rebrousser chemin jusqu'au belvédère. De là, ils avaient une vue dégagée sur toute la vallée endormie. Ils n'avaient plus ces hauts et sombres mélèzes tout autour d'eux. Il n'y avait qu'eux, le ponton et le vide en dessous. Tim installa le duvet pour en faire un matelas et ils s'assirent.

« T'es triste ? » demanda-t-il.

Ils gardaient tous les deux les yeux fixés sur le paysage.

« Tu parles… j'ai du mal à respirer…

— Parce que t'es triste ?

— À cause de cette boule dans ma gorge.

— Je crois que j'ai la même… »

Ils esquissèrent un faible sourire. Tim gigotait à côté d'elle et, quand elle entendit le froissement d'un papier, elle tourna la tête vers lui.

« Qu'est-ce que c'est ? » demanda-t-elle.

Il avait sorti une feuille froissée de son manteau.

« Un billet pour Montpellier. Pour toi. »

Elle déplia le billet imprimé et commença à le déchiffrer, mais Tim l'interrompit :

« Il n'y a pas de date fixe. Tu peux l'utiliser pendant trois mois. Tu viendras quand tu en auras envie et… si tu en as envie. Si tu ne veux pas l'utiliser, c'est pas grave.

— Je viendrai, dit-elle en repliant le papier.

— Passe-moi un coup de téléphone pour me prévenir quand tu sauras… »

Elle tenta de plaisanter mais son ton manquait de conviction :

« Pourquoi ? Je risque de te surprendre avec un surfeur ? »

Il réussit à peine à faire semblant de sourire.

« Qui sait…

— Quand tu seras là-bas dans le Sud… tu risques de tomber sur un autre Anton… un blond, sportif… T'as jamais aimé ça, les filles. »

Il haussa les épaules, les sourcils toujours froncés.

« Non, j'ai jamais aimé ça.

— Tu ne crois pas que… que c'est une bêtise ?

— Tu gardais cette discussion sur tes névroses pour notre dernière soirée ? »

Il avait le ton cinglant mais amusé. Elle se mordit la lèvre.

« On a dit que ce soir, on parlerait d'après…

— Bon, alors qu'on soit bien clairs… Oui, tu es la première fille. Il y en aura sans doute jamais d'autre. Mais toi non plus t'as jamais aimé ça, les hommes qui couchent avec d'autres hommes, et j'aurai toujours le risque que tu tombes sur un Andréa à Lyon, un insupportable dragueur à l'accent italien. Il faut dire que tu as toujours eu des goûts douteux… »

Cette fois-ci, elle esquissa un vrai sourire. Elle se mit même à rire.

« Tu parles de lui ou de toi ?

— Des deux ! »

Ils rirent tous les deux. Un nuage se déplaça dans le ciel, dégageant momentanément la lune, et Ambre put observer le visage de Tim plus en détail. Il avait toujours son regard d'enfant. Il était inchangé. Authentique, incapable de faire semblant.

Tim s'étendit sur le duvet, appuyé sur un coude. Il ne quittait pas des yeux la vallée et ses petites routes semblables à des serpents.

« Moi aussi j'ai quelque chose pour toi », déclara Ambre au bout de quelques instants.

Elle se mit à fouiller dans son sac à dos avec des gestes nerveux et elle finit par en sortir un vieux livre à la couverture cornée et aux pages jaunies.

« Je ne voulais pas faillir à la tradition… Je veux faire partie de ton étagère, moi aussi. »

Il se redressa et prit le livre avec précaution.

« C'est un classique, mais j'ai vu que tu ne l'avais pas. »

Il regarda la couverture et sourit. *Le Petit Prince*, de Saint-Exupéry.

« Je l'aime bien ce livre, dit-il. Il est resté dans ma chambre, chez mes parents.

— J'ai mis un mot sur la première page… »

Elle suivit du regard ses yeux qui sautaient d'un mot à l'autre, ces mots qu'elle avait griffonnés en vitesse l'après-midi, avant la balade avec Wilson. En fait, elle savait depuis longtemps ce qu'elle voulait lui écrire, ça n'avait pas été tellement difficile.

Tim,

Eh bien voilà, nous y sommes. Notre dernière nuit à Arvieux. Tu te souviens de ce livre que tu m'avais offert le premier jour au chalet ? Sur la première page, tu avais écrit : « En promesse d'une belle amitié. » Il m'aura fallu la saison entière pour te rendre la pareille. Aujourd'hui, on peut dire que le livre a tenu sa promesse. Il l'a même surpassée.

Voici donc le mien. Il ne promet rien. Il dit simplement des choses justes, des choses que j'ai apprises grâce à Rosalie et grâce à toi pendant ces six mois au chalet. Trois passages illustrent ce que vous m'avez apporté tous les deux. On devrait toujours les avoir en tête :

« C'est une folie de haïr toutes les roses parce qu'une épine vous a piqué. »

« C'est le temps que tu as perdu pour ta rose qui fait ta rose si importante. »

« C'est ta faute, dit le petit prince, je ne te souhaitais point de mal, mais tu as voulu que je t'apprivoise...

— Bien sûr, dit le renard.

— Mais tu vas pleurer ! dit le petit prince.

— Bien sûr, dit le renard.

— Alors tu n'y gagnes rien !

— J'y gagne, dit le renard, à cause de la couleur du blé. »

Ambre

Tim sentait ses yeux piquer et il ne voulait pas qu'elle le voie pleurer. Elle se serait mise à pleurer elle aussi, et il n'y avait aucune raison de le faire car ils n'étaient pas tristes.

Il attendit que la boule dans sa gorge se desserre pour relever la tête et la remercier, mais finalement, ce fut elle qui parla :

« Tu sais... la couleur du blé... » Elle avait le regard aussi fuyant que lui et la voix nouée. « Je ne l'ai compris que cet après-midi, dans la forêt.

— Grâce au poème de Wilson ?

— Non. Je crois que je l'ai découvert toute seule, ça. »

La vague d'émotion semblait s'éloigner, doucement. Il referma le livre et le posa devant lui.

« Merci, murmura-t-il. Tu as dit que tu me le montrerais, le poème de Wilson. »

Elle l'avait gardé dans sa poche. Elle l'en extirpa et le tendit à Tim. Il le lut en silence.

« C'est un beau poème. Garde-le. C'est un cadeau précieux… surtout venant de Wilson. »

Elle le récupéra et le replia soigneusement avant de regarder Tim avec appréhension.

« Tu ne vas pas pleurer ?
— Non. Je ne pleure jamais.
— Moi non plus.
— Ça tombe bien alors. »

Ils se jaugèrent un instant en silence. Puis Tim ajouta :

« Demain non plus il ne faudra pas pleurer. Quand on sera à la gare et que je devrai monter dans ce train.
— Je ferai comme si je m'en moquais.
— Parfait. »

Il s'allongea tout à fait sur le sac de couchage, les bras écartés, et elle vint se rouler en boule contre lui. Un instant de silence passa. Il jouait avec ses cheveux et elle fermait les yeux.

« Tu ne t'endors pas, hein ? marmonna-t-elle.
— Non.
— Tu ne me laisses pas seule réveillée.
— Non.
— Jusqu'à demain matin… ?
— Non. Je reste là. »

Quelques instants plus tard, Tim eut un léger sursaut.

« J'ai vu une étoile filante ! Tu te rappelles, ce soir-là, pour ton anniversaire… on n'en avait pas vu.

— Non. Et on n'avait pas vu Anton non plus. »

Un instant, elle crut qu'elle avait fait une erreur en abordant le sujet, mais il resserra son étreinte et répondit :

« Non. Je ne le voyais plus depuis longtemps. »

Plus tard, alors que la température s'était rafraîchie et qu'ils s'étaient glissés tous les deux dans le duvet, Tim marmonna d'une voix gagnée par le sommeil :

« Ça tient toujours cette idée de maison dans le Sud ? »

Il l'entendit sourire dans l'obscurité. Elle avait failli s'endormir, il le savait.

« Oui. Mais tu sais… on a le temps.

— Bien sûr qu'on a le temps. C'était juste pour savoir. »

Une bourrasque balaya la vallée, en contrebas, en sifflant dans les pins.

« Je pensais que ça ne t'intéresserait plus, dit Ambre en tressaillant.

— Ah oui ? Et pourquoi ça ?

— Maintenant que tu as retrouvé ton frère… et Lisa… t'as plus vraiment besoin de moi pour former une famille.

— Si c'est pour dire des bêtises pareilles, évite de parler. Reste la question de la maison dans le Sud.

— Eh bien… ?

— Si tu es toujours d'accord pour cette maison dans le Sud, je voulais te dire… j'ai changé d'avis… Je suis d'accord pour le jardin finalement… et pour tondre la pelouse le dimanche.

— Qu'est-ce qui t'a fait changer d'avis ?

— Ça pourrait être sympa, finalement, de s'allonger dans l'herbe… comme ce soir… et de regarder les étoiles… Alors je suis prêt à tondre cette satanée pelouse. Je voulais te le dire. »

Elle promena sa main dans son cou, au creux de son épaule, là où la peau était toute douce. Elle le sentit se contracter sous les chatouilles.

« Eh bien merci d'avoir reconsidéré la question. Je pourrais t'aider… Qu'est-ce que tu dirais de tondre à tour de rôle, un dimanche sur deux ?

— Ça me paraît correct. »

Et alors que le ciel se voilait, obscurci par d'épais nuages blancs, alors que la nuit avançait, ils continuèrent de parler et parler sans s'arrêter, oubliant les heures qui filaient et le matin qui se levait, oubliant le train pour Montpellier et celui pour Lyon, oubliant le départ imminent pour n'être plus que tous les deux, seuls dans la vallée d'Arvieux.

Ils regagnèrent le chalet au petit matin, transis de froid, alors que le soleil peinait à percer le voile de nuages. C'était une journée qui s'annonçait maussade. Une journée de départ. Dans le hall du chalet, un tas de valises s'était déjà formé et, derrière le comptoir, Andréa et sa famille étaient en pleine discussion avec Sylvie et Michel. Il était question de la saison prochaine et du futur poste de responsable d'Andréa. Sa mère, une femme encore séduisante, semblait parler parfaitement le français, mais le père et la sœur – une très belle brune à la chevelure luxuriante et aux yeux couleur de braise – restaient en retrait tout en essayant de deviner les propos qui s'échangeaient.

Tim et Ambre saluèrent le petit groupe d'un signe de la main avant de rejoindre le troisième étage. Comme au premier jour, l'étage des saisonniers était en pleine agitation. Des valises traînaient dans le couloir, des portes de placard claquaient, des vêtements oubliés étaient jetés pêle-mêle ici et là. On passait d'une chambre à l'autre pour savoir si quelqu'un n'avait pas vu une brosse à dents disparue, pour demander si l'on avait des sacs plastique en trop pour emballer une paire de chaussures. Rosalie, avec Gabriel et Sophie, vidait la chambre de ses derniers effets personnels restés ici. Si Sophie était excitée et Gabriel plutôt serein et souriant, Rosalie était étrangement pâle et tendue. C'était surprenant de ne pas la voir enthousiaste et débordante d'énergie. Ils se saluèrent, un peu plus sobrement que d'ordinaire, sans leurs grands sourires et leurs plaisanteries habituels.

« Vous avez bouclé vos valises, vous ? demanda Rosalie.

— Non, pas vraiment. »

Ambre avait presque entièrement vidé son placard, mais Tim n'avait réussi qu'à réunir ses livres qui occupaient déjà trois valises. Ses autres affaires traînaient encore un peu partout dans la pièce. Ils se mirent à l'ouvrage dans cette agitation un peu triste. Delphine passa dans le couloir, rappelant à tout le monde qu'il fallait vider la cuisine des restes de nourriture et déposer les draps en bas de l'escalier.

Ambre boucla son sac assez rapidement et suivit Daniel dans le hall. Ils déposèrent leurs sacs au centre, au milieu des valises pleines à craquer. Les parents d'Andréa étaient partis. Lui serrait la main de Michel avec affection.

« Ambre ! »

Elle s'apprêtait à remonter les escaliers quand il la rejoignit.

« Alors ça y est ? dit-elle. C'est l'heure ?

— Ouais… On doit partir tôt. On a beaucoup de route… Je m'apprêtais à monter dire au revoir à tout le monde. Je t'accompagne ? »

Alors qu'ils grimpaient les escaliers, il posa une main sur son épaule et l'étreignit sans oser la regarder.

« C'était chouette de te rencontrer, fille sauvage, dit-il.

— Oui… pour moi aussi c'était chouette, dragueur raté ! »

Ils n'ajoutèrent rien d'autre. Ils souriaient. Là-haut, Andréa passa de chambre en chambre, saluant, étreignant, embrassant un à un tous les saisonniers. Il y eut des accolades plus longues – comme avec Rosalie – et des accolades plutôt rapides et gênées – comme avec Tim. Wilson n'avait pas encore fui – contrairement à ce qu'Ambre avait pu imaginer – et il marmonna : « Bonne chance » à Andréa, après l'avoir gratifié d'une furtive poignée de main. Alors que tous les saisonniers s'étaient regroupés dans le couloir, Andréa déclara que cette fois-ci, c'était l'heure, et il leur rappela qu'ils se reverraient bientôt, en novembre prochain.

Ambre ne voulut pas se laisser aller à la morosité et se pressa d'aider Daniel et Delphine à la cuisine. Ils vidèrent les placards, le frigo, regroupèrent les réserves de nourriture dans de grands sacs plastique qu'ils descendirent dans le hall. Quand elle regagna la chambre, Tim avait bouclé sa quatrième valise et traînait derrière lui deux lourds sacs de sport bourrés de vêtements.

« Je crois que Gabriel va râler… Ça ne tiendra jamais dans le coffre. »

Ambre aida Tim à descendre ses bagages dans le hall, où déjà un cercle s'était formé. Le visage de Rosalie avait encore perdu un peu de couleurs. Même ses boucles semblaient s'être détendues. Sylvie affichait aussi une petite mine. Wilson se tenait en retrait, les mains dans les poches, attendant visiblement un signal quelconque pour pouvoir saluer tout le monde et se sauver.

« On est au complet ? demanda Sylvie.

— Il manque Greg, répondit Michel. Il a promis qu'il passerait nous dire au revoir. »

Justement, il arrivait, accompagné d'Héléna. Ils avaient garé leur voiture devant le chalet.

« C'est quoi ces têtes d'enterrement ? » s'exclama-t-il en entrant dans le hall. Puis, comme les sourires ne venaient pas, il ajouta : « Je viens de croiser Andréa. Il a la même tête que vous. »

Il prit place dans le cercle, au centre duquel se tenaient Sylvie et Michel.

« Bon… alors… il est l'heure du discours, déclara Sylvie. Que dire, à part le bonheur d'avoir partagé cette saison avec vous et la joie de se revoir tous bientôt ? Prenez soin de vous cet été. Revenez-nous en forme pour la saison d'hiver. Ça a été une belle saison, cette année encore. Pour les nouveaux, ça a été un plaisir de vous connaître. J'espère que vous repartez tous avec des souvenirs plein la tête, avec l'envie de revenir à Arvieux et de faire découvrir ce beau village à vos proches. Si vous passez dans la région, n'hésitez pas à venir nous faire un coucou. On va profiter de l'été pour préparer un petit nid douillet au futur bébé, mais nous aurons toujours le temps de vous concocter un petit dîner. Et pour ceux qui ne reviendraient pas, je tiens à vous remercier pour votre investissement. Je vous souhaite une bonne continuation, quoi que vous fassiez par la suite. Et pour Wilson, ma foi, une très bonne retraite. »

Le vieux hocha la tête.

« N'hésitez pas à nous donner des nouvelles, surtout ! Et maintenant, je ne voudrais pas vous faire louper votre train, alors je vais me taire... Merci encore pour votre énergie et votre bonne humeur au quotidien, pendant ces six mois. »

Quelques applaudissements s'élevèrent, puis le cercle se brisa et se mua en un fourmillement. On passa de bras en bras, on claqua une bise par-ci, on serra une main par-là, on se souhaita une belle saison d'été, on se répéta : « À très bientôt. » On échangea des adresses e-mail, des numéros de téléphone, on se promit de s'appeler. Au milieu du brouhaha, Wilson tapota l'épaule d'Ambre.

« Bon, gamine... c'est l'heure. »

Elle sentit revenir la boule dans sa gorge.

« J'espère que vous serez heureux en Ardèche… et ensuite, dans votre cabane perdue dans la forêt.

— Pas de doute là-dessus.

— Vous avez mes perce-neige ? »

Il lui désigna la poche de son pantalon. Autour, le fourmillement et le brouhaha s'amplifiaient.

« Bon… marmonna Ambre. Alors… je ne sais pas ce qu'on est censés dire…

— Au revoir. On est censés dire au revoir. »

Il avait ce pli au coin des yeux, celui qui trahissait un sourire, et elle pensa qu'il lui manquerait.

« Alors, au revoir, Wilson.

— Au revoir, gamine. »

Il posa une grosse main bourrue sur son épaule, une main qui pesait trois tonnes, et la seconde d'après, il l'avait retirée et avait disparu. Ambre fut happée par une Sylvie au bord des larmes.

Sylvie serrait tout le monde beaucoup trop fort. Michel restait calme et souriant. Gabriel s'était mis en retrait, Sophie dans les bras. Tout le monde tenait à embrasser la petite, à lui gratter le crâne ou à lui chatouiller le ventre avant de partir. Finalement, Daniel et Delphine quittèrent le hall en lançant de tonitruants « À bientôt ! », Greg et Héléna les suivirent. Gabriel déclara qu'ils feraient bien de commencer à charger la voiture s'ils voulaient être à l'heure à la gare et Michel les aida à porter les valises dans le coffre.

« C'est vraiment à toi tout ça ? s'exclama Gabriel, ébahi devant les quatre valises et les deux sacs de Tim.

— Je lis beaucoup », marmonna-t-il sur un ton d'excuse.

Sa remarque arracha un éclat de rire à Gabriel, mais Rosalie resta figée, le visage plus pâle que jamais. Elle n'avait presque pas prononcé un mot. Michel et Sylvie les embrassèrent à côté de la voiture puis les saluèrent encore du perron du chalet. Le trajet jusqu'à la gare se déroula dans un silence tendu. Gabriel avait mis la radio mais l'ambiance restait morose. Tim serrait la main d'Ambre dans la sienne et Rosalie ne cessait de leur jeter des coups d'œil nerveux dans le rétroviseur.

La gare était plutôt vide en ce dimanche matin. Gabriel gara la voiture et alla mettre quelques pièces dans l'horodateur, puis ils entrèrent dans le hall. Rosalie restait livide et muette.

« On a une demi-heure devant nous, dit Gabriel. On prend un café ? »

Ils s'installèrent sur les chaises en plastique du café-tabac de la gare.

« Je n'ai pas fermé l'œil de la nuit », confia Rosalie à Ambre.

Ambre posa une main sur son genou et le serra, comme pour lui dire qu'elle aussi étouffait de tristesse. Ils burent leurs cafés, tous aussi silencieux les uns que les autres. Seule Sophie, hermétique à la morosité ambiante, poussait des exclamations de joie. Ambre la prit dans ses bras un moment, la serrant un peu trop fort, respirant un peu trop ses boucles brunes de bébé. Tim la fit sauter sur ses genoux. Elle riait à gorge déployée.

Le train de Tim fut annoncé et ils se levèrent tous d'un seul bloc. Gabriel vérifia le numéro de la voie. Ils empruntèrent les escaliers souterrains, portant chacun un de ses énormes sacs. Personne ne savait comment il ferait, à son arrivée à Montpellier, pour les porter seul. Une fois sur le quai, sans prévenir, Rosalie éclata en sanglots, et alors plus personne ne tint sa promesse. Ambre la prit dans ses bras et se mit à renifler, le visage trempé de larmes, et Tim tenta de masquer ses hoquets en les étreignant. Et ils se serrèrent tous les trois les uns contre les autres. Dans le train, les passagers, amusés, les montraient du doigt. À côté d'eux, près des bagages, Gabriel retenait Sophie, l'air plus grave que tout à l'heure, les lèvres serrées.

« Bande de mauviettes ! s'esclaffa Rosalie, le visage luisant.

— Hé ! s'offusqua Tim. C'est toi qui as pleuré la première ! »

Et ils se remirent à pleurer de plus belle et à rire en même temps.

Une annonce rappela aux passagers pour Montpellier qu'ils devaient monter à bord du train. Ils reprirent les bagages abandonnés sur le quai et accompagnèrent Tim jusqu'à son wagon. Gabriel l'aida à hisser les valises, puis Tim, debout sur le marchepied, demanda à Ambre de s'approcher. Sophie les regardait avec curiosité, mais ça n'avait aucune importance. Ils s'embrassèrent, se dévorèrent, se respirèrent sans retenue : les yeux, le nez, les joues, la bouche, le front, les cheveux. Ils se serrèrent jusqu'à en avoir mal. Une deuxième annonce retentit, avertissant les passagers et les accompagnateurs de la fermeture des portes. Un coup de sifflet retentit et

Ambre lâcha Tim. Rosalie l'attrapa doucement par les épaules et la tira en arrière.

« Ça va aller. On se revoit tous bientôt de toute façon… »

Les portes se fermèrent et, par la fenêtre, Tim continua à leur faire de grands signes. Sur le quai, Ambre agitait la main et se disait que c'était étrange, elle se consumait de tristesse et de bonheur en même temps, c'était une sensation curieuse.

« On devrait rejoindre ton quai, Ambre. Ton train ne va pas tarder », avertit Gabriel.

Alors elle sécha ses larmes, prit sa valise, releva les épaules et suivit Gabriel, Sophie et Rosalie vers ce train qui la ramènerait chez elle, à la fois faible et forte, repensant à ces mots que Wilson lui avait offerts :

Ils ne nous quittent pas pour de bon.
Soudain la canne du marcheur reverdit,
et prend racine, et refleurit.

Elle prit une grande inspiration avant de s'enfoncer dans les escaliers souterrains.

Vers un nouveau départ.

Découvrez le début du nouveau roman
de Mélissa Da Costa
disponible aux éditions Albin Michel :

Les Douleurs fantômes

1

Le téléphone portable se mit à vibrer sur la table de nuit, Ambre se réveilla en sursaut. À côté d'elle, elle sentit Marc remuer et marmonner dans son sommeil. Elle attrapa le téléphone avant que le vibreur ne le réveille totalement.

Même pas sept heures. Qui pouvait appeler aussi tôt ? Ce genre d'appel n'augurait jamais rien de bon. Lorsqu'elle vit le nom qui s'affichait sur l'écran, son inquiétude grandit car cela faisait plus d'un an qu'elle n'avait pas eu de nouvelles de cette jeune femme dont elle avait été si proche.

« Rosalie ? »

Elle n'avait pas pu empêcher sa voix de trembler.

« Ambre, je suis désolée, je sais qu'il est un peu tôt…

— Qu'est-ce qu'il se passe ? »

Elle s'était levée du lit et sortit de la chambre le plus discrètement possible, avant de refermer la porte sans bruit. Dans le salon, le sapin que Marc avait absolument tenu à installer clignotait encore. Rouge, vert et bleu. C'était criard et inutile. Elle le lui avait dit.

« Je ne voulais pas t'affoler…

— Il est arrivé quelque chose ? »

Elle entendit Rosalie déglutir au téléphone. Comme chaque fois qu'elle entendait sa voix, elle s'en voulait de ne pas l'appeler plus souvent et de ne jamais avoir fait l'effort de lui rendre visite en trois ans.

« Non, je… je ne crois pas mais…

— Mais quoi ?

— Tu n'aurais pas eu des nouvelles de Gabriel… récemment ? »

Un silence un peu lourd tomba.

« Qu'est-ce qu'il y a, Rosalie ? Il est parti ? chuchota Ambre très vite.

— Non. Non, enfin… ça ne fait que quelques jours…

— Vous vous êtes disputés ?

— Non ! répliqua Rosalie avec ferveur. C'est pour ça que je ne comprends plus rien !

— Attends, explique-moi. »

Ambre prit place sur le canapé, au milieu des gros ouvrages que Marc remplissait d'annotations des heures durant.

« Il y a trois jours, je suis rentrée de l'école avec les deux petits et Gabriel n'était plus là. Il y avait un mot sur la table. »

La voix de Rosalie s'étrangla et Ambre sentit son estomac se retourner. Ça ressemblait étrangement à une autre disparition, quelques années auparavant, mais cette fois les rôles étaient inversés.

« Ce mot, Rosalie, qu'est-ce qu'il disait ? »

Il y eut un court silence et Ambre soupçonna Rosalie de retenir ses larmes.

« Rien… enfin, pas grand-chose… Qu'il avait dû partir pour régler une affaire, qu'il ne pouvait pas me dire pourquoi ni quand il serait de retour mais il promettait qu'il allait revenir… Il… il disait de ne pas m'inquiéter et de ne pas inquiéter inutilement sa famille. Il serait là le plus tôt qu'il pourrait et il embrassait les enfants. »

Rosalie déglutit de nouveau. Ambre gardait les yeux rivés sur les lumières du sapin qui clignotaient ridiculement.

« Et ça fait trois jours ?

— Oui. Les enfants… ils demandent des nouvelles et je… j'essaie d'avoir l'air normale, mais… »

La voix de Rosalie se brisa.

« Hé ! Reste calme. Je suis sûre que ce n'est rien de grave. »

Elle se trouvait nulle de prononcer une phrase comme ça. Elle aurait voulu faire plus. Elle devait faire plus.

« Écoute, Rosalie, j'ai deux semaines de congé pour Noël... je peux venir... à Arvieux. »

L'endroit qu'elle s'était efforcée d'éviter depuis cinq ans, depuis la fin de cette saison d'hiver où elle avait rencontré Rosalie, Gabriel et les autres... Ça produisait encore un effet étrange sur elle de s'entendre prononcer ce nom. Arvieux.

« Non ! protesta Rosalie. C'est Noël justement ! Tu ferais mieux de rester en famille !

— Je resterai le temps que Gabriel rentre, d'accord ? Ça ne devrait pas être très long.

— Non, vraiment, reste à Lyon. Je voulais juste savoir si tu avais eu de ses nouvelles, c'est tout.

— Je vais pas te laisser seule avec les enfants. »

Ambre avait déjà allumé l'ordinateur de Marc, posé sur la table basse à côté du canapé.

« Je vais acheter les billets. Je travaille aujourd'hui mais ce soir je suis en congé. Je peux arriver dès demain.

— Mais il doit y avoir un travail énorme au magasin en période de Noël. Tu es sûre qu'ils ne vont pas avoir besoin de toi ?

— J'ai accumulé tellement d'heures supplémentaires qu'ils m'ont mise en repos forcé pour deux semaines. »

C'était vrai. Ils ne lui avaient pas laissé le choix.

Le travail au magasin, ça avait été son excuse chaque fois que Rosalie insistait pour qu'elle vienne passer quelques jours à Arvieux. Ce n'était pas un mensonge en soi. Ambre ne comptait pas ses heures. Elle passait sa vie à la boutique. Mais elle aurait toujours pu s'arranger.

« J'ouvre le site internet, Rosalie... Dans une minute j'aurai pris mes billets. »